Greg Keyes

Greg Keyes (John Gregory Keyes) est né en 1963 à Meridian, Mississippi, dans une famille de conteurs nombreuse et variée. Il a vécu avec les Indiens navajo et a appris leur langue. Après des études d'anthropologie à l'université d'État du Mississippi et à l'université de Géorgie, il se consacre à l'écriture. Il est, entre autres, l'auteur de la tétralogie *L'Âge de la déraison* dont le premier volet, *Les Démons du Roi-Soleil*, a obtenu le Grand Prix de l'Imaginaire. Sa série épique *Les Royaumes d'épines et d'os* le place aujourd'hui auprès des plus grandes plumes du genre comme Robert Jordan ou Tad Williams.

Greg Keyes vit avec sa femme à Savannah, en Géorgie, où il donne, entre deux romans, des cours d'escrime.

LE ROI DE BRUYÈRE

DU MÊME AUTEUR
CHEZ POCKET

L'AGE DE LA DÉRAISON

1. LES DÉMONS DU ROI-SOLEIL
2. L'ALGÈBRE DES ANGES
3. L'EMPIRE DE LA DÉRAISON
4. LES OMBRES DE DIEU

LES ROYAUMES D'ÉPINES ET D'OS

1. LE ROI DE BRUYÈRE
2. LE PRINCE CHARNEL
3. LE CHEVALIER DE SANG
4. LA DERNIÈRE REINE

SCIENCE-FICTION

Collection dirigée par Bénédicte Lombardo

GREG KEYES

Les royaumes d'épines et d'os 1

LE ROI DE BRUYÈRE

Traduit de l'américain
par Jacques Collin

FLEUVE NOIR

Titre original :
THE BRIAR KING
THE KINGDOMS OF THORN AND BONE 1

Le papier de cet ouvrage est composé de fibres naturelles, renouvelables, recyclables et fabriquées à partir de bois provenant de forêts plantées et cultivées durablement pour la fabrication du papier.

ISBN : 978-2-266-15503-2 8

À mon frère, Timothy Howard Keyes

Sache, ô Fier Cœur d'Effroi, qu'en ces temps n'étaient ni rois ni reines, ni seigneurs ni vassaux. Durant les incalculables millénaires qui précédèrent Éveron, que l'on appelle aussi l'Ère de l'Homme, n'existaient que maîtres et esclaves. Les maîtres étaient ancestraux, aussi versés à torturer que les étoiles à briller. Ils étaient plus puissants que des dieux, et ils n'étaient pas humains.

Leurs esclaves étaient innombrables, mais toutes nos mères et tous nos pères se comptaient parmi eux. Les humains étaient leur bétail et leur jouet. Mais même des esclaves de mille générations peuvent naître avec des cœurs assez purs pour espérer et assez ténébreux pour faire ce qui doit être fait. Même un esclave peut se dresser dans la poussière, affûter son regard en une lame, et dire à son maître : « Je ne t'appartiendrai jamais. »

Le témoignage de saint Anemlen à la cour du Bouffon Noir, peu avant le commencement de son supplice

PRÉLUDE

LA REINE-NÉE

Le ciel se déchira et la foudre s'abattit à travers ses coutures torses. Avec elle vint une noire neige fondue au goût de fumée, de cuivre et de soufre. Avec elle vint un hurlement comme un souffle des enfers.

Carsek se redressa en tenant ses bandages ensanglantés, en espérant qu'ils suffiraient à maintenir ses entrailles à l'intérieur assez longtemps pour qu'il vît la fin de tout cela, quelle qu'en fût l'issue.

— Il faut qu'elle ordonne très vite la charge, grommela-t-il en se levant, à l'appui du talon de sa lance.

Une main jaillit à la cheville de Carsek :

— Baisse-toi, inconscient, si tu veux vivre jusqu'à la charge.

Carsek jeta un regard à son compagnon, un homme à la cotte de mailles déchirée et sans casque, ses yeux bleus implorant à travers le voile mat de ses cheveux mouillés.

— *Toi*, reste accroupi, Thaniel, marmonna Carsek. Moi, je me suis accroupi assez longtemps. Quatorze jours que nous croupissons dans ces trous de porcs, à dormir dans notre merde et notre sang. Tu n'entends donc pas ? On se bat, là devant, et je vais aller voir, j'en serai.

Il se tendit sous la pluie battante, s'efforçant de discerner ce qui se passait.

— Tu verras la mort qui te fait signe, répondit Thaniel, c'est ça que tu vas voir. Notre heure viendra bien assez tôt.

— J'en ai assez de ramper dans cette fange. J'ai été entraîné à me battre debout. Je veux un ennemi fait de sang que je peux verser, d'os que je peux briser. Je suis un guerrier, par Taranos ! On m'a promis une guerre, pas ce massacre, pas ces blessures infligées par des spectres que nous ne voyons pas, par des aiguilles-fantômes et par des vents de fer.

— Tu peux bien vouloir. Moi, je voudrais qu'une fille gironde prénommée Alis ou Faveur ou Comment-Puis-Je-Te-Plaire soit assise sur mes genoux et m'offre du raisin. Je voudrais dix pintes de bière. Je voudrais un lit garni de plumes de cygne. Mais je suis bloqué ici, dans la boue, avec *toi*. Qu'est-ce que ça t'apporte, de vouloir ? Est-ce que tu vois venir l'ennemi que tu souhaites ?

— Je vois jusqu'à l'horizon des terres qui fument, même sous cette pluie torrentielle. Je vois toutes ces tombes que nous nous sommes nous-mêmes creusées. Je vois cette maudite place forte, aussi haute qu'une montagne. Je vois…

Il vit un mur de ténèbres, croissant à une vitesse impossible.

— Vent-tranchant ! hurla-t-il en plongeant au fond de sa tranchée. Dans son empressement, il atterrit face contre terre, le visage dans cette boue qui empestait l'ammoniaque et la gangrène.

— Quoi ? demanda Thaniel, mais alors même le soleil gris-fumée au-dessus d'eux disparut, et un bruit comme mille milliers d'épées frottant sur mille milliers de pierres à aiguiser crissa à l'intérieur de leurs crânes.

Deux hommes qui ne s'étaient pas baissés assez vite tombèrent dans la boue, décapités, le sang giclant de leur cou.

— Encore une de ces maudites magies skasloï, dit Thaniel. Je t'avais prévenu.

Carsek hurla de rage et de frustration, et la pluie tomba plus fort encore. Thaniel le prit par le bras :

— Reprends-toi, Carsek. Attends. Il n'y en a plus pour très longtemps, maintenant. Lorsqu'*elle* arrivera, la magie des Skasloï ne sera plus rien.

— C'est toi qui le dit. Je n'ai jamais rien vu qui le prouve.

— Elle a le pouvoir.

Carsek repoussa la main de Thaniel de son épaule :

— Tu es l'un des siens, un Homme-né. C'est ta reine, ta sorcière. Bien sûr que tu crois en elle.

— Oh ! bien sûr, répondit Thaniel. Nous croyons tout ce qu'on nous dit, nous, les Hommes-nés. Nous sommes aussi bêtes que ça. Mais tu crois en elle aussi, Carsek ; sinon, tu ne serais pas là.

— Elle avait tous les mots qu'il faut, mais où est le fer ? Ta Reine-née nous a convaincus d'aller à notre mort.

— La mort ne vaut-elle pas mieux que l'esclavage ?

Carsek sentit du sang dans sa bouche. Il cracha, et vit que son crachat était noir.

— Sept fois sept générations de mes pères ont vécu et disparu sous le joug des seigneurs skasloï, grimaça-t-il. Je ne connais même pas tous leurs noms. Vous, les Hommes-nés, n'êtes ici que depuis vingt ans. La plupart d'entre vous ont été mis bas ailleurs, sans le fouet, sans les maîtres. Que savez-vous de l'esclavage, vous et votre sorcière rousse ?

Thaniel ne répondit pas durant un temps, et lorsqu'il le fit, ce fut d'un don dépourvu de sa badinerie habituelle.

— Carsek, je ne te connais pas depuis très longtemps, mais ensemble, nous avons massacré les géants vhomars au gué du silence. Nous en avons tellement tué que nous avons fait un pont avec leurs cadavres. Toi et moi, nous avons traversé la plaine gorgone, où un quart de notre compagnie est tombé en poussière. Je t'ai vu te battre. Je connais ta flamme. Tu ne peux pas me leurrer. Ton peuple a été asservi depuis plus longtemps que le mien, c'est vrai, mais ça ne change rien. Un esclave est un esclave. Et nous vaincrons, Carsek, monstre aux mains couvertes de sang. Alors bois ça, et estime-toi heureux que nous soyons arrivés aussi loin.

Il tendit une gourde à Carsek. Elle contenait un liquide qui brûlait comme le feu, mais qui atténuait la douleur.

— Merci, grommela Carsek en la lui rendant. (Il s'interrompit, puis reprit:) Je suis désolé. C'est cette maudite attente. C'est comme quand j'étais dans ma cage, avant que les maîtres ne m'envoient me battre.

Thaniel acquiesça, tira à son tour une gorgée de la gourde, puis la referma. Non loin, Findos Mi-Main, plongé dans sa fièvre, poussa un hurlement sous le coup d'un souvenir ou d'un cauchemar.

— Je n'ai jamais posé la question, dit Thaniel pensivement, mais je me suis toujours demandé pourquoi vous les *Vhiri Croatani* nous appelez les Hommes-nés ?

Carsek chassa la pluie de ses yeux du revers de la main.

— C'est une question étrange. C'est ainsi que vous vous appelez vous-mêmes, non ? *Vhiri Genian*, n'est-ce pas ? Et votre reine, la première-née de votre peuple en cet endroit, ne s'appelle-t-elle pas Génia, « la Née » ?

Thaniel fronça les sourcils, puis relança sa tête en arrière et éclata de rire.

— Qu'y a-t-il de si drôle ?

Thaniel secoua la tête :

— Je comprends, maintenant. Dans votre langue, c'est à cela que ça ressemble. Mais en fait...

Il s'interrompit, parce qu'une exclamation soudaine avait parcouru les rangs, un hurlement général d'horreur et d'effroi qui descendait depuis le front.

Carsek baissa les mains pour prendre appui afin de se lever, et trouva la boue étrangement chaude. Un fluide visqueux à l'odeur douceâtre envahissait la tranchée, sur deux doigts de profondeur.

— Par tout ce qui est saint, jura Thaniel.

C'était du sang, une pleine rivière de sang.

Dans un cri inarticulé, Carsek se remit sur pied d'un bond.

— Non, assez, j'en ai assez !

Il commença à s'extraire de sa tranchée.

— Arrête-toi, guerrier, ordonna une voix.

Une voix de femme, et elle l'arrêta aussi sûrement que le fouet spectral d'un maître.

Il se retourna et la vit.

Elle portait une cotte de mailles noire, et son visage au-dessus était plus blanc que l'os. Ses longs cheveux auburn pendaient mollement, détrempés par la pluie pestilentielle, mais elle était plus belle qu'aucune femme ne pouvait l'être. Ses yeux brillaient comme un éclair au cœur d'un nuage noir.

Derrière elle se dressaient ses champions. Équipés à peu près comme elle, leurs épées-fées tirées brillant comme du cuivre chaud. Ils se dressaient de toute leur hauteur, sans crainte. Ils ressemblaient à des dieux.

— Grande Reine ! balbutia Carsek.

— Es-tu prêt à te battre, guerrier ? demanda-t-elle.

— Oui, Majesté. Par Taranos, je suis prêt !

— Prends cinquante hommes et suis-moi.

Les tranchées suivantes étaient remplies de viandes concassées, dont seuls quelques rares morceaux pouvaient encore paraître humains. Carsek s'efforça d'ignorer le bruit de succion que faisaient ses pieds, malgré une certaine différence avec celui de pas dans une boue ordinaire. Mais il lui était plus difficile de chasser de son esprit la puanteur des ventres béants et des entrailles étalées. Qu'est-ce qui les avait tués ? Un démon ? Un sort ? Peu lui importait. Eux avaient trépassé, et *lui* allait se battre, par le Gémeau et le Taureau.

Lorsqu'ils firent halte dans l'ultime tranchée, qui était une fois et demie aussi profonde que Carsek était grand, il put voir les noires murailles de la forteresse qui le dominaient. Voilà ce que près d'un mois et plus de deux mille sacrifices leur avaient apporté : un trou au pied de la forteresse.

— Maintenant, il ne s'agit plus que d'une incursion rapide jusqu'à la muraille qui ne peut être franchie et le portail qui ne peut être forcé, dit Thaniel. La bataille est quasiment gagnée !

— Et c'était moi le sceptique ? Nous avons une chance de trouver la gloire et de mourir debout, répondit Carsek. C'est tout ce que je demandais.

— Ah ! dit Thaniel. En ce qui me concerne, j'ai l'intention de non seulement me couvrir de gloire, mais en plus de boire à la victoire une fois tout cela terminé. (Il lui présenta sa paume.) Prends ma main, Carsek. Et promettons-nous de boire ensemble quand ce sera fini. Au-dessus de l'arène même dans laquelle tu as autrefois combattu. Alors nous comparerons nos titres de gloire, et c'est moi qui en aurai le plus !

Carsek lui serra la main :

— Dans le fauteuil même du maître.

Les deux hommes formèrent un poing commun.

— Alors c'est entendu, dit Thaniel. Tu n'es pas homme à briser une promesse, et moi non plus, donc nous allons certainement tous les deux survivre.

— À l'évidence, renchérit Carsek.

Des planches furent apportées et installées de façon à leur permettre d'escalader leurs propres tranchées. Puis Génia Dare, la reine, leur adressa un regard intense.

— Lorsque ce soleil se couchera, nous serons tous libres ou tous morts, dit-elle. Je n'ai pas l'intention de mourir.

Puis elle tira son épée féée et se tourna vers Carsek :

— Je dois atteindre ce portail, tu comprends ? Tant qu'il ne sera pas tombé, cinq mille hommes ne vaudront pas mieux que cinquante, parce que je ne peux pas en protéger plus que deux vingts et dix des sorts destructeurs des Skasloï s'ils nous tiennent sous leurs yeux assassins, et si nous ne pouvons rien faire d'autre que de demeurer sous leur regard. Une fois le portail détruit, nous pourrons nous engouffrer à l'intérieur plus vite qu'ils ne peuvent frapper. Mes héros, la charge sera dure, mais je vous jure qu'aucun sort ne pourra vous toucher. Vous n'aurez à combattre qu'épée et pieu, chair et os.

— Chair et os sont des blés et je suis une faucille, répondit Carsek. Je t'amènerai jusqu'au portail, Majesté.

— Alors vas-y et fais-le.

Carsek ne sentait quasiment plus ses blessures. Son ventre était léger et son crâne plein de flamme. Il fut le premier sur les planches, et le premier à poser le pied sur le sol noir.

La foudre darda sur lui, et les vents-tranchants, mais cette fois ils s'effacèrent, et passèrent à droite ou à gauche de lui, de Thaniel, et de tous ses hommes. Il entendit Thaniel rugir de joie lorsque les sorts mortels eurent glissé sur eux, aussi impuissants que le fantôme d'un eunuque.

Ils chargèrent à travers la terre fumante, en hurlant, et Carsek vit, dans sa vision empourprée par la fureur, qu'il avait enfin un véritable ennemi en face de sa lance.

— Ce sont des Vhomars, les gars, cria-t-il. Juste des Vhomars !

Thaniel s'esclaffa :

— Et il n'y en a que quelques-uns ! ajouta-t-il.

Quelques-uns, effectivement. Quelques centaines, alignés sur six rangées devant le portail. Chacun dépassait de la tête et des épaules le plus grand des hommes de Carsek. Carsek avait combattu bien des Vhomars dans l'arène, et les y respectait, autant que n'importe quel combattant méritant. Maintenant il les haïssait plus que tout autre mortel. De tous les esclaves des Skasloï, seuls les Vhomars avaient choisi de rester esclaves, et de combattre ceux qui se dressaient contre les maîtres.

Cent arcs vhomars vibrèrent à l'unisson, et des traits aux ailettes noires vrombirent et frappèrent parmi ses hommes, si bien qu'un sur trois tomba.

Une deuxième volée se fondit dans la pluie sans toucher aucun d'entre eux, puis Carsek fut au contact de l'ennemi, face à un mur de géants en cuirasse de fer, injuriant leurs visages inhumains et brutaux.

L'instant s'étira, lent et silencieux dans l'esprit de Carsek. Assez de temps pour remarquer des détails, les lances et les boucliers bosselés de pointes, la texture même du bois, la pluie noire dégoulinant des sourcils de la créature dressée devant lui, la cicatrice sur sa joue, son œil bleu et son œil noir, le grain de beauté au-dessus de l'œil noir…

Le son revint, un coup de marteau tandis que Carsek tentait une feinte. Il fit comme s'il allait projeter sa lance au visage du géant puis se baissa, et se redressa sous le lourd bouclier qui se levait, en enfonçant son pieu entre les plaques intercalées de l'armure, braillant de toute la force de ses poumons tandis que cuir et tissu et chairs se déchiraient. Il voulut arracher son arme tandis que le guerrier basculait, mais la hampe se brisa.

Carsek tira sa hache. La pression des corps s'accrut comme les Vhomars se ruaient en avant et que ses propres hommes, impatients de tuer, le poussaient de derrière. Il se retrouva à suffoquer dans la puanteur poisseuse, pris entre bouclier et armure, avec trop peu d'espace pour user de sa hache. Quelque chose heurta son casque si fort qu'il résonna, puis sa coiffe de métal lui fut arrachée. Des doigts épais se refermèrent sur sa chevelure, et soudain les pieds de Carsek ne touchèrent plus le sol.

Il se débattit dans les airs tandis que le monstre le ramenait vers lui par les cheveux, en le balançant de manière à pouvoir le regarder dans les yeux. Le Vhomar tira en arrière l'épée massive qu'il tenait dans son autre main, s'apprêtant à le décapiter.

— Maudit imbécile ! lui hurla Carsek en fracassant les dents du géant du bord de sa hache, avant de lui fendre le cou de son deuxième coup.

Dans un beuglement, le Vhomar le laissa tomber, et s'efforça d'endiguer le flot précieux de son fluide vital de ses propres mains. Carsek l'acheva et poursuivit.

Son œuvre resta dense et sanglante, sans qu'il en sût la durée. Pour chaque Vhomar que Carsek tuait s'en dressait un autre, quand ce n'était pas deux ou trois. Il en avait même oublié que son objectif était le portail, lorsque celui-ci se trouva devant lui. Dans la bousculade, il vit briller des épées féées, aperçut des cheveux auburn et des reflets de pâle viridienne. Puis il fut entraîné dans une autre direction, jusqu'à ce que le portail disparût de sa vue et de ses pensées.

La pluie s'arrêta, mais le ciel se fit plus sombre encore. Carsek n'entendait plus que son souffle rauque ; il ne voyait plus que du sang et le mouvement du fer qui se levait et s'abaissait, comme la crête de vagues se brisant au-dessus de lui. Son bras pouvait à peine se redresser pour tuer encore, et de ses cinquante hommes ne restait que le cercle qu'il formait avec les huit survivants, dont faisait partie Thaniel. Néanmoins les géants arrivaient encore, vague après vague.

Mais il y eut alors un bruit comme si tous les dieux hurlaient ensemble. Un flot nouveau avança derrière lui, un mur d'hommes vociférants, se déversant par centaines depuis les tranchées, enfonçant les rangs de leurs ennemis, et pour la première fois Carsek leva les yeux du massacre pour contempler l'impossible.

Les immenses portes d'acier de la citadelle ployaient sur leurs gonds, déformées à en être à peine reconnaissables, et en dessous d'elles brillait une lumière blanche.

La bataille se porta plus avant, et comme les jambes de Carsek cédaient sous lui, Thaniel le rattrapa.

— Elle l'a fait, dit Carsek. Ta sorcière-née l'a fait !

— Je te l'avais dit, répondit Thaniel. Je te l'avais bien dit.

Carsek n'assista pas à la prise du donjon. Ses blessures s'étaient rouvertes, et avaient dû être pansées. Mais lorsque les nuages disparurent et que le soleil mourant acheva de se déverser à l'horizon, Thaniel vint le chercher.

— Elle veut que tu sois là, dit Thaniel. Tu l'as mérité.

— Comme nous tous, réussit-il à proférer.

Avec Thaniel sous son épaule, il escalada les marches sanglantes de l'immense tour centrale, en se souvenant comment, la dernière fois qu'il les avait arpentées, enchaîné, pour aller combattre dans l'arène, les balustrades dorées et les étranges statues avaient chatoyé de la lumière magique skaslos. Cela avait été splendide et terrible.

Même maintenant, brisée, noircie, elle suscitait encore

la peur. Une peur venue de l'enfance et d'au-delà, la peur du pouvoir du maître, d'un joug que l'on ne pouvait voir mais qui brûlait jusqu'à l'âme.

Même maintenant, il semblait que ce n'était qu'un piège, un autre jeu élaboré, une nouvelle ruse des maîtres pour tirer du plaisir de la douleur et du désespoir de leurs esclaves.

Mais lorsqu'ils entrèrent dans la grande salle, et que Carsek vit Génia Dare dressée, la botte sur la gorge du maître, il sut en son cœur qu'ils avaient gagné.

Le seigneur skaslos était toujours enveloppé d'ombre. Carsek n'avait jamais vu son visage, et ne le voyait toujours pas. Mais il reconnut le bruit du rire du maître lorsqu'il s'éleva de sous le talon de la reine. Aussi longtemps qu'il vivrait, Carsek n'oublierait pas ce ricanement moribond, spectral et narquois.

La voix de Génia Dare résonna au-dessus de ce rire :

— Nous avons dévasté ta place forte, anéanti tes forces et tes armées, et maintenant tu vas mourir, lui dit-elle. Si cela t'amuse, tu aurais pu connaître cette joie bien plus facilement. Nous aurions été heureux de te tuer beaucoup plus tôt.

Le maître cessa de glousser. Il articula des mots comme des araignées qui s'échappent hors de la bouche d'un cadavre, délicats, mortels. Le bruit qui vous prend par surprise et vous noue le cœur dans la gorge.

— Ce qui *m'amuse*, dit-il, c'est que vous pensez avoir remporté une victoire. Vous n'avez rien gagné du tout, sinon la ruine. Vous avez fait appel au pouvoir du *sedos*, enfants imbéciles.

— Vous pensiez que nous ne savions rien du sedos ? Pauvres inconscients. Nous avions d'excellentes raisons de nous tenir à l'écart des voies de sa puissance dévoyée. Vous vous êtes maudits vous-mêmes. Vous avez maudit vos générations à venir. Lorsqu'on les comparera, la fin de mon monde aura été plus propre que la fin du vôtre. Vous n'avez aucune idée de ce que vous avez fait.

La reine-née cracha sur lui :

— Voici pour ta malédiction, lâcha-t-elle.

— Ce n'est pas ma malédiction, esclave, répondit-il. C'est la vôtre.

— Nous ne sommes pas tes esclaves.

— Vous êtes nés esclaves. Vous mourrez esclaves. Vous vous êtes juste invoqué un nouveau maître. Les filles de votre progéniture seront confrontées à ce que vous avez engendré, et cela les anéantira.

Le temps d'un battement de paupières, et un jaillissement de lumière comme un éclair de chaleur explosa derrière les yeux de Carsek, puis la vision. Il vit de vertes forêts pourrir en landes putrides, un soleil empoisonné couler dans une mer blafarde et stérile. Il parcourut des châteaux et des cités tapissées d'ossements humains, qu'il sentit craquer sous ses talons. Et il vit, dressée au-dessus de tout cela, la reine-née, Génia Dare, qui riait comme si elle en exultait.

Puis ce fut terminé, et il était sur le sol, comme presque tous les autres dans la pièce, la tête serrée dans les mains, à gémir et sangloter. Seule la reine était encore debout, un feu blanc dégoulinant de ses mains. Le maître était silencieux.

— Nous ne craignons pas tes malédictions, dit Génia. Nous ne sommes plus tes esclaves. Il n'y a plus de peur en nous. Ton monde, tes sorts, ta puissance ne sont plus. C'est notre monde, maintenant, un monde humain.

Le maître n'eut qu'une grimace pour réponse. Il ne parla plus.

Carsek entendit la reine dire d'une voix basse :

— Pour lui, une mort lente. Une mort très, très lente.

Et pour Carsek, ce fut l'aboutissement de tout cela. Ils emmenèrent le maître, et il ne le revit plus jamais.

La reine-née, menton fièrement dressé, se retourna vers eux, et Carsek sentit son regard croiser le sien un court instant. De nouveau il perçut un éclair comme le feu, et un moment, il manqua tomber à genoux devant elle.

Mais il ne se mettrait plus jamais à genoux devant personne, plus devant qui que ce soit.

— Aujourd'hui, nous commençons à compter les jours et les saisons à nouveau, dit-elle. Aujourd'hui est le Jour du Vaillant ; le *Vhasris Slanon* ! Dès cet instant, jours, mois, saisons et années seront calculés à notre manière !

Malgré les blessures et la fatigue, les cris qui emplirent la salle furent presque assourdissants.

Carsek et Thaniel redescendirent, jusqu'à rejoindre l'endroit où les célébrations commençaient. Carsek, en ce qui le concernait, ne désirait que dormir, oublier, et ne plus jamais rêver. Mais Thaniel lui rappela leur serment.

Ainsi fut donc fait, et tandis que ses blessures se raidissaient, ils burent l'eau-de-vie de Thaniel. Et Carsek s'assit sur un trône de calcédoine et regarda l'arène dans laquelle il avait combattu et tué tant d'autres esclaves.

— J'en ai tué cent devant le portail, affirma Thaniel.

— J'en ai tué cent cinq, répondit Carsek.

— Tu ne sais pas compter jusqu'à cent cinq, rétorqua Thaniel.

— Si, je peux. C'est le nombre de fois que je me suis fait ta sœur.

— Eh bien, dit Thaniel d'un air songeur, ma sœur a dû compter à ta place. Je sais que j'ai dû compter à la place de ta mère après deux mains et deux pieds.

Sur ce, tous deux se turent un moment.

— Nous sommes très drôles, n'est-ce pas ? grommela Carsek.

— Nous sommes des hommes, répondit Thaniel d'un ton plus sobre. Et nous sommes vivants, et libres. C'est suffisant. (Il se gratta le crâne.) Je n'ai pas bien compris cette dernière chose qu'elle a dite. Le nom à partir duquel on va commencer à compter les années ?

— Elle nous a fait un grand honneur, dit Carsek. C'est l'ancienne langue du *Vhiri Croatani*, la langue de mes pères. *Vhasris* veut dire *aube*. *Slanon* veut dire… Humm, je ne crois pas connaître ton mot pour ça.

— Alors essaie d'en utiliser plusieurs.

— Cela veut dire beau, et entier, et sain. Comme un nouveau-né, parfait, sans défaut.

— Tu parles comme un poète, Carsek.

Carsek sentit ses joues rougir. Pour changer de sujet, il indiqua l'arène d'un geste :

— Je ne l'avais jamais vue d'en haut, murmura-t-il.

— Elle paraît différente ?

— Énormément. Plus petite. Je crois qu'elle me plaît.

— Nous avons réussi, Carsek, soupira Thaniel. Comme l'a dit la reine, le monde nous appartient, maintenant. Qu'allons-nous en faire ?

— Les dieux le savent. Je n'y avais même jamais pensé.

Une douleur soudaine dans son ventre le fit grimacer.

— Carsek ? s'enquit Thaniel, inquiet.

— Ça guérira. (Carsek puisa une autre gorgée de feu liquide.) Dis-moi, demanda-t-il, puisque nous en sommes à parler de langues, qu'est-ce que tu étais en train de me dire, là-bas, dans les tranchées ? Sur le fait que les tiens n'étaient pas des Hommes-nés ?

Thaniel gloussa de nouveau.

— J'ai toujours cru que vous nous appeliez ainsi parce que nous étions tous nouveaux sur cette terre, parce que nous étions les derniers que les Skasloï avaient capturés pour en faire des esclaves. Mais c'est juste parce que vous aviez mal entendu.

— Tu n'es pas clair, lui dit Carsek. Je suis peut-être mourant. Ne devrais-tu pas être plus clair ?

— Tu n'es pas mourant, sale bête rance. Mais je vais quand même essayer d'être plus clair. Lorsque mon peuple est arrivé ici, nous pensions être en un endroit appelé Virginie. Son nom venait de celui d'une reine, je pense, dans l'ancien pays ; je ne sais pas, je suis né ici. Mais notre reine a elle aussi été prénommée ainsi : Virginie Elisabeth Dare, c'est son vrai nom. Lorsque nous disions Virginie, vous, pauvres Croatanis abrutis, pensiez que nous parlions votre langue, et que nous nous appelions *Vhiri Genian*, les Hommes-nés. Une confusion dans les langues, en fait.

— Oh ! dit Carsek.

Puis il s'évanouit.

Lorsqu'il se réveilla, quatre jours plus tard, il fut heureux de n'avoir au moins pas rêvé.

C'était le quatrième jour de l'ère connue sous le nom de *Eberon Vhasris Slanon*.

PROLOGUE

Le jour où tomba la dernière place forte skaslos marqua le début de l'ère appelée Eberon Vhasris Slanon *dans la langue de l'ancien Cavarum.*

Lorsque la langue elle-même fut oubliée de tous sinon de quelques religieux érudits cloîtrés, le nom de l'ère persista dans la langue des hommes en tant que Éveron, *tout comme* Slanon *resta attaché au lieu de la victoire lui-même, sous sa forme lierienne :* Eslen.

En son année 2223, l'ère d'Éveron s'éteignit de façon abrupte et terrible.

Il se peut que je sois le dernier à m'en souvenir.

Le Codex Tereminnam, auteur inconnu

En le mois d'étramen de l'année deux mille deux cent quinze d'Éveron, deux filles étaient accroupies dans les entrelacs végétaux les plus touffus du jardin sacré de la cité des morts, priant pour ne pas être vues.

Anne, qui à huit ans était la plus âgée, scruta précautionneusement à travers les enchevêtrements épais de branches et de lierres qui les entouraient.

— C'est vraiment un Scaos ? demanda Austra, d'un an sa cadette.

— Chut ! murmura Anne. Oui, c'est un Scaos, et il est monstrueux, alors reste accroupie, sinon il va voir tes cheveux. Ils sont trop blonds.

— Les tiens sont trop roux, répondit Austra. Fastia dit qu'ils rouillent, parce que tu ne te sers pas assez de ta tête.

— Je me fiche de ce que dit Fastia. Tais-toi, et pars par là.

— C'est tout noir, là-bas.

— Je sais, mais nous ne pouvons pas le laisser nous voir. Il nous tuerait, et lentement. Il nous mangerait morceau par morceau. Mais il est trop gros pour nous suivre par là.

— S'il se sert d'une hache ou d'une épée, il pourra couper les branches.

— Non, dit Anne. Tu ne sais donc rien de rien ? C'est un *horz*, pas un simple vieux jardin ordinaire. C'est pour cela que tout est aussi sauvage, ici. Personne n'a le droit de le couper, pas même *lui*. S'il le coupe, sainte Fessa et saint Selfan viendront le maudire.

— Ils ne vont pas nous maudire pour nous être cachées ici ?

— Nous ne coupons rien, dit Anne d'un ton raisonnable. Nous ne faisons que nous cacher. De toute façon, si le Scaos nous attrape, ce sera bien pire qu'une malédiction, non ? Nous serons mortes.

— Tu me fais peur !

— Je viens de le voir bouger ! glapit Anne. Il est juste là ! Par tous les saints et si tu veux vivre, file !

Austra gémit et avança, à travers les racines noueuses de chênes sans âge, à travers des amoncellements d'épineux, de primevère et de vigne sauvage tous si anciens que leurs sarments étaient plus épais que la cuisse d'Anne. L'odeur était de terre, de feuilles et d'une légère et douce corruption. Une lueur verte grisâtre était tout ce que les couches de feuilles et de branches laissaient percer de la lampe puissante du soleil. Là-bas, dans les larges allées pavées de plomb de la cité des fantômes, il était midi. Ici, c'était le crépuscule.

Elles arrivèrent dans un espace réduit où rien ne poussait, bien que la végétation le couvrît, comme une petite pièce construite par les Phays, et s'y accroupirent un moment.

— Il est toujours après nous, haleta Anne. Tu l'entends ?

— Oui. Qu'allons-nous faire ?

— Nous all…

Elle n'eut pas l'occasion d'achever. Quelque chose craqua avec le bruit d'un plat qui se brise, et l'instant d'après elles glissaient dans la bouche ouverte de la terre. Elles atterrirent avec un bruit mou sur une surface de pierre dure.

Durant de longs moments, Anne resta étendue sur le dos, à cligner des yeux en direction de la vague lumière au-dessus, en recrachant de la poussière. Austra se contentait de haleter en faisant de petits bruits bizarres.

— Tu vas bien ? demanda Anne à l'autre fille.

Austra acquiesça :

— Han-han. Mais que s'est-il passé ? Où sommes-nous ? (Puis ses yeux s'écarquillèrent.) Nous sommes sous terre ! Les morts se sont emparés de nous !

— Non, dit Anne dont la propre terreur s'amenuisait. Non, regarde. Nous sommes juste tombées dans une tombe plus ancienne. Très ancienne, étant donné que le horz est là depuis quatre cents ans, et que *ceci* est en dessous. (Elle indiqua du bras la lumière qui descendait le long de la même pente sale qu'elles avaient parcourue.) Le sol devait être fragile à cet endroit-là. Mais regarde, nous pouvons ressortir.

— Allons-y, alors, dit Austra. Vite.

Anne joua avec ses mèches rousses :

— Explorons d'abord un peu. Je parierais que personne n'est venu ici depuis mille ans.

— Je ne crois pas que ce soit une tombe, dit Austra. Les tombes ressemblent à des maisons, et là ce n'est pas le cas.

Austra avait raison, ce n'était pas le cas. Elles étaient tombées au bord d'une grande pièce ronde. Sept pierres imposantes dressées comme des piliers supportaient une pierre plate plus massive encore, formant comme un plafond, et des pierres plus petites avaient été disposées autour pour retenir la terre.

— C'est peut-être à cela que les maisons ressemblaient il y a un millier d'années, suggéra Anne.

— C'est peut-être une tombe scaosienne ! s'exclama Austra. C'est peut-être *sa* tombe !

— Ils n'avaient pas de tombes, dit Anne. Ils pensaient être immortels. Viens, je veux voir cela.

— Qu'est-ce que c'est ?

Anne se leva et se fraya un chemin jusqu'à une boîte de pierre, plus longue qu'elle n'était haute ou large.

— Je crois que c'est un sarcophage, dit-elle. Il n'est pas décoré comme ceux que nous faisons maintenant, mais il a la même forme.

— Tu veux dire qu'il y a quelqu'un de mort à l'intérieur.

— Han han. (Elle passa la main contre le couvercle et sentit des incisions dans la pierre.) Il y a quelque chose d'écrit.

— Quoi ?

— Ce sont juste des lettres. *V, I, D, A*. Cela ne fait pas un mot.

— C'est peut-être une autre langue.

— Ou une abréviation. *V*…

Elle s'interrompit, pétrifiée par une pensée soudaine.

— Austra. Virgenye Dare ! *V-I* pour Virgenye et *D-A* pour Dare.

— C'est impossible, dit Austra.

— Non, murmura Anne. Ça doit être ça. Regarde comme cette tombe est vieille. Virgenye Dare fut la première de ma famille à naître dans ce monde. Ça *doit* être elle.

— Je pensais que ta famille ne régnait sur la Crotheny que depuis cent ans, dit Austra.

— C'est vrai, répondit Anne. Mais elle a pu venir ici à l'époque des premiers royaumes. Personne ne sait où elle est allée, après la guerre, ni où elle a été enterrée. C'est elle, je le sais. Ça ne peut être qu'elle. Aide-moi à repousser le couvercle, que je la voie.

— Anne ! Non !

— Allons, Austra. C'est mon ancêtre, cela ne la gênera pas.

Anne pesa sur le couvercle de tout son poids, sans que celui-ci bougeât. Lorsque, à force de cajoleries, elle eut convaincu une Austra réticente de joindre ses forces aux siennes, il ne bougea d'abord toujours pas ; mais sous la pression de leurs efforts conjugués, le lourd couvercle de pierre finit par glisser de la largeur d'un doigt.

— Ça y est ! Il bouge !

Mais malgré tous leurs efforts, elles ne purent le déplacer plus avant.

Anne regarda à travers la fente. Elle ne distingua rien, mais l'odeur était bizarre. Pas malsaine, juste étrange, comme le dessous d'un vieux lit qui n'aurait pas été nettoyé depuis très longtemps.

— Dame Virgenye ? chuchota-t-elle à l'intérieur de la boîte, en entendant sa voix résonner entre les parois.

Je m'appelle Anne. Je suis la fille de Guillaume, le roi de Crotheny. Je suis heureuse de te rencontrer.

Aucune réponse ne vint, mais Anne était convaincue que l'esprit l'avait entendue. Après tout, après avoir dormi aussi longtemps, il était possible qu'elle s'éveillât lentement.

— J'apporterai des cierges que je ferai brûler pour toi, promit Anne. Et des présents.

— S'il te plaît, implora Austra, partons.

— Oui, d'accord, concéda Anne. Mère ou Fastia ne vont pas tarder à s'inquiéter de nous, de toute façon.

— Est-ce que l'on continue d'échapper au Scaos ?

— Non, je suis lasse de ce jeu, répondit Anne. Ceci est beaucoup mieux. C'est *vrai*. Et c'est notre secret. Je ne veux pas que quiconque l'apprenne. Alors nous devons partir maintenant, avant que l'on ne vienne nous chercher jusqu'ici. Fastia serait peut-être assez petite pour se glisser à l'intérieur.

— Pourquoi est-ce que cela devrait rester secret ?

— Il le faut, c'est tout. Partons.

Elles réussirent à remonter et traverser le trou et la végétation luxuriante, jusqu'à enfin émerger près du mur de pierre effrité du horz. Fastia se dressait là, de dos, ses longs cheveux bruns flottant sur sa robe verte. Elle se retourna en les entendant approcher.

— Où étiez-v… (Elle s'interrompit et laissa échapper un rire outragé.) Regardez-vous, toutes les deux ! Vous êtes répugnantes ! Par tous les saints, qu'avez-vous fait ?

— Désolée, dit Anne. Nous avons joué à être poursuivies par un Scaos.

— Vous allez regretter que ce ne soit qu'un simple Scaos lorsque Mère va vous voir. Anne, ce sont nos ancêtres révérés qui nous entourent ici. Nous sommes censés honorer tante Fiéne, amener son corps en sa demeure posthume. C'est une affaire très solennelle, et vous êtes supposées être ici, et non pas jouer dans le horz.

— Nous nous ennuyions, dit Anne. Tante Fiéne ne s'en serait pas offusquée.

— Ce n'est pas de tante Fiéne que tu devrais t'inquiéter, c'est de Mère et Père. (Fastia brossa de la main la terre qui maculait la robe blanche d'Anne.) Et il est impossible de vous rendre présentables avant que Mère ne vous voie.

— Mais *toi*, tu jouais ici aussi, dit Anne. Tu me l'as dit.

— Peut-être, répondit leur sœur aînée, mais j'ai quinze ans maintenant et je vais me marier. Il ne m'est plus permis de jouer. Et il ne m'est pas non plus permis de vous laisser jouer, du moins pas maintenant. J'étais censée vous surveiller. Vous m'avez mise dans une situation très inconfortable.

— Nous sommes désolées, Fastia.

Sa sœur aînée sourit et repoussa en arrière ses cheveux bruns, si semblables à ceux de leur mère, si différents de sa tignasse fraise.

— Cela ira, petite sœur. Pour cette fois, j'en assumerai la responsabilité. Mais lorsque je serai mariée, j'aurai autorité sur mes cadettes, alors il vaudrait mieux que tu t'habitues à m'obéir. Entraîne-toi, commence à m'écouter au moins une fois sur deux, s'il te plaît ? Toi aussi, Austra.

— Oui, Madame la landegrave, maugréa Austra, en faisant une révérence.

— Merci, Fastia, ajouta Anne.

Un instant, Anne manqua parler à sa sœur aînée de ce qu'elles avaient découvert. Mais elle ne le fit pas. Fastia était devenue étrange, ces derniers temps. Moins plaisante, plus sérieuse. Plus adulte. Anne l'adorait, mais elle n'était pas certaine de pouvoir encore lui faire confiance.

Cette nuit-là, après la réprimande, lorsque les chandelles eurent été soufflées et qu'elle et Austra furent étendues sur leur grand lit de plumes, Anne pinça le bras d'Austra. Pas assez pour lui faire mal, mais presque.

— Ouh ! se plaignit Austra. Pourquoi as-tu fait cela ?

— Si tu parles jamais de ce que nous avons trouvé aujourd'hui, prévint Anne, je te pincerai plus fort encore.

— Je t'ai dit que je n'en parlerai pas.

— Jure-le. Jure-le sur ta mère et ton père.

Austra resta un moment silencieuse.

— Ils sont morts, murmura-t-elle.

— C'est encore mieux. Les morts entendent mieux les promesses que les vivants, disait toujours mon père.

— Ne me force pas, implora Austra d'une voix triste, comme si elle allait se mettre à pleurer.

— Oublie cela, répondit Anne. Je penserai à un autre moyen de le jurer demain. D'accord ?

— D'accord, dit Austra.

— Bonne nuit, Austra. Que la Vieille-qui-presse épargne ton sommeil.

— Bonne nuit, répondit Austra, dont le souffle indiqua bientôt qu'elle s'était assoupie.

Mais Anne ne pouvait pas s'endormir. Sa tête était pleine de légendes, des histoires héroïques de la grande guerre contre les Scaosen, de démons et de Virgenye Dare. Et elle pensait à la fente obscure du cercueil, au soupir ténu qu'elle était certaine d'avoir entendu. Elle couva son secret, son trésor, et sombra finalement dans des rêves de plaines enténébrées et de forêts menaçantes.

PREMIÈRE PARTIE

LA VENUE DU GREFFYN

En le mois de terthmen de l'an 2223 d'Éveron

Qui a un corps semblable à celui du lion
mais le visage et la posture de l'aigle,
des veines parcourues par un venin
et un regard que nul vivant n'a croisé ?

Comptine-devinette de l'est de la Crotheny

Le sang régalien se déversera comme une rivière. Ainsi sombrera le monde.

Traduit du *Tafles Taceis, le Livre des Murmures*

CHAPITRE UN

LE VERDIER

Aspar White subodora un meurtre. L'odeur évoquait celle d'une poignée de feuilles d'automne, flétries par les premières gelées et écrasées dans la paume de la main.

Jesp la Poisseuse, la femme sefry qui l'avait élevé, lui avait dit un jour que son don particulier lui venait d'être né d'une mère agonisant sous le gibet qui offrait au Furieux ses sacrifices. Mais Jesp mentait par profession, et la raison n'avait de toute façon aucune importance. La seule chose qui importait à Aspar, c'était que son nez ne se trompait généralement pas. Une personne s'apprêtait à en tuer une autre. Ou à essayer.

Aspar venait d'entrer à la Tette de Truie après une semaine difficile dans les Contreforts de Walham. Ses muscles brûlaient de fatigue, sa langue était plus granuleuse que le sable, et il rêvait depuis des jours de la douceur fraîche, ambrée et miellée d'une bière. Il n'avait eu le temps que d'en boire une gorgée, de la sentir rouler sur sa langue, de percevoir le baiser de la mousse sur ses lèvres, quand lui était parvenue l'odeur qui en avait gâté le goût.

En soupirant, il reposa la chope de terre rugueuse sur le chêne crevassé de sa table et parcourut du regard l'intérieur sombre et bondé de l'auberge, sa main vagabondant vers la poignée d'os aplanie de sa dague, en se demandant d'où la mort venait et où elle allait.

Il ne vit là que la foule habituelle : principalement des charbonniers, le visage noirci par leur activité, qui plaisantaient et riaient en buvant pour effacer le goût de la suie sur leur langue. Plus près de la porte, maintenue ouverte pour laisser entrer l'air du soir, Loh, le garçon meunier, dans sa chemise propre bordée de dentelle, faisait de grands gestes avec sa chope, et ses compagnons s'esclaffèrent lorsqu'il la vida d'une seule longue goulée. Quatre marchands hornladhs en pourpoints à damiers et chausses rouges se tenaient près de l'âtre dans lequel un verrat en broche gouttait sur les braises grésillantes, entourés d'une clique de jeunes aux visages fervents et rubiconds dans la lumière du feu, qui les pressaient de leur parler du monde au-delà de leur petit village de Colbaely.

Rien qui ne ressemblât ne serait-ce qu'à un début de querelle. Aspar reprit sa chope. La bière avait peut-être un goût, aujourd'hui.

Mais il vit alors d'où venait le meurtre. Il entrait par la porte ouverte, avec les premières trilles hésitantes des engoulevents et une promesse de pluie moite et ténue.

Ce n'était qu'un garçon, de peut-être quinze ans. Il n'était pas de Colbaely, Aspar en était certain, et probablement pas même du graviat de Holtmarh. Le nouveau venu parcourut la salle d'un regard hâtif et désespéré, ses yeux plissés s'efforçant de s'accoutumer à la lumière. Il était visiblement à la recherche de quelqu'un.

Puis il vit Aspar, seul à sa table, et marcha dans sa direction. Le jeune homme portait des chausses en cuir d'élan et une chemise modeste, qui avaient connu de meilleurs jours. Ses cheveux bruns étaient emmêlés, maculés de boue et pleins de feuilles. Aspar vit sa glotte s'agiter convulsivement dans sa gorge lorsqu'il tira une épée plutôt impressionnante d'un fourreau sur son dos et pressa le pas.

Aspar but une nouvelle gorgée et soupira. Elle avait encore plus mauvais goût que la précédente. Dans le silence soudain, les brossequins du garçon chuintèrent sur le sol carrelé d'ardoise.

— Tu es le verdier, dit le garçon avec un fort accent almannien. Le gruyer.

— Je suis le forestier du roi, acquiesça Aspar. C'est assez évident, puisque je porte ses couleurs. Je suis Aspar White. Et tu es… ?

— Je suis l'homme qui va t'occidérer, dit le garçon.

Aspar releva légèrement la tête, si bien qu'il regardait le garçon d'un œil. Il tenait son épée fort maladroitement.

— Pourquoi ? demanda-t-il.

— Tu sais pourquoi.

— Non. Si je le savais, je ne l'aurais pas demandé.

— Par le cul de tous les saints, tu le sais bien – *tho ya theen manns slootered meen kon…*

— Parle la langue du roi, mon garçon.

— Que Grim confise le roi ! vociféra le garçon. Ce n'est pas *sa* forêt !

— Eh bien, c'est un différend qu'il va te falloir porter devant lui. Il pense qu'elle l'est, vois-tu, et il est le roi.

— C'est ce que je compte faire, dès que notre différend sera réglé. Je remonterai jusqu'à Eslen pour en finir, mais tout commence avec toi, assassin.

Aspar soupira. Il pouvait l'entendre dans la voix du jeune homme, le voir dans la tension de ses épaules : parler ne servirait plus à rien. Il se leva promptement, se glissa derrière la pointe de l'épée, et projeta sa chope de terre sur le côté du crâne du garçon. La poterie de céramique se fracassa. Le garçon hurla, lâchant son arme et étreignant son oreille meurtrie. Aspar dégaina calmement sa longue dague, attrapa le garçon par le col, le souleva aisément du sol d'une grande main calleuse, et le rejeta durement sur le banc qui faisait face à la table derrière laquelle il avait été assis.

Le garçon le regarda avec défiance à travers son masque de sang et de douleur. La main qui tenait le côté de sa tête était luisante et sombre sous la lumière pâle.

— Regardez, vous tous ! s'exclama le garçon d'une voix rauque. Soyez tous témoins ! Il va m'assassiner comme il a massacré ma famille !

— Contente-toi de te calmer, mon garçon, lâcha Aspar.

Il ramassa l'épée et la posa à côté de lui, sur son banc, avec la table entre elle et le garçon. Il garda sa propre dague tirée.

— Armann, apporte-moi une autre bière.

— Tu viens de briser une de mes chopes ! s'exclama l'aubergiste, son visage presque rond rouge betterave.

— Apporte-m'en une ou je te brise autre chose.

Certains charbonniers s'esclaffèrent, et la plupart des autres rirent à leur tour. Les conversations reprirent.

Aspar toisa le garçon en attendant sa bière. Ses doigts tremblaient, et il gardait les yeux baissés. Son courage semblait s'écouler de lui comme son sang.

C'est d'ailleurs souvent le cas, se dit Aspar. On fait un peu saigner un homme, et il devient tout de suite moins héroïque.

— Qu'est-il arrivé à ta famille, mon gars ?

— Comme si tu ne le savais pas.

— Tu veux une autre gifle ? Par Grim, je vais te frapper jusqu'à ce que tu répondes. Je n'accepte pas de me faire menacer, et je n'accepte pas de me faire traiter de meurtrier, à moins que je n'aie effectivement tué quelqu'un. Et au bout du compte, je me moque de ce qui est ou n'est pas arrivé à une bande d'intrus, sauf que s'il s'est passé quelque chose de fâcheux dans la forêt, c'est mon travail que de le savoir, tu comprends ? Parce que tu ne m'intéresses pas, mais que je m'intéresse à la forêt et à la justice du roi. Alors raconte-moi tout !

— J'ai juste… Je… Ils sont morts !

Alors il éclata en sanglots. Comme les larmes se mêlaient au sang sur son visage et dégoulinaient sur ses joues, Aspar réalisa que même quinze ans avait été une estimation exagérée. Ce garçon n'avait probablement pas plus de treize ans ; il était simplement grand pour son âge.

— Estronc que tout cela ! maugréa Aspar.

— Aspar White !

Il leva les yeux, pour découvrir Winna Rufoote, la fille de l'aubergiste. Elle avait moins de la moitié de son âge, à peine dix-neuf ans, et était jolie, avec son visage ovale, ses yeux verts et ses cheveux blond pâle. Elle avait aussi un caractère marqué, et plutôt farouche. Aspar l'évitait comme faire se pouvait.

— Winna…

— N'essaie même pas. Tu fracasses la cervelle de ce pauvre garçon et l'une de nos chopes, et ensuite tu voudrais rester assis là à boire une bière pendant qu'il répand son sang partout ?

— Écoute…

— Non, je ne t'écouterai pas ! Pas toi, qui es supposé représenter le roi. D'abord, tu vas m'aider à porter ce garçon dans une chambre, que je puisse le nettoyer. Puis tu vas mettre ta marque sur l'une de ces notes royales, ou débourser du bon et vrai cuivre pour la chope. Et seulement alors, tu pourras avoir une autre bière, mais pas avant.

— Si ce n'était pas la seule auberge de la ville…

— Mais ça l'est, n'est-ce pas ? Alors, si tu veux y rester le bienvenu…

— Tu sais que tu ne peux pas m'en interdire l'entrée.

— Évidemment. Interdire au représentant du roi d'entrer ? Je ne le peux certainement pas. Mais tu pourrais avoir soudain l'impression que ta bière a un goût de pisse, si tu vois ce que je veux dire.

— Elle a déjà un goût de pisse, grommela Aspar.

Elle porta ses mains à ses hanches et le dévisagea intensément. Il ressentit une légère faiblesse dans ses genoux. Depuis vingt-cinq ans qu'il était forestier, il avait affronté des ours, des lions, et plus de hors-la-loi qu'il n'en pouvait compter. Mais il n'avait jamais su quoi répondre à une jolie femme.

— Il est tout de même venu ici pour me tuer, le petit estronc, fit mollement remarquer Aspar.

— Et qu'est-ce que cela peut avoir d'étrange ? Il m'est arrivé d'être moi-même tentée. (Elle tira un chiffon et le tendit au garçon.) Comment t'appelles-tu ? lui demanda-t-elle.

— Uscaor, marmonna-t-il. Uscaor Fraletson.

— Tu as juste une petite coupure à l'oreille, Uscaor. Ça va aller.

Aspar soupira longuement puis se redressa :

— Allez, viens, mon garçon. On va aller te nettoyer, hein ? Comme ça, tu seras tout beau quand tu viendras me tuer dans mon lit.

Mais comme le garçon se hissait difficilement sur ses pieds, Aspar perçut de nouveau l'odeur de la mort, et distingua pour la première fois la main droite du garçon. Elle n'était qu'une ecchymose noire et bleue, et ce spectacle lui fit froid dans le dos.

— Que t'est-il arrivé là ? demanda Aspar.

— Je ne sais pas, répondit doucement Uscaor. Je ne me souviens pas.

— Viens, Uscaor, dit Winna. Je vais te trouver un lit.

Aspar le regarda s'éloigner, en fronçant les sourcils. Le garçon avait bien essayé de le tuer, c'était vrai, mais il n'avait jamais vraiment risqué grand-chose. Par contre, cette main… C'était peut-être ce que son nez essayait de lui signaler depuis le début.

Mal à l'aise, il attendit sa bière.

— Il dort, dit Winna à Aspar quelque temps plus tard, après qu'elle fut restée seule avec le garçon durant un bon moment. Je ne crois pas qu'il ait mangé ou dormi depuis deux ou trois jours. Mais cette main… elle est gonflée, et brûlante. Et ça ne ressemble à aucune blessure que j'aie jamais vue.

— Non, dit Aspar. Moi non plus. Je devrais peut-être la lui couper, et l'emporter à Eslen pour la montrer à l'apothicaire.

— Je ne marche pas, Asp, dit Winna. Tu as le cuir plus dur que l'orme, mais ton cœur est tendre.

— N'essaie pas trop de t'en convaincre, Winn. T'a-t-il expliqué pourquoi il voulait me tuer ?

— Il m'a dit la même chose qu'à toi. Il pense que tu as massacré sa famille.

— Pourquoi croit-il une telle chose ?

— Eh, Winna ! cria quelqu'un dans la salle. Lâche un peu l'ours royal et viens nous abreuver ! (Il cogna sa chope vide sur sa table.)

— Fais comme à ton habitude, Banf : va te servir tout seul. Tu sais où est la chantepleure, et moi je saurai combien tu me dois à ce que tu vomiras plus tard.

Cela valut à l'intéressé une bordée de rires et de railleries de la part de ses compagnons, tandis que Winna s'asseyait face à Aspar.

— Lui et sa famille ont monté le camp près de la Taff, poursuivit-elle, à quelques lieues de l'endroit où elle se jette dans la Mage…

— Oui, des intrus, comme je l'avais deviné.

— Ainsi, ils se sont introduits dans la forêt royale. Des tas de gens font ça. Est-ce que cela veut dire qu'ils méritent de mourir ?

— Je ne les ai pas tués pour ça, par les dents du Furieux ! Je ne les ai même pas tués du tout.

— Uscaor dit qu'il a vu les couleurs du roi sur les hommes qui ont fait ça.

— Non. Je ne sais pas ce qu'il a vu, mais il n'a pas vu cela. Aucun de mes hommes ne se trouve à moins de trente lieues d'ici.

— Tu en es sûr ?

— Sacrément certain.

— Alors qui les a tués ?

— Aucune idée. Il y a assez de place dans les forêts du roi pour toute sorte de hors-la-loi. Mais je suppose que je le découvrirai. (Il but un peu de sa bière.) Au bord de la Taff, tu dis ? C'est à deux jours d'ici. Je partirai aux premières lueurs, alors dis à Paet que mes chevaux devront être prêts. (Il finit sa bière d'une seule longue goulée, et fit mine de se lever.) À la revoyure.

— Attends. Tu ne veux pas parler encore un peu au garçon ?

— Pour quoi faire ? Il ne sait pas ce qui s'est passé. Il n'a même probablement vu personne. Je parie que cette histoire sur les couleurs du roi est un mensonge.

— Qu'est-ce qui te fait penser ça ?

— Écoute-moi bien, Winn. Les intrus vivent dans la terreur de la justice du roi. Ils croient tous qu'ils vont être pendus ou décapités ou pourchassés, et ils sont convaincus que je suis un étan à deux têtes. Je ne cherche pas à décourager ce genre d'histoires. En fait, je les encourage. Quelqu'un a tué les parents de ce gosse, et il n'a pas vu qui. Il suppose que c'était moi. Il a inventé le reste quand il a commencé à se sentir ridicule.

— Mais quelqu'un les a tués, dit-elle.

— Oui. Je crois cette partie de l'histoire. (Il soupira et se leva.) Bonne nuit, Winn.

— Tu ne vas pas y aller tout seul ?

— Tous mes hommes sont bien trop loin. Il faut que j'y aille pendant que la piste est encore fraîche.

— Attends au moins un peu. Fais chercher Dongal.

— Pas le temps. Pourquoi es-tu si nerveuse, Winn ? Je sais ce que je fais.

Elle hocha la tête :

— Juste une impression. Qu'il y a quelque chose de différent, cette fois. Ces temps-ci, les gens qui ressortent de la forêt sont... différents.

— Je connais la forêt mieux que quiconque. Elle est pareille à elle-même.

Elle acquiesça à contrecœur.

— Eh bien, comme je te l'ai dit, bonne nuit.

Elle saisit sa main :

— Prends garde à toi, murmura-t-elle en la serrant un peu.

— Bien sûr, dit-il en espérant qu'il s'était tourné assez vite pour qu'elle ne l'ait pas vu rougir.

Aspar se leva au premier cri du coq, alors que la lumière qui perçait à sa fenêtre était encore principalement due aux étoiles. Le temps qu'il s'aspergeât le visage de l'eau de sa cuvette fêlée, qu'il rasât le poil gris qui y avait poussé, et qu'il enfilât ses chausses de cuir et son pourpoint rembourré de coton, et l'Est virait jaune pâle.

Il considéra sa cuirasse de cuir bouilli ; il allait faire chaud, aujourd'hui.

Il la mit quand même. Mieux valait transpirer que mourir.

Il glissa sa dague à poignée d'os à son côté, et arrangea sa hache de jet dans son anneau sur la même ceinture. Il tira son arc de son étui de peau huilée, vérifia le bois et les cordes de rechange, compta ses flèches. Puis il remit l'arc dans son étui, enfila ses bottes montantes, et descendit les escaliers.

— Aux premières lueurs, hein ? dit Winna alors qu'il traversait la salle commune.

— Je vieillis, grommela Aspar.

— Eh bien, déjeune, puisqu'il n'est pas trop tôt pour cela.

— Ce qui me fait penser… J'ai besoin d'acheter…

— Je t'ai préparé une semaine de provisions. Paetur les charge pour toi.

— Oh, merci.

— Assieds-toi.

Elle lui apporta un tranchoir de pain noir avec une saucisse à l'ail et des pommes cuites. Il en mangea la moindre miette. Lorsqu'il eut fini, Winna était hors de vue, mais il pouvait l'entendre s'affairer dans la cuisine. Un instant, il se souvint avoir eu une femme qui s'affairait dans leur propre cuisine, dans leur propre maison.

Il y avait bien longtemps. Et la douleur était toujours là. Winna était assez jeune pour être sa fille. Il sortit sans bruit, pour ne pas attirer son attention, en se sentant un peu lâche. Une fois dehors, il se dirigea aussitôt vers les écuries.

Paetur, le frère cadet de Winna, s'occupait d'Ange et d'Ogre. Paet était grand, blond et dégingandé. Il avait, quoi, treize ans ?

— Bonjour, sire, dit Paet lorsqu'il vit Aspar.

— Je ne suis pas chevalier, mon garçon.

— Oui, mais tu es ce que nous en avons de plus proche ici, à l'exception du vieux sire Symen.

— Un chevalier est un chevalier. Sire Symen est un chevalier ; moi pas. (Il fit un signe de tête en direction de ses montures.) Ils sont prêts ?

— Ogre dit oui, Ange dit non. Je crois que tu devrais laisser Ange avec moi. (Il flatta le cou de la rouan.)

— C'est elle qui l'a dit, n'est-ce pas ? grommela Aspar. Elle a peut-être été fatiguée par la façon dont tu l'as fait courir hier ?

— Je n'ai jamais…

— Mens-moi et je te bats, et ton père me remerciera pour cela.

Paet rougit et se concentra sur ses chaussures :

— Eh bien… Elle avait besoin d'exercice.

— Demande, la prochaine fois. Tu m'entends ? Et par pitié, n'essaie pas de monter Ogre.

Le bai choisit cet instant pour renâcler, comme pour exprimer son assentiment. Paet s'esclaffa.

— Qu'y a-t-il de si drôle ?

— Tom a essayé, hier. De monter Ogre.

— On l'enterre quand ?

— Il a perdu ses deux dents de devant, c'est tout.

— Ce garçon a de la chance. Il a vraiment de la chance.

— Oui, maître White.

Aspar flatta les naseaux d'Ogre.

— J'ai l'impression que tu les as fort bien chargées. Tu veux arranger mon arc et mon carquois ?

— Je peux ?

Les yeux du garçon brillaient d'excitation. Il lui tendit l'arme :

— Je crois.

— C'est vrai que tu as tué six étans avec ?

— Les étans n'existent pas, mon garçon. Pas plus que les greffyns, les alfes, les basilnixes, ou les collecteurs d'impôt connaissant la compassion.

— C'est ce que j'ai répondu à mes amis, mais Rink dit que son oncle a vu un étan de ses propres yeux…

— Il était saoul et il a vu son propre reflet, plus sûrement…

— Mais tu as bien tué Wargh-le-noir et ses bandits, n'est-ce pas ? Tous les dix.

— Oui, concéda aimablement Aspar.

— Je ferai quelque chose comme ça un jour.

— Ce n'est jamais vraiment comme on le croit, répondit Aspar.

Sur ce, il enfourcha Ogre et se mit en route. Ange leur emboîta docilement le pas. Paet fit de même.

— Où crois-tu aller ? demanda Aspar.

— Jusqu'à la Mage. Une caravane sefry s'y est installée cette nuit. Je veux qu'on me dise la bonne aventure.

— Tu ferais mieux de t'en tenir soigneusement à l'écart, conseilla Aspar.

— N'as-tu pas été élevé comme un Sefry, maître White ? N'as-tu pas été élevé par Jesp la Poisseuse ?

— Justement. Alors je sais de quoi je parle.

Les Sefry avaient bien choisi leur endroit, une clairière parsemée de violettes débouchant sur la rivière, et bordée de toute part de chênes-saules aux branches épaisses. Ils achevaient de monter le camp. Une grande tente d'or et de pourpre passés était déjà complètement dressée, l'emblème du clan – trois yeux et un croissant de lune – flottant dans un zéphyr hésitant. Des chevaux entravés broutaient dans la prairie, où dix hommes et deux fois autant d'enfants enfonçaient des pieux, déroulaient des cordes et déployaient des toiles. La plupart étaient torse nu, car le soleil n'était pas encore assez haut pour marquer leur peau, d'un blanc de lait. Contrairement aux autres, les Sefry ne burinaient pas au soleil : en pleine lumière, ils se couvraient de la tête au pied.

— Salut, lança l'un des hommes, un gars aux épaules étroites qui d'aspect aurait semblé avoir trente ans, une apparence qu'Aspar savait fausse d'au moins quinze années.

Il connaissait Afas depuis leur enfance, et celui-ci était son aîné.

— Est-ce bien le Bâtard de la Poisseuse que je vois là ? poursuivit le Sefry en se redressant, son marteau se balançant à son côté.

Aspar mit pied à terre. *Le Bâtard de la Poisseuse*. Pas vraiment un surnom auquel il avait jamais tenu.

— Salut Afas, répondit-il en refusant de laisser paraître son irritation. Moi aussi, je suis content de te voir.

— Tu es venu nous chasser ?

— Quel intérêt ? Je ne ferais que vous renvoyer sur une autre ville, qui serait probablement encore sous ma juridiction. Et de toute façon, je partais.

— Eh bien, c'est généreux. (Le Sefry pencha la tête sur le côté.) *Elle* avait dit que tu viendrais. Elle a presque eu tort, alors ?

— Qui, *elle* ?

— Mère Cilth.

— Par Grim ! Elle est toujours vivante ?

— Elles meurent rarement, ces vieilles femmes.

Aspar s'arrêta à quelques pas d'Afas. Les deux hommes étaient de même taille, mais leur ressemblance s'arrêtait là. Aspar avait la masse qui allait avec sa stature, un chêne face au saule qu'était Afas. De plus près, la peau d'Afas était une carte, les rivières, torrents, ruisseaux et rus de ses veines distinctement dessinés en bleu. Il avait six mamelons pâles disposés comme ceux d'un chat sur son torse souple et vigoureux. Ses cheveux étaient du noir de la minuit, noués en arrière par un ruban doré.

— D'où arrivez-vous ? demanda Aspar.

— Du sud.

— Vous êtes venus par la forêt ?

Les yeux d'Afas s'écarquillèrent avec ingénuité :

— Quelle question, Forestier ! Nous n'irions pas traverser la forêt du roi Randolf sans permission !

— Le roi Randolf est mort il y a treize ans. C'est Guillaume, maintenant.

— Cela n'y change rien.

— Bien. Je vais jusqu'à la Taff. Un garçon est arrivé hier soir, qui disait que sa famille avait été assassinée là-bas. Je te serais reconnaissant si tu avais entendu quoi que ce soit qui mérite d'être répété, et je n'insisterais pas trop pour savoir d'où ça vient.

— Très correct de ta part, mais je ne sais rien de tout ça. Je peux néanmoins te dire une chose : *si* j'étais allé dans la forêt, j'en serais déjà ressorti. Je m'en éloignerais le plus possible.

— Où allez-vous ?

— Nous restons ici quelques jours, le temps de gagner de quoi payer nos provisions. Puis nous partons. Loin. En Tero Gallé, peut-être, ou en Virgenye.

— Pourquoi ?

Afas fit un rapide signe de tête en direction de la grande tente, celle qui était déjà montée.

— Parce qu'elle l'a dit. Je ne sais rien d'autre, et je ne veux rien savoir de plus. Mais tu peux lui demander. D'ailleurs, elle a dit que tu voudrais le lui demander.

— Humm. Eh bien alors, je suppose que c'est ce que je vais faire.

— C'est peut-être le plus sage.

— Tout à fait. Et évitez les problèmes, d'accord ? J'ai suffisamment à faire pour ne pas devoir en plus vous poursuivre à mon retour.

— Évidemment. Tout ce qui peut t'être agréable, Poissard.

Mère Cilth était déjà vieille quand Aspar était enfant. À présent, elle aurait tout aussi bien pu être un fantôme regardant depuis l'autre côté de l'abîme qu'était la mort.

Elle était assise sur une pile de coussins, vêtue de noir, coiffée de noir. Seul son visage était visible, un masque d'ivoire veiné de saphir. Ses yeux, de l'or le plus pâle, observaient chacun de ses mouvements. Les yeux de Jesp avaient été de cette couleur. Et ceux de Qerla.

— Te voici, dit mère Cilth d'une voix rauque. Jesperedh avait dit que tu viendrais.

Aspar se retint de lui rappeler depuis combien de temps Jesp était morte. Cela eut été inutile. Il n'avait jamais réellement su s'il s'agissait d'un simulacre ou si les Sefry avaient fini par croire leurs propres mensonges, mais cela ne faisait aucune différence, parce que leur revendication continuelle d'une communication avec les morts n'était qu'un horripilant tas d'estroncs. Les morts étaient morts ; ils ne parlaient pas.

— Tu voulais me voir ? dit-il en s'efforçant d'atténuer quelque peu l'irritation dans sa voix, mais il n'était pas très bon à cela.

— Je te vois déjà. Je voulais te parler.

— Je suis là, Mère. Je t'écoute.

— Toujours déplaisant. Toujours impatient. Je pensais que ma sœur t'avait mieux élevé.

— Peut-être que ses leçons auraient eu plus de portée si elle avait reçu un tant soit peu d'aide de tous les autres, répondit Aspar, incapable de dissimuler l'amertume dans sa voix. Prends-moi comme je suis ou pas du tout. Ce n'est pas moi qui ai voulu te parler.

— Si, en fait.

En un sens c'était vrai, mais il n'était pas forcé de l'admettre. Il tourna les talons et s'apprêta à sortir.

— Le Roi de Bruyère s'éveille, murmura Cilth.

Aspar s'immobilisa, un frisson parcourant sa colonne vertébrale comme un mille-pattes. Il se retourna lentement pour faire de nouveau face à la vieille femme.

— Quoi ?

— Le Roi de Bruyère. Il s'éveille.

— Estronc que tout cela ! s'exclama durement Aspar, bien qu'une partie de lui ait été affectée comme si la terre s'était ouverte sous ses pieds. J'ai arpenté la forêt du roi toute ma vie. Je suis allé en son cœur le plus profond et le plus ténébreux, je connais des endroits dans les Montagnes du Lièvre que même les chevreuils n'ont jamais vus. Il n'y a *pas* de Roi de Bruyère. C'est encore une de vos histoires sefry.

— Tu sais bien que si. Il dormait, et était invisible. Maintenant il s'éveille. C'est le premier signe. Jesp a bien dû te le dire.

— Elle m'en a parlé. Elle m'a aussi appris à tricher aux dés, et à faire les voix des revenants pendant ses séances.

Le visage de la vieille femme se fit plus dur encore qu'il ne l'avait été :

— Alors tu devrais pouvoir faire la différence, siffla-t-elle. Tu devrais pouvoir faire la différence entre le froid et le chaud, entre la brise et la tempête ! (Elle se rapprocha de lui.) Regarde dans mes yeux. Regarde.

Aspar ne le voulait pas, mais son regard l'avait déjà saisi, comme un serpent s'apprêtant à manger une souris. L'or et le cuivre de ses orbites parurent se dilater jusqu'à emplir tout son champ de vision, puis…

Une forêt transformée en gibet, des cadavres en décomposition pendus à chaque branche. Les arbres eux-mêmes déformés et prostrés, couverts d'épines noires, portant en lieu de feuillage des charognards, des corbeaux et des vautours, dodus et repus.

Dans les profondeurs de la forêt, les ombres entre les arbres s'infléchirent, comme si quelque chose d'immense bougeait là. Aspar le traqua, mais le mouvement ne dépassait jamais le coin de l'œil, et s'éteignait dès qu'il regardait dans sa direction.

Puis il remarqua le cadavre le plus proche. La corde à laquelle il pendait était presque pourrie, et il ne restait quasiment plus que des os et un peu de chair noircie, mais les yeux étaient encore vivants, vivants et or pâle…

Les mêmes yeux que ceux qu'il fixait en cet instant. Les yeux de mère Cilth.

Dans un souffle rauque, Aspar détourna le regard. Mère Cilth laissa échapper un rire grinçant.

— Tu vois, murmura-t-elle.

— Estronc que tout cela, réussit-il à répondre malgré ses jambes tremblantes. C'est un artifice.

Cilth se recula.

— Assez. Je pensais que tu étais le prédestiné. Je me suis peut-être trompée. Peut-être que tu n'as finalement rien appris du tout.

— Je ne peux que l'espérer.

— C'est une honte. Vraiment. Parce que si tu n'es pas le prédestiné, il n'est pas encore né. Et s'il n'est pas encore né, ta race – et la mienne – vont être éradiquées de cette terre, comme si nous n'avions jamais été. Cette partie-là de la prédiction ne peut être niée, sinon par des inconscients. Mais tu es peut-être inconscient. Ma sœur a péri pour rien. (Elle leva la main et rabaissa un voile sur son visage.) Je rêve, dit-elle. Laisse-moi.

Aspar lui obéit, en réprimant une envie inaccoutumée de s'enfuir à toutes jambes. Ce ne fut que lorsque le camp sefry fut à plus d'une lieue derrière lui que son souffle reprit un rythme normal.

Le Roi de Bruyère.

Estronc que tout cela, pensa-t-il.

Mais à la limite de son champ de vision, quelque chose bougeait encore.

CHAPITRE DEUX

DANS UNE AUTRE TAVERNE

— La reine, évidemment, doit mourir d'abord. C'est la plus grande menace pour nos plans.

La voix de l'homme était cultivée et sifflante ; il parlait la langue du roi avec une pointe de quelque accent du sud. Ses paroles furent pour Lucoth comme un serpent lui remontant le dos, et il craignit soudain que le bruit de son cœur fût un tel martèlement que tous allaient l'entendre.

Je suis une souris, se dit-il. *Une petite souris.*

C'était d'ailleurs ainsi que chacun l'appelait. Son vrai nom était Dunhalth MaypHinthgal, mais seule sa mère l'avait jamais appelé Dunhalth. Pour tous les autres habitants de la petite ville d'Odhfath, il était Lucoth, « la souris ».

Un silence froid suivit la déclaration de l'homme. Depuis sa position dans les chevrons, Lucoth ne pouvait distinguer aucun des visages ; simplement voir qu'ils étaient trois. Trois hommes, d'après leurs voix. Il savait qu'ils avaient payé l'aubergiste MaypCorgh pour faire usage de l'annexe de l'auberge du Coq Noir, ce qui, selon l'expérience de Lucoth, signifiait probablement qu'ils avaient à discuter de quelque affaire secrète.

Ce n'était pas la première fois qu'il écoutait discrètement ce genre de réunion. Il avait un arrangement avec l'aubergiste MaypCorgh, qui le prévenait lorsque la salle était utilisée. Jusqu'alors, il avait principalement entendu des trafiquants et des brigands, et avait souvent appris des choses dont MaypCorgh pouvait tirer profit, lequel lui en reversait bien évidemment une part.

Mais il ne s'agissait pas là de contrebandiers ou de bandits de grand chemin. Lucoth avait déjà entendu arranger des meurtres, mais jamais celui d'une reine. L'excitation remplaça la peur, et il tendit l'oreille alors qu'un autre des hommes prenait la parole.

— La reine, soupira-t-il. (Celui-ci avait une voix plus grave, et un peu râpeuse.) La prophétie est-elle si explicite ?

— Formelle, répondit le premier homme. Au moment de *sa* venue, il ne peut y avoir aucune reine du sang à Eslen.

— Qu'en est-il des filles ? demanda le dernier homme.

Son accent parut curieux même à Lucoth, qui avait pourtant entendu bien des étrangers. La ville d'Odhfath se trouvait à un carrefour : Partez vers l'est, et vous finirez par arriver en Virgenye. À l'ouest se trouvait le port de Paldh. La route du nord vous menait à Eslen, et ensuite à Hansa. La route du sud rejoignait la grande voie vitellienne, et ses caravanes de marchands bigarrés.

— Les filles ne monteront peut-être jamais sur le trône, dit le deuxième homme.

— Il existe un mouvement qui considérerait leur succession comme légitime, répondit le premier homme. Donc ils doivent tous mourir. Le roi, la reine, leur descendance féminine. Ce n'est qu'alors que notre triomphe sera assuré.

— C'est un pas important, dit le troisième homme de mauvais gré. Une fois franchi, il n'est plus de retour.

La voix du premier homme se fit douce et basse :

— Le Roi de Bruyère s'éveille. L'ère de l'homme s'achève. Si nous n'agissons pas maintenant, nous périrons avec les autres. Cela ne sera pas.

— C'est entendu, dit le deuxième homme.

— Je suis avec vous, dit le troisième, mais nous devons être prudents. Très prudents. Son heure viendra, mais elle ne sonne pas encore.

— Bien sûr, dit le premier homme.

Lucoth se pourlécha les lèvres, en se demandant quelle pourrait être la récompense pour avoir sauvé la vie d'une reine. Ou de toute une famille royale.

Il avait toujours rêvé de voir le monde et d'y chercher fortune. Mais il était assez sensé pour savoir qu'un garçon de quatorze ans qui partirait sur la route sans une pièce en poche y connaîtrait un destin funeste, et probablement assez rapidement. Il avait économisé durant des années, presque assez, pensait-il, pour pouvoir tenter sa chance.

Mais là... Il voyait déjà l'or devant ses yeux, de l'or par monceaux. Ou une baronnie. Ou la main d'une princesse. Ou tout ensemble.

L'aubergiste MaypCorgh n'entendrait pas parler de cela, oh non. Il était beaucoup trop probable qu'il irait tenter d'extorquer quelque magot à ces trois hommes. Ce n'était pas de cette façon qu'il fallait s'y prendre. La meilleure chose à faire était de s'éclipser, d'attendre demain, et de s'assurer un bon aperçu des hommes pour pouvoir les décrire. Ensuite il prendrait ses économies, achèterait un âne, et partirait pour Elsen. Là, il demanderait audience à l'empereur Guillaume, et lui dirait ce qu'il avait entendu.

Il réalisa soudain que les trois hommes en bas s'étaient tus, et coupa court au fil de son imagination pour se concentrer sur eux.

La tête du premier homme bougea, et bien que Lucoth ne vît pas d'yeux à travers la pénombre, il sentit un regard le brûler.

Ce qui était impossible. Il retint sa respiration et attendit que l'illusion se dissipât.

— Tu as un cœur bien bruyant, mon garçon, dit l'homme d'une voix qui était comme le velours.

Lucoth réagit aussitôt, mais ses mouvements étaient ceux d'un cauchemar. Il connaissait la charpente de l'auberge sur le bout des doigts, et pourtant l'endroit lui semblait maintenant étranger, les quelques toises qu'il lui suffisait de franchir pour se mettre en sûreté lui paraissaient des lieues. Néanmoins, la partie fonctionnelle de son cerveau lui dit : *passe le mur, descends. Il leur faudra faire le tour, par la porte. Cela te donnera une bonne avance, bien assez de temps pour qu'une souris se trouve une cachette sûre dans la ville de sa naissance.*

Quelque chose le frappa sur le côté du visage, pas trop fort. Il se demanda ce qu'ils lui avaient lancé, et fut soulagé que ce ne fût pas plus définitif.

Puis il comprit que quoi que ce fût, c'était toujours là, en contact avec sa joue. De toute façon, il n'avait pas le temps de s'en occuper. Il passa le mur, qui ne s'étendait pas jusque dans les chevrons, et sauta dans la pièce suivante. La fenêtre ouverte était là, qui l'attendait. Il fut pris de vertiges et sentit un goût étrange. Pour quelque raison, il eut un haut-le-cœur.

Ce ne fut que lorsqu'il eut atteint la rue qu'il tâtonna pour voir ce qui était accroché à lui, mais alors il ne comprit pas vraiment, parce que c'était la poignée d'une dague, ce qui n'avait aucun sens…

Puis il réalisa que cela pouvait être logique, si la

lame se trouvait dans sa gorge. Ce qui était le cas. Il pouvait en sentir la pointe dans sa trachée.

Ne l'enlève pas, pensa-t-il. *Si tu l'enlèves, ça va saigner…*

Il se mit à courir dans la rue, mais il ne pouvait pas plus ôter sa main de cette chose dans son cou qu'imposer à son esprit de réellement comprendre ce qui lui était vraiment arrivé.

Ça va aller, se dit-il. *Ils ont dû manquer les veines, ça va aller. Je vais juste demander au vieux Maréchal de l'enlever. Il recoudra la plaie. Ça va aller.*

Quelque chose résonna derrière lui. Il se retourna, pour distinguer une ombre à forme humaine.

Qui s'avança vers lui.

Il se remit à courir.

Il pouvait maintenant sentir la pulsation dans son cou, et quelque chose qui s'amassait dans sa gorge. Il vomit, et ce fut une agonie qui envahit tout le côté gauche de son corps. Il tituba quelques pas de plus.

Par tous les saints, s'il vous plaît, laissez-moi, je ne parlerai jamais, voulut-il dire, mais sa voix était clouée dans sa gorge par la dague.

Puis quelque chose de froid le frappa dans le dos. Trois fois, crut-il, mais c'était peut-être quatre. Le dernier coup fut léger, comme un baiser, et juste à la base de la nuque.

— Dors bien, mon garçon, entendit-il.

On aurait dit la voix d'un saint, ce qui le fit se sentir un peu mieux.

CHAPITRE TROIS

L'ÉCUYER

De larges nuages nocturnes firent disparaître la lune, et un vent marin glacial rendit l'obscurité mordante. Neil ne sentait presque plus ni ses orteils ni ses doigts. Il n'y avait plus d'autre odeur que celle de l'eau salée, plus d'autre bruit que le vent et le ressac. Mais il pouvait en imaginer bien d'autres : la respiration de l'ennemi, quelque part là-bas dans la nuit. Le fracas du métal qui accueillerait l'aube. Le chant lugubre et ronflant des *draugs* froids et impatients sous les vagues, morts et pourtant vivants, leurs bouches aux dents de requin ouvertes, en anticipation de la viande des vivants. Ou de celle de Neil MeqVren.

— L'aube est presque là, chuchota son père en s'aplatissant dans le sable à côté de Neil. Tiens-toi prêt.

— Ils peuvent être n'importe où, dit quelqu'un d'autre. (Neil pensa qu'il s'agissait probablement de son oncle Odcher.)

— Non. Il n'y a que deux endroits où leurs navires ont pu faire escale. Ici et à la grève-de-lait. Nous sommes ici. Ils doivent être là-bas.

— On dit que les Weihands peuvent avancer la

nuit. Qu'ils voient dans le noir, comme les trolls qu'ils idolâtrent.

— Ils n'avancent pas mieux la nuit que nous, dit le père de Neil. S'ils ne sont pas sur leurs navires, alors ils font exactement la même chose que nous : ils attendent le soleil.

— Ce qu'ils peuvent faire n'a aucune importance, maugréa une autre voix. Ils n'imaginaient pas affronter les hommes du clan MeqVren.

Ou ce qu'il en reste, pensa Neil. Il en avait compté douze, la dernière fois que le soleil s'était couché. Douze. Le matin d'avant, ils étaient trente.

Il se frottait les mains pour tenter de les réchauffer lorsqu'un poing se referma sur ses doigts :

— Tu es prêt, mon fils ? chuchota son père.

— Oui, Pah.

Il ne pouvait voir son visage, mais ce qu'il entendait dans sa voix le fit frémir.

— Je n'aurais pas dû t'amener, cette fois-ci.

— J'ai déjà fait la guerre, Pah.

— Oui, et j'ai toujours été fier de toi. Aucun MeqVren, ni aucun homme d'aucun clan dont j'aie jamais entendu parler, n'avait tué son premier ennemi à seulement onze hivers, et tu as un an de plus, maintenant. Mais là…

— Nous allons perdre, Pah ? Nous allons mourir ?

— Si c'est ce que veulent les saints, qu'ils soient maudits.

Sur ce, il s'éclaircit la gorge et se mit à chanter, très bas :

Un homme doit naître, combattre et mourir,
Croassez, corbeaux, je viens vous nourrir.

Neil frissonna, car c'était une partie du chant funèbre des MeqVren.

Mais son père lui tapa sur le bras :

— Nous ne sommes pas là pour mourir, mon garçon. Nous allons les prendre par surprise.

— Et le seigneur baron nous paiera une belle somme, hein, Pah ?

— C'est sa guerre et c'est un homme de parole. Maintenant, plus un bruit : voici l'aube.

Le ciel s'éclaircit. Les douze hommes du clan MeqVren se tassèrent derrière la dune, immobiles. Neil se demanda ce que le baron ou les Weihands pouvaient bien vouloir à cette misérable île, tellement aride et caillouteuse qu'elle ne nourrirait même pas des moutons. Il tourna la tête en arrière pour regarder vers la mer. Le ciel s'était assez éclairci pour qu'il pût deviner la proue de leur drakkar, en forme de tête de cheval.

Et un peu plus bas un autre. Et encore un autre.

Sauf que les MeqVren avaient un seul navire.

Il tira sur la manche de son père :

— Pah...

C'est à cet instant-là que quelque chose siffla alentour et acheva sa course dans le dos de son père avec un bruit sourd, et que son père laissa échapper un étrange soupir. C'est à cet instant-là que les hurlements débutèrent et que les MeqVren bondirent sur leurs pieds sous une pluie de flèches pour affronter trois fois leur nombre d'hommes qui avançaient sur la grève. Neil ferma un instant les yeux, puis bondit avec les autres, ses doigts trop gourds pour sentir son pieu, même s'il pouvait le voir, serré dans ses mains.

Puis une flèche le frappa. Elle fit le même bruit que celle qui avait frappé son père, juste un petit peu plus aigu.

Neil s'éveilla dans un sursaut, et se découvrit serrant sa poitrine, deux doigts sous le cœur, aussi essoufflé que s'il venait de courir une lieue.

Où suis-je ?

Sa confusion ne dura que l'espace de quelques battements de cœur comme il reconnaissait le balancement du navire, l'ameublement de sa cabine. Son souffle s'apaisa, et il tâta la petite cicatrice saillante.

Huit ans, mais dans ses rêves, rien ne s'était atténué.

Huit ans.

Il resta assis là quelques minutes de plus, à écouter les marins sur le pont. Plutôt que se risquer à dormir encore, il préféra se raser. Il voulait présenter son meilleur visage, aujourd'hui.

Il repassa son rasoir sur le cuir et fit courir son tranchant sur ses joues, puis le long des lignes de son menton carré, faisant disparaître le poil en une série de gestes sûrs et réguliers. Il finit sans une seule coupure, et utilisa la même lame pour dégager ses cheveux couleur paille bien loin de ses yeux.

La Vieille-qui-presse de ce jour sur la plage s'estompa, et son excitation grandit. Aujourd'hui ! Aujourd'hui, il verrait Thornrath !

Il s'aspergea le visage, cligna de ses yeux bleus, et monta sur le pont.

Ils arrivèrent en vue du cap de Rovy en milieu d'après-midi, et naviguèrent avec les falaises d'albâtre à main gauche un coup de cloche encore. Là, le cap doublé, ils entrèrent dans la baie de Fendlécume, un large havre en croissant de lune aux deux tiers plein, délimité au nord par le cap de Rovy et au sud par les Anses de l'Alle. À l'ouest se trouvait la pleine mer, et à l'est, la direction dans laquelle se trouvait en cet instant pointée la proue du *Pieu-salin*, se dressait une merveille si fabuleuse que Neil eut l'impression que son cœur allait se briser. Une telle fin lui eut paru presque bienvenue, pourvu qu'il mourût en regard d'un tel prodige.

— Par les saints de la mer et du tonnerre, parvint-il à murmurer.

Son fervent remerciement fut presque balayé par le vent qui secouait le pont du Pieu-salin, mais le vieil homme debout à ses côtés, Fail de Liery, l'entendit et adressa un large sourire au Couchant.

Sa chevelure flottant derrière lui comme une bannière de fumée, Fail se tourna vers Neil, et bien que son visage fût creusé, balafré et ridé par trois-vingts années de vie, il paraissait encore étonnamment jeune lorsqu'il jubilait.

— La voici, mon garçon, dit l'aîné. Thornrath. Tient-elle ses promesses ?

Neil acquiesça, abasourdi, tandis que le cap s'éloignait derrière eux. Le ciel de l'Est, derrière Thornrath, était aussi noir que la suie, et au-dessus de cette masse obscure se déroulait un rideau de nuages gris écume qui s'achevait au méridien. Mais dans le ciel clair de l'Ouest, le soleil mourant projetait une lumière dorée qui enflammait la baie et la plus puissante forteresse du monde sur un fond d'orage.

— Thornrath, répéta-t-il. Je veux dire, j'avais entendu… tu m'avais parlé…

Il s'interrompit pour chercher à comprendre ce qu'il avait sous les yeux, pour en appréhender la taille.

Si la baie de Fendlécume était une lune aux deux tiers pleine, tout son tiers oriental, peut-être quatre lieues, était un mur de la teinte de l'ivoire. Sept grandes tours de la même pierre dardaient vers le ciel, la plus centrale s'élevant à tel point qu'elle en était vertigineuse.

Tandis que Neil regardait, un bâtiment de guerre franchit l'une des six arches formant ouverture dans le mur. Il estima la hauteur de ses mâts à plus de dix toises, et ils étaient bien loin de risquer toucher le sommet de l'arche. Et l'arche n'arrivait qu'à mi-hauteur du mur.

— Par tous les saints ! s'exclama Neil dans un souffle. Ce sont des hommes qui ont construit cela, et pas les *Echesl* ?

Il courba son doigt et le porta à son front, pour chasser le mal qu'évoquait ce nom.

— Des hommes l'ont construit, oui. Ils ont extrait la pierre dans les Monts Angleffroi, à deux cents lieues en amont. On dit qu'il a fallu soixante années pour le construire, mais nul ne peut dorénavant attaquer Crotheny par la mer.

— C'est une merveille, dit Neil. Je suis fier de servir cela.

— Non, mon garçon, dit gentiment Fail. On ne sert pas une chose de pierre, quelle que soit sa grandeur. Jamais. Tu vas servir Crotheny, et son roi, et la lignée royale de Dare.

— C'est ce que je veux dire, *Chever* Fail.

— On appelle un chevalier *Sire*, dans la langue du roi, mon garçon.

— *Sire* Fail.

Le mot lui semblait curieux, comme tous les mots de la langue du roi. En un sens, il manquait de musique. Mais c'était la langue de son seigneur, et il l'avait apprise. Il s'y était entraîné aussi dur qu'à l'épée, à la lance et à la masse.

Enfin, presque aussi dur.

— Sire Fail, répéta-t-il.

— Et bientôt, sire Neil.

— Je n'arrive pas à le croire. Comment le roi pourrait-il me faire chevalier ? Cela n'importe pas, je serais tout aussi fier de le servir, même en tant que piéton. Tant que je peux le servir.

— Mon garçon, j'ai jouté contre sire Seimon af Harudrohsn quand je n'étais que dans mon dix-huitième hiver. J'ai combattu au côté des cinq frères Cresson à la bataille de Ravenmarh Wold, et j'ai renvoyé sire Duvgal MaypAvagh – qui avait lui-même tué plus de vingt chevaliers – à la cité des ombres, avec son second, devant les portes de Cath Valk. J'ai connu bien des chevaliers, mon garçon, et je peux te dire que tout au long de mes cinquante-six années, je n'ai jamais vu un garçon qui méritait cette élévation plus que toi.

La gorge de Neil se serra plus encore par amour et gratitude envers le rude vieil homme :

— Merci, sire Fail. Merci pour… pour tout.

— Il vaudrait mieux que cela soit le vent dans tes yeux, mon garçon. Comme tu le sais, je n'ai pas le goût des pleurnicheries d'apparat.

— C'est le vent, chev… sire.

— Bien. Que cela ne change pas. Et ne laisse pas les élégants de la cour te faire dévier de ta voie. Tu es un guerrier des marches, élevé par un bon père puis par ma main. Contente-toi de te souvenir de cela, et tu resteras qui tu es. C'est l'acier des marches qui protège l'or tendre ici au centre. L'or est joli, mais il coupe à peine le beurre. Ne t'inquiète pas de ce qui est joli, mon garçon. Conserve ton tranchant. La cour est plus dangereuse pour un vrai guerrier qu'une troupe de mille mercenaires weihands.

— Je m'en souviendrai, sire. (Il s'efforça de se redresser plus encore.) Tu seras fier de moi.

— Descendons. J'ai quelque chose à te donner.

— Je pensais attendre que le roi t'ait adoubé, mais ton armure a été considérablement malmenée à Darkling Mere. Et il est, après tout, de la responsabilité du seigneur de conserver à ses guerriers l'air martial, n'est-ce pas ?

Neil ne pouvait répondre. À l'instar de l'instant où il avait découvert Thornrath, il était resté sans voix lorsque son maître avait déroulé l'enveloppe en peau de phoque pour exposer le lustre du métal huilé.

Neil portait armure depuis qu'il avait dix ans.

D'abord de cuir durci, comme celle de cette aube fatale où son père était mort, puis casque d'acier et haubergeon avec des grèves, et enfin le haubert de mailles qu'il portait maintenant, avec son plastron de cuirasse cabossé mais encore efficace.

Mais il n'avait jamais que rêvé de ce que Fail de Liery lui offrait : une grande armure à plates, complète et articulée. C'était un beau et bon travail, sans fioritures ni ornements.

Elle avait dû coûter une petite fortune.

— Sire Fail, c'est plus que je ne pourrais en rêver. Comment pourrais-je… Je ne puis accepter. Pas en plus de tout le reste.

— Elle est faite pour toi, dit le vieil homme. Les mesures ont été prises la dernière fois que tu t'es fait tailler des vêtements. Personne d'autre ne pourrait la porter. Et comme tu le sais, je me sens profondément insulté lorsque l'on refuse mes cadeaux.

— Je… (Neil sourit.) Je ne t'insulterai jamais, sire Fail.

— Veux-tu l'essayer ?

— Par tous les saints, oui !

Ainsi fut donc fait, et lorsqu'ils passèrent sous la grande arche de Thornrath, Neil MeqVren se dressait fièrement sur le pont du *Pieu-salin*, son tabard aux armes de la maison de Liery ceint autour de la plus parfaite armure jamais faite. Il se sentait vif et mortel, une épée faite homme.

Les merveilles s'ajoutèrent aux merveilles. L'arche passée, les eaux devant eux se scindèrent en deux, autour d'une haute terre vallonnée.

— Deux fleuves se rejoignent ici, lui dit Fail. La sanguine Mage, qui vient du sud-est, et la Rosée, qui descend depuis les Barghs, au nord.

— Et cette île est donc la royale Ynis ?

— Oui. Les fleuves s'unissent à cinq lieues en amont, de l'autre côté de l'île, puis se divisent de nouveau, et se rejoignent ici.

— Ynis ! Mais alors, où est Eslen ? Où sont les rivières qui coulent au-dessus des terres ?

— Patience, mon garçon. Eslen est plus loin, à l'est. Nous y serons vers le coucher du soleil. Quant aux rivières… Tu vas voir.

Ynis s'élevait au cœur d'une grande plaine, une série de collines parsemées de châteaux exquis aux flèches délicates, de hameaux aux bardeaux rouges, de champs et de forêts. La plaine était principalement couverte de champs de céréales, très verts. On y voyait des fermes, et des hommes qui travaillaient dans les champs, et d'étranges tours avec des roues qui tournaient. Des canaux couraient depuis la rivière, certains si longs qu'ils disparaissaient au loin.

Et effectivement, Neil réalisa avec une excitation croissante qu'il *dominait* ce paysage. Des digues avaient été élevées le long de la rivière, la forçant à couler au-dessus du niveau des terres.

— Lorsque nos ancêtres ont combattu ici contre la dernière place forte des Echesl, ceci était une plaine ; c'est du moins ce que dit la légende, dit sire Fail. Ynis était la colline qu'ils avaient élevée pour leur château. Mais après leur défaite et tandis qu'Eslen, nouvellement fondée, la remplaçait, tout cela s'affaissa, et il n'y eut plus que bourbiers et marais jusqu'à l'horizon. Les Echesl avaient fait usage de leur magie pour maintenir l'eau à l'écart, et celle-ci s'était éteinte avec eux. Les gens qui habitaient ici auraient pu quitter les lieux et trouver de meilleures terres à l'Est, mais ne le firent pas. Ils jurèrent de reprendre leurs terres aux eaux.

— Et ils ont trouvé le secret de la sorcellerie echesl ?

— Non. Ils ont travaillé dur. Ils ont construit des

digues. Ils ont construit ces pompes, que tu vois, et qui sont actionnées par le vent, pour drainer l'eau. Deux mille années de lutte lente et ardue contre les vagues, mais tu vois le résultat.

Il posa sa main sur l'épaule de Neil.

— Ainsi, vois-tu, ceci a aussi été créé par l'homme.

Et finalement, en naviguant au-dessus des terres tels les personnages d'un conte de phays, ils arrivèrent en vue d'Eslen aux trois murailles.

Sur la plus haute colline se dressait le château, avec ses huit tours de pierre blanc craie ensanglantées par le crépuscule, ses longs fanions se dessinant en noir contre les nuages rosâtres. De là, la ville se déployait comme de l'eau se déversant depuis le sommet d'une colline, brièvement retenue par les murs concentriques qui entouraient le château mais jamais réellement contenue, des vagues de bâtiments couverts de tuiles recouvrant les collines plus basses jusqu'à atteindre la mer et s'empiler face à des quais de pierre et des jetées de bois massif. Des voiles de brume et de fumée couvraient les tréfonds des cuvettes entre les collines, et la lueur des chandelles faisait déjà des yeux des fenêtres, ici et là.

— C'est tellement extraordinaire, murmura Neil. On dirait une cité enchantée des Queryen, dans les histoires. Je crains de détourner les yeux, de peur qu'elle s'évanouisse.

— Eslen n'est pas une cité de rayons de lune et de soie d'araignée, le rassura le vieux chevalier. Elle est bien réelle, comme tu vas le voir. Et si tu crois cela splendide, attends de voir la cour.

— J'en meurs d'impatience.

— Oh, mais tu vas apprendre la patience, mon garçon, il n'y a pas à en douter.

Le *Pieu-salin* entra dans les docks, un vaste bassin entouré de quais auxquels étaient amarrés une multitude de navires de toutes tailles. Un bâtiment dépassait tous les autres, une nef à cinq mâts qui écrasait le Pieu-salin et tous les navires ancrés là. Neil l'admirait lorsqu'il reconnut soudain le pavillon qu'elle arborait, et sa main se porta instinctivement à son épée.

Fail lui prit le bras :

— Non, mon garçon. Ce ne sera pas nécessaire.

— C'est un navire de guerre hansien.

— Effectivement. Cela n'a rien d'inhabituel. Souviens-toi, nous sommes en paix avec Hansa et les Reiksbaurgs.

La bouche de Neil s'ouvrit, se referma, puis s'ouvrit de nouveau :

— En paix ? Quand ils offrent bon argent aux mercenaires weihands pour les scalps et les oreilles liériennes, et que leurs corsaires coulent nos marchands ?

— Il y a le vrai monde, dit Liery, et il y a la cour. La cour dit que nous sommes en paix avec eux. Alors ne tire pas ton arme à la vue d'un Reiksbaurg, et apprends à garder ta langue dans ta poche, tu m'entends ?

Neil eut l'impression d'avoir avalé quelque chose de désagréable :

— Oui, je t'entends.

Alors même qu'ils débarquaient, la nuit s'abattit comme une hache. Neil posa le pied sur les pavés d'Eslen en une nuit des moins familières.

Les quais grouillaient d'hommes et de femmes à moitié visibles dans la lueur des lampes. Des visages allaient et venaient – beau, sinistre, innocent, brutal – tous de simples impressions, apparaissant et disparaissant comme des fantômes, montant ou descendant des bateaux, se saluant et se séparant, soulevant et reposant des fardeaux. Des effluves de poisson vidé, de goudron chaud, d'huile en feu et d'eaux usées parfumaient l'air.

— Les portes de la haute ville sont fermées à cette

heure ; nous coucherons dans une auberge, lui dit Fail alors qu'ils se frayaient un chemin dans la foule et s'engageaient sur une longue place où des jeunes filles et des femmes âpres leur adressaient des regards aguicheurs, où des mendiants aveugles ou infirmes se tapissaient dans l'ombre et quémandaient quelque assistance, et où des enfants se livraient à de faux combats entre les jambes des passants et les roues des chariots.

Des bâtiments de trois ou quatre étages bordaient la place comme des géants accroupis épaule contre épaule pour jouer aux osselets, déversant leur lumière joyeuse, la fumée de leurs feux et une odeur de viande grillée dans l'air frais de la nuit.

Ce fut vers l'un de ces géants qu'ils se dirigèrent, proclamé Auberge du poisson-lune par un panneau doré qui pendait au-dessus de sa porte.

— Sois un bon garçon, dit Fail, et assure-toi que nos chevaux soient mis à l'écurie. Donne au garçon une pièce de cuivre par cheval, ni plus, ni moins. Puis quitte ton armure et viens me retrouver dans la salle commune.

— Sur mon honneur, sire Fail, lui répondit Neil.

La tourte à la morue et à la bière était bonne, bien meilleure que la nourriture du bord, mais Neil le remarqua à peine. Il était bien trop occupé à *regarder*. Il n'avait jamais vu autant de visages et de vêtements étranges, ni entendu un tel amalgame de langues. À deux tables de lui, un groupe d'hommes à la peau sombre et aux vêtements colorés s'exprimait dans un salmigondis guttural. Lorsque la servante leur apporta leur nourriture, leurs moustaches se recourbèrent en des moues de dégoût, et ils firent d'étranges signes dans son dos avec leurs doigts avant de manger. Derrière eux, deux tablées d'hommes du même teint se faisaient chacune leur tour des discours flamboyants en buvant du vin avec une précipitation imprudente. Ils portaient des pourpoints sombres, des chausses rouge sang, et de longues épées un peu ridicules.

Il y avait aussi des gens qu'il reconnaissait : des Schildings à l'éclatante chevelure blonde, avec leurs dures mains de pêcheurs et leur rire facile ; des hauturiers des îles de Ter-na-Fath ; un chevalier hornladh et sa suite, portant le cerf or et les cinq chevrons de la maison MaypHal. Neil s'enquit à son sujet.

— Sire Ferghus Lonceth, lui répondit sire Fail.

— Et lui ?

Neil fit un geste en direction d'un homme imposant aux cheveux roux sombre coupés court, à la barbe soigneusement taillée, et au tabard sable. Son écu était écartelé : un lion d'or rampant, trois roses, une épée, et un heaume. Six hommes étaient assis à sa table, et tous d'apparence nordique. Certains auraient pu passer pour des Weihands, et Neil les trouva presque aussitôt antipathiques.

— Je ne le connais pas, admit Fail. Il est trop jeune. Mais ses armes sont celles des Wishilm de Gothfera.

— Hansien, donc. Du bateau.

— Oui. Souviens-toi de ce que je t'ai dit, l'avertit son aîné.

— Oui, sire.

Peu après, l'un des hommes de la table du chevalier hornladh se présenta à eux :

— Chever Fail de Liery, mon maître, sire Ferghus Lonceth, te prie la qualité de ta compagnie.

— Je chérirai sa compagnie, dit Fail. Nous allons le rejoindre à sa table ?

— Ne serait-il pas plus séant que mon maître te rejoigne ? Tant en séniorat qu'en renommée, tu as certainement l'avantage, et es en droit de choisir ta tablée.

— C'est peut-être le cas, mon ami, répondit Fail, mais nous sommes deux et vous huit, et il y a plus de place à votre table. Le séniorat est une belle et bonne chose, mais à l'auberge, sachons rester pratique. (Il se leva, puis se tourna vers Neil.) Neil, sois un bon garçon et invite le chevalier wishilm à se joindre à nous.

— Sire, dit l'écuyer hornladh, je l'ai invité au nom de mon maître et il a dédaigné l'invitation.

— Et il dédaignera peut-être la mienne, mais il ne sera pas dit que j'aurais manqué à l'hospitalité, répondit Fail.

Neil acquiesça et marcha jusqu'à la table du chevalier hansien.

Lorsqu'il arriva, il resta poliment dressé là quelques instants, mais tous l'ignorèrent, continuant de rire et de plaisanter dans leur langue. Finalement, Neil s'éclaircit la gorge.

— Pardonne-moi, dit-il en hansien.

— Par Tyw ! Ça parle ! s'exclama l'un des écuyers, un géant au nez cassé, qui tourna ensuite ses yeux bleus maléfiques vers Neil. Apporte-moi une autre bière, femme, et plus vite que ça !

Tous s'esclaffèrent.

Neil inspira lentement et sourit.

— Mon maître, sire Fail de Liery, te prie la qualité de ta présence.

— Fail de Liery, dit soudain le chevalier hansien d'un air songeur. Je ne sais rien d'un tel chevalier. Il y a bien un vieux gâteux qui porte ce nom, mais je suis assez certain qu'il n'a jamais été chevalier. Et toi, mon garçon, qu'est-ce que tu fais pour lui ?

— Je suis son écuyer, dit Neil d'un ton égal. Et si tu n'as rien entendu de la renommée de sire Fail de Liery, tu n'as ni ouïe pour entendre, ni esprit pour retenir ce que tu as entendu.

— Maître, cela ressemblait à une insulte, s'exclama l'un des écuyers hansiens.

— Vraiment ? dit Wishilm. On aurait plutôt dit le pet d'une punaise.

Yeux-bleus agita son doigt dans sa direction :

— Mon maître ne se salira pas les mains avec toi, je t'en assure. Il ne combat que de dignes chevaliers, ce que tu n'es manifestement pas. Tes insultes n'ont aucun sens pour lui.

— Mais pas pour nous, ajouta l'un des Hansiens.

— J'ai promis à mon maître de ne pas dégainer, ni perturber l'hospitalité de cette maison, lui dit Neil.

— Cet homme est un couard, brailla l'homme, assez fort pour interrompre les conversations dans toute la salle commune de l'auberge.

Neil sentit une sorte de tremblement dans ses mains :

— Je t'ai transmis une invitation et tu ne l'as pas acceptée. Notre conversation est achevée.

Il tourna les talons et marcha vers l'endroit où son maître et le chevalier hornladh étaient assis.

— Je ne te permets pas !

Neil l'ignora.

— Bien joué, mon garçon, lui dit sire Fail en lui offrant une place sur le banc à côté de lui. C'eût été une honte pour nous deux si tu t'étais livré à une rixe en un endroit public.

— Je ne voudrais pas te faire honte, sire Fail.

— Laisse-moi te présenter. Sire Ferghus Lonceth, voici mon protégé, Neil MeqVren.

Lonceth lui serra la main :

— Je l'avais pris pour ton fils, sire ! Ce n'est pas le cas ?

— Il est comme un fils pour moi, mais non, je ne puis prétendre à cet honneur. Son père était un guerrier à mon service.

— Je suis heureux de te rencontrer, dit sire Ferghus, qui lui serrait toujours la main. MeqVren. Je crains de ne pas connaître cette maison. Sont-ils alliés avec le clan Fienjeln ?

— Non, sire. Mon clan n'a pas de maison.

Un instant de silence s'ensuivit, comme ils se débattaient poliment avec le concept d'un écuyer sans droit de naissance à la chevalerie.

— Eh bien, dit sire Ferghus, brisant le silence. Tu es le bienvenu en notre compagnie. La recommandation de sire Fail de Liery vaut plus que le sang de dix nobles maisons.

Tandis qu'ils buvaient, Neil se dit que certains des écuyers de Lonceth pouvaient ne pas penser tout à fait la même chose, tout en étant trop polis pour le dire.

— Dis-moi, sire Ferghus, demanda sire Fail, une fois le toste partagé. Je n'ai eu que peu de nouvelles de ton illustre oncle. Comment trouve-t-il Paldh ?

Les deux chevaliers poursuivirent quelque temps après cela, tandis que les écuyers se taisaient, comme il était séant. La plupart des hommes de Lonceth burent abondamment. Neil, comme à son habitude, n'en fit rien.

Lorsqu'une pause se fit dans la conversation, Neil tapota sur l'épaule de son maître.

— Je pourrais aller voir les chevaux, sire Fail, dit-il. Houragan et Saute-soleil avaient tous les deux des difficultés à retrouver la terre ferme.

Fail le dévisagea avec un sourire légèrement soupçonneux :

— Eh bien va les voir. Mais hâte-toi de revenir.

Les deux chevaux étaient en pleine forme, comme Neil savait que ce serait le cas. Et le géant hansien aux yeux bleus ainsi que deux autres écuyers hansiens l'attendaient dans la rue, comme il savait que ce serait le cas aussi.

CHAPITRE QUATRE

LE NOVICE

Aspar s'éveilla dans l'étreinte assurée d'un tyran, et au bruit de musique. La musique était sauvage : le tambourinage du pivert, les trilles mélodieuses des alouettes venant d'en haut, les accords ronflants et nonchalants des cigales venant d'en bas. Il chassa de ses yeux les derniers restes de ses rêves, agrippa de ses mains l'étroite plate-forme de bois, et s'assit précautionneusement pour accueillir toute la vivacité de l'aube.

Un souffle de vent susurra à travers les tyrans tandis qu'ils s'étiraient en craquant dans le matin, faisaient claquer leurs plus petites branches, et forçaient quelques feuilles à offrir leur senteur verte et poivrée.

En dessous, Ogre s'ébroua. Aspar se pencha depuis son perchoir pour regarder le sol lointain, et vérifier que ses deux montures se trouvaient bien là où il les avait laissées la veille au soir. De là où il se trouvait, elles ne paraissaient pas plus grandes que des chiens.

Le pivert fit de nouveau entendre son martèlement, tandis qu'Aspar s'échauffait les articulations en prévision de la descente. Il avait dormi trop longtemps par choix, cette fois. Il aimait se trouver dans les branches lorsque les premières lueurs bronze du soleil perçaient et que la forêt ronronnait et grommelait en revenant à la vie. Cette ancienne futaie qu'il appelait les tyrans était l'un des rares endroits où il pouvait faire cela. En d'autres lieux, des siècles de feux, de coupes et de maladies avaient laissé au mieux un ou deux chênes-fer dominer les autres arbres. Mais ici, ils se dressaient fièrement et sans rivaux sur des lieues, lutteurs ancestraux titanesques, leurs membres musclés entrelacés, se serrant et se tirant l'un l'autre, formant un monde à eux seuls. Un homme pouvait naître, vivre et mourir ici, à boire la rosée qui s'amassait dans les replis mousseux, à manger des champignons et des écureuils, ou les cailles qui couraient en pépiant sur les grandes branches.

Le monde en dessous, le monde de l'homme et du sefry, n'avait plus d'importance ici.

C'était du moins ce qu'il avait cru lorsqu'il était enfant, lorsqu'il avait découvert cet endroit et construit ses premières plates-formes. Il avait imaginé alors qu'il vivrait effectivement là.

Mais même les tyrans pouvaient être abattus ou brûlés. Même l'éternel pouvait être tué par un charbonnier affamé ou pour le caprice d'un noble. Il avait vu cela, l'enfant Aspar l'avait vu. Cela avait été l'une des rares fois dans sa vie où il avait pleuré. Cela avait été l'instant où il avait su qu'il voulait devenir forestier.

Le forestier du roi. Bah. Le garçon à l'auberge avait eu raison au moins sur ce point. Le roi venait ici une fois ou deux par an pour chasser. C'était la forêt d'Aspar. Il lui appartenait de la protéger.

Et *quelque chose* se passait ici. Les Sefrys étaient des menteurs, oui, et l'on ne pouvait pas leur faire confiance. Mais s'ils fuyaient réellement la forêt, avec ses ténèbres profondes et ses myriades de cavernes, il devait y avoir une raison. Les Sefrys ne choisissaient pas à la légère d'affronter la lumière.

Donc à contrecœur, il vérifia qu'il ne laissait rien derrière lui, puis il commença à descendre, peu à peu, jusqu'aux branches les plus basses qui, trop lourdes pour se tenir encore, ployaient et versaient en des entrelacs noueux et labyrinthiques jusqu'au sol, pour y détruire toute nouvelle racine.

C'était pour cette raison qu'Aspar les appelait les tyrans : sous l'ombre de leurs branches compactes et envahissantes, aucune autre plante ne pouvait pousser, sinon les mousses et quelques fougères.

Mais les cerfs et les élans pouvaient survivre, grâce à l'épais tapis de glands, ainsi que les félins tachetés qui les pourchassaient, comme l'agile spécimen qu'il avait vu lui adresser un regard las depuis quelques branches de distance. Celui-là était petit, à peine trois fois la taille d'un matou de village. Dans les Montagnes du Lièvre, il y avait encore des lions, et même quelques panthères. Mais elles ne l'inquiéteraient pas.

Ogre lui adressa un regard mécontent lorsqu'il posa le pied sur le tapis humide de feuilles sombres. Ange agita la tête pour l'accueillir.

— Ne me fais pas ces yeux-là, vieille rosse, maugréa Aspar en direction d'Ogre. Tu as eu toute la nuit pour vagabonder. Tu veux que je commence à t'attacher ou à t'entraver ?

Ogre continua de regarder fixement, mais laissa Aspar le monter, et en avançant précautionneusement autour de racines qui s'élevaient parfois jusqu'à l'épaule des chevaux, ils cheminèrent tranquillement jusqu'à la route du Vieux Roi, une large piste qui serpentait au gré des lignes de faîte. En certains endroits, elle avait été empierrée et assise en talus, si bien qu'elle se dressait au-dessus des racines. Les branches basses avaient été coupées pour permettre aux chariots de passer. Aux yeux d'Aspar, la route du vieux roi était un affront, une longue balafre dans la forêt. Mais il semblait néanmoins improbable que les tyrans remarquassent une blessure aussi bénigne.

À la mi-journée, il eut soif. Il mit pied à terre et descendit une pente vers un endroit où il savait que se trouvait une source – il était inutile de gaspiller ses bouteilles. De plus, l'eau de source était fraîche et propre, meilleure que l'eau de pluie collectée du village. Il la trouva qui bouillonnait depuis une cuvette sablonneuse sous une petite crevasse de roche branlante, avant d'aller se jeter à quelques pas de là dans le Ruisseau des Douines. Il s'agenouilla devant le bassin, mit ses mains en coupe, et se figea, pétrifié telle une statue, cherchant à comprendre ce qu'il voyait.

Le bassin était aussi large que son avant-bras, et l'eau y ruisselait joyeusement, comme à son habitude. Mais son pourtour grouillait de grenouilles aux yeux noirs fuyant son approche. Une demi-douzaine d'entre elles flottaient dans l'eau, ventre en l'air.

Et elles n'étaient pas seules. Une anguille de roche de trois pieds de long s'y putréfiait, ses yeux voilés de bleu. Plusieurs gros crapauds traînaient aussi à portée. Ils étaient encore vivants, mais n'avaient pas l'air sains, et n'essayaient même pas de fuir.

Aspar s'éloigna de la source à reculons, l'estomac retourné. De toute sa vie, il n'avait jamais vu une telle chose.

Après une pause, il parcourut la longueur du ru, jusqu'à l'endroit où il se jetait dans le ruisseau. Il était rempli sur tout son long de grenouilles mortes, et dans ses coudes plus profonds, de poissons.

Il y avait aussi des poissons morts dans le ruisseau, des gros, échoués contre les rives couvertes de fougères ou piégés dans les barrages de bois mort et de racines.

Le froid dans ses os empira. Il prépara son arc et tendit sa corde, puis remonta le fil de l'eau. Quelque chose avait empoisonné le ruisseau de quelque manière, et ses occupants étaient remontés vers la source en quête d'une eau plus pure. Certains utilisaient la racine de la salsepareille pour étourdir les poissons et faciliter leur capture, mais cela n'était efficace que dans des petits plans d'eau dormants. Empoisonner un ruisseau entier nécessiterait plus de salsepareille qu'il n'en existait.

Des poissons morts flottaient encore sur cent pas, puis cent pas encore, et il s'apprêtait à retourner vers ses chevaux lorsqu'il remarqua que le flot était redevenu clair. Il continua encore un peu, pour s'en assurer, puis revint sur ses pas et à son retour remarqua quelque chose d'autre. Un massif de fougères au bord du ruisseau avait une teinte jaunâtre marquée. Comme si, à l'instar des grenouilles et des poissons, il était mourant.

Ce fut à côté des fougères qu'il trouva l'empreinte.

Les empreintes ne prenaient pas bien dans l'épaisse couche de feuilles humides qui tapissait la forêt, mais sur la berge boueuse du ruisseau, il trouva la marque d'une patte. Bien que l'eau l'eût remplie et en eût estompé les bords, elle ressemblait à l'empreinte d'un félin. Mais aucun chat sauvage n'aurait pu faire cela, pas même une panthère. La main d'Aspar l'aurait à peine recouverte. Même les lions des Montagnes du Lièvre n'étaient pas aussi gros. Si cette empreinte était celle d'un félin, il était plus grand qu'un cheval.

Il en parcourut le dessin avec son doigt, et à l'instant où il la toucha, il sentit un goût de métal dans sa bouche, et son estomac se contracta, pour se débarrasser de son déjeuner. Quasi instinctivement, il s'éloigna du ruisseau et ne cessa de reculer qu'après quinze pas, en tremblant comme s'il avait la fièvre.

Il aurait pu rester planté là plus longtemps, s'il n'avait entendu des voix au loin. Vers la route.

Où se trouvaient ses chevaux.

Il courut dans cette direction, aussi prestement et

silencieusement qu'il le pouvait, son malaise se dissipant aussi rapidement qu'il était venu.

Ils étaient quatre, et ils avaient déjà trouvé Ange et Ogre lorsqu'il arriva.

— Ils portent la marque du roi sur eux, pour sûr, disait l'un d'eux, un grand jeune homme dégingandé à qui il manquait une dent de devant.

— Alors on ferait mieux de les laisser. Les prendre ne nous apportera rien de bon.

Celui-là était plus âgé, petit, avec une tendance à s'empâter et un gros nez. Le troisième homme, un roux à la charpente solide, semblait ne pas avoir d'opinion. Le quatrième en avait une, bien au contraire, mais ne pouvait l'exprimer, tout ligoté et bâillonné qu'il était.

Ce dernier paraissait seize ans et semblait venir de la ville, avec ses chausses et son pourpoint incommodes. Ses poignets étaient noués devant lui, et attachés ensuite à une vieille jument isabelle. Ils avaient deux autres chevaux, un hongre bai et une jument alezan clair.

Le rouquin regardait vers les bois. Son regard était déjà passé par deux fois sur le fourré de fougères dans lequel Aspar était accroupi, mais aucun signe ne laissait supposer qu'il l'avait vu.

— Un officier royal abandonne pas ses chevaux, argua le dégingandé. Soit il est mort, soit ils se sont enfuis. Vous voyez ? Ils sont pas attachés.

— On attache pas des chevaux comme ça, répondit le gros-nez. Il a dû juste aller pisser.

— Alors il est parti bien loin, maugréa le rouquin. T'êt' qu'y voulait pas que ses chevaux le voient ?

Aspar ne les avait jamais vus, mais il était assez certain de savoir qui ils étaient ; tous trois ressemblaient à la description de brigands descendus ces derniers temps de Wisgarth pour s'en prendre aux marchands qui empruntaient épisodiquement la route du roi. Il avait pensé les pourchasser à l'été, lorsqu'il aurait eu suffisamment d'hommes.

Il attendit de voir ce qu'ils allaient faire. S'ils ne prenaient pas ses chevaux, il se contenterait de les suivre un moment. En fait, il avait peut-être déjà trouvé ses tueurs : le dégingandé portait une cape rouge sang bordée de terre d'ombre. C'était assez proche du cramoisi et or du roi.

— On les prend, dit le dégingandé. Moi, je dis qu'on les prend. Même s'il est par ici, on peut facilement lui mettre une journée de distance, avec tous ces chevaux pour nous et lui à pied. (Il s'avança, en direction d'Ogre.) Du calme, vieille bique.

Aspar soupira, et encocha une flèche. Il ne pouvait se permettre d'être généreux avec ces trois-là.

Ogre fit la première partie de son travail pour lui, bien sûr. Dès que le dégingandé se fut approché, l'imposant animal rua et lui décocha un coup retentissant dans la poitrine avec ses sabots. Le temps que le dégingandé retombât sur le sol, le gros-nez regardait avec incrédulité la flèche plantée dans sa cuisse.

Le rouquin s'avéra plus rapide qu'Aspar ne l'avait anticipé, et d'un œil plus sûr. Aspar tira bien le premier, mais il n'était pas encore remis de ce qui l'avait rendu malade près du ruisseau. Il manqua sa cible, et l'arc du rouquin chanta. Le forestier vit la flèche se diriger droit sur lui, avec une lenteur trompeuse, une vue de l'esprit. Aucune chance de l'éviter.

Mais le projectile frappa la corne d'une vigne vierge, dévia, et siffla près de sa joue.

— Par le Furieux, jura Aspar.

Elle n'était pas passée loin.

Il entra en action, et le rouquin fit de même, chacun encochant une flèche en se glissant entre les arbres. Le rouquin avait l'avantage de la hauteur. Il avait le pied agile, et visait sacrément bien. Les deux hommes couraient parallèlement l'un à l'autre, mais leurs trajectoires convergeaient progressivement.

À quinze pas, le rouquin tira sa deuxième flèche. Elle frappa Aspar en haut de la poitrine, et ricocha sur sa cuirasse de cuir. Aspar manqua son tir suivant, puis ils furent séparés par un bosquet foisonnant, trop dense pour voir à travers.

Ils réapparurent à six pas l'un de l'autre, dans une clairière. Aspar s'arrêta, se mit de profil, et laissa voler sa flèche.

Le projectile du rouquin passa, le manquant de près d'un pied. Celui d'Aspar traversa l'épaule du rouquin.

L'homme hurla comme s'il avait été éviscéré, et laissa tomber son arc. Aspar fut sur lui en cinq rapides enjambées. Il alla pour tirer sa dague, mais Aspar lui donna un grand coup de pied dans le bras, puissant, juste au coude.

— Ne bouge plus si tu veux vivre, maugréa Aspar.

Le rouquin hurla de nouveau lorsque Aspar lui tira tant son bras valide que son bras blessé dans le dos, coupa la corde de l'arc abandonné, et lui lia les poignets. De la longue corde de sa gibecière, il fit un nœud coulant et le passa autour du cou du rouquin.

— Marche devant, ordonna-t-il en continuant d'épier les alentours à la recherche d'un autre ennemi.

Le dégingandé était toujours à terre lorsqu'ils atteignirent les chevaux, et Ogre n'en avait pas encore fini avec lui ; les membres antérieurs du bai s'élevèrent et retombèrent, et il fut ensanglanté jusqu'au garrot. Le gros-nez était étendu sur le sol, les yeux fixés sur la mare écarlate.

Les jambes du rouquin cédèrent alors, et il s'effondra, les yeux clos et le souffle haletant.

Aspar trancha les rênes de la jument isabelle et ligota le gros-nez. Il ne s'inquiéta pas du dégingandé ; ses côtes fracturées étaient enfoncées dans ses poumons, et il s'était étouffé dans son propre sang.

Durant tout cela, le garçon sur le cheval avait produit toutes sortes de grognements et de couinements étouffés. Ce ne fut qu'une fois certain que les brigands étaient hors d'état de nuire qu'Aspar tourna son attention vers lui, lui ôtant son bâillon.

— *Ih thanka thuh, mean froa*, commença le garçon, essoufflé et en un Almannien quelque peu maladroit. *Mikel thanks. Ya Ih bida thuh, unbindan mih.*

— Je parle la langue du roi, grommela Aspar, bien qu'il comprît parfaitement le garçon.

— Oh, répondit-il. Moi aussi. J'avais juste pensé que vous deviez être de la région.

— Je le suis. Et comme je ne suis pas stupide, j'ai appris la langue du roi, comme tous ceux qui sont à son service, répondit Aspar, inexplicablement agacé. Par ailleurs, la Virgenye est juste de l'autre côté des montagnes, si bien que le Virgenyen est tout aussi courant que les autres langues, par ici.

— Toutes mes excuses. Je ne voulais pas me montrer insultant. Ce que je voulais dire, c'était merci, merci beaucoup, et pourrais-tu me détacher les mains, s'il te plaît ?

Aspar jeta un coup d'œil au nœud. Il n'était pas compliqué.

— Probablement, dit-il.

— Eh bien ? Tu ne le fais pas ?

— Pourquoi t'ont-ils attaché ?

— Pour que je ne m'enfuie pas. Ils m'ont dévalisé et fait prisonnier. Tu m'as probablement sauvé la vie.

— Probablement.

— Ce pour quoi je te suis, comme je l'ai dit, reconnaissant.

— Pourquoi ?

Le garçon cilla.

— Eh bien, euh, parce que je pense qu'il me reste beaucoup de choses à faire dans ma vie, des choses méritoires…

— Non, dit Aspar, en parlant lentement comme à un enfant. Pourquoi t'ont-ils fait prisonnier après t'avoir dévalisé ?

— Je suppose qu'ils espéraient une rançon.

— Qu'est-ce qui leur aurait fait penser que cela en valait la peine ?

— Parce que je… (Le garçon s'interrompit, soupçonneux.) Tu es comme eux, n'est-ce pas ? Tu es juste un autre bandit. C'est pour cela que tu ne veux pas me libérer. Tu crois toi aussi pouvoir tirer quelque chose de moi.

— Mon garçon, dit Aspar, tu ne reconnais pas à mes insignes et à mes couleurs que je suis le forestier du roi ? Enfin, ce n'est qu'une forme de stupidité. Et c'en est une autre que d'insulter un homme armé lorsque l'on a les mains liées.

— Tu es le forestier ?

— Je n'ai pas l'habitude de mentir.

— Mais je ne te connais pas. Comment le saurais-je ? Tu pourrais tout aussi bien avoir tué le vrai forestier et lui avoir volé ses affaires.

Aspar sentit un sourire se dessiner sur ses lèvres. Il lui résista.

— Eh bien, c'est une possibilité, admit-il. Mais je suis le représentant du roi, et je n'ai aucunement l'intention de te vendre pour ta fourrure ou quoi que ce soit d'autre. Qui es-tu ?

Le garçon se redressa :

— Je suis Stéphane Darige. Des Darige de Cap Chavel.

— Vraiment ? Je m'appelle Aspar White, des White d'Aspar White. Quelles affaires t'amènent dans la forêt du roi, Darige de Cap Chavel ? Sur cette monture isabelle ?

— Oh bravo, dit le garçon d'un ton sarcastique. Quelle rime ! Je voyage sur la route du roi qui, bien sûr, est ouverte à tous.

— Pas si tu es un marchand, non. Il y a un péage.

— Mon père est marchand, mais je ne le suis pas. Je me rends au monastère d'Ef, ou du moins je m'y rendais lorsque ces rufiens m'ont pris. Je dois y devenir novice.

Aspar le toisa un moment, puis tira sa dague et trancha les liens du jeune homme.

— Merci, dit Stéphane, en se frottant les poignets. Qu'est-ce qui t'a décidé ? Tu es un homme dévot ?

— Non. (Il fit un geste en direction des hommes à terre.) Un prêtre, hein ? Tu t'y connais en saignées ?

— Je suis allé au collège à Ralegh. Je sais panser les blessures et réduire les os.

— Alors, montre-moi ça. Extrais les flèches de ces deux-là, de façon à ce qu'au moins un des deux ne se vide pas de son sang. J'ai besoin de leur parler. (Il parcourut les alentours d'un geste du bras.) Y en a-t-il d'autres, ou est-ce que toute la bande est là ?

— Ils sont tout ce que j'ai vu.

— Bien. Je reviens.

— Où vas-tu ? demanda Darige.

— Service du roi. Je vais revenir.

Aspar descendit la route sur une demi-lieue, juste pour s'assurer qu'aucun bandit ne les suivait. Au retour, il remonta le ruisseau des Douines, en quête d'autres traces de ce qui avait laissé l'empreinte, mais sans rien trouver. Il soupçonnait la créature d'avoir marché dans le ruisseau lui-même. Avec suffisamment de temps, il pourrait probablement retrouver sa piste, mais il n'en avait pas le loisir présentement. Le garçon paraissait sincère, mais on ne pouvait jamais vraiment savoir. Et il commençait à avoir l'impression qu'il était réellement très urgent de découvrir quelle sorte de massacre avait eu lieu sur la Taff.

Lorsqu'il revint, il découvrit Stéphane qui se relevait malaisément, après être resté plié au-dessus de ce qui ressemblait très fortement à une flaque de vomi.

— Eh bien, Darige de Cap Chavel, où en es-tu ?

Stéphane indiqua le dégingandé du bras :

— Il est mort, dit-il d'une voix molle.

Aspar ne put s'en empêcher : un éclat de rire totalement involontaire s'échappa de sa gorge.

— Que… Qu'y a-t-il de si drôle ?

— Toi. Bien sûr qu'il est mort. Par les yeux de Grim, regarde-le !

— Vois-tu… (Les yeux de Stéphane s'écarquillèrent et s'emplirent de larmes, puis il fut pris d'un spasme comme s'il allait vomir de nouveau, mais il se redressa.) Je n'avais jamais vu un mort avant. Pas comme cela.

— Il y a bien plus de morts que de vivants, tu sais, dit Aspar. (Se souvenant soudain de son premier mort, il adoucit son ton.) Et les deux autres ? Tu les as saignés ?

— J'ai… J'ai commencé sur un… dit Stéphane d'une voix penaude.

— Je n'aurais pas dû te les laisser. C'est ma faute.

— J'essaie ! C'est juste que… Eh bien, le sang…

— Comme je viens de dire, grommela Aspar, c'est ma faute. J'aurais dû deviner que tu n'avais jamais fait cela avant. Je ne te reproche rien.

— Oh, dit Stéphane. Tu crois qu'ils sont morts, eux aussi ?

— J'en doute. J'ai tiré dans les muscles, vois-tu. Pas dans les organes.

— Pourquoi ? Tuer ne semble pas trop t'inquiéter.

— Je te l'ai dit. J'ai besoin de les interroger.

— Oh.

— Reprenons. Sais-tu découper des pansements ? Peux-tu faire ça ?

— C'est déjà fait.

— Bien. Voyons si je peux préserver ces gars de Mère Faucheuse, que tu puisses conserver ton prochain repas. D'accord ?

— Oui, répondit mollement Stéphane.

Aspar s'agenouilla auprès du rouquin, qui était inconscient mais respirait encore. La flèche s'était fichée dans son omoplate, et il faudrait couper un peu pour la ressortir. Aspar s'y attela, et le rouquin gémit.

— À quel sujet veux-tu les interroger ? réussit à dire Stéphane.

— Je veux savoir où ils étaient il y a quelques jours, grommela Aspar en agrippant la tige de la flèche et en lui imposant un mouvement de va-et-vient.

— Ils m'enlevaient.

— Où ?

— Il y a deux jours.

— Pas quand ; *où*. (La flèche sortit proprement, avec sa pointe. Aspar pressa le chiffon que Stéphane avait coupé sur la blessure.) Maintiens cela en place, ordonna-t-il.

Stéphane laissa échapper un gargouillement, mais fit ce qu'on lui avait dit. Aspar attrapa un autre bandage, et commença à l'enrouler.

— Où ? répéta-t-il. Appuie plus fort.

— À deux jours d'ici, sur la route du roi, répondit Stéphane.

— Mais où exactement ? Vers Wexdal ou Forst ?

— Je ne sais pas vraiment.

— Eh bien, est-ce que tu avais traversé l'Alte-houleau avant qu'ils ne te prennent ?

— C'est une rivière ? Je n'en suis pas sûr.

— Oui, l'Alte-houleau est une *rivière*. On ne peut pas la rater. Elle est bordée d'une vieille chaussée de pierre. Tu peux lâcher, maintenant.

Stéphane leva ses mains et regarda le sang qui les couvrait, les yeux un peu vagues :

— Oh, tu veux dire le *Pontro Oltiumo*.

— Je veux dire ce que j'ai dit. C'est quoi, ce galimatias ?

— Du vitellien ancien, dit Stéphane. La langue de l'Hégémonie, qui a érigé cette chaussée il y a mille ans. Ils ont aussi construit cette route, d'ailleurs. *Alte-houleau* doit être une corruption d'*Oltiumo*.

— Qu'est-ce qui te fait penser cela ?

— J'ai consulté des cartes avant de partir. Des cartes de l'Hégémonie.

— Comment es-tu allé penser que des cartes dessinées il y a mille ans pourraient t'être d'une quelconque utilité ?

— L'Hégémonie faisait de meilleures cartes que nous. Plus précises. J'en ai des copies, si tu veux les voir.

Aspar se contenta de le toiser une seconde, puis il agita la tête :

— Les prêtres, maugréa-t-il en faisant sonner ce mot comme un juron. Occupons-nous de l'autre.

Ce fut plus facile avec le gros-nez. La flèche avait traversé le muscle de la cuisse sans même effleurer l'os.

Si le dégingandé et sa bande avaient capturé Darige à l'est de l'Alte, il leur était impossible de s'être trouvés près de la Taff. C'était une hypothèse à abandonner. Donc il devait bien y aller, une fois qu'il aurait trouvé que faire de cette bande.

Quoi qu'il décidât, cela lui ferait perdre au moins une journée.

Mais il ne pouvait rien y faire, se dit-il, sauf à tous les tuer et abandonner le prêtre à son sort. Une idée tentante.

— Aide-moi à hisser ces hommes sur leurs chevaux, grommela-t-il lorsqu'ils eurent terminé.

— Où allons-nous ?

— Tu vas voir.

— Je veux dire, je vais être en retard au monastère.

— Vraiment ? Je me retiendrai de ne pas pleurer.

— Pourquoi es-tu à ce point fâché contre moi, forestier ? Je ne t'ai rien fait. Ce n'est pas ma faute.

— Ta faute ? Quel sens cela a-t-il, et quelle importance ? Tu es parti de Virgenye tout seul, n'est-ce pas ? Juste toi et tes cartes, je ne me trompe pas ?

— Oui.

— Pourquoi ? Quel livre t'a mis cela dans la tête ?

— Presson Manteo l'a fait, il y a près de cent ans, lorsqu'il a écrit l'*Amvionnom*. Il disait…

— Ce qu'il disait n'a aucune importance, n'est-ce pas ? Cela ne t'a aidé en rien !

— Eh bien, je sais *maintenant* que c'était stupide, dit Stéphane. Mais cela n'explique toujours pas pourquoi tu es furieux contre moi.

Effectivement pas, n'est-ce pas ? Aspar prit une longue inspiration. Le garçon n'était pas du genre mauvais, en fait ; juste un fardeau dont Aspar n'avait vraiment pas besoin pour l'instant. Et ce ton supérieur et cet accent des plaines ne jouaient pas vraiment en sa faveur.

— J'en rencontre quelques-uns comme toi chaque année, expliqua-t-il. De jeunes nobliaux partis s'ébattre dans la nature. Généralement, je ne vois que leur cadavre.

— Tu veux dire que je suis un fardeau pour toi.

Aspar haussa les épaules :

— Viens. Je vais t'amener en un endroit sûr.

— Contente-toi de m'indiquer le chemin. J'irai seul. Tu m'as sauvé la vie. Je ne voudrais pas te perturber encore.

— Il faut que j'emmène les prisonniers de toute façon, dit Aspar. Chevauche avec nous.

Il alla pour monter en selle.

— On ne l'enterre pas ? demanda Stéphane en indiquant le dégingandé du doigt.

Aspar réfléchit, puis marcha jusqu'au bandit décédé. Il tira le corps de dix pieds hors du bord de la route, puis croisa ses bras sur sa poitrine.

— C'est fait, dit-il avec un sourire forcé. Des funérailles de forestier. Veux-tu dire quelques mots ?

— Il existe effectivement une liturgie appropriée…

— Alors tu la réciteras en cheminant. Il y a un endroit où nous devons arriver avant la nuit.

Comme la plupart des prêtres – et des garçons – Darige semblait incapable d'interrompre le flot de ses paroles. Après à peine un coup de cloche, il avait oublié la contrariété de son admonestation et s'était mis à discourir sans retenue sur les sujets les plus ineptes : la filiation entre l'almannien et l'hansien, les dialectes de Virgenye, les vertus de certaines étoiles. Il donnait aux arbres et aux oiseaux et aux collines des noms longs et imprononçables qui n'étaient pas les bons, et se croyait malin. Et il n'avait de cesse de vouloir s'arrêter pour regarder des choses.

— En voilà une autre ! s'exclama-t-il pour la cinquième fois en deux cloches. Tu peux attendre juste un instant ?

— Non, lui dit Aspar.

— Vraiment, juste un instant.

Stéphane mit pied à terre et sortit de son sac un rouleau de papier dont il détacha une feuille. D'une poche à sa ceinture, il tira un bâton de charbon. Puis il se hâta vers une pierre dressée sur le bord de la route, et haute de la moitié d'un homme. Elles étaient nombreuses, le long de la voie du Vieux Roi, toutes semblables à celle-ci, des colonnes carrées de deux paumes de côté. La plupart avaient été mises bas par des racines qui poussaient en dessous, expulsées comme des dents infectées.

— Celle-ci porte encore des inscriptions !

— Et alors ?

Stéphane pressa sa feuille de papier contre la pierre et commença à la noircir avec son charbon.

— Par les yeux de Grim, que fais-tu ?

— Je prends une empreinte, pour l'étudier plus tard. Tu vois ? L'inscription ressort.

Il leva la feuille et Aspar vit effectivement qu'en plus du grain de la pierre et du dessin des mousses, il pouvait discerner diverses marques anguleuses.

— Du vitellien ancien, dit Stéphane d'une voix triomphale. Ceci marque la délimitation entre deux Naux-meddix, et dit à quelle distance sont la tour de guet précédente et la suivante. (Il plissa les yeux.) Mais ici, ils appellent cette route la Trace Sanglante. Je me demande ce que cela veut dire. Elle est inscrite sur toutes les cartes en tant que *Vio Caldatum*.

— Pourquoi ta tête est-elle pleine de tout cela ? demanda Aspar.

— C'est ma vocation : les langues anciennes, l'Histoire.

— Cela a l'air utile.

— Quand on n'a pas de passé, on n'a pas d'avenir, répondit joyeusement Stéphane.

— Le passé est mort et la Trace Sanglante est une vieille superstition.

— Ah, tu connais le nom. Le folklore local ? Qu'en dit-on ?

— Ça ne t'intéresserait pas.

— Je viens de dire que si.

— Eh bien ça ne devrait pas. Ce sont des histoires de grand-mères.

— Peut-être. Mais les anciens préservent une forme primitive de sagesse que les érudits ont oubliée. De véritables bribes d'Histoire, exprimées selon des conventions simples, rendues intéressantes pour que les gens du commun les comprennent, déformées ici et là à mesure des méprises et confusions, mais qui recèlent encore une part de vérité pour celui qui a l'esprit et les connaissances nécessaires pour les décomposer.

Aspar s'esclaffa.

— Ça me rend fier de faire partie du commun, dit-il.

— Je ne voulais rien insinuer de désobligeant. Peux-tu me raconter, s'il te plaît ? L'histoire de la Trace Sanglante.

— Si tu remontes sur ton maudit cheval et que tu reprends la route.

— Oh, certainement. Bien sûr.

Il roula soigneusement sa feuille, la plaça dans un sac de toile, et remonta en selle.

— Il n'y a pas vraiment grand-chose à raconter, en fait, dit le forestier alors qu'ils reprenaient leur route. On dit qu'il y a bien longtemps, lorsque les démons scaosen dominaient le monde, ils avaient pour habitude de traiter les humains comme des chiens, et de leur faire remonter et redescendre cette route en courant jusqu'à user leurs pieds à l'os. Ils pariaient sur le résultat, et poursuivaient jusqu'à ce qu'ils soient tous tombés morts. On dit que la route tout entière était rouge du sang de leurs pieds déchiquetés.

— Les Scaosen ? Tu veux dire les Skasloï ?

— Je raconte juste une histoire.

— Oui, mais tu vois, avec une part de vérité ! Tu les appelles les Scaosen, tandis que dans la langue lierienne, ils sont connus en tant qu'*Echesl*. En hornladh, *Shasl*. Le terme ancien était *Skasloï*, et ils ont vraiment existé. L'Histoire n'en doute pas le moins du monde. Ce furent les premiers Virgenyens qui conduisirent leur massacre, avec l'aide des saints.

— Oui, je connais cette histoire. Mais je n'ai jamais vu un Scaos.

— Évidemment, ils sont tous morts.

— Alors cela ne fait pas grande différence si je crois en eux ou pas, n'est-ce pas ?

— Eh bien, ce n'est pas une attitude très éclairée.

Aspar haussa les épaules.

— Je me demande, dit Stéphane en se passant la main sur son menton mal rasé, si cela aurait pu être une route skaslos avant d'être une route vitellienne.

— Pourquoi pas ? Si tu commences à croire ce genre de choses, on dit aussi qu'elle est hantée par les alfes. Les vieux disent que les alfes sont comme une brume blanche, ou comme des apparitions, et qu'ils sont d'une beauté si terrible qu'à leur vue, on meurt. Les Sefrys disent que ce sont les esprits affamés des Scaosen. Les gens leur laissent des offrandes. D'autres leur demandent des faveurs. La plupart préfèrent les éviter.

— Et que font-ils d'autre, ces alfes ?

— Ils volent les enfants. Ils apportent la maladie. Ils détruisent les récoltes. Ils rendent les hommes mauvais en leur murmurant à l'oreille. Ils peuvent arrêter un cœur en enfonçant simplement leur doigt brumeux en lui. Bien sûr, je n'en ai jamais vu, mais…

— Mais tu ne crois pas en eux. Oui, forestier, je crois que je commence à te comprendre, et à comprendre ta philosophie.

— *Werlic ?* Bien. Maintenant, si cela t'agrée, pourrais-tu cesser ton babillage pour un temps ? De façon que si nous sommes suivis par des alfes ou des étans ou des brise-mitaines, je puisse les entendre ?

Miraculeusement, Stéphane se tut alors, et se mit à étudier ses empreintes en chevauchant. Au bout d'un moment, Aspar espéra presque qu'il allait se remettre à parler, parce que le silence le laissait seul avec le souvenir incommode de la source, des grenouilles mortes, et de la trace qui avait à ce point blessé la terre. Cela lui rappela qu'il y avait effectivement des choses dans la forêt qu'il n'avait pas vues, même après toutes ces années passées à l'arpenter.

Et s'il y avait des monstres, pourquoi pas le roi de bruyère ?

Cela lui rappela une comptine qu'il chantait quand il était enfant, du temps où il vivait avec les Sefrys. Cela commençait par une ronde, et à la fin tous les enfants faisaient semblant d'être morts, mais il ne se souvenait plus des détails. Par contre, il se souvenait de la chanson.

Tournons tous en chœur
Très loin d'ici
Le roi de bruyère erre çà et là

Parlons tous en chœur
Moins loin d'ici
Dans le ciel, de Greffyns s'entourera

Dansons tous en chœur
Tout près d'ici
Quand tu le verras, il te mangera

Chantons tous en chœur
Sera ici
Te recrachera, et le ciel tuera

— C'était quoi ? demanda Stéphane.
— Quoi ? grommela Aspar, piqué par le souvenir.
— Tu chantais.
— Non, je ne chantais pas.
— Je pensais que si.
— Ce n'était rien. Oublie ça.
Stéphane haussa les épaules :
— Comme tu veux.

Aspar maugréa et changea ses rênes de main, en souhaitant qu'oublier fût aussi facile. À l'inverse, il se souvint d'un couplet d'une autre chanson, une chanson que Jesp chantait souvent.

Sonne et résonne par-delà les collines
La corne d'os, resplendissante et fine,
Le seigneur épineux des forêts et ruisseaux
Marchera comme quand ce monde était nouveau.

CHAPITRE CINQ

LA PRINCESSE

— Ils nous ont vues ! s'exclama Austra d'une voix haletante.

Anne se pencha de derrière le flanc du chêne, les doigts serrés sur son écorce rugueuse. Derrière elle, sa jument couleur crème piaffa et hennit.

— Chut, Pluvite, chuchota-t-elle.

Les deux filles se dissimulaient dans l'ombre de la forêt, à la lisière de l'ondulante prairie que l'on appelait la Manche.

Tandis qu'elles observaient, trois cavaliers passèrent à travers l'herbe parsemée de violettes, leurs têtes tournant de tous côtés. Ils portaient les tabards orange sombre de la Garde Royale Légère, et le soleil faisait étinceler leurs cottes de mailles. Ils étaient peut-être à une demi-portée de flèche.

— Non, dit Anne en se tournant vers Austra. Ils ne nous ont pas vues. Mais ils nous cherchent. Je crois que c'est le capitaine Cathond qui les mène.

— Tu penses vraiment qu'on les a envoyés nous chercher ?

Austra s'accroupit plus bas encore, en écartant une boucle d'or de son visage.

— Absolument.

— Alors enfonçons-nous un peu plus dans les bois. S'ils nous voient…

— Oui, supposons qu'ils nous voient ? reprit Anne d'un air songeur.

— C'est ce que je viens de dire. Je… (Les yeux bleus d'Austra se firent aussi ronds que des rétoirs d'or.) Non, Anne !

Avec un sourire malicieux, Anne tira sa capuche par-dessus ses cheveux roux cuivré, prit les rênes de Pluvite, s'accrocha à la selle, et se lança en avant :

— Attends que nous soyons hors de vue, puis retrouve-moi à Eslen-des-Ombres.

— Je n'irai pas ! déclara Austra en s'efforçant de maintenir sa voix au plus bas. Reste ici !

Anne tapa de ses cuisses sur les flancs de sa monture :

— Pluvite ! ordonna-t-elle.

La jument jaillit des bois au grand galop, quelques feuilles tourbillonnant dans son sillage. Le temps de peut-être dix battements de cœur, on entendit uniquement le martèlement sourd de ses sabots sur le sol humide. Puis l'un des hommes montés commença à crier. Anne regarda par-dessus son épaule et vit qu'elle avait eu raison : le visage rubicond du capitaine Cathond était derrière ces vociférations. Les hommes firent pirouetter leurs hongres blancs pour se lancer à sa poursuite.

Anne clama sa joie de sentir le vent sur son visage. La Manche était parfaite pour la course, longue et verte et magnifique. À sa droite se dressait la forêt, avec ses feuilles vertes, ses cornouillers et ses fleurs de cerisier. À gauche, la Manche plongeait en un versant escarpé vers les rinns marécageux qui entouraient l'île d'Ynis et bordaient le fleuve Mage qui teintait ses berges de miel.

Pluvite était la foudre incarnée, et Anne était l'œil de la tempête. Qu'ils essaient donc de l'attraper ! Qu'ils essaient !

La Manche s'incurvait le long de la côte sud de l'île, puis remontait vers les collines jumelles Tom Woth et Tom Cast. Mais Anne n'attendit pas la courbe de la Manche, et tira ses rênes pour imposer à Pluvite un virage serré, qui projeta dans les airs des mottes de terre noire et d'herbe, et les ramena dans les bois. Elle esquiva des branches et serra fort les rênes lorsque le cheval sauta un petit ruisseau. Un rapide coup d'œil en arrière lui montra que les cavaliers s'étaient enfoncés dans le bois en amont dans l'espoir de lui couper la route. Mais la forêt était là-bas épaisse, et les ralentirait.

Elle avait emprunté, elle, la piste qui avait été brûlée quelques années plus tôt. Celle-ci était relativement dégagée, un de ses raccourcis favoris, et Pluvite pouvait y galoper entre les troncs massifs des chênes et des frênes. Anne plastronna tandis qu'ils filaient sous le tronc d'un arbre mort à moitié effondré sur un autre, remontaient une colline, tournaient à droite, et retombaient dans la Manche, à l'endroit où elle partait vers Tom Woth et Tom Cast. Comme elle prenait de l'altitude, les tours et les tourelles les plus élevées du château d'Eslen apparurent au-dessus des arbres à sa droite, leurs fanions flottant au vent.

Lorsque les hommes émergèrent des bois, ils étaient deux fois plus loin derrière elle qu'au début de la poursuite, et ils n'étaient plus que deux. Avec arrogance, elle commença à longer le pied de Tom Woth, reprenant la direction du sud de l'île. Ce n'était plus amusant : lorsqu'elle arriverait au Serpent, ils ne verraient même pas son exploit. Une honte, vraiment.

— Brave fille, Pluvite, dit-elle en ralentissant un peu le pas. Mais ne t'abandonne pas à une lubie soudaine, d'accord ? Il va falloir que tu sois courageuse, mais ensuite tu pourras te reposer, et je te trouverai quelque chose de bon à manger. Je te le promets.

Elle saisit alors du coin de l'œil un mouvement en bordure de son champ de vision, et tressauta. Le troisième cavalier, par quelque miracle, venait d'entrer dans la Manche presque à son coude. Pis, un autre homme montant un louvet et portant une cape rouge était apparu juste derrière lui. La surprise envahit le visage d'Anne en une brûlante bouffée.

— Eh là ! Arrête-toi !

Elle reconnut la voix du capitaine Cathond. Son cœur battit comme un tambour, mais elle talonna férocement Pluvite, et poursuivit sa trajectoire autour de la colline. Tom Woth et Tom Cast ressemblaient à une ample poitrine de femme. Anne plongeait droit dans le décolleté.

— Tu ferais mieux de ralentir, jeune inconsciente ! tonna Cathond. Il n'y a rien, de l'autre côté !

Il se trompait. Il y avait quantité de choses de l'autre côté : une vue spectaculaire des rinns verdoyants, et beaucoup plus bas, la rivière, et les plaines marécageuses du sud. Quand elle parvint entre les collines, il y eut un moment terrible et merveilleux où il lui parut que le monde entier s'étalait devant elle.

— Nous y voilà, Pluvite ! cria Anne comme ils franchissaient le bord du vide et que toutes les pattes de Pluvite étaient suspendues.

Maintenant qu'il était trop tard, elle fut parcourue d'un frisson d'effroi si puissant qu'il en avait presque un goût.

L'instant se fit éternité, Anne s'étant aplatie, les mains nouées dans la crinière de Pluvite. La chaleur musquée du cheval, la graisse et le cuir de la selle, le souffle du vent étaient son univers. Son ventre s'était empli de plumes titillantes. Elle hurla dans un délire de peur, puis les sabots de sa monture frappèrent le Serpent, une gorge étroite qui déroulait ses méandres en dévalant le flanc escarpé de l'île.

Pluvite manqua tournebouler, et son train arrière retomba de guingois. Puis elle trouva un équilibre, rebondissant et retombant le long du bord du Serpent, perdant le contrôle et le retrouvant, tendant ses muscles pour maîtriser le saut suivant. Le monde défilait dans la confusion, et la peur d'Anne était à ce point mêlée d'exaltation qu'elle n'eût pu faire la différence. Pluvite se reçut si lourdement qu'elle manqua verser ; si une telle chose arrivait, cela ne pourrait que leur être fatal à toutes les deux.

S'il doit en être ainsi… pensa-t-elle. *Si je dois mourir, que ma mort soit éclatante !* Pas comme sa grand-mère, qui agonisait dans son lit comme un chien malade, à virer jaunâtre et sentir mauvais. Pas comme sa tante Fiéne, qui s'était vidée de son sang dans le travail de l'enfantement.

Puis Anne sut qu'elle n'allait pas mourir. Les sabots de Pluvite gagnèrent une pente plus douce, et elle gagna en assise. Les saules géants au pied du Serpent lui tendaient les bras, mais avant qu'elle ne se réfugiât sous leur ombre salvatrice, elle jeta un dernier regard vers l'endroit d'où elle venait, et vit se dessiner les silhouettes de ses poursuivants, toujours dressés sur la crête. Ils n'avaient pas osé la suivre, bien sûr.

Elle leur avait échappé, pour l'instant. Pour le reste de la journée, si elle avait de la chance.

Pluvite tremblait au garrot, et Anne préféra donc mettre pied à terre et la laisser marcher un temps. Les gardes allaient mettre une éternité à descendre ici par les voies conventionnelles, et devraient ensuite choisir entre vingt pistes différentes. Elle sourit à la couverture noueuse des saules, s'orienta, et partit vers l'est, en direction d'Eslen-des-Ombres.

— C'était merveilleux, Pluvite, dit-elle. Ils n'ont même pas *imaginé* nous suivre ! (Elle écarta les cheveux de son visage.) Maintenant, nous n'avons plus qu'à retrouver Austra et nous cacher dans les tombes le reste de la journée. Ils n'iront pas nous chercher là-bas.

Son cœur et le souffle de Pluvite étaient si bruyants qu'Anne n'entendit l'autre cavalier que lorsqu'il eut passé la courbe derrière elle. Elle se retourna et se figea, en le dévisageant.

C'était l'homme au louvet et à la cape rouge, le dernier venu. Il était grand et blond mais aux yeux sombres, un jeune homme de peut-être dix-neuf ans. Son cheval soufflait presque aussi fort que Pluvite.

— Par saint Tarn, quelle chevauchée ! s'exclama-t-il. Une folie ! Mon garçon, tu es…

Il s'interrompit et plissa les yeux.

— Tu n'es pas un garçon, dit-il.

— Je ne l'ai jamais été, répondit froidement Anne.

Son regard était maintenant fixé sur Anne, et ses sourcils se relevèrent :

— Tu es la princesse Anne !

— Vraiment ? Et en quoi cela t'importe-t-il ?

— Eh bien, je n'en suis pas sûr. Je croyais que la Garde Royale poursuivait un voleur ou un braconnier. Je me suis dit que j'allais les aider, pour le plaisir. Maintenant je ne sais plus.

— C'est ma mère qui les a envoyés, j'en suis certaine. J'ai dû oublier quelque obligation dont on m'avait chargée.

Elle mit le pied à l'étrier et remonta en selle.

— Quoi ? Si vite ? dit l'homme. Mais je viens juste de t'attraper ! Je n'en serai donc pas récompensé ?

— Je peux te semer une deuxième fois, promit Anne.

— Tu ne m'as pas semé, fit-il remarquer. Je suis descendu sur tes talons.

— Pas tout à fait. Là-haut, tu as pris le temps de réfléchir.

Il haussa les épaules :

— Tu étais déjà passée par ici, je crois. Je n'ai jamais chevauché à Eslen avant aujourd'hui.

— Alors c'était très bien.

Sur ce, elle se retourna pour partir.

— Attends. Tu ne veux même pas savoir qui je suis ?

— Pourquoi cela ? répliqua-t-elle.

— Je ne sais pas, mais cela m'importe incontestablement de savoir qui tu es.

— Bon, d'accord, dit-elle. Comment t'appelles-tu ?

Il mit pied à terre et s'inclina :

— Roderick de Dunmrogh, dit-il.

— Bien, Roderick de Dunmrogh. Je suis Anne Dare, et tu ne m'as pas vue aujourd'hui.

— Que cela eût été regrettable, dit-il.

— Tu es follement effronté, non ?

— Et tu es follement belle, princesse Anne. Une cavalière digne de Tarn. Mais si tu dis que je ne t'ai pas vue, je ne t'ai pas vue.

— Bien.

— Mais, euh… Pourquoi ne t'ai-je pas vue, si je puis me permettre ?

— Je te l'ai dit. Ma mère…

— La reine.

Elle le toisa :

— Oui, la reine, que les saints la protègent. Et qu'ils me protègent d'elle. (Elle plissa les yeux.) Comment sais-tu qui je suis ?

— Je t'ai vue. À la cour. J'ai pris la rose de la chevalerie il y a seulement neuvaine.

— Oh, alors tu es sire Roderick.

— Oui, mais tu étais là, avec tes sœurs.

— Ah oui. Je suppose que l'on me remarque, un canard au milieu des cygnes.

— Ce sont tes cheveux roux qui ont attiré mon attention, et non pas tes plumes.

— Oui. Et les taches de son, et cette proue de navire que j'ai pour nez.

— Il n'est pas nécessaire de lancer un hameçon pour recueillir mes louanges, dit-il. J'aime ton nez. Je l'ai aimé dès le début, et je suis heureux de le dire.

Anne écarquilla les yeux :

— Tu pensais que j'étais un garçon !

— Mais tu étais habillée comme tel et chevauchait comme tel ! De plus près, il ne m'a fallu qu'un regard pour disperser cette illusion. (Il fronça les sourcils.) Pourquoi portes-tu des chausses ?

— As-tu jamais essayé de monter en robe ?

— Les dames montent en robe tout le temps !

— Oui, bien sûr – et à fourches ! Combien de temps crois-tu que je serais restée en selle dans ma descente du Serpent si j'étais montée à fourches ?

Il gloussa :

— Je vois ce que tu veux dire.

— Tu es bien le seul. Quand j'étais petite, cela n'intéressait personne. Certains me surnommaient « le petit prince Anne ». Puis tout a changé lorsque j'ai été en âge de me marier, et maintenant, je dois disparaître subrepticement pour chevaucher comme cela. Mère dit qu'à quinze ans, on ne peut plus se permettre ce genre d'habitude puérile. Je… (Elle s'interrompit, une expression soupçonneuse se dessinant sur son visage.) Tu n'as pas été envoyé pour me courtiser, n'est-ce pas ?

— Quoi ?

Il avait paru sincèrement éberlué.

— Mère n'aimerait rien plus que de me voir mariée,

de préférence à quelqu'un d'ennuyeux, de vieux et de gras. (Elle le regarda.) Mais tu n'es rien de tout cela.

Pour la première fois, Roderick parut contrarié :

— Je n'ai rien fait d'autre, princesse, que d'oser un compliment. Et je doute fort que ta mère aille jamais chercher un prétendant pour toi dans ma maison. Nous ne sommes ni grotesquement riches, ni des sycophantes flagorneurs, et ne trouvons donc aucune faveur à la cour de ton père.

— Eh bien, tu as ton franc-parler, n'est-ce pas ? Je te présente mes excuses, sire Roderick. Lorsque tu auras passé suffisamment de temps à la cour, tu sauras à quel point l'honneur et la vérité y sont rares, et tu me pardonneras peut-être.

— Souris, et je te pardonnerai très vite.

Pour son plus grand désarroi, elle sentit ses lèvres se recourber de leur propre chef. Un instant, son ventre lui parut creux et curieux, comme si elle poursuivait son plongeon dans le Serpent.

— Voilà. Mieux qu'un pardon royal, dit-il en s'apprêtant à remonter en selle. Bien. Ce fut un plaisir que de te rencontrer, princesse. J'espère que nous aurons l'occasion de parler de nouveau.

— Tu t'en vas ?

— C'est ce que tu voulais, n'est-ce pas ? Par ailleurs, je viens de réaliser quel genre de problème pourrait survenir si l'on nous trouvait ensemble, dans les bois, sans chaperon.

— Nous n'avons rien fait de déshonorant, dit Anne, ni ne le ferons. Mais si tu as peur…

— Je n'ai pas peur, dit Roderick. C'est à ta réputation que je pensais.

— C'est très aimable à toi, mais je sais m'inquiéter moi-même de ma réputation, merci.

— Ce qui veut dire ?

— Je ne te fais pas confiance. Tu pourrais dire à

quelqu'un que tu m'as vue. Je crois que je devrais te mander à mon service pour le reste de la journée, en tant que garde du corps.

— Quelle chance ! Je suis sous la Rose depuis une semaine, et déjà j'escorte une princesse du royaume. J'en serai ravi, Madame, même si je ne puis rester toute la journée. J'ai d'autres obligations, tu sais.

— Fais-tu toujours ce que tu es censé faire ?

— Pas toujours. Mais dans ce cas, oui. Je n'ai pas le luxe d'être une princesse.

— Ce n'est pas un luxe, dit Anne en poussant son cheval. Tu viens, ou pas ?

— Où allons-nous ?

— À Eslen-des-Ombres, où repose mon grand-père.

Ils chevauchèrent un temps en silence, durant lequel Anne vola plusieurs regards en direction de son nouveau compagnon. Il se tenait droit, fièrement et aisément en selle. Ses bras, nus quasiment jusqu'à l'épaule sous sa veste de promenade, étaient minces et musculeux. Son profil évoquait un peu le faucon.

Pour la première fois, elle se demanda s'il était vraiment ce qu'il avait dit. Et s'il s'agissait d'un assassin, d'un voleur, d'un brigand – ou même d'un espion hansien ? Son accent était insolite, et il n'avait pas l'air d'un homme du Nord.

— Dunmrogh, dit-elle. Où cela se trouve-t-il, exactement ?

— Au sud. C'est un graviat du royaume de Hornladh.

— Hornladh, répéta-t-elle en s'efforçant de se remémorer la carte dans la galerie de l'Empire : c'était bien au sud, croyait-elle se souvenir.

Ils clampinèrent sur le pont de pierre qui traversait le canal Cer, sous le regard buriné des visages taillés dans les piliers aux extrémités des parapets. Le silence les avait de nouveau enveloppés, et bien qu'Anne eût l'impression qu'elle devait dire quelque chose, sa tête était vide de tout sujet de conversation.

— Eslen est plus grande que je ne croyais, offrit enfin Roderick.

— Ce n'est pas Eslen. Eslen comprend le château et la ville. L'île s'appelle Ynis. Pour l'instant, nous sommes dans les rinns, les terres basses entre Ynis et la Mage.

— Et Eslen-des-Ombres ?

— Attends un instant – là.

Elle montra du bras à travers une ouverture voûtée dans les arbres.

— Par le poing de saint Tarn, lâcha Roderick d'un air pantois, les yeux écarquillés devant la cité des morts.

Sa périphérie était modeste, des rangées et des rangées de petites maisons de bois aux toits en chaume ou en bardeaux, donnant sur des chemins de terre. Certaines étaient en bon état, avec des cours entretenues par les familles. D'autres, plus nombreuses, ressemblaient aux dépouilles qu'elles abritaient : des charpentes branlantes recouvertes par des lierres, des ronces, et des années de feuilles mortes. Des arbres en avaient transpercé certaines.

Il y avait cinq canaux circulaires à l'intérieur des limites de la nécropole, et concentriques. Lorsqu'ils eurent franchi le premier, les maisons parurent plus solides, faites de pierre, avec des toits d'ardoises et des clôtures de fer. Les rues et les avenues étaient maintenant pavées. De l'endroit où ils se trouvaient, Anne et Roderick ne pouvaient en voir plus, sinon que la cité gagnait en hauteur et en splendeur à mesure que l'on s'approchait du centre, où se dressaient des dômes et des tours.

— Nous avons des tombes royales à Dunmrogh, dit Roderick, mais rien qui ne ressemble à cela ! Qui est enterré dans les petites maisons pauvres ?

— Les plus pauvres, dit Anne dans un haussement d'épaules. Chaque famille d'Eslen-la-Haute a ses quartiers ici, à la mesure de ses moyens. Ce qu'ils y construisent et la façon dont ils l'entretiennent ne regarde qu'eux. Si la fortune leur sourit, ils peuvent choisir de rapprocher les dépouilles de leurs ancêtres du centre. Si quelqu'un de l'intérieur du troisième canal traverse une mauvaise passe, il peut devoir s'en éloigner.

— Tu veux dire qu'un homme peut être enterré dans un palais, et se retrouver un siècle plus tard dans un taudis miséreux ?

— Bien sûr.

— Cela ne semble pas vraiment juste.

— Se faire manger les yeux par les vers non plus, mais tout cela arrive lorsqu'on est mort, répondit Anne avec un sourire ironique.

Roderick s'esclaffa :

— Tu marques un point. (Il changea d'assise sur sa selle.) Eh bien, je l'ai vue. Mais je dois partir, maintenant.

— Déjà ?

— Faudra-t-il plus d'une cloche pour retourner au château ?

— Certainement.

— Alors je devrais déjà être parti. Quel est le chemin le plus rapide ?

— Je crois que tu devrais le trouver toi-même.

— Pas si tu veux jamais me revoir. Mon père m'enverra dans l'une de nos places fortes subalternes à cent lieues d'ici si je manque à une seule de mes obligations.

— Qu'est-ce qui, par le nom de saint Loy, te laisse penser que je pourrais avoir envie de te revoir ?

Pour toute réponse, il rapprocha sa monture, et capta son regard de ses yeux bleu acier. Elle sentit monter en elle une bouffée de panique, en même temps qu'une sorte de paralysie. Lorsqu'il se pencha et l'embrassa, elle n'aurait pas pu l'arrêter si elle l'avait voulu.

Et elle ne le voulait pas.

Cela ne dura pas, juste un bref, merveilleux et déroutant effleurement de lèvres. Ce n'était pas ce qu'elle avait cru que serait un baiser, pas du tout.

Ses orteils la picotaient.

Elle cligna des yeux et dit doucement :

— Suis ce canal jusqu'à atteindre une rue pavée de briques plombées. Tourne à gauche. Cela te ramènera vers la colline.

Il indiqua de la tête Eslen-des-Ombres :

— J'aimerais en découvrir le reste, un jour.

— Reviens après-demain, vers la cloche du midi. Tu pourrais me trouver ici.

Il sourit, acquiesça, et sans un mot de plus, s'éloigna.

Elle resta assise là, abasourdie, les yeux fixés sur l'eau noire du canal, à se remémorer le souvenir du contact de ses lèvres sur les siennes, s'efforçant de ne pas le laisser s'estomper, examinant chaque nuance de chaque mot et de chaque geste, cherchant désespérément à comprendre.

Elle ne le connaissait pas.

Elle entendit le bruit de sabots qui approchaient et son cœur s'emballa, espérant et craignant à la fois qu'il fût revenu. Mais lorsqu'elle leva les yeux, ce fut Austra qu'elle vit, ses boucles d'or rebondissant sur ses épaules, l'air plutôt fâchée.

— Qui était-ce ? demanda Austra.

— Un chevalier, répondit Anne.

Austra parut considérer cela un temps, puis elle retourna un regard furieux vers Anne :

— Pourquoi fais-tu de telles choses ? Tu as descendu le Serpent, n'est-ce pas ?

— Est-ce que quelqu'un t'a vue ? demanda Anne.

— Non, mais je suis ta dame d'honneur, Anne. Et c'est une chance pour moi, puisque je n'ai pas de sang noble. Si quelque chose t'arrivait…

— Mon père adorait le tien, Austra, sang noble ou pas. Crois-tu qu'il te chasserait jamais ?

Soudain, elle réalisa qu'Austra avait les larmes aux yeux.

— Austra, que se passe-t-il ? demanda Anne.

— Ta sœur Fastia, répondit Austra d'une voix ferme, en clignant des yeux à travers ses larmes. Tu ne comprends tout simplement pas, Anne.

— Qu'est-ce que je ne comprends pas ? Nous avons grandi ensemble. Nous avons partagé le même lit depuis nos cinq ans, lorsque tes parents sont morts et que mon père t'a prise à mon service. Et nous avons joué ce genre de tours aux gardes depuis aussi longtemps qu'il m'en souvienne. Pourquoi pleures-tu maintenant ?

— Parce que Fastia m'a dit qu'il ne me serait plus permis d'être ta servante si tu ne pouvais être tempérée ! « Je lui choisirai quelqu'un de plus responsable », a-t-elle dit.

— Ma sœur essaie juste de t'effrayer. De toute façon, nous partageons les risques, Austra.

— Tu ne comprends toujours pas. Tu es une princesse. Je suis une servante. Ta famille m'habille et fait semblant de me traiter comme si j'étais noble, mais le fait est que pour tous les autres, je ne suis rien.

— Non, répondit Anne. Ce n'est pas vrai. Parce que *moi*, je ne permettrai jamais qu'il t'arrive rien, Austra. Nous serons toujours ensemble, toutes les deux. Je t'aime comme n'importe laquelle de mes sœurs.

— Chut, répondit Austra en reniflant. Ne dis plus rien.

— Viens. Nous allons rentrer, dès maintenant. Nous nous faufilerons à l'intérieur pendant qu'ils nous cherchent encore. Nous ne nous ferons pas prendre cette fois, je te le promets.

— Les chevaliers…

— Ils n'ont pas pu m'attraper. Ils ne diront rien, de

honte, sauf si Mère ou Fastia leur demande sans détour. Et de toute façon, ils ne t'ont pas vue.

— C'est la même chose, pour Fastia, que je sois ta complice ou que tu m'aies dupée.

— Je me moque de ce que dit Fastia. Elle n'a pas autant de pouvoir que tu le crois. Maintenant, viens.

Austra acquiesça et essuya ses yeux dans sa manche.

— Et le chevalier qui t'a rattrapée ? demanda-t-elle.

— Il ne dira rien non plus, dit Anne. Pas s'il veut garder sa tête.

Puis elle se rembrunit :

— Comment Fastia ose-t-elle te parler de la sorte ? Je devrais faire quelque chose à ce sujet. Oui, et je crois savoir quoi.

— Quoi ?

— Je vais rendre visite à Virgenye. Je vais lui en parler à *elle*. Elle fera quelque chose, j'en suis certaine.

Les yeux d'Austra s'écarquillèrent une nouvelle fois :

— Je… je croyais que tu avais dit que nous allions remonter la colline.

— Cela ne nous fera quasiment pas perdre de temps.

— Mais…

— Je le fais pour toi, dit Anne à son amie. Allez, du courage.

— Serons-nous parties dans une cloche ?

— Bien sûr.

Austra releva le menton :

— Alors allons-y.

Elles traversèrent les autres canaux, jusqu'à atteindre les quartiers royaux, où les rues étaient toutes pavées de briques de plomb rendues lisses et brillantes par les chaussures et les balais des gardiens, où les silhouettes de pierre des saints soutenaient des toits plats ou en pente, où tout était couvert de primevère et de genêt épineux, et où les portes des bâtiments étaient fermées par des sceaux et de solides verrous d'acier.

Ce dernier cercle était tapissé de nuit et d'étoiles, un bastion de granit noir moucheté de mica, avec des lances de fer forgé. Les portes étaient gardées par saint Under, avec son marteau et son long visage sévère, et sainte Dun, avec ses yeux emplis de larmes et sa couronne de roses.

Il était également gardé par un grand gars d'âge mûr qui portait la livrée gris sombre des scathomans, les prêtres chevaliers qui gardaient les morts.

— Bonsoir, princesse Anne, dit l'homme.

— La meilleure des soirées à toi, sire Len, répondit Anne.

— Tu es encore ici sans permission, je suppose.

Sire Len ôta son heaume pour révéler des nattes brunes encadrant un visage qui aurait pu être taillé dans la brique, tant il était austère, anguleux et plat.

— Pourquoi dis-tu cela ? Mère ou Fastia seraient-elles venues ici demander après moi ?

Le chevalier sourit brièvement :

— Je ne puis pas plus te parler de leurs allées et venues que je ne peux leur parler des tiennes. Cela irait contre mon vœu. Qui vient ici, ce qu'ils y font, je ne puis rien dire de ces choses. Comme tu le sais bien, puisque cela te permet de venir ici faire tes propres bêtises.

— Me renvoies-tu ?

— Tu sais que je ne le peux pas non plus. Passe, princesse.

— Merci, sire Len.

Comme ils s'avançaient à travers les portes, sire Len fit sonner la cloche de cuivre, pour annoncer aux morts royaux la venue de visiteurs. Anne sentit une douce palpitation dans son ventre, signe évident que les esprits avaient tourné leur regard vers elle.

On va voir, Fastia, pensa-t-elle crânement. *On va bien voir*.

Anne et Austra mirent pied à terre et attachèrent leurs chevaux à l'extérieur de la petite cour dans laquelle les morts de la maison Dare avaient leur domicile. Là se dressait un petit autel sur lequel reposaient des fleurs fraîches ou fanées, des chandelles – certaines à moitié brûlées, certaines en bouillie – des masers qui sentaient l'hydromel, le vin ou la bière. Anne alluma l'une des chandelles, puis elles s'agenouillèrent un moment, pendant qu'Anne les menait en prière. Le plomb était dur et froid sous ses genoux. Quelque part non loin, un geai réprimandait un corbeau, cacophonie soudaine et stridente. Anne entonna :

Saints qui gardez mes pères et mères,
Saint Under qui défend, sainte Dun qui secourt,
Gardez ici mon pas léger,
Laissez-les dormir ou s'éveiller à leur guise,
Bénissez-les, préservez-les,
Faites-leur savoir que je suis là,
Fût-ce seulement en rêve.
Sacaro, Sacaraum, Sacarafum.

Elle prit la main d'Austra.

— Viens, murmura-t-elle.

Elles contournèrent la grande maison où les os de ses grands-parents et arrière-grands-parents reposaient, où ses oncles et tantes tenaient cour nocturne et où son frère cadet Avieyen s'amusait avec ses jouets dans son berceau de marbre, dépassèrent l'allée aux colonnes de marbre rouge et les portes de bronze à large voûte, et laissèrent derrière elles la demeure annexe, où ses cousins plus distants complotaient encore certainement, comme ils l'avaient toujours fait durant leur vie, pour obtenir une position auprès de leurs augustes parents. Marchant toujours vers le mur de pierre en ruine et les arbres disséminés et sauvages du horz.

Au fil des années, Anne et Austra avaient tracé un chemin régulier jusqu'à la tombe, élargissant l'accès caché à mesure que leurs corps grandissaient – non pas en coupant quoi que ce fût, bien sûr, juste en poussant et en se forçant un chemin. Les Saints Sauvages ne s'étaient pas plaints, ne les avaient pas affligées de fièvre ou de boutons, et elles n'avaient donc aucune inquiétude face à ces modifications. Ni dans les décisions qu'elles avaient prises en vue de préserver leur secret : le placement stratégique de plaques de lierre grossièrement tissées, le déplacement de rochers ici et là.

Mais ce qui avait réellement protégé ce lieu, Anne en était certaine, c'était la volonté de Virgenye. Elle était restée cachée durant deux mille années de tous excepté d'Anne et d'Austra. Elle semblait ne pas vouloir que cela changeât.

Et donc, après un bref intermède à quatre pattes, Anne se retrouva une fois de plus devant le sarcophage.

Elles n'avaient jamais réussi à pousser le couvercle plus avant, pas même avec un levier de bois, et après un temps Anne avait fini par penser qu'elle n'était pas *supposée* regarder à l'intérieur, alors elle avait cessé d'essayer.

Mais la petite fente était toujours là.

— Maintenant, dit-elle. Tu as le stylet et la feuille ?

— S'il te plaît, ne maudit pas Fastia à cause de moi, implora Austra.

— Je ne vais pas la maudire, dit Anne. Pas vraiment. Mais elle est devenue insupportable ! Te *menacer* ! Elle mérite une punition.

— Elle jouait avec nous, avant, lui rappela Austra. C'était notre amie. Elle nous tressait des couronnes de pissenlits et de soucis.

— C'était il y a longtemps. Elle a changé, maintenant qu'elle est mariée. Maintenant qu'elle est devenue notre maîtresse.

— Alors souhaite-lui de redevenir comme elle était. Ne lui inflige pas de maladies, s'il te plaît.

— Juste des furoncles, dit Anne. Ou quelques pustules sur son joli visage. Bon, d'accord. Allez, donne-les-moi.

Austra lui tendit une minuscule feuille de plomb très fine et un traceret de fer. Anne posa son plomb sur le couvercle du sarcophage et écrivit.

Ancêtre, porte s'il te plaît cette requête à sainte Cer, et intercède auprès d'elle en ma faveur. Demande-lui de dissuader ma sœur Fastia de menacer ma servante, Austra, et de rendre Fastia plus gentille, comme quand elle était plus jeune.

Anne regarda la feuille. Il y avait encore de la place en bas.

Et conduit le cœur de Roderick de Dunmrogh vers moi. Qu'il ne dorme plus sans rêver de moi.

— Quoi ? Qui est Roderick de Dunmrogh ? s'exclama Austra.

— Tu lisais par-dessus mon épaule !

— Bien sûr, j'avais peur que tu ne souhaites des furoncles à Fastia !

— Eh bien je ne l'ai pas fait, petite fouineuse, dit Anne en faisant signe à son amie de s'écarter.

— Non, mais tu as demandé qu'un garçon tombe amoureux de toi, dit Austra.

— C'est un chevalier.

— Celui qui t'a poursuivie dans le Serpent ? Celui que tu viens juste de rencontrer ? Quoi, tu es amoureuse de lui ?

— Bien sûr que non, comment le pourrais-je ? Mais quel mal y aurait-il à ce qu'il soit amoureux de moi ?

— Ce genre de choses finit toujours mal dans les histoires de phays, Anne.

— Bah, de toute façon, Cer ne va probablement s'inquiéter d'aucun de mes vœux. Ce sont les *malédictions* qu'elle aime.

— Tomber amoureux de toi pourrait facilement être une malédiction, répliqua Austra.

— Très drôle. Tu devrais remplacer Coiffe-de-Chien comme bouffon à la cour. (Elle glissa la feuille de plomb à travers la fente du couvercle du sarcophage.) Voilà, c'est fait. Maintenant, nous pouvons partir.

Comme elle se relevait, un soudain vertige la frappa entre les yeux, et l'espace d'un instant, elle ne put plus se souvenir où elle se trouvait. Quelque chose résonna avec éclat dans sa poitrine, comme une cloche d'or, et le contact de ses doigts contre la pierre lui parut étrangement distant.

— Anne ? demanda Austra d'une voix inquiète.

— Rien, un éblouissement passager. C'est fini, maintenant. Viens, il est temps de retourner au château.

CHAPITRE SIX

LE ROI

— Maintenant, permets-moi de me présenter, dit le géant hansien à Neil. Je suis Everwulf af Gastenmarka, écuyer de sire Alareik Wishilm, que tu as insulté.

— Je suis Neil MeqVren, écuyer de sire Fail de Liery, à qui j'ai promis de ne pas dégainer contre vous.

— Ce qui est bien commode, mais n'a aucune importance. Je t'arracherai la tête à mains nues, et l'acier ne sera ni nécessaire ni proposé.

Neil prit une inspiration longue et profonde, et laissa ses muscles se détendre.

Everwulf fonça comme un taureau, plus rapide néanmoins que ne le laissait présumer sa masse. Neil fut plus vif, esquivant au dernier moment et brisant le nez du géant du dos du poing. Le hansien n'agrippa que de l'air, et recula. Neil se rapprocha, faisant claquer son coude dans les côtes de l'écuyer, qu'il entendit craquer, et acheva son mouvement d'un direct vicieux sous son aisselle. Everwulf en eut le souffle coupé et s'effondra.

Les autres écuyers ne se battaient pas à la loyale. Du coin de l'œil, Neil vit quelque chose décrire un arc de cercle dans sa direction. Il s'accroupit et frappa de toute la force de sa jambe, touchant des pieds. Un homme tomba à terre, laissant échapper l'arme d'entraînement de bois qu'il tenait dans la main. Neil la ramassa, roula, et l'abattit en travers des tibias de son adversaire suivant. Celui-ci hurla comme un cheval qu'on égorgeait.

Neil se remit sur pied. Celui qu'il avait fait tomber s'enfuyait précipitamment. Everwulf haletait en tas sur le sol, et jambes-cassées gargouillait. Neil s'appuya nonchalamment sur l'épée de bois.

— En avons-nous fini ? demanda-t-il.

— Oui, répondit celui qui était encore capable de parler.

— Une bonne nuit à vous, alors, dit Neil. Je suis impatient de vous revoir sur le champ d'honneur, lorsque nous aurons tous pris la Rose.

Il laissa tomber l'épée de bois, remit ses cheveux en place. Plus haut, il pouvait à peine deviner les flèches du château dans la lumière de la lune.

La cour ! Demain, il allait voir la cour !

Guillaume II de Crotheny s'agrippa au cadre de pierre de la haute fenêtre, et durant un instant eut l'impression d'être si léger qu'un souffle de vent pourrait le faire basculer. Des aiguilles alfes lui picotaient le crâne et une terreur parut exploser derrière ses yeux, si éblouissante qu'elle éclipsa presque le soleil. Cela le fit chanceler.

Les morts prononcent mon nom, pensa-t-il, puis : *suis-je en train de mourir* ?

Un de ses oncles était mort comme cela, il était debout et discutait comme si tout allait bien, et un battement de cœur plus tard, il refroidissait sur le sol.

— Que se passe-t-il, mon cher frère ? demanda Robert, depuis l'autre bout de la pièce.

C'était bien Robert, attiré par la faiblesse comme les requins par le sang.

Guillaume serra les dents et prit une longue et lente inspiration. Non, son cœur battait toujours – et très vite, d'ailleurs. Dehors, le ciel était clair. Au-delà des flèches et des toits en pointe, il pouvait voir le ruban vert de la Manche et le lointain Breu-en-Trey. Le vent venait de là, de l'ouest, et portait en lui le délicieux goût du sel.

Il n'allait pas mourir, pas un tel jour. C'était impossible.

— Guillaume ?

Il se tourna depuis la fenêtre.

— Un instant, mon frère, un instant. Attends-moi dehors, dans la salle des Colombes.

— Je dois donc me voir chassé des appartements de mon propre frère ?

— Fais ce que je dis, Robert.

Le front de Robert se plissa.

— Comme tu le souhaites. Mais ne me fais pas attendre trop longtemps, Guillaume.

Lorsque la porte se referma, Guillaume se permit enfin de se laisser tomber dans son fauteuil. Il avait craint que ses genoux ne le trahissent alors que Robert était encore dans la pièce, et ce n'eût pas été une bonne chose.

Que se passait-il ?

Il resta assis un long moment, à respirer profondément et parcourir du bout des doigts les incrustations d'ivoire des accoudoirs de chêne, puis il se releva sur des jambes hésitantes et marcha jusqu'au bassin de toilette pour s'asperger le visage d'un peu d'eau. Dans le miroir, ses traits humides lui rendirent son regard. Sa barbe soigneusement taillée et ses cheveux auburn bouclés grisaillaient à peine, mais ses yeux avaient l'air battus, sa peau cireuse, les rides sur son front aussi profondes que des crevasses. *Quand suis-je devenu si vieux ?* s'étonna-t-il. Il n'avait que quarante-cinq ans, mais il avait vu des visages plus jeunes sur des hommes qui avaient vingt hivers de plus.

Il s'essuya avec une serviette de lin et agita une petite clochette. Un instant plus tard, son valet, un homme de soixante ans, rondelet et dégarni, fit son apparition, vêtu de chausses noires et d'un pourpoint or et cramoisi.

— Sire ?

— Jean, fais servir du vin à mon frère. Tu sais ce qu'il aime. Et fais venir Pafel pour qu'il m'habille.

— Oui, Sire. Sire…

— Oui ?

— Est-ce que tu te sens bien ?

La préoccupation dans la voix de Jean était sincère. Il était le valet de Guillaume depuis près de trente ans. De tout le royaume, il était l'un des rares hommes en lesquels Guillaume avait confiance.

— Honnêtement, Jean ? Non. Je viens juste d'avoir… je ne sais pas ce que j'ai eu. Une terreur. Une Vieille-qui-presse éveillée. Je n'avais jamais ressenti une telle chose, pas même sur le champ de bataille. Pis, Robert était là pour le voir. Et maintenant, il faut que je retourne le voir pour discuter d'une chose ou d'une autre, qui sait quoi. Puis la cour. Parfois, je souhaiterais…

Il s'interrompit et agita la tête.

— J'en suis désolé, Sire. Y a-t-il quelque chose que je puisse faire ?

— J'en doute, Jean, mais merci.

Jean hocha la tête et fit mine de partir, mais il se ravisa :

— Il est une certaine peur, Sire, qui ne peut être expliquée. Elle est comme la panique que l'on ressent lorsque l'on tombe : elle se contente d'apparaître.

— Oui, ç'en était très proche, mais je ne tombais pas.

— Il y a d'autres façons de tomber, Sire.

Guillaume le dévisagea un temps, puis laissa échapper un petit rire.

— Vas-y, Jean. Apporte son vin à mon frère.

— Que les saints te protègent, Sire.

— Et toi aussi, mon vieil ami.

Pafel, un jeune homme au visage rougeaud et à l'accent provincial, arriva quelques instants plus tard avec son nouvel assistant, Kenth.

— Pas la tenue de cour complète, lui dit Guillaume. Pas encore. Quelque chose de confortable.

Il ouvrit les bras, pour qu'ils puissent lui ôter sa robe de chambre.

— Comme tu le désires, Sire. Puis-je me permettre ? Nous sommes aujourd'hui tiffdi, donc les couleurs de saint Tiff sont recommandées, mais nous sommes également dans la saison d'Équinoxe, qui est gouvernée par sainte Fessa…

Ils lui mirent des chausses noir jais brodées de feuilles de vigne dorées, un pourpoint de soie rouge sang à col montant avec des fleurons dorés, et une robe d'hermine noire. La routine familière de l'habillage, à laquelle ne manqua bien évidemment pas le flot ininterrompu des explications de Pafel, amena Guillaume à se sentir mieux. C'était après tout un jour ordinaire. Il n'était pas mourant, et il n'y avait rien à craindre. Le temps qu'il soit complètement habillé, ses mains et ses pieds avaient cessé de trembler, et il ne pesait plus sur lui que le pressentiment insidieux qui ne l'avait pas quitté ces derniers mois.

— Merci, messieurs, dit-il à ses tailleurs.

Lorsqu'ils furent partis, il se reprit le temps de quelques longues inspirations, puis prit le chemin de la salle des Colombes.

La salle était aussi claire et aérée que pouvait l'être une pièce toute de pierre, construite en albâtre ciselé et parée de tentures et de tapisseries de verts et d'ors pâles. Les fenêtres étaient grandes et ouvertes : après tout, si une armée franchissait les terres basses, les trois murailles de la cité et la forteresse extérieure, tout était perdu de toute façon.

Une tache de rouille ténue, la seule sur ce sol par ailleurs immaculé, rappela à Guillaume que cela était déjà arrivé ici une fois. Thiuzwald Fram Reiksbaurg, Cotte-de-Loup, était tombé là, frappé au foie par le premier Guillaume Dare à avoir régné sur Eslen, il y avait juste cent ans.

Guillaume dépassa la tache. Robert le regardait depuis un fauteuil – le fauteuil de *Guillaume* – dans lequel il faisait mine de compulser un livre de prières.

— Eh bien ! dit-il, il n'était pas nécessaire de s'apprêter pour moi.

— Que puis-je faire pour toi, Robert ?

— Faire pour moi ?

Robert se leva, étirant son long corps mince de toute sa hauteur. Il n'avait que vingt ans, des décennies de moins que Guillaume, et pour souligner ce fait, il portait les petites moustaches, le bouc et les cheveux courts qui avaient présentement la faveur des courtisans les plus précieux. Ses traits réguliers étaient quelque peu gâtés par sa grimace.

— Non, il s'agit de ce que je peux faire pour toi, Guy.

— Et que serait cela ?

— Je suis allé me promener hier soir avec sire Reccard, estimé ambassadeur de Saltmark.

— Tu es allé te promener ?

— Oui. Nous sommes d'abord allés à la Barbiche du Sanglier, puis à l'Ours Bavard, puis à la Fille de Misère…

— Je vois. Cet homme n'est pas mort, n'est-ce pas ? Et tu ne nous as pas déclenché une guerre avec Saltmark non plus ?

— Mort ? Non, il est bien vivant, quoique rongé par le remords. Une guerre… Pour cela, attends la fin de mon histoire.

— Poursuis, dit Guillaume en s'efforçant de rester impassible.

Il aurait aimé pouvoir faire plus confiance à son frère.

— Tu te souviens peut-être de l'épouse de Reccard, une créature adorable du nom de Seglasha ?

— Bien sûr. Elle était originaire d'Hérilanz, n'est-ce pas ?

— Oui, et c'est la digne fille de ce pays barbare. Elle a émasculé son précédent mari, vois-tu, et celui d'avant avait été haché menu par ses frères pour lui avoir fait publiquement affront. Reccard en est proprement terrifié.

— Non sans raison, semble-t-il, dit Guillaume.

Robert fronça les sourcils :

— Tu peux bien parler, toi qui es marié à cette femme de Liery ! Elle est au moins…

— Ne médis pas de mon épouse, l'avertit Guillaume. Je n'entendrai pas cela.

— Vraiment ? Pas même de la bouche de tes maîtresses ? J'ai entendu dame Berrye exprimer quelques fâcheux reproches contre ton épouse en des termes qu'elle n'a probablement pas inventés.

— Robert, j'espère que tu n'es pas venu me faire un sermon sur les convenances. Ce serait la chèvre qui dit le bélier velu.

Robert s'adossa à un pilier d'albâtre, les bras croisés sur la poitrine.

— Non, mon cher frère. Je suis venu te demander si tu savais qu'Hansa avait posté dix galères de guerre et mille hommes à Saltmark.

— Quoi ?

— Comme je viens de te le dire, ce pauvre Reccard est réellement terrifié par son épouse. J'ai supposé, avec justesse, qu'il n'aurait pas envie qu'elle ait vent des jeux auxquels nous nous sommes livrés, en fin de nuit, avec les dames du Palais-de-l'Alouette. Alors je l'ai convaincu qu'il devait se montrer plus… *cordial* avec moi.

— Robert, quel intrigant tu fais. Il n'est pas séant pour un Dare de se conduire ainsi.

Robert fit une moue de dégoût.

— Finalement, qui fait la morale à l'autre ? Tu *dépends* de ma conduite indigne, Guillaume. Ainsi, tu peux garder ton armure de vertu étincelante et immaculée, tout en conservant ton royaume. Vas-tu écarter cette information à cause de la façon dont je l'ai obtenue ?

— Tu sais bien que je ne le peux pas. Tu *savais* que je ne le pourrais pas.

— Absolument. Alors ne me fais pas la leçon, Guy.

Guillaume soupira lourdement et regarda vers la fenêtre.

— Qui sait, pour tout cela ? Pour ces navires hansiens ?

— À cette cour ? Toi et moi, et l'ambassadeur, bien sûr.

— Pourquoi est-ce qu'Hansa investirait Saltmark ? Et pourquoi Saltmark permettrait cela ?

— Ne sois pas puéril. Quelle autre raison pourrait-il y avoir ? Ils préparent quelque chose, et Saltmark est avec eux.

— Ils préparent quoi ?

— Reccard ne le sait pas. Mais si je devais émettre une hypothèse, je dirais qu'ils ont des vues sur les îles de la Désolation.

— Les îles de la Désolation ? Mais pourquoi ?

— Pour nous provoquer, à l'évidence. Hansa regorge d'hommes et de navires, mon frère. L'empereur d'Hansa est un vieil homme ; il voudra les utiliser bientôt, tant qu'il le peut encore. Et il n'y a rien sous le soleil qu'il ne désire plus que la couronne qui ceint ton front.

Marcomir Fram Reiksbaurg n'est pas seul à convoiter ma couronne, songea amèrement Guillaume. *À moins que tu ne me croies trop bête pour m'en être aperçu, très cher frère ?*

— Je suppose que tu pourrais tout simplement le demander à l'émissaire hansien, poursuivit Robert. Son navire a jeté l'ancre hier.

— Oui, cela complique les choses, n'est-ce pas ? À moins que cela ne les simplifie. Ils sont peut-être venus nous déclarer la guerre en personne. (Il soupira et passa ses doigts dans ses cheveux.) Quoi qu'il en soit, je ne suis censé m'entretenir avec cette ambassade qu'après-demain, passé l'anniversaire de ma fille. Mon programme ne sera pas modifié, cela pourrait éveiller les soupçons. (Il fit une pause et réfléchit.) Où se trouve Reccard, pour l'instant ?

— Il cuve.

— Fais-le surveiller par des espions, ainsi que les Hansiens. Si une quelconque correspondance leur parvient, je veux savoir ce qu'elle contient. S'ils se rencontrent, laisse faire, mais assure-toi que quelqu'un écoute. Et ni les uns ni les autres ne doivent en aucune circonstance pouvoir faire sortir une missive de cette ville. (Il entrelaça ses doigts et les regarda.) Et nous allons envoyer quelques navires aux îles de la Désolation. Discrètement, petit à petit, tout au long de la semaine prochaine.

— Toutes de sages décisions, dit Robert. Tu veux donc que je sois ton senescalh en cette affaire ?

— Oui, jusqu'à ce que je t'informe du contraire. Je ferai dresser l'acte formel d'investiture cet après-midi.

— Merci, Guillaume. Je m'efforcerai de me montrer digne de toi et du nom de notre famille.

S'il y avait là un sarcasme, il était trop ténu pour être détectable. Ce qui n'avait aucune importance, d'ailleurs. Guillaume ne connaissait son frère que depuis sa naissance, ce qui était loin d'être suffisant.

Une cloche résonna doucement, depuis le couloir.

— Entrez, dit Guillaume.

La porte craqua et Jean entra :

— C'est le praifec, sire, qui revient juste de Virgenye. Et il a une surprise avec lui.

Le praifec. Formidable.

— Bien sûr. Fais-le entrer.

Un instant plus tard, le praifec en robe noire, Marché Hespéro, entra dans la pièce.

— Majesté, dit-il en s'inclinant devant Guillaume, avant de s'incliner devant Robert : Landegraf…

— C'est bon de te revoir, praifec, dit Robert. Tu as réussi à revenir de Virgenye en un seul morceau.

— Effectivement, répondit l'homme d'Église.

— Je suppose que tu as trouvé nos voisins aussi obtus que nous ? poursuivit Robert.

Guillaume espéra, certainement pas pour la première fois, que Robert allait se taire.

Mais Hespéro sourit :

— Disons qu'ils sont apparemment intraitables sous bien des aspects, y compris en ce qui concerne les hérétiques, ce qui est troublant. Mais les saints disposent, n'est-ce pas ?

— Je suis convaincu que c'est le cas, dit Guillaume d'un ton léger.

Le sourire d'Hespéro ne mollit pas :

— Les saints agissent de bien des façons, mais leur instrument de prédilection reste l'Église. Et il est écrit que le royaume doit être le chevalier de l'Église, son champion. Ne serais-tu pas affligé, roi Guillaume, si tes chevaliers faillaient ?

— Ce n'est jamais arrivé, répondit Guillaume. Praifec, que puis-je te faire apporter ? Du vin et du fromage ? Les poires de jade ont mûri pendant que tu étais au loin, et elles sont excellentes avec le fromage bleu de Tero Gallé.

— Une coupe de vin me serait agréable, répondit Hespéro.

Jean versa un gobelet de vin pour Hespéro, qui grimaça en y trempant les lèvres.

— S'il n'est pas à ton goût, Praifec, je peux faire chercher un autre cru, dit Guillaume.

— Le vin est excellent, sire. Ce n'est pas ce qui me trouble.

— S'il te plaît, que ta Grâce s'exprime sans réserve.

Hespéro fit une pause, puis posa son gobelet sur un piédestal :

— Je n'ai pas encore vu mes pairs au Comven. Les rumeurs sont-elles exactes ? Tu as légitimé tes filles en tant qu'héritières du trône ?

— Pas moi, dit Guillaume. Le Comven.

— Mais c'était sur ta proposition, celle dont nous avons discuté alors que tu la préparais ?

— Je pense que nous en avons effectivement discuté, Praifec.

— Et tu te souviens de mon opinion, que rendre le trône accessible aux femmes allait en contradiction de la doctrine de l'Église ?

Guillaume sourit :

— C'était également ce que pensait l'un des hommes d'Église du Comven. L'autre a voté la réforme. Il semblerait que ce point précis ne soit pas aussi clairement défini que certains pourraient le penser, Éminence.

En fait, il avait fallu un certain entregent pour amener un seul des prêtres à voter dans le sens de Guillaume – un autre exemple des démarches ignominieuses mais efficaces de Robert.

En des temps comme celui-ci, il devait admettre que Robert pouvait effectivement avoir une utilité.

La colère se devina un instant sur le front du clerc, puis s'effaça :

— Je comprends ta préoccupation quant à la nécessité d'un héritier. Charles, si c'est un fils merveilleux, a aussi été touché par les saints, et…

— Mon fils n'entrera pas dans cette conversation, Praifec, dit posément Guillaume. Tu es dans ma maison, et je l'interdis.

Le visage d'Hespéro se fit plus sévère :

— Très bien. Je t'informerai simplement du fait qu'à mon grand regret, je dois enjoindre le haut Senaz de l'Église d'examiner ce point.

— Oui, qu'il le fasse, dit Guillaume.

Qu'ils essaient donc d'annuler une décision du Comven, pensa-t-il derrière son sourire. *Que l'Église elle-même vienne convaincre cet assemblage de petits seigneurs chamailleurs qu'ils ont pris une mauvaise décision. Non. L'une de mes filles régnera, et mon fils, par tout ce qui est saint, continuera de s'amuser avec ses jouets et son bouffon sefry jusqu'à son vieil âge.*

Il ne sera pas ton roi simplet, Hespéro. Si nous en venions à cela, je préférerais encore laisser le trône à Robert, à condition qu'il ait des héritiers légitimes.

— Par tous les saints, interrompit une voix féminine, vous n'allez pas parler politique toute la journée, tous les trois, n'est-ce pas ?

Robert fut le premier à réagir à la nouvelle venue :

— Lesbeth !

Il parut rebondir sur le sol et l'enveloppa dans son étreinte. Elle gloussa tandis qu'il la faisait tourner autour de lui, ses cheveux roux s'envolant autour d'elle et perdant un peigne. Lorsque Robert la reposa, elle l'embrassa sur la joue, se dépêtra de lui, et se jeta férocement dans les bras de Guillaume.

— Praifec, dit Robert. Béni soit l'homme qui me ramène ma sœur jumelle de son exil rustique !

Guillaume maintint sa sœur cadette légèrement en arrière pour la regarder :

— Par saint Loy, que tu as grandi, jeune fille !

— L'image de Mère, ajouta Robert.

— Vous deux, dit Lesbeth en prenant leurs mains. Que vous m'avez manqué !

— Tu aurais dû nous faire prévenir, lui dit Guillaume. Nous aurions organisé une grande fête.

— Je voulais vous faire la surprise. Et de toute façon, n'est-ce pas l'anniversaire d'Elseny demain ? Je n'aurais pas voulu perturber ces réjouissances.

— Tu ne seras jamais importune, ma douce sœur, lui dit Robert. Viens ici, assieds-toi, raconte-nous tout.

— Nous nous montrons discourtois avec le praifec, dit Lesbeth, et ce après qu'il a eu la bienveillance de m'escorter ici durant tout ce long chemin. Et quelle délicieuse compagnie ! Praifec, je ne saurais exprimer toute ma gratitude.

— Ni moi, s'empressa d'ajouter Guillaume. Praifec, pardonne-moi si mes paroles ont été mordantes. Même s'il est tôt, la journée a déjà été éprouvante. Mais maintenant tu m'as apporté la joie, et je te suis redevable d'avoir ramené ma sœur ici saine et sauve. J'ai toujours été l'ami de l'Église, et t'en ferai certainement la démonstration.

— Tout le plaisir fut pour moi, dit le clerc en s'inclinant. Et maintenant j'espère pouvoir te prier de m'excuser. Mes gens sont quelque peu inaptes en mon absence, et je crains qu'il ne faille des semaines pour remettre mon bureau en ordre. Je serais néanmoins honoré de te conseiller lorsque tu tiendras cour.

— J'en serai honoré. Je suis resté trop longtemps départi de ta sagesse, Praifec.

L'homme d'Église acquiesça et se retira.

— Il nous faut du vin ! dit Robert. Et des divertissements. Je veux entendre le moindre détail. (Il tourna les talons.) Je vais arranger cela. Lesbeth, me rejoindras-tu dans ma galerie, à mi-cloche ?

— Sans le moindre doute, mon cher frère, répondit-elle.

— Et toi, mon frère ?

— Je passerai. Mais je dois tenir cour, comme tu le sais.

— Quel dommage. (Robert agita un doigt en direction de Lesbeth.) À mi-cloche. Ne sois pas en retard.

— Je ne l'envisagerais même pas.

Robert sortit en hâte.

Lorsqu'ils furent seuls, Lesbeth prit la main de Guillaume et la serra.

— Tu vas bien, Guy ? Tu as l'air épuisé.

— Je le suis, un peu. Rien qui vaille que tu t'inquiètes. Et je vais beaucoup mieux, maintenant. (Il serra sa main à son tour.) C'est bon de te voir. Tu m'as manqué.

— Et toi aussi. Comment va Murielle ? Et les filles ?

— Elles vont toutes bien. Tu n'arriveras pas à croire à quel point Anne a grandi ! Et Elseny, promise ! Mais tu la verras à son anniversaire, demain.

— Oui. (Ses yeux s'abaissèrent, presque timidement.) Guy, j'ai un secret à te confier. Et je dois te demander une permission. Mais tu dois me promettre que cela ne troublera pas avec l'anniversaire d'Elseny. Tu le promets ?

— Bien sûr. Ce n'est rien de sérieux, j'espère ?

Ses yeux brillèrent étrangement.

— Ça l'est, je crois. Du moins, je l'espère.

Murielle Dare, la reine de Crotheny, s'écarta du trou dérobé. Quoi que Lesbeth eût à dire à Guillaume, elle les laisserait se parler en privé.

Sans bruit, elle redescendit l'étroit passage, ses bas glissant sur la pierre lisse, passa le panneau secret de chêne rouge, traversa la petite pièce dans laquelle il débouchait, descendit les escaliers derrière la statue de sainte Brena, et franchit finalement la porte dissimulée et verrouillée de ses propres appartements.

Là, dans la quasi-obscurité, elle s'accorda quelques profondes inspirations.

— Tu es encore allée dans les murs.

Murielle sursauta au son de cette voix de femme. À l'autre bout de la pièce, elle discerna une ombre en robe.

— Erren.

— Pourquoi t'es-tu mise à faire mon travail ? Je suis l'espionne. Tu es la reine.

— Je m'ennuyais, tu étais ailleurs, et je savais que le praifec venait d'arriver. Je voulais savoir ce qu'il allait dire.

— Eh bien ?

— Rien de particulièrement intéressant. Il a réagi comme nous nous y attendions à la nomination de mes filles comme héritières du trône. D'un autre côté, as-tu entendu quoi que ce soit sur la présence de troupes hansiennes à Saltmark ?

— Rien d'aussi précis, dit Erren. Mais il se passe beaucoup de choses à Hansa. Ils vont agir bientôt.

— Quel genre d'action ?

— Crotheny sera en guerre d'ici moins d'un an, j'en suis certaine, répondit Erren. Mais il est des choses plus imminentes que je crois plus inquiétantes encore. Les rumeurs abondent chez celles du convent.

Murielle marqua une pause en entendant cela. Erren était un assassin d'un type très particulier, formée par l'Église pour servir les familles nobles.

— Tu crains pour nos vies ? demanda-t-elle. Hansa aurait-elle l'impudence d'utiliser celles du convent pour nous tuer ?

— Oui et non. Non, ils n'emploieraient pas mes sœurs, parce que cela leur attirerait l'ire de l'Église.

Mais il en est d'autres qui tuent pour les rois, et l'ambiance à Hansa est à dire qu'il y a à Crotheny un roi qui appelle au meurtre. Cela, je le *sais*. (Elle fit une pause.) Mais il y a quelque chose d'autre dans l'air. Des histoires de nouvelles formes de meurtre, d'encrotacnie et de scintillation, inconnues de celles du convent. Certains disent que peut-être des assassins de Hadam ou d'un autre endroit lointain en sont responsables. De l'autre côté de la mer, ils peuvent avoir des talents inconnus.

— Et tu as des raisons de craindre que ces nouveaux assassins soient employés contre ma famille ?

— Je le crains, dit Erren.

Son ton ne portait pas le moindre doute.

Murielle traversa la pièce.

— Alors prends toutes les précautions que tu juges nécessaires, en particulier en ce qui concerne les enfants, dit-elle. Est-ce tout ce que tu peux me dire maintenant ?

— Oui.

— Alors allume quelques chandelles et fais chercher du vin chaud. Les passages sont glaciaux, aujourd'hui.

— Nous pourrions monter sur ta terrasse. Il fait chaud, dehors.

— Je préfère rester ici, pour l'instant.

— Comme il te plaira.

Erren passa dans l'antichambre, y chuchota quelque chose à une servante, et en revint avec une petite bougie brûlante. Sa lumière lui était affable, effaçant les années de son visage mieux qu'un fard. Elle ressemblait presque à une jeune fille, ses traits délicats sous ses cheveux droits et sombres. Seuls quelques traits argentés trahissaient le mensonge.

Elle alluma la bougie près du secrétaire, et comme la lumière de la pièce doublait, des pattes-d'oie apparurent, partant en fuseau de ses yeux, et d'autres rides se révélèrent à contrecœur, sous son menton, dans la peau de son cou et de son front.

Un coin de la chambre de Murielle apparut également. Le portrait de son père, sur le mur, ses yeux austères mais bienveillants, mouchetés d'or par le peintre, pas aussi chaleureux qu'ils l'étaient en réalité.

Erren alluma une troisième bougie, et un fauteuil rouge sortit de l'ombre, une table, un nécessaire de couture, le coin du lit de Murielle – non pas celui qu'elle partageait avec le roi, qui se trouvait dans leur chambre nuptiale, mais *son* lit, taillé dans le cèdre blanc des hautes terres lieriennes, avec son baldaquin de toile noire orné d'étoiles d'argent, le lit de son enfance, qui avait chaque nuit accueilli ses rêves.

La quatrième bougie chassa toutes les ombres de dessous les choses, là où était leur place.

— Quel âge as-tu, Erren ? demanda Murielle. Exactement ?

Erren inclina la tête sur le côté.

— Qu'il est aimable de ta part de le demander. Me demanderas-tu également le nombre de mes enfants ?

— Je te connais depuis que tu as quitté le convent. J'avais huit ans. Quel âge avais-tu ?

— Vingt ans. Maintenant fais le calcul.

— J'ai trente-huit ans, répondit Murielle. Ce qui fait cinquante.

— J'ai effectivement cinquante ans, répondit Erren.

— Tu ne les parais pas.

Erren haussa les épaules :

— L'âge s'accroche moins facilement sur celles qui n'avaient pas une grande beauté au départ.

— Je ne t'ai jamais trouvée disgracieuse.

— Tu es une piètre autorité en de telles choses. Tu prétends souvent ne pas savoir que tu es belle, et pourtant ta beauté est renommée depuis tes treize ans. Comment peut-on être l'objet d'une telle admiration et ne pas y succomber ?

Murielle sourit malicieusement.

— On ne le peut pas, comme je sais que tu le sais, cousine. On peut, par contre, entretenir l'apparence de la modestie. Si cette apparence est maintenue assez longtemps, qui sait si elle ne peut pas un jour devenir vérité ? Et en cela l'âge aide, car comme tu l'as dit, le temps vole la beauté, et lorsque l'on est suffisamment vieille, la fausse modestie doit devenir vraie modestie.

— Excuse-moi, Majesté ; Dame Erren, dit une petite voix depuis le rideau de l'entrée. (C'était Unna, sa servante, une jeune fille menue aux cheveux de miel.) Ton vin ?

— Apporte-le, Unna.

— Oui, Majesté.

La jeune fille plaça le pichet au centre d'une petite table, et une coupe de chaque côté. L'odeur de fleur d'oranger et de clou de girofle s'éleva dans l'air.

— Quel âge as-tu, Unna ? demanda Murielle.

— Onze ans, Majesté.

— Un doux âge. Même mon Anne était douce à cet âge, à sa façon.

La servante s'inclina.

— Tu peux partir, Unna.

— Merci, Majesté.

Erren se versa du vin et le goûta. Après quelques instants, elle acquiesça et servit Murielle.

— Pourquoi toutes ces histoires d'âge ? demanda Erren. As-tu encore regardé ton mari et sa maîtresse ? Je n'aurais jamais dû te montrer les passages jusqu'à sa chambre.

— Je n'ai jamais fait telle chose !

— Moi si. Pauvre homme essoufflé, haletant et poussif. Il n'arrive absolument pas à tenir le rythme de la jeune Alis Berrye.

Murielle se couvrit les oreilles :

— Je refuse d'entendre cela !

— Et pour ajouter à son malheur, dame Gramme a commencé à se plaindre de ses attentions envers Alis.

Murielle écarta les mains :

— Quoi ? La vieille catin se plaint de la nouvelle ?

— Et à quoi t'attendais-tu ? demanda Erren.

Murielle laissa échapper un rire creux.

— Mon pauvre coureur de mari. Je m'en sentirais presque désolée pour lui. Crois-tu que je devrais me remettre à faire des histoires ? Faire scandale des bâtards de Gramme ?

— Cela pourrait rendre les choses plus intéressantes. Alis épuise son corps, dame Gramme lui broie les oreilles, et tu t'occupes du reste. Cela ne devrait pas être difficile.

Murielle haussa les épaules.

— Je pourrais l'éprouver. Mais il paraît... Durant un instant, pendant que je l'observais dans la salle des Colombes, j'ai eu l'impression qu'il allait s'effondrer. Il avait l'air plus qu'épuisé, on aurait dit qu'il avait vu l'ombre de la mort. Et s'il se profile effectivement une guerre avec Hansa... Non. Il vaut mieux que je sois celle sur laquelle il peut compter.

— Ce que tu as toujours été, souligna Erren. Ambria Gramme veut être reine, quand elle est spectaculairement inapte à ce rôle. Alis et les autres jeunettes espèrent une situation... disons pensionnée, comme celle dont jouit Gramme. Mais toi, tu es la reine. Tu n'as à concevoir ni dessein ni visée.

Murielle sentit le sang quitter son visage. Elle baissa la tête vers son vin, regarda la lueur de la bougie la plus proche y frétiller comme un poisson.

— Si seulement c'était vrai, murmura-t-elle. Mais je veux quelque chose de lui, ce bâtard.

— L'amour ? railla Erren. À ton âge ?

— Nous nous aimions, autrefois. Pas à l'époque de

notre mariage, non, mais plus tard. Il y a eu une époque où nous étions follement amoureux, tu ne crois pas ?

Erren acquiesça à contrecœur.

— Il t'aime toujours, reconnut-elle.

— Plus qu'il n'aime Gramme, à ton avis ?

— Plus profondément.

— Mais moins charnellement.

— Je crois qu'il se sent coupable lorsqu'il vient te rejoindre, et le fait donc moins souvent.

Murielle réussit à dénicher un petit sourire :

— Mais je *veux* qu'il se sente coupable.

Erren fronça les sourcils.

— As-tu jamais pensé à prendre un amant ?

— Qui sait si je ne l'ai pas fait ?

Erren ouvrit de grands yeux.

— S'il te plaît, ne te remets pas à m'insulter. Tu m'as déjà fait remarquer mon grand âge. C'est bien assez pour une seule nuit.

— Oh, très bien. Oui, je l'ai envisagé. Et je l'envisage encore.

— Mais tu ne le feras pas.

— Envisager, je crois, est plus amusant que réaliser, dans ce genre de cas.

Erren but une gorgée de vin et se pencha en avant.

— Qui as-tu envisagé ? Dis-le-moi. Le jeune baron de Breu-n'Avele ?

— Non. Assez de tout cela, dit Murielle, les joues rosissantes. À toi de me parler. Quelles bêtises ont inventées mes filles aujourd'hui ?

Erren soupira et redressa les épaules.

— Fastia s'est montrée une princesse parfaite. Elseny a beaucoup gloussé avec ses servantes, et elles se sont lancées dans des spéculations assez improbables sur ce que pourrait être sa nuit de noces.

— Mon Dieu. Il est temps de lui parler, je suppose.

— Fastia peut le faire.

— Fastia se charge déjà de bien trop des choses que je devrais faire. Quoi d'autre ? Anne ?

— Nous… nous avons encore perdu Anne.

— Évidemment. Que crois-tu qu'elle ait en tête ? Un homme ?

— Il y a un mois, j'aurais dit non. Elle se contentait de filer en douce, comme d'habitude. Maintenant, je ne suis plus sûre. Elle peut avoir rencontré quelqu'un.

— Alors je dois lui parler à elle aussi, soupira-t-elle. Je n'aurais jamais dû laisser les choses aller aussi loin. Sa vie sera difficile, lorsqu'elle sera mariée.

— Elle n'a pas besoin de se marier, dit doucement Erren. C'est la cadette. Tu pourrais la confier à sœur Sécula, au moins pour quelques années. Bientôt, ta maison aura besoin d'un nouvel…

Elle n'acheva pas sa phrase.

— Une nouvelle *toi* ? Prévois-tu de mourir ?

— Non, mais dans quelques années, mes tâches les plus… difficiles… seront hors de ma portée.

— Mais Anne, un assassin ?

— Elle en a déjà bien des talents. Après tout, elle est capable de m'échapper, à *moi*. Même si elle ne prononce jamais les vœux, les arts sont toujours utiles. La discipline lui fera du bien, et sœur Secula la maintiendra à l'écart des jeunes hommes, je peux te l'assurer.

Murielle hocha la tête.

— Je dois y réfléchir. Je ne suis pas convaincue qu'une décision aussi draconienne soit nécessaire.

Erren acquiesça.

— Anne a toujours été ta favorite.

— Cela se voit ?

— Pour certains. Moi, je le sais. Fastia aussi. Anne ne s'en aperçoit absolument pas.

— Bien. Il ne le faut pas. (Elle marqua une pause.) Elle me haïra si je l'envoie au loin.

— Pour un temps. Mais pas pour toujours.

Murielle ferma les yeux et laissa sa tête reposer sur le dossier de son fauteuil.

— Combien je déteste toutes ces choses, murmura-t-elle. Je vais y réfléchir, Erren. Je vais y porter grande attention.

— Et maintenant quoi ? Du vin ?

— Non, tu avais raison. Allons sur la terrasse et jouons au neufs. (Elle sourit de nouveau.) Et invite Alis Berrye. Je veux la voir se tortiller un peu.

CHAPITRE SEPT

TOR SCATH

Tandis qu'il chevauchait, Stéphane Darige composait dans sa tête un traité intitulé *Observations sur le comportement pittoresque et fruste d'une bête commune, le forestier*.

Cette créature des forêts au dos voûté est répugnante de nature, d'humeur et d'odeur, et ne doit d'aucune manière être approchée par des hommes de sensibilité digne ou raffinée. La politesse provoque sa colère, la civilité sa hargne et la raison sa furie, à l'instar de l'ours qui, tandis qu'il vole du miel, trouve une abeille dans son…

— Arrête ton cheval un moment, maugréa le forestier.

Il ne communique que par grondements, grognements et pets tonitruants. Ces derniers sont, de toutes ses expressions, les plus intelligibles, même si aucune ne peut être confondue avec une quelconque forme de parole…

— Je t'ai dit de l'arrêter.

Aspar avait immobilisé ses propres montures, ainsi que celles qui portaient les prisonniers.

— Pourquoi ?

Alors Stéphane put voir pourquoi. À l'évidence, le forestier écoutait, ou s'efforçait d'entendre quelque chose.

— Qu'est-ce que c'est ?

— Si tu te tais, je réussirai peut-être à le savoir.

Stéphane tendit l'oreille, mais n'entendit rien d'autre que le souffle du vent dans les feuilles et le bruissement des branches.

— Je n'entends rien.

— Moi non plus, grommela Pol, l'un des hommes qui avaient enlevé Stéphane.

— Toi, la ferme, dit Aspar à Pol, tout en menant son cheval au trot. Allons-y, je veux être à Tor Scath avant le crépuscule.

— Tor Scath ? C'est quoi ? demanda Stéphane.

— L'endroit que je veux atteindre avant le crépuscule, répondit le forestier.

— L'endroit où tu peux encuguler un ours ? demanda Pol.

Cela lui valut une claque et, après une courte pause, un bâillon.

Stéphane aimait les chevaux ; il les aimait vraiment. Certains de ses souvenirs les plus précieux étaient liés au cheval qu'il avait eu quand il était enfant, Chercheur, et à ses chevauchées sur les terres de son père avec ses amis, quand ils prétendaient être les chevaliers de Virgenye attaquant des forteresses skasloï.

Il aimait les chevaux lorsqu'ils galopaient, et toute leur puissance. Il aimait les chevaux lorsqu'ils marchaient tranquillement au pas.

Il détestait le trot. Ça faisait mal.

Ils alternèrent entre marche et trot durant les deux cloches suivantes. Au bout desquelles, inspiré par cette progression cahotante, Stéphane avait ajouté bien des pages à son traité.

Il avait également commencé à entendre des choses, comme l'avait prévu le forestier, et aurait préféré que ce ne fût pas le cas. La forêt s'assombrissait, et il imaginait déjà des mouvements dans chaque ombre. Maintenant les ombres avaient des voix que la distance rendait sépulcrales, de rauques ululations qui effleuraient les limites de l'ouïe puis s'évanouissaient. Il s'efforça de les ignorer, en se concentrant sur le quatrième chapitre de son traité, « Des manies très odieuses du forestier bestial », mais les bruits se faisaient de plus en plus présents dans sa tête, pour finalement retentir en un hurlement ou un aboiement qui lui parut surnaturel.

— Forestier, qu'est-ce que c'est ? demanda-t-il.

— Des molosses, lui dit Aspar White, avec son irritant laconisme habituel. Je t'avais dit que tu les entendrais.

Stéphane avait déjà entendu des chiens auparavant. Il ne se souvenait pas que ces animaux produisaient un tel bruit.

— Les chiens de qui ? C'est la forêt du roi ! Personne ne vit ici ! À moins qu'ils ne soient sauvages ?

— Ils ne sont pas sauvages, pas dans le sens où tu l'entends.

— Ils ont l'air vicieux. Et bizarres. (Stéphane se tourna sur sa selle, le front plissé.) Qu'est-ce que tu veux dire, « Pas dans le sens où tu l'entends » ? Est-ce qu'ils sont sauvages, oui ou non ?

Le forestier haussa les épaules. À cet instant, une note particulièrement glaçante vint se mêler au ton des aboiements, devenus beaucoup plus proches qu'auparavant. L'estomac de Stéphane se serra.

— S'arrêteront-ils à la nuit ? Devons-nous monter à un arbre, ou…

— Par les Saints pisseurs ! s'exclama Aiken, le bandit aux cheveux roux, d'une voix pantelante. C'est Grim, n'est-ce pas ? Grim et sa meute !

— Du calme, dit Aspar. Tu vas faire peur au garçon.

— De quoi parles-tu, Aiken ? demanda Stéphane.

Le visage du bandit avait à tel point blanchi que même ses taches de rousseur avaient disparu.

— Grim le Borgne ! Il pourchasse les âmes perdues qui errent dans la forêt. Oh, par tous les Saints, protégez-moi de lui ! Je n'ai jamais voulu faire de mal à personne !

Stéphane n'était pas certain de savoir qui était exactement ce Grim, mais son grand-père lui avait raconté des histoires de démons et de fantômes nocturnes menés par un homme-bête appelé saint Cornu le Damné. Stéphane n'avait jamais pris le temps de vérifier si ce saint Cornu était ou non reconnu par l'Église, ou s'il s'agissait simplement d'une légende populaire. Il regrettait maintenant sincèrement de ne pas l'avoir fait.

— De quoi parle-t-il ? Est-ce vrai ? demanda Stéphane au forestier.

Aspar renâcla, l'air un peu nerveux.

— Possible, maugréa-t-il.

— Par les Saints pisseurs ! hurla Aiken. Détache-moi !

— Tu veux un bâillon aussi ? coupa le forestier.

— Tu ne crois pas en une telle créature, accusa Stéphane, en agitant son doigt dans la direction d'Aspar. Je te connais assez bien, maintenant.

— *Werlic*. Très bien, je n'y crois pas. Presse le pas.

Un instant, le forestier parut presque effrayé, et cela fit courir un frisson glacé tout le long du dos de Stéphane. Il n'avait jamais rencontré personne d'aussi prosaïque qu'Aspar White. Si *lui* pensait qu'il y avait quelque chose à craindre…

Aspar resta silencieux un moment, puis dit à voix basse :

— J'ai déjà entendu ces molosses se déchaîner, mais je ne les ai jamais vus. Un jour, ils se dirigeaient droit sur moi, et j'ai cru que j'allais enfin les apercevoir. J'ai encoché une flèche et j'ai attendu. Mais je les ai entendus passer – très haut au-dessus de moi, dans l'air nocturne. Je le jure, c'est le seul endroit où ils auraient pu être. Mais écoute : ils viennent vers nous. Nous verrons bien, n'est-ce pas ? Ne fais plus un bruit.

— C'est de la folie, souffla Stéphane. Je ne…

— Par pitié, laisse-moi descendre ! gémit Aiken. Si c'est le Furieux, il faut nous allonger par terre, il emportera tous ceux qui dépassent du sol !

— Si c'est lui, j'ai un peu envie de lui faciliter le travail, gronda Aspar en tapotant le manche d'os de sa dague. Ce sont les âmes damnées qu'il préfère, après tout, et celles qui ne sont pas alourdies par la peau et les os. Tais-toi, ou je te délivre de ton corps !

Aiken se limita alors à un geignement, et ils attendirent, tandis que les chiens se rapprochaient.

Les doigts de Stéphane commencèrent à trembler sur les rênes. Il eût voulu que cela cessât, que le vent frais emportât sa peur. À travers les arbres, le ciel était noir et la forêt si sombre que son regard la pénétrait à peine de dix pas.

Quelque chose d'immense et sombre déboula sur la route et Stéphane hurla. Son cheval fit un écart précipité et Stéphane perçut l'image cauchemardesque d'yeux brillants et de corps tortueux. Il hurla de nouveau, tira les rênes, et son cheval se mit à tourner comme un chiot chassant sa queue.

Puis les molosses se déversèrent sur la route, de solides mastiffs aux crocs luisants, leurs aboiements si puissants qu'ils lui faisaient physiquement mal aux oreilles. La plupart poursuivirent leur course, mais trois ou quatre d'entre eux se mirent à courir autour des chevaux et des hommes en jappant et en bavant.

— Que les Saints nous protègent ! s'égosilla Stéphane avant de perdre l'équilibre et de tomber lourdement et douloureusement sur le parterre forestier couvert de feuilles.

Comme il levait les yeux, un autre cavalier surgit d'entre les arbres. Il était de forme humaine, mais avec un visage bestial, de petits yeux brillants et les cheveux emmêlés.

— Par tous les Saints ! répéta Stéphane, en se souvenant de Saint Cornu le Damné.

— Grim ! hurla Aiken.

— Salut Aspar, dit l'homme-bête dans la langue du roi. J'espère que tu es satisfait. Tu m'as probablement coûté ce cerf.

— Eh bien, toi tu as manqué coûter au monde un jeune prêtre. Regarde ce garçon : il est quasiment mort de peur.

— Ça y ressemble, en effet. Qui croyais-tu donc que j'étais, mon garçon ? Haergrim le Furieux ?

— Gah ? s'étouffa Stéphane.

Maintenant, il savait ce que voulait dire sentir son cœur battre dans sa gorge, une expression qu'il avait jusqu'alors toujours considérée comme purement littéraire. Le cavalier s'était approché, et Stéphane réalisa qu'il avait en fait un visage humain, encadré par une barbe touffue et hirsute, et de longs cheveux ébouriffés.

— En fait, c'est un érudit, poursuivit Aspar. Il sait grâce à ses cartes vieilles de mille ans que personne ne vit dans la forêt du roi, donc qui cela pourrait-il être d'autre que le Furieux, hein ?

Le personnage barbu s'inclina lentement, en selle.

— Symen Rookswald, à ton service, dit-il.

— Sire Symen, ajouta Aspar.

— C'était il y a bien longtemps, dit tristement sire Symen. Il y a bien longtemps.

Tor Scath n'était pas non plus sur les cartes de Stéphane, mais était aussi réelle que pouvait l'être une ombre noire dans la nuit.

— Elle a été construite par le roi Gaut, il y a plus de

cinq cents ans, expliqua sire Symen d'une voix mélancolique pendant qu'ils louvoyaient sur le chemin qui remontait la colline vers la forteresse. On dit que Gaut était fou, qu'il avait fortifié cette place forte non pas contre des ennemis humains, mais contre les alfes et d'autres choses mortes. Maintenant, c'est un pavillon de chasse royal.

Stéphane n'en pouvait deviner que les contours dans la lueur de la lune, mais d'après ce qu'il pouvait voir, cela ressemblait vraiment à la création d'un esprit malade. La forteresse n'était pas grande, mais d'étranges flèches et tourelles se dressaient vers le ciel sans rime ni raison.

— Je commence effectivement à me demander si Gaut avait toute sa raison, ajouta Rookswald un ton plus bas.

— Que veux-tu dire ? demanda Aspar White.

— Que faut-il faire de ces deux-là ? s'enquit sire Symen, sans avoir répondu à la question.

— En cellule, grommela le forestier. Qu'ils y attendent la justice du roi, quand il passera, disons, le mois prochain ?

— Nous sommes innocents, affirma mollement Aiken.

Sire Symen renâcla :

— Je dois les nourrir jusque-là ?

— Cela n'a pas grande importance. J'aurais pu les laisser aux loups, mais j'ai l'impression qu'ils pourraient se laisser persuader de répondre à des questions sur quelques autres sujets.

— Sur d'autres sujets ? dit Symen. Oui, je suis heureux que tu sois venu, Aspar. Et que mon message ait réussi à te parvenir.

— Ton message ?

— Brian. J'ai envoyé Brian te mander.

— Brian ? Je ne l'ai pas vu. Tu l'as envoyé il y a combien de temps ?

— Il y a dix jours. Je l'ai envoyé à Colbaely.

— Ah. Il aurait dû me trouver, alors, ou tout du moins me laisser un message.

Ils entrèrent par une tour étroite, et traversèrent une petite cour malodorante dans laquelle Symen confia les prisonniers et les chevaux à une brute gigantesque nommée Isarn. Puis ils pénétrèrent dans une salle sombre, meublée de façon rustique. Stéphane remarqua que seul un support de torche sur quatre ou cinq était fourni. Un homme grisonnant en livrée blanche et verte les accueillit.

— Comment a été la chasse, sire ? demanda-t-il.

— Interrompue, répondit sire Symen. Mais par un vieil ami. Anfalthy pourra-t-elle trouver de quoi décorer cette vieille table ?

— Très certainement. Maître White, je suis heureux de te revoir. Et toi, jeune sire, bienvenue à Tor Scath.

— Moi de même, Wilhilm, répondit Aspar.

— Merci, réussit à dire Stéphane.

— Je vais vous apporter du fromage, en attendant.

— Merci Wil, dit sire Symen avant de se retourner vers Stéphane, tandis que le vieil homme s'en allait. Bienvenue dans le pavillon de chasse du roi Guillaume, et dans la baronnie la plus pauvre et la plus ingrate de tout le royaume.

— Notre hôte est quelque peu mal en cour, expliqua Aspar.

— Et le ciel est quelque peu bleu, renchérit le chevalier ébouriffé. (Dans la lumière, il n'était pas effrayant du tout ; il paraissait décharné, triste, et vieux.) Aspar, j'ai des choses à te dire. Les Sefrys ont quitté la forêt.

— J'ai vu la troupe de mère Cilth à Colbaely. Ils me l'ont dit.

— Non. Pas seulement les caravaniers. Tous les Sefrys. *Tous*.

— Même les Halas ?

— Tous.

— Eh bien ! Cela fait vingt ans que j'essaie de chasser les Halas de la forêt, et ils décident de s'en aller juste comme ça. Je n'arrive pas à y croire. Comment en es-tu certain ?

— Ils me l'ont dit. Et ils m'ont également prévenu que je ferais mieux de partir.

— Pour quelle raison ?

Le visage de sire Symen fut parcouru d'un soupçon.

— Si Brian ne t'a pas trouvé, pourquoi es-tu venu ?

— Un garçon est venu à Colbaely, qui disait que ses parents avaient été tués par des hommes portant les couleurs du roi, près de la Taff. Je suis tombé sur le prêtrillon et ses prédateurs alors que je partais y enquêter. Comme je ne pouvais évidemment pas les garder avec moi, je les ai amenés ici.

— La Taff. Je n'avais pas entendu parler de celui-là.

— Que veux-tu dire, « celui-là » ?

— Un camp de bûcherons, à deux lieues au sud : tous tués, jusqu'au dernier. Nous les avons trouvés il y a vingt jours. Des rétameurs, en route pour la Virgenye, massacrés. Une douzaine de chasseurs.

— Combien d'entre eux avaient des patentes du roi ? demanda Aspar.

— Aucun. Tous se trouvaient dans la forêt en contravention.

— Alors quelqu'un fait mon travail pour moi.

Stéphane ne put en supporter plus :

— C'est cela, ton travail ? Tuer des bûcherons ?

— Ce n'est pas ma loi, mon garçon, mais celle du roi. Si la forêt était ouverte à tous, combien de temps crois-tu qu'elle subsisterait ? Entre les braconniers, les charbonniers, les bûcherons et les intrus, le roi n'aurait bientôt plus un endroit où chasser.

— Mais les tuer ?

— Je ne tue pas les bûcherons, mon garçon, à moins

qu'ils n'essaient de me tuer, et parfois même pas dans ce cas. Je les arrête. Je les enferme là où ils attendent la justice du roi. Je leur fais juste peur, la plupart du temps. Ce que je voulais dire à l'instant, c'était que celui qui est derrière ces meurtres choisit ceux qui n'avaient pas au départ à se trouver dans cette forêt. Cela ne me ravit pas : cela me rend furieux. Cette forêt est *ma* charge, *mon* territoire.

— Mais Brian a disparu, dit Rookswald. Et il était à mon service. Je suis peut-être le dernier de la liste des chevaliers du roi, mais je tiens patente pour me trouver ici, et avec ma maison.

À cet instant, Wilhilm reparut, portant sur un plateau de grès du fromage, une cruche d'hydromel et des gobelets pour chacun d'entre eux. Il vint soudain à l'esprit de Stéphane qu'il avait faim, et lorsqu'il mordit dans le fromage tendre et moelleux, il réalisa que plus exactement, son estomac criait famine. L'hydromel était doux et sentait la girofle.

Aspar White mangea, lui aussi. Seul le vieux chevalier semblait ne pas avoir remarqué la nourriture.

— Je ne crois pas qu'ils aient été tués par des hommes, dit doucement Rookswald.

— Par quoi, alors ? demanda le forestier, la bouche pleine. Des ours ? Des loups ?

— Je crois que le roi de bruyère les a tués.

Le forestier le dévisagea un moment, puis renâcla.

— Tu as passé du temps avec les Sefrys, effectivement.

— Qui est le roi de bruyère ? demanda Stéphane.

— Une autre de tes histoires folkloriques, le rabroua le forestier.

— C'est ce que je pensais aussi, avant, dit sire Symen. Maintenant je ne sais plus. Les morts que nous avons trouvés… (Il s'interrompit un temps, puis releva les yeux.) Il y en avait de deux sortes, des morts, chez les bûcherons. Sur le plat, là où ils campaient, ils étaient simplement tombés, sans la moindre marque. Pas de coupure d'épée, pas de coup de griffes, pas de trou de flèche. Et aucune dent ni bec ne les avaient touchés depuis leur mort. Il n'y avait rien de vivant dans le campement. Les poules, les chiens, les écureuils, les poissons dans le ruisseau : tous morts.

« Mais savais-tu qu'il y a un *seoth* près de là, une colline avec un vieux sanctuaire ? C'est là que nous avons trouvé les autres, du moins ce qui en restait. Ils avaient été tués de la manière la plus abjecte, par la torture, et lentement.

Stéphane remarqua une certaine nervosité sur le visage du forestier, une expression rapidement dissimulée.

— Des pistes ? demanda ce dernier. Y avait-il des traces ?

— Il y avait des traces. Comme celles d'un chat, mais plus grandes. Et des traces d'hommes, aussi.

— Est-ce que tu les as touchées ? Les traces ?

Une question étrange, pensa Stéphane, mais le vieil homme hocha la tête.

— J'ai touché l'un des corps.

Il leva la main. Il lui manquait deux doigts, et elle était fraîchement pansée.

— J'ai dû les couper, reprit-il. Avant que la pourriture ne prenne mon bras. (Il se renfrogna.) Aspar White, je connais ton visage. Tu sais quelque chose à ce sujet. Quoi ?

— J'ai croisé une de ces traces, dit Aspar. C'est tout ce que je sais.

— Les Sefrys sont anciens, Aspar, et tout particulièrement les Halas. Ils savent beaucoup de choses. Ils disent que les greffyns sont revenus. Et le seigneur des greffyns, de toutes les choses impies qui se tapissent dans la forêt, c'est le roi de bruyère. S'ils s'éveillent, c'est qu'il s'est éveillé, ou s'éveillera bientôt. Ils obéissent à ses ordres, les greffyns.

— Les greffyns, répéta Aspar White.

Son ton rendait en quelque sorte ce mot *absurde*.

— Tu ne voudrais pas m'en dire plus ? demanda Stéphane. Je pourrais peut-être t'aider.

— Je n'ai pas besoin de ton aide, dit le forestier sans ménagement. Demain, tu reprends la route de d'Ef. Là-bas, tu pourras jouer avec tes cartes et tes histoires, si tu le désires.

Stéphane rougit, sa langue temporairement paralysée par une rage impuissante. Comment pouvait-on être aussi arrogant ?

— Le roi de bruyère a toujours été là, chuchota sire Symen. Avant l'Hégémonie, avant les Guerres des Mages, avant même les puissants Scaosen. Il était ici. Les ères passent, et il dort. Lorsque son sommeil est troublé, il s'éveille.

Il tourna ses yeux chassieux vers Stéphane.

— C'est la véritable raison pour laquelle la forêt du roi existe, même si beaucoup l'ont oublié. Non pas pour fournir une vaste réserve de gibier à la famille régnante du moment à Eslen. Non. Mais pour que, lorsque le roi de bruyère entrouvre un œil, il ne soit pas mécontent. (Il attrapa le bras d'Aspar.) Tu ne te souviens pas ? La vieille histoire ? Un pacte avait été scellé entre le roi de bruyère et Vlatimon le Moignon, lorsque les Scaosen eurent été massacrés et que fut fondé le royaume de Crotheny. La forêt serait préservée pour lui, de la rivière Ef jusqu'à la mer, des Montagnes du Lièvre à la Mage Grise. L'idée était que si la forêt restait intacte, Vlatimon et ses descendants pouvaient avoir le reste.

« Mais si le pacte est brisé, alors chaque être vivant périra, comme cela est arrivé auparavant, et le roi de bruyère fera renaître une nouvelle forêt à partir de nos os et de nos cendres. Vois-tu, lorsque nous disons la forêt du roi, il ne s'agit pas du roi de Crotheny. Il s'agit de son vrai seigneur, l'immortel, le maître des greffyns.

— Symen… commença Aspar.

— Nous avons brisé le vœu ancien de Vlatimon. Partout, les frontières sont compromises. Partout, des arbres sont abattus. Il s'éveille, et il n'est pas satisfait.

— Symen, les Sefrys t'ont embourbé le cerveau. Ce sont de vieilles légendes, qui ne valent pas mieux que les histoires d'ours qui parlent et de vaisseaux magiques qui flottent sur terre. Il se passe quelque chose d'étrange, oui. Quelque chose de dangereux. Mais je le trouverai, et je le tuerai, et c'en sera fini.

Symen ne répondit pas mais se contenta d'agiter négativement la tête.

Tout développement possible fut interrompu par l'arrivée du repas, apporté par une femme d'âge mûr naturelle et joviale et deux jeunes filles. Elles déposèrent deux tourtes fumantes, un plateau de pigeons grillés, et des tranchoirs de pain noir. Les filles s'éclipsèrent en silence, mais la femme mit ses mains sur ses hanches et les regarda tous les trois.

— Eh bien, bonsoir, Aspar, et bonsoir, jeune sire, qui que vous soyez. Je m'appelle Anfalthy et nous étions fort mal préparés à recevoir des invités, mais j'espère que cela vous plaira. S'il manque quoi que ce soit qui vous ferait plaisir – n'importe quoi – je verrai ce que je peux faire. Je ne vous promets rien, mais j'essaierai.

— Madame, tout ce que tu apporteras nous satisfera, j'en suis certain, dit Stéphane en se souvenant de ses manières.

— Le gibier a été rare, maugréa Symen.

— Il ne s'est pas remis à radoter sur la fin du monde, j'espère ? demanda Anfalthy. Regarde, sire Symen, tu n'as même pas touché ton vin. Bois-le ! J'y ai ajouté des herbes pour te réconforter.

— Je n'en doute pas.

— Ne faites pas attention à ses lamentations lugubres, vous deux. Il est comme ça depuis des mois. Il a besoin de voyager un peu, mais je n'arrive pas à le convaincre.

— On a besoin de moi ici, insista Symen.

— Juste pour assombrir l'ambiance. Mangez, messieurs, et redemandez-en si vous voulez.

La tourte, faite de venaison, d'ours et de baies de sureau, était un peu faisandée au goût de Stéphane, mais les pigeons, farcis de romarin, d'origan et de foie de porc, étaient délicieux.

— J'irai voir la Taff demain, promit Aspar. Maintenant, fais comme Anfalthy a dit. Bois ton vin.

— Tu verras, quand tu y seras, dit le vieux chevalier, mais il se mit effectivement à siroter son vin, d'abord de façon indifférente, puis peu à peu en de plus grandes gorgées.

Comme la soirée avançait, le reste de la maisonnée les rejoignit ; il semblait y avoir une vingtaine de résidents dans la tour. En moins d'une cloche, la table était bondée, et les tourtes, l'ours rôti, perdrix et canards la recouvraient d'un bout à l'autre. Stéphane se demanda comment ils mangeaient lorsque le gibier n'était pas rare. La conversation devint tapageuse, avec les enfants et les chiens qui leur couraient dans les jambes, et la vigueur du macabre discours prophétique du vieux chevalier s'amenuisa.

Pourtant, cela tourmentait Stéphane, presque autant que le brusque rejet par le forestier de tout ce qu'il aurait pu vouloir ajouter. Ainsi, lorsque l'hydromel lui eut donné suffisamment de courage, il se pencha vers Aspar White.

— Tu veux savoir ce que je pense ? demanda-t-il.

Le forestier plissa le front, et un instant, Stéphane

pensa que son aîné allait lui dire, une fois encore, de se taire. Il décida de ne pas lui en laisser l'occasion.

— Écoute, s'empressa-t-il d'ajouter, Je sais que tu n'as pas une très bonne opinion de moi. Je sais que tu penses que je ne suis bon à rien. Mais ce n'est pas vrai. Je peux aider.

— Oh ? Tes cartes vieilles de mille ans peuvent m'aider dans cette affaire ?

Les lèvres de Stéphane se pincèrent.

— Je comprends. Tu crains que je n'en sache plus que toi. Que je puisse savoir une maudite chose qui pourrait être utile.

Alors même que les mots sortaient de sa bouche, Stéphane sut que l'hydromel l'avait entraîné sur la mauvaise voie. Mais le forestier était vraiment trop hautain, et Stéphane était trop saoul pour entendre sa peur comme plus que le murmure distant d'un saint.

Alors, à sa grande surprise, son aîné éclata d'un rire amer.

— Il y a beaucoup de choses que je ne sais pas, admit-il. Continue. Dis-moi ce que tu comprends de tout cela.

Stéphane cligna des yeux :

— Quoi ?

— Je t'ai dit de poursuivre. Que penses-tu de l'histoire de sire Symen ?

— Oh. (Un bref instant, il y eut deux Aspar, puis un seulement.) Je n'y crois pas, dit Stéphane en prononçant chaque mot très posément.

Le forestier haussa un sourcil :

— Vraiment.

— Vraiment. Premièrement, il y a beaucoup trop de détails qui sont erronés. Vlatimon, par exemple. Il n'a pas fondé Crotheny ; il n'appartenait même pas aux Croatani, la tribu qui a donné son nom au pays. Vlatimon était bolgoï, et il a conquis un petit royaume dans les Terres du centre, qui n'a duré qu'un demi-siècle avant d'être englouti par le Bouffon Noir lors de la première guerre des Mages.

« Deuchi… Deuxièmement, le concept même d'un vieux démon des forêts qui aurait ce genre de pouvoir – le pouvoir de punir le monde entier – va totalement à l'encontre de la doctrine de l'Église. Il existe des pouvoirs, oui, et l'Église tolère qu'ils soient appelés saints, ou anges, ou dieux, selon ce qui satisfait aux coutumes locales, mais ils sont tous chubordi… sobordo… ils servent tous l'Uni. Je ne veux pas entrer dans le détail, mais…

— C'était pourtant toi qui disais que ces histoires avaient toujours une part de vérité. Est-ce le cas uniquement lorsque la vérité n'entre pas en conflit avec les enseignements de ton Église ?

— C'est ton Église aussi.

Mais soudain Stéphane en douta. Le forestier pourrait-il être un hérétique ?

— Avec les enseignements de l'*Église*, alors ?

— La réponse est oui et non. Je me souviens maintenant que nous avons en Virgenye des histoires de phays sur un personnage appelé Baron Vertefeuille, dont on dit aussi qu'il dort dans un endroit caché et se réveille pour venger les torts faits à la forêt, un que pomme… un peu comme le roi de bruyère. Le baron Vertefeuille et le roi de bruyère dérivent probablement tous les deux d'un personnage réel – l'un des premiers rois mages, peut-être, ou même un skaslos qui aurait survécu plus longtemps que les autres.

« Ou ce peut être un malentendu rendu manifeste. Après tout, l'Église enseigne que l'Alwalder exige un équilibre entre les terres cultivées et sauvages. Et tout comme chaque village doit avoir un horz sacré, où les plantes poussent librement, le monde aussi doit avoir des parties sauvages. Dans l'imagination des gens, la forêt est peut-être le horz du monde, et le roi de bruyère la personnification de la punition encourue pour le viol de cette règle.

— Et ces morts ? Et ces histoires de greffyns ?

Stéphane se rembrunit.

— Des meurtriers qui utilisent le poison ? Je ne sais pas, mais il doit y avoir de nombreuses explications.

— Ceci de la part d'un gars qui, il y a quelques jours seulement, parlait de fantômes et de goules ? Qui tremblait aujourd'hui lorsqu'il pensait que Grim le Furieux venait le prendre ?

— J'argumente d'après les connaissances de l'Église, d'après ce que l'Alwalder admet comme possible. Les morts ont une âme, et il y a des esprits dans le monde, des créatures de lumière et de ténèbres. Toutes sont acceptées par l'Église, cataloguées, nommées. Ton roi de bruyère ne l'est pas.

« Les greffyns, je ne sais pas. Peut-être. Les skasloï et les seigneurs mages après eux ont créé toutes sortes de créatures surnaturelles et cruelles pour les servir. Certaines peuvent peut-être encore exister, dans quelque recoin du monde. Ce n'est pas impossible.

— Et cette affaire dont sire Symen a parlé, les sacrifices au seoth ? Je sais que l'Église construit des sanctuaires à leurs sommets.

— Dans l'Église, nous utilisons le terme ancien, *sedos*. Ils sont le siège du pouvoir des saints sur terre. En se rendant sur un sedos, un prêtre communie avec les saints et s'imprègne de sainteté, et donc, oui, nous construisons des sanctuaires à leurs sommets pour les marquer, et pour nous assurer que ceux qui les visitent sont dans l'état d'esprit adéquat. Mais l'Église n'entretient des sanctuaires que sur les sedoï vivants, et pas sur les morts.

— Qu'est-ce que tu veux dire, les morts ?

— Un sedos est un endroit où un saint a laissé une partie de son pouvoir, quelque vertu de son essence.

Avec le temps, elle s'estompe. Lorsque la sainteté a entièrement disparu, l'Église cesse d'entretenir le sanctuaire. La plupart des sedoï de la forêt du roi sont morts. Mais morts ou vivants, je n'ai jamais entendu parler de sacrifices humains sur un sedos – même chez les hérétiques. Pas depuis des siècles, en tout cas.

— Attends. Alors tu en as bien entendu parler.

— Les plus noirs des sorciers durant les guerres des mages sacrifiaient des victimes aux neuf saints damnés. Mais cela ne peut en rien être lié à ton histoire.

Aspar se passa la main sur le menton. Il releva les yeux :

— Pourquoi ?

— Parce que la fin de ces guerres fut la fin de tout cela. L'Église prête une attention toute particulière à ce genre de choses.

— Ah. (Aspar but une autre gorgée d'hydromel et hocha la tête.) Merci, Darige de Cap Chavel, dit-il. Pour une fois, tu m'as donné à réfléchir.

— Vraiment ?

— J'ai bu beaucoup d'hydromel.

— Merci néanmoins d'avoir écouté.

Le forestier haussa les épaules.

— J'ai pris des arrangements pour que tu partes pour d'Ef demain.

— Je pourrais rester un peu plus longtemps, aller avec toi à cette rivière…

Le forestier agita négativement la tête.

— Pour que je puisse voir revenir ce repas lorsque nous découvrirons les dépouilles ? Non merci, je me débrouillerai assez bien tout seul.

— Je suppose que oui, rougit Stéphane en tendant le bras vers la cruche d'hydromel.

Il la manqua, ne comprit pas son erreur de jugement, et n'eut que le temps de réaliser qu'elle déversait sur la table un flot de miel.

— Anfalthy ! cria Aspar. Peux-tu mener ce jeune homme à son lit ?

— Je ne suis pas un enfant, maugréa Stéphane.

Mais la pièce avait commencé à tourner, et soudain il n'avait plus envie de se trouver en présence du forestier arrogant, ni du chevalier morose, ni d'aucun autre de ces rustauds.

— Viens par ici, dit Anfalthy en lui prenant la main.

Sans piper mot, il acquiesça et la suivit, la lumière et le bruit s'estompant derrière lui.

— Il a raison, Stéphane s'entendit-il dire. (Sa voix lointaine semblait contenir une rage sourde.)

— *Qui* a raison ? demanda Anfalthy.

— Le forestier. Je chuis bon à rien avec les armes et tout cha. Le sang me fait vomir.

— Aspar est un homme bon, et il excelle dans sa charge, dit Anfalthy. Ce n'est pas un homme *patient*.

— Je voulais juste aider.

Anfalthy le mena jusqu'à une pièce, où elle se servit de sa chandelle pour en allumer une autre, déjà fichée dans un support mural. Il s'assit lourdement sur le lit. Anfalthy le toisa un moment, le dominant de son large visage réconfortant.

— Aspar porte déjà trop de fantômes avec lui, mon garçon. Il ne voudrait pas que tu t'y ajoutes. Je pense qu'il t'aime bien.

— Il me *hait*.

— J'en doute, dit-elle doucement. Il y a une seule personne dans le monde que Aspar White hait, et ce n'est pas toi. Maintenant, dors. Tu pars demain, n'est-ce pas ?

— Oui, dit Stéphane.

— Alors je te verrai au déjeuner.

Lorsque Stéphane se leva le lendemain matin, avec la tête qui battait la muraille, Aspar White était déjà parti. Sire Symen équipa Stéphane de deux chevaux frais et d'un jeune chasseur pour le guider, et lui souhaita bonne route. Anfalthy lui donna un ballot de pain, fromage et viande, et l'embrassa sur la joue.

À mesure que son mal de crâne s'améliorait, son humeur également. Après tout, réalisa-t-il, après deux jours il atteindrait finalement d'Ef, où son travail pourrait débuter. Où son savoir serait apprécié, estimé, récompensé. Le *scriftorium* de d'Ef était l'un des plus complets au monde, et il allait y avoir accès !

L'impatience qu'il avait ressentie lorsqu'il avait quitté Cap Chavel plus d'un mois auparavant lui revint peu à peu. Une agression, un enlèvement et un forestier fruste l'avaient un temps éclipsée, mais il se dit qu'il avait eu son compte de problèmes. Que pouvait-il lui arriver d'autre ?

CHAPITRE HUIT

DES ROSES NOIRES

Anne sentit un léger tremblement dans son ventre et la chair de poule sur sa peau, bien que le vent nocturne vînt de la mer – chaud, lourd, humide et salé. L'air semblait peser du besoin de pluie, et la lune apparaissait et disparaissait de manière intermittente dans le ciel couvert de nuages. Autour d'elle, des rangées régulières de pommiers s'agitaient et bruissaient dans le vent.

Au-dessus d'elle, sur la muraille de la forteresse, elle pouvait entendre deux gardes discuter, sans discerner ce qu'ils disaient.

La tête lui tournait un peu, une sorte de vertige passager qu'elle avait de temps en temps ressenti tout ce dernier mois, depuis qu'elle s'était rendue à Eslen-des-Ombres. Elle s'approcha de l'un des arbres et s'adossa à son tronc, la tête baignant dans le parfum de ses fleurs. Elle leva le morceau de papier que lui avait fait passer le garçon d'écurie lorsqu'elle avait ramené Pluvite.

Retrouve-moi dans le verger près de la porte ouest à la dixième cloche.

— R.

— Tu agis vite, Virgenye, murmura-t-elle.

Quoique Fastia n'eût pas paru affectée par sa requête à sainte Cer.

Ce devait bien être la dixième cloche, maintenant. Avaient-ils oublié de la sonner ?

Elle ne devrait pas faire cela. Et s'il ne venait pas ?

Et s'il venait, et que ce n'était qu'une plaisanterie cruelle, dont il pourrait rire ensuite avec les autres chevaliers et les garçons d'écurie ? C'était absurde. Que savait-elle de lui ?

Rien.

Elle brossa nerveusement de la main sa robe de brocart vitellien, se trouvant de plus en plus ridicule.

Ses cheveux se dressèrent soudain sur sa nuque. Un rai de lumière de la lune inconstante dessina la silhouette de quelque chose de grand et sombre qui avançait à travers les branches du pommier le plus proche.

— *Elle est comme un rêve, comme une brume, comme ces danseuses phays que l'on n'aperçoit que du coin de l'œil dans les clairières profondes*, chuchota une voix.

— Roderick ?

Elle bondit comme la dixième cloche commençait à sonner, depuis le sommet de la tour auguste, et bondit une seconde fois lorsque l'ombre longiligne tomba de l'arbre et atterrit avec un bruit mou.

— À ton service, répondit l'ombre en s'inclinant.

— Tu m'as surprise, dit Anne. Aurais-tu été voleur avant de devenir chevalier ? Tu n'étais pas poète, en tout cas.

— Cela me blesse, Princesse.

— Va voir un surgien ou une des sorcières du rinn, alors. Que veux-tu, Roderick ?

Il se plaça dans la lumière lunaire. Ses yeux étaient des ombres dans une sculpture d'ivoire.

— Je voulais te voir dans une autre tenue que celle dans laquelle tu chevauches.

— Tu m'avais dit m'avoir vue à la cour.

— C'est vrai, mais tu es encore plus belle maintenant.

— Parce qu'il fait plus sombre ?

— Non. Parce que je t'ai rencontrée. Cela fait toute la différence.

— Je suppose que tu veux encore m'embrasser.

— Non, pas du tout. Je veux que toi, tu m'embrasses.

— Mais nous venons à peine de nous rencontrer !

— Oui, et nous avons pris un bon départ. (Il tendit soudain la main et prit son bras.) Tu es la dame qui dévale le serpent comme un fou furieux. Il n'y a aucune circonspection en toi, Princesse. Je t'ai embrassée, et j'ai assez embrassé pour savoir que cela t'a plu. Si je me trompe, dis-le-moi, et je repartirai. Si j'ai raison… pourquoi ne pas recommencer ?

Elle plia ses bras et pencha la tête, en essayant de trouver une réponse appropriée. Il ne lui en laissa pas le temps.

— Je t'ai apporté ceci.

Il lui tendit quelque chose. Elle le prit et s'aperçut qu'elle tenait la tige d'une fleur.

— J'en ai ôté les épines pour toi, dit-il. C'est une rose noire.

Elle en resta un instant ébahie.

— Où l'as-tu trouvée ?

— Je l'ai achetée au capitaine d'un navire, qui l'avait eue à Liery.

Anne respira son étrange odeur de prune et d'anis.

— Elles ne poussent qu'à Liery, lui dit-elle. Ma mère en parle tout le temps. Je n'en ai jamais vu.

— Eh bien, répondit Roderick en se rapprochant un peu, je te l'ai apportée pour te faire plaisir, pas pour te rappeler ta mère.

— Chut. Pas si fort.

— Je n'ai pas peur, dit Roderick.

— Tu devrais. Sais-tu ce qu'il t'arrivera si nous sommes surpris ici ?

— On ne nous découvrira pas.

La main de Roderick trouva les siennes, et elle sentit soudain sa tête devenir bizarre. Elle était incapable de penser d'une quelconque manière. Elle se sentit engourdie, de façon presque incompréhensible, lorsqu'il l'amena contre lui. Son visage était si proche qu'elle pouvait sentir son souffle sur ses lèvres.

— Embrasse-moi, chuchota-t-il.

Et elle le fit. Un bruit comme celui de la mer envahit ses oreilles. Elle pouvait sentir les muscles fermes du dos de Roderick à travers sa chemise de lin, ainsi qu'une sorte de chaleur picotante, titillante. Il prit le visage d'Anne dans ses mains et la caressa doucement derrière les oreilles tandis que ses lèvres se pressaient contre celles de la jeune fille, qui picorèrent d'abord timidement puis s'ouvrirent goulûment.

Il lui murmura des choses, mais elle les entendit à peine.

Le sens de ses mots s'envola lorsqu'il laissa courir ses lèvres dans le cou d'Anne, et elle crut qu'elle allait crier, mais les gardes l'entendraient, et alors… Eh bien, qui sait ce qui se passerait alors. Quelque chose de mauvais. Elle pouvait déjà presque entendre sa mère…

— Anne ! Anne !

Quelqu'un l'appelait effectivement.

— Qui est-ce ? Qui est là ? demanda Roderick d'une voix pantelante.

— C'est ma servante, Austra. Je…

Il l'embrassa de nouveau.

— Renvoie-la.

Il avait prononcé ces mots juste dans le lobe de son oreille. Cela chatouillait, et soudain elle gloussa.

— Hum. Non, je ne peux pas. Ma sœur Fastia va bientôt aller jeter un coup d'œil à mon lit, et si je ne suis pas dedans, elle va sonner l'alarme. Austra surveille le temps qu'il nous reste. Si elle appelle, il faut que j'y aille.

— C'est impossible, pas si tôt !

— Si, il le faut. Mais nous pourrons nous revoir.

— Ce ne sera jamais assez tôt à mon goût.

— L'anniversaire de ma sœur a lieu demain. J'arrangerai quelque chose. Austra portera le message.

— *Anne !*

— J'arrive, Austra.

Elle se tourna pour partir, mais il la saisit par la taille et la fit tourner dans le creux de son bras, comme un danseur, et l'embrassa encore une fois. Elle rit et lui rendit son baiser. Lorsqu'elle s'éloigna finalement, ce fut avec une douleur dans la poitrine.

— Hâte-toi ! (Austra prit sa main et la tira avec insistance.) Fastia est peut-être déjà là-bas !

— Oublie Fastia ! Elle ne vient jamais avant la onzième cloche !

— Mais c'est déjà presque la onzième cloche, niguedouille !

Austra traîna quasiment Anne le long des escaliers qui menaient en haut du mur du verger. Sur la dernière marche, Anne jeta encore un regard vers le jardin, mais elle ne vit que l'ombre noire de la place forte qui le surplombait.

— Viens, ordonna Austra. Par ici !

Anne s'accrocha au dos de la robe d'Austra tandis qu'elles se pressaient dans la pénombre. Quelques instants plus tard, elles montèrent un autre escalier et émergèrent dans une salle plus grande, éclairée par de longues bougies. Face à une porte haute et étroite, Austra tira nerveusement une clef de son corsage et l'enfonça dans la serrure de cuivre. Alors même que la porte s'ouvrait, elles entendirent un bruit de pas résonner dans la cage d'escalier à l'autre bout de la pièce.

— Fastia ! souffla Anne.

Elles plongèrent à travers la porte et dans l'antichambre de ses appartements. Austra referma et verrouilla la porte, pendant que Anne arrachait ses chaussons humides et les jetait dans un vase vide sur la table près du divan. Elle se laissa tomber sur le siège et ôta ses deux bas d'un seul geste, puis courut pieds nus jusqu'à la porte fermée d'un rideau de sa chambre à coucher. Elle jeta les bas de l'autre côté du lit à baldaquin, et chercha à atteindre les lacets de sa robe.

— Aide-moi !

— Nous n'avons pas le temps, dit Austra. Passe juste ta chemise de nuit par-dessus.

— La traîne va se voir !

— Pas si tu es déjà au lit, sous les couvertures !

Austra, tout en parlant, se débarrassait de sa robe en la passant par-dessus sa tête. Anne laissa échapper un cri d'indignation amusé, car Austra ne portait ni corset ni jupon ; elle était aussi nue qu'un ver.

— Eh ! dit Austra, en se glissant dans une chemise de nuit tout en repoussant du pied sa robe sous le lit. Ne te moque pas de moi !

— On croirait que c'est toi qui es sortie pour voir quelqu'un !

— Chut ! Ne dis pas d'horreurs ! C'est juste plus rapide comme ça, et puis ce n'était pas comme si quelqu'un allait remarquer que je n'avais pas de corset. Glisse-toi sous les couvertures !

Une clef grinça dans la serrure. Austra glapit, le doigt pointé sur Anne, et lui fit signe de dénouer sa chevelure.

Anne arracha les filets de ses cheveux, les jeta vaguement en direction de la garde-robe, et plongea sous les couvertures. Austra fut sur le matelas quasiment au même instant, sa brosse en main.

— Aïe ! jappa Anne, tandis que le rideau s'ouvrait et que la brosse se prenait dans un nœud.

— Bonsoir, vous deux.

Anne cilla. Ce n'était pas Fastia.

— Lesbeth ! s'exclama-t-elle en bondissant hors du lit et en se précipitant pour embrasser sa tante.

Lesbeth l'accueillit à bras ouverts, en riant.

— Par saint Loy, mais nous sommes presque de la même taille, maintenant, n'est-ce pas ? Comment as-tu pu autant grandir en seulement deux ans ? Quel âge as-tu maintenant, quatorze ans ?

— Quinze.

— Quinze ans ! Et regarde-toi, une Dare jusqu'au bout des ongles.

De fait, Anne réalisa qu'elle ressemblait effectivement à Lesbeth. Ce qui n'était pas une bonne chose, parce que si Lesbeth était très jolie, Elseny et Fastia et sa mère étaient *belles*. Elle avait pris du mauvais côté de la famille.

— Tu es toute chaude, dit Lesbeth. Ton visage est brûlant ! As-tu de la fièvre ?

Cela arracha un petit rire étouffé à Austra.

— Han han ? reprit Lesbeth, sa voix soudain soupçonneuse, avant de reculer. Ce n'est pas une robe que tu portes sous ta chemise de nuit ? À cette heure ? Tu es sortie !

— S'il te plaît, ne le dis pas à Fastia. Ni à Mère. C'était vraiment très innocent…

— Je n'aurai pas besoin de le leur dire. Fastia va arriver.

— Elle vient quand même ?

— Bien sûr. Tu ne croyais pas qu'elle allait me confier sa charge ?

— J'ai combien de temps ?

— Elle finit son vin. Elle avait bu la moitié de son verre quand je suis montée, et j'ai demandé à être seule avec toi un moment.

— Que les saints en soient remerciés. Aide-moi à me sortir de cette robe !

Le visage de Lesbeth se fit plus sévère l'espace d'un instant, puis elle rit.

— Très bien. Austra, peux-tu m'apporter un linge humide ? Il va falloir nettoyer son visage.

— Oui, Duchesse.

Quelques instants plus tard, elles lui avaient ôté sa robe, et Lesbeth dénouait le corset. Anne gronda de plaisir lorsque ses côtes purent revenir à la place où la nature avait perversement décidé qu'elles devaient se trouver.

— Tu l'avais vraiment serré, n'est-ce pas ? commenta Lesbeth. Comment s'appelle-t-il ?

Anne craignit que ses joues s'empourprent.

— Je ne peux pas te dire cela.

— Ah. Une relation inavouable. Un garçon d'écurie, peut-être ?

— Non ! Non, il est noble – juste quelqu'un que Mère n'aimerait pas.

— Une relation inavouable, donc. Allez, dis-le-moi. Tu sais que je ne te lâcherai pas. Et par ailleurs, j'ai un *grand* secret à te confier, alors ce ne serait que justice.

— Eh bien… (Elle se mâchouilla la lèvre.) Il s'appelle Roderick de Dunmrogh.

— Dunmrogh ? Eh bien, voilà ton problème.

— Que veux-tu dire ?

Le corset tomba, et Anne réalisa que sa chemisette était plaquée contre son corps par la sueur.

— C'est politique. Les grafs de Dunmrogh ont du sang reiksbaurg.

— Et alors ? Notre guerre contre les Reiksbaurgs s'est achevée il y a cent ans.

— Ah, redevenir jeune et naïve. Tourne-toi, que je puisse voir ton visage. Annie, la guerre contre les Reiksbaurgs n'aura jamais de fin. Ils convoitent le trône de mille convoitises pour chaque année qui s'est écoulée depuis qu'ils l'ont perdu.

— Mais Roderick n'est pas un Reiksbaurg.

— Non, Annie, poursuivit-elle en passant le chiffon frais sur son visage et son cou, mais il y a cinquante ans, les Dunmrogh ont soutenu un Reiksbaurg prétendant au trône. Pas par les armes, si bien qu'ils ont conservé leurs terres lorsque tout fut achevé, mais ils l'ont soutenu, au Comven. Leur nom en reste entaché.

— Ce n'est pas juste.

— Je le sais, ma douce. Mais nous ferions mieux d'en reparler plus tard. Change cette chemisette et mets ta chemise de nuit.

Anne courut à sa garde-robe, et changea la chemise trempée pour une propre.

— Où as-tu tant appris sur la politique ? demanda-t-elle en remettant sa chemise de nuit brodée.

— Je viens de passer deux années en Virgenye. C'est la seule chose dont ils parlent, là-bas.

— Cela a dû être terriblement ennuyeux.

— Oh, tu serais surprise.

Anne s'assit sur le bord de son lit.

— Tu ne parleras à personne de Roderick ? Même si c'est politique ?

Lesbeth rit et l'embrassa sur le front, puis elle s'accroupit et prit sa main.

— Je doute très fortement que ce soit politique pour lui. Il est probablement jeune et inconscient, comme toi.

— Il a *ton* âge, dix-neuf ans.

— J'ai vingt ans, petite alouette. (Elle écarta une mèche bouclée du visage d'Anne.) Et lorsque ta sœur viendra, essaie de lui cacher le côté gauche de ta tête.

— Pourquoi ?

— Tu as un suçon, là, juste derrière l'oreille. Je crois que même Fastia saura ce que c'est.

— Oh, misérico…

— Je vais peigner tes cheveux, comme j'étais occupée à le faire lorsque la duchesse est entrée, proposa Austra. Je les garderai lâchés.

— Bonne idée, approuva Lesbeth, avant de glousser encore. Quand tout cela est-il arrivé à notre petite alouette, Austra ? La dernière fois que je l'ai vue, elle s'habillait encore en garçon d'écurie pour ne pas avoir à monter à fourches. Quand est-elle devenue une telle *dame* ?

— Je chevauche encore, se défendit Anne.

— C'est le moins que l'on puisse dire, ajouta Austra. C'est de cette façon qu'elle a rencontré cet homme. Il l'a suivie tout le long du Serpent.

— Il n'est pas timoré, alors.

— Roderick est tout sauf timoré, dit Anne. Mais quel est ton grand secret, Lez ?

Lesbeth sourit.

— J'ai déjà demandé la permission de ton père, donc je suppose que je peux te le dire. Je vais me marier.

— Te marier ? dirent Anne et Austra à l'unisson.

— Oui. (Lesbeth se renfrogna.) Je n'aime pas la façon dont vous l'avez dit. Vous semblez incrédules.

— C'est juste que… à ton âge…

— Oh, je vois. Vous m'imaginiez vieille fille. Eh bien, j'ai eu beaucoup de sœurs, et elles se sont toutes bien mariées. J'étais la plus jeune, si bien que j'ai pu me permettre une chose en plus : être difficile.

— Et qui est-ce ?

— Un homme merveilleux, audacieux et bon. Comme ton Roderick, il est loin d'être timoré. Il a un château élégant, et ses terres s'étendent…

— Qui ?

— Le prince Cheiso de Safnie.

— Safnie ? répéta Anne.

— Où est la Safnie ? demanda Austra.

— Sur les côtes de la mer du sud, dit rêveusement Lesbeth. Là où les oranges et les citrons poussent à l'extérieur, et où chantent des oiseaux multicolores.

— Je n'en ai jamais entendu parler.

— Rien d'étonnant, si tu ne portes pas plus d'attention à tes précepteurs que tu ne le faisais lorsque j'habitais encore ici.

— Tu l'aimes, n'est-ce pas ? demanda Anne.

— Effectivement, oui. De tout mon cœur.

— Alors ce n'est pas politique ?

Lesbeth s'esclaffa encore.

— Tout est politique, mon alouette. Ce n'est pas comme si j'avais pu épouser un garçon vacher, tu sais. La Safnie, même si vous n'en avez toutes les deux pas entendu parler, est un endroit plutôt important.

— Mais tu te maries par amour !

— Oui. (Elle agita son index en direction d'Anne.) Mais que cela ne t'amène pas à te faire de fausses idées. Vis dans le royaume qui est, pas dans celui qui devrait être.

— Eh bien, dit une voix plutôt froide tandis que le rideau de l'antichambre s'écartait de nouveau. C'est un bien meilleur conseil que ce que je m'attendais à t'entendre lui donner.

— Bonsoir, Fastia.

Fastia était plus âgée qu'elles toutes, presque vingt-trois ans. Ses cheveux étaient terre d'ombre, noués pour l'instant en un chignon, et ses traits menus étaient parfaits et réservés. Elle n'était pas plus grande qu'Anne ou Austra, plus petite que Lesbeth de la largeur d'une main. Mais elle avait une présence imposante.

— Ma chère Fastia, dit Lesbeth, je donnais juste de mes nouvelles à ma chère Anne.

— Celle de tes fiançailles, je suppose ?

— Tu le sais déjà ? Mais cela ne fait que quelques cloches que j'en ai demandé la permission à mon frère Guillaume !

— Tu as oublié à quelle vitesse allaient les nouvelles, à Eslen, je le crains. Félicitations. Tu verras que le mariage est une joie, je crois.

Le ton de sa voix semblait pourtant dire le contraire. Anne ressentit un pincement de pitié pour sa sœur aînée.

— Je le pense, oui.

— Eh bien, demanda Fastia, est-ce que tout est en ordre, ici ? Avez-vous toutes les deux fait vos prières et vous êtes-vous lavé le visage ?

— Elles priaient, je crois, quand je suis entrée, dit innocemment Lesbeth.

Anne acquiesça.

— Nous dormions presque, renchérit-elle.

— Vous n'avez pas l'air endormies.

— C'est l'excitation de voir Lesbeth. Elle nous racontait tout sur la Chanifre, la terre que dirige son promis. Un endroit qui semble merveilleux…

— La Safnie, corrigea Fastia. L'une des cinq provinces fondatrices de l'Hégémonie. C'était il y a mille ans, bien sûr. Autrefois un grand pays, et toujours pittoresque, d'après ce que l'on en dit.

— Oui, effectivement, dit Lesbeth comme si elle n'avait pas perçu la condescendance de la voix de Fastia. C'est très pittoresque.

— Je trouve que cela paraît merveilleux et exotique, ajouta Anne.

— C'est le cas de la plupart des endroits, jusqu'au moment où on y est allé, répondit Fastia. Maintenant, je n'aime pas jouer les trolls, mais il se trouve que la responsabilité de m'assurer que ces filles vont bien se coucher m'incombe. Lesbeth, te laisserais-tu tenter par l'idée de prendre un cordial avec moi ?

Ha ! pensa Anne, *tu ne me feras pas avaler ça. Tu adores jouer les trolls. Que t'est-il arrivé ?*

— Nous pouvons rester debout encore un peu, dit-elle. Nous n'avons pas vu Lesbeth depuis deux ans.

— Vous en aurez tout le temps demain, à l'anniversaire d'Elseny. Maintenant, il est temps que les femmes puissent discuter.

— Nous sommes des femmes, rétorqua Anne.

— Quand tu seras fiancée, alors tu seras une femme, répliqua Fastia. Maintenant, bonne nuit. Ou comme pourrait le dire le prince safnien de Lesbeth, *dena nocha*. Austra, assure-toi que vous soyez toutes les deux endormies dans l'heure.

— Oui, Landegrave.

— Bonne nuit, mes belles, dit Lesbeth en leur adressant un baiser tandis que les deux femmes passaient le rideau de l'antichambre.

Après quelques instants, elles entendirent la porte extérieure se refermer.

— Pourquoi faut-il qu'elle soit comme cela ? maugréa Anne.

— Si elle ne l'était pas, ta mère trouverait quelqu'un d'autre qui le serait, répondit Austra.

— Je suppose, oui, mais cela m'énerve.

— En fait, dit Austra, je suis plutôt contente qu'elles soient parties.

— Pourquoi ?

Un oreiller frappa Anne au visage.

— Parce que tu ne m'as toujours pas raconté ce qui s'est passé, petite friponne !

— Oh, Austra, c'était vraiment extraordinaire. Il était tellement… Je veux dire, j'ai cru que j'allais prendre feu ! Et il m'a offert une rose, une rose noire… (Elle s'interrompit soudain.) Où est ma rose ?

— Tu l'avais lorsque nous sommes entrées dans la pièce.

— Oui, mais je ne l'ai plus maintenant ! Il faut que je la fasse sécher, ou que je fasse ce que l'on fait avec les roses…

— Je crois que l'on commence par les *trouver*, dit Austra.

Mais elle n'était ni dans la salle de réception, ni sur le sol, ni sous le lit. Elles ne purent la trouver nulle part.

— Nous verrons demain, lorsque la lumière sera meilleure, dit Austra.

— Oui, bien sûr, répondit Anne d'un air dubitatif.

Dans son rêve, Anne se trouvait dans un champ de roses ébène, vêtue d'une robe de satin noir ornée de perles qui luisaient ternement dans la lumière squelettique de la lune. L'air était si lourd du parfum des fleurs qu'elle craignit étouffer.

Elles n'avaient pas de fin ; elles s'étendaient jusqu'à l'horizon en une série de vallonnements, leurs tiges pliées par un vent frémissant. Elle se tourna lentement pour voir s'il en était ainsi dans toutes les directions.

Derrière elle, le champ s'arrêtait brusquement en un mur d'arbres, des monstres aux troncs noirs couverts d'épines courbes plus grandes que la main, qui s'élevaient si haut qu'elle n'en pouvait voir les cimes dans la faible lumière. Des grimpants épineux aussi épais que son bras pendaient entre les arbres et se déroulaient sur le sol. À travers les arbres et derrière les épineux n'étaient que les ténèbres. Des ténèbres avides, sentit-elle, des ténèbres qui l'observaient, la haïssaient, la convoitaient.

Plus elle regardait, plus elle sentait croître sa terreur des formes qui pourraient bouger ou ne pas bouger, des sons ténus qui pourraient être le bruit de pas ou d'ailes.

Alors, comme elle pensait que sa terreur ne pouvait

plus empirer, quelque chose se fraya un chemin à travers les épines pour avancer vers elle. La lune fit briller un bras couvert d'une cotte de mailles noire, et les doigts d'une main qui s'ouvrait.

Puis le casque apparut, un grand heaume fuselé, surmonté de cornes noires incurvées, reposant sur les épaules d'un géant. La visière était ouverte, et elle y vit quelque chose qui arracha à sa propre gorge un son ardent qui lui parut plus surnaturel que tout ce qu'elle avait jamais pu entendre. Elle se retourna et courut à travers les roses, et les petites épines s'accrochaient à sa robe, et la lune ressemblait maintenant à l'œil d'un poisson pourri…

Elle s'éveilla, se débattant dans son désir de fuite, sans encore savoir où elle se trouvait. Puis elle se souvint et s'assit sur son lit, les bras serrés autour de son ventre.

— Un rêve, dit-elle à la pièce obscure en se balançant d'avant en arrière. Juste un rêve.

Mais l'air était encore lourd d'anis et de prune. Dans la pâle lueur de la lune qui franchissait sa fenêtre, elle vit des pétales noirs dispersés sur son dessus-de-lit. Elle les sentit dans ses cheveux. La sueur perlait sur son visage, et le goût puissant du sel lui vint aux lèvres.

Anne ne dormit plus cette nuit-là, mais attendit le chant du coq et le soleil.

CHAPITRE NEUF

SUR LA MANCHE

Neil se leva tôt, inspecta sa nouvelle armure, en quête de la moindre trace qu'il aurait pu lui infliger en l'ayant essayée une fois. Il vérifia ses éperons et son tabard, et tira finalement Corbeau, son sabre, puis s'assura que sa surface dure et tranchante luisait comme l'eau.

Sans bruit, il enfila ses brossequins et quitta la pièce sur la pointe des pieds, descendit les escaliers, et sortit de l'auberge. Dehors la brume matinale commençait à peine à se lever, mais les quais étaient déjà pleins de vie : des équipages qui appareillaient pour les bancs moyens, des enchanteurs et des saleurs et des putains qui cherchaient à se faire embarquer, des mouettes et des corbeaux qui se disputaient les détritus.

Neil avait remarqué la veille la chapelle de saint Liere, caractérisée par sa flèche en forme de mât. C'était une modeste construction de bois, juste au bord de l'eau, construite sur des fondations en pierre surélevées. Tandis qu'il approchait, plusieurs marins d'apparence rude en sortirent. Il les salua en passant sa main devant son visage, le signe de saint Liere.

— Que sa main vous garde, leur dit-il.

— Merci, l'ami, répondit l'un d'eux d'un ton bourru. Et qu'il te garde, toi aussi.

L'intérieur de la chapelle était sombre et austère, tout de bois, dans le style de l'île. Le seul ornement était une simple statuette du saint lui-même au-dessus de l'autel ; sculptée dans une défense de morse, elle le représentait debout dans un coracle.

Neil plaça soigneusement deux pièces d'argent dans la boîte et s'agenouilla. Il commença à chanter.

Père d'écume qui te meut à grandes vagues
Tu sens nos quilles et écoutes nos prières
Permets-nous d'emprunter ton large dos
Ramène-nous au port quand la tempête s'abat
Je t'en supplie maintenant,
Accepte ma chanson.

Maître du vent, Septième Vague,
Tu connais les routes de mes pères,
Garde-les au creux de tes mains d'embruns,
Regarde-les se battre et mourir sur les flots,
Neil fils de Fren
Te demande d'écouter ses prières.

Il pria pour les âmes de ses père et mère, pour sire Fail et sa dame Fiéne, pour les fantômes affamés de la mer. Il pria pour le roi Guillaume et la reine Murielle, et pour Crotheny. Plus que tout, il implora la force de toujours rester méritant. Puis, après un temps de silence, il se leva pour partir.

Une dame en grande cape verte se tenait derrière lui. Il eut un sursaut de surprise, car dans l'intensité de ses prières, il ne l'avait pas entendue approcher.

— Je suis désolé, Madame, dit-il doucement. Je n'ai pas voulu te barrer l'autel.

— Il y a assez de place, répondit-elle. Tu ne m'en

as pas interdit l'accès. C'est juste que cela faisait longtemps que je n'avais pas entendu quelqu'un prier d'aussi belle façon. J'ai voulu écouter, je le crains, et c'est moi qui te dois des excuses.

— Pourquoi ? demanda Neil. Je n'ai pas honte de mes prières. C'est un honneur pour moi si tu y as trouvé quelque chose. Je…

Ses yeux se saisirent de lui. Ils étaient vert marine. Des boucles noires tombaient en cascade de sous sa capuche, et ses lèvres étaient un arc de rubis. Il ne pouvait deviner son âge, quoique s'il y eut été forcé, il eut dit la trentaine. Elle était trop belle pour être humaine, et pris d'un vertige soudain, il lui apparut qu'il ne s'agissait pas d'une femme humaine mais d'une vision, ou d'une sainte, ou d'un ange peut-être.

Cette impression fut si forte et si certaine que sa langue en resta collée à son palais, et qu'il ne put se souvenir de ce qu'il avait voulu dire.

— Tout l'honneur est pour moi, jeune homme, dit-elle. (Elle pencha la tête sur le côté.) Tu as un accent des îles. Viens-tu de Liery ?

— Je suis né à Skern, Madame, réussit-il à articuler, mais je sers un seigneur de Liery comme s'il était mon père.

— Serait-ce le baron sire Fail de Liery ?

— Oui, Madame, répondit-il avec l'impression de se trouver dans un rêve.

— Un homme bon et noble. Tu fais bien de le servir.

— Madame, comment pouvais-tu savoir…

— Tu oublies que j'ai entendu tes prières. Sire Fail est-il avec toi ? Est-il ici ?

— Oui, Madame. Il est à l'auberge, juste un peu plus haut. Nous sommes arrivés hier. Il entend me présenter à la cour aujourd'hui, aussi indigne que je puisse en être.

— Si sire Fail a choisi de te présenter, ta seule indignité est de douter de lui. Il sait ce qu'il fait.

— Oui, Madame. Bien sûr.

Elle baissa la tête.

— Il serait préférable que tu saches que la cour se tient sur la colline de Tom Woth aujourd'hui, pour célébrer l'anniversaire de la princesse Elseny. Sire Fail ne le sait peut-être pas, puisqu'il vient juste d'arriver. Prenez la porte nord et remontez la Manche. Sire Fail connaîtra le chemin. Dis-lui d'aller au cercle de pierre et d'attendre.

— Il en sera fait selon tes désirs.

Son cœur était le tonnerre, et il n'eut pu dire pourquoi. Il voulait lui demander son nom, mais craignait d'entendre la réponse.

— Je me demande si tu pourrais m'excuser, maintenant, dit-elle. Mes prières sont moins élégantes que les tiennes. Les saints me pardonneront ma maladresse, je le sais, mais je préférerais que personne d'autre ne m'entende. Il y a bien longtemps que je ne suis plus venue ici. Bien trop longtemps.

Sa voix semblait infiniment triste.

— Madame, s'il est quoi que ce soit que je puisse faire pour toi, demande-le.

Ses yeux brillèrent dans la pénombre.

— Fais attention à la cour, dit-elle d'une voix douce. Reste fidèle à toi-même. Reste qui tu es. C'est une chose… très difficile.

— Oui, Madame. Si tu le demandes, ce sera fait.

Sur ce, il la laissa là, ses pieds lui paraissant étrangement lourds sur les pavés de la rue.

— Une vue impressionnante, n'est-ce pas ? dit Fail de Liery.

Neil ne pouvait garder sa tête immobile un seul instant.

— Je n'avais jamais rien vu de tel. Je n'avais jamais vu de tels vêtements, autant de couleurs et de soie.

Des centaines de courtisans chevauchaient sur le pré, au milieu de nains, de géants, de fous et de soldats, tous portant de fantastiques costumes.

— Tu en verras bien plus encore. Viens, les pierres sont là, un peu plus loin.

Ils poussèrent leurs montures au galop, vers le petit cercle de pierres dressées près de la lisière de la forêt. Un groupe assez important attendait là, certains montés, d'autres à pied. Neil remarqua des chevaliers parmi eux, portant tous des livrées de noir et glauque, bordées de bronze. Il ne connaissait pas ces couleurs, et ils ne portaient pas d'emblème.

Un homme appela : « Sire Fail ! » comme ils approchaient. La main levée en signe de bienvenue, il poussa sa monture hors du cercle et se dirigea vers eux. Il ne portait pas d'armure. Un homme d'âge mûr, ses cheveux auburn ceints d'une couronne d'or : à l'évidence, quelqu'un d'important. Sire Fail mit pied à terre et Neil fit de même, tandis que le nouveau venu descendait lui-même de son cheval, un superbe étalon galléen blanc, poivré de petits points noirs sur la gueule et les garrots.

— Cette vieille carne guerrière de Liery ! Comment vas-tu ?

— Très bien, Majesté.

Les genoux de Neil mollirent soudain.

Majesté ?

— Eh bien, je suis très heureux de te voir là, poursuivit l'homme avec aisance. Très heureux.

— Je suis content de t'avoir trouvé ! Je serais en cet instant même dans un palais vide, sans mon jeune écuyer. Puis-je te le présenter ?

Les yeux du roi se tournèrent soudain vers Neil, des

lampes dont la lumière semblait à la fois intense et faible.

— Bien sûr.

— Majesté, je te présente Neil MeqVren, un jeune homme de grande qualité et à la bravoure maintes fois éprouvée. Neil, sa Majesté Guillaume II de Crotheny.

Neil se souvint de mettre un genou à terre, et s'inclina si bas que sa tête manqua heurter le sol.

— Majesté, réussit-il à proférer.

— Relève-toi, jeune homme, dit le roi.

Neil se remit sur pied.

— Ce garçon a l'air prometteur, dit le roi. Écuyer, as-tu dit ? Celui dont j'ai tant entendu parler, le gars de la bataille de Darkling Mere ?

— C'est lui, sire.

— Eh bien, Neil MeqVren. Nous allons reparler de toi, je crois.

— Mais pas maintenant, dit une jeune femme raffinée, montée sur un cheval bai à l'air délicat.

Elle fit un signe de tête en direction de Neil, et il eut l'étrange impression qu'ils s'étaient déjà rencontrés. Quelque chose dans ses yeux noisette lui était familier, ou *presque*. Elle était d'une beauté sévère, avec des pommettes hautes, et des cheveux brillants de plusieurs tons plus bruns que châtaigne.

— Cette journée est pour Elseny et nul autre, poursuivit la femme. Mais je vous souhaite le bonjour – Neil MeqVren, n'est-ce pas ?

Il fallut à Neil le temps d'un ou deux frissonnements de bouche béats pour réaliser qu'elle lui présentait sa main. Il la prit, quoique tardivement, et baisa la chevalière royale.

— Majesté, dit-il, puisqu'il s'agissait sûrement de la reine.

Un rire parcourut le groupe en réponse, et Neil réalisa qu'il avait fait une erreur.

— Voici ma fille Fastia, maintenant de la maison Tighern, dit le roi.

— Cessez de rire, vous tous, dit Fastia d'un ton sévère. Cet homme est notre invité. Par ailleurs, il est évident qu'il sait au moins reconnaître la royauté quand il la voit.

Son sourire fut bref, presque imperceptible.

À peu près à cet instant, une autre jeune femme se précipita dans les bras de sire Liery. Il la fit tourner dans les airs et elle hurla de ravissement.

— Elseny, tu fais plaisir à voir, dit le vieil homme lorsqu'il eut réussi à s'écarter un peu d'elle.

Neil ne pouvait que partager cet avis. Elle était plus jeune que Fastia, dix-sept ans ou à peu près, et ses cheveux étaient noir jais, et non bruns. Là où Fastia avait une certaine sévérité dans sa beauté, sa sœur avait des yeux aussi grands et ingénus que ceux d'une enfant.

— Il est parfait de te voir aujourd'hui, grand-oncle Fail ! Tu es venu pour mon anniversaire !

— Ce fut en partie l'œuvre des saints, dit Fail. À l'évidence, ils te sourient.

— Et qui est ce jeune homme que tu nous as amené ? demanda Elseny. Tout le monde l'a rencontré, sauf moi.

— C'est mon protégé, Neil MeqVren.

Le visage de Neil devenait de plus en plus chaud sous l'effet de toute cette attention.

Elseny était vêtue avec une certaine extravagance d'une robe de soie colorée magnifiquement brodée de fleurs et de lierre, et portait ce qui ressemblait par-dessus tout à une paire d'ailes d'insectes dépassant de son dos. Ses cheveux étaient coiffés en trois parties complexes, et chaque niveau était orné d'une sorte de fleur différente : des centaines de minuscules violettes sur la première, des trèfles des prés sur la deuxième, et enfin des jacinthes des bois, le tout sous une couronne de nymphéa.

Comme Fastia, elle lui présenta sa main.

— Grand-oncle, dit-elle tandis que Neil baisait sa bague. Vraiment ! Aujourd'hui, je ne suis pas Elseny, tu devrais le savoir ! Je suis Meresven, reine des phays !

— Horreur ! Comment ai-je pu ? Mais je sais maintenant qui tu es !

— Es-tu venu te faire adouber ? demanda très soudainement Elseny à Neil.

— C'est mon plus grand désir, princesse – je veux dire, Majesté.

— Bien. Viens à ma cour, et je te ferai très certainement chevalier elphin. (Elle battit des cils dans sa direction puis, fort rapidement, parut l'oublier, et se tourna vers sire Fail pour prendre son bras.) Maintenant, mon oncle, dit-elle, tu dois me donner des nouvelles de mes cousins de Liery. Parlent-ils de moi ? As-tu appris que j'étais promise ?

— Et voici mon fils Charles, dit le roi lorsqu'il fut évident que la présentation de Neil à Elseny était achevée.

Neil avait déjà incidemment remarqué Charles lorsqu'ils s'étaient approchés. Il avait déjà vu de tels hommes, devenus adultes de taille et de corps, mais avec les usages d'un enfant. Les yeux en étaient le signe : égarés, curieux, étrangement vacants.

Pour l'instant, Charles parlait à un homme habillé de la tête au pied d'une tenue tapageuse qui donnait l'impression que quinze habits différents avaient été déchirés, mélangés, et recousus ensemble. Sur sa tête trônait une coiffe souple aux pointes improbablement longues, aux extrémités desquelles pendaient des clochettes d'argent qui tintaient avec ses pas. Elle était si grande, en fait, que l'homme ressemblait à un chapeau à pattes.

— Charles ? répéta le roi.

Charles était un homme grand aux cheveux roux bouclés. Neil ressentit un léger frisson lorsque le regard du béni-des-saints se posa sur lui.

— Bonjour, dit Charles. Qui es-tu ?

Il parlait comme un enfant.

— Je suis Neil MeqVren, seigneur, dit Neil en s'inclinant.

— Je suis le prince, dit le jeune homme.

— À l'évidence, seigneur.

— C'est l'anniversaire de ma sœur, aujourd'hui.

— Je l'ai appris.

— Voici Coiffe-de-Chien, mon bouffon. C'est un Sefry.

Un visage se tourna vers lui de sous le chapeau, un visage plus blanc que l'ivoire avec des yeux de cuivre pâle. Neil le regarda, fasciné. Il n'avait jamais vu un Sefry auparavant. On disait qu'ils ne s'aventuraient jamais sur les mers.

— Bonne journée à toi, dit Neil avec un geste de la tête en direction du Sefry, ne sachant que dire d'autre.

Le Sefry esquissa un petit sourire malicieux. Il se mit à chanter et à cabrioler en agitant sa coiffe.

La bonne journée à toi messire,
Ou peut-être pas-encore-sire,
Car étrangement je ne vois
Pas la moindre rose sur toi.

Mais serait-ce qu'en ton pays,
En tes lointaines rives jolies,
Fait-on la sieste dans les enclos
Où chient les porcs et les chevaux ?

Indiquerait-on chez toi ainsi
Le signe de la chevalerie ?
Renseigne-nous, cher voyageur,
Ne nous laisse pas à nos erreurs.

La chanson du bouffon tira des hurlements de rire de la foule. Le plus sonore fut celui de Charles, qui tapa joyeusement dans le dos du Sefry. Ceci envoya le bouffon voler.

Il culbuta follement, serrant les extrémités de son grand chapeau et roulant en boule. À chaque fois qu'il approchait quelqu'un à pied, celui-ci le repoussait et il roulait dans une autre direction en criant. En quelques instants, ce jeu de ballon impromptu mené par le prince eut détourné toutes les attentions de Neil, mais ses oreilles brûlaient encore de leurs rires. Même le roi, Fastia et Elseny avaient ri de lui ; il était encore heureux que sire Fail n'eût fait que rouler de grands yeux.

Neil pinça les lèvres, cherchant en lui une réponse appropriée au bouffon. Il ne voulait pas faire honte à sire Fail avec une langue qui lui avait créé des problèmes plus d'une fois.

— Ne t'inquiète pas de Coiffe-de-Chien, lui dit Fastia. Il raille tous ceux qui passent à sa portée. C'est sa vocation, vois-tu. Viens, marche avec moi. Je vais poursuivre ton éducation dans les choses de la cour. Il est clair que cela t'est nécessaire.

— Merci, Madame.

— Il manque une sœur – ma cadette, Anne. Elle boude un peu plus bas, par là. Tu la vois, là-bas, avec les cheveux fraise ? Et regarde, voici ma mère, la reine.

Neil suivit son regard.

Elle ne portait plus de capuche, mais Neil la reconnut immédiatement, à ses yeux et à son discret sourire approbateur. Maintenant il comprenait pourquoi Fastia et Elseny lui avaient paru à ce point familières. Elles étaient les filles de leur mère.

— Alors tu as réveillé ce vieux Fail, dit la reine.

— Majesté. Oui, Majesté.

Cette fois, il heurta effectivement le sol de la tête.

— Vous vous êtes déjà rencontrés ? demanda Fastia.

— Je suis allée à la chapelle de saint Liere, dit la reine. Ce jeune homme s'y trouvait, et priait comme un poète. On n'enseigne à prier comme cela que dans les îles. Je savais qu'il devait être avec Fail.

— Majesté, pardonne s'il te plaît mon impertinence si j'ai pu…

Le roi interrompit Neil :

— Tu y es allée sans escorte ? Sur les quais ?

— Ma garde était proche, Erren à la porte, et j'étais encapuchonnée. Camouflée, en fait.

— C'était imprudent, Murielle. En particulier ces temps-ci.

— Je suis désolée si je t'ai inquiété.

— Inquiété ? Je ne savais pas. C'est ce qui m'inquiète, maintenant. À partir d'aujourd'hui, tu ne te déplaceras plus sans escorte. S'il te plaît. (Il parut réaliser que son ton s'était fait tranchant, et l'apaisa.) Nous en reparlerons plus tard, dit-il. Je ne veux pas accueillir Fail et son jeune invité avec une querelle de famille.

— En parlant de querelles, dit la reine Murielle, j'espère que vous m'excuserez tous un moment. Je vois quelqu'un avec qui j'ai besoin de parler. Jeune MeqVren, pardonne-moi de t'avoir trompé, mais je ne puis le regretter, ne serait-ce que pour avoir vu ton expression juste maintenant. (Elle se tourna vers son époux.) Je ne vais que là-bas, lui dit-elle. Au cas où tu aurais voulu le savoir.

Neil lui fut reconnaissant d'avoir changé de sujet de conversation aussi vite, car il n'aurait su que répondre. Il se sentait coupable de quelque chose, sans pouvoir dire quoi.

— Ce ne peut être que Fastia, dit Anne à Austra.

Les deux jeunes filles chevauchaient au pas dans l'herbe parsemée de violettes de la Manche. L'air était lourd des parfums du printemps, mais Anne était trop agitée pour les apprécier.

— Fastia est généralement plus directe, objecta Austra. Elle t'aurait posé des questions sur la rose, plutôt que de te taquiner de cette façon.

— Pas si elle savait déjà tout.

— Elle ne sait pas tout, dit Austra. C'est impossible.

— Qui l'a fait, alors ? Lesbeth ?

— Elle a effectivement changé, souligna Austra. Elle est devenue plus politique. Peut-être qu'elle a changé autant que Fastia, et que nous ne le savons pas encore.

Anne envisagea cela un moment, en changeant un peu son assise. Elle détestait monter à fourches, ce qu'elle préférait appeler monter à faux. Elle avait toujours l'impression qu'elle allait glisser. Si elle et Austra étaient seules, elle reviendrait immédiatement à une position plus naturelle, et tant pis pour ses jupons.

Mais elles n'étaient pas seules. La moitié des nobles du royaume chevauchaient sur cette prairie légèrement pentue.

— Je n'arrive pas à l'imaginer. Lesbeth ne me trahirait pas plus que tu ne le ferais.

— Tu me soupçonnes ? demanda Austra, indignée.

— Bien sûr que non, petite idiote. Je viens de dire le contraire.

— Oh. Mais alors, qui ? Qui a la clef de tes appartements ? Il n'y a que Fastia.

— Elle a peut-être oublié de fermer.

— J'en doute, dit Austra.

— Moi aussi. Mais…

— *Ta mère.*

— C'est vrai, Mère a certainement une clef. Mais…

— Non. Regarde, la voici.

Anne tourna la tête et, avec un léger frisson consterné, réalisa que c'était vrai. Murielle Dare née de Liery, reine de Crotheny, s'était détournée de sa compagnie et faisait trotter sa jument vitellienne noire en direction d'Anne et Austra.

— Bonjour, Austra, dit Murielle.

— Bonjour, Majesté.

— Je me demandais si je pourrais chevaucher quelques instants en compagnie de ma fille, seule.

— Bien sûr, Majesté !

Austra tira immédiatement sur ses rênes et s'éloigna au trot, avec une expression désolée et inquiète. Il était plus que probable que si Anne avait des ennuis, Austra en aurait aussi.

— Quelque chose semble vous troubler toutes les deux aujourd'hui, observa Murielle, et vous ne chevauchez pas avec le cortège royal.

— J'ai fait un mauvais rêve, lui dit Anne. (Ce qui, au moins était en partie vrai.) Et personne ne nous a dit que nous devions chevaucher avec le cortège royal.

— Il est fort regrettable que ton sommeil eût été troublé. Je dirai à Fastia de te porter une infusion de fengrec. On dit que cela éloigne la Vieille-qui-presse.

Anne se renfrogna.

— Mais je crois néanmoins que les mauvais rêves n'expliquent pas tout. Fastia pense que ton agitation a une cause plus profonde.

— Fastia ne m'aime pas, répondit Anne.

— Bien au contraire. Ta sœur t'aime, comme tu le sais bien. Elle n'approuve simplement pas toutes tes décisions tout le temps ; comme il se doit, d'ailleurs.

— Toutes sortes de gens me désapprouvent, maugréa Anne.

Sa mère la toisa de son regard vert jade.

— Tu es une princesse, Anne. Tu n'as pas encore appris à prendre cela au sérieux. Chez les enfants, c'est quelque chose que l'on pardonne – durant un temps. Mais tu es presque en âge de te marier, et tu aurais déjà dû abandonner tout reste de puérilité. Ton père et moi avons été terriblement embarrassés par cet incident avec le graf d'Austgarth…

— C'est un vieillard répugnant. Tu ne pouvais pas t'attendre à…

— C'est un gentilhomme et surtout, son allégeance nous est de la plus haute importance. Tu juges l'avenir du royaume de ton père répugnant ? Sais-tu combien de tes ancêtres ont péri pour ce pays ?

— Ce n'est pas juste.

— Juste ? Nous ne sommes pas comme les gens normaux, Anne. Nombre de décisions ont été prises pour nous par notre naissance.

— Lesbeth se marie par amour !

Murielle agita la tête.

— Ah, c'est ce que je craignais, et ce que Fastia craignait, également. Lesbeth a eu de la chance, mais elle ne sait rien de l'amour, pas plus que toi.

— Évidemment, Mère. Comme si tu savais la moindre chose de l'amour ! explosa Anne. Tout Eslen sait que Père consacre plus de temps à dame Gramme qu'il n'en passe jamais dans tes appartements.

Sa mère pouvait parfois se montrer rapide. Anne n'eut le temps de voir la gifle que lorsque sa joue en brûlait déjà.

— Tu n'as aucune idée de ce que tu racontes, dit Murielle d'une voix basse et uniforme qu'Anne n'avait jamais connue plus dangereuse.

Les larmes montèrent aux yeux d'Anne, et sa gorge se noua. *Je ne pleurerai pas*, se dit-elle.

— Maintenant, écoute-moi. Trois jeunes hommes sont ici, tous plaisants à leur manière. Tu m'écoutes ? Ce sont Wingaln Kathson d'Avlham, Guillaume Fullham du banneret Winston, et Duncath MeqAvhan. N'importe lequel des trois serait un bon parti. Aucun n'est un vieillard répugnant. J'attends de toi que tu les accueilles de façon plaisante, tu comprends ? Ils sont venus avec pour seul dessein de te rencontrer.

Anne chevaucha dans un silence maussade.

— *Tu comprends ?* répéta Murielle.

— Oui. Comment les reconnaîtrai-je ?

— Ils te seront présentés, ne crains rien. Tout est arrangé.

— Très bien. Je comprends.

— Anne, tout ceci est fait pour ton propre bien.

— Quelle chance j'ai, que quelqu'un sache ce qui est bon pour moi.

— Ne fais pas l'enfant. C'est l'anniversaire de ta sœur. Prends un air un peu plus réjoui – si ce n'est pour moi, au moins pour elle. Et en ce qui me concerne, essayons de mettre fin à nos disputes, d'accord ?

Murielle avait ce petit sourire froid en lequel Anne n'avait jamais eu confiance.

— Oui, Mère.

Au plus profond, cependant, malgré la gifle qui lui brûlait encore le visage, Anne se sentait soulagée. Sa mère ne savait pas, pour Roderick.

Mais quelqu'un savait, n'est-ce pas ? Quelqu'un avait trouvé sa rose.

Un instant, elle se demanda si cela avait vraiment un rapport avec Roderick. Après tout, il n'avait pas fait partie de son rêve.

— Que vois-je ? s'exclama une voix masculine un peu en retrait. Les deux plus belles femmes du royaume, chevauchant sans escorte ?

Anne et Murielle se retournèrent toutes deux pour accueillir le nouveau venu.

— Bonjour, Robert, dit Murielle.

— Bonjour, ma chère belle-sœur ! Tu es splendide. L'aube est venue bien lentement, ce matin, de peur d'être comparée à toi.

— C'est fort aimable de ta part, répondit Murielle.

Ignorant la froideur de son ton, Robert se tourna vers Anne :

— Et toi, ma chère nièce. Quelle magnifique créature tu es devenue. Je crains que cette fête anniversaire ne devienne un champ de bataille de jeunes chevaliers joutant en ton honneur si nous n'y prenons pas garde.

Anne manqua rougir. Son oncle Robert était un bel homme musclé, aux épaules larges et à la taille fine. Il avait les cheveux sombres pour un Dare, avec des yeux noirs et une barbe et une petite moustache qui convenaient parfaitement à ses manières sardoniques.

— Il vaudrait mieux s'inquiéter d'Elseny, répondit Anne. Elle est bien plus belle et c'est, après tout, son anniversaire.

Robert fit avancer sa monture à portée et prit la main d'Anne.

— Madame, dit-il, mon frère a trois filles superbes et tu n'es certainement pas la dernière des trois. Si un homme a dit cela, donne-moi son nom et je m'assurerai que les corbeaux puissent picorer ses yeux avant la nuit.

— Robert, dit Murielle avec une pointe d'irritation dans la voix, ne flatte pas ma fille de façon aussi impitoyable. Ce n'est pas bon pour elle.

— Je ne dis que la vérité, ma chère Murielle. Si cela peut paraître flatteur, eh bien, j'espère que cela me sera pardonné. Mais vraiment, où sont tes gardes du corps ?

— Là-bas, dit Murielle en agitant la main en direction de l'endroit où le roi et sa suite se trouvaient. Je voulais parler à ma fille seule à seule, mais ils sont là, et sur le qui-vive, tu peux me croire.

— J'espère ne rien avoir interrompu. Vous paraissiez assez sérieuses.

— En fait, répondit Anne d'un ton qu'elle espérait enjoué, nous parlions du futur mariage de Lesbeth. N'est-ce pas formidable ?

Trop tard, elle vit la mise en garde dans les yeux de sa mère.

— Pardon ?

La voix de Robert s'était soudain teintée d'une certaine froideur.

— Lesbeth, dit Anne avec un peu moins d'assurance. Elle a demandé la permission de Père hier soir.

Robert sourit brièvement, mais son front était plissé.

— Qu'il est étrange qu'elle n'ait pas demandé la mienne. Par les saints, il semble que je suis le dupe dans cette affaire.

— Elle allait te l'annoncer aujourd'hui, dit Murielle.

— Eh bien, je ferais peut-être mieux de la trouver pour lui en donner l'occasion. Si vous voulez bien m'excuser, Mesdames.

— Bien sûr, dit Murielle.

— Rappelle à Lesbeth qu'elle a promis de me voir aujourd'hui, cria Anne pendant que son oncle s'éloignait.

Elles poursuivirent leur route quelques instants en silence.

— Tu devrais peut-être faire parfois plus attention à ce que tu laisses échapper, dit Murielle.

Bizarrement, elle ne semblait plus en colère.

— Je… Tout le château le sait, maintenant. Je pensais qu'elle en aurait parlé à son propre frère.

— Robert a toujours été extrêmement protecteur en ce qui concerne Lesbeth. Ce sont, après tout, des jumeaux.

— Oui, et c'est pour cela que j'ai supposé qu'il savait.

— Les choses ne se passent pas toujours comme cela.

— Je le vois. Puis-je chevaucher avec Austra, maintenant ?

— Tu devrais rejoindre le cortège royal. Ton grand-oncle Fail est là – oh, il semblerait qu'il s'est éloigné avec ton père. Très bien, tu peux rester à l'écart si tu le désires. Mais ce soir, il faudra te montrer sociable. Et charmante durant toutes les festivités anniversaires de ta sœur.

Elle tourna bride et s'éloigna. Par-dessus son épaule, elle cria :

— Et conserve une monte convenable, tu m'entends ? Surtout aujourd'hui.

La Manche s'incurvait et s'élevait progressivement jusqu'à la cime de Tom Woth, une colline au large sommet qui, vers l'est, dominait les abords de la cité, et vers l'ouest, s'élevait au côté de sa jumelle, Tom Cast. Là avait été érigé un pavillon de soie jaune brillante, ouvert sur un flanc, et portant la bannière de l'abeille et du chardon, emblème imaginaire d'Elphin.

Un énorme labyrinthe floral entourait le pavillon. Ses murs étaient faits de tournesols plantés serrés et d'héliotropes perle. Ces plants substantiels étaient par ailleurs couverts de chèvrefeuille écarlate, de volubilis et de pois de senteur en fleurs. Des courtisans avaient déjà mis pied à terre, et déambulaient à travers le labyrinthe en riant et gloussant. De quelque part à l'intérieur du labyrinthe s'élevait une musique délicate jouée au hautbois, à la rote, à la harpe et aux clochettes.

Austra battit des mains :

— Cela a l'air adorable, tu ne trouves pas ?

Anne se força à sourire, déterminée qu'elle était à s'amuser. Les choses, après tout, pourraient être pires, et l'atmosphère festive était contagieuse.

— Effectivement, dit-elle. Mère s'est dépassée, cette fois. Elseny doit réellement déborder de joie.

— Tu vas bien ? demanda Austra, d'un ton presque coupable.

— Oui. Et je ne crois pas que Mère sache pour Roderick non plus. C'est peut-être moi qui ai déchiqueté la fleur dans mon sommeil.

Les yeux d'Austra s'écarquillèrent.

— Tu as déjà fait de telles choses ! Il t'est arrivé de déambuler, totalement inconsciente de quiconque essaie de te parler. Et tu marmonnes et grommelles constamment.

— Alors cela doit être ça. Je crois que nous sommes hors de danger, mon amie. Et maintenant, je dois simplement me montrer agréable avec trois garçons, et tout le monde pensera le plus grand bien de moi.

— Excepté Roderick.

— J'arrangerai cela plus tard dans la journée. Tu prendras toutes les dispositions ?

— Évidemment.

— Oserons-nous pénétrer en Elphin ?

— Je crois que nous allons oser !

Elles mirent pied à terre et s'approchèrent de l'arche qui avait été érigée à l'entrée du labyrinthe. De chaque côté se tenaient deux hommes portant des cottes de mailles faites de pâquerettes. Anne les reconnut pour être des comédiens de la troupe du château.

— Gentes dames, dit l'un d'un ton huppé. Que cherchez-vous séant ?

— Eh bien, une audience avec la reine d'Elphin, je suppose, dit Anne.

— Madame, entre toi et cette glorieuse reine s'étend le domaine enchevêtré des phays, qui déborde de splendeurs et de dangers mortels. En toute candeur, je ne puis t'y admettre sans que tu y sois accompagnée par un vrai chevalier. Je t'en implore, choisis-en un.

Anne suivit des yeux son doigt pointé vers un groupe de garçons vêtus en chevaliers. Ils portaient des armures excentriques faites de papier, de toile et de fleurs. Leurs heaumes formaient des masques, et il était donc difficile de dire qui ils étaient.

Anne marcha jusqu'à eux et ils se rangèrent en ligne. Il ne lui fallut que quelques instants pour s'assurer que Roderick n'était pas parmi eux.

— Lequel ? dit Anne d'une voix forte en se tapotant le menton. Qu'en penses-tu, Austra ?

— Ils ont tous l'air brave, pour moi.

— Pas assez. J'en ai un autre en tête. Toi, le chevalier aux jacinthes, prête-moi ton épée.

Docilement, le jeune homme lui tendit son arme, qui était, en fait, une branche de saule peinte en doré, à la poignée faite de pétales de magnolia laqués.

— Très bien. Et maintenant, ton heaume.

Il hésita cette fois, mais elle était après tout une princesse. Il ôta son masque pour révéler un visage jeune et aimable qu'elle ne reconnut pas. Anne se pencha et l'embrassa sur la joue.

— Je te remercie, sire chevalier elphin.

— Madame…

— Puis-je connaître ton nom ?

— Euh… Guillaume Fullham, Madame.

— Sire Fullham, m'accorderas-tu une danse, lorsque nous atteindrons la cour de la reine ?

— Bien sûr, Madame !

— Merveilleux.

Sur ce, elle mit le heaume et marcha vers les gardes.

— Je m'appelle sire Anne, proclama-t-elle, du clan de l'Abeille Amère, et j'escorterai dame Austra jusqu'à la reine.

— Très bien, sire Anne. Mais sois sur tes gardes. On dit que le roi de bruyère est alentour.

Lorsqu'il dit cela, quelque chose se serra dans le ventre d'Anne, comme si elle venait de descendre de quelque chose de plus haut qu'elle ne l'avait cru, et l'image de son rêve lui apparut : le champ de roses noires, la forêt épineuse, la main qui se tendait vers elle.

Ses jambes refusèrent un instant de lui obéir.

— Que se passe-t-il ? demanda Austra.

— Rien, répondit Anne. C'est juste le soleil.

Sur ces mots, elle entra dans le labyrinthe.

CHAPITRE DIX

LA TAFF

Aspar quitta Tor Scath avant l'aube, s'écartant bientôt de la route du roi et coupant à travers les hautes terres de Brogh y Stradh, foulant des prairies couvertes de trèfles des prés, de lavande et de boutons-d'or. Il rejoignit la Taff près de ses sources, surprenant une petite troupe d'aurochs occupés à transformer la rive du ruisseau en un bourbier musqué. Ils l'observèrent avec des yeux soupçonneux comme il poursuivait son chemin avec Ogre et Ange à travers le labyrinthe tortueux des saules anciens qui entouraient et bordaient leur point d'eau. L'odeur du bétail sauvage le suivit en aval longtemps après que les derniers meuglements se furent éteints.

Tout paraissait normal, mais ce ne l'était pas. Il en était plus convaincu que jamais. Il n'y avait pas que ce que lui avait raconté Symen.

Oui, il croyait certaines des élucubrations du vieil homme. Quoi que l'on pût penser, le chevalier était fiable quand il s'agissait de rapporter ce qu'il avait vu. Les cadavres, les mutilations, l'étrange absence de blessures, tout cela ne faisait aucun doute, même si Aspar voulait le voir par lui-même.

Pour le reste – les greffyns, le roi de bruyère, ce genre de choses – il lui faisait moins confiance.

Bien que les spéculations de Symen fussent peu fiables, Aspar s'inquiétait de quelque chose au fond de lui. La nuit d'avant, quand il avait essayé sur la route d'effrayer le jeune futur-prêtre, il s'était presque effrayé lui-même, avait presque imaginé que l'atroce chasse-aux-âmes était effectivement à leurs trousses, quand il avait toujours su qu'il ne s'agissait que de Symen et de ses chiens.

Il y avait quelque chose, par là, et il ne savait pas quoi. Malgré toutes ses divagations sur les greffyns et les rois de bruyère, Symen ne le savait pas non plus. Et c'était cela qui l'inquiétait : ne pas savoir.

Ogre était nerveux, ses oreilles se tendaient tout le temps, et il avait bronché deux fois – Ogre, broncher ! – devant des obstacles ridicules.

Ainsi, peu à peu, Aspar se prépara à ce qu'il allait trouver sur la Taff.

Les corps s'étalaient comme une volée d'oiseaux brisée par quelque vent étrange, disséminés autour de leurs nids inachevés. Il attacha ses chevaux à bonne distance et s'avança à pied parmi eux.

Ils étaient morts depuis des jours, bien sûr. Leur chair avait tourné noir et pourpre, et leurs yeux fixes s'étaient enfoncés dans leurs orbites, comme s'ils avaient en fait été taillés dans des courges puis laissés trop longtemps au soleil. Cela n'aurait pas dû être. Les corbeaux auraient dû leur picorer les yeux il y a bien longtemps. Il devrait y avoir des vers, et la puanteur de la putréfaction.

En lieu de cela, il ne sentait que les feuilles d'automne.

Tout était tel que Symen l'avait décrit ; ils étaient simplement tombés morts. Ce qui pouvait vouloir dire…

Il regarda alentour.

Les seothen – que le prêtrillon avait appelés sedoï – se trouvaient généralement en hauteur, mais pas toujours. Lorsque l'Église en construisait des sanctuaires, alors il y avait des chemins, mais comme le garçon l'avait dit, rares étaient les sedoï dans la forêt du roi utilisés par l'Église, même si jusqu'à la veille au soir, Aspar n'avait jamais pensé se demander pourquoi. Il avait simplement su que l'Église ne s'intéressait pas à la plupart d'entre eux.

Mais quelqu'un s'intéressait à eux, maintenant.

Il le trouva sur une petite butte, pas très loin du ruisseau, aidé par l'odeur de chair pourrissante et le croassement des corbeaux. Le sanctuaire lui-même avait presque disparu, quelques rochers esquissant encore la forme d'un mur ancien et d'un autel de pierre. Mais sur les arbres qui l'entouraient, les corps d'hommes, de femmes et d'enfants avaient été cloués par les mains et les pieds. Ils avaient été ouverts du sternum à l'aine et leurs intestins avaient été tirés comme des cordes autour du sanctuaire, pour former une sorte d'enclos. Les gros muscles des bras et des jambes avaient également été écorchés.

D'aussi près, l'odeur suffisait presque à lui soulever l'estomac. Contrairement à ceux de la clairière, ces cadavres pourrissaient, et les corbeaux repus de viande humaine pullulaient dans les arbres. Certains corps s'étaient déjà séparés de leurs membres, perturbant l'architecture sacrilège de leurs meurtriers.

En contrebas, Ogre hennit, puis renâcla. Aspar reconnut son ton et, tournant le dos à l'horrible tableau, redescendit en hâte.

Il s'immobilisa alors qu'il approchait des chevaux et vit, dans la végétation près du ruisseau, un œil de la taille d'une soucoupe.

Le reste n'était que supposition, perdu dans les

ombres en mosaïque de la forêt. Mais cela le regardait, il en était certain. Et c'était grand, assez grand pour avoir laissé la trace qu'il avait vue au ruisseau des Douines. Plus grand qu'Ogre.

Il expira doucement puis, alors qu'il inspirait de nouveau, il porta lentement la main au carquois sur son dos, tira l'une de ses flèches empennées de noir de trois de ses doigts calleux, et la tira. Il la posa sur son arc.

L'œil bougea, et quelques feuilles bruissèrent. Il vit un bec, noir, incurvé et aiguisé, et se demanda s'il était déjà mort, pour avoir croisé son regard.

Il ne se souvenait pas de grand-chose au sujet des greffyns. Ils n'existaient pas, et Aspar White ne s'était jamais beaucoup intéressé aux choses qui n'existaient pas. Mais il était là. Et il avait tué les intrus sans les toucher. D'une manière ou d'une autre.

Pourquoi était-il toujours là ? Ou était-il parti et revenu ?

Il leva son arme, tandis que le greffyn s'avançait dans la clairière.

Sa tête ressemblait vaguement à celle d'un aigle, comme le racontaient les vieilles histoires, quoiqu'elle fût un peu plus plate que cela. Il n'avait pas de plumes, mais des écailles noir et vert sombre irisé. Une crinière de ce qui ressemblait à des poils épais prenait naissance sur sa nuque. Ses membres étaient puissamment musclés, aussi gros que ceux d'un bœuf mais sinueux. Il se déplaçait comme un oiseau, par à-coups mais avec des mouvements vifs et assurés. Il pourrait tirer une fois. Il doutait que ce serait suffisant.

Il visa l'œil.

Le greffyn pencha la tête, et il vit une chose en lui qu'il n'avait jamais vue chez aucun autre animal. De la réflexion, du calcul.

Du mépris.

Il tendit son arc.

— Viens donc, mon gros poulet ! grommela-t-il. Viens ou pars, ça ne fait aucune différence pour moi, mais fais l'un ou l'autre.

Il se tendit, comme un chat se préparant à bondir. Tout se pétrifia. La corde tendue lui coupait les doigts, et l'odeur de la résine dont elle était couverte lui chatouillait le nez.

Il sentait l'odeur d'humus et de fleurs de châtaigniers et de cendres – et de *ça*. Une odeur animale, oui, mais aussi quelque chose comme la pluie frappant des pierres brûlantes autour d'un feu.

Il se déroula comme un serpent qui frappe, bondissant sur le côté, comme une masse floue. Malgré sa taille, c'était l'être vivant le plus rapide qu'il eût jamais vu. Il traversa la clairière perpendiculairement par rapport à lui, vers le sud. En deux battements d'yeux, il avait disparu.

Il resta immobile longtemps, à s'émerveiller, à se demander s'il l'aurait touché, heureux en tout cas que les choses n'en fussent pas arrivées là.

Heureux que son regard ne suffît pas à tuer.

Puis ses jambes le trahirent. Le sol de la forêt vint heurter son visage, et il crut entendre Jesp la Poisseuse quelque part, s'esclaffer de son rire doux et condescendant.

Il fut éveillé par des doigts qui caressaient son visage et un léger murmure. Il porta la main à sa dague, ou plus exactement voulut le faire : sa main ne bougea pas.

Je suis ligoté, pensa-t-il. *Ou attaché à un arbre*.

Mais alors il ouvrit les yeux, et vit Winna, la fille de l'aubergiste de Colbaely.

— Quoi ? marmonna-t-il.

Il avait l'impression que ses lèvres avaient épaissi.

— En as-tu touché un ? demanda-t-elle. Je n'en ai pas vu la moindre trace, mais…

— Où suis-je ?

— Où je t'ai trouvé, près de la Taff, juste à côté de l'endroit où la famille de ce pauvre garçon est morte. As-tu touché un des corps ?

— Non.

— Alors qu'est-ce qui ne va pas ?

J'ai vu un greffyn.

— Je ne sais pas, lui dit-il.

Il pouvait bouger ses mains maintenant, un petit peu. Elles le picotaient.

— Le garçon est mort, dit-elle. Le pourpre sur sa main ; tout son bras a viré au noir. Ce n'était pas une blessure. Ça avait commencé quand il avait essayé de secouer sa mère pour la réveiller.

— Je n'en ai touché aucun. Peux-tu m'aider à m'asseoir ?

— Tu en es sûr ?

— Oui.

Elle montra ses mains, dont les paumes et l'intérieur des doigts étaient couverts de vilaines marques rouges.

— Je les ai eues en lavant ses plaies. J'ai eu mal, le premier soir, mais je ne m'en suis pas inquiétée. À midi le jour de ton départ, j'en étais couverte.

Un frisson parcourut le dos d'Aspar comme il se souvenait des deux doigts manquants de Symen.

— Il faut que nous te trouvions un léic, dit-il.

Winna agita négativement la tête.

— J'ai vu mère Cilth. Elle m'a donné un onguent et m'a dit que le poison était trop faible pour me faire vraiment du mal. (Elle marqua une pause.) Elle m'a également dit que tu avais besoin de moi.

Il voulut contester cette dernière affirmation, mais une vague de faiblesse soudaine le terrassa.

Winna passa derrière lui, glissa ses petits bras sous ses épaules, et le souleva. Il se sentait faible, mais à eux deux, ils réussirent à l'adosser à un arbre pour qu'il puisse se redresser.

Elle avait une odeur douce et agréable. Propre.

— Je croyais que tu étais mort, dit-elle d'une voix basse.

— Tu m'as suivi jusqu'ici ?

— Non, grand imbécile, je t'ai invoqué à Colbaely avec mon manche à balais alfique. Évidemment que je t'ai suivi ! J'avais peur que tu ne touches les cadavres, et que tu n'attrapes la scintillation qui les a tués.

Il leva les yeux vers elle.

— Estronc ! Tu m'as suivi jusqu'ici *toute seule* ? Tu sais à quel point c'était dangereux ? Même dans un bon jour, il y a les coupe-jarrets et les bêtes, alors maintenant – ce n'est pas *toi* qui m'avais averti *moi* que la forêt avait changé ?

— Et ce n'est peut-être pas toi qui t'étais moqué de moi pour te l'avoir dit ? Serais-tu prêt à admettre que j'avais raison ?

— Là n'est pas la question, coupa Aspar. Ce qui est important, c'est que tu aurais pu te faire tuer.

Les sourcils de Winna s'abaissèrent dangereusement.

— Aspar White, tu n'es pas le seul à savoir une chose ou deux de la forêt du roi, au moins par ici. Et *lequel* de nous deux a failli se faire tuer ? Tu aurais tout aussi bien pu être trouvé par un loup ou un bandit que par moi, et tu aurais trépassé dans ton sommeil.

— Le même loup aurait pu te trouver.

Elle prit le temps d'un court éclat de rire sec.

— Oui, et il aurait été tellement gavé de viande de forestier qu'il n'aurait pas pu m'attraper. Aspar White, n'es-tu pas en train de gâcher ton souffle sur des choses déjà faites ?

Il avait une réponse à cela, il en était certain, mais il fut pris d'une autre nausée et il consacra toute son énergie à ne pas vomir.

— Tu en as touché un ! dit-elle, son ire ayant soudain fait place à de l'inquiétude.

Il agita négativement la tête.

— Je me suis arrêté à Tor Scath. Sire Symen a trouvé d'autres morts comme ceux-là, et il a perdu deux doigts pour les avoir touchés. Pourquoi – pourquoi n'as-tu pas envoyé quelqu'un ? Tu n'aurais pas dû venir toi-même, Winn, quoi que cette vieille sorcière de Cilth ait pu te dire.

Elle le regarda un long moment.

— Tu es un imbécile, Aspar White, dit-elle.

Et elle l'embrassa.

— Je crois que nous avons assez de bois, dit Winna lorsque Aspar revint avec sa quatrième brassée.

— Je suppose que oui, dit-il. (Il resta maladroitement sur place un moment, puis fit un signe de tête en direction des lapins qui grillaient sur des broches au-dessus d'un petit feu.) Ça sent bon.

— Oui.

— Eh bien, je devrais…

— Tu devrais t'asseoir et me raconter ce qui s'est passé. Je ne t'ai jamais vu comme ça, Asp. Tu parais… eh bien, pas effrayé, plus près de la peur que je ne t'en aie jamais vu auparavant. D'abord, je te trouve étendu comme mort, puis tu décides de galoper à t'en briser le cou jusqu'à la nuit. Qu'est-ce qui a tué ces gens, Aspar ? Tu crois que ça nous poursuit ?

Tu m'as laissé quelque chose là-bas, pensa Aspar en lui-même au souvenir du contact de son souffle mêlé au sien. *Quelque chose qui ralentit considérablement mes pensées*. Il resta debout le temps d'un battement de cœur encore, puis s'assit face à elle, de l'autre côté du feu.

— J'ai vu quelque chose.

— Quelque chose ? Une sorte d'animal ?

— Quelque chose qui ne devrait pas être.

Elle étendit les mains et haussa les épaules, une invitation silencieuse à poursuivre.

— Les Sefrys ont des chansons enfantines qui en parlent. Tu les as peut-être entendues, toi aussi. Sur les greffyns.

— Les greffyns ? Tu crois que tu as vu un greffyn ? Un lion avec une tête d'aigle et des ailes et tout ça ?

— Pas exactement comme cela. Je n'ai pas vu d'ailes, ni de plumes. Mais quelqu'un qui l'aurait vu pourrait le décrire de cette façon. C'était comme un gros chat, et il avait un bec. Il se mouvait un peu comme un oiseau.

— Eh bien, ils sont supposés haïr les chevaux. Et pondre des œufs d'or, je crois. Et puis n'y avait-il pas l'histoire d'un chevalier qui en avait apprivoisé un pour le monter ?

— Est-ce que tu te souviens de quoi que ce soit sur le poison ?

— Du poison ? Non. (Son visage s'éclaira.) Est-ce que ça n'aurait pas pu être un basilnixe ? *Eux* sont supposés être empoisonnants, tu te souviens ? Tellement empoisonnants qu'ils peuvent se cacher dans un arbre, et ses fruits tuent tous ceux qui les mangent.

— C'est ça. Voilà ce dont j'essayais de me souvenir. Winna, quoi que j'aie vu… ce qu'il touche meurt.

— Et ceux qui touchent ce qu'il a touché aussi, semble-t-il. (Soudain, son visage devint un masque d'horreur.) Il ne t'a pas touché, n'est-ce pas ?

— Non. Il m'a regardé, c'est tout. Mais même cela se paye. À moins que ça n'ait été une vapeur empoisonnée, dans l'air. Je ne sais pas. C'est pour ça que j'étais aussi pressé de partir, pour t'éloigner de là.

— D'où penses-tu qu'il venait ?

— Je ne sais pas. Des montagnes, peut-être. (Il

haussa les épaules.) Comment les tuait-on, dans les histoires ?

— Aspar. *Non.*

— Il faut que je le trouve, Winn. Tu le sais. Je suis le forestier. Réfléchis.

— Réfléchis toi-même : comment pourrais-tu tuer quelque chose que tu ne peux même pas regarder ? Comment sais-tu qu'il *peut* être tué ?

— Tout peut être tué.

— C'est bien tout toi. Il y a trois jours, tu ne croyais même pas qu'une telle créature existait. Maintenant, tu es convaincu que tu peux la tuer.

— Il faut que j'essaie, dit-il obstinément.

— Ça c'est sûr ! dit-elle d'une voix dégoûtée.

Elle fit tourner un peu les lapins.

— Regrettes-tu que je t'aie embrassé ? demanda-t-elle soudain. (Elle était devenue écarlate en le disant, mais sa voix était restée assurée.)

— Ah… non. Je…

Il se souvint du goût de ses lèvres, de leur chaleur, du contact de sa joue contre la sienne, et ses yeux si proches.

— Je ne le referai pas, poursuivit-elle.

— Je n'en attendais pas plus.

— Non, la prochaine fois, il faudra que ce soit *toi* qui m'embrasses, Aspar White, s'il doit y avoir un autre baiser. Est-ce bien clair ?

Clair ? Certainement pas le moins du monde ! pensa-t-il.

— Werlic, c'est clair, mentit-il.

Cela voulait-il dire qu'elle voulait qu'il aille l'embrasser maintenant, ou qu'elle pensait que c'était une erreur ?

Une chose était certaine : dans la douce lueur du feu, elle donnait envie de l'embrasser.

— Les lapins sont prêts, dit-elle.

— Excellent. J'ai faim.

— Tiens, alors.

Elle lui tendit l'une des broches. Le lapin grésillait encore lorsqu'il mordit dedans. Durant un temps, il eut une parfaite excuse pour ne pas parler, ni embrasser, ni faire quoi que ce soit d'autre avec sa bouche que mâcher. Mais lorsqu'il ne resta plus que les os, le silence redevint inconfortable.

— Winna, connais-tu le chemin de Tor Scath ? C'est à moins d'une journée à l'est.

— Je sais où c'est.

— Pourrais-tu y aller toute seule ? Je n'aime pas te le demander, mais si je t'emmène jusqu'à là-bas puis que je reviens, je crains de perdre la trace du greffyn.

— Je n'irai pas à Tor Scath.

— Colbaely est trop éloignée, avec de telles choses dans les bois. D'ailleurs…

Il s'interrompit. Le greffyn n'avait pas de mains, n'est-ce pas ? Comment aurait-il pu clouer des gens aux arbres et faire une clôture avec leurs intestins ?

— En fait, je ne pensais pas clairement. Je vais t'emmener à Tor Scath. La piste du greffyn devra attendre.

— Aspar, si tu m'emmènes à Tor Scath, je filerai dès que j'en aurai l'occasion, et je recommencerai à te suivre. Si tu me ramènes jusqu'à Colbaely, je ferai la même chose. Si tu ne veux pas que j'erre seule dans les bois, il faudra que tu m'emmènes avec toi, et c'est tout.

— T'emmener *avec moi* ?

— Si tu es assez fou pour pourchasser cette chose. Je ne te laisserai pas la poursuivre tout seul.

— Winna…

— Ce n'est pas une discussion, dit-elle. C'est un fait.

— Estronc ! Winna, ce monstre est la chose la plus dangereuse dont j'aie jamais entendu parler, et évidemment que j'aie jamais vue. S'il faut que je m'inquiète de toi en plus de moi…

— Alors tu seras plus prudent, n'est-ce pas ? Tu réfléchiras plus soigneusement avant de faire quelque chose d'idiot.

— J'ai dit non.

— Et j'ai dit qu'il n'y avait pas de discussion, acheva Winna. Maintenant, parlons d'autre chose, de quelque chose de plus plaisant. Ou nous pouvons aussi dormir et partir tôt demain matin. Qu'est-ce que ce sera ?

Aspar attisa le feu du bout de son bâton graisseux. Non loin, Ogre grommela quelque chose.

— Tu veux la première garde, ou le matin ? demanda-t-il finalement.

— Le matin, répondit-elle immédiatement. Passe-moi cette couverture. Et n'oublie pas de me réveiller.

Quelques minutes plus tard, elle dormait. Aspar passa son arc sur son épaule et marcha hors du cercle de lumière. Il les avait ramenés jusqu'au Brogh y Stradh, et à une courte distance de son feu, l'une des nombreuses prairies des plateaux était visible à travers les arbres. Il avança jusqu'à son orée et regarda la lune se lever. Elle était immense et orange, aux trois quarts pleine. Un oiseau de nuit s'adressa à elle, et Aspar frissonna.

Il avait adoré la forêt la nuit, avait trouvé que ses feuilles étaient le plus beau lit du monde. Maintenant, les ténèbres ressemblaient à une caverne pleine de vipères. Il se souvint de l'œil du greffyn, de son horrible dédain. Comment tuait-on une chose pareille ? Le jeune prêtre l'aurait-il su ? Probablement pas, et même si c'était le cas, il était trop tard. Il devait déjà se trouver à une journée de là, en direction de d'Ef.

Si seulement Winna pouvait se trouver aussi loin.

Si seulement elle ne l'avait pas trouvé.

Quelque énergie qu'il mît à se le répéter, ce souhait ressemblait toujours à un mensonge. Dégoûté, il tourna le dos à cette lune maléfique et revint vers la lueur de son feu et le souffle lent et régulier de Winna.

CHAPITRE ONZE

À SÉNESTRE

Le temps qu'ils eussent rejoint le lieu des festivités, Fastia avait empli le crâne de Neil du nom de tant de seigneurs, dames, serviteurs, grafs, landegrafs, margrafs, marascalhs, senescalhs, marquis, comtes, landefroas, andvats, barons et chevaliers qu'il craignait que celui-ci n'éclatât. Il passa la plus grande partie de son temps à hocher la tête et à émettre de petits grognements pour lui confirmer qu'il écoutait. Pendant ce temps, sire Fail, qui conversait toujours avec le roi, s'éloignait toujours plus. Le reste du cortège royal prit lui aussi progressivement de l'avance sur eux, jusqu'à ce qu'il ne restât plus alentour que quelques-uns des chevaliers sans emblème.

Lorsqu'ils atteignirent le sommet de la colline, avec sa collection de tentes criarde et déconcertante, sa végétation échevelée et ses serviteurs costumés, Fastia s'excusa à son tour.

— Je dois parler à ma mère, expliqua-t-elle. Régler des détails des festivités. Je te souhaite de passer un bon moment.

— Ce sera le cas, Landegrave. Mes plus sincères remerciements pour ta conversation.

— Ce n'est rien, dit-elle d'un ton altier. Il est rare de sentir souffler un peu d'air frais à la cour, et agréable de le respirer lorsque cela se présente. (Elle se détourna et s'apprêta à lancer sa monture, puis s'interrompit, ramena son cheval vers lui, et approcha sa tête de la sienne, assez près pour qu'il pût sentir le parfum de cannelle qu'elle portait.) Il y a d'autres personnes à la cour que tu n'as pas encore rencontrées. Je t'ai montré mon oncle, Robert ? Le frère de mon père ? Mon père a également deux sœurs. Lesbeth, duchesse d'Andemeur, et Élyonère, duchesse de Loiyes. Tu trouveras la première douce de tempérament, et de conversation agréable. Je te conseille d'éviter Élyonère, du moins tant que tu n'auras pas mûri. Elle peut être dangereuse pour les jeunes hommes comme toi.

Neil s'inclina sur sa selle :

— Merci encore, princesse Fastia, pour ta compagnie et tes conseils.

— Tu es encore une fois le bienvenu.

Cette fois, elle partit sans se retourner.

Se retrouver seul lui donna le temps de tout digérer, d'essayer de comprendre le chaos apparent qui l'entourait.

Et de se faire à l'idée qu'il avait vraiment rencontré un roi. Non, pas seulement un roi, mais *le* roi, l'*Amrath*, l'*Ardrey*, l'empereur de Crotheny et de tous les royaumes qui la servaient, la plus grande nation du monde.

Il entama une courte prière à saint Liere pour le remercier.

— Regarde comment sire Bonhomme est assis sur son cheval, dit quelqu'un derrière lui.

— Tu pries pour ne pas tomber, sire Bonhomme ? s'esclaffa un autre homme.

Neil acheva sa prière, puis regarda alentour pour voir qui pouvait être ce « sire Bonhomme », et découvrit deux des chevaliers aux couleurs sable-vert qui le regardaient. Celui qui avait parlé avait un nez de rapace et une petite barbe noire. Son compagnon avait un visage vérolé, des dents abîmées et des yeux bleus comme la glace. Non loin, un autre chevalier se mit à avancer dans leur direction.

— Tu te trompes sur au moins un point, répondit Neil. Je ne suis pas titré, et ne puis donc d'aucune manière être appelé « sire ».

— C'est juste Bonhomme, alors ? Quel dommage, dit le chevalier en jouant avec son bouc. À voir à quel point tu te tiens mal en selle, j'avais un peu envie de te voir en tomber. Mais je suppose que si je te regarde assez longtemps, cela se fera tout seul.

— T'ai-je offensé, sire ?

— Offenser est bien trop fort. Tu m'amuses.

— Eh bien, je suppose que c'est une bonne chose que de pouvoir amuser un grand seigneur tel que toi, répondit Neil d'une voix égale.

— Tu supposes ? Tu ne sais même pas qui je suis, n'est-ce pas ?

— Non, sire. Tu ne portes pas d'emblème.

— Ce crétin des îles ne sait même pas qui je suis, mes amis.

Le troisième chevalier arriva, un géant qui faisait penser à un ours et portait une barbe blonde aux poils raides.

— Parfois, ta propre mère prétend ne pas savoir qui tu es, Jacot, tonna-t-il d'une voix grave. Laisse ce gosse tranquille.

Le dénommé Jacot serra les lèvres comme s'il allait répondre, puis s'esclaffa :

— Je suppose qu'il le faut, dit-il. Après tout, il est bien trop en dessous de moi pour que je perde mon temps. Va ton chemin, Bonhomme.

Il tourna bride, s'écartant avec dédain.

— J'aimerais néanmoins, sire, que tu me dises ton nom, clama Neil dans sa direction.

L'homme se retourna lentement :

— Et pourquoi cela, Bonhomme ?

— Pour, lorsque j'aurai pris la rose et mis éperons, pouvoir te défier.

Le chevalier s'esclaffa et ses compagnons avec lui.

— Très bien, admit-il. Je suis sire Jacques Cathmayl. Je serai heureux de te tuer, dès que tu porteras la Rose. Mais la rumeur dit que tu n'es qu'un chiot errant, jappant autour des talons de sire Fail, sans maison, terre, titre ni nom honorable. Est-ce vrai ?

Neil se redressa :

— Tout sauf ce dernier point. Mon père m'a donné ce nom, et son père avant lui, et nous avons loyalement servi la Toute de Liery durant trois générations. MeqVren est un nom honorable, et qui le conteste est un menteur. (Il pencha la tête sur le côté.) Et si j'ai si peu d'importance, pourquoi y a-t-il déjà autant de rumeurs sur moi ?

Sire Jacques lissa sa moustache :

— Parce que sire Fail, quelle que soit son excentricité, est l'un des hommes les plus importants du royaume. Parce que tu as parlé au roi et à la reine.

— Et parce qu'on dit que tu as fait se chier sous eux trois écuyers de cette brute d'Alareik Fram Wishilm, ajouta le géant à la barbe blonde.

— Cela aussi, admit sire Jacques. Tu es une curiosité, voilà ce que tu es.

— Et vous, qui êtes-vous ? Quel seigneur servez-vous ?

Barbe-blonde s'esclaffa joyeusement, tandis que les autres affichaient un rictus.

— C'est vraiment un enfant, n'est-ce pas ? maugréa sire Jacques en écarquillant les yeux. Mais *qui* crois-tu que nous sommes, mon garçon ?

Il n'attendit pas sa réponse, mais fit volter son cheval et s'éloigna. Le vérolé partit avec lui.

Neil rougit, mais ne se démonta pas.

— Nous sommes les Mestres, mon garçon, dit Barbe-blonde. La garde royale.

— Oh. (Il avait évidemment entendu parler du corps de garde le plus prestigieux du pays. Quelle stupidité de ne pas avoir reconnu leurs couleurs.) Toutes mes excuses. J'aurais dû le savoir, à votre seule présence autour du roi.

L'homme blond haussa les épaules.

— Ne fais pas attention à Jacot. Ce n'est pas un mauvais gars, quand on le connaît.

— Et puis-je te demander ton nom, sire ?

— Pourquoi ? Pour pouvoir me défier aussi ?

— Pas du tout. J'aimerais connaître le nom d'un homme qui s'est montré aimable.

— Très bien. Vargus Farré, à ton service. Je suis heureux de te rencontrer, et je te souhaite bonne chance. Mais il n'est qu'honnête de t'avertir d'une chose : je n'ai jamais entendu parler d'un homme sans titre de noblesse qui ait été fait chevalier, et si par miracle cela t'arrivait, tu ne connaîtrais que peu de répit. Tu serais considéré comme un affront, et tous les chevaliers du pays viendraient te lancer le gant. Écoute mon conseil. Reste l'homme d'arme de sire Fail. Ce sera une bonne chose pour toi.

— Je prendrai ce que le roi me donne et ne désire rien de plus, répondit Neil. Je ne souhaite que servir sa Majesté du mieux que je le peux.

Sire Vargus sourit.

— Ce sont des mots que j'ai entendus assez souvent pour qu'ils deviennent aussi dépourvus de sens que des cacardages d'oies. Et pourtant je suis convaincu que tu penses ce que tu dis, n'est-ce pas ?

— Absolument.

— Très bien. Que les saints te sourient. Maintenant, je dois revenir à mes obligations.

Neil le regarda partir, en ayant toujours en lui le sentiment d'avoir été stupide. Il les distinguait maintenant, à les voir de loin. Même si le roi et sire Fail pouvaient donner l'impression d'être seuls, il y avait en fait un cercle de Mestres autour d'eux – à distance, oui, et paraissant ne pas s'y intéresser. Mais lorsque quelqu'un avançait en direction du roi, eux se déplaçaient aussi.

Il chercha la reine du regard et la vit près du bord de la colline, discutant avec deux dames. Là aussi, des Mestres vigilants restaient à la fois à distance et sur leurs gardes.

Il se disait que ces hommes renonçaient à toute terre et toute propriété lorsqu'ils entraient dans la garde royale. Il se disait aussi qu'ils ne connaissaient ni la douleur ni l'envie, que personne ne pouvait les vaincre, que leurs armes avaient été forgées par des géants.

C'était peut-être pour cette raison qu'il ne les avait pas immédiatement reconnus. Aux yeux de Neil, ils ressemblaient à des hommes ordinaires.

De nouveau seul, Neil eut tout le loisir de réaliser à quel point il se sentait étranger ici. À Liery, il savait qui il était. Il y était Neil, fils de Fren, et depuis la destruction de son clan, le protégé de Fail de Liery. Par ailleurs, il était un guerrier, et un bon. Même les chevaliers de Liery avaient reconnu ce fait, et lui en avaient fait compliment. Il était l'un d'entre eux en tout sauf en titre. Personne ne l'avait affronté avec succès depuis ses quatorze ans. Aucun ennemi des de Liery ne lui avait résisté depuis la plage.

Mais en quoi cela lui servait-il ici, en ce lieu de tentes ornementées et de déguisements ? Où le plus aimable des gardes royaux lui parlait avec une telle condescendance ? Que pouvait-il faire ici ?

Mieux valait servir l'empire comme il l'avait toujours fait, en tant que guerrier des marches, là où le fait qu'il portât ou non une rose importait peu, et où seule comptait la façon dont on tenait son épée.

Il irait trouver Fail de Liery et lui demanderait de ne pas le recommander. C'était la seule ligne de conduite possible.

Il regarda alentour et vit sire Fail s'éloigner du roi.

— Viens, Houragan, dit-il à sa monture. Allons lui dire, et espérons qu'il n'est pas trop tard.

Mais comme il allait tourner bride, il aperçut la reine. Sa vue le retint momentanément.

Elle était toujours montée, et se dessinait contre le ciel bleu. Derrière elle, les terres s'enfonçaient en un vert distant, encore encombré de la brume du matin. La brise soulevait ses cheveux.

Il réalisa qu'il l'avait fixée trop longtemps et tourna la tête, mais un mouvement capta son regard. C'était l'un des Mestres, sa monture à plein galop, qui filait vers elle à travers la prairie, un long éclair d'acier argenté en main.

Sans réfléchir, Neil lança Houragan. Le chevalier se précipitait à l'évidence pour faire face à une menace. Tout en galopant, Neil couvrit frénétiquement les alentours du regard, mais ne vit rien qui eût pu provoquer la réaction du guerrier.

Alors il comprit. Il tira Corbeau, le brandit et poussa le cri de guerre strident des MeqVren.

Austra gloussa tandis que Anne repoussait quelque grand rustaud déguisé en ogre, en brandissant son épée de saule.

— C'est amusant, dit la servante.

— Heureusement que tu me le dis, répondit Anne. Sans cela, je ne m'en serais pas aperçue.

— Pff. Je sais que tu t'amuses.

— Peut-être un peu. Mais il est temps que nous brisions compagnie, douce dame.

— Que veux-tu dire ? demanda Austra. Tu es mon chevalier. Qui d'autre m'accompagnerait jusqu'au centre du labyrinthe et à la reine de la cour elphine ?

— Telle n'est pas ta mission, comme tu le sais bien. Tu es chargée de trouver Roderick et de t'assurer qu'il me retrouvera au sanctuaire de Saint Under.

— À Eslen-des-ombres ? C'est…

— Le dernier endroit où quiconque irait nous chercher. Et ce n'est pas loin d'ici. Il faudra qu'il m'y retrouve au crépuscule. Va le trouver, dis-lui, puis retrouve-moi dans ce labyrinthe. Nous rejoindrons alors la cour anniversaire de ma sœur, et personne ne se sera aperçu de rien.

— Je ne sais pas. Peut-être que ta mère ou Fastia nous observent.

— Au milieu de tout cela ? Ce serait difficile.

— Pas moins difficile que ne le sera pour moi de trouver Roderick.

— J'ai confiance en toi, Austra. Maintenant, fais vite.

Austra s'éclipsa en toute hâte et Anne poursuivit seule son chemin à travers le labyrinthe.

Elle savait comment fonctionnaient les labyrinthes, bien sûr. Certains de ses souvenirs les plus anciens remontaient au domaine de Glenchest de sa tante Élyonère, à Loiyes, et au vaste labyrinthe végétal qui se trouvait là-bas. Elle en avait eu peur jusqu'à ce que sa tante lui en expliquât le secret. On pose simplement une main sur l'une des parois et l'on marche sans jamais perdre le contact. De cette façon, on pouvait toujours le traverser en entier. C'était peut-être lent, mais moins que d'errer bêtement dans le même coin pendant quatre cloches.

Elle n'était pas pressée, mais par habitude, elle laissa glisser sa main gauche sur la paroi florale.

Pendant ce temps, des enfants et des nains de cour déguisés en boglhins et en kovalds couraient ici et là, en piaillant et en faisant des grimaces. Une grande partie des géants de la cour étaient déguisés en étans avec des pieds de porc et des défenses, ou en trolls aux yeux globuleux. Coiffe-de-Chien, le bouffon sefry de son père, la salua d'un geste du bras au coin de son immense chapeau lorsqu'elle le croisa, son visage perdu dans l'ombre pour seule chair visible, tout le reste de son corps étant recouvert de robes volumineuses qui engloutissaient jusqu'à ses mains.

Elle espérait qu'Austra trouverait Roderick. Le baiser dans le verger avait été très différent de la première bise dans la cité des morts. Ou plus exactement, *les baisers* dans le verger, puisqu'il semblait qu'elle y avait passé plus d'une demi-cloche, lorsqu'elle se trouvait avec lui. Il n'y avait pas que les lèvres dans les baisers, comme elle l'avait jusqu'alors imaginé. Il y avait le visage, si près, les yeux si proches que l'on ne pouvait rien leur cacher s'ils croisaient les vôtres.

Et la chaleur des corps – c'était un peu effrayant. Déconcertant. Elle en voulait plus.

Anne s'arrêta, sa main toujours sur la paroi.

Quelque chose était différent. Elle semblait avoir pénétré dans une partie du labyrinthe que personne n'avait découverte auparavant, pas même les « monstres » qui étaient censés y habiter. Elle s'était à ce point perdue dans ses pensées qu'elle n'avait rien remarqué. Maintenant, même en tendant l'oreille, elle ne pouvait plus entendre personne.

Le labyrinthe pouvait-il être si grand que cela ?

Les fleurs avaient changé, elles aussi. Les parois ici étaient faites de primevères blanches et écarlates, et elles étaient plus denses. Elle ne pouvait absolument pas voir à travers. En fait, les plants étaient à leur pied assez épais, comme s'ils poussaient ici depuis longtemps. Mais elle était venue sur Tom Woth au milieu de l'hiver, et il n'y avait encore pas la moindre trace de labyrinthe. Les tournesols pouvaient atteindre taille humaine en quelques mois, mais un buisson de primevères ? Cela lui paraissait improbable.

Son souffle s'accéléra.

— Il y a quelqu'un ? appela-t-elle.

Personne ne répondit.

En fronçant les sourcils, Anne fit demi-tour, de façon à ce que sa main droite touchât maintenant la paroi qu'elle avait suivie. En marchant lentement, elle revint sur ses pas.

Après une centaine de pas, elle souleva ses jupes et se mit à courir. Le labyrinthe était toujours fait de primevères, maintenant rouge coucher de soleil, puis bleu ciel, ou neige, rose et lavande. Pas de tournesols ni de pois de senteur, pas de bouffon ni d'enfants déguisés en gobelin, pas de courtisans gloussants. Rien sinon des couloirs de fleurs sans fin, et son souffle court.

Finalement elle s'arrêta, et essaya de retrouver son calme.

À l'évidence, elle ne se trouvait plus sur Tom Woth. Où se trouvait-elle, alors ?

Le ciel semblait inchangé, mais quelque chose était différent. Quelque chose d'autre que le labyrinthe.

Elle n'arriva pas à dire quoi dans un premier temps, mais lorsqu'elle comprit, elle en resta bouche bée, et malgré elle, fut prise de frissons.

Elle ne pouvait voir le soleil, ce qui signifiait qu'il devait être très bas à l'horizon. Pourtant il n'y avait pas d'ombres. Ni du labyrinthe, ni d'elle-même. Elle souleva ses jupes. Même directement en dessous, l'herbe était aussi claire que tout le reste.

Elle se gifla, elle se pinça, mais rien ne changea.

Jusqu'à ce qu'elle entende un petit gloussement rauque.

Le temps ralentit, comme il le faisait souvent pour Neil en ce genre de situation. Le cheval du Mestre semblait presque plonger sur la reine, ses gros canons dégoulinant et brillant comme des eaux noires sous la lune.

La reine n'avait encore rien remarqué d'inhabituel, car le chevalier paré de sable vert chargeait derrière elle, mais Fastia faisait face à l'arrivant, et son visage se muait lentement de surprise en horreur.

Car la cible du Mestre était la reine elle-même. Son épée était tirée en arrière, à hauteur de la hanche et parallèle au sol, prête pour le mouvement que l'on appelait *de la faux*, qui visait à frapper le cou de sa Majesté et à transformer en fontaine son adorable gorge blanche.

En ce long et lent moment de spéculation, Neil était suspendu entre les possibilités. Si le Mestre ne bronchait pas, Neil n'aurait pas le temps de l'arrêter.

Le Mestre ne broncha pas, mais sa monture si, lorsqu'elle vit Houragan arriver sur elle à pleine vitesse. Une seule hésitation, moins qu'un battement de cœur, mais cela suffit.

Houragan vint s'écraser dans le train arrière de l'autre cheval, frappant de côté avec une telle force que cela fit tourner le Mestre sur lui-même. À cause de cela, le coup décapitant de Neil passa trop haut, mais Neil réussit à dégager son bras gauche, et les deux hommes en armes se frappèrent dans le bruit d'une masse de chaînes jetée du haut d'une tour sur des pavés.

Puis il y eut un entrelacs de membres et plus de poids, et Neil s'aperçut qu'il y avait effectivement un bord à cette colline. Une pente très rude, que lui et le chevalier survolèrent comme les deux oiseaux les plus maladroits et les plus improbables du monde.

Le tonnerre s'abattit à plusieurs reprises lorsqu'ils tombèrent et rebondirent encore et encore puis retombèrent sur l'herbe de la pente. Il perdit prise et ils se séparèrent. Corbeau n'était plus dans sa main. Il s'arrêta finalement contre un rocher, avec dans les yeux des étincelles qui ressemblaient à celles que produisait une enclume.

Il ne sut pas combien de temps il était resté là, mais ce ne pouvait avoir été long, parce que lui et le garde royal étaient toujours seuls, même si le sommet distant de la colline s'emplissait de silhouettes.

Neil se remit sur pied avec un peu d'avance sur le Mestre, qui était étendu à dix pas de lui. Corbeau, par chance, reposait à mi-chemin entre eux. Mais par moins de chance, le chevalier tenait toujours son épée.

Neil ne put lever Corbeau à temps, et le premier coup l'atteignit à l'avant-bras. Malgré tout l'acier qui le recouvrait, la lourde lame aurait tout de même brisé l'os si Neil ne l'avait pas détournée de façon à la faire glisser. Le coup le parcourut néanmoins comme un éclair jusqu'à la hanche, et durant un instant, le temps s'arrêta une nouvelle fois.

Alors Neil souleva Corbeau, son oiseau de massacre, et frappa depuis le sol d'une main, un coup faible mais qui toucha le chevalier juste sous le menton. Le heaume encaissa mais la tête partit en arrière, et maintenant Neil tenait son arme à deux mains.

Il l'abattit parfaitement, et frappa de nouveau le heaume, cette fois juste à l'endroit où l'oreille de l'homme devait se trouver.

Le chevalier s'effondra.

Neil attendit qu'il se relevât.

Ce qu'il fit, mais son heaume était maintenant entamé, et il boitait un peu. L'homme était imposant, et à la façon dont il prit sa garde, Neil put deviner qu'il savait se battre sans bouclier.

Le Mestre frappa en venant droit sur lui, feignant un coup à la tête avant de baisser sa lame au dernier moment pour tenter de le toucher sous le bras. La feinte était belle, mais Neil l'avait vue venir et s'écarta d'un grand pas à droite, l'épée ne fendant que l'air. Corbeau, par contre, levée comme pour bloquer la feinte, se rabattit et frappa une nouvelle fois le heaume conique au même endroit que précédemment.

Cette fois, le sang envahit la visière. Son adversaire chancela et tomba.

Neil soupira, fit quelques pas, et s'assit un peu plus loin, espérant pouvoir respirer un peu. Ce n'était pas facile. Sa splendide armure neuve était profondément enfoncée de sous le bras jusqu'à la hanche, et il était assez convaincu que les côtes en dessous étaient fêlées, elles aussi.

Il entendit des cris au-dessus de lui. Trop pentu pour des chevaux. Cinq Mestres descendaient la pente du mieux qu'ils le pouvaient dans leur armure. Neil releva Corbeau, prêt à les accueillir.

Sa robe était d'un rouge si sombre qu'il semblait presque noir, et elle était ourlée d'étranges motifs cursifs qui brillaient comme le rubis. Elle portait pardessus une tenue noire brodée en or pâle d'étoiles, de dragons, de salamandres et de greffyns. Des cheveux ambrés tombaient en nattes jusqu'à ses hanches. Elle portait un masque d'or rouge, délicatement ciselé ; un sourcil était levé, comme pour signifier l'amusement, et les lèvres portaient un pincement qui était presque une grimace.

— Qui es-tu ? demanda Anne. (Sa voix lui parut ridicule, pour avoir tremblé comme un oiseau qui piaille.)

— Tu as marché à sénestre, dit doucement la femme. Il faut faire attention quand tu fais cela. Cela met ton ombre derrière toi, là où tu ne peux pas la surveiller. Quelqu'un peut te la prendre, comme *ça*.

Elle claqua des doigts.

— Où sont mes amis ? Où est la cour ?

— Où ils se sont toujours trouvés. C'est nous qui sommes ailleurs. Nous, les ombres.

— Ramène-moi. Ramène-moi, ou…

— Ou quoi ? Tu crois être une princesse, ici ?

— Ramène-moi, s'il te plaît.

— Je le ferai. Mais tu dois d'abord m'écouter. C'est ma seule condition. Nous n'avons que peu de temps.

C'est un rêve, pensa Anne. *Juste comme l'autre nuit.* Elle inspira profondément :

— Très bien.

— Crotheny ne doit pas tomber, dit la femme.

— Évidemment qu'elle ne tombera pas. Que veux-tu dire ?

— Crotheny ne doit pas tomber, et il doit y avoir une reine à Crotheny lorsqu'*il* viendra.

— La venue de qui ?

— Je ne puis le nommer. Pas ici, pas maintenant. Et son nom ne pourrait de toute façon pas t'aider.

— Il y a une reine à Crotheny. Ma mère est reine.

— Et il doit toujours en être ainsi.

— Va-t-il arriver quelque chose à Mère ?

— Je ne vois pas le futur, Anne. Je vois le besoin. Et ton royaume va avoir besoin de toi. Ceci est gravé dans la terre et dans la pierre. Je ne puis dire quand ni pourquoi, mais cela est en rapport avec la reine. Ta mère, ou l'une de tes sœurs, ou toi.

— Mais c'est stupide. S'il arrive quelque chose à ma mère, il n'y aura plus de reine, à moins que Père ne se remarie. Et il ne peut épouser l'une de ses filles. Et s'il arrive quelque chose à Père, mon frère Charles sera roi, et celle qu'il prendra pour épouse sera reine.

— Quoi qu'il en soit, s'il n'y a pas de reine à Crotheny lors de sa venue, tout est perdu. Et je veux bien dire *tout*. Je te charge de cela.

— Pourquoi moi ? Pourquoi pas Fastia ? C'est elle qui…

— Tu es la plus jeune. Il y a une force en cela. C'est ta charge. Ta responsabilité. Si tu échoues, cela signifie la ruine de ton royaume, et de tous les autres royaumes. Comprends-tu ?

— Tous les autres royaumes ?

— Comprends-tu ?

— Non.

— Alors souviens-toi. Se souvenir suffira, pour l'instant.

— Mais je…

— Si tu veux en savoir plus, enquiers-toi de tes ancêtres. Ils t'aideront peut-être quand je ne le peux pas. Maintenant, pars.

— Non, attends, tu…

Quelque chose la surprit, et elle cilla. Lorsqu'elle rouvrit les yeux, Austra se tenait face à elle, et la secouait.

— Anne ! Qu'est-ce qui ne va pas ?

Austra paraissait hystérique.

— Arrête ça ! ordonna Anne. Où est-elle allée ? Où est-elle ?

— Anne, tu étais juste dressée là, le regard fixe, quelle que soit la force avec laquelle je te secouais !

— Où est-elle allée ? La femme au masque d'or ?

Mais la femme masquée avait disparu. En baissant les yeux, Anne vit qu'elle avait de nouveau une ombre.

DEUXIÈME PARTIE

LES DOMAINES DE LA NUIT ET DE LA FORÊT

En le mois de truthmen de l'an 2223 d'Éveron

Comme les armées des hommes terrassèrent les Skasloï, les saints terrassèrent les dieux anciens. Avec leur défaite, les sorcelleries anciennes des Skasloï furent grandement diminuées, mais pas détruites. Ce fut le Sacaratum – cette croisade très sainte qui apporta la grâce et la sagesse de l'Église à tous les royaumes d'Éveron – qui purifia finalement le monde de ce mal. Dès lors, il n'en resta plus que les fantasmes qui hantent les esprits des ignorants et des hérétiques.

Extrait du *Naration Lisum Saahtum : La proclamation de la loi sainte*, révisé en 1407 e. par le senaz Maims de l'Église

Niwhan scalth gadauthath sa ovil
Sleapath at in werlic
Falhath thae skauden in thae raznes
Af sa naht ya sa holt.

Le mal ne meurt jamais,
Il se contente de dormir,
Les ombres se cachent dans les domaines
De la nuit et de la forêt.

Proverbe ingorn

CHAPITRE UN

LES HALAS

La foudre fracassa un arbre, si près qu'Aspar perçut un frémissement dans le sol humide et sentit l'odeur métallique de l'air brûlé. Ogre frissonna et Ange hennit en caracolant follement. Pie-Poney, la monture de Winna, fit de même, si bien que cette dernière dut enfoncer sa main libre dans sa crinière.

Le vent se précipitait à travers la forêt comme une armée de fantômes en fuite, et les arbres anciens s'agitaient et grondaient comme des titans condamnés face au seigneur de l'orage. Le tonnerre roulait d'un ton grave dans la distance, tandis que des claquements cuivrés plus aigus résonnaient à proximité. Les roues du chariot et les claquements du fouet, comme les avait autrefois décrits son père, quand Aspar était encore enfant. Aspar ne se souvenait plus du visage de son père, ni de son prénom, ni de grand-chose d'autre le concernant, mais il avait gardé en mémoire cette phrase et l'odeur cendrée du cuir de daim tanné.

— Ne devrions-nous pas nous abriter ? demanda Winna, en forçant sa voix au-dessus de l'orage qui approchait.

— Oui, acquiesça Aspar. La question est « où » ? Et la réponse est « Je ne sais pas ». À moins qu'il n'y ait alentour des intrus dont je n'ai pas connaissance, nous n'avons nulle part où aller.

Une volée d'hirondelles piaillantes passa au-dessus d'eux, presque impossible à distinguer des feuilles que faisaient voler les bourrasques. Une goutte de pluie de la taille d'un œuf de caille s'écrasa sur le sol.

Aspar examina les alentours du regard. Deux semaines sur les traces du greffyn les avaient entraînés très loin dans les terres basses et marécageuses qui entouraient la Slaghish. La rivière en question prenait ses sources au sud, dans les Montagnes du Lièvre, là d'où venait l'orage. S'ils ne reprenaient pas rapidement un peu d'altitude, ils auraient bientôt à s'inquiéter des crues en plus des éclairs.

Il s'était passé bien du temps depuis qu'il était venu ici, et encore n'avait-il été que de passage. Quel côté de la vallée prenait le plus vite de la hauteur ? Dans son souvenir, il y avait une crête assez proche d'un côté, et à des lieues de là de l'autre. Et il se souvint soudain d'autre chose. Une chose que Jesp lui avait confiée il y avait bien des années.

— Essayons de ce côté, cria-t-il.

— La rivière ?

— On dirait qu'on peut la franchir, ici.

— Si tu le dis.

L'eau était déjà boueuse et agitée. Ils mirent pied à terre et avancèrent à tâtons. Aspar d'abord. À mi-chemin, l'eau lui arrivait à la poitrine, et presque au cou de Winna. Le courant accéléra notablement durant leur traversée ; ils ne repartiraient pas dans l'autre sens avant longtemps.

De l'autre côté de la rivière, ils se remirent en selle et partirent vers l'est à travers les terres basses.

Peu après, la pluie prit toute son ampleur. La terre

ferme se fit rare tandis que les ruisseaux qui nourrissaient la Slaghish grossissaient, et Aspar craignit de s'être trompé. Il redouta de devoir grimper à un arbre avec Winna, en lâchant les chevaux pour les laisser se débrouiller tout seuls.

Mais alors, enfin, le sol commença à s'incliner, et ils se mirent à grimper en laissant peu à peu la vallée derrière eux. La pluie avait redoublé, pour devenir un impitoyable rideau sombre. Aspar était trempé jusqu'à l'os, et Winna faisait grise mine. L'orage devint plus violent encore, et des branches ainsi que des arbres fendus par la foudre ou abattus par le vent tombaient autour d'eux.

Si ce que Jesp lui avait dit était vrai, et si les années n'avaient pas trop embrumé ses propres souvenirs, la crête devrait être rocheuse, pleine de cavernes et d'abris. Mais un simple surplomb rocheux serait déjà le bienvenu.

Ce fut avec un certain soulagement qu'il découvrit le flanc rocheux de la crête. Jesp lui avait peut-être dit la vérité, finalement, ce qui était toujours une bonne surprise. Il avait aimé cette vieille sorcière, après tout, et elle l'avait aimé aussi, à sa façon.

Ils suivirent la crête tandis qu'au-dessus d'eux, le ciel déclinait des gris orageux de plus en plus sombres. La nuit tombait, mais la tempête continuait de prendre de l'ampleur.

Ses souvenirs s'avérèrent néanmoins fiables. Alors qu'il y avait encore juste assez de lumière pour voir, il trouva une saillie rocheuse qui formait un abri largement assez grand pour eux deux et leurs montures.

— Que les saints en soient remerciés, dit Winna. Je crois que je n'aurais pas pu supporter cela un seul instant de plus.

Elle paraissait pâle et glacée. Il ne faisait pas si froid dehors, mais l'air était plus froid que le corps humain, et la pluie emportait toute chaleur. Aspar déballa une toile résinée à étanche d'eau, et en tira une couverture sèche.

— Ôte toutes tes affaires mouillées et enveloppe-toi avec ça, lui dit-il. Je reviens.

— Où vas-tu ?

— Chercher du bois.

— Tu crois que tu vas trouver là-dessous quelque chose qui peut encore brûler ? (Elle claquait des dents.)

— Oui. Change-toi.

— Alors retourne-toi.

— Je m'en vais.

Il lui fallut du temps pour trouver ce qu'il cherchait : des nœuds de pin, du bois resté sec à l'abri de rochers, d'autres choses qui fumeraient mais flamberaient néanmoins. Lorsqu'il en eut une bonne brassée en plus d'un havresac de petit-bois, il retourna à la caverne.

Il faisait presque nuit noire. Le pire de l'orage était passé, mais le vent brisait encore des branches. Winna le regarda en silence, serrée dans sa couverture, tandis qu'il faisait naître une flamme du bois humide. Il remarqua qu'elle avait dessellé et brossé les chevaux.

— Merci de t'être occupée d'Ogre et d'Ange, dit-il.

Elle acquiesça d'un air songeur.

— Va-t-on perdre la trace ? demanda-t-elle.

Il agita négativement la tête.

— Ce qui se passe avec la trace du greffyn, c'est que plus on prend de champ, plus elle est facile à suivre. Cela donne plus de temps à ce qui l'entoure pour mourir.

— Et pour les hommes ?

Il hésita.

— Tu as remarqué, n'est-ce pas ?

— Asp, je ne suis pas une traqueuse, je n'ai même jamais chassé, mais je ne suis pas stupide pour autant.

Les traces des chevaux sont évidentes, et j'ai bien vu qu'il y en avait plus qu'un. Et des traces de bottes, ici et là.

— Oui.

— Tu crois que quelqu'un d'autre suit le greffyn ?

— Non. Je crois qu'ils voyagent avec lui.

Il expliqua alors à contrecœur sa théorie sur les corps au sedos, ceux qui avaient à l'évidence été tués par des hommes, y ajoutant ce qu'avait raconté sire Symen sur des meurtres similaires.

— Et il te faut quinze jours pour me dire cela ? dit-elle.

— Je n'étais pas sûr qu'ils étaient avec lui, au début. Mais les pistes se croisent, puis se séparent, puis se rejoignent de nouveau.

— Autre chose que tu ne m'as pas encore dit ?

— Les Sefrys pensent que c'est l'œuvre du roi de bruyère.

Elle pâlit encore.

— Tu y crois ? demanda-t-elle.

— Pas quand ils me l'ont dit.

— Mais tu y crois maintenant ?

Il hésita un instant de trop.

— Non.

— Mais ça, c'est juste personnel, n'est-ce pas, Asp ? Tu paraîtrais crédule si tu admettais qu'ils pouvaient avoir raison.

— J'aurais peut-être dû te le dire depuis le début, répliqua-t-il. Peut-être qu'alors, j'aurais pu te convaincre de ne pas venir.

— Non. En cela, tu te trompes.

Son visage se tendait fièrement, mais il remarqua que son menton tremblait. Il fut soudain pris d'un désir presque irrépressible d'aller la prendre dans ses bras, de la réchauffer, de lui dire qu'il était désolé d'être un tel salaud laconique, de lui promettre que tout irait bien.

— Comment peux-tu haïr autant les Sefrys, Aspar ? Alors qu'ils t'ont élevé ? Alors que tu en as aimé une ?

Cela brisa net quelque chose en lui, l'emplit de quelque chose d'âpre.

— Ce ne sont absolument pas tes affaires, Winna, lâcha-t-il d'une voix rauque.

Lorsqu'il lut la douleur sur son visage, il ne put plus la regarder. Il fut presque soulagé lorsqu'elle se leva en silence et marcha vers l'endroit où se trouvaient les chevaux. Il pensa d'abord qu'elle pleurait, mais en écarta la possibilité. Winna était dure, ce n'était pas une pleurnicheuse comme d'autres femmes. Curieuse, oui, mais pas pleurnicheuse.

Il regretta ses paroles, mais il était trop tard. Et s'excuser ne servirait à rien, n'est-ce pas ?

Le ciel était toujours plombé le lendemain, mais la pluie avait disparu, ne laissant derrière elle qu'un brouillard dans la vallée en contrebas. Comme Aspar l'avait prévu, les terres basses étaient inondées, et mettraient plusieurs jours à s'assécher. Il décida de poursuivre vers le sud le long de la crête ; la piste du greffyn allait à peu près dans cette direction, de toute façon.

Ils croisèrent de nouveau la saignée révélatrice de végétation morte et mourante avant la mi-journée. Toute trace de l'escorte humaine du monstre avait disparu, mais il n'en attendait pas moins.

Comme toujours, ils longèrent la trace, un peu à l'écart, plutôt que de la suivre.

— Le roi de bruyère, dit Winna en brisant pour la première fois le silence glacial. Quand je vivais à Glangaf, nous avions un roi de bruyère tous les ans – tu sais, pour la fête du printemps. C'était lui qui mettait en perce les tonneaux de bière et menait la danse. À nous, les enfants, il offrait des confiseries et des cadeaux. Lorsque mon père nous a amenés à Colbaely pour reprendre l'affaire de mon oncle, on n'y faisait pas cela. Les vieilles femmes construisent des hommes de paille et brûlent des poulets à l'intérieur. On y fait le signe du mal si quelqu'un prononce son nom.

— Oui. Colbaely est plus près de la forêt, et la plus grande partie de sa population est plus ancienne. Ce ne sont ni des Virgenyens venus de l'autre côté des montagnes, ni des migrants venus de l'ouest. Pour les anciens, le roi de bruyère n'est pas un sujet de plaisanterie.

— Et que disent les Sefrys de lui ?

Aspar s'éclaircit la gorge avec quelque réticence.

— Qu'il était autrefois un prince des dieux anciens, ceux qui ont créé le monde. Que lorsqu'ils périrent tous, lui fut condamné à survivre. Que son seul vœu est de mourir, mais que la seule manière pour lui de disparaître est de détruire le monde entier. Les Scaosen, qui ont tué les dieux anciens, ont trouvé le moyen de l'endormir, mais à chaque nouvelle ère, il s'éveille… (Il fronça les sourcils.) Il y a une femme dans l'histoire, je crois, et puis un voleur qui a essayé de lui dérober quelque chose et qui fait maintenant partie de la malédiction. Et une sorte de chevalier perdu, aussi. Les billevesées habituelles. Je n'y ai jamais prêté trop attention.

— Je me souviens avoir entendu qu'il ne s'éveille que lorsque la terre est malade, dit Winna.

— Dans la ville de Dolham, ils prétendent qu'il s'éveille chaque année, maugréa Aspar. Qu'il commence à s'animer et à se tourner en automne, qu'il ouvre les yeux au plus froid de l'hiver, puis qu'il se retourne et qu'il se rendort au printemps. Toutes ces fables racontent une histoire différente. C'est pour cela que je ne les crois pas. Si elles étaient vraies, elles diraient toutes la même chose.

— Elles ne sont pas complètement différentes, dit Winna. Elles semblent toutes indiquer que c'est une très mauvaise chose qu'il soit éveillé.

— Sauf pour ton ami verseur de bière de Glangaf.

— Même lui faisait des choses déplaisantes. Je me souviens d'un homme qui avait été jugé adultère par le comven de la ville. Le roi de bruyère l'a recouvert de fumier de cochons au beau milieu de la place du marché, puis il a arraché la moitié de ses plants de pommes de terre. Quoi que te faisait le roi de bruyère, il fallait l'accepter. Une fois la fête passée, plus personne ne voulait le voir, parce que cela signifiait généralement qu'il venait punir quelqu'un. Et il était obligé de le faire, vois-tu ? Cela faisait partie des responsabilités qui lui incombaient pour avoir été choisi.

— Une ville bien étrange, Glangaf. Une fois son année finie, qu'arrivait-il à celui qui avait été fait roi ?

— Tout le monde faisait semblant de lui pardonner. En général, ce n'était pas le cas.

— Comment décidaient-ils de qui serait le roi chaque année ?

— Ils tiraient au hasard entre tous les hommes. Celui qui perdait devenait le roi.

— Où est passée la trace ? demanda Winna.

Aspar se posait la même question, et il n'aimait pas la réponse qui se dessinait. Ils faisaient face à une falaise de la même roche jaune friable qui les avait protégés la nuit précédente. Derrière celle-ci, les contreforts montagneux s'élevaient à pic. Une cascade bondissait du sommet, pour tomber dans un bassin d'une vingtaine de pas de diamètre. L'eau formait ensuite à partir du bassin un torrent qui continuait de descendre vers les terres basses de la Slaghish. Au sud, la vague silhouette bleutée des Montagnes du Lièvre s'élevait jusque dans les nuages paisibles.

La piste menait à l'eau.

— Ne la touche pas, avertit Aspar.

— Je n'en suis pas folle, répondit Winna tandis que Aspar mettait pied à terre et commençait son examen.

Pas de traces, pas de poissons morts. L'orage avait probablement bien nettoyé le bassin. En fait, étant donné que d'après ses calculs ils se trouvaient à au moins trois jours derrière la bête, il doutait qu'une seule goutte de cette eau eût été là en même temps que le greffyn : tout devait être dans la Slaghish, maintenant, en route vers la Mage et plus tard la mer Lierienne.

Néanmoins, il voulait en être certain. Il trouva une pente en talus qui lui permit de grimper jusqu'au sommet de la falaise. Il n'y avait là-haut aucun signe du passage du greffyn.

Il redescendit.

— Il est dans l'eau ? demanda Winna.

— Il y est entré. Je ne crois pas qu'il en soit ressorti.

Il commença à tendre son arc.

— Tu veux dire qu'il s'est noyé ?

— Non.

— Alors…

Elle se mit à reculer.

— Regarde, dit-il en pointant du doigt.

À la surface du bassin, des nèpes tissaient des toiles avec les ondulations de l'eau, et des petits poissons se poursuivaient loin du bord.

— S'il était encore dedans, ils ne seraient pas vivants. Je ne crois pas.

— Sauf s'il peut choisir de tuer ou de ne pas tuer. Dans ce cas, il peut se cacher et t'attendre.

— Je ne pense pas. Je ne crois pas que le bassin soit assez profond.

— Quoi, alors ?

— Jesp, la femme sefry qui m'a élevé. Elle me parlait souvent de ces endroits. Elle prétendait qu'il y avait un *rewn* hala dans ces collines.

— Un quoi ?

— Les Halas vivent dans des cavernes cachées. Ils les appellent des rewns.

— Je croyais que c'était juste dans les histoires de phays.

Aspar agita la tête.

— Si je me souviens bien, celui-ci s'appelle Rewn Aluth. Je suppose que Jesp disait la vérité.

— Les Halas, répéta Winna. Là-dessous.

— Oui. Je parie qu'il y a une entrée sous l'eau. C'est typique.

— Tu… tu es déjà allé dans un de ces rewns ?

Il acquiesça.

— La plupart des gens pensent que les Sefrys et les Halas sont deux peuples différents. Ce n'est pas le cas. Les caravaniers sont les nomades, les impatients. Mais ils reviennent chez eux, de temps en temps. Quand j'étais enfant, ils m'ont emmené avec eux.

Il s'assit sur un rocher et commença à délacer sa cuirasse.

— Que fais-tu ? demanda Winna.

— Ces traces que nous avons suivies – celles qui accompagnaient le greffyn – elles auraient tout aussi bien pu être sefrys qu'humaines.

— Tu veux dire que tu penses que les deux sont liés ? Que les Halas sont responsables de ces meurtres ?

— Tous les morts que j'ai vus étaient humains. Cela fait des décennies que nous essayons de chasser les Sefrys de la forêt royale. Peut-être qu'ils s'en sont lassés.

— Si c'est le cas, tu ne peux pas y aller tout seul. Même si le greffyn ne te tue pas, les Halas le feront. Tu as besoin d'une armée, ou quelque chose.

— Pour que le roi envoie une armée, il lui faut une raison. Je n'ai rien d'autre à lui offrir que quelques déductions, pour l'instant. (Il ôta sa chemise.) Attends ici, dit-il.

Le bassin était à peine plus profond qu'il n'était grand, et l'eau était assez claire pour qu'il ne lui fût pas difficile de trouver ce qu'il cherchait : une ouverture rectangulaire dans la paroi rocheuse, qui menait vers l'intérieur de la colline, en descendant doucement.

Il remonta à la surface.

— Il y a un tunnel, dit-il. Je vais aller voir où il mène.

— Sois prudent.

— Oui.

Il détendit son arc et le replaça dans son étui, qu'il remit sur la selle d'Ogre, avec son armure. Il s'assura qu'il avait bien sur lui sa dague et sa hache, prit plusieurs inspirations longues et profondes, puis une plus profonde encore, et plongea.

Le tunnel était assez grand et lisse, et il n'avait pas eu de problème pour progresser. Son problème était l'obscurité. La lumière avait très vite disparu derrière lui, et ses poumons commençaient à lui faire mal. Il se souvint, trop tard, que les Halas étaient connus pour creuser de fausses entrées à leurs havres. Des pièges destinés à tuer les imprudents.

Et il réalisa que le tunnel était trop étroit pour y faire aisément demi-tour. Pouvait-il revenir en arrière assez vite pour survivre ?

Non, c'était impossible.

Il nagea plus fort. Des points de couleur dansaient devant ses yeux.

Puis de l'air. Humide et poussiéreux, mais de l'air. Et l'obscurité totale. Il prit quelques instants pour respirer avant d'explorer plus avant.

Il se trouvait dans un autre petit bassin, pas beaucoup plus grand que celui par lequel il était arrivé. Aspar découvrit en tâtonnant qu'il se trouvait dans une salle à la paroi rocheuse, brute et naturelle, qui semblait se poursuivre dans une seule direction.

Bien. Il allait repartir par là où il était venu, prendre toutes ses armes et des torches, revenir et aller voir où menait ce passage. Et trouver le moyen de convaincre Winna de rester en arrière. Ça, c'était la partie difficile.

Il en était là de ses pensées lorsqu'il entendit derrière lui un bruit d'eau suivi d'une grande inspiration. Il tira sa dague, et la tendit entre lui et l'inconnu.

— Aspar ? Aspar, tu es là ?

— Winna ! Je t'avais dit de ne pas me suivre. Et parle à voix basse !

— Aspar !

Elle avait effectivement parlé moins fort, mais il avait néanmoins perçu son ton paniqué et frénétique.

— Juste après que tu sois parti, des hommes sont arrivés, à cheval. Trois, peut-être quatre. Ils ont commencé à tirer des flèches sur moi. Je ne savais pas quoi faire, je…

Il l'avait cherchée à tâtons durant tout ce temps. Maintenant il l'avait trouvée, et lorsqu'il la toucha elle tomba malgré l'eau dans ses bras, et le serra avec plus de force qu'il n'aurait supposé qu'elle pût en avoir. Dans l'obscurité, il était facile de la serrer contre lui.

— Trois ou quatre, as-tu dit ? Est-ce qu'ils auraient pu être plus ?

— Peut-être. C'est arrivé tellement vite, Aspar. Ogre et Ange n'étaient pas attachés…

— C'est mieux ainsi. Tu as bien fait, Winna. Tu réagis vite !

— Mais que fait-on, maintenant ? Et s'ils nous suivent ?

— Étaient-ils humains ou sefrys ?

— Je n'ai pas bien pu voir leurs visages. Ils portaient des capuchons.

— Probablement des Sefrys, alors.

— Par tous les saints ! Cela veut dire qu'ils vont nous suivre ! Nous sommes déjà dans leur repaire !

— Probablement. Eh bien ! Nous ferions mieux de ne pas être là lorsqu'ils arriveront. Prends ma main. Tâtonne avec l'autre, et avec les pieds. Essaie de ne pas faire de bruit. Nous allons nous en sortir, Winna. Fais-moi confiance.

— Je te fais confiance, Aspar.

— Bien.

Oui, pensa-t-il. *Si seulement je me faisais confiance aussi. Quelle situation abominable !*

CHAPITRE DEUX

D'EF

— Eh bien, nous y voilà, dit Henné, en tournant son visage buriné vers Stéphane et en lui souriant de ses dents ébréchées.

— Où ça ? demanda Stéphane.

Il ne voyait rien de particulier, juste la route du roi, les colonnes droites et régulières des bouleaux à l'écorce pâle tout autour, et la débauche de joncs verts qui marquaient le bord de la rivière Ef à leur droite. Henné indiqua de la main un monceau de fougères, et après un moment d'incompréhension, Stéphane réalisa qu'elles cachaient une borne de pierre. À partir de ce point de la route du roi, une piste qui aurait tout aussi bien pu avoir été ouverte par un cerf s'enfonçait dans la forêt.

— Les terres du monastère commencent ici. La route principale le rejoint par le sud, mais tu arriveras plus vite par ce chemin.

— Je ne vois pas le monastère.

— Il est de l'autre côté de la colline, à peut-être encore une lieue. Je peux chevaucher avec toi jusqu'au bout, si tu veux.

Stéphane se mordilla la lèvre. Il était devenu un peu plus prudent quant à s'aventurer seul dans la forêt, ces derniers temps.

— Ils t'offriront à tout le moins un repas pour avoir fait un tel chemin pour m'amener jusqu'ici, dit-il au chasseur.

— Oh, ils le feraient très certainement, dit Henné. Mais alors il faudrait que je reste et que je me tienne bien pendant un moment. Ce n'est pas un problème en soi, mais le village de Whitraff est à trois lieues en aval, et je préférerais y être pour la cloche du soir. On y rencontre le genre de beauté qui ne se trouve pas dans un monastère, soit dit sans vouloir t'offenser.

— Je ne m'en offusque pas, dit Stéphane. Et cette dernière lieue ne me posera aucun problème. Mais je te dois un immense merci pour ta compagnie durant ce voyage.

— Ce n'est rien, répondit Henné. Et je te reverrai probablement de temps en temps. Sire Symen envoie parfois quelqu'un ici pour acheter du fromage et du vin, et pour s'assurer que tout va bien. Il est même possible que je m'arrête en repartant. Tu pourras peut-être leur dire un mot pour qu'ils me fassent un bon prix.

— Je ne manquerai pas de parler au fratrex de l'hospitalité que j'ai reçue à Tor Scath, promit Stéphane.

— Bien. *Farst-thu goth*, alors, dit Henné en ramenant sa monture en direction de la route du roi.

— Que les saints te protègent, répondit Stéphane.

Quelques instants plus tard, pour la première fois depuis son enlèvement, Stéphane se trouva seul. Ce fut à sa grande surprise un sentiment agréable. Il fit faire halte à son cheval pour un moment, et savoura la tranquillité de la forêt. Il se demanda soudain ce que cela pouvait faire d'être Aspar White, seul mais chez lui dans cette immensité. Libre, dépendant de personne ni de rien, allant et venant comme le vent.

Stéphane n'avait jamais connu cela. Et il ne le connaîtrait probablement jamais. Il n'y avait même jamais pensé, jusqu'à cet instant. Sa voie était toute tracée : fils cadet, il avait toujours été la dîme de son père à l'Église depuis sa naissance.

Et Stéphane désirait servir, et tout particulièrement apprendre. C'était son vœu le plus cher.

Mais parfois…

Il se rembrunit devant ces enfantillages, et talonna son cheval.

La forêt commença à s'éclaircir. Les souches devinrent aussi communes que les arbres, puis plus nombreuses encore. Les clairières débordaient de mûres, de prunes sauvages, d'airelles et de myrtilles. Le bourdonnement des insectes l'enveloppa, et pour la première fois depuis des jours, le soleil le baigna pleinement. Cela le rasséréna, et il se mit à siffloter une matelote.

Un fracas suivi d'un juron lui parvinrent d'un fourré, interrompirent ses rêveries, et provoquèrent un afflux de sang vers sa tête. Durant un terrible instant, il fut de nouveau arraché à sa monture, ligoté et bâillonné par des hommes qui pouvaient le tuer à tout moment. L'espace de plusieurs battements de cœur, le souvenir fut plus vivace que la réalité.

Il se calma lorsqu'il eut aperçu un vieil homme portant l'habit d'un fratir de l'ordre des Decmanusiens.

— Puis-je t'être utile ? demanda Stéphane en élevant la voix.

— Hein ? (Les sourcils gris et broussailleux du vieil homme se haussèrent.) Qui es-tu ?

— Je suis Stéphane Darige, des Darige de Cape… Euh, Stéphane Darige, à ton service.

— Très bien, très bien. Et comme ça, tu viens acheter du fromage ?

— Non, en fait je…

— Oui, oui. Notre fromage est très célèbre. Certains font tout le chemin depuis Fenburh pour en acheter. Eh bien, puisque tu vas à d'Ef, les saints te regarderaient d'un œil bienveillant si tu aidais un vieil homme.

— Comme je l'ai dit, je suis à ton service. Quel est le problème ?

— Il n'y a pas de problème tant que prévalent les saints, jeune homme ; seulement des épreuves. (Il sourit d'un air penaud.) Mais le sage sait quand une épreuve vaut d'être partagée. J'ai là un fagot de bois que j'ai, euh… fagoté un peu trop gros. Je te serais fort reconnaissant si tu pouvais me délivrer de cette charge. Il est juste là, dans les buissons de mûres.

Pour souligner son propos, il donna un coup de pied dans quelque chose que Stéphane ne pouvait voir.

— Cela va de soi, répondit Stéphane en mettant pied à terre. Surtout pour un fratir. Es-tu un novice ou un premier initié ? Je ne connais pas les différences d'habit.

— Je suis ce que tu vois, dit l'homme, l'air un peu déconfit. (Son visage s'éclaira soudain.) Je suis frère Pell.

— D'Hornladh ?

— Oui, oui, bien sûr. (Il parut soudain soupçonneux.) Comment le sais-tu ?

— Ton nom vient de saint Queislas, dit Stéphane d'un ton un peu suffisant. Son nom prend bien des formes – Ceasel, ici en Crotheny – mais il n'y a que dans les régions rurales d'Hornladh qu'on l'appelle saint Pell.

— Pas exactement. On l'appelle aussi ainsi en Tero Gallé.

— Sauf ton respect, mon bon frère, ils disent là-bas saint Pelle.

— C'est presque la même chose.

— Effectivement, mais il y a néanmoins une légère distinction.

Frère Pell le regarda un instant en cillant des yeux, puis haussa les épaules.

— Le bois est là, en tout cas, dit-il en souriant vaguement.

Stéphane baissa les yeux. Le fagot était immense. Il pesait probablement plus que le vieil homme.

— Eh bien, il est fort heureux que je sois passé, dit Stéphane. À quelle distance se trouve le monastère ?

— Une demi-lieue. Les saints disposent. M'aideras-tu ?

— Repose-toi, Frère. Je vais le prendre.

— Mille mercis, jeune sire si féru en matière de noms des saints.

— Ce n'est rien, dit Stéphane en pesant sur les lourdes cordes qui liaient le fagot.

Avec beaucoup d'efforts, d'énergie et de manœuvres, il réussit à le hisser sur son dos. Il était incroyablement lourd et encombrant. Ses genoux en tremblaient presque. Une demi-lieue ! Il serait déjà heureux de pouvoir le porter jusqu'à son cheval. Que la bête le tire.

Mais lorsqu'il fit mine de reposer son fardeau derrière l'animal, le vieil homme dit :

— Que fais-tu, jeune sire ?

— Je vais harnacher ton fagot à ma monture.

— Non, non, maître Darige. Cela ne se peut pas. Saint Decmanus, le patron de notre sanctuaire, est tout à fait clair sur ce point. Les mains cueillent et les bras portent. On ne peut d'aucune manière ramener le bois à l'aide d'un cheval.

— Oh. (Stéphane fit un peu jouer sa charge sur son

dos. Il n'avait jamais entendu cela.) Très bien. Peux-tu tenir la bride, alors ?

— Assurément, maître Darige.

Ils avancèrent sur le chemin, Stéphane haletant sous son fardeau, frère Pell sifflotant un branle.

La forêt prit fin peu après, et depuis sa position voûtée, Stéphane avait une excellente vue de l'herbe verte et des bouses de vache. Lorsqu'il s'efforça de se redresser, il vit de charmants pâturages dans lesquels s'ébattaient lentement un bétail roux et blanc.

— La source de notre fromage tant vanté, dit frère Pell. Ce sont évidemment de bonnes bêtes, mais c'est l'herbe qui en est le secret. Elle est baignée de rosée – tu n'as jamais rien senti d'aussi doux ! On en mangerait presque l'herbe, en fait !

Le frère fit un signe du bras en direction de deux vachers, qui lui rendirent son salut depuis l'endroit ombragé où ils se reposaient, près d'une rivière bordée de saules.

— On y pêche des brèmes, fit remarquer frère Pell, et l'endroit est propice à la méditation. (Il glousse.) On y pêche des brèmes, c'est presque un vers.

— Je crois que j'ai besoin de méditer maintenant, dit Stéphane à travers ses dents serrées.

La rivière ombragée ressemblait à un coin de paradis.

— Oh, ce n'est plus très loin, lui assura frère Pell. Regarde, nous approchons du verger.

Stéphane concevait un nouveau traité.

Mes voyages avec les damnés, partie seconde : l'étrange affaire du moine qui avait l'esprit d'une vache.

Si au premier abord cette créature d'apparence humaine paraît intelligente, cette illusion s'évanouit rapidement lorsqu'elle tente d'engager la conversation…

Tout en composant, Stéphane claudiquait à travers un océan de pommiers couverts de fleurs printanières magnifiques, un royaume de papillons et d'abeilles. Ses jambes le suppliaient de s'arrêter, de s'adosser juste un instant à l'un de ces arbres parfumés. Il pensa à leurs fruits, se vit mordre dans une pomme, sentit son jus couler sur son menton. Rêva d'un cidre frais humectant son gosier aussi sec qu'un parchemin.

Le vocabulaire de son traité se fit plus cassant.

— D'où nous sommes, quelle distance reste-t-il encore, Frère ?

— Ce n'est même plus une distance à proprement parler. Dis-moi, maître Stéphane, comment as-tu acquis une telle connaissance du nom des saints ?

— Je suis allé au collège de Ralegh. Je viens ici pour y devenir novice au scriftorium.

— Saint Lujé ! Tu es le garçon qui devait venir de Virgenye ! Nous avions perdu tout espoir ! Nous avons envoyé des équipes à ta recherche par trois fois sans trouver le moindre signe de toi !

— J'ai été enlevé, dit Stéphane entre deux halètements. Le forestier m'a sauvé. Il m'a emmené… à Tor Scath.

— Ton saint patron devait avoir l'œil sur toi, alors. Mais pourquoi m'as-tu dit que tu venais ici acheter du fromage ?

Stéphane réussit à relever assez la tête pour toiser le moine.

Toute idée qui entre dans sa tête y erre dans le vide comme un insecte égaré, provoquant une perplexité sans fin…

— Je n'ai pas dit cela, dit Stéphane d'une voix exaspérée. Je…

— C'est bon, c'est bon. Je suis certain que tes aventures t'ont rendu prudent. Mais tu es en sécurité, maintenant. Tu es avec nous. Regarde, c'est là que nous vivons.

Il tendit le bras, mais Stéphane ne pouvait rien voir d'autre que le sol. Jusqu'à ce qu'il relevât la tête, plus haut, plus haut. Le chemin louvoyait sur le flanc pentu d'une colline conique, et tout là-haut, au sommet, se dressaient les murs et les tours du monastère d'Ef.

— Viens, dit frère Pell. Si tu marches d'un bon pas, nous arriverons peut-être à temps pour le praicersnu. Je crois qu'il y a du jambon et des cerises, ce soir.

Mais Stéphane avait atteint les limites de ce qu'il lui était physiquement possible.

— Je vais me reposer avant d'entamer l'ascension, dit-il d'un ton peut-être un peu sec.

— Oh mon garçon, non ! Tu ne peux pas faire cela ! Tu as posé le pied sur une terre consacrée. Souviens-toi des paroles de saint Decmanus ! *Ton fardeau est une bénédiction sur la route de la vertu. Ne le délaisse jamais car à la fin de ton voyage, tes épaules en seront déchargées.*

— Je ne suis pas certain qu'il parlait d'une charge physique, protesta Stéphane.

— Par les saints, tu n'es pas l'un de ceux-là, n'est-ce pas ? De ceux qui prétendent sans cesse que les saints n'ont pas vraiment dit ce qu'ils ont dit, ou s'ils l'ont dit, qu'ils ne le pensaient pas ? Cela ne passera pas bien, ici. De plus, tu es en pleine vue de notre révérend fratrex, et tu devrais t'efforcer de lui faire bonne impression.

— Tu crois vraiment que le fratrex regarde ?

— Sans aucun doute. Je n'en prendrais pas le risque, si j'étais toi.

— J'inclinerais plutôt à penser qu'un fratrex aurait des choses plus importantes à faire que de regarder par la fenêtre toute la journée, gémit Stéphane.

— Allez viens, mon garçon.

Avec un nouveau soupir résigné, Stéphane commença à grimper.

Il ploya devant les portes mêmes de d'Ef, sous les sourires et les gloussements de nombre d'hommes en robe qui revenaient des champs.

— Frère Lewes, dit frère Pell à un homme imposant aux cheveux blond-roux, peux-tu débarrasser notre nouveau frère de son fardeau ?

Le moine acquiesça, s'avança, et souleva le fagot comme s'il se fût agi d'une poignée de brindilles.

— Viens par là, dit frère Pell. J'ai l'impression qu'un peu d'eau te ferait du bien.

— J'en serais tout à fait reconnaissant, dit Stéphane.

Libéré de la masse écrasante du bois, Stéphane put mieux regarder le monastère. Il était construit dans le haut style de la période Loy, quand les régents de Liery qui occupaient le trône d'Eslen avaient fait venir des architectes de Safnie et de Vitellio pour marier leurs talents avec ceux des artisans locaux. Il en avait résulté ici une construction exubérante, puissante et fonctionnelle, réalisée en granit rose pâle.

La chapelle se distinguait par un clocher à double voûte, surplombant le toit long, étroit et pentu de la nef. Les portes étaient encadrées de hautes arches. Deux ailes s'étendaient depuis le centre de la chapelle, s'avançaient de peut-être trente pas, puis repartaient à angle droit vers Stéphane, et s'achevaient en une version plus réduite des portes de la chapelle. Dans les deux cours à trois côtés ainsi formées se trouvaient des pelouses, de petits vignobles, des poulets, des brasiers, quelques chiens paresseux, et de nombreux moines qui vaquaient à diverses occupations.

Frère Pell l'entraîna dans la cour de droite, traversa une arche ouverte dans cette aile, et Stéphane vit que l'autre côté de la chapelle était le pendant exact de la première moitié. Cette cour, par contre, était plus sereine, plantée de roseraies, et décorée de statues et d'autels dédiés à divers saints. Contre le mur de la chapelle avait été construite une charmille, recouverte de vigne et sous laquelle se trouvaient des bancs de bois et des tables pour les repas. Frère Pell fit signe à Stéphane de s'asseoir. La table était garnie d'un broc, de deux gobelets, et de plusieurs assiettes de nourriture.

— Assieds-toi, assieds-toi, dit frère Pell.

Il prit le broc de grès et leur versa chacun un gobelet d'eau. Elle était fraîche et claire, et coulait dans sa gorge comme le rire d'un ange. Stéphane le vida avidement, puis s'en servit un autre.

Frère Pell avait détourné son attention vers les assiettes recouvertes de chiffons.

— Qu'avons-nous là ? demanda-t-il en soulevant le linge.

La réponse fit venir l'eau à la bouche de Stéphane. Du pain doré, une roue de fromage doux et odorant, des tranches de jambon rouge brique si salé qu'il pouvait presque déjà le sentir sur sa langue, et des cerises mouchetées jaune et rouge.

— Puis-je ? demanda Stéphane.

— Seulement le pain, répondit frère Pell. Les novices ne peuvent consommer ni viande, ni fromage ni fruit durant leur premier mois ici.

— Ni…

Il ferma la bouche. Il avait entendu parler de ce genre de choses. Il aurait dû y être préparé.

Frère Pell rit doucement et tapa deux fois dans ses mains.

— Excuse-moi. Je m'amusais juste avec toi. Mange s'il te plaît de tout ce qui se trouve devant toi. Il n'y a pas de restrictions sur la nourriture ici, sauf lors des jours de jeûne ou lorsque la contemplation est de mise. Mange frugalement, mais bien. C'est notre devise, ici.

— Alors…

— Vas-y, dit Pell.

Ce que fit Stéphane. Il s'imposa de manger lentement, mais ce fut difficile. Son estomac voulait tout, tout de suite.

— Qu'est-ce qui t'a amené ici, frère Darige ? demanda frère Pell.

— À l'église, ou à d'Ef ?

— À d'Ef. J'ai entendu dire que tu avais demandé ce monastère, spécifiquement.

— Je l'ai demandé, oui. Pour son scriftorium. Il n'en existe qu'un qui soit plus exhaustif, celui du sacarasio de Caillo Vallaimo, à z'Irbina.

— Ah oui, ton intérêt pour les noms, et tout ça. Mais pourquoi pas là-bas, alors ? Pourquoi d'Ef ?

— Caillo Vallaimo possède un plus grand nombre de scrifti. D'Ef a les meilleurs, du moins en ce qui me concerne.

— C'est-à-dire ?

— D'Ef a la plus belle collection de la région de textes des débuts de l'Hégémonie.

— Et en quoi cela t'intéresse-t-il ?

— C'est la chronique de la dissémination de la foi, de ses luttes contre l'hérésie et la sorcellerie noire. Et je m'intéresse aussi aux anciennes langues de ces régions, celles qui étaient parlées avant que le vitellien ne fût imposé.

— Je vois. Tu maîtrises donc les dialectes allotersiens parlés et écrits ?

Stéphane hocha la tête avec empressement.

— C'était l'un de mes sujets d'étude principaux.

— Et le vadhiien ?

— C'est plus difficile. Il n'existe que trois lignes

écrites dans cette langue, encore qu'elle soit très proche du plath ancien, d'après ce que j'en ai vu. Je…

— Nous avons dix scrifti en vahiien, ici. Aucun n'a encore été complètement déchiffré.

— Quoi ?

Dans son excitation, Stéphane renversa son gobelet. Celui-ci roula sur la table et alla se briser aux pieds du frère.

— Oh ! s'exclama Stéphane, comme frère Pell se baissait pour ramasser les morceaux. Je suis désolé, frère Pell, j'étais juste tellement…

— Ce n'est rien, frère Darige. Tu vois ?

Stéphane *voyait*, et il en resta bouche bée. Frère Pell avait rassemblé les morceaux, mais ce qu'il posa sur la table était un gobelet entier. Une légère fumée s'en échappait.

— Tu…

Les yeux de Stéphane couraient du gobelet intact au vieil homme, et il eut l'impression qu'un millier d'aiguilles cherchaient à fuir son visage.

— Tu as fait un sacaum de réparation. Seul un… (Les implications se cristallisèrent.) Tu dois être le révérend fratrex, balbutia-t-il.

— Effectivement, oui. Comme tu le vois, j'ai mieux à faire que de regarder par la fenêtre toute la journée. (Ses sourcils épais s'abaissèrent dangereusement.) Et maintenant je dois réfléchir à ce que je peux faire d'un jeune homme aussi orgueilleux. Cela paraît nécessaire.

CHAPITRE TROIS

DES RUMEURS DE GUERRE

— Nous ne sommes pas en guerre avec vous, expliqua le landegraf Valamhar af Aradal à Guillaume II et à sa cour en lissant sa moustache blonde. D'ailleurs, Hansa n'est en guerre avec personne.

Guillaume compta lentement jusqu'à sept, un truc que lui avait enseigné son père.

Un roi ne doit jamais répondre trop vite. Un roi doit toujours rester calme en apparence.

Le vieil homme lui avait toujours donné beaucoup de conseils, dont la plupart, Guillaume l'avait appris ultérieurement, étaient tirés d'un livre écrit plusieurs siècles plus tôt par le Premier ministre de Ter Eslief – un pays qui n'existait même plus.

Il changea d'assise sur son modeste trône de frêne d'Hassam blanc et parcourut du regard la petite salle du trône. Celle-ci n'était « petite » que dans le sens où elle était moins ornée que la salle où les couronnements et la haute cour se tenaient. En dehors de cela elle faisait la même taille, avec un plafond haut supporté par une série de grandes arches, avec un sol de marbre rougeoyant assez vaste pour que même un imbécile fat et gras comme Aradal parût petit. Ce qui était exactement sa raison d'être.

Les gardes d'Aradal se tenaient très en retrait, en armure mais sans armes, portant des tabards noir et sanguine voyants. Dix Mestres faisaient plus que doubler leur quatuor. À la droite de Guillaume se trouvait le praifec Marché Hespéro, en robe noir sombre et coiffe carrée. À sa gauche, la place théorique d'un Premier ministre, se tenait Robert, vêtu de velours vert et jaune vif. Les seules autres personnes présentes dans la pièce étaient le baron Fail de Liery, dans son tabard brun-gris, et son jeune protégé, Neil MeqVren.

Sept.

Il était maintenant capable de parler doucement, plutôt que dans une explosion de rage.

— Il ne se serait donc pas agi de troupes hansiennes sur ces navires hansiens qui ont mis à sac quatre villes dans les Îles de la Désolation ? Cela ressemble dangereusement à une guerre, pour ce que j'en vois.

— Cette guerre, si l'on peut appeler ainsi ce genre d'escarmouche mineure, dit Aradal, a lieu entre les Îles de la Désolation et Saltmark. Saltmark, comme vous le savez, est un allié de longue date de Hansa. Ils nous ont demandé de l'aide, et nous leur avons dépêché ce que nous pouvions ; nos navires et nos troupes sont placés sous leur commandement. Après tout, les Îles de la Désolation étaient l'agresseur. Et puis-je par ailleurs signaler à votre majesté que les Îles de la Désolation ne font pas partie de l'empire crothanique ?

Guillaume posa son coude sur l'accoudoir de son trône et son menton sur son poing, en toisant l'ambassadeur. Aradal avait un visage gras et rose qui dépassait d'un corps adipeux que recouvraient un pourpoint en peau de phoque noir bordé de martre et des brossequins en chevreau rouge étincelants de diamants – pas vraiment l'exemple type de la puissance militaire hansienne. Mais cette apparence était trompeuse, comme Guillaume le savait d'amère expérience. L'homme était malin comme un corbeau.

— Les Îles de la Désolation sont sous notre protection, dit Guillaume, tout comme Saltmark est sous la vôtre, comme tu le sais bien. Quelle preuve as-tu que le roi Donech est réellement l'agresseur en cette affaire ?

Aradal sourit.

— Tout cela a commencé par un conflit sur les domaines de pêche, Majesté. Les riches bancs de l'ouest sont, par traité, territoire neutre. Cette dernière année, dix bateaux de pêche sans défense de Saltmark ont été envoyés aux draugs, coulés par les corsaires sorroviens. Trois autres ont été envoyés par le fond dans les eaux mêmes de Saltmark. Qui pourrait tolérer une telle violation de traité ? Et quelle sorte d'allié serait Hansa si nous attendions sans réagir pendant que notre allié était confronté à la marine sorrovienne ? Une marine, dois-je ajouter, qui est équipée et armée par Liery et Crotheny.

— J'ai demandé des preuves, pas des histoires de marins, explosa Guillaume, en oubliant cette fois de compter. Quelle preuve ai-je qu'un quelconque navire de Saltmark a jamais été coulé ? Et s'ils l'ont été, qu'ils l'ont été par des navires sorroviens ?

Aradal joua avec sa moustache. Ses lèvres ne bougeaient-elles pas ? Comptait-il, lui aussi ? Maudit livre.

— Les preuves peuvent être présentées, dit finalement l'ambassadeur. Nous avons nombre de témoins. Mais la véritable preuve est que votre Majesté a doublé le nombre de ses navires dans les Îles de la Désolation.

— Comme vous avez plus que doublé les vôtres à Saltmark.

— Oui, mais il semble que vous ayez envoyé vos navires avant nous, répliqua Aradal. Cela ne suggère-t-il pas que votre Majesté était bien consciente du développement d'un conflit entre les Îles de la Désolation et notre protectorat ? Et auriez-vous entrepris de tels mouvements sans d'abord vous informer des raisons de ce conflit ?

Guillaume resta impassible. Il avait déplacé ses navires en secret, la nuit, vers des ports discrets. Comment Hansa l'avait-elle appris ?

— Qu'insinues-tu ? Que nous avons coulé tes bateaux de pêche ?

— Non, sire. Seulement que vous saviez que les Îles de la Désolation s'étaient exposées à de justes représailles. Que ces Îles sont comme vos enfants, et que même lorsqu'elles se dévoient, vous continuez de les protéger. (Son regard se durcit.) Que cela serait une erreur, tout comme le serait d'envoyer un seul chevalier, soldat ou capitaine de navire de l'armée de Crotheny prendre part à ce conflit.

— Est-ce une menace ?

— C'est un simple exposé des faits. Si vous entrez en guerre contre Saltmark, vous devez entrer en guerre contre Hansa. Et cela, Majesté, ne serait bon pour personne.

Sire Fail de Liery, qui jusqu'alors était resté silencieux et assis, bondit soudain de son banc.

— Mon mignon, tu crois que Liery va rester sans rien faire pendant que vous envahissez nos cousins sous ce prétexte ridicule ?

— Si Liery se joint aux Îles de la Désolation, nous n'aurons d'autre choix que de considérer qu'ils sont en guerre avec nous, répliqua l'ambassadeur.

— Et à l'évidence, dit Guillaume en faisant signe à de Liery de s'asseoir, tu me conseilleras de ne pas me joindre à Liery ? Et lorsque les Îles de la Désolation et Liery seront entre vos mains, et qu'une nouvelle excuse vous permettra de concentrer votre attention sur Andemeur, tu insisteras encore pour dire que ce n'est pas mon affaire ? Qu'est-ce qui le serait, alors ? Quand vous aurez monté le camp sur la Manche, ou dans ma propre antichambre ?

— Ce n'est pas la situation dont nous discutons, Majesté, dit Aradal d'un ton suave. Lorsque Saltmark aura un nouveau traité avec les Îles de la Désolation, cette triste affaire sera terminée. Nous avons eu trente années de paix, Majesté. Ne risquez pas cela, je vous en supplie.

— Je vais te montrer ce que c'est que le risque, espèce de prétentieux, commença Fail, avant d'être interrompu par Guillaume.

— Ceci est notre cour, sire Fail. J'écouterai ce que Liery a à dire, mais plus tard. Sire Aradal est ici pour traiter avec Crotheny.

Le vieux chevalier ouvrit de grands yeux mais se rassit. Guillaume se laissa aller en arrière dans son trône, puis regarda en direction de Marché Hespéro.

— Praifec, as-tu un quelconque commentaire à ajouter à cette… discussion ?

Hespéro pinça les lèvres et prit le temps de plusieurs inspirations avant de prendre la parole.

— Je suis peiné, dit-il, que l'Église ne se soit pas vu confier son rôle traditionnel d'émissaire de paix. Je ne puis comprendre pourquoi je n'ai reçu aucune communication de mon homologue de Hansa, tout en étant convaincu qu'aucun retard en la matière ne pourrait être intentionnel. Néanmoins, il semble plus généralement que l'Église soit de moins en moins consultée pour les affaires d'importance, ce qui m'afflige.

Son regard que portaient ses yeux noirs se posa sur chacun des hommes présents dans la pièce. Il serra ses mains dans son dos.

— Le Senaz de l'Église et Sa Sainteté le Fratrex Prismo se sont montrés très clairs quant à leur désir de paix, en particulier entre Hansa et Crotheny. Une guerre entre eux deux pourrait ravager le monde. Je vous exhorte tous deux à éviter toute hostilité tant que je n'aurai pas parlé avec le praifec Topan et consulté le Senaz.

Neil observa l'ambassadeur hansien tandis qu'il quittait la salle. Il n'aimait pas le sourire de cet homme.

— Tu vois ce que je veux dire ? grommela Fail. Nous sommes en guerre lente avec Hansa depuis des années. Ton père en fut l'une des victimes. Mais une fois ici, tout cela n'est plus que discussions sur des droits de pêche et sur qui aurait dû être consulté.

— Tu désapprouves nos décisions, sire Fail ? demanda doucement Guillaume.

— Je désapprouve les circonvolutions autour de choses que nous savons tous, répondit sire Fail. Mais je trouve que votre Majesté s'est montrée résolue, aujourd'hui. Néanmoins, qu'est-ce que cela change ? Voilà ce que je veux savoir. Allez-vous nous aider à les chasser des Îles de la Désolation ?

— Je préférerais qu'ils se retirent, répondit Guillaume. Et j'attendrai de toute façon que le praifec ait achevé ses consultations.

— Tu préférerais qu'ils se retirent ? Autant attendre d'une louve qu'elle allaite un faon !

— Assez, sire Fail. Nous aurons l'occasion de débattre de cette affaire plus en détail, je te l'assure. Mais je ne t'ai pas fait venir pour que nous en discutions aujourd'hui.

— Pourquoi alors ?

— Pour deux raisons. La première, pour que tu entendes l'ambassadeur Aradal et que tu saches, de vive voix, ce qu'il m'a dit et ce que je lui ai répondu, et que tu remportes ces paroles à Liery avec toi. La seconde – je voulais voir ton jeune apprenti. Cela fait dix jours qu'il a sauvé la vie de ma reine, et je ne l'en ai pas encore remercié formellement.

Neil mit un genou à terre.

— Majesté, je n'ai nul besoin de remerciement.

— Je pense que si, tout particulièrement après la volée de coups que t'ont infligée mes Mestres. Tu comprends, bien sûr, qu'ils n'avaient au premier abord pas compris pourquoi tu avais attaqué sire Argom.

Neil jeta un rapide coup d'œil en direction de Vargus Farré, l'un des chevaliers qui se tenaient dans la pièce. Il devait à Vargus une côte fêlée.

— Je comprends, Majesté. Si j'avais été à leur place et en ne sachant que ce qu'ils savaient, j'en aurais fait de même.

Guillaume se pencha en avant, et l'observa minutieusement.

— Comment as-tu su ? Qu'Argom attaquait la reine ?

— Au départ, je ne le savais pas. Je pensais qu'il avait vu que la reine était en danger et qu'il se précipitait à son secours. Mais personne ne menaçait la reine, et Argom prenait la position de la faux, le nom que nous donnons à un coup d'épée abaissé et horizontal. Il n'a d'usage que contre la piétaille désarmée, et les vrais chevaliers ne l'estiment guère. Si la reine avait été menacée par quelqu'un qui l'approchait, il n'aurait même pas *osé* utiliser ce coup. Les chances de la blesser par la même occasion auraient été trop fortes. J'en ai donc déduit que ce n'était pas réellement un Mestre, mais plutôt un imposteur qui en portait la livrée.

— Tout cela en seulement quelques battements de cœur.

— Il est très rapide, pour ce genre de choses, ajouta sire Fail.

Le roi se redressa dans son trône.

— Voici mon problème, Neil fils de Fren. Il fut un temps où ta récompense pour avoir sauvé la reine de Crotheny aurait pu être une petite baronnie. Malheureusement, les choses étant ce qu'elles sont, je vais avoir besoin de la bonne volonté de tous mes nobles, et pour être franc, je ne suis pas en mesure d'en contrarier certains en donnant des terres à un homme de basse extraction.

— Je comprends, Majesté, dit Neil.

Il s'y était préparé, mais cela faisait tout de même très mal. Bien plus que la rossée qu'il avait reçue.

— Tu *comprends* ? Moi, je ne comprends pas ! tonna Fail.

— Allons, sire Fail, dit Robert, le frère du roi. Je sais que tu aimes les effets théâtraux, mais laisse le roi finir, s'il te plaît.

Guillaume lui-même restait imperturbable. Ses lèvres semblaient se mouvoir légèrement. Priait-il ?

— D'un autre côté, nous avons tous été grandement impressionnés. Mon épouse en particulier, comme on peut l'imaginer. Tu viens de son pays natal, tu as la confiance et l'appui de sire Fail, ce qui est déjà un monde en soi, et tu t'es révélé être une meilleure protection pour la reine que ses propres gardes du corps. D'ailleurs, tant que nous ne saurons pas comment un chevalier apparemment loyal tel que sire Argom a pu à ce point se renier, tous nos Mestres resteront suspects.

« Voici donc ce que nous allons faire. Nous allons te donner la rose, et tu vas devenir le capitaine de la garde personnelle de la reine, qui sera dorénavant appelée garde lierienne. Comme les Mestres, tu devras renoncer à tes terres et tes possessions. Comme tu n'en as aucune, ce problème est déjà résolu. Cela satisfera la reine, cela me satisfera, et cela n'ennuiera que les plus extrémistes de mes nobles.

« La question est, cela te satisfera-t-il, toi ?

— Majesté ? laissa échapper Neil, avec l'impression que l'intérieur de sa tête baignait d'une lumière chauffée à blanc.

— Approche et mets genou à terre.

Neil obéit sans dire un mot.

— Praifec, bénis-tu ce jeune homme, à faire de lui un chevalier à mon service ?

— Oui, je le bénis, dit le clerc, à ton service et au service des saints. Par saint Michel, saint Mamrès, sainte Anne et saint Nod.

— Très bien.

Guillaume tira son épée, et deux des Mestres apportèrent un grand bloc de bois.

— Place ta main droite sur ce billot.

Neil posa sa paume sur le bois, remarquant dans le même temps les profondes entailles qui le marquaient.

Guillaume abaissa son épée de façon à ce que le tranchant reposât sur la peau nue du poignet de Neil.

— Jures-tu de te consacrer au royaume de Crotheny ?

— Je le jure, Majesté.

— Et à la protection de son roi et de son château ?

— Je le jure.

— Plus particulièrement et par-dessus tout, à la protection de la reine, Murielle Dare née de Liery ?

— Je le jure, Majesté.

— Jures-tu obéissance et pauvreté ?

— Je le jure, Sire.

— Saint Nod a offert sa main en sacrifice pour que puisse vivre son peuple. Feras-tu de même ?

— Ma main, ma tête, ma vie, répondit Neil. Cela n'importe pas pour moi.

Guillaume hocha la tête et tira rapidement l'épée le long de la chair de Neil. Le sang commença à perler. Neil ne cilla pas.

— Tu peux conserver ta main pour l'instant, sire Neil, lui dit le roi. Tu en auras besoin.

Un serviteur approcha, tenant un coussin. Sur celui-ci était posée une rose rouge.

— Tu peux ajouter la rose à ton emblème, et en orner ton armure, ton épée et ton bouclier. Relève-toi.

Ce que fit Neil. Ses genoux tremblaient, mais son cœur était un tambour de guerre, fort, féroce et fier.

Il manqua presque remarquer que sire Fail s'était levé pour lui prendre le bras.

— C'était très bien, mon fils. Faut-il faire apporter un bandage pour ton poignet ?

— Pour que le sang ne coule pas sur le sol, oui, murmura Neil. Mais je ne l'enroulerai pas. Qu'il s'écoule à loisir. Suis-je vraiment chevalier ?

Sire Fail s'esclaffa.

— Par le fait du roi et par tes faits d'arme, oui, dit-il.

Un toussotement derrière lui attira leur attention. Neil se retourna pour se trouver face à la masse imposante de Vargus Farré.

— Sire Neil, dit Vargus en s'inclinant légèrement. Permets-moi d'être le premier des Mestres à te féliciter. Tu l'as mérité. Pendant que nous dormions, tu étais éveillé.

Neil lui rendit son geste de salutation.

— Merci, sire Vargus. J'apprécie énormément.

Du coin de l'œil, Neil vit sire Jacques Cathmayl approcher.

— Ainsi il s'agit réellement de sire Bonhomme, maintenant, dit-il, d'une voix qui paraissait un peu forcée.

— Par Liere ! s'exclama Fail. As-tu une quelconque raison d'insulter ainsi mon protégé ? Je te retrouverai au champ d'honneur pour cela !

Sire Jacques grimaça.

— Comme il te plaira, sire, mais je dois d'abord y croiser ton protégé. Il a juré que lorsqu'il prendrait la rose, il mettrait éperons et me tuerait.

— Et je ne suis plus ton protégé, sire Fail, lui rappela Neil. Je peux livrer mes propres combats.

— Jacques, brise là ces folies, coupa Vargus. Le

garçon – euh, sire Neil – ne sait pas que tu plaisantes. Il a prêté serment de protéger la reine ; opposerais-tu ta vanité à cela ? Tu es un Mestre ! Les gardes de cette maison ne se battent pas entre eux.

— C'était sa revendication, dit sire Jacques. S'il choisit de la retirer, je n'y vois pas d'objection.

— Je la retirerai si tu retires tes insultes, sire, dit Neil.

Durant un long moment glacial, sire Jacques le regarda.

— Certaines insultes sont dues à la hâte et à un mauvais jugement, dit-il enfin. D'autres au discernement et à la réflexion. Les miennes étaient spécieuses, et je te prie de m'en excuser. Permets-moi néanmoins d'exprimer ma position. Je continue de désapprouver ton élévation. La chevalerie devrait être réservée aux hautes lignées. Mais mon roi a parlé et ma reine a un protecteur, et je n'ai donc pas le moindre blâme à te porter, sire Neil. (Il grimaça.) Sire Neil. Cela m'irrite la langue que de le dire, mais je le dirai. (Il regarda Neil droit dans les yeux.) Avons-nous toujours motif à nous affronter, sire ?

— Non, sire Jacques, nous n'en avons pas. Et j'en suis heureux. Mon obligation est maintenant envers la reine, et il serait frivole de s'engager dans un combat qui, quelle que serait son issue, réduirait d'un homme la garde royale, surtout quand rien de plus important que mon honneur n'est en jeu. Tu t'es montré sincère dans l'expression de tes objections, et je n'y vois nulle faute.

Sire Jacques s'inclina d'un petit geste sec.

— Très bien, dit-il. À une autre fois, donc.

Comme il partait, Vargus fit un clin d'œil à Neil.

— Vous serez amis en un rien de temps, dit-il. Et maintenant, si tu le permets, je vais te montrer où se trouvent notre armurerie et nos réserves. Puisque tu formes une garde à toi tout seul, je crois que nous aurons à les partager.

— C'est très aimable à toi, sire Vargus. Vraiment très aimable.

— Eh bien, c'était extrêmement touchant, mon frère, dit Robert une fois qu'ils se furent retirés dans les appartements de Guillaume.

— Je crois que cela se passera bien.

Robert haussa les épaules.

— Certains en seront courroucés, à l'évidence. Mais cela t'assure la bonne volonté de sire Fail – ce vieux birbe – et de toute façon, ce garçon est populaire chez les gens du commun. Ce n'est jamais une mauvaise chose que de leur rappeler que l'un d'entre eux peut à l'occasion s'illustrer, n'est-ce pas ? Pas plus que de rappeler aux nobles qui est le roi.

— Absolument, dit Guillaume, avant d'écarter ce sujet d'un revers de main. Cette situation avec Hansa, par contre... dit-il. Penses-tu que nous aurons le soutien du praifec ?

— Pourquoi ferait-il cela ? demanda Robert en s'inspectant les ongles. Tu as passé les cinq dernières années à lui expliquer de la façon la plus parfaitement claire que tu ne voulais pas la moindre interférence de sa part ou de celle de l'Église dans les affaires intérieures. Et tu voudrais maintenant qu'il prenne parti en ta faveur ? Non, il va attendre, et te faire transpirer. Refuser son appui jusqu'à ce que tu en aies *vraiment* besoin. Alors il te demandera quelque chose. Peut-être de nommer un héritier mâle.

— Cela te plairait, n'est-ce pas ? Parce que je devrais te désigner.

— C'est absurde. Le praifec n'en serait pas plus avancé que si tu restais sur le trône. Mais ton fils pourrait régner, avec un conseil approprié – si tu vois ce que je veux dire.

— Oui, une sainte influence. C'est ce que tu sous-entends.

— Exactement.

— Comment sais-tu que Hespéro va demander cela ?

— Je ne le sais pas, c'est juste une supposition. Mais je crois que Hespéro a toujours imaginé qu'un jour, il régnerait sur cet empire en tout sauf en titre. Tu as gâché ses plans en nommant tes filles héritières. Fastia a trop de volonté, et il faudrait par ailleurs compter avec son mari. Elseny, si elle est un peu moins inflexible, sera de toute façon elle aussi bientôt mariée. Anne – qui pourrait dire à Anne ce qu'elle doit faire ?

Guillaume fronça les sourcils.

— Assez d'Hespéro et de ce qu'il désire. As-tu appris quoi que ce soit sur cet attentat contre mon épouse ? Mes espions ne savent rien.

— On parle de scintillation et d'encrotacnie, répondit Robert. Sire Argom nous a servi loyalement durant dix années. Je n'ai trouvé trace d'aucun lien avec nos ennemis, ni ne puis imaginer contre lui aucun moyen d'extorsion ni de corruption. (Il renâcla.) D'un autre côté, l'extorsion ne fonctionne que tant qu'une chose *demeure* secrète. Non, je ne peux rien te dire que tu ne saches déjà, mon frère.

— Bien. (Guillaume tapota des doigts sur le mur.) Cela me tourmente. Pourquoi Murielle ? Si un Mestre peut être manipulé, alors il peut tout aussi bien me tuer moi. Ou toi. Ou un des enfants.

— Un roi en deuil peut s'avérer plus utile qu'un roi mort. Ou peut-être que c'était Liery qu'ils frappaient, et pas toi.

— *Qui* frappait ?

Robert rit.

— Mon frère, nous ne sommes pas *à ce point* différents, tous les deux. Nous ne savons pas *comment* sire Argom s'est transformé de protecteur en assassin, ni exactement pourquoi, mais nous savons qui est derrière tout cela.

— Hansa ?

— Ils convoitent ton trône, cela est évident, même pour toi. Ils vont grappiller d'abord, mais bientôt leur appétit va s'aiguiser. Des petites guerres à nos frontières, des assassinats et des sabotages ici dans la capitale. C'est la façon dont Marcomir *pense*.

— Comment en es-tu aussi certain ?

— Parce que je le comprends. Marcomir est un homme pragmatique, qui ne s'embarrasse pas de concepts comme l'honneur ou les scrupules. C'est un souverain efficace, et un ennemi extrêmement dangereux.

— En d'autres termes, il te ressemble.

— Précisément, mon frère.

— Alors que me conseillerais-tu de faire ?

— Fais tuer Marcomir, dit aussitôt Robert. Dès que possible. Son héritier, Bérimund, ne se montrera peut-être pas aussi compétent.

— Faire tuer Marcomir, répéta Guillaume d'un ton incrédule.

Robert ouvrit de grands yeux.

— Par les tétons de sainte Anne, mon frère ! Il a essayé de faire assassiner ta propre épouse, durant la fête d'anniversaire de ta fille !

— Ce n'est pas une chose que je *sais*, dit Guillaume.

— Bien sûr que si. Et même si j'avais tort, en quoi un Marcomir mort pourrait-il être mauvais pour Crotheny ?

— Si l'assassin pouvait être relié à moi, cela signifierait une guerre assurée.

— Oui, une guerre avec Bérimund, une guerre que nous pouvons gagner. Mon frère, en cette pièce, soyons honnêtes, toi et moi. Hansa est trop puissante. S'ils veulent en payer le prix, ils prendront Tier Eslen, ta couronne et nos têtes. Marcomir est prêt à payer ce prix, et il a la force de caractère nécessaire pour l'imposer à ses nobles. Bérimund n'a pas cette puissance.

— Si nous avons le soutien de l'Église…

— Si. Peut-être. À quand remonte la dernière intervention des troupes saintes dans un conflit opposant deux royaumes de l'Église ? Il n'y a pas d'hérétiques à Hansa, du moins pas en apparence. Mon frère, éteins cette chandelle dès que possible. Fais tuer Marcomir.

— Non.

— Guillaume…

— Non, et c'est définitif. Ce n'est pas de la pruderie, comme tu le supposes, mais de la prudence. Marcomir est bien protégé, et pas uniquement par des épées. Qui pourrions-nous envoyer qui serait certain de réussir ?

— Dame Erren.

— Elle est au service de mon épouse, et ne pourrait jamais en être séparée.

— Alors une autre des sœurs du convent.

— On en revient au risque. Le convent est placé sous l'autorité de l'Église.

— Je pourrais en trouver une qui n'en dépend pas.

— Arrête cela, Robert. Si tu veux m'aider, trouve un moyen de gagner Hespéro à notre cause, plutôt qu'un moyen de monter l'Église contre nous.

Robert soupira.

— Comme tu le désires. Mais fais au moins une chose : envoie Murielle et tes enfants à Cal Azroth.

— Cal Azroth ? Pourquoi ?

— Il sera plus facile de les protéger là-bas. C'est la plus parfaite de nos places fortes, et elle n'est pas entourée d'une ville pleine de meurtriers et de sorcières. Personne ne peut y entrer ou en sortir sans être vu. Notre sœur Élyonère contrôle la campagne, et de nous tous elle est la seule à ne pas avoir la moindre ambition politique.

« Il se passe énormément de choses ici, Guillaume, et beaucoup de choses que même moi ne puis discerner. Quelqu'un a choisi de te frapper à travers ta famille. Tu prendras de meilleures décisions si tu les sais en sécurité.

Guillaume acquiesça à contrecœur.

— Je vais l'envisager.

— Bien.

— Robert ?

— Oui, très cher frère ?

— N'en veux pas à Lesbeth de ne pas t'avoir d'abord demandé ta permission.

— Elle ne me l'a pas demandée du tout, dit Robert d'une étrange petite voix.

— Elle craignait que tu ne l'approuves pas.

— Évidemment. Pourquoi donnerais-je ma sœur jumelle en mariage à ce rustre safnien ? Après un tel manque d'égard envers moi ?

— Tu vois ?

Robert soupira.

— Non. Si elle m'avait demandé, j'aurais protesté, cajolé, menacé, mais si elle avait tenu bon, j'aurais donné mon consentement. (Il releva les yeux vers Guillaume. Comme sa voix, son regard était devenu étrange.) Aucun d'entre vous ne pense qu'il existe le moindre bien en moi, murmura-t-il. Aucun de vous ne peut même imaginer la moindre pensée généreuse de ma part. J'aurais pensé qu'*elle*, entre tous… (Il s'interrompit, son visage devenu livide.) En avons-nous fini, mon frère ?

— Oui, sauf qu'il me reste à dire que je suis fort satisfait de ta prestation en tant que senescalh. Sire Hynde est resté trop longtemps sans successeur. J'envisage de te nommer Premier ministre.

— Fais comme tu le désires, dit Robert. Mais n'oublie pas : je connais la différence entre les paroles et les pensées.

Sur ce il quitta la pièce, en ne regardant ni d'un côté, ni de l'autre.

Anne leva les yeux depuis le coin des pénitents dans lequel elle était agenouillée, à temps pour voir le praifec Hespéro la remarquer et plisser le front. Anne tenta d'afficher un petit sourire.

— Qui est cette étrangère ? demanda gentiment l'homme d'Église.

Anne baissa la tête.

— Je crois que cela fait assez longtemps que je ne suis pas venue ici, murmura-t-elle.

— Sans escorte, oui. Je ne peux que supposer que quelque chose te trouble profondément. À moins que tu ne sois venue que pour la lustration ?

Anne secoua la tête.

— Je ne savais pas à qui d'autre parler, qui d'autre pourrait me dire si je… si je perds la tête.

Hespéro acquiesça.

— Je suis toujours ici, mon enfant. (Il s'installa sur un tabouret, plongea ses doigts dans la vasque d'huile parfumée, et toucha légèrement le front de la jeune fille.) *Piesum deicus, tacez*, murmura-t-il, avant de se pencher vers elle, les mains posées sur les genoux. Alors, quelle est la raison de ton trouble ?

— J'ai fait des rêves. Des rêves très étranges.

— Raconte-moi.

— J'ai rêvé que je me trouvais à l'orée d'une forêt ténébreuse, une forêt d'épines. J'étais entourée de roses noires, comme celles qui poussent à Liery. Il y avait quelque chose de terrible dans la forêt, qui me regardait, et qui s'est avancée, et je me suis réveillée.

Elle se sentit soudain ridicule, de voir Hespéro l'écouter raconter ses cauchemars avec une telle attention. Elle manqua lui parler de la rose perdue, mais se retint. Hespéro n'avait pas besoin de savoir, pour Roderick.

Le praifec se caressa le menton.

— Je suppose que tu n'as pas fait qu'un seul rêve troublant.

— L'autre n'était pas exactement un rêve. C'est arrivé lors de la fête d'anniversaire d'Elseny, au même moment que l'attentat contre ma mère.

Elle raconta l'incident du mieux qu'elle put s'en souvenir. Une fois encore, Hespéro écouta en silence. Ce silence se poursuivit lorsqu'elle eut terminé.

— Tu es certaine que tu ne t'étais pas évanouie ? demanda finalement Hespéro. Ta servante t'a trouvée dans un état d'inconscience, c'est cela ?

— Oui, Praifec.

— Et quand tu te croyais perdue dans le labyrinthe, tu étais paniquée.

— Mais ce n'était pas le labyrinthe, Praifec. C'était un autre endroit, et je n'avais pas d'ombre, et…

— Cela peut te paraître tel, dit Hespéro d'une voix apaisante. Ce n'est pas rare chez les filles de ton âge. Il est diverses vapeurs dans le monde, et dans ces premières années de féminité, tu leur seras particulièrement sensible. C'est probablement ce qui t'a affectée.

« Il reste la vague possibilité que tu aies été victime de scintillation, ce qui serait beaucoup plus grave. S'il s'agissait d'un ensorcellement, alors les choses qui t'ont été dites seraient des mensonges. Les prophéties n'émanent que des saints, et uniquement à travers l'Église véridique. Croire une quelconque autre chose est une hérésie.

— Alors tu ne crois pas que Crotheny soit en danger ? Ni ma mère ?

— Elles sont toutes deux en danger, ma chère. On a attenté à la vie de ta mère. Des rumeurs de guerre sont partout dans l'air. Mais ton père se chargera de ces dangers, avec l'aide de l'Église. Tu n'as pas à t'inquiéter de tout cela, Princesse. Ce serait te faire une violence inutile, et c'est exactement ce que veulent les ennemis de ce pays. (Il leva un doigt.) Attends un instant.

Il disparut dans une pièce derrière l'autel et revint un peu plus tard en tenant quelque chose de petit dans sa main.

— Ceci est un attribut de ton homonyme, sainte Anne. Si tu souffres de scintillation, il devrait te protéger.

Il lui tendit l'objet. C'était une petite tablette de bois, gravée du nom de la sainte.

— Il a été taillé dans un arbre qui pousse sur le sedos de sainte Anne, à Andemeur, dit-il. Tu peux le porter en collier, ou le conserver dans la poche de ta robe.

Anne fit une courte révérence.

— Merci, Praifec. Je…

Elle s'interrompit, hésitante. Elle voulait lui parler de la tombe de Genya Dare, de la malédiction qu'elle avait lancée. Mais s'il apprenait cela, il pourrait voir les choses d'une autre façon. Comme elle s'efforçait de trouver les mots, elle changea d'idée. Virgenye était son secret, le sien et celui d'Austra. Elle ne pouvait le trahir, même devant le plus saint homme du royaume.

De plus, il avait sans doute raison. Ses rêves n'étaient rien plus que des fantasmes vaporeux, ou de la scintillation.

— Y a-t-il autre chose ? demanda-t-il doucement.

— Non, Praifec. Je suis convaincue que tu as raison. Pour tout.

— Crois-moi. Mais si tu as d'autres crises comme

celles-ci, préviens-moi. Comme je te l'ai dit, je suis toujours là. Ce royaume et sa famille souveraine sont ma sainte charge, même si ton père ne le voit pas toujours de cette façon.

Anne sourit, le remercia une nouvelle fois, et repartit, le cœur plus léger.

CHAPITRE QUATRE

REWN ALUTH

Le passage devint un escalier, taillé directement dans la roche. Aspar compta les marches en montant.

Lorsqu'il eut compté trente, il entendit des voix qui provenaient d'en bas. Winna les entendit elle aussi, et sa main se serra sur la sienne. Il tourna la tête vers elle, par réflexe, et réalisa qu'il pouvait presque discerner son visage.

Winna remarqua la légère illumination, elle aussi.

— Il doit y avoir une sortie ! chuchota-t-elle d'une voix pleine d'espoir, tandis que la lumière augmentait.

— Chut !

Aspar regarda vers les hauteurs et vit la source lumineuse, qui descendait nonchalamment les escaliers. Sa main plongea vers sa dague, puis s'immobilisa.

— Un feu follet, dit-il.

Une pâle sphère de vapeur luminescente de la taille d'un poing avançait vers eux.

— C'est dangereux ?

— Non.

Winna tendit la main pour la toucher, et ses doigts passèrent à travers.

— Par tous les saints !

— Plus tard, dit Aspar. Viens.

Trente autres marches les amenèrent au sommet de l'escalier circulaire. Pour un instant, les seuls bruits audibles furent le souffle modulé d'émerveillement de Winna et le lointain bruissement métallique de l'eau.

Un millier de feux follets erraient entre les flèches et les colonnes de pierre vitreuse, révélant des taches de couleur ici et là, mais ne faisant que suggérer l'immensité de la caverne qui s'ouvrait devant eux. Juste devant leurs pieds, la corniche sur laquelle ils se tenaient ouvrait sur un vaste miroir d'obsidienne.

— C'est magnifique, souffla Winna. C'est… de l'eau ? Un lac souterrain ?

— Oui.

Aspar n'avait pas le temps de s'émerveiller. Il essayait de percer la pénombre du regard. Si cette saillie n'allait nulle part, il allait devoir se battre et essayer de tuer leurs poursuivants un par un à mesure qu'ils sortaient de l'escalier. Il en serait peut-être capable, même s'ils avaient des épées.

Il était probable qu'il n'y arriverait pas.

Mais la corniche se poursuivait et s'élargissait même à leur gauche.

— Par ici, dit-il en la tirant par la main.

De nombreux feux follets commencèrent à les suivre. Il se souvint à quel point cela le ravissait, étant enfant : il leur donnait des noms comme à des animaux familiers. Aujourd'hui, par contre, il aurait préféré qu'ils ne fussent pas là : en s'agglutinant autour d'eux, ils risquaient de les révéler, lui et Winna, à leurs ennemis.

D'un autre côté, cela fonctionnait dans les deux sens. Leurs poursuivants allaient bientôt acquérir eux aussi un halo lumineux fort révélateur.

Le chemin les amena jusqu'en bas en longeant la paroi rocheuse. Aspar estima qu'ils étaient descendus de cinq toises lorsqu'ils atteignirent un petit quai qui surplombait les eaux noires de quelques pieds. Là, la chance leur sourit, puisque deux petites embarcations étroites y étaient amarrées. Ils montèrent dans l'une, et Aspar perça la coque de l'autre à coups de hache.

Comme ils ramaient sur l'eau immobile, Aspar remarqua un amas de feux follets en hauteur, à l'endroit où l'escalier débouchait dans la caverne. Mais la trop faible illumination ne permettait guère plus que d'apercevoir parfois une silhouette partielle. Il ne put voir combien ils étaient.

Bientôt ils furent hors de vue, et il n'y eut plus que l'eau et une odeur minérale propre et claire.

— Je n'avais même jamais rêvé d'un endroit tel que celui-là, chuchota Winna. C'est merveilleux.

— Je le pensais aussi, quand j'étais enfant. Mais cela devient étouffant, après un temps. L'obscurité. Même chez les Sefrys, certains s'en lassent. C'est pour cela qu'ils sortent et bravent le soleil.

— Où sont-ils ? Les Halas ?

— Je ne sais pas. J'aurais pensé en voir déjà.

Winna sourit.

— Tu as l'air bizarre, avec ces petites lumières qui te suivent. Tu sembles plus jeune, un garçon.

Il n'avait rien à répondre à cela, alors il se contenta de grommeler. Soudain, le visage de Winna changea.

— Qu'est-ce que c'est ? demanda-t-elle en montrant du doigt quelque chose derrière lui.

Il tourna la tête pour voir de quoi elle parlait. Un quelque chose de sombre et d'imposant dépassait du lac. Une île, se figura-t-il, puisque le lac avait paru beaucoup plus grand que cela vu d'en haut.

— Je crois que c'est là que nous trouverons les Halas, murmura-t-il.

Ce qu'ils trouvèrent était la cité des morts.

Les maisons étaient étroites et hautes, à en être presque fantasques, transformant en couloirs serrés les rues taillées dans le sol de la caverne. Les constructions elles-mêmes étaient faites de pierres soigneusement ajustées, avec des toits d'ardoise largement saillants faits pour abriter des ruissellements incessants. Sur certains, de petits doigts de pierre avaient surgi, et poussaient en direction du plafond invisible de la caverne. On avait dit un jour à Aspar que c'était à cela que l'on reconnaissait les demeures les plus anciennes : la pierre ne poussait pas vite.

Les maisons étaient toutes désertes. Les talons d'Aspar et de Winna résonnaient comme l'écho d'une petite armée.

— Sire Symen a dit que tous les Sefrys quittaient la forêt, même les Halas, dit Aspar d'un air songeur. Je ne l'ai pas cru. Pourquoi le feraient-ils ?

— Pour abandonner tout cela, ils doivent avoir une bonne raison.

— C'est inimaginable, murmura-t-il.

Il indiqua du doigt une plaque suspendue au-dessus d'une porte. Des incrustations d'argent dans de l'ardoise formaient une main à six doigts dont trois portaient une flamme comme une chandelle.

— C'est l'emblème de la maison Sern. Aucun membre de ce clan n'est remonté à la surface depuis cinq générations, au moins d'après ce qu'ils disent. Il y a certaines de ces maisons que je ne connais même pas.

— Faut-il fouiller les bâtiments ?

— Pourquoi ? Ce qu'il nous faut, c'est une sortie.

— Tu crois que le greffyn est encore ici ?

— Je ne sais que croire. Continuons par là : je veux trouver le centre de la ville.

L'île n'était pas large, mais elle était longue. Ils traversèrent des parcs plantés d'arbres pâles ressemblant à des fougères et de buissons noirs. Des ponts arachnéens leur firent traverser des canaux sur lesquels de fines gondoles noires étaient encore amarrées, attendant des passagers qui ne viendraient jamais.

Enfin ils atteignirent une large place et le plus grand bâtiment qu'ils avaient vu ici. Il ressemblait à un château, ou à une parodie de château, construit dans un esprit d'élégance plutôt que de fonctionnalité, avec ses flèches de pierre vitreuse et ses dômes translucides qui brillaient d'une luminescence naturelle.

— Le palais ?

— C'est ici que vit leur prince et que se réunit le conseil. S'il y a encore quelqu'un, c'est là que nous le trouverons.

— S'il y a encore quelqu'un ici, est-ce que nous avons vraiment envie de le trouver ?

Aspar acquiesça, le visage sombre.

— Oui. Il faut que nous sachions ce qui s'est passé ici.

— Et les hommes qui nous suivent ? Est-ce qu'ils ne vont pas aussi venir ici, comme nous ?

— Oui. (Il réfléchit un instant.) Werlic, tu as raison. Nous allons nous installer dans un autre des bâtiments de la place, et observer. Avec un peu de chance, ils ne seront pas assez nombreux pour fouiller toutes les maisons de la ville.

— Bien. Je suis fatiguée. J'aimerais me reposer.

Aspar choisit une maison banale, à trois étages, mais avec une bonne vue de la place. La porte n'était pas verrouillée. Neuf feux follets les suivirent à l'intérieur et dans l'escalier circulaire. Ils ne s'arrêtèrent pas avant d'avoir atteint le dernier étage.

C'était une chambre à coucher de la largeur de la maison, revêtue de calcédoine couleur lune, meublée d'une petite couche basse et d'un lit à baldaquin plus grand. Des boules de cristal sur les montants du lit émettaient une lumière blanche ténue, si bien que même sans les feux follets, ils auraient encore un peu d'éclairage.

À côté de l'escalier, une autre ouverture voûtée débouchait sur un petit balcon à l'opposé de la place. On ne voyait quasiment que des ténèbres, bien sûr, mais dans la lueur des feux follets, Aspar put deviner un bâtiment similaire en face, et un autre balcon, un peu plus bas que celui sur lequel il se trouvait.

De retour dans la pièce, il tira la couche jusqu'à la grande fenêtre qui surplombait la place. Il tira les lourds rideaux jusqu'à ne plus laisser qu'une fente par laquelle regarder. Il ne serait pas judicieux de laisser à qui que ce fût l'occasion de remarquer que cet étage était éclairé.

— Surveille l'extérieur, dit-il. Je vais voir si je peux trouver quelque chose à manger.

— Ne pars pas trop longtemps.

— Ne t'inquiète pas.

Le cellier se trouvait sous le niveau de la rue, creusé dans les fondations de pierre de l'île.

Presque tout le pain avait moisi, ce qui n'était pas plus mal, mais il trouva du poisson salé, des venaisons, du sanglier, une roue de fromage jaune, et plusieurs casiers de vin.

Il coupa un épais quartier de fromage et un bon bloc de jambon, et prit deux bouteilles de vin sous son bras. Puis il retourna au dernier étage.

— Ce n'est pas dangereux ? demanda Winna. On m'a toujours dit de ne jamais partager le pain des Halas.

Aspar gloussa.

— Le fromage a été fait quelque part dans Holtmarh. Le vin vient des Terres du centre, et la viande a été braconnée dans la forêt du roi. La seule nourriture qu'ils font vraiment pousser ici est le hrew, une sorte de noix qui vit dans l'eau. Ils en font du pain. Il a mauvais goût, mais il est comestible. Quand il y a des poissons dans le lac, ils les mangent, aussi. (Il fit un signe de tête en direction de la fenêtre.) Quelque chose ?

— Non, mais j'ai pu les rater. (Elle leva les yeux vers Aspar, une expression enfantine sur le visage.) Je n'ai pas peur, dit-elle.

— Tu es une fille courageuse.

— Non, je le pense vraiment. Je devrais avoir peur. J'avais peur, tout à l'heure, au-dessus du lac. J'avais peur même quand je t'ai dit que j'allais venir avec toi. Maintenant, tout cela a disparu.

— Ça reviendra, lui dit Aspar. Tu peux me croire.

— Je ne t'ai jamais imaginé comme quelqu'un qui pouvait avoir peur. Depuis aussi longtemps qu'il m'en souvienne, tu as toujours été là, Aspar. Quand j'étais petite fille, tu apparaissais, comme ça, de la forêt, tel un héros tiré des vieilles légendes.

Elle détourna les yeux.

— Quelle idée tu dois te faire de moi, dit-elle.

Aspar servit un gobelet de vin pour elle, puis un autre pour lui. Il était épais, un peu amer. Il n'avait pas réalisé à quel point il avait soif.

— J'ai déjà eu peur, dit-il.

— Je le sais, maintenant, répondit-elle.

Il alla jusqu'à la fenêtre, pour pouvoir regarder dehors. La place en contrebas était immobile et silencieuse. Winna resta où elle se trouvait, presque à contact.

— Où crois-tu qu'ils sont allés ? Les Halas ?

Aspar haussa les épaules.

— Dans les montagnes, peut-être. Ils peuvent tout aussi bien avoir traversé la mer de l'est, pour ce que j'en sais. (Il reprit à boire. Le vin attisait un petit feu dans son estomac.) J'ai été trop dur, hier soir, murmura-t-il. Je ne voulais pas regimber.

Le regard de Winna se fixa sur lui.

— Eh bien, tu sais finalement t'excuser, dit-elle. Je n'aurais jamais imaginé cela non plus, et personne ne me croira si jamais je le raconte.

— Je ne suis pas très bon pour ça, grommela Aspar.

— Non, pas vraiment. Mais je te pardonne.

Il but une autre gorgée, et cherchait quelque chose à dire lorsque Winna fit soudain un petit bruit.

— Qu'y a-t-il ?

Soudain elle était contre lui et l'enserrait, les yeux grands ouverts.

— Quoi ? Tu as entendu quelque chose ?

Son visage était tout près du sien, et elle souriait.

— Tu n'es vraiment pas très bon pour ça, dit-elle.

— Ce n'est pas ce que je voulais dire. Je…

C'était bon de la tenir dans ses bras, et il réalisa soudain depuis combien de temps il n'avait pas *touché* quelqu'un. À part pour le baiser, quelques semaines plus tôt. Le baiser.

Il ne choisit pas de le faire. Il savait qu'il ne l'avait pas décidé. Mais soudain son visage était contre celui de Winna, et il se sentit stupide et maladroit, comme un garçon avec sa première femme.

Leurs vêtements tombèrent un par un, et des doigts et des lèvres parcoururent la chair nouvellement dénudée. Quelque chose en lui sonnait une alarme ténue : ils avaient des ennemis dehors.

Une trop grande partie de lui s'en moquait.

Lorsqu'ils s'unirent et que les talons de Winna se refermèrent derrière les genoux d'Aspar, il la regarda longuement dans les yeux sans ciller. Ce qu'il y vit le fascina. Elle lui rendit son regard et posa sa main sur son menton.

Bien plus tard, alors qu'ils étaient enlacés et satisfaits, il caressa la peau des côtes de Winna et se demanda s'il pouvait croire ce qu'il ressentait.

Il s'assit pour regarder par la fenêtre.

— L'armée sefry est-elle arrivée ? demanda Winna d'une voix alanguie.

— Ils auraient pu faire dix fois le tour de la place et je ne les aurais pas entendus, répondit-il.

— Je suppose que le choix du moment n'était pas vraiment judicieux.

Il haussa les épaules en signe d'impuissance.

— C'était peut-être ce que j'ai fait de plus intelligent ces dernières années.

Elle gloussa et l'embrassa.

— C'était bien. Maintenant, n'en dis plus un mot. Je suis certaine que tu trouverais un moyen de tout gâcher si tu continuais d'en parler, et j'ai envie d'être heureuse pour un temps.

— Très bien.

Son regard retourna à la fenêtre.

— Mais parle de quelque chose, sinon je vais m'endormir.

— Ce n'est pas une mauvaise idée. Je peux monter la garde.

— Non, pas encore. Qui crois-tu qu'ils soient ? Les hommes qui nous suivent.

— D'après ce que tu as dit, ils étaient vêtus comme des Sefrys.

— Oui, et je me suis souvenue d'autre chose. L'un d'entre eux avait un bandeau sur l'œil.

— Quoi ? s'exclama-t-il en la prenant par les épaules.

— Aspar ! Tu me fais mal !

— Un bandeau ! Sur quel œil ?

— Je ne sais pas. Aspar, qu'y a-t-il ? Est-ce que tu le connais ?

Il laissa retomber ses mains.

— Je ne sais pas. Peut-être.

— Par tous les saints ! Aspar, ton visage… (Elle s'interrompit.) C'est en rapport avec *elle*, n'est-ce pas ?

— Winna, j'ai besoin de réfléchir.

— Alors réfléchis.

Malgré sa colère, il perçut la blessure dans la voix de Winna.

— Tu vois, lui dit-elle. À chaque fois, je trouve un moyen de tout gâcher.

Elle se leva et alla s'installer sur le lit, où elle s'enveloppa dans l'un des draps.

— Je comprendrai, si tu ne veux pas parler d'elle, dit-elle. Mais cet homme, il a essayé de me tuer.

— Viens là, dit-il.

Elle hésita, puis revint dans ses bras.

— Elle s'appelait Qerla, ma femme, dit-il doucement. Elle était du clan Néré. Nous nous sommes rencontrés… Hum, oublie ça. Nous étions jeunes, et nous pensions que cela n'avait aucune importance.

— Qu'est-ce qui n'avait aucune importance ?

— Que les humains et les sefrys ne peuvent pas avoir d'enfants ensemble. Que son clan la désavouerait et lui retirerait leur protection. Que nous serions seuls, juste nous deux.

— Cela semble romantique.

— Ça l'a été, au début. Après, ça a juste été dur. Plus dur pour elle que pour moi. Je n'avais jamais vraiment eu de clan, juste la vieille mère Jesp. Qerla fut la première personne que j'aie jamais… qui ait jamais été mienne, dans tous les sens du terme.

— Tu l'aimais.

— Je l'aimais.

— Et l'homme avec le bandeau. C'est celui qui…

Elle s'interrompit.

— Il l'a tuée, confirma Aspar. Si c'est le même homme. C'était un brigand sefry, un homme appelé Fend. Il avait organisé un guet-apens pour moi, mais c'est eux qu'il a pris.

— *Eux ?* Je pensais…

— Un ancien amoureux sefry, un homme du clan Jasper. Un poète. Fend les a trouvés au lit et les a tués. Puis moi, je l'ai trouvé. (Il pinça les lèvres.) Il a planté son épée dans mon ventre, et j'ai planté ma dague dans son œil. Nous sommes tombés tous les deux, et quand je me suis relevé, il avait disparu.

— Elle t'a trahi.

— Je crois que je l'avais trahie le premier, d'une certaine manière, dit Aspar.

— J'en doute, murmura-t-elle. J'en doute vraiment. On a tous des moments de faiblesse. Elle a eu un moment de faiblesse. Cela ne veut pas dire qu'elle ne t'aimait pas. (Comme il ne disait rien, elle prit sa main.) Tu penses vraiment que l'homme que j'ai vu était Fend ?

— Je le croyais mort. Mais qui sait ? Peut-être.

Dans son cœur, il n'y avait pas le moindre doute. Si les dieux de son père existaient, c'était juste le genre de situation qui devait les amuser.

Ils restèrent un temps sans parler, et Winna s'assoupit contre lui. En regardant son visage, il se sentit brièvement coupable. Elle était si jeune ! Quand Qerla était vivante, Winna n'était même pas née.

Le sentiment de culpabilité passa. En tout ce qui était important, Winna était plus âgée que lui.

Un jour, elle réalisera peut-être qu'elle aura perdu tout intérêt pour un vieux forestier couturé. D'ici là, il se considérerait comme chanceux et n'irait pas chercher plus loin.

En la sortant saine et sauve de toute cette histoire.

Et tuer Fend, si c'était lui. Il n'arrivait pas à imaginer ce que ce brigand pouvait avoir affaire avec les rois de bruyère et les greffyns. Mais il allait le découvrir, et il allait tuer Fend, cette fois.

Il était sur le point de s'assoupir lui aussi lorsqu'il entendit le claquement de sabots sur la pierre. Il regarda par la fenêtre et aperçut des amas de feux follets se déplaçant à travers la place. Il rejeta sa tête en arrière, parce qu'il était entouré de feux follets aussi, bien sûr. Il estima avoir réagi à temps.

— Des chevaux, chuchota-t-il. Ils ont trouvé une autre entrée.

— Peut-être que ce n'est pas la même bande que celle qui a essayé de me tuer.

— Peut-être, dit-il d'un ton dubitatif.

D'en bas, il entendit la sonnerie aiguë et perçante d'une trompe, et les feux follets se précipitèrent tous à travers la fenêtre, comme s'ils répondaient à un appel.

— Habille-toi, dit-il à Winna. Vite.

CHAPITRE CINQ

FRATERNITÉ

Le fratrex mena Stéphane à l'autre bout de la cour et à travers une petite porte voûtée. Stéphane tint sa langue, craignant que tout ce qu'il pût dire à ce point ne creusât plus profond encore la tombe de son amour-propre. En lieu de cela, il s'efforça de se remémorer ce qu'il avait pu entendre sur les pénitences decmanusiennes. Qu'impliquaient-elles ? L'isolement ? La bastonnade ?

— Viens, hâte-toi ! dit fratrex Pell. Par ici. (Il indiqua une petite porte très basse ; le linteau n'arrivait qu'à la taille de Stéphane.) Oui, oui, à genoux.

Stéphane s'effondra l'air contrit, franchit l'ouverture, et se prépara au pire. Il dit une courte prière et releva la tête.

Alors il laissa échapper un long souffle rauque.

— Nous venons aux saints à genoux, dit fratrex Pell derrière lui, et nous venons de la même façon à la connaissance : avec humilité.

— C'est merveilleux, dit Stéphane, les larmes lui montant aux yeux. C'est comme cent mille cadeaux qui n'attendraient que d'être ouverts.

— Avance, mon fils, que je puisse passer.

Ce que fit Stéphane, muet d'admiration.

Le scriftorium se dressait devant lui, une tour aux murs de tomes, de rouleaux, de tablettes, d'étuis de parchemins, de cartes. Il ne pouvait voir nulle part la pierre nue : la structure aurait tout aussi bien pu reposer sur l'échafaudage insectoïde fait d'échelles qui couraient du sol à l'étage supérieur. De ce dernier, il ne voyait que l'étroite passerelle qui dépassait à la base d'un autre niveau d'étagères et offrait un support aux échelles qui s'élevaient jusqu'au niveau suivant. Quatre niveaux en tout, puis une coupole à pans de cristal, pour que la lumière du soleil pût baigner l'ensemble.

Les tables au niveau du sol débordaient de scrifti, et des moines studieux demeurèrent absorbés par leur étude ou leur copie lorsque Stéphane et le fratrex entrèrent. D'autres travaillaient sur des tables installées de façon précaire sur des balcons qui saillaient des murs à d'étranges intervalles et à des hauteurs les plus diverses. Des cordes et des poulies s'agitaient partout comme les moines montaient ou descendaient des paniers de manuscrits entre les étages, ou les envoyaient horizontalement à travers la pièce.

Et l'odeur ! Encre et vélin, papier et craie et cire fondue. Stéphane réalisa qu'il rayonnait comme un idiot.

— Voici ta punition, dit doucement fratrex Pell.

— Que veux-tu dire ? demanda Stéphane. La vision de cette pièce ne m'apporte que de la joie.

— Ton péché était l'orgueil ; tu te crois érudit et tu as effectivement des connaissances. Mais lorsque l'on se tient ici, on se voit rappeler qu'il y a tant de choses que l'on ne sait pas. Que l'on ne saura jamais. Sois humble, Stéphane. Tu en seras un meilleur homme, et un meilleur membre de cet ordre.

— Merci, révérend fratrex. Je suis si… (Il secoua la

tête.) Si reconnaissant. Et si impatient ! Quand puis-je commencer ? Que dois-je faire ?

— Aujourd'hui ? Tout ce que tu veux. Familiarise-toi avec le scriftorium. Feuillette. Demain, nous verrons ce que tu peux faire avec le Vadhiien. Nous sommes dans l'obligation pressante de traduire ces textes ; c'est l'une des raisons qui m'ont fait insister pour que tu sois nommé ici.

— Tu veux dire que tu…

— Vas-y, mon fils. Je te verrai aux vêpres.

— Eh bien, tu dois être le nouveau.

Stéphane releva les yeux du texte sur lequel il était penché et découvrit un homme au visage plaisant et aux cheveux bruns ras qui le regardait.

— Euh, oui, frère. (Il écarta soigneusement le scrift et se leva, pour découvrir qu'il faisait une tête de moins que l'étranger.) Je m'appelle Stéphane Darige.

— Desmond Spendlove.

— Tu es un Virgenyen !

— Effectivement, répondit Spendlove.

— D'où cela ?

— Juste au sud de Quick, sur la rivière Nerih.

— Je connais ! dit Stéphane. Nous avions l'habitude de descendre en bateau jusqu'à Cheter-sur-Mer. Nous nous arrêtions dans une petite ville – celle avec la statue du cochon…

— Wildeaston. Oui, c'est juste à cent toises de là où j'ai grandi.

— Eh bien, je suis heureux de te rencontrer, lui dit Stéphane.

— Tu découvres le scriftorium, n'est-ce pas ?

— Je ne suis pas allé très loin, gloussa Stéphane. Je suis tout de suite tombé là-dessus. C'est le texte original de l'*Amena Tirson*, une sorte de géographie de cette région à…

— … l'époque pré-Hégémonique, acheva Spendlove. C'était mon sujet d'étude au collège de Pennwys.

— Vraiment ? Désolé, je viens de recevoir une leçon d'humilité, et me voilà qui reparle de façon condescendante.

— Aucune importance. Le vieux t'a piégé avec le coup du fagot, n'est-ce pas ?

— Piégé ?

— Personne ne peut approcher d'Ef sans qu'il le sache. Il accueille la plupart des novices de façon à peu près semblable.

— Oh.

Spendlove fit un geste en direction du scrift :

— Mais tu allais dire quelque chose sur l'*Amena Tirson*, lui rappela-t-il.

— Oui. Cette version est différente de celles que j'ai vues.

— Elle diffère un peu. Le chapitre sur les arbres est plus long.

— Ce n'est pas ce que je veux dire. Il y a une liste de noms et d'emplacements de sanctuaires dont je n'ai jamais entendu parler, et qui auraient été arpentés.

— Oui, eh bien nous avons un sanctuaire ici, la voie de saint Decmanus.

— Oui, bien sûr. Mais ces autres sanctuaires…

— … sont sûrement morts, maintenant, le coupa Desmond en haussant les épaules, ou la présence des saints y est si faible qu'ils ne peuvent plus être arpentés.

— Je sais, répondit Stéphane. C'est juste étrange. Il y a eu des meurtres… (Il s'interrompit.) Par tous les saints ! Comment ai-je pu oublier cela ? J'ai été tellement submergé ; je veux dire, d'abord porter le bois, puis découvrir qu'il était le fratrex, et ensuite *cela* !

— De quoi parles-tu ? s'enquit doucement Desmond.

— Il y a eu des meurtres dans la forêt du roi.

— C'est loin d'être nouveau. L'endroit regorge de brigands.

— Oui, je sais, mais c'est différent, je crois. Des rituels sanguinaires sur des vieux sedoï, et aussi une sorte de monstre.

— Un monstre ? Est-ce que cela a un rapport avec le vieux Symen à Tor Scath ?

— Oui, oui, c'est là que j'en ai entendu parler.

— Alors il faut que je t'avertisse, le vieux chevalier est bien connu pour ses exagérations. Il a envoyé un homme ici il y a une demi-lune pour nous avertir de quelque présence maléfique dans la forêt. Nous avons doublé la garde, au cas où, et le fratrex a fait un rapport au praifec à Eslen. Et les équipes que nous avions envoyées à ta recherche n'ont rien vu d'anormal.

— Oh, j'ai douté moi-même de son histoire, mais…

Mais sire Symen avait vu quelque chose. De cela, Stéphane était certain. Néanmoins, le forestier était parti enquêter, et il n'avait pas voulu de Stéphane avec lui. Quoi que c'eût été, Aspar White allait certainement le tuer. Stéphane écrirait donc un rapport au fratrex, mais ses obligations cessaient là. Ceci fait, il pourrait se jeter à corps perdu dans ses études.

— Viens, dit Desmond en lui tapant sur l'épaule. C'est presque l'heure des vêpres et du repas du soir. Allons faire un tour. Il y a des choses sur la vie à d'Ef que le fratrex ne t'aura certainement pas racontées.

Stéphane jeta à regret un regard vers l'*Amena Tirson*, puis hocha la tête. Il remit les fines feuilles de vélin dans leur boîte de cèdre, et la replaça sur l'étagère.

— Prêt ! dit-il.

Le calme du soir s'était installé à l'extérieur. Dans le lointain, des vaches meuglaient, les grillons avaient commencé leurs stridulations nocturnes, et les grenouilles des rives de l'Ef gazouillaient leurs chants rauques. L'étoile du berger était un joyau posé sur du velours dans le ciel de l'est, tandis que l'ouest était encore un lit de braises mourantes. La forêt était lointaine et verte au-delà d'arpents de pâturages et de vignobles. Stéphane et Desmond se tenaient sur le flanc de la colline du monastère, derrière les fenêtres duquel commençait à briller la douce lueur des chandelles.

— La voie des sanctuaires commence à la chapelle, dit Desmond, et s'achève ici. Il faut deux jours pour l'arpenter.

— Tu l'as déjà arpentée, alors ?

— Oui, et tu le feras aussi, bien assez tôt. Tu n'es pas un novice ordinaire, d'après ce que j'ai entendu. Les mystères te seront révélés plus rapidement, je crois.

— Je ne mérite pas cela.

— Non, en effet.

Quelque chose dans la voix de Desmond n'était pas normal. Stéphane regarda son compagnon et vit une expression plus dure se dessiner sur son visage.

— Il y a un ordre aux choses, expliqua Desmond. Ou il devrait y en avoir un. Je suis ici pour m'assurer que cet ordre est respecté, tu comprends ?

Stéphane recula de quelques pas, s'écartant du moine.

— Qu'est-ce que tu veux dire ?

Desmond sourit. Ce n'était pas un sourire réconfortant. Stéphane recula plus encore, se demandant s'il devait courir. Son dos heurta un autre moine. C'était frère Lewes, le géant qui avait soulevé le fagot comme une poignée de joncs. Stéphane essaya de s'écarter, mais le moine l'attrapa par le bras.

Stéphane voulut crier, mais une main se referma sur sa bouche. Elle sentait la paille et le fumier.

— Tu es nouveau, expliqua Desmond. Comme je l'ai dit, il est des choses qu'il te faut savoir. Cela commence avec ceci : je me moque de savoir qui tu es, ou qui était ta famille. Ici, on recommence tout. Ici, la vie commence à nouveau. Et ici, je suis ton père, ton frère, ton meilleur ami. Je t'aiderai en tout, mais tu dois me faire confiance. Tu dois me croire.

« Le fratrex pense que tu es spécial. Cela ne veut rien dire pour le reste d'entre nous. Pour nous, tu dois faire tes preuves. Ce que le fratrex pense de toi n'importera pas si tu glisses et que tu te fracasses le crâne sur un rocher, ou si tu tombes sur une fourche, ou si tu manges le mauvais champignon. Seul le reste d'entre nous pouvons te protéger de ce genre de choses. Vois-tu ce que je veux dire ?

D'autres moines s'étaient maintenant rassemblés autour d'eux, au moins dix. Leurs capuches étaient relevées, et Stéphane ne pouvait voir leurs visages. Il était au-delà de la panique : il savait qu'il ne devait pas se débattre, mais il ne pouvait s'en empêcher. Depuis qu'il avait été enlevé, la seule idée d'être immobilisé lui était intolérable. Maintenant qu'il était pris dans cette poigne d'acier, il s'agissait de la réalité, et elle était tout aussi intolérable. Il pouvait à peine penser, tant il était effrayé et furieux. Les larmes lui montèrent aux yeux.

— Frère, libère la langue de frère Stéphane, qu'il puisse me dire qu'il comprend.

La main s'écarta.

— Je comprends ! Bien sûr, que je comprends ! Tout ce que tu dis !

Desmond hocha la tête d'un air approbateur.

— Cela semblait sincère. Mais je ne te connais pas, frère Stéphane. Je ne puis être sûr de toi. Et tu ne peux être sûr de moi. Alors il nous faut une leçon, n'est-ce pas ?

Il fit un vif signe de tête, et les moines convergèrent. Stéphane tenta d'hurler, mais on lui enfonça un chiffon dans la bouche. Ses bras furent levés et sa robe lui fut arrachée. Il fut jeté au sol, face contre terre, bras et jambes écartés.

— Voici ta leçon, dit la voix de Desmond, lointaine et beaucoup trop proche. Les sept vertus. La première est la solidarité.

Une lancée de la douleur la plus intense que Stéphane eût jamais ressentie lui trancha le dos en deux. Il hurla dans son bâillon, un cri hystérique de pure terreur animale.

— La deuxième vertu est la chasteté.

Le feu s'abattit une nouvelle fois, et des gouttelettes retombèrent sur le menton de Stéphane.

Il perdit le compte des vertus à la troisième. Peut-être qu'il s'évanouit. La chose suivante dont il eut conscience fut la voix de Desmond près de son oreille.

— Je te laisse de nouvelles robes et un chiffon. Il y a un puits juste en bas de la colline. Lave-toi et viens dîner. Assieds-toi à ma table. Ne parle à personne de ceci. À personne. Il y a, comme tu le sais, plus de sept vertus. Il y en a sept fois sept.

Le bâillon lui fut ôté, et il fut libéré. Il resta étendu là, incapable de bouger, de penser même à bouger, tandis que la nuit achevait de tomber.

CHAPITRE SIX
MÈRE GASTYA

— Ils nous ont vus ? murmura Winna.

— Je crois, dis Aspar en enfilant ses chausses. Tu as vu ce qu'ont fait les feux follets ? Quelqu'un les a appelés. Ils sauront où nous sommes, puisque les feux follets se rassemblent autour des gens.

— Peut-être qu'ils se sont juste envolés parce qu'il y a plus de gens là-bas.

— Peut-être. Mais j'en doute, pour qu'ils soient partis tous en même temps. Et puis il y a eu ce coup de trompe. Si l'homme à un œil était bien Fend, alors il a de la scintillation. Je ne doute pas qu'il puisse appeler les feux follets. Aussi hâte-toi de t'habiller. Nous n'avons peut-être pas beaucoup de temps.

Il jura en silence tout en finissant d'enfiler ses chausses. Quelques instants plus tôt, leur badinage lui avait paru valoir le risque. Maintenant – quel âge pensait-il avoir, de toute façon ? Il aurait dû réfléchir. S'il avait su que l'un de leurs poursuivants était Fend…

— Prête, souffla Winna.

Elle ne semblait pas effrayée.

Il arracha deux des globes de cristal brillant des montants du lit, et en tendit un à Winna.

— Tiens, dit Aspar. Ce n'est pas grand-chose, mais comme les feux follets sont partis, c'est ce que nous avons de mieux. Maintenant, par là.

Il franchit la porte voûtée qui menait au balcon. Sans les feux follets, il n'y avait plus qu'un vide, et la pâle lueur des cristaux ne suffisait pas à le combler. Aspar soupesa le cristal dans sa main, en essayant de se souvenir où se trouvait l'autre balcon. Puis il lança la sphère.

Elle tapa avec un tintement argenté et une vague lumière s'épanouit soudain, un nuage brillant. Le balcon apparut, une construction basse ceinte d'une balustrade de fer forgé qui représentait des serpents couronnés avec des queues emplumées.

— Peux-tu sauter jusque-là ? demanda Aspar à Winna.

Elle plissa les yeux.

— Oui.

— Alors fais-le. Et hâte-toi, parce que dans quelques instants, la lueur va se dissiper. Quand tu y seras, vérifie toutes les sorties à cet étage – vers le haut, vers le bas, par les fenêtres. Je reviens tout de suite.

— Que vas-tu faire ?

— Barrer la porte des escaliers. Peut-être qu'ils penseront que nous essayons de nous barricader.

Elle acquiesça, prit son élan, et sauta. À l'instant où elle le fit, Aspar sut qu'il avait fait une erreur. Winna ne savait pas si elle pourrait sauter aussi loin : elle l'avait juste prétendu pour lui donner confiance. Néanmoins, elle réussit presque, mais heurta la balustrade en retombant, perdit l'équilibre, les bras tournant en moulinet, le dos dangereusement près de plonger vers les rues de pierre, la balustrade ne montant que jusque derrière ses genoux. Aspar retint sa respiration, s'imposa de ne pas crier tandis que le sang lui montait à la tête, ses doigts brûlant de la rattraper. Il se tendit pour sauter, avec le faible espoir de l'atteindre avant qu'elle ne tombât, mais alors elle s'en tira en s'asseyant, brutalement.

Winna se retourna, lui adressa un sourire incertain, puis poussa la fenêtre. Celle-ci s'ouvrit. Elle se retourna encore, mima « Fais vite » des lèvres, puis se glissa à l'intérieur.

Aspar se remit à respirer, tira sa hache et sa dague, et retourna à l'intérieur. Il s'engagea sans bruit dans les escaliers par lesquels ils étaient montés quelques heures plus tôt, imposant à ses muscles de se détendre et à son souffle de rester régulier.

Sans feux follets ni globes, l'obscurité était totale. Il sentit une odeur de feuilles mortes.

Il s'arrêta sur le premier palier et écouta. N'entendant rien, il se demanda s'il s'était trompé. Peut-être que personne ne savait qu'ils étaient là. Il continua de descendre, aussi silencieux que le brouillard dans la nuit.

Il s'arrêta sur le palier suivant et s'accroupit pour écouter.

Il entendit son propre souffle – et quelque chose d'autre.

Aspar ferma les yeux – ce qui n'était pas nécessaire, puisqu'il ne pouvait rien voir de toute façon, mais cela l'aida à se concentrer. Il prit une longue et lente inspiration, huma l'air, et ne sentit rien d'autre que la poussière. Il retint l'air dans ses poumons.

Il n'y eut alors absolument aucun bruit, et pourtant il ne bougea pas. Il resta accroupi et attendit.

Alors il y eut un souffle qui n'était pas le sien. Il ne l'entendit pas ; il le sentit sur son visage.

Aspar frappa vers le haut avec sa dague, fort, et la sentit accrocher une cotte de mailles. Cela provoqua un grognement et le mouvement de quelque chose près du visage d'Aspar. Aspar tenta alors de l'agripper de ses avant-bras ; quelque chose s'écrasa contre son dos. Son adversaire invisible cria alors, ce qui aida Aspar à trouver son visage. Un heaume résonna sous le tranchant de sa hache, et il enfonça sa dague dans quelque chose de mou à l'endroit où devait se trouver la gorge. Son estimation était juste : le cri devint un gargouillis.

Puis quelque chose lui rua dans la poitrine avec la force d'une mule, à un doigt ou deux à droite de son sternum. Des éclairs dorés explosèrent devant ses yeux tandis qu'il se recroquevillait, trouvait là un solide manche de bois, et réalisait qu'une lance dépassait de son corps, et que quelqu'un continuait d'appuyer dessus. Il n'aurait pu dire de combien elle s'était enfoncée.

Il se détourna de la force de la poussée et frappa avec sa hache. Elle heurta de la viande, et quelqu'un hurla. La lance dans la poitrine d'Aspar pendit librement, puis tomba sous son propre poids. Ce fut si douloureux que les genoux d'Aspar le trahirent, ce qui le sauva probablement de ce qui siffla au-dessus de sa tête et produisit des étincelles jaunes en heurtant le mur.

Dans cette brève lueur une ombre se dessina, et Aspar se détendit depuis son accroupissement involontaire, pour plonger sa dague à travers une mâchoire inférieure jusqu'à un cerveau. Il repoussa le corps saisi de soubresauts d'un geste puissant, et entendit quelqu'un plus bas renâcler comme s'il venait d'être frappé.

— Imbéciles ! cria une autre voix, de plus bas dans l'escalier. Je vous avais dit d'attendre jusqu'à ce que… Voilà !

Soudain la cage d'escalier s'emplit de couleurs, tandis qu'un essaim de feux follets remontait la courbe du palier suivant pour entourer Aspar comme une volée de mouches à viande affamées. Dans la lumière, il vit trois Sefrys à la file, deux probablement morts, le troisième un peu plus bas, cherchant désespérément à raccrocher sa main à moitié sectionnée.

Au moins quatre autres tournaient le coin derrière la lumière. L'un d'entre eux avait un bandeau, mais Aspar savait déjà qu'il s'agissait de Fend : il avait reconnu sa voix.

Aspar manqua se ruer sur eux quand même : il pourrait peut-être tuer Fend avant de mourir.

Mais s'il n'y arrivait pas, Fend trouverait Winna. Et même s'il tuait ce bâtard sefry, ses hommes réussiraient probablement à le tuer lui, et ensuite *eux* trouveraient Winna.

Alors Aspar ramassa la lance sur le sol, et remonta les escaliers en courant, dans son halo de feux follets. Une fois en haut il claqua la porte, tira la barre, et enfonça la pointe de la lance en dessous.

Il porta la main à sa poitrine, et en retira des doigts gluants. Il n'y avait pas assez de lumière pour voir jusqu'où était entrée la lame. Il aurait pu enfoncer un doigt pour estimer la profondeur de sa blessure, mais il se sentait déjà nauséeux, et il risquait de se sentir mal. En cet instant, il ne pouvait se le permettre.

Alors il ignora la blessure et sauta à la suite de Winna, retombant sur le balcon et entrant dans la pièce où elle l'attendait.

— Où étais-tu ? demanda-t-elle.

— J'en ai tué quelques-uns. Mais ils vont arriver. Nous devons faire vite. Tu as trouvé une sortie ?

— Attends, dit Winna.

Elle souleva et renversa un grand panier sur le balcon. Le verre se déversa dans un tintement musical.

— J'ai trouvé des vases et je les ai brisés. Qu'ils viennent atterrir là-dessus, quand ils sauteront à notre suite.

— Bonne idée, dit Aspar en ressentant une soudaine fierté. Maintenant, allons-y.

— Par ici, alors, dit-elle. Ce ne serait pas une bonne idée de descendre tout de suite. Je crois que j'ai trouvé un meilleur chemin. Je n'arrivais pas à voir grand-chose, mais maintenant que nous avons les feux follets, nous pourrons nous en assurer.

Il la suivit jusqu'à une autre fenêtre, perpendiculaire à celle par laquelle ils étaient entrés. Elle ouvrait sur des toits en ardoise, pointus et proches.

Ils sautèrent, Winna la première, et retombèrent sur la pierre polie, près de la base d'une haute flèche, s'efforçant de dissimuler la lueur de leur escorte à la vue de tout poursuivant potentiel. Aspar regardait souvent en arrière. De l'autre côté de la flèche, il fallut une nouvelle fois sauter. C'était à peine plus qu'un pas allongé, mais l'angle de l'autre toit rendait néanmoins la réception délicate.

Ils continuèrent comme cela, de toit en toit.

Malheureusement, Aspar sentait ses forces décliner et les éblouissements le gagner. Lorsqu'ils retombèrent sur le rebord du quatrième toit, ses jambes le trahirent et il glissa. Les ardoises ne lui offrirent aucune prise pour se raccrocher et il bascula dans le vide, mais la balustrade d'un balcon en contrebas intercepta violemment son corps, le retenant assez longtemps pour lui permettre de s'agripper aux balustres de fer.

Le temps qu'il remontât sur le balcon et reprît son souffle, Winna avait sauté pour le rejoindre.

— Tu vas bien ? Est-ce qu'ils… (Ses yeux s'écarquillèrent.) Tu saignes !

— Je crois que nous en avons fini avec les toits, maugréa-t-il. Redescendons jusqu'à la rue.

— Mais tu saignes, répéta-t-elle.

— Je vais bien. Nous n'avons pas le temps de nous arrêter pour parler de cela, Winna. Nous devons continuer de bouger et de nous cacher. À la longue, nous trouverons une sortie ou ils abandonneront la poursuite. *Sauf si Fend sait qui il pourchasse. Il n'abandonnera pas s'il sait que c'est moi.* Cette fois, nous allons trouver un endroit sans fenêtre.

Au loin, il entendit une nouvelle fois la corne, et jura tandis que les feux follets qui voletaient autour d'eux fusaient soudain vers le haut, comme une fontaine colorée. Ils filèrent vers le plafond de la caverne, puis replongèrent vers Aspar et Winna telles des abeilles furieuses.

Aspar ne dit rien. Ce n'était pas nécessaire ; Winna avait compris ce qui venait de se passer.

— On descend, dit-elle.

Le bruit de claquements de sabots sur la pierre les accueillit lorsqu'ils sortirent dans la rue, sans qu'Aspar pût dire exactement d'où ils provenaient. L'immense vacuité de la caverne et la proximité des murs de la ville faisaient ricocher les sons. Lui et Winna passaient d'allée en allée plus ou moins au hasard. Les pieds d'Aspar lui paraissaient lointains, et il commença à se demander si la lance n'avait pas été empoisonnée. Il n'avait certainement pas perdu *tant* de sang que cela.

— De quel côté ? chuchota Winna comme ils arrivaient à une intersection.

Une colonne se dressait en son centre, et portait une tête sculptée à quatre visages, tous caractérisés par des yeux saillants comme ceux de poissons.

— Grim ! marmonna-t-il. C'est toi qui choisis.

— Aspar, quelle est la gravité de ta blessure ?

— Je ne sais pas. Choisis une direction.

Les feux follets les avaient une nouvelle fois abandonnés, et ils n'avaient que les globes pour éclairer leur voie.

Elle choisit et choisit encore. Aspar eut l'impression de perdre un temps le fil des choses, puis réalisa qu'il était étendu sur le pavé. Lorsqu'il relevait un peu la tête, il pouvait voir les bords élimés de la jupe de Winna, et il entendait le clapotis de l'eau. Il était étendu au bord du canal.

Leurs feux follets étaient revenus.

— … lève-toi, pauvre fou ! disait Winna, d'une voix dans laquelle perçait plus qu'un peu la panique.

Elle l'aida à s'asseoir.

— Tu vas devoir partir sans moi, réussit-il à articuler.

— Quand les serpents voleront, dit Winna.

— Fais-le pour moi. Ils vont nous trouver, et très bientôt. Je ne peux pas laisser Fend… Je ne peux pas le laisser tuer une autre… (Il s'interrompit et la prit par le bras, tandis que quelque chose de gros entrait dans l'allée.) Tourne la tête, haleta Aspar. Ne regarde pas.

Il tira sa hache, et se servit du plat de la lame comme miroir. Mais elle était maculée de sang, et il ne distinguait rien d'autre qu'une brillance jaunâtre.

Mais le greffyn était là, au bout de l'allée, plus gros qu'un cheval. Il pouvait sentir son rayonnement malsain contre son visage.

— Le greffyn ? demanda-t-elle d'une voix tremblante. (Elle avait fait ce qu'il lui avait dit, Grim en soit remercié, et détournait les yeux.)

— Oui. Tu sautes dans le canal, et tu ne regardes pas en arrière.

— Vous sautez tous les deux dans le canal, ou dans mon bateau, si vous préférez.

La voix était rauque, gutturale même, comme d'avoir trop parlé, ou pas assez. Aspar chercha dans l'obscurité et discerna à peine une silhouette encapuchonnée dans une mince gondole, juste contre le bord du canal.

Puis il réalisa qu'il n'avait pas réellement voix au chapitre. Winna, en grommelant, le fit rouler du bord du canal dans l'embarcation, puis l'y suivit.

Comme la gondole se mettait en branle, une sorte de ronflement, débutant aux limites de l'audible puis se muant soudain en un hurlement intolérablement perçant, jaillit derrière eux, et Aspar sentit son estomac se soulever.

Winna se mit à sangloter, puis s'étrangla, puis vomit dans l'eau.

Ils entrèrent sous une arche qu'Aspar supposa être un pont, mais qui se poursuivait et se poursuivait encore, un trou dans un trou, probablement l'entrée de l'enfer, d'un royaume de poussière et de plomb. Mais la main de Winna trouva la sienne, et rien n'eut plus d'importance, et une autre sorte de ténèbres l'emporta.

Il s'éveilla en sentant l'odeur familière d'infusion de lis chlorophylle et de pierre à four, le contact de doigts sur son visage, et une fièvre sourde dans sa poitrine. Il essaya de soulever ses paupières, mais elles refusèrent de bouger. Il avait l'impression qu'elles avaient été cousues.

— Il va se remettre, dit une voix.

C'était la vieille voix rauque du bateau.

— Il est fort, répondit Winna.

— Toi aussi.

— Qui es-tu ? grinça Aspar d'une voix plus gutturale encore.

— Ah. Bonjour, champi. Je m'appelle… je ne me souviens pas de mon vrai nom. Appelle-moi juste… appelle-moi mère Gastya.

— Mère Gastya, pourquoi nous as-tu sauvés ?

Un long silence. Puis un toussotement.

— Je ne sais pas. Je crois que j'ai quelque chose à te dire. J'oublie, vois-tu.

— Tu oublies quoi ?

— Tout.

— Tu te souviens d'où ils sont tous allés ? Les Sefrys de la ville.

— Ils sont partis, grinça mère Gastya. Bien sûr qu'ils sont partis. Moi seule suis restée.

— Mais les hommes qui nous pourchassaient étaient des Sefrys, dit Winna.

— Pas de ces maisons, je ne les connais pas. Et ils sont venus avec le sedhmhar. Ils sont venus me tuer.

— Sedhmhar. Le greffyn ?

— Comme vous l'appelez.

— Qu'est-ce, Gastya ? Le greffyn ?

— C'est la forêt qui rêve de mort. Le regard choqué avant que les yeux ne se renversent. L'asticot qui s'agite dans la plaie.

— Qu'est-ce que cela veut dire ? demanda Winna.

L'irritation donna finalement à Aspar la force d'ouvrir les yeux, même s'ils étaient aussi pesants que des soupapes de fer.

Il se trouvait dans une petite pièce ou caverne, à l'ameublement sommaire. Dans la lueur des feux follets il perçut le visage de Winna, belle et jeune. Face à elle se tenait la Sefry la plus vieille qu'Aspar avait jamais vue. À côté d'elle, mère Cilth était une enfant.

— Les Sefrys ne peuvent pas parler franchement, Winna, grommela Aspar. Même quand ils le désirent. Ils mentent tant et si souvent que cela ne leur est tout simplement plus possible.

— Tu trouves la force de m'insulter, dit la vieille femme. (Son regard bleu argent se fixa sur lui, et il ressentit un vague choc à son contact. Son visage était impénétrable : on eut dit qu'il avait été arraché, vidé, et replacé sur son crâne.) C'est bien.

— Où sommes-nous ?

— Dans l'ancien sanctuaire hisli. Les proscrits ne nous trouveront pas ici, du moins pas tout de suite.

— Je me sens tout de suite mieux, dit Aspar.

— Elle nous a sauvé la vie, Aspar, lui rappela Winna.

— Cela reste à voir, maugréa Aspar. Comment est ma blessure ?

— La plaie à la poitrine n'est pas profonde, répondit Gastya. Mais elle a été empoisonnée avec les effluves du sedhmhar.

— Alors je vais mourir.

— Non, pas aujourd'hui. Le poison a été extrait. Tu vivras, et ta haine avec toi. (Elle inclina la tête.) Ta haine. Quel gâchis. Jesperedh a fait de son mieux.

— Comment… Nous nous sommes déjà rencontrés ?

— Je suis née ici, à Rewn Aluth. Je ne l'ai jamais quitté.

— Et je ne suis jamais venu ici auparavant. Alors comment sais-tu ?

— Je connais Jesperedh. Jesperedh te connaît.

— Jesp est morte.

La vieille femme cilla et sourit, puis elle haussa poliment les épaules.

— Comme tu veux. Mais quant à ta haine – s'occuper d'un humain n'est pas chose aisée, tu sais. Dans la plupart des clans, c'est interdit. Jesperedh aurait pu te laisser mourir.

— Elle aurait pu, dit Aspar. Je lui suis reconnaissant à *elle*. Mais pas au reste d'entre vous.

— Très bien, dit Gastya.

— Pourquoi les autres Sefrys ont-ils quitté Rewn Aluth ?

Mère Gastya fit claquer sa langue en signe de désapprobation.

— Tu le sais, dit-elle. Le roi de bruyère s'éveille et le sedhmhar rôde. Nos anciens refuges ne sont plus sûrs. Nous savions qu'ils ne le seraient plus, lorsque le temps viendrait. Nous avions tout organisé. Tous les grands rewns de la forêt sont vides, maintenant.

— Mais pourquoi ? Il est évident qu'à vous tous, vous auriez pu vaincre le greffyn !

— Hum ? Peut-être. Mais le greffyn n'est qu'un signe annonciateur. L'épée et la lance et la scintillation ne peuvent vaincre ce qui va suivre. Lorsque les eaux s'élèvent, nous n'attendons pas le déluge, nous les Sefrys. Nos bateaux sont construits depuis longtemps.

— Mais le greffyn peut être tué, insista Aspar.

— Probablement. Et alors ?

— Donne-moi une réponse franche, malédiction. Mère Cilth voulait que je fasse quelque chose. Qu'est-ce que c'était ?

— Je... (Elle marqua une pause.) Je me souviens, oui. Elle voulait que tu me trouves. Que tu me trouves, et que tu trouves le roi de bruyère. Pour le reste, je ne sais pas.

— Et le greffyn me mènera au roi de bruyère ?

— Il serait préférable que tu l'atteignes avant le greffyn, murmura mère Gastya.

— Pourquoi ? Et comment ferai-je cela ?

— La réponse à ta première question n'est plus qu'un vague picotement dans mon esprit. Pour la seconde, suis la Slagish jusqu'aux Montagnes du Lièvre, en prenant toujours les embranchements qui mènent le plus au sud ou le plus à l'ouest. Entre les sources et les Ergots du Coq se trouve une grande vallée.

— Non, il n'y en a pas, répondit Aspar. J'y suis déjà allé.

— Il y en a une.

— Estronc.

La vieille bique agita la tête.

— Il y en a toujours eu une, mais derrière une sorte de mur. Une brèche s'est ouverte en lui. Descends la vallée, en traversant les gouffres d'épines. Tu le trouveras là.

— Cette vallée n'existe pas, dit obstinément Aspar. On ne peut pas cacher une telle chose. Mais supposons qu'il y en ait une. Supposons que les cochons saillissent les oies et que tout ce que tu as dit soit vrai. Supposons tout ça. Pourquoi devrais-je faire ce que mère Cilth veut que je fasse ? Qu'est-ce que cela m'apportera ?

Les yeux de mère Gastya parurent trembler comme un éclair lointain.

— Parce que alors, tu croiras, Aspar White. Il faut que tu le voies pour cela. Et pour faire ce que tu dois faire, il faut d'abord que tu croies, au plus profond de toi.

Aspar se frotta le front de la main.

— Je hais les Sefrys, murmura-t-il. Je vous hais tous. Pourquoi moi ? Pourquoi est-ce *moi* qui dois faire tout cela ?

Elle renâcla.

— Parce que tu vois avec les yeux des Sefrys et des humains.

— Et en quoi cela ferait-il une différence ?

— Cela fera une différence. *Humain sera le souffle de son corps comme celui de son esprit, mais son regard aura du Sefry la vivacité, et verra les couleurs de la nuit*. C'est ce que dit la prophétie.

— La prophétie ? Grim te damne ! Je… (Il s'interrompit en entendant l'écho d'une voix.) Qu'est-ce que c'est ?

— Les proscrits. Ils te cherchent.

— Je croyais que tu avais dit qu'ils ne nous trouveraient pas.

— Non, j'ai dit qu'ils le feraient, le moment venu. Et ce moment approche. Mais ils ne vous trouveront pas. Seulement moi. Prenez mon bateau, et laissez le courant vous emporter vers l'aval. Lorsque vous verrez de la lumière, dirigez-vous vers elle.

— Pourquoi ne viens-tu pas ?

— La lumière me tuerait, et il est des choses que je dois faire d'abord.

— Fend va te tuer.

Gastya fit un petit bruit rauque en entendant cela, et plaça brièvement sa main sur celle d'Aspar. En un terrible frisson, il ne vit ni ne sentit de chair sur ses doigts, seulement de l'os gris et froid.

— Partez, dit mère Gastya. Mais prends cela. (Les os de sa main s'ouvrirent pour laisser tomber une petite sphère cireuse dans sa paume.) Ceci aspire le poison. Tu n'es peut-être pas tout à fait guéri. Si le mal revient, serre-la contre ta plaie.

Aspar prit la sphère, en regardant la main.

— Viens, Winna, murmura-t-il.

— Ou… oui.

— Le bateau est là, dit Gastya en l'indiquant d'un signe du menton. Ne traînez pas. Trouvez-le sans retard.

Aspar ne répondit pas. Un frisson ne faisait que remonter et redescendre son dos comme une souris dans un tuyau. Il craignait que sa voix ne se brisât s'il parlait. Il prit la main de Winna, et ils partirent vers le bateau.

Mais lorsque l'eau eut emporté la gondole au-delà des bornes de pierre sculptées qui marquaient le sanctuaire hisli et les eut menés dans un tunnel au plafond bas, loin de mère Gastya et de sa voix rauque et crépitante, Winna serra ses doigts.

— L'était-elle, Aspar ? Était-elle morte ?

— Je ne sais pas, murmura-t-il. Les Sefrys prétendent… Ils disent que leur scintillation peut faire de telles choses. Je ne l'ai jamais cru. Jamais.

— Mais tu y crois, maintenant.

— C'était peut-être un charme. C'était certainement un charme.

Longtemps après, sembla-t-il, d'étranges bruits résonnèrent dans le tunnel. Peut-être des cris, mais Aspar n'aurait pu dire de qui ils provenaient.

CHAPITRE SEPT

DES PROJETS D'ESCAPADE

— Majesté, protesta le garde, tu ne peux pas… Je veux dire, c'est…

Murielle toisa le grand gaillard au menton fuyant. Il arborait une moustache soigneusement taillée, et il était irréprochable dans sa livrée bleu pâle de la maison Gramme. Murielle ne put se souvenir de son nom, ni n'essaya vraiment.

— Je ne peux pas *quoi* ? coupa-t-elle. Suis-je ta reine ou non ?

L'homme cilla, s'inclina, et s'inclina encore, comme il n'avait cessé de le faire depuis le début de leur entretien.

— Oui, Majesté, bien sûr, mais…

— Et dame Gramme n'est-elle pas mon sujet, et une invitée dans la maison de mon époux ?

— Oui, Majesté, effectivement, mais…

— Mais quoi ? Ce sont mes appartements, messire, même si ta maîtresse y est installée. Hors de mon chemin, que je puisse entrer. À moins que tu n'aies une bonne raison que je n'entre pas.

— S'il vous plaît, Majesté. La veuve Gramme… reçoit.

— Elle reçoit ? Mais il faudrait assurément qu'elle reçoive le roi lui-même, pour que tu dénies ainsi mes souhaits. Es-tu, messire, prêt à me dire que dame Gramme reçoit mon époux ?

Durant un long moment, le jeune chevalier resta là, à essayer divers mouvements de ses lèvres sans jamais réellement réussir à en tirer un son. Son regard courait entre Murielle, Erren, et le jeune chevalier Neil MeqVren, qui gardait la main sur la poignée de son arme. Puis il soupira.

— Non, Majesté, je ne suis pas prêt à te dire cela.

— Très bien, alors. Ouvre cette porte.

Un instant plus tard, elle traversait la suite à grandes enjambées. Adlainne Selgrène, la dame de compagnie de Gramme, laissa tomber son ouvrage et poussa un petit cri tandis que Murielle approchait de la chambre, mais sur un regard dur d'Erren, la petite blonde se tut.

Murielle s'arrêta devant les doubles portes et parla à Neil et à Erren sans les regarder.

— Restez à l'extérieur pour l'instant, leur dit-elle. Laissez-leur le temps de se rendre présentables.

Puis elle prit la poignée et ouvrit les portes.

Dame Gramme et Guillaume II formaient un entrelacs de membres roses sur son immense lit. *Les gens ont l'air plutôt stupides durant l'acte sexuel*, pensa Murielle, avec un détachement curieux. *Vulnérables et stupides, comme des bébés, mais sans le charme*.

— Par tous les saints ! s'exclama Murielle en conservant un visage impassible, que faites-vous donc avec mon époux, dame Gramme ?

Gramme hurla d'une indignation dénuée d'effroi, et le roi beugla comme un bœuf, mais ils se précipitèrent tous deux sous les couvertures dans une hâte partagée.

— Par les saints, Murielle, cria Guillaume, le visage écarlate.

— Comment oses-tu entrer dans mes appartements, hurla Gramme en repoussant ses boucles blond cendré d'une main et en tirant la couverture sur elle de l'autre.

— Taisez-vous tous les deux, tonna Murielle. Tout particulièrement toi, dame Gramme. Le fait que tout le monde sache pour… *ceci*… ne le rend pas légal devant l'Église. Mon époux est peut-être au-dessus des saintes sanctions, mais je peux t'assurer que toi tu ne l'es pas, et qu'il ne se dressera pas sur mon chemin si je décide – en temps voulu – d'engager des poursuites.

— Murielle…

— Chut, Guillaume. La guerre est proche, n'est-ce pas ? Avec quelle famille préféreras-tu risquer une rupture ? La mienne, avec sa flotte sans égale et ses légions de chevaliers ? Ou celle de cette catin dont le père commande quarante haridelles montées par des crétins avec un bol sur la tête ?

Gramme comprit la menace plus rapidement que Guillaume. Sa bouche se referma dans un claquement hâtif, même si la rage lui faisait monter les larmes aux yeux.

Guillaume, en se mordillant la lèvre, se calma également.

— Que veux-tu, Murielle ? demanda-t-il d'un ton las.

— Ton attention, mon époux. Il m'a été annoncé que j'allais être escortée par voie d'eau jusqu'à Cal Azroth. Je ne me souviens pas avoir décidé que je désirais m'y rendre. Et je ne me souviens pas que l'on me l'ait demandé.

— Je suis toujours ton époux. Je suis toujours le roi. Ai-je besoin de demander permission pour mettre mon épouse en sécurité ? Tu as presque été tuée !

— Je prends note de ta sollicitude. Est-ce ce dont tu

es venu discuter avec dame Gramme ? De tes profondes et graves inquiétudes quant à mon bien-être ?

Guillaume ignora la pique.

— Tu n'es plus en sécurité à Eslen, Murielle. Cela paraît évident. Il sera bien plus facile de te protéger à Cal Azroth. Cet endroit a été construit dans ce but.

— Envoie toute la cour, alors, et pas seulement moi.

— Inconcevable. Je dois demeurer ici, à proximité de la flotte. Mais Fastia, Anne, Elseny et Charles t'accompagneront. Je refuse tout autant que mes enfants courent des risques quand il y a des assassins à proximité.

— Je refuse cette protection. Envoie les enfants si tu veux.

Le visage de Guillaume se raidit.

— Erren, parle à ta maîtresse.

Du coin de l'œil, Murielle remarqua qu'Erren et sire Neil lui avaient accordé le délai qu'elle avait demandé, avant d'entrer dans la chambre à leur tour.

— Elle sait déjà ce que j'en pense, Majesté, répondit Erren.

— Dame Erren, tu dois, toi au moins, comprendre que c'est pour le mieux.

Erren s'inclina poliment.

— Oui, Majesté. Si tu le dis, Majesté.

— Eh bien je le dis !

Guillaume bondit soudain du lit et attrapa une robe sur le sol. Il la jeta par-dessus ses épaules.

— Murielle, gronda-t-il, rejoins-moi sur la terrasse de dame Gramme. Immédiatement. Tous les autres restent là. Je suis votre roi, malédiction, et vous ne devez jamais l'oublier !

Guillaume était appuyé sur le rebord de la fenêtre et regardait le coucher de soleil. Il ne se tourna pas vers Murielle lorsqu'il lui parla.

— C'était puéril, Murielle. Puéril et destructeur.

Qu'est-ce qui va se raconter à la cour, maintenant ? Désires-tu vraiment que dame Gramme pense que je ne te dis rien ? As-tu vraiment envie qu'elle aille le répéter partout ?

Murielle ravala ses larmes.

— Mais tu ne me dis effectivement rien, malédiction ! Si je n'ai pas ton oreille, pourquoi les autres devraient-ils penser que je l'ai ? Je préfère que l'on me dise délaissée plutôt que stupide, mon cher époux.

Guillaume tourna vers elle un regard incroyablement las.

— Ce n'est pas le cours habituel de nos vies, protesta-t-il. Quand tout est normal, je me confie à toi et je m'enquiers de ton opinion. Je n'ai pas parlé de cela parce que je savais que tu ne voudrais pas partir et que j'ai *besoin* que tu partes. Tu as raison, la guerre approche partout, et ils ont déjà essayé de te tuer une fois. Je ne sais même pas comment ils ont fait. Et il y a fort à parier que ta mortelle Erren ne le sait pas non plus.

— Alors qu'est-ce qui te fait penser que Cal Azroth sera plus sûre ?

— Parce que de toutes nos forteresses c'est la mieux construite pour se défendre contre les assassins, contre les arts et les démons ailés, et contre tout ce qui peut se présenter. Il s'y trouve une garnison entière, si bien que même s'ils envoient une armée après toi, tu seras tout de même en sécurité. Tu connais l'endroit, Murielle. N'entendras-tu donc pas raison ?

— Il est plus facile de voir une chose dans la lumière que lorsqu'elle s'approche de toi dans le noir. Je n'aime pas apprendre mon sort par la rumeur. Il y a seulement quatre ans, tu ne m'aurais pas traitée ainsi. Maintenant, c'est chose courante. Les murmures de Gramme prennent-ils de l'ampleur dans ton crâne ? Envisages-tu vraiment de me remplacer en tant que reine ?

Quelque chose se passa alors sur le visage de

Guillaume, une chose qu'elle n'avait pas vue depuis longtemps. Il se détourna de nouveau, incapable de soutenir son regard.

— Tous les rois ont des maîtresses, Murielle. Ton propre père en avait.

— Cela ne répond pas à ma question.

Il se retourna vers elle.

— Tu es ma reine, mon épouse, et, je crois, mon amie.

— Nous étions amis, autrefois, dit-elle plus doucement, un peu confuse.

— Je ne peux pas les laisser te tuer. C'est aussi simple que cela. Je peux vivre sans Ambria, ou Alis, ou toutes les autres. Sans toi… (Ses mains retombèrent d'impuissance sur ses côtés.) Être roi est déjà assez difficile, sans que tu me demandes d'être un homme meilleur. Tu ne me l'avais jamais demandé. Tu n'avais même jamais fait mention de mes maîtresses. Pourquoi est-ce juste maintenant, quand les choses sont au plus mal, que tu choisis de… de… *d'exploser* de cette manière ?

Elle releva fièrement le menton.

— Je ne sais pas. Je suppose que c'est la première fois que je me sens réellement indésirable. Après qu'ils ont essayé de me tuer, tu es venu à moi. Tu étais tendre, comme il y a bien longtemps. Puis pouf ! Plus rien ! Comme si cette nuit-là avait suffi à chasser toutes mes terreurs. Et maintenant tu m'envoies au loin, comme une enfant, sans même m'en parler ! C'est inacceptable.

Il baissa la tête.

— Ce soir. Pouvons-nous parler ce soir, quand nous nous serons un peu calmés ?

— Tu veux venir dans notre lit avec son odeur encore sur toi ? Quand je *sais* ? Que penses-tu de moi ? Que je n'ai aucune fierté ? Je suis née de Liery, Guillaume !

Elle savait qu'elle allait pleurer, maintenant, si elle ne partait pas tout de suite.

— J'irai. Pas pour moi, mais si mes enfants sont plus en sécurité à Cal Azroth, je les y emmènerai. Quoi que ta ridic…

Elle ne put terminer. Elle tourna les talons, redescendit rapidement l'escalier, et s'engagea dans la chambre.

— Erren. Sire Neil. Avec moi. Maintenant.

Ses épaules tremblaient lorsqu'elle atteignit le couloir. Lorsqu'ils arrivèrent aux escaliers de Depren, les larmes se mirent à couler.

Neil faisait lentement les cent pas dans l'antichambre, en se demandant ce qu'il devait faire. Il y avait seulement quelques heures qu'il avait débuté son service en tant que seul membre de la garde lierienne. La reine lui avait à peine dit deux mots, et avant qu'il n'ait eu le temps de comprendre, il était allé affronter son seigneur souverain – ce même roi qui venait de lui donner la rose ! – alors qu'il était dévêtu et avec sa maîtresse.

Maintenant la reine s'était enfermée dans sa chambre, et dame Erren avec elle.

Les autres chevaliers affectés à la reine étaient consignés dans les couloirs. Seul Neil pouvait pénétrer dans l'appartement. Il envisagea de passer la tête dans l'encoignure de la porte pour leur demander ce qu'il devait faire, mais Vargus n'était pas là, ni même sire Jacques, et il ne connaissait pas les autres.

Une porte grinça et il se retourna, la main sur le pommeau de Corbeau.

C'était dame Erren.

— Détends-toi, jeune chever, dit-elle en Lierien. La reine te transmet ses excuses. Elle a été – comme tu l'as vu, je crois – trop occupée pour t'accueillir formellement dans sa maisonnée.

— Cela n'a aucune importance, répondit Neil. C'est un tel honneur pour moi que je ne sais même pas comment l'exprimer. Mais…

— Mais tu as des questions, n'est-ce pas ? Pose-les-moi.

— Merci, Madame. Principalement, une chose : quelles sont mes fonctions ?

Erren sourit gravement.

— C'est très simple. Tu protèges la reine. Pas moi, pas ses filles, pas son mari, pas le prince, mais la reine. Toujours et uniquement, tu t'assures de sa sécurité. Si tu peux sauver la vie du roi en laissant une abeille piquer la reine, tu dois laisser le roi périr. Est-ce assez simple ?

— Oui. Très simple.

— Dans ce cas, tu es libre de tes actes. Aucun ordre ne te sera donné, aucune mission ou tâche ne pourra t'écarter d'elle. Quel que soit celui qui l'ordonne. Agis toujours comme tu le crois être le mieux.

— Et les autres chevaliers ? Les Mestres ?

— Ils ne sont pas sous tes ordres, si c'est ce que tu veux dire. Et tu n'es pas non plus sous les leurs. La reine commande cette maison, et je suis le chef de la maisonnée. Tu obéis aux ordres de la reine, puis aux miens, puis à ceux du roi, dans cet ordre. Si à n'importe quel instant, tu penses qu'un ordre met en danger la vie de la reine, tu dois l'ignorer. (Elle marqua une pause.) Mais sois-en *certain*. Je ne veux pas d'un jeune coq orgueilleux qui discute chacun de mes ordres. Tu n'es pas le stratège, ici. Tu es le chien de garde. Tu es l'épée. Comprends-tu la différence ?

— Je comprends, Madame.

— Très bien, alors. À terme, nous formerons une véritable garde lierienne, et tu en seras le capitaine. Mais en attendant, les choses se feront comme je viens de te l'expliquer. As-tu d'autres questions ? Sur ce qui vient de se passer, par exemple ?

— Aucune question qui soit séante, je pense.

— Que veux-tu dire ?

— Je pensais à une question que je poserais au roi, si elle n'était pas impertinente, dit doucement Neil.

Une expression mêlant inquiétude et approbation passa un court instant sur le visage de dame Erren. Elle posa sa main sur l'épaule de Neil.

— Aime-la, dit-elle, mais ne tombe pas amoureux d'elle. Elle dépend de toi pour sa survie, et je ne voudrais pas que cela te soit indifférent. Mais tombe amoureux d'elle et ce sera sa mort. Tu pourrais tout aussi bien planter la dague toi-même. Tu comprends ?

Neil se raidit.

— Je connais ma place, Madame.

— J'en suis certaine. Ce n'est pas ce dont je parlais.

— Je vois ce dont tu parlais, dame Erren. Je suis jeune, mais je ne suis pas idiot.

— Si je pensais que tu l'étais, tu ne serais pas ici, dit doucement Erren. Et si je pense jamais que tu l'es, tu disparaîtras fort rapidement, sois-en assuré. (Elle se pencha et l'embrassa sur la joue.) Voilà. Bienvenue dans la maisonnée. Je dois sortir pour un temps.

— Dans ce cas, Madame, ne devrais-je pas me trouver dans sa chambre ? Je veux dire, si elle n'est pas dans ton champ de vision, ne devrait-elle pas se trouver dans le mien ?

— Une excellente remarque, répondit Erren. Mais laisse-moi l'y préparer. Je vais revenir très vite. J'ai des nouvelles à transmettre à la landegrave Fastia. Que lui incombe donc la déplaisante charge de les répercuter ensuite.

— Cal Azroth ? bafouilla Anne. Je ne peux pas aller à Cal Azroth ! Pas maintenant !

Fastia regarda Anne bizarrement.

— Que veux-tu dire par là, Anne ? Quelle chose *particulière* te retient ici à cet instant *particulier* ?

Anne sentit quelque chose s'affaisser dans son estomac.

— Ce n'est pas ce que je voulais dire, s'empressa-t-elle d'ajouter. C'est juste que je ne veux pas y aller, c'est tout. Cal Azroth est un endroit ennuyeux.

Le regard soupçonneux de Fastia perdura un instant, puis elle haussa les épaules.

— Anne, permets-moi de t'expliquer les faits. Fait numéro un : notre mère a manqué se faire assassiner. Fait numéro deux : Père et Erren et tous ceux qui devraient savoir craignent que toi, ou moi, ou n'importe lequel d'entre nous, soit le prochain. Nous partons tous là où nous pourrons être protégés. Fait numéro trois : tu pars à Cal Azroth. Il ne s'agit pas de la chapelle du soir ou d'une leçon de couture que tu peux éviter en t'habillant en garçon et en entraînant la garde royale dans une folle poursuite. Si besoin est, tu seras ligotée, pieds et poings liés, jusqu'à ce que le bateau soit suffisamment éloigné.

Anne ouvrit la bouche pour protester, mais Fastia posa un doigt sur ses lèvres.

— Un instant, dit son aînée. Laisse-moi te parler encore. Mère a besoin de nous, Anne. Crois-tu qu'elle a plus que nous envie de s'exiler ? Lorsqu'elle l'a appris, elle s'est abattue comme la foudre sur Père. Mais Père a besoin de nous savoir en sûreté, et Mère a besoin de ses enfants. Elle a besoin de toi, Anne.

Anne ferma la bouche. Fastia avait le don de donner à toute chose l'apparence de la vérité. Et si Erren était impliquée – eh bien, Erren avait un talent pour découvrir les choses, pour peu qu'elle s'y intéressât. Et il ne fallait absolument pas que Erren apprît, pour Roderick.

— Très bien, répondit Anne. Je vois que c'est important. Quand partons-nous ?

— Au matin. Et n'en parle à personne, tu comprends ? Trop de gens savent déjà où nous allons.

Anne acquiesça.

— Austra viendra, bien sûr ?

— Bien sûr.

Fastia prit le menton d'Anne dans sa main.

— Tu as l'air fatiguée, Anne. Tu dors bien ?

— J'ai eu des Vieilles-qui-pressent, reconnut Anne. Je...

Elle eut soudain terriblement envie de raconter à Fastia ce qui lui était arrivé dans le labyrinthe. Mais si le praifec lui-même lui avait dit de ne pas s'inquiéter, il n'y avait aucune raison. Cela ne ferait qu'ajouter à toutes les choses que Fastia lui reprochait.

— Oui ? l'encouragea Fastia, quelle sorte de Vieilles-qui-pressent ?

— Des bêtises, mentit Anne.

— Si cela continue, il faudra que tu m'en parles. Les rêves peuvent être importants, tu sais.

— Je sais, mais ceux-là sont juste... ridicules.

— Pas s'ils te mettent mal à l'aise.

Anne se força à sourire.

— Eh bien, nous aurons tout le temps d'en parler à Cal Azroth, je suppose. Il n'y a rien d'autre à faire, là-bas, de toute façon.

— Il y a toujours Élyonère. Je suis sûre qu'elle nous rendra visite. Et je vais m'assurer que l'on emmènera bien ton cheval Pluvite. Est-ce que cela te plairait ?

— Oh, Fastia, vraiment ?

— Je ferai de mon mieux.

— Merci.

— Maintenant, fais tes paquets. Je te revois très vite.

— Très bien.

— Ah, Anne ?

— Oui, Fastia ?

— Je t'aime vraiment, tu sais. Tu es ma petite sœur. Je sais que quelquefois tu penses… (Elle fronça les sourcils, et rougit un peu.) Enfin… (Ses doigts s'agitèrent brièvement dans sa direction, puis retombèrent.) Allez, fais tes paquets.

Lorsque Fastia fut partie, Austra entra dans la pièce sur la pointe des pieds.

— Tu as entendu ? demanda Anne.

— Oui.

— Quelle malchance ! Je suis censée aller retrouver Roderick demain.

— Tu veux que je lui transmette un message ? demanda Austra avec un peu d'agitation.

— Oui, murmura Anne. Oui. Dis-lui qu'à la place, je le retrouverai ce soir. À la cloche de minuit, dans la crypte de mes ancêtres.

— Anne, c'est une très mauvaise idée.

— Je ne le verrai peut-être pas pendant des mois. Je *veux* le voir avant de partir.

CHAPITRE HUIT

DES SCRIFTI

La morsure d'une gifle tira Stéphane de son rêve.

Il fut en fait gré de cette douleur, car elle le libérait de sa terreur, d'un monde éthéré fantasmatique fait d'hommes-bêtes cornus, de femmes et d'enfants éviscérés, de monstres emplumés et de visages grimaçants qui se formaient et se dissipaient tels des nuages, et représentaient alternativement ses rançonneurs, Aspar White, et frère Desmond.

Sa gratitude fut de courte durée. Durant son sommeil, le sang avait plaqué sa robe contre son dos, et avait par endroits adhéré au banc de bois sur lequel il dormait. Le mouvement de son réveil plaqua des cordes de feu sur tout son dos et ses membres.

— Voilà un bon garçon, dit le frère penché sur lui tandis que Stéphane s'asseyait. Allez, debout ! (Il tapa Stéphane dans le dos, suscitant un hoquet de surprise et des larmes de douleur.)

— Laisse-le, dit une voix plus douce. Desmond et sa bande ne sont plus là.

— Je n'en suis pas certain, maugréa le premier, un homme courtaud avec le torse bombé et des bras maigres, des cheveux roux et des taches de rousseur. Pour tout ce que j'en sais, tu es peut-être avec eux. Tout ce que je sais, c'est que ça ne peut pas faire de mal de se montrer brutal avec les nouveaux. Se montrer aimable avec eux peut faire du mal, par contre. (Il tapa de nouveau Stéphane dans le dos, quoique moins fort, cette fois.)

Mais c'en était trop. Stéphane bondit de son banc, surplombant ses antagonistes d'une bonne tête.

— Écartez-vous de moi, prévint-il. Ne me touchez plus.

Le rouquin recula de deux pas, mais il n'avait pas l'air terriblement inquiet.

— Comment t'appelles-tu, l'ami ?

C'était l'autre homme qui avait parlé, un jeune homme dégingandé avec de grandes oreilles et un sourire facile.

— Stéphane Darige.

— Je suis frère Alprin, et le petit, là, c'est frère Ehan.

— Ne m'appelle pas « le petit », avertit le rouquin.

— *Gozh margens ezwes, mehelz brodar Ehan*, dit Stéphane.

— Hein ? s'exclama frère Ehan. C'est de l'hérilanzais ! Comment se fait-il que tu parles ma langue ?

— Je ne la parle pas. Juste quelques mots.

— Comment as-tu deviné qu'il était hérilanzais ? demanda frère Alprin.

— Son nom. Son accent. Je suis bon avec ce genre de choses. *Et cela ne m'a attiré que des problèmes jusqu'à maintenant. J'aurais mieux fait de me taire.*

Mais Ehan sourit.

— Eh bien, c'est la meilleure que j'aie entendue depuis longtemps. En règle générale, personne ne comprend l'hérilanzais à part les Hérilanzais. Personne n'essaie même. Quel intérêt cela aurait ?

Stéphane renâcla.

— Peut-être qu'un jour, j'irai en Hérilanz.

— Celle-là est encore plus drôle, dit Ehan. Tu survivrais une demi-cloche, dans mon pays. Si le froid ne te tue pas, le premier enfant venu le fera.

Stéphane songea que si Ehan était l'Hérilanzais typique, les enfants lui arriveraient au mieux au genou, mais décida de ne pas dire une telle chose. Il avait déjà trop mal. Il préféra acquiescer.

— Probablement, admit-il.

Il parcourut le dortoir du regard, une grande salle éclairée par de hautes fenêtres étroites. Elle était assez austère : cinquante bancs de bois juste assez larges pour que l'on pût y dormir, et un petit coffre ouvert au bout de chaque banc pour les objets personnels. Il remarqua que le sien était vide.

— Mes affaires ! Mes livres, mes charbons, mes empreintes ! Où sont-ils ?

— L'un des sbires de Desmond les a pris. Si tu as de la chance et que tu te tiens bien, tu les récupéreras.

— Est-ce que… Je veux dire, le fratrex…

— N'essaie même pas, c'est une façon de penser qui ne te mènera nulle part, l'avertit Alprin. Avec Desmond et sa bande, le seul moyen est de coopérer, de les remercier, et d'espérer qu'ils finiront par s'intéresser à quelqu'un d'autre. Est-ce que le fratrex en a conscience ? Je ne sais pas. Ce n'est pas sûr. Mais aller lui en parler serait une terrible erreur.

— Mais comment peut-il – comment peuvent-ils – faire de telles choses ?

Frère Ehan le frappa dans le dos une nouvelle fois, et Stéphane manqua se mordre la langue.

— Idiot ! siffla Ehan. Est-ce que tu me connais ? Ou frère Alprin ? Tu viens de nous rencontrer ! Nous pourrions être les pires du lot ! Et par les saints de l'orage et du sang, si nous l'étions, tu regretterais tes paroles en cet instant même, et amèrement. Tu veux survivre ici ? Écoute, apprends, et ne parle pas tant que tu ne connais pas celui qui est en face de toi.

— Mais ne brises-tu pas tes propres règles ? Tu ne sais pas qui je suis.

— Je sais que tu es nouveau. Cela me suffit.

— Il a raison, dit Alprin. Et ne t'attends pas à la moindre gentillesse de notre part – ou de qui que ce soit – s'il y a la moindre chance que quiconque regarde. Il y a des règles concernant les nouveaux. Même moi, je ne les brise pas. Pas souvent.

— Maintenant tu es prévenu, grommela Ehan. C'est plus que je ne voulais faire, et c'est le dernier avertissement que tu recevras. Ne fais confiance à personne. (Il se frotta le menton.) Oh, et le fratrex voulait te voir dans le scriftorium il y a un quart de cloche. Au sujet de quelque chose comme « d'importantes traductions ».

— Par tous les saints ! dit Stéphane. Mais mes affaires…

— Oublie-les, dit Alprin. Vraiment. Tu as fait vœu de pauvreté, de toute façon.

— Mais ce ne sont pas des richesses. Ce sont des choses dont j'ai besoin pour travailler.

— Tu as tout le scriftorium, dit Ehan. De quoi d'autre pourrais-tu avoir besoin ?

— De mes notes.

— Dommage. (Frère Ehan se tourna vers frère Alprin.) Il est temps de partir. Nous avons pris suffisamment de risques pour une seule journée, et mon travail m'attend.

— Merci, dit Stéphane. *Eh Danka 'zwes*.

Ehan s'esclaffa en s'éloignant.

— Un étranger qui apprend l'hérilanzais ! s'exclama-t-il. Que me reste-t-il à découvrir ?

Et à moi ? pensa Stéphane. En arrivant à Tor Scath, il avait cru avoir connu ce qu'il y avait de pire.

Maintenant, il éprouvait déjà de la nostalgie pour cette époque-là.

Mais le scriftorium l'attendait, et cette pensée suscitait son excitation, quoique beaucoup moins que la veille.

— Tu es raide d'avoir porté le bois, hein ? demanda le fratrex en le regardant par-dessus son nez.

— Très raide, révérend, répondit Stéphane.

Il ne se faisait pas d'illusions. Bien qu'il eût soigneusement choisi ses mots, il venait de mentir à son supérieur. Il n'aimait pas cela, mais tant qu'il n'en aurait pas appris un peu plus sur le monastère et ses habitants, il était déterminé à suivre les conseils inquiétants des frères Alprin et Ehan.

Le fratrex parut compatir.

— Eh bien, ce soir, tu pourras apporter le repas aux postes de guet. La marche te détendra.

— Merci, Fratrex.

— Pas besoin de me remercier. Sinon, mon garçon, as-tu trouvé des choses intéressantes hier ? Je suis sûr que oui.

J'ai trouvé des pommes pourries dans le casier de l'Église, pensa Stéphane avec amertume.

— J'ai trouvé une copie antérieure de l'*Amena Tirson*, dit-il.

Le fratrex acquiesça d'un air approbateur.

— Ah, oui. La géographie antique. Nous possédons l'original.

— Je crois que c'est ce que j'ai trouvé. Les… les copies ont-elles été réalisées ici ?

Le fratrex se gratta le menton et inclina la tête.

— Il est ici depuis deux siècles, donc je suppose que toutes les copies que tu as pu voir proviennent d'ici, oui. Pourquoi ? As-tu trouvé des erreurs ?

— Pas exactement. Ce que…

— Eh bien ! Évidemment que non ! Nous avons les meilleurs copistes du monde. (Il fit un clin d'œil à Stéphane.) Et les meilleurs traducteurs, hein ? Maintenant, veux-tu voir ce pourquoi je t'ai fait venir ici ?

— Avec joie, Fratrex Pell, dit Stéphane.

Le vieil homme tapota du pouce une boîte de cèdre.

— C'est là.

La boîte était fort semblable à celle qui avait contenu l'*Amena Tirson*, mais plus grande. Elle paraissait neuve, mais lorsque le vieil homme en tira le couvercle, son contenu ne l'était pas.

— Des feuilles de plomb, murmura Stéphane, presque pour lui-même. Un texte saint.

— C'est ce que l'on pourrait penser. Mais tu vois la date ? Ceci précède l'Hégémonie – et l'expansion de l'Église dans cette région – de deux siècles.

— C'est vrai, reconnut Stéphane, Mais l'écriture sur le plomb était reconnue pour avoir une signification avant même que l'Église n'en eût codifié l'usage. Des messages aux morts, par exemple, ont été rédigés ainsi en Vitellien archaïque, avant le Sacaratum et la première Église.

— Des messages aux morts, oui, admit le fratrex. Selon nos plus anciennes doctrines, les esprits des disparus lisent plus facilement dans le plomb. Mais avant l'Église, ces messages étaient de petites choses – des malédictions et des requêtes, comme certains le font encore aujourd'hui. Ce ne fut qu'après la seconde réforme que des textes adressés aux saints furent écrits de cette façon, puisque les disparus sont au service des saints.

« Mais ici, bien avant la seconde réforme – enfin, tu vas voir par toi-même.

Stéphane s'approcha pour mieux voir, et son cœur battit plus fort. La douleur dans son dos ne disparut pas, mais un instant, il l'oublia quasi complètement.

— C'est un texte entier, dit-il. Un livre, comme les écrits sacrés de l'Église.

— Et connais-tu la langue ?

— Puis-je le tenir ?

— Bien sûr.

Stéphane souleva la première lourde feuille. Lorsque ses doigts la touchèrent, il lui sembla presque qu'il pouvait sentir le goût du plomb dans sa bouche, et ses doigts tremblèrent légèrement.

Qui avait inscrit cela ? Qu'avait ressenti l'auteur, lorsqu'il s'était penché sur cette première page ? L'immensité du temps parcourut Stéphane comme une vague qui roule sur l'océan, délicieuse et un peu effrayante. Il plissa les yeux devant les petits signes.

— Il y a énormément de patine, murmura-t-il en brossant de la main la pellicule blanche qui la recouvrait. Où cela a-t-il été trouvé ?

— Dans l'ancienne chapelle de saint Sonwys, dans les marches de Hume, du moins c'est ce que l'on m'a dit.

— Ils n'en ont pas pris grand soin, fit remarquer Stéphane. Elles sont restées à l'humidité. (Il fronça les sourcils.) Et on dirait presque… auraient-elles jamais été enterrées ?

— J'en doute, dit le fratrex. De toute façon, nous les avons, maintenant, et nous les traiterons comme il se doit. En fait, c'est une autre des raisons pour lesquelles nous avons sollicité un frère ayant tes qualifications. Pour être honnête, j'aurais préféré quelqu'un d'un rang hiérarchique plus élevé qu'un novice, mais je suis certain que tu sauras te montrer digne de la confiance de l'Église.

— Je m'y efforcerai, Révérend.

— Maintenant, que peux-tu m'en dire ? C'est du Vadhiien, c'est au moins une chose que même moi peux discerner, mais…

— Avec mon plus grand respect, Révérend, dit Stéphane précautionneusement, en se souvenant de sa leçon d'humilité. À première vue, je ne suis pas tout à fait certain que ce soit le cas.

— Oh ?

— Il y a une évidente similitude, mais…

Il se concentra sur la première ligne, le front plissé.

— Ce sont bien des caractères Vadhiien, non ? demanda le fratrex.

— Oui, mais regarde cette ligne. On dirait *Dhyvhubh khamy*, « ceci adressé aux dieux ». En Vadhiien, ce devrait être *Kanmi udhe dhivhi*. Tu vois ? Le Vadhiien avait abandonné les désinences du Croatani ancien. Je pense que c'est un dialecte inconnu – peut-être une forme très ancienne de Vadhiien.

— Vraiment ? Ancien à quel point ? La date nous indique que le texte a été écrit durant le règne du Bouffon Noir. La langue de cet empire était le Vadhiien.

— Le texte peut avoir été copié. Tu vois ici, sous la date ?

— Je vois la lettre Q, du moins si je comprends le scrift.

— C'est bien un Q, affirma Stéphane. Le Bouffon Noir régna durant la plus grande partie d'un siècle. Durant les premières années de son règne, il devint obligatoire pour les scrives et les traducteurs d'apposer leur marque sous la date. (Il eut un sourire sévère.) Le Bouffon voulait savoir qui punir dans le cas où quelque chose serait mal copié. Après sa défaite, bien sûr, s'établit l'Hégémonie, et avec elle l'Église, et les règles furent harmonisées avec les procédures de l'Église.

— Tu crois qu'il s'agit d'une copie d'un texte antérieur, alors ?

— C'est possible. À moins que ce n'ait été une sorte de dialecte littéraire – de la même façon que nous utilisons le Vitellien et le Croatani pour nos textes sacrés.

Le fratrex acquiesça.

— Là je reconnais mes limites. C'est peut-être comme tu le dis.

— Ou peut-être pas, s'empressa d'ajouter Stéphane. Après tout, je ne me suis fondé que sur quelques mots. Mais en l'étudiant, je pourrai m'en faire une opinion plus légitime.

— Et combien de temps te faudra-t-il pour en achever la traduction ?

— Je ne puis le dire avec certitude, Révérend. Si c'est un dialecte inconnu, ce sera peut-être difficile.

— Oui. Pourrais-tu le faire en une neuvaine ?

— Révérend ? (Désemparé, Stéphane s'efforça de ne pas laisser percer la tension dans sa voix.) Je peux essayer. Est-ce à ce point important ?

Le révérend se rembrunit.

— Pour moi ? Non. Mais considère ceci comme une épreuve, une première dévotion. Fais-le dans le délai que je t'ai imparti, et tu pourrais bien arpenter la voie des sanctuaires plus tôt que ne l'a jamais fait aucun novice.

La mention des sanctuaires ramena la douleur à l'esprit de Stéphane. Qu'aurait frère Desmond à dire à cela ?

— Révérend, je ne désire aucun traitement particulier. Bien sûr, je traduirai avec zèle. C'est pour cela que tu m'as fait venir ici, et je ne te décevrai pas.

— Je ne m'attends pas à l'être. (Puis le ton de fratrex Pell se fit plus acéré.) Et je ne m'attends pas non plus à t'entendre discuter mes décisions. Si je déclare que tu es prêt à arpenter la voie des sanctuaires, ce sera parce que tu seras prêt. Me comprends-tu ? Cela n'a rien à voir avec un traitement particulier.

« Nous nous cassons la tête sur ce scrift depuis des mois, et le temps de compter jusqu'à cent, tu as déjà percé l'un de ses mystères. C'est à l'évidence un signe des saints. Ton succès ou ton échec dans la prochaine neuvaine sera également un signe, d'une façon ou d'une autre. Tu comprends ?

— D'une façon ou d'une autre, Révérend ?

— Exactement. (Le fratrex le tapota fermement sur l'épaule, ce qui projeta des fléchettes d'agonie à travers tout le corps de Stéphane.) Eh bien, tu es sensible, dit-il. Bon, je vais te laisser. Que les saints soient avec toi.

— Et avec toi, Révérend, répondit Stéphane.

Lorsque le fratrex eut disparu, ses paroles restèrent suspendues dans l'air, aussi certaines dans leur forme que si elles eussent été inscrites dans le plomb, et aussi incertaines que le contenu du manuscrit.

D'une façon ou d'une autre. Si Stéphane réussissait, il arpenterait les sanctuaires et deviendrait un initié, une chose qui prendrait autrement un an ou plus. Bien sûr, Desmond Spendlove le battrait alors certainement à mort.

Mais s'il échouait ? Que diraient alors les saints au fratrex ?

Mais non, une chose était certaine : personne n'avait lu ces mots anciens depuis plus de mille ans. Quoi qu'il arrivât, quoi qu'il risquât, il le ferait.

Il trouva du papier et des charbons pour tracer, une brosse pour nettoyer les caractères, et mélangea de l'encre.

Une cloche plus tard, il avait oublié le fratrex, Desmond Spendlove, et toutes les menaces de punitions et de douleur, tandis que se révélaient lentement et timidement des pensées plus qu'anciennes.

Le dialecte était effectivement inconnu. La structure des mots était très similaire à celle du Vadhiien, mais la façon dont ces mots étaient assemblés, et la grammaire qui leur donnait un sens, étaient plus anciennes, plus proches des langues du Cavarum antique.

La cloche des vêpres le trouva toujours penché sur le manuscrift, avec des phrases traduites inscrites sur le papier posé à côté. À mesure qu'il progressait, il avait rayé d'anciennes suppositions et les avait remplacées par d'autres, plus certaines. Se redressant sur son siège, il fit craquer sa nuque et se frotta les yeux, puis il revint à ses notes.

Il avait accumulé les éléments épars – la conjugaison de tel ou tel verbe, la relation entre sujet et complément – mais il n'avait pas encore essayé de les rassembler. Donc sur une feuille propre, il commença une traduction parcellaire. Elle disait :

Ceci adressé aux dieux.

Dans la trente-huitième année du règne d'*Ukel Kradh dhe'Uvh* (l'un des titres du Bouffon noir, qui signifie « Fier Cœur d'Effroi », écrit en dialecte Vadhiien, contrairement au reste du document, S.D.) furent gravés ces mots. Écoute-les, car ils sont terribles. Ils ne sont que pour tes yeux, Grand Seigneur, et pour aucun autre. Seigneur des Sedoï, ici est le dit des (*noybhubh* : sanctuaires ? autels ? temples ?) qui appartiennent aux (*zhedunmara* : dieux maudits ? démons impies ?). Ici est le dit des (*vath thadhathun* : voies du sedos ? voies des sanctuaires ?) de la Matriphage, du Désir Sacré, du Seigneur Aliéné, de l'Éclair Intérieur Difforme, de leurs amis et parents. Ici est le dit de la façon de les divertir. (*Uwdathez* : maudit ?) est celui qui pose les yeux sur ces mots. Et (maudit ?) est celui qui les inscrit.

Une froideur envahit l'épine dorsale de Stéphane. Qu'avait-il ici, au nom des saints ? Il n'avait jamais vu un texte ancien qui ressemblât même de très loin à cela.

Évidemment, très peu de textes de l'époque des Guerres des Mages avaient survécu. La plus grande partie de ce qui avait été écrit était profane et maléfique, et avait dû être détruit par l'Église.

S'il s'agissait de l'un de ces textes, comment leur avait-il échappé ? Simplement parce que personne ne pouvait le lire ? C'était idiot. Lorsque l'Hégémonie avait apporté la paix dans le nord, ils avaient avec eux certains des plus grands érudits du monde antique. Par ailleurs, ce langage aurait été suffisamment proche des dialectes de l'époque pour que n'importe quel lettré d'alors fût capable d'accomplir aisément ce que Stéphane réalisait aujourd'hui avec autant de difficulté – le traduire par assimilation avec des langues sœurs.

Peut-être qu'il avait été caché ou, comme l'avait précédemment soupçonné Stéphane, enterré. Peut-être qu'un paysan l'avait extrait de son champ et l'avait apporté aux frères de Saint-Donwys, qui auraient supposé qu'il s'agissait d'un texte sacré de l'Église, et l'auraient rangé dans leur scriftorium.

Mais quelle que fût son origine, Stéphane était quasiment certain qu'il n'aurait pas dû exister. Et il était tout aussi certain que dès que l'Église apprendrait ce que c'était, il serait détruit.

Il devrait en parler à fratrex Pell dès maintenant. Il ne devrait pas poursuivre plus avant.

— Frère ?

Stéphane sursauta à en sortir de son enveloppe charnelle. Un moine qu'il ne connaissait pas se tenait à quelques pieds de lui.

— Pardon ? dit Stéphane.

— Fratrex Pell demande que tu apportes le repas du soir aux tours de guet.

— Oh ! Bien sûr.

— Dois-je ranger cela ? demanda le frère en indiquant le scrift.

— Oh, euh, non. C'est quelque chose que je traduis pour le fratrex. Puis-je le laisser ici, pour le reprendre plus facilement demain matin ?

— Bien sûr, répondit le frère.

— Je m'appelle Stéphane Darige.

— Frère Sangen, à ton service. Je garde les choses sur les étagères, ici. C'est l'un des nouveaux scrifts vadhiiens ?

— Il y en a d'autres ?

— Oh oui. Il nous en arrive régulièrement depuis quelques années.

— Vraiment ? Tous de Saint-Donwys ?

— Par le ciel, non ! De partout ! (Son front se plissa légèrement, comme s'il était un peu inquiet.) Il vaudrait mieux que tu y ailles. Fratrex Pell est généralement patient, mais s'il demande qu'une chose soit faite, il veut qu'elle le soit.

— Bien sûr. (Stéphane ramassa sa traduction libre et ses notes.) Je voudrais les garder avec moi, pour y réfléchir avant de dormir. Est-ce permis ?

— Bien sûr. Bonsoir à toi, frère Stéphane. (Puis il baissa la voix.) Fais attention à toi en allant aux tours de guet. On dit que la route du sud, qui passe par les bois, est plus longue mais plus… plaisante. Je peux t'en indiquer le chemin, si tu veux.

— Ce sera avec plaisir, oui, dit Stéphane. Je t'en remercie.

Dans le crépuscule, avec les lucioles qui s'élevaient comme des fantômes laissant derrière eux le monde, Stéphane sentit les frissons revenir. Il combattit son envie de filer droit chez le fratrex pour lui révéler ce qu'il avait découvert.

Il ne craignait pas la malédiction, bien sûr. Quel qu'il

fût, le dieu païen qu'elle invoquait était depuis longtemps mort ou prisonnier des saints. Le Bouffon Noir avait été vaincu et était mort depuis plus d'un millénaire. La malédiction n'avait plus aucune importance.

Mais tout scrift qui débutait par une malédiction aussi forte devait probablement contenir des choses qu'aucun homme ne devrait voir, des choses qu'aucun homme n'aurait dû jamais voir.

Néanmoins, il ne pouvait en être sûr. Cela pouvait se révéler n'être rien de plus qu'une liste de démons morts. Et il pouvait contenir des informations utiles à l'Église.

Tant qu'il n'était pas certain que le scrift était inexpiable, il ne pouvait se résoudre à le voir détruit.

Il allait continuer de le lire. S'il trouvait quelque chose de clairement impie et dangereux, il irait droit au fratrex.

Mais en l'instant, il avait d'autres soucis. Frère Sangen soit aidait Stéphane à éviter Desmond et ses acolytes, soit le jetait droit dans leurs bras. Il n'y avait aucun moyen de le savoir, et rien qu'il pût y faire sinon s'y préparer.

Il eut soudain l'étrange idée qu'il serait agréable d'avoir Aspar White avec lui. Le forestier était bourru, mais il semblait aussi avoir une idée claire de ce qui était bien et de ce qui ne l'était pas.

Sans oublier que Desmond Spendlove et ses petites brutes ne tiendraient pas un compte de vingt face à Aspar. Un combat que Stéphane eut aimé voir.

D'un autre côté, Aspar White le raillerait d'être faible et trop dorloté. Il se redressa. Il ne pouvait vaincre ses ennemis, mais il pouvait s'assurer qu'eux ne le vaincraient pas, même s'ils le rossaient. Ils ne vaincraient pas son esprit.

C'était ce qu'il pouvait faire de mieux. Cela allait

devoir suffire ; il espérait simplement que cela ne le tuerait pas.

Dans le droit-fil de sa pensée, une voix s'éleva de la forêt, douce mais portant loin.

— Eh bien, que fais-tu là, petit ?

Stéphane prit une longue inspiration pour se donner du courage, tandis que Desmond Spendlove s'avançait sur l'herbe, une lueur sauvage à peine perceptible dans les yeux.

Il fallut un moment à Stéphane pour comprendre que frère Desmond ne s'adressait pas à lui. En fait, il n'avait même pas vu Stéphane. En toute hâte, Stéphane se précipita derrière une meule de foin et jeta un œil par le côté.

La proie que Spendlove et ses loups encerclaient était frère Ehan.

— Ne m'appelle pas comme ça, avertit Ehan.

— Je t'appelle comme je veux. Qu'as-tu dit au nouveau, frère Ehan ? Rien de désobligeant, j'espère.

— Rien qu'il n'ait déjà su, répondit Ehan.

— Comment sais-tu ce qu'il sait ou ne sait pas ? Vous êtes déjà à ce point amis ?

Le menton de frère Ehan se leva d'un air de défi.

— Viens, Spendlove. Juste toi et moi. Sans tes chiens.

— Vous avez entendu comment il vous a appelés, les amis ? dit frère Desmond.

— Des chiens, répéta Ehan. Des petites chiennes qui en suivent une grande.

Le cercle se réduisit. Ehan bondit soudain, et se précipita vers frère Desmond.

Il ne l'atteignit jamais. L'une des autres silhouettes encapuchonnées lança violemment le bras, qui vint frapper Ehan sous le menton. Ses pieds furent projetés en l'air, et il retomba avec une telle violence que Stéphane en entendit le bruit de l'endroit où il se trouvait.

Stéphane sentit sa gorge se serrer. Il ne fallait pas s'en mêler : tous ses instincts le lui hurlaient. Et pourtant, au plus profond, il sentait de quelque manière le regard du forestier peser sur lui. Aspar White, quelque fruste qu'il fût, quels que fussent ses défauts, ne serait jamais resté là à regarder sans réagir.

— Maudits couards ! cria Stéphane.

Ou sa gorge le cria, en tout cas. Il ne se souvenait pas lui en avoir donné l'autorisation.

Mais cela détourna leur attention. Frère Desmond et quatre autres se dirigèrent vers lui, en courant. Trois d'entre eux formèrent une ligne, et les deux autres filèrent vers l'autre côté de la meule de foin.

Stéphane plongea derrière la paille odorante. Il aurait pu courir, bien sûr, mais ils allaient *vite*, bien plus vite que lui ne le pourrait. Ils l'auraient rattrapé.

Alors en lieu de cela, il s'accrocha à l'herbe nouée et grimpa aussi vite qu'il le put. Lorsqu'il eut presque atteint le sommet, il s'immobilisa et regarda ses poursuivants se rejoindre et s'agiter en contrebas.

— Il a dû courir jusqu'aux arbres, sous couvert de la meule, dit l'un d'entre eux.

— Trouvez-le.

L'ordre était venu de frère Desmond, dont le visage était soudain devenu visible pour Stéphane, parce qu'un halo de lumière avait soudain apparu autour de lui, une sorte de brume luisante.

Saint Tyw, faites qu'ils ne lèvent pas les yeux, pria silencieusement Stéphane.

Que ce fût par la grâce du saint ou parce que cela ne leur vint tout simplement pas à l'esprit, ils ne le firent pas, mais se dispersèrent et coururent vers les arbres.

Cela ne les retiendrait pas longtemps. Il n'y avait au-delà de la rivière et de sa bordure de saules que des pâturages à découvert, et ils s'apercevraient rapidement qu'il ne s'y trouvait pas.

Stéphane grimpa jusqu'au sommet de la meule de foin et redescendit de l'autre côté.

Les deux derniers hommes étaient encore avec Ehan ; l'un le maintenait au sol, tandis que l'autre apportait ce qui ressemblait à un sac lourd.

Ils virent Stéphane à la dernière seconde, alors qu'il frappait celui qui tenait Ehan sous le menton. Il sentit la mâchoire claquer, comme l'autre homme beuglait et projetait le sac sur lui.

Le sac le heurta puissamment dans le bas du dos, et cela fit *mal*. On eut dit un sac plein de poires, et il s'agissait probablement de cela. Stéphane tomba à genoux, avec le goût du sang dans la bouche.

Le temps qu'il réalisât, Ehan le tirait par le bras.

— Relève-toi, idiot ! Ils seront là d'une seconde à l'autre !

Stéphane se remit sur pied tant bien que mal. Le type qu'il avait frappé était étendu sans connaissance, et l'autre était étendu aussi, et gémissait.

— Viens, répéta Ehan.

Puis il partit en courant.

Stéphane partit à sa suite, un bon choix parce qu'il pouvait soudain entendre Desmond et les autres leur hurler de s'arrêter, les menacer des pires choses s'ils n'obéissaient pas.

Il suivit Ehan jusqu'à l'orée de la forêt, puis tout ne fut plus que branches qui l'accrochaient et soudains affleurements rocheux invisibles ; puis finalement une piste qui serpentait en remontant la colline.

Ses poumons étaient deux lanternes brûlantes, et la douleur dans ses reins là où le sac l'avait frappé devint un feu qui faisait leur pendant.

Ils entrèrent dans une clairière. Il faisait maintenant nuit noire, mais Ehan semblait savoir où il allait.

À l'instant même où Stéphane se dit qu'il ne pourrait plus faire un pas, son compagnon l'attrapa par le bras et le fit s'accroupir.

— Je ne crois pas qu'ils nous poursuivent encore, haleta-t-il. Nous allons attendre ici, et voir. Mais ils peuvent nous trouver quand ils veulent, alors ils ne vont pas se fatiguer.

— Pourquoi–avons–nous–couru–alors ? réussit à dire Stéphane, entre des râles violents et douloureux.

— Je n'aurais pas fui, si tu n'avais pas fait ce que tu as fait, répondit Ehan. Mais ils auraient pu nous tuer, à ce moment-là. La prochaine fois que Desmond nous attrapera seuls, ce sera très dur, mais il les aura calmés.

— Ils ne peuvent pas nous tuer, juste comme ça ! protesta Stéphane.

— Oh, vraiment ? dit Ehan. Ils ont tué un novice rien qu'il y a deux mois. Ils lui ont brisé la nuque, puis ils l'ont jeté dans un puits pour que cela paraisse accidentel. Ces gars ne jouent pas. Ce que tu as fait était d'une bêtise ogresque. Nous avons eu de la chance qu'ils aient laissé Inest et Dyonis avec moi ; ils n'ont pas encore de saint don. Si ça avait été n'importe lequel des autres, nous serions morts.

Ehan marqua une pause.

— Mais – *Eh Danka 'zwes*, hein ? Merci. Tu ne savais pas. Tu vaux mieux que je ne le croyais. Tu es stupide, mais tu es un bon gars.

— Je ne pouvais me contenter de regarder, expliqua Stéphane.

— Il vaudrait mieux que tu apprennes, dit Ehan très sérieusement. Il vaudrait vraiment mieux.

— Mais certainement, si nous nous mettions tous ensemble…

— Oublie ça. Écoute, ils vont vraiment te laisser tranquille, au bout d'un moment. C'était la première fois qu'ils s'en prenaient à moi depuis un an.

— Parce que tu m'as parlé.

— Oui, je suppose.

Stéphane hocha la tête dans l'obscurité, et ils restèrent tous deux assis jusqu'à ce que la tempête de leur souffle se fût calmée en un zéphyr.

— Très bien, dit Ehan. On remonte par là au dortoir.

Stéphane tâta le sac à provisions, toujours accroché à sa ceinture.

— Il faut que je porte cela aux guetteurs.

— Ils s'attendent à ce que tu y ailles, tu sais.

— Le fratrex m'a dit de le faire.

— Les frères qui montent la garde comprendront.

— Le fratrex m'a dit de le faire, répéta Stéphane. Et je le ferai.

Ehan grommela quelque chose dans sa langue, d'un ton trop bas et trop rapide pour que Stéphane pût comprendre.

— Très bien, dit-il finalement. Si tu insistes pour être stupide. Mais laisse-moi te montrer un autre chemin.

CHAPITRE NEUF

L'EXIL

L'air se figea dans la gorge d'Anne tandis que les doigts de Roderick frôlaient doucement sa poitrine. Avait-ce été un accident ? Il n'avait jamais fait cela auparavant. Mais rien n'avait jamais été comme cela auparavant, leurs baisers se faisant pressants, exigeant quelque chose de plus.

Non, voilà que sa main revenait à sa poitrine, malicieusement. Le premier frôlement n'avait été qu'une incursion, pour voir ce que serait sa réaction. Mais maintenant elle revenait en confiance, flânant sur le mince tissu de sa robe, érigeant son mamelon en tourelle de forteresse.

Et sa bouche courait et mordillait et suçotait autour de sa gorge, jusqu'à ce que Roderick se dressât finalement derrière elle, son souffle chaud sur sa nuque, une main toujours sur sa poitrine, l'autre chatouillant son ventre, de plus en plus bas, l'explorant comme un aventurier en terre inconnue.

Lorsque c'en fut trop, elle se retourna dans son étreinte et l'embrassa sauvagement, commençant sa propre exploration à la base de son cou, vers sa poitrine à travers sa chemise ouverte. Lorsque leurs lèvres se retrouvèrent, ce fut en un enchevêtrement furieux et passionné, comme si quelque chose d'autre que son cerveau avait pris le contrôle et qu'Anne contractait son corps contre le sien de toutes ses forces.

Ils s'écartèrent l'un de l'autre, haletant tous deux comme des animaux, et Anne se sentit un instant honteuse et effrayée. Mais la main de Roderick revint alors à son menton, très doucement, et ses yeux noirs la capturèrent, en ne lui promettant rien d'autre que joie et dévotion.

Autour d'eux, la tombe était totalement silencieuse, et l'on n'en voyait presque rien dans la lumière de l'unique cierge qui brûlait, posé sur un support mural. Ils se trouvaient dans la salle centrale, où les corps étaient exposés et dans laquelle la famille se réunissait pour les rites funéraires. Aucun n'était mort récemment ; ses ancêtres se trouvaient ailleurs, dans leurs propres chambres, dans les caveaux qui formaient les pièces de la grande maison. Avant que Roderick ne fût arrivé, elle avait dit une prière pour les apaiser.

— Tu es plus belle qu'aucune femme sur laquelle j'aie jamais posé les yeux, chuchota Roderick. La première fois que je t'ai rencontrée, ce n'était pas ainsi. Tu étais belle, oui, mais maintenant… (Il chercha ses mots.) C'est comme si, à chaque fois que je te retrouvais, tu brillais d'une lumière plus forte.

Elle ne sut que répondre, et put à peine soutenir l'intensité de son regard. Elle se blottit donc contre lui et posa sa tête sous son menton, contre sa poitrine.

— Ce doit être parce que l'amour embellit, dit-il dans ses cheveux.

— Quoi ?

Elle se recula, pour voir s'il plaisantait.

— Je sais que c'est sans espoir, mais c'est vrai. Je t'aime, Anne.

Cette fois, elle ne se détourna pas de son regard mais regarda pendant que son visage se rapprochait, que ses lèvres s'ouvraient, qu'il l'embrassait longuement et passionnément.

Mais ensuite elle le repoussa.

— Je dois partir demain, dit-elle brutalement.

Elle sentit les larmes envahir soudain sa tête, cherchant désespérément à s'écouler.

— Que veux-tu dire ?

— Père nous envoie au loin, à Cal Azroth. Ma mère, mes sœurs, mon frère – et moi. Il pense que nous sommes en danger. C'est stupide. Comment pourrions-nous être plus en sûreté là-bas ?

— Demain ? (La voix de Roderick exprimait une profonde souffrance.) Pour combien de temps ?

— Je ne sais pas. Des mois, probablement. Jusqu'à ce que cette stupide histoire avec Saltmark soit achevée.

— C'est terrible, murmura-t-il.

— Je ne veux pas partir. (C'était maintenant son tour de lui caresser la joue.) Nous avons encore du temps, dit-elle. Embrasse-moi, Roderick. Attendons demain pour nous inquiéter de ce qui arrivera alors.

Il l'embrassa. D'abord doucement, mais en quelques instants il avait repris tout le terrain précédemment conquis, et progressait encore. Lorsqu'il prit son mamelon entre le pouce et l'index, elle eut un petit rire ravi : qui eût pu envisager faire une telle chose ? C'était tellement surprenant !

Il délaça son corset, et parcourut des lèvres le fil sur lequel le tissu et la chair se rejoignaient, si bien que chaque baiser était humide et vif, mais aussi en quelque sorte distant, et d'autant plus excitant.

Le corset glissa plus avant.

Lorsque sa main eut franchi ses bas et atteint la chair nue du haut de ses cuisses, Anne se tendit de tout son corps. Elle gémit et, pour la première fois, eut réellement peur. C'était une peur étrange, néanmoins ; une peur mêlée. Et Roderick semblait si sûr de ce qu'il faisait, si confiant.

Et il l'aimait, n'est-ce pas ?

Il s'interrompit, et la saisit de nouveau de ses grands yeux.

— Dois-je m'arrêter ? Si tu as le moindre doute, Anne, dis-le.

— T'arrêterais-tu si je te le demandais ? dit-elle d'une voix pantelante.

— Oui.

— Parce que je ne suis pas tout à fait certaine – mais je ne veux pas que tu t'arrêtes, pas encore.

Il sourit.

— Je t'aime, Anne Dare.

— Je t'aime aussi, dit-elle.

Alors qu'elle réalisait ce qu'elle venait de dire, il se resserra sur elle. Une sorte de détachement l'enveloppa, comme si rien de ce qui allait arriver ne pourrait lui être reproché par qui que ce fût. Rien.

Et puis elle avait quinze ans ! Qui restait vierge à cet âge ?

Soudain, Roderick se raidit et bondit, tourna les talons, et porta la main à son épée.

— Jeune homme, dit une voix familière, ne te montre pas plus téméraire que tu ne l'as déjà été.

Anne s'assit et rassembla ses jupons.

— Qui est-ce ? Erren ?

Erren apparut à l'entrée, suivie – que les saints lui viennent en aide ! – par Fastia.

— Nous nous apprêtions… commença Roderick.

— … à forniquer comme des chèvres sauvages ? Oui, j'ai vu cela, dit sèchement Erren.

— Anne, rajuste tes vêtements, ordonna Fastia d'une voix acérée. Eh bien, par tous les saints, dans la maison de nos ancêtres ? (Quelque chose d'étrange vibrait dans sa voix, qui n'était pas dû à l'indignation, mais que Anne ne sut identifier.)

— Anne n'est pas fautive, commença Roderick.

Mais Anne voulut parler pour elle-même.

— Comment osez-vous ? s'exclama-t-elle brusquement. Comment osez-vous me suivre jusqu'ici ? Ceci est mon affaire, à moi et à moi seule ! Qui j'aime n'est l'affaire de personne !

— Peut-être pas, répondit Erren, mais qui te *saillit* est l'affaire du royaume, je le crains.

— Tu en es sûre ? Vraiment ? Et mon père, qui couche avec toutes les traînées…

— Silence, Anne ! coupa Fastia.

— … qui passent par le palais ? Non, je ne me tairai pas, Fastia. Ce n'est pas de ma faute si le sang qui coule dans mes veines n'est pas aussi glacé que le vôtre, à toutes les deux.

— Oh si, tu vas te taire, dit Fastia. Et toi, Roderick de Dunmrogh, tu ferais mieux de partir. Maintenant, avant que cela ne devienne un incident dont devrait être informée la cour.

Roderick releva le menton.

— Cela ne m'effraie pas. Nous n'avons rien commis de répréhensible, Anne et moi, et nous n'avons fait que suivre nos cœurs.

— Quand les cœurs battront entre les cuisses, ce sera indubitablement vrai, dit Erren.

— Ne pars pas, Roderick.

C'était plus un ordre qu'une requête. Il lui prit la main.

— Je vais partir, mais ce n'est pas fini. Nous nous reverrons.

Il adressa à Erren et Fastia un regard âpre, puis quitta la pièce sans se retourner.

Anne dévisagea elle aussi les deux femmes, affûtant ses arguments tandis que le bruit des sabots du cheval de Roderick sur les pavés de plomb s'éteignait. Le visage de Fastia, pendant ce temps, était livré à d'étranges contorsions.

Et soudain, la sœur aînée d'Anne éclata de rire. Erren s'y joignit en souriant et en hochant la tête.

— Par tous les saints du ciel, réussit à dire Fastia, où l'as-tu trouvé, celui-là ?

— Ce n'est pas drôle ! Pourquoi ris-tu ?

— Parce que c'est tellement risible ! Crois-tu avoir été la première à venir dans les tombes pour ce genre de choses ? T'es-tu crue maligne ? Et Roderick : « Dois-je m'arrêter ? » Oh, mon Dieu. Et toi qui croyais qu'il le ferait, et que tu aurais même envie de le lui demander !

— Tu m'as épiée depuis le début ?

Fastia se calma, mais elle gloussait encore.

— Non, seulement à partir du moment où c'est devenu intéressant.

— Tu n'en avais pas le droit, chienne sans cœur !

Cela mit fin à l'hilarité de Fastia, et Anne en fut soudain désolée. Depuis combien de temps n'avait-elle pas entendu sa sœur rire ? Même si cela devait être aux dépens d'Anne. Elle perdit de sa morgue.

Fastia hocha la tête, comme pour elle-même.

— Marche avec moi un moment, Anne. Erren, tu peux nous attendre ici ?

— Certainement.

Dehors, il y avait une certaine fraîcheur dans l'air. La nécropole était baignée d'une lumière argentée. Fastia fit quelques pas dans la cour, puis regarda la lune à demi pleine. Ses yeux étaient écarquillés et luisants. Anne n'était pas certaine que ce fût ou non des larmes.

— Tu crois que je t'en veux pour cela, Anne ? dit-elle doucement. Tu crois que je ne comprends pas exactement ce que tu ressens ?

— Personne ne sait ce que je ressens.

Fastia soupira.

— Cela en fait simplement partie, Anne. La première fois que l'on entend une nouvelle chanson, on pense être la première à l'entendre, quel que soit le nombre de lèvres qui l'ont chantée. Tu crois que je n'ai jamais eu de rendez-vous galants, Anne ? Tu crois que je n'ai jamais ressenti la passion, ou pensé que j'étais amoureuse ?

— Tu n'en donnes pas l'impression.

— Je suppose que non. Anne, je me souviens de ce que tu ressens en cet instant. Ce fut la plus belle période de ma vie.

— Puis tu t'es mariée.

Pour sa plus grande surprise, Fastia acquiesça d'un hochement de tête.

— Oui. Ossel est un seigneur puissant, un bon allié. C'est un homme bon, dans l'ensemble.

— Mais il ne te convient pas.

— Ce n'est pas exactement cela. En fait, voilà, Anne : chaque passion que j'ai connue à ton âge, chaque plaisir, chaque désir, est comme une épine douloureusement enfoncée en moi. Je regrette avoir jamais… (Elle se tordit les mains en un geste d'impuissance.) Je ne sais pas comment te dire cela.

— Moi je le sais, dit Anne. Si tu n'avais jamais su à quel point l'amour pouvait être plaisant, tu ne haïrais pas autant ta situation avec ton époux.

Les lèvres de Fastia se serrèrent.

— C'est cruel, mais c'est bien résumé.

— Mais si tu t'étais mariée par amour…

La voix de Fastia s'endurcit.

— Anne, nous ne nous marions pas par amour. Ni ne pouvons, comme nos époux, chercher l'amour après le mariage. Cette épée-là n'est pas à double tranchant. Nous pouvons trouver d'autres joies, dans nos enfants, nos livres, nos ouvrages et nos obligations. Mais nous ne pouvons pas…

Ses mains s'agitaient comme des oiseaux désorientés, et elle les calma finalement en croisant ses bras sur sa poitrine.

— Anne, je t'envie et te plains tout autant. Tu me ressembles, et lorsque la réalité se sera abattue sur tes rêves, tu deviendras tout aussi amère. Je sais ce que tu penses de moi, vois-tu. Je le sais depuis des années, depuis que tu m'as chassée de ton cœur.

— Moi ? J'étais juste une petite fille ! C'est toi qui m'a chassée de ton cœur, lorsque tu as épousé ce rustre !

Fastia se noua les mains.

— Peut-être. Je ne le voulais pas. Mais les premières années furent les plus dures, et après… (Elle haussa les épaules.) Ensuite, cela me parut être préférable. Tu te marieras, un jour, et tu partiras, et je ne te verrai plus, de toute façon.

Anne dévisagea longuement Fastia.

— Mais si tout cela est vrai, alors pourquoi…

— Pourquoi t'ai-je suivie jusqu'ici ?

— Oui, tu aurais pu ne pas t'en mêler.

— Tu n'as donc rien écouté ? Je t'ai parlé de *mes* raisons, mais il y en a d'autres. Ce Roderick est un intrigant, issu d'une famille d'intrigants, Anne. Si tu avais eu un enfant de lui, les problèmes n'auraient jamais eu de fin.

— Ce n'est pas vrai ! Roderick est – non, il n'est pas comme cela. Tu ne le connais pas, et sa famille n'a aucune importance pour moi.

— Visiblement pas. J'aurais aimé ne pas devoir agir ainsi, mais cela importe pour Père et Mère. Anne, je n'ai plus rien que mon devoir, tu comprends ? Je ne pouvais pas rester sciemment à l'écart et laisser cela arriver. Quelle que soit ta douleur maintenant, cela t'aurait fait beaucoup, beaucoup plus mal ultérieurement. Et cela aurait fait du mal au royaume, une chose à laquelle tu ne penses pas pour l'instant, mais qui reste néanmoins vraie.

— Oh, *pitié* ! explosa Anne. Tu racontes n'importe quoi ! Par ailleurs, lui et moi n'avons jamais… Je veux dire, je n'aurais pas pu avoir un enfant, parce que nous n'avons jamais…

— Tu allais le faire, Anne. Tu crois peut-être le contraire, mais tu allais le faire.

— Tu ne peux pas en être certaine.

— Anne, s'il te plaît. Tu sais que c'est vrai. Si je n'étais pas intervenue, tu ne serais pas sortie vierge de la tombe.

Anne redressa les épaules.

— En parleras-tu à Mère ?

— Erren le lui a déjà dit. Elle nous attend en cet instant même.

Anne fut parcourue d'un soudain frisson de peur.

— Quoi ?

— Mère nous a envoyées te chercher.

— Que va-t-elle faire ? Que peut-elle faire ? Je suis déjà exilée. Je ne le verrai pas, à Cal Azroth.

— Je ne peux le dire, Anne. Crois-le ou pas, j'ai parlé en ta faveur. Et Lesbeth aussi, d'ailleurs.

— Lesbeth ? Elle a parlé ? Elle m'a trahie ?

Les sourcils de Fastia se redressèrent.

— Oh. Ainsi, Lesbeth savait ? C'est intéressant. (Anne crut percevoir une blessure dans sa voix.) Et prévisible, je suppose. Non, Mère lui a seulement demandé son opinion, comme elle m'a demandé la mienne.

— Oh.

Fastia écarta les cheveux d'Anne de son visage.

— Viens. Rends-toi présentable. Plus nous ferons attendre Mère, plus elle sera furieuse.

Abasourdie, Anne acquiesça.

En remontant la colline, en franchissant les portes du château – d'Eslen-des-Ombres aux appartements de sa mère – Anne prépara ses arguments. Elle attisa sa colère, se convainquit qu'elle subissait une injustice.

Quand elle entra dans les appartements de sa mère et qu'elle découvrit la reine assise dans son fauteuil comme dans un trône, par contre, sa bouche s'assécha.

— Assieds-toi, dit Murielle.

Anne obéit.

— Ceci est extrêmement décevant, commença sa mère. Je pensais que de toutes mes filles, tu étais celle qui avait, à ta manière, le plus de bon sens. Je me faisais des illusions, je suppose.

— Mère, je…

— Contente-toi de te taire, Anne. Que pourrais-tu dire qui me ferait changer d'avis ?

— Il m'aime ! Je l'aime !

Sa mère renâcla.

— Bien sûr. Bien sûr qu'il t'aime.

— C'est vrai !

— Écoute-moi, Anne, dit doucement sa mère en se penchant vers elle. *Cela. N'a. Aucune. Importance*. (Elle détacha chaque mot pour lui donner plus de poids.)

Puis elle se radossa et poursuivit.

— La plupart des gens de ce royaume tueraient pour pouvoir vivre ta vie, pour jouir de tes privilèges. Tu ne connaîtras jamais la faim, ni la soif ; tu ne manqueras jamais de vêtements, et tu auras toujours un toit. Tu n'auras jamais la plus petite égratignure sans que le meilleur médecin du pays ne consacre des heures à apaiser ta douleur et te soigner. Tu es choyée, dorlotée et gâtée. Et tu ne l'apprécies pas le moins du monde. Mais il y a, Anne, un prix à payer pour les privilèges, et c'est la responsabilité.

— Mon bonheur, tu veux dire.

Murielle cilla lentement.

— Tu vois ? Tu n'as pas la moindre idée ce de que je veux dire. Mais tu apprendras, Anne. Tu comprendras.

La certitude de ses paroles serra le cœur d'Anne.

— Que veux-tu dire, Mère ?

— Dame Erren a écrit une lettre pour moi. J'ai pris les arrangements pour une voiture, un conducteur, et une escorte. Tu partiras au matin.

— Pour Cal Azroth, tu veux dire ? Mais je croyais que nous y allions en bateau.

— C'est ce que nous ferons. Mais toi, tu ne vas pas à Cal Azroth.

— Où vais-je ?

— Tu vas étudier, comme l'a fait Erren. Tu vas apprendre les arts les plus utiles qu'une femme puisse connaître.

— Erren ? bafouilla Anne. Tu… tu m'envoies dans un convent ?

— D'un genre très particulier.

— Mère, non !

Un flot de panique s'empara d'elle.

— Que puis-je faire d'autre avec toi ? Tu ne me laisses pas le choix.

— S'il te plaît, ne m'envoie pas si loin.

— Ce ne sera pas pour toujours. Juste le temps que tu apprennes quelques leçons, que tu apprécies ce que tu as, et que tu comprennes que tu sers bien plus dans ce monde que tes seules envies. Tu n'auras pas à prononcer tes vœux, sauf évidemment si tu en fais le choix, à la fin de ta quatrième année.

— Quatre ans ! Par tous les saints miséricordieux, Mère !

— Anne, cesse là. Tu t'es déjà suffisamment fait honte pour une seule soirée.

— Mais ce n'est pas juste !

Anne sentit le sang monter à ses joues.

— La vie l'est rarement.

— Je te *hais* !

Murielle soupira.

— J'espère que ce n'est pas vrai.

— C'est vrai. Je te hais.

— Très bien, dit sa mère. Alors c'est le prix que *moi*, je dois payer. Sors maintenant et va faire tes valises. Mais ne prends pas la peine d'emporter tes plus belles robes.

CHAPITRE DIX

DANS L'ENTRELACS

— Je n'ai jamais rien vu d'aussi beau, dit Winna, d'une voix étouffée par la stupéfaction.

Elle se tenait sur une crête rocheuse, et se profilait contre le monstrueux pic de Slé Eru, où les glaciers renvoyaient au soleil sa lumière, et devant lequel des aigles planaient en des spirales paresseuses. Des deux côtés, la crête – qui formait en fait un col entre Slé Eru et le pic moins haut mais néanmoins imposant de Slé Cray – replongeait en de vertigineuses vallées, profondes et couvertes de forêts. Ils arrivaient de celle de Glen Ferth, où naissaient dans la fonte des glaces des deux montagnes les sources de la Slaghish. La hauteur était impressionnante, et la vallée formait un grand bassin vert dont l'autre bord était teinté de bleu par la distance, la Slaghish n'étant qu'un petit ruban d'argent en son sein. L'autre côté de la crête ne plongeait pas autant, mais demeurait un spectacle saisissant, une haute vallée de prairies et de bouleaux, avec derrière elle une autre ligne de montagnes modestes, le tabouret de l'immense chaîne dont les sommets étaient hors de vue, même par un ciel bleu sans nuages.

— C'est vrai, répondit Aspar.

Mais il ne regardait pas le paysage ; il regardait Winna dressée contre le fond des neiges éternelles de Slé Eru. Elle arborait un large sourire, ses joues étaient roses d'épuisement et d'excitation, et l'émerveillement faisait briller ses yeux.

Winna s'en aperçut et lui adressa un sourire en coin d'un air espiègle.

— Eh bien, Aspar ! Était-ce un compliment ?

— Le mieux que je puisse faire, répondit-il.

— Tu te débrouilles assez bien, le rassura-t-elle. (Elle indiqua du doigt les plus hauts sommets à l'horizon.) Quelles sont ces montagnes ?

— *Sa'Ceth ag sa'Nem*, les Épaules des Cieux, dit-il.

— Y es-tu déjà allé ?

— Oui.

— Tu les as escaladées ?

— Aucun homme n'a jamais escaladé les Épaules, répondit-il. Pas même les membres des tribus qui vivent sur leurs flancs. À la ligne des neiges, ces montagnes commencent à peine.

— Elles sont merveilleuses.

— Effectivement, opina-t-il.

— Et cette vallée devant nous ? Comment s'appelle-t-elle ?

— Comme tu le désires. Je ne l'ai jamais vue avant, ni n'en ai entendu le nom. Au-delà, ce sont les Ergots du Coq.

— Alors mère Gastya avait raison. Il y a bien une vallée cachée ici.

— On dirait, oui, admit Aspar.

Il aurait voulu en être contrarié, mais ne pouvait s'y résoudre. Au lieu de cela, il se demandait quelle puissante magie pouvait cacher une vallée entière – et ce qu'un tel pouvoir pourrait signifier s'il était dirigé contre deux petits humains.

— Allons-y, alors ! s'exclama Winna.

— Laisse les chevaux se reposer un moment, répondit Aspar. Ils n'ont pas l'habitude de l'altitude, et la montée a été longue. Après tout ce qu'ils ont traversé, je ne veux pas risquer un faux pas maintenant.

Lorsque le cours d'eau qui quittait Rewn Aluth était sorti à la lumière, Ogre, Ange et Pie-Poney se trouvaient là à les attendre. Comment ils avaient su où aller resterait à jamais un mystère ; Ogre était un cheval intelligent, mais pas à ce point. Mère Gastya avait dû y jouer un rôle, et Aspar n'aimait pas beaucoup cela – l'idée que ses chevaux pouvaient être scintillés.

Il était néanmoins fort heureux de les avoir.

— Combien de temps devrions-nous les laisser se reposer ? demanda Winna.

— Une cloche, peut-être. Laissons-les fourrager sur l'autre versant.

— Oui, et qu'allons-nous faire d'ici là ?

— Nous reposer, je suppose, dit Aspar.

— Vraiment ? répondit Winna. Dans une chambre avec une si belle vue ? J'avais autre chose en tête.

Et elle lui sourit, d'une façon qu'il avait appris à apprécier.

— Que regardes-tu ? demanda Winna, une cloche plus tard.

Ils étaient toujours sur la crête, Winna relaçant ses robes, Aspar enfilant ses chausses. Aspar était tourné vers la Slaghish, et la direction dont ils étaient venus.

— Eh bien, insista Winna, est-ce que tu les vois ?

— Pas le moindre signe, et c'est bien ce qui m'inquiète. Vingt-cinq jours depuis que nous avons quitté Rewn Aluth, et pas le moindre indice sur ce que sont devenus Fend ou le greffyn.

— Es-tu déçu ?

— Non, mais où sont-ils ? Si le greffyn vient ici,

comme l'a dit mère Gastya, et si Fend et sa bande sont avec lui, ou le suivent… (Il agita la tête.) Mais que peuvent-ils bien faire ?

— Tu n'avais pas dit à un moment que c'était eux qui faisaient les sacrifices dans les vieux – comment les appelais-tu déjà ? – sanctuaires sedos ? Ceux qui découpaient ces pauvres gens ?

— Il y avait des hommes avec le greffyn, sur la Taff, dit Aspar en laçant ses brossequins. Certains sont restés avec lui tout du long jusqu'à Rewn Aluth, je crois, mais d'autres sont repartis vers l'ouest. Je ne pouvais pas suivre les deux pistes, bien sûr. Donc oui, je pense que Fend est mêlé à cela, mais il n'était pas tout seul. Il y a une autre bande ailleurs, quelque part.

— Donc ils ont tué des intrus dans la forêt, et ils ont recherché les Halas à Rewn Aluth, dit-elle. Ils chassent les gens de la forêt du roi.

— Oui.

— Alors peut-être qu'ils n'ont pas fini. Peut-être qu'ils ont attaqué d'autres intrus, ou un autre rewn hala avant de repartir vers le roi de bruyère.

— Cela paraît logique, reconnut Aspar.

— Mais je ne comprends pas les sacrifices. Le greffyn tue par simple contact. Alors ce sont les hommes qui font ces horribles choses, n'est-ce pas ? Toutes les morts sont horribles, bien sûr, mais tu vois ce que je veux dire.

— Oui je vois, et oui, ce sont des hommes qui ont fait ce que j'ai vu sur la Taff.

— Alors pourquoi ? Et quel rapport avec le greffyn ?

Aspar examina le dos de ses mains, et remarqua comme pour la première fois à quel point elles étaient ridées.

— Ce prêtrillon dont je t'ai parlé, le Virgenyen – il a dit que les Mages faisaient des choses comme cela, il y a très longtemps. Des sacrifices aux Saints Damnés, a-t-il dit. Le peuple de mon père… (Il fit un vague signe en direction du nord-est.) Ils pendent toujours les criminels comme sacrifice au Furieux.

Les yeux de Winna s'écarquillèrent.

— C'est la première fois que tu parles de tes parents.

— Mon père était un Ingorn, ma mère une Watau. Ma mère est morte en me mettant au monde, mais mon père a pris une seconde femme, et nous vivions avec le peuple de mon père, dans les montagnes. Les Ingorns vivent toujours selon les anciens usages, mais je ne me souviens plus beaucoup de ma vie là-bas. Il y a eu une sorte de querelle, et mon père a été banni. Il est descendu à quelques lieues de l'Enceinte, et nous avons vécu dans les bois jusqu'à mes sept ou huit ans, je suppose. Puis la querelle l'a rattrapé. Ils ont tué mon père et sa femme. J'ai couru comme un lapin, mais une flèche m'a terrassé. Ils m'ont cru mort, et c'est ce qui me serait arrivé, mais Jesp m'a trouvé.

— Et t'a élevé.

— Oui.

— Je suis désolée pour tes parents. Je crois que j'avais deviné qu'ils étaient morts, mais personne n'en était certain.

— Je n'ai pas raconté cette histoire depuis longtemps.

— Aspar ?

— Humm ?

Elle l'embrassa sur la joue.

— Merci de me l'avoir racontée.

Il acquiesça.

— Cela devient de plus en plus facile de te dire des choses.

Trop facile, peut-être.

Ils descendirent vers la vallée, selon les instructions de mère Cilth, et campèrent ce soir-là au bord d'une prairie, pour être réveillés par le mugissement rauque des aurochs. Ils fourrageaient à l'orée du bois, et certains des mâles jetaient des regards malaisés en direction d'Aspar et de Winna. Ogre piaffa et hennit un défi.

— Ils ont des veaux, chuchota Aspar en indiquant de la tête les plus petits du troupeau. Il vaut mieux que nous repartions en arrière, lentement.

Donc ils levèrent le camp et se retirèrent dans les bois, en dessinant un large cercle autour de la prairie et de ses susceptibles occupants.

Pour la plus grande partie de la journée, ils continuèrent de descendre le coteau en pente douce de la vallée, à travers des champs d'un vert lumineux, parfois rougis de trèfles des bois. Des daims, un élan, et un groupe de lions tachetés qu'Aspar avait repéré les regardèrent passer, généralement d'un regard paresseux. Comme si la réputation de l'homme n'avait jamais pénétré cet endroit.

Plus tard dans la journée, la pente se fit plus raide, et ils se retrouvèrent à suivre le cours pierreux d'un ruisseau bordé de fougères et de prêles aussi hautes qu'un homme. Les parois escarpées de la vallée se dressaient sur les côtés, les enfermant, infranchissables sans cordes et pieux.

La nuit vint rapidement dans l'étroite vallée, et Aspar et Winna se baignèrent dans un bassin incroyablement froid, s'enlaçant d'abord pour se réchauffer puis pour autre chose. Winna avait le goût de l'eau, presque métallique, de jeunesse et de vie. Ensuite, ils se roulèrent dans leurs couvertures sous les fougères. Lorsque Winna se fut endormie, Aspar continua d'écouter les cris des grenouilles et des oiseaux de nuit, et le bruit de l'eau sur la pierre. Non loin, ce bruissement se faisait sifflement précipité, comme le ruisseau plongeait à une profondeur inconnue. C'était ce bruit qui avait fait s'arrêter Aspar avant la nuit noire. S'ils devaient descendre une falaise, qu'ils le fassent dans la lumière du matin.

Comme il était étendu là, il s'émerveilla de voir à quel point il se sentait bien. Il y avait quelque chose dans la forêt ici, une sorte de vitalité sensuelle, qu'il n'avait pas ressentie depuis qu'il était enfant. C'était la force qui l'avait originellement rendu amoureux des bois, une force qui était émerveillement et beauté et admiration et respect forgés ensemble.

Il n'avait pas réalisé à quel point toutes ces dures années l'en avaient privé jusqu'à maintenant, lorsqu'il l'avait soudain retrouvée. Était-ce vraiment cet endroit qui était différent, de quelque façon plus vivant que le reste du monde, ou était-ce un changement dans Aspar White, amené par – eh bien, Grim, il pouvait l'admettre face à lui-même, quelque ridicule que ce fût à haute voix – l'amour ?

Il ne savait pas, et ne s'en inquiétait pas non plus vraiment. Pour la première fois depuis qu'il était enfant, il se sentait parfaitement uni avec le monde.

Il y avait effectivement une falaise, aussi raide qu'une falaise pût l'être, et elle semblait plonger éternellement. C'était difficile à dire, bien sûr, parce que la gorge – c'en était une à l'évidence, les parois n'étant éloignées que d'un jet de pierre – était emplie d'arbres. Non pas des hauts troncs élancés, mais un entrelacs labyrinthique tors, difforme, enroulé et contorsionné de branches épaisses, à l'écorce noire et armées d'épines plus grosses que sa main. Elles s'élevaient depuis le fond impénétrable en un amas vertigineux qui ne lui rappelait rien tant que les tyrans. On ne pouvait tomber loin, ici. Bien évidemment, si l'on tombait, on avait de grandes chances de finir empalé sur ces épines grandes comme des dagues.

— Quelle sorte d'arbre est-ce ? demanda Winna.

— Je n'en ai jamais vu de cette sorte.

Winna salua de la main les grandes feuilles vertes épaisses, en forme de long cœur étroit.

— Des arbres de bruyère, peut-être ? Pour un roi de bruyère ?

— Pourquoi pas ? s'interrogea Aspar.

— Mais nous allons devoir descendre à travers tout cela, n'est-ce pas ?

— C'est ça ou faire demi-tour, dit Aspar.

— Et les chevaux ?

Aspar opina à contrecœur.

— Nous allons devoir les laisser. Je crois que nous reviendrons par ce chemin, de toute façon. J'ai l'impression que cette vallée se referme, quelque part plus loin.

Il se retourna et tapota la joue d'Ogre.

— Prends soin de ces deux-là, comme tu l'as fait avant, d'accord ? Je reviendrai te chercher.

Ogre le regarda d'un œil sombre, puis écarta la tête et piaffa.

Ils restèrent aussi près que possible du confort massif de la paroi de granit, descendant en passant de l'une à l'autre des branches sinueuses. Leurs circonvolutions étaient telles et leur entortillement si serré qu'Aspar avait rarement la place de se tenir droit. Les épines, au moins, étaient suffisamment espacées pour que l'on pût les éviter avec une facilité relative, et en fait, elles assuraient de bonnes prises.

Le ciel au-dessus d'eux devint une mosaïque de verre teinté, un souvenir. À midi ils étaient dans la pénombre, et les feuilles devenaient fines et jaunes, assoiffées de soleil. Un peu plus bas, il n'y eut plus de feuilles. À partir de là, les branches furent peuplées de champignons pâles, de plaques de moisissure jaune, de sphéroïdes blancs fongiformes et de tubes cramoisis vaguement obscènes.

Des libellules de la taille de petits oiseaux voletaient entre les bruyères, et de petits animaux pâles évoquant des écureuils décampaient à l'approche d'Aspar et de Winna, qui s'éloignaient toujours plus du soleil.

Winna, toujours ravie et qui avait pris confiance à mesure de leur descente, prit progressivement un jet de pierre d'avance sur Aspar. Il n'aimait pas cela et le lui dit, mais elle répondit par d'aimables sarcasmes sur son âge, et l'encouragea à aller plus vite.

Lorsqu'elle hurla pour la première fois, il crut à une nouvelle plaisanterie, tant son cri était irréel. Mais la deuxième fois, il perçut sa terreur.

— Winna !

Il sauta de sa hauteur, retomba sur une branche couverte de champignons humides, et manqua glisser. Il se rattrapa néanmoins, et passa sur la branche suivante avec la dextérité d'un écureuil. Il pouvait la voir, mais il ne pouvait pas voir ce qui la menaçait.

Il se balança sous la branche suivante, et quelque chose le frappa au visage, quelque chose qui l'agrippa comme une main géante et poilue. Il laissa échapper un cri rauque et l'empoigna, arrachant une araignée plus grosse que sa tête. Il était par ailleurs collé dans une toile. Elle se déchirait facilement, mais elle était gluante et immonde. Il jeta l'araignée au loin, en espérant qu'elle ne l'avait pas piqué, quoiqu'il n'eût pas senti de morsure.

Un instant plus tard, il était au-dessus de Winna. Elle aussi était dans une toile d'araignée blanche et gluante, et pleurait en se débattant. Une autre créature à huit pattes avançait vers elle sur la branche.

Il la cloua là avec sa hache de jet. Ses pattes continuaient de s'agiter follement, mais elle n'avancerait plus.

— T'es-tu fait mordre ? demanda-t-il lorsqu'il l'atteignit enfin. Est-ce que l'une de ces choses t'a piquée ?

Elle agita négativement la tête, mais indiqua les alentours de la main en tremblant.

Elles étaient partout, les araignées, déployées entre presque toutes les branches. Certaines avaient la taille d'un poing, d'autres étaient aussi grosses que des chats. Elles avaient des pattes épaisses, des poils et des rayures jaunes. À une longueur de bras de Winna, l'un des écureuils se débattait dans une toile, tandis que sa tisseuse avançait vers lui, ses mandibules s'agitant impatiemment.

— Elles sont venimeuses ? chuchota Winna d'une voix rauque.

— On ne va pas essayer de le découvrir, dit Aspar. Nous remontons. Nous continuerons d'avancer dans les hautes branches.

— Mais il faut que nous descendions !

— Pas tout de suite. Peut-être que ce n'est qu'un nid localisé.

Aspar récupéra sa hache, puis ils remontèrent en évitant soigneusement les toiles. Une araignée se laissa tomber d'une branche, droit au-dessus de la tête d'Aspar, mais il la détourna au vol d'un coup de poing avec un grognement dégoûté.

Finalement, lorsqu'ils furent largement au-dessus du niveau où s'ébattaient les araignées, ils s'arrêtèrent et se débarrassèrent de toute la toile qu'ils purent ôter.

Puis ils s'examinèrent l'un l'autre à la recherche de blessures et passèrent quelques instants blottis ensemble.

— Il faut que nous soyons sortis de ces arbres à la tombée de la nuit, dit Aspar.

— Pourquoi ? Tu crois que les araignées vont monter ?

— Non. Mais quoi d'autre vit ici ? Qu'est-ce qui vit plus bas encore, là où il doit faire toujours nuit ? Je ne sais pas ce qui peut monter après le crépuscule, et là est le problème. De toute façon, nous ne pourrions pas bien dormir dans ces branches, et nous ne pouvons pas faire de feu.

— Nous devrions y aller, alors.

Elle paraissait éprouvée.

— Tu le peux ?

— Oui, je peux.

Il eut soudain envie de l'embrasser, et il le fit.

— À quoi cela était dû ? demanda-t-elle.

— Tu es une brave fille, Winna. La plus brave.

Elle partit d'un rire saccadé.

— Je n'ai pas l'impression d'être brave. Je crie devant des araignées.

Aspar ouvrit grand les yeux.

— Allez, viens.

Ils poursuivirent leur route, en se maintenant dans des hauteurs moyennes. Les deux parois se rejoignirent presque, puis commencèrent à s'écarter de nouveau, et à mesure qu'elles s'éloignaient, la forêt d'épine descendait : sans les parois étroites pour les comprimer vers le soleil, les branches se développaient de façon plus nonchalante.

Ici et là, Aspar pouvait même maintenant voir le sol, couvert de ce qui ressemblait à des fougères blanches.

Mais l'immense caverne sombre et inconnue derrière eux le troublait de plus en plus à mesure que la journée s'achevait. Il pouvait presque sentir la présence de quelque chose de puissant et de ténébreux, emprisonné par le soleil, mais libre de se mouvoir lorsque dormait le Roi Éclatant.

Et il allait bientôt dormir.

— Descendons, dit Aspar, et espérons ne pas rencontrer de nouvelles surprises.

Les araignées étaient là, mais en moins grand nombre, et beaucoup plus éloignées les unes des autres. Elles étaient généralement plus petites, si bien qu'Aspar et Winna réussirent à franchir leur territoire avec relativement peu de moments d'angoisse. Finalement, à contrecœur, Aspar se laissa tomber de deux fois sa hauteur, de la dernière branche vers l'humus qui couvrait le sol, en évitant les buissons de cette végétation blanche et épaisse qui pouvaient cacher d'autres prédateurs à multiples pattes.

L'instant d'après, il attrapait Winna qui avait suivi son exemple.

Cela ressemblait plus que jamais à une caverne. Les troncs des arbres épineux étaient de circonférence massive, mais très largement espacés. Le résultat ressemblait à une gigantesque salle au plafond bas soutenu par d'innombrables piliers. Une salle très sombre, et depuis la direction dont ils venaient, depuis le cœur des ténèbres, Aspar sentait quelque chose de fétide.

— Viens, dit-il. Hâtons-nous.

Ils coururent plus ou moins. Aspar prit son arc et le maintint devant lui, en cas de toiles d'araignée qu'ils n'auraient pas vues. Le sol était plat, sans inclinaison, et recouvert d'une épaisse couche d'humus. Il avait une odeur de mille-pattes, l'odeur de l'intérieur d'un morceau d'écorce pourrissant.

Tandis que la lumière décroissait, les troncs se faisaient de plus en plus hauts, mais Aspar n'en voyait toujours pas l'issue. Finalement, le dos douloureux et les narines emplies de l'odeur des feuilles d'automne, il remarqua un arbre offrant une profonde cavité.

— Si cette forêt a une fin, nous ne la trouverons pas avant la nuit, dit-il à Winna. Voici ce que nous pourrons trouver de mieux.

Il alluma son amadou et le tint à l'intérieur pour s'assurer que l'espace était vide, puis tous deux se pelotonnèrent à l'intérieur.

La forêt pâlit et disparut, et Aspar se plaça entre Winna et l'extérieur, serrant son arc.

Derrière lui, après une cloche ou deux, le souffle de Winna se fit lent et régulier.

Peu après, les oiseaux de nuit cessèrent de chanter, et l'obscurité se fit vraiment très silencieuse. Ensuite – il n'y avait toujours pas le moindre son, mais Aspar le ressentit, comme un aveugle sent la chaleur du soleil sur son visage – la terre trembla sous une légère secousse, et une puanteur alourdit l'air.

Aspar plissa les yeux vers l'obscurité, et attendit.

CHAPITRE ONZE

DES DÉPARTS

— Je sais que ce n'est pas juste, ma colombe, dit Lesbeth en tirant les cheveux d'Anne en arrière pour y placer l'épingle. Mais ta mère pense que c'est mieux pour toi.

— Roderick va m'oublier.

— Si cela arrive, alors il ne t'a jamais aimée, dit Lesbeth. Par ailleurs, Anne, j'avais essayé de t'avertir de ce genre de choses.

— Mais toi, tu te maries par amour ! dit Anne. Tu es la cadette, et moi aussi.

— J'ai été patiente, dit Lesbeth, et surtout, j'ai eu de la chance.

— J'espère en avoir autant, dit Anne.

Lesbeth repassa devant Anne pour pouvoir la regarder dans les yeux.

— Alors fais ce que dit ta mère. Tu ne le comprends peut-être pas, Anne, mais elle t'offre une chance de trouver l'amour, bien plus grande que ce que tu as jamais eu.

— En m'envoyant si loin, dans un convent ? Cela n'a aucun sens.

— Oh si, l'assura Lesbeth. Ne serait-ce que parce

que cela te met à l'abri du mariage pour un temps. Et même après ta sortie du convent, tu auras encore une période de grâce durant laquelle tu pourras prétendre envisager de prononcer tes vœux. Tu pourras retarder les prétendants, ce qui te donnera l'opportunité d'en rencontrer un plus grand nombre. Plus tu en verras, plus tu auras une chance d'en rencontrer un qui te plaît. Et dans le pire des cas, eh bien, tu auras toujours la possibilité de prononcer tes vœux.

— Jamais. (Anne agita la tête.) De toute façon, j'ai déjà trouvé le prétendant que je veux.

— Eh bien, tu ne peux pas avoir celui-là, et c'est tout, Anne. Pas maintenant, en tout cas. Peut-être dans quelques années. Peut-être que Roderick fera ses preuves au service du roi, ou qu'il trouvera une autre façon de racheter sa famille. Plus probablement, tu réaliseras que ce que vous avez partagé était une passion de jeunesse, un amour de théière achevé une fois la vapeur échappée. Les hommes sont plus nombreux à être comme cela que tu ne pourrais l'imaginer. (Lesbeth prit les doigts d'Anne dans les siens.) Un marchand sait que l'on ne doit pas acheter le premier pot que l'on voit. Il peut sembler parfait, mais tant que l'on ne peut pas comparer, comment peut-on savoir ?

— Eh bien, s'il est une chose certaine, c'est bien que ce n'est pas au convent que je trouverai des éléments de comparaison ! répondit amèrement Anne.

— Patience, dit Lesbeth. Et puis Austra sera avec toi, n'est-ce pas ?

— Oui, admit Anne à contrecœur. Mais cela va être horrible. Apprendre à devenir comme Erren ? Mais que fait Erren, à part fureter et tendre l'oreille discrètement ?

Lesbeth plissa étrangement le front.

— Tu sais bien ce que fait Erren.

— C'est l'espionne de Mère.

— Oui, elle est cela. Mais par ailleurs… Anne, Erren *tue* des gens.

Anne partit pour en rire, mais elle vit que Lesbeth ne plaisantait pas.

— Tuer qui ? Comment ? demanda-t-elle.

— Des gens. Des gens qui sont un danger pour le royaume, et pour ta mère.

— Mais qui ? Qui a-t-elle tué ?

La voix de Lesbeth devint un murmure.

— C'est généralement secret. C'est un des traits d'Erren, elle est très… discrète. Mais tu te souviens de ce gros seigneur de Wys-sur-mer ? Hemming ?

— Oui, je trouvais que c'était une sorte de bouffon. Il plaisantait tout le temps.

— C'était un espion des Reiksbaurg. Il était mêlé à un complot visant à enlever Fastia.

— Mais je me souviens, il est mort dans ses appartements. On a dit que c'était son cœur.

— Peut-être, mais c'est Erren qui a arrêté son cœur. Avec un poison ou une aiguille ou un sacaum de mort, personne ne peut le dire. Mais c'était Erren. J'ai entendu ta mère en parler, une fois.

— C'est… (Anne ne pouvait trouver de mot. Erren avait toujours paru dangereuse, mais…) Je suis censée apprendre de telles choses ? demanda Anne. Mais pourquoi ?

— Les grandes maisons ont besoin de femmes comme Erren. C'est la cousine de ta mère, tu sais, elle est de noble naissance. Mais ta mère a ceci en tête : si tu ne sers pas ta maison par le mariage, tu la serviras d'une autre façon. Elle te donne le choix.

— Je n'y crois pas. Mère me hait.

— Quelle absurdité. Elle t'aime. C'est peut-être toi qu'elle préfère, de tous ses enfants.

— Comment peux-tu dire cela ?

— Tu ne peux pas te voir toi-même, n'est-ce pas,

Anne ? Sauf dans un miroir, mais alors tout est inversé. Crois-moi. Ta mère t'aime. Je préférerais moi aussi qu'elle ne t'y envoie pas, mais je comprends pourquoi elle le fait. Tu comprendras son choix toi aussi, un jour, même si tu continues de le désapprouver. C'est ce que le temps apporte, tu sais, la maturité : la capacité à comprendre quelque chose même lorsque l'on y est totalement opposé.

Anne sentit venir des larmes.

— Tu me manqueras, Lesbeth. C'est juste quand tu me reviens que je dois partir.

— Tu me manqueras aussi, Anne, dit Lesbeth en la serrant longuement dans ses bras. Maintenant, il faut que je m'en aille. Je ne pourrais pas supporter d'assister à ton départ.

— Il semble que Mère non plus. Ni Fastia.

— Elles sont déjà loin, Anne. Tu ne le savais pas ? Le bateau est parti avant l'aube, et tout le monde croit que tu es avec eux.

Y compris Roderick, pensa Anne tout en regardant sa tante disparaître à travers l'arche des écuries. *Il pense encore que je vais à Cal Azroth.* Elle et Austra avaient été surveillées comme des prisonnières, et elle n'avait trouvé ni le temps ni l'opportunité de lui faire transmettre un message.

De plus, elle ne savait pas où elle allait.

Je saisirai la première occasion, se dit-elle. *Ils ne peuvent pas me faire cela. Même Lesbeth, que j'aime de tout mon cœur, ne me comprend pas. Je ne peux pas m'enfermer dans un convent. C'est* impossible. *Même si je dois vivre comme un brigand, ou m'habiller comme un homme et combattre en tant que soldat de fortune, je le ferai.*

Elle était toujours plongée dans ce genre de récriminations lorsque la voiture arriva, ainsi que Austra et les porteurs d'une partie de leurs bagages.

— Où crois-tu que nous allons ? chuchota Austra, comme les rideaux de la voiture étaient tirés et qu'elle se mettait en branle.

— Cela n'a aucune importance, dit Anne avec un détachement feint. Absolument aucune.

Murielle regardait les ormes défiler. Ils bordaient le canal comme une colonnade ; les ormes avaient de profondes racines droites qui ne saperaient jamais les digues sur lesquelles ils étaient plantés, mais les renforceraient.

Derrière les ormes, les champs de la Terre-Neuve, verts et plats, s'étendaient à perte de vue. Seule la protubérance maintenant distante qu'était l'île d'Ynis venait entacher cette platitude, car même les collines du sud étaient obscurcies par la brume de midi.

— Ai-je fait le bon choix ? murmura-t-elle.

Le visage d'Anne était gravé dans sa mémoire. *Je te hais*. Quelle mère pouvait supporter d'entendre cela de la bouche de son enfant ?

Certaines choses devaient être endurées.

— Ma reine ?

Murielle se tourna pour découvrir le jeune chevalier Neil MeqVren presque à son coude.

— Oui ? dit-elle.

— Je suis désolé, Majesté, dit-il en s'inclinant hâtivement. Je pensais que tu m'avais parlé.

— Non, dit-elle. Seulement à moi-même ou aux saints.

— Alors je suis désolé de t'avoir dérangée.

— Ce n'est rien. Tu as pu faire tes adieux à sire Fail, j'espère ?

— Je n'avais que peu de temps, et nous n'avons échangé que quelques mots, répondit Neil.

— Il déborde de fierté à ton égard. Si tu étais son propre fils, je crois qu'il ne serait pas plus fier.

— S'il était mon propre père, je ne pourrais en être plus heureux.

— J'en suis convaincue, répondit Murielle.

Elle laissa le silence s'installer entre eux pour un temps.

— Que penses-tu de tout cela, Neil ?

— De Terre-Neuve, tu veux dire ?

— Non, ce n'était pas ce que je voulais dire, mais puisque tu en parles, c'est que tu dois t'en être fait une opinion.

Neil eut un sourire penaud et parut très, très jeune.

— Je suppose, Majesté, que cet endroit me rend nerveux. Tu viens de Liery, alors tu vas comprendre : nous ne mettrions jamais de chaînes à notre seigneur la mer. Nous n'irions jamais même imaginer lui dire où aller ou ne pas aller. Et pourtant ici – c'est splendide, je dois le reconnaître, et impressionnant – la terre peut être prise aux vagues. Je suppose que saint Lier n'a élevé aucune objection, mais cela me paraît… impertinent.

— Même de la part de l'empereur de Crotheny ?

— Pardonne-moi, Majesté, mais même un empereur n'est qu'un homme. Je sers cet homme et tout ce qu'il représente, et si tu devais m'ordonner de me jeter dans le trou de l'une de ces digues pour le boucher et empêcher l'eau d'entrer, je le ferais, et je laisserais les saints me juger à leur guise. Quoi qu'il en soit – j'aime le seigneur des mers, mais je ne voudrais pas le savoir au-dessus de ma tête, si tu vois ce que je veux dire.

— Je comprends, dit doucement Murielle. Les Reiksbaurg ont entrepris ceci, et le peuple de mon époux l'a achevé. Sous ces eaux, ils ont trouvé le sol le plus fertile du monde. Mais ne te fais pas d'illusions, nous payons bien une dîme aux saints des vagues, des marais et des rivières. Et parfois ils perçoivent en plus leur propre dîme. C'est, comme tu le dis, un arrangement incertain.

Neil opina.

— Et donc, que voulais-tu dire, Majesté, lorsque tu me demandais ce que je pensais ?

— Partages-tu l'avis de mon époux ? Est-il réellement judicieux d'aller à Cal Azroth ?

Neil choisit soigneusement ses mots avant de répondre.

— Les seigneurs de Hansa sont des félons, dit-il enfin. Ils combattent dans la fumée, toujours cachés derrière des masques. Ils achètent aux mercenaires weihands les scalps lieriens, et n'appellent pas cela la guerre. Ce sont des adeptes de la scintillation, même s'ils prétendent être une nation sainte et pieuse. L'homme que j'ai affronté t'était dévoué corps et âme, j'en suis certain. Et pourtant, il t'aurait tuée.

— Tu exposes une série de faits, plus ou moins, fit remarquer Murielle. Mais quelle est ton opinion ?

— Je pense que si Hansa croit qu'en frappant la famille du roi ils affaibliront le royaume, alors ils le feront. Mais pour être honnête, ce repli à la campagne me met mal à l'aise.

— Pourquoi ?

— Je n'en suis pas vraiment certain. Cela me paraît… mauvais. Pourquoi essayer de te tuer *toi*, plutôt que le roi lui-même ? Et comment pourrais-tu être en sûreté où que ce soit, quand nous ne savons même pas comment ton serviteur a été retourné contre toi ? S'il s'agit de scintillation, je pourrais tout aussi facilement être retourné moi-même. Je me planterais sur ma propre épée plutôt que de te faire du mal, mais je parierais que ce chevalier que j'ai tué aurait juré la même chose.

— Peut-être. Sire Neil, tu es en certaines choses bien plus sage que ne le laisseraient supposer tes années. Mais tu es encore bien naïf en ce qui concerne les usages de la cour. Il n'y a pas besoin de scintillation pour corrompre un homme, pas même un Mestre. Les magies de l'avidité, de la peur et de l'envie suffisent largement à alimenter la plus grande partie des malfaisances dont tu seras jamais témoin à la cour.

« Quant au fait de m'avoir visée moi plutôt que le roi, je dois reconnaître que cela me laisse tout aussi perplexe que toi.

— Peut-être... (Neil fronça les sourcils et resta longuement songeur.) Et si ce que ton ennemi désirait était de te *séparer* du roi ? De diviser ta famille ?

Quelque chose dans ce que le chevalier disait paraissait très juste.

— Poursuis, dit-elle.

— Si j'étais le roi et que j'étais soudain privé de mes enfants et de mon épouse, je me sentirais affaibli. Comme un chariot qui aurait perdu une roue.

— Mon époux a toujours ses maîtresses. Et son frère.

— Oui, Majesté. Mais – si c'était eux qui voulaient te voir écartée ?

Murielle dévisagea le jeune homme, réalisant soudain qu'elle l'avait fort mésestimé.

— Par tous les saints, sire Neil, murmura-t-elle, c'était pure invective de ma part que de te prétendre naïf. Accepte mes excuses, je t'en prie.

— Je ne sais rien, Majesté, dit lentement Neil. Mais je suis le conseil de dame Erren jusqu'au bout. Dans mon esprit, je dois penser que chacun sur cette terre est ton ennemi. Y compris dame Erren. Y compris moi. Et si je pense de cette façon, tout me paraît suspect. Et si je pense de cette façon, avec l'aide des saints, je ne serai pas surpris lorsque tes vrais ennemis lèveront de nouveau la main. En lieu de cela, je les pourfendrai dans l'instant.

La passion dans sa voix la fit frissonner. Parfois, à la cour, on oubliait trop facilement qu'il y avait de vraies gens dans le monde, des gens réels. Ce jeune homme l'était encore. Il était réel, il était dangereux, et par les saints, il était à elle.

— Merci, sire Neil, pour ton opinion. Elle mérite à mon sens d'être prise en considération.

— Merci, Majesté, pour vous être intéressée à mes inquiétudes.

Lesbeth rejeta ses cheveux auburn en arrière et regarda vers la baie à l'ouest, et les grandes dents blanches de Thornrath qui la démarquaient de la mer pervenche au-delà. Elle distinguait à peine les voiles blanches d'un navire marchand, approchant l'horizon. Une mouette tourna au-dessus de sa tête, sans aucun doute intéressée par les restes de poule grillée, de fromage de Donchest et de gâteaux au miel qui jonchaient encore la nappe de pique-nique.

— Une journée splendide, lui dit Robert en sirotant la dernière moitié de leur seconde bouteille de vin.

Ils étaient assis ensemble à l'extrémité du promontoire le plus occidental d'Ynis, une saillie herbeuse jonchée des pierres d'une vieille tour en ruine.

— Effectivement, répondit Lesbeth en lui adressant un petit sourire forcé.

Robert s'était montré… *froid* depuis qu'il avait appris ses fiançailles. Elle avait accepté son invitation à un pique-nique avec l'espoir de remédier à cela. Mais elle n'aurait jamais imaginé qu'il irait choisir cet endroit entre tous. Robert était malveillant, oui, mais habituellement pas avec elle.

Concentre-toi sur la mer et le ciel, se dit-elle. *Concentre-toi sur ce qui est beau*.

Mais Robert semblait déterminé à l'en empêcher.

— Tu te souviens, quand nous venions ici enfants ? demanda-t-il. Nous faisions comme si la tour était notre propre château.

— Des jours heureux, dit Lesbeth malgré la boule dans sa gorge.

— Je te connaissais, alors, dit Robert. Ou pensais te connaître. J'étais convaincu que je savais chacune de tes pensées, et que tu savais chacune des miennes. (Il avala une autre gorgée de vin.) *En ce temps-là.*

Lesbeth tendit le bras et prit ses doigts dans les siens.

— Robert, je suis désolée. J'aurais dû te demander ta permission de me marier. Je sais cela, et je te la demande maintenant.

Une expression étrange passa par le visage de Robert, mais il agita négativement la tête.

— Tu as demandé celle de Guy. C'est notre aîné.

Lesbeth serra sa main.

— Je sais que je t'ai fait de la peine, Robert. Mais c'était juste que je ne savais pas *comment* te demander.

— Comment est-ce possible ? demanda-t-il.

Elle prit une profonde inspiration.

— C'est comme tu le dis. Autrefois, nous étions si proches que l'un ne pouvait pas ciller sans que l'autre le sache. Et maintenant, en un sens…

— … tu ne me connais plus, acheva-t-il pour elle. Le temps nous a séparés. Depuis le jour où Rose…

— Cesse là, s'il te plaît !

Lesbeth ferma les yeux pour se protéger de ce terrible souvenir, pour le chasser.

— Comme tu le désires, mais nous n'avons jamais parlé de…

— Et nous n'en parlerons pas. Je ne le *peux* pas.

Il acquiesça, et un air de résignation s'inscrivit sur son visage.

— Par ailleurs, poursuivit-elle, je sais que tu penses que mon prince Cheiso t'a insulté…

— Je ne *crois* pas qu'il l'a fait, dit Robert. J'en suis certain.

— S'il te plaît, Robert, il ne voulait pas t'offenser.

Robert sourit et leva les mains au ciel.

— Peut-être qu'il ne le voulait pas, admit-il. Et où est-il donc, maintenant ? J'aurais imaginé que *lui* serait venu demander la permission – si ce n'est à moi, alors au moins à Guy. Pourquoi t'a-t-il laissée le faire ?

— Il arrivera dans une neuvaine ou deux, répondit Lesbeth. Il avait des affaires importantes à régler. Il m'a demandé d'attendre, pour que nous puissions voyager ensemble, mais j'étais trop impatiente, je voulais partager la nouvelle. (Elle détourna la tête.) S'il te plaît, Robert. Sois heureux pour moi. Tu es mon frère, et je t'aime, mais après…

— Après que nous avons tué Rose ? dit-il brusquement.

Lesbeth opina lentement, incapable de poursuivre.

— C'était un accident, lui rappela-t-il.

Lesbeth ne s'en souvenait pas de cette façon. Elle se souvenait d'un jeu cruel, aux dépens d'une servante, un jeu qui était allé plus loin qu'il ne l'aurait jamais dû. Et elle se souvenait que Robert voulait aller aussi loin depuis le tout début. Après cela, elle n'avait plus désiré savoir ce que Robert pensait.

Mais elle hocha encore la tête, comme si elle l'approuvait.

— Je ne peux pas en parler, répéta-t-elle.

— Je suis désolé, murmura-t-il, j'ai gâché notre sortie. Ce n'était pas mon intention. Il y a des années entre nous auxquelles nous ne pouvons remédier, je sais. Le silence a agi sur nous un peu comme un poison. Mais nous sommes jumeaux, Lesbeth. (Il se releva soudain.) Puis-je te montrer quelque chose ?

— Qu'est-ce ?

Il sourit et durant un instant, ressembla au garçon dont elle se souvenait.

— Un cadeau de mariage, répondit-il.

— Ici ?

— Oui. (Il parut légèrement embarrassé.) Et j'y ai travaillé de mes mains. Ce n'est pas loin.

Lesbeth s'efforça de sourire. Il y avait en Robert de telles blessures, de telles cassures. Elle l'aimait, pourtant. Elle prit sa main et le laissa l'aider à se remettre sur pied, puis le suivit dans les jardins quasi sauvages qui les entouraient. Lorsqu'ils étaient enfants, ceux-ci avaient été bien entretenus, mais cet endroit était peu à peu tombé en désuétude, et les roses et les haies avaient été laissées à leur sort. Maintenant, par endroits, les jardins étaient aussi denses qu'une forêt.

Robert ne la mena pas loin.

— Le voici.

Sous le choc, Lesbeth ne put que rester bouche bée. Le soleil brillait, les fleurs s'épanouissaient. Elle allait se marier. Comment pouvait-il faire cela ?

Il avait déterré Rose. Ses petits os (elle avait dix ans, à l'époque) reposaient au fond d'un trou béant dans le sol. Ses vêtements n'étaient plus que des loques pourries, mais Lesbeth reconnut ce qui restait de la robe bleue qu'elle avait portée ce jour-là.

— Par tous les saints, Robert…

L'horreur étouffa tout ce qu'elle aurait pu dire d'autre. Elle voulait courir et hurler, et se cacher les yeux. En lieu de cela, elle ne pouvait que regarder fixement le trou, voir ce terrible crime de son passé. Elle n'avait jamais su ce que Robert avait fait du corps. Ils avaient dit à tout le monde que Rose s'était enfuie.

Je suis désolée, Rose, pensa-t-elle. *Par les saints du chagrin, je suis désolée.*

— Je t'aime, Lesbeth, dit doucement Robert. Tu aurais dû demander ma permission. La mienne, pas celle de Guy. La mienne.

Comme elle se retournait pour lui faire face, il la frappa à la poitrine, si fort qu'elle tituba en arrière et tomba assise, ses jupons s'enflant autour d'elle. Elle releva les yeux vers lui, plus surprise que blessée. Robert ne l'avait jamais frappée avant, jamais.

— Robert, que…

Dès qu'elle commença à parler, elle sut que quelque chose était très, très anormal. Quelque chose en elle était déformé, et elle avait l'impression de respirer du feu. Et Robert, dressé au-dessus d'elle – sa main formait toujours un poing, mais elle serrait un couteau, le fin poignard qu'il portait toujours à la ceinture, celui que Grand-Père lui avait donné pour ses onze ans. Il était rouge jusqu'à la garde.

Puis elle baissa les yeux vers le devant de sa robe et vit la rougeur humide à la hauteur de son cœur. Sa main était elle aussi ensanglantée, à l'endroit où elle l'avait appuyée sans réfléchir sur sa blessure. Comme elle regardait, le sang se mit à jaillir entre ses doigts, comme une fontaine bouillonnant hors de terre.

— Robert, non, soupira-t-elle d'une étrange voix aiguë. Robert, ne me tue pas.

Il se pencha sur elle, ses yeux noirs luisant de larmes.

— C'est déjà fait, Lesbeth, dit-il très doucement. Je t'ai déjà tuée.

Et il l'embrassa sur le front.

En agitant la tête elle s'écarta, rampant, essayant de se remettre sur pied, échouant.

— Je vais me marier, lui dit-elle pour essayer de le faire comprendre. À un prince safnien. Il vient me chercher. (Elle pouvait presque voir Cheiso, debout devant elle.) Je lui donnerai des enfants. L'un d'entre eux portera ton prénom, Robert. Ne me…

Une pure panique l'envahit. Il fallait qu'elle s'enfuie. Robert était devenu fou. Il voulait lui faire du mal.

Mais elle n'avait plus de force dans les bras, et quelque chose se refermait sur sa cheville, et l'herbe glissait derrière elle, et elle y laissait une immense trace, comme un escargot géant, sauf que la trace était rouge.

Puis un moment de flottement, puis le visage de Robert de nouveau devant elle.

— Dors, ma sœur, dit-il. Rêve de l'époque où nous étions jeunes et où tout allait bien. Rêve de l'époque où tu m'aimais.

— Ne me tue pas, Robert, supplia-t-elle en sanglotant. Aide-moi.

— Tu auras Rose, dit-il. Et bientôt, très bientôt, tu auras de la compagnie. Énormément de compagnie.

Et il sourit, mais son visage paraissait très lointain, et reculait. Elle n'avait pas senti la chute, mais les orbites vides du petit crâne blanc de Rose étaient juste à côté d'elle.

Lesbeth entendit la musique des oiseaux, et un murmure qu'elle aurait dû reconnaître, des mots qu'elle comprit à moitié. Ils paraissaient très importants.

Et puis soudain, ce fut tout.

CHAPITRE DOUZE

SPENDLOVE

Lorsque Stéphane Darige s'éveilla des griffes de la Vieille-qui-presse pour la quatrième fois de la nuit, il maudit le sommeil, se leva et se glissa hors du dortoir. Dehors, la nuit était claire et sans lune, avec un goût de début d'automne dans l'air. Il marcha un peu, jusqu'à l'endroit où la colline commençait à redescendre vers les pâturages, puis s'assit et regarda les étoiles.

Les étoiles éternelles, les appelait son grand-père.

Mais son grand-père avait tort : rien n'était éternel. Ni les étoiles, ni les montagnes. Ni les saints, ni l'amour, ni la vérité.

— Saint Michel, murmura-t-il. Dis-moi quelle est la vérité. Je ne sais plus.

Il avait l'impression que quelque chose s'était gâté en lui, quelque chose qu'il avait impérieusement besoin de vomir. Mais il craignait que si cela sortait, alors cela prendrait forme et vie, et le dévorerait.

Il aurait dû dire au fratrex ce qu'était ce texte dès qu'il l'avait compris. Il n'aurait pas dû le traduire. Par les saints, il n'aurait pas dû.

Maintenant il était trop tard. Maintenant ces mots

maléfiques étaient en lui. Maintenant il ne pouvait plus les refouler.

Un léger bruissement de chaussures sur l'herbe lui indiqua qu'il y avait quelqu'un derrière lui. Il était certain de savoir de qui il s'agissait, et s'en moquait.

— Salut, frère Desmond.

— Bonjour, frère Stéphane. Tu prends l'air ?

Stéphane se tourna assez pour voir l'ombre de l'homme dressé contre les étoiles.

— Laisse-moi tranquille ou tue-moi. Cela ne m'importe pas.

— Vraiment ?

Il avait dit cela d'une façon étrange, presque sur le ton d'une berceuse. Puis un poing se referma sur les cheveux de Stéphane, qui l'entraîna face contre terre. Desmond le traîna sur quelques pieds puis s'accroupit, pour poser le tranchant d'un couteau à large lame contre la gorge de Stéphane.

— Vraiment ? chuchota-t-il encore une fois, presque dans l'oreille de Stéphane.

— Pourquoi ? réussit à dire Stéphane. Pourquoi me fais-tu cela ?

— Parce que. Je ne t'aime pas. Tu vas arpenter la voie des sanctuaires le mois prochain. Tu le savais ?

— Quoi ?

— Oui. Tu as achevé ta traduction, n'est-ce pas ?

— Quoi ? Comment le sais-tu ?

— Je sais tout ce qui se passe ici, petit pisseux. Pourquoi ne le saurais-je pas ?

— Je n'en ai parlé à personne.

— Ne t'inquiète pas. J'ai apporté tes notes au fratrex pour toi, après les avoir lues.

Le couteau s'effaça, et frère Desmond se redressa. Stéphane s'attendait à un coup vicieux, mais en lieu de cela, à sa grande surprise, Desmond soupira et s'assit à côté de lui sur l'herbe.

— Un fatras bien malsain, dit Spendlove, murmurant presque. Des sorts pour changer les hommes en bouillie, des prières aux saints damnés. Des rites sanglants, des enfants difformes. Vraiment malsain. Est-ce pour cela que tu ne peux pas dormir ?

— Tu l'as lu, dit Stéphane d'un ton morne. Est-ce que tu peux dormir ?

Desmond grommela d'une façon qui évoquait un rire.

— Je n'ai jamais pu, répondit-il.

— Pourquoi as-tu volé mon travail ?

— Pourquoi pas ?

— Mais tu l'as donné au fratrex.

— Oui. Crois ce que tu veux en ce qui me concerne, frère Stéphane, mais je sers mon ordre. (Sa voix se fit plus basse encore.) Je le sers même très bien.

Stéphane opina.

— Eh bien, tu m'as rendu service. Je ne savais pas si j'en aurais le courage.

— Que veux-tu dire ?

Stéphane regretta soudain de ne pouvoir voir les yeux de frère Desmond. Pour la première fois depuis qu'ils s'étaient rencontrés, l'autre homme semblait réellement perplexe.

— Tu le sais, dit Stéphane. Tu sais très bien que je n'arpenterai aucun sanctuaire après que le fratrex aura lu ce que j'ai écrit et aura réalisé ce que j'ai fait.

— Tu as fait ce qu'il t'a dit de faire, répondit Spendlove.

Cette fois, cela ne faisait pas le moindre doute, le moine était réellement perplexe, ou l'imitait sacrément bien.

— Frère Desmond, la tâche de l'Église a toujours été de détruire les textes à ce point abjects. À l'instant où j'ai su ce que c'était, j'aurais dû consulter le fratrex. En lieu de cela, je me suis précipité sans retenue et j'ai traduit un scrift interdit. Je me suis probablement damné, et je vais certainement perdre ma position ici.

Cela tira un gloussement malicieux de Spendlove.

— Frère Stéphane, tu penses peut-être que je suis ton pire ennemi ici, mais ce n'est pas le cas. Tu es ton propre pire ennemi. Je ne souhaiterais cela à personne. (Sur ce, frère Desmond se leva.) Bonne chance pour la voie des sanctuaires, dit-il, d'un ton qui laissait presque croire qu'il le pensait.

Un instant plus tard, Stéphane était de nouveau seul, avec les étoiles.

Le fratrex releva les yeux depuis sa table encombrée de livres, de papiers et de multiples encriers.

— Ah ? Bonjour, frère Stéphane. (Il tapota certaines des feuilles de papier posées sur son bureau.) Excellent travail que ceci. Es-tu absolument certain de tout ?

— Révérend ? Aussi sûr qu'on peut l'être.

— Très bien. Je n'ai pas été déçu, je peux te le dire.

— Mais, Révérend…

Il ressentait la même chose que lorsqu'il s'était trouvé dans les bois, que les molosses approchaient et qu'il avait un instant réellement cru que le Grim le Furieux d'Aspar White fondait sur lui. Il avait eu la même impression lorsqu'à la moitié de son travail sur le manuscrit, il avait véritablement compris ce qu'il tenait en main.

C'était cette sensation de vertige qui venait lorsque l'on réalisait soudain que l'on ne comprenait pas le monde. Ou lorsque trop de nos assomptions les plus solides étaient remises en question en même temps.

Le fratrex attendait qu'il poursuivît, les sourcils froncés.

— La nature du scrift, expliqua Stéphane. J'aurais dû t'en parler dès que je l'ai su. J'aurais dû m'arrêter avant de finir. Je suis désolé. Je comprendrai si tu exiges ma démission.

— Tu n'as pas besoin de me dire cela, dit le fratrex. Si je demande ta démission, je l'obtiendrai, et le fait que tu comprennes ou pas n'aura pas le moindre rapport. Mais pourquoi devrais-je la demander ? Tu as fait exactement ce que je t'ai demandé, et de façon superbe.

— Je ne comprends pas, Révérend. La politique de l'Église…

— … est bien mieux comprise par moi que par toi, acheva sèchement le fratrex. L'Église a des considérations que tu ne peux même pas commencer à comprendre et que je ne puis, pour l'instant, t'expliquer. Qu'il suffise de dire qu'un mal existe en ce monde, n'est-ce pas, et que ce mal peut rester longtemps silencieux, mais que lorsqu'il parle, nous devrions au moins comprendre sa langue. Parce que sinon, il pourrait très bien réussir à nous envoûter.

Les implications de tout cela traversèrent Stéphane comme un fantôme, et laissèrent comme des empreintes de pas glacées sur son cœur.

— Révérend, puis-je me confier à toi ?

— Comme à nul autre.

— J'ai entendu… des choses en venant ici. Sur la route. À Tor Scath.

— Poursuis. Et assieds-toi, s'il te plaît. On dirait que tes jambes vont te faire défaut.

— Merci, Révérend.

Il s'installa sur un petit tabouret.

— Alors, dis-moi ces choses.

Stéphane lui raconta les rumeurs de greffyn, et les rites abominables sur les sanctuaires sedos abandonnés. Lorsqu'il eut terminé, le fratrex se pencha en avant.

— De telles rumeurs ne nous sont pas inconnues, dit-il à voix basse. Ni ne doivent être propagées plus avant. Garde-les pour toi, et sois assuré que l'Église n'est pas indifférente en ces matières.

— Oui, Révérend. C'est juste que – les sacrifices, aux sanctuaires. Ils ressemblent à certains rites décrits dans le scrift.

— J'ai vu cela. Quelle raison crois-tu que j'avais de vouloir les faire traduire ?

— Mais... Je crois que celui ou ceux qui font ces choses ne comprennent qu'à moitié ce qu'ils sont en train de faire.

— Et que sont-ils d'après toi en train de faire ?

— Je n'en suis pas certain, mais je crois qu'ils essaient de ranimer un antique sanctuaire, l'un des sanctuaires interdits. Peut-être celui-là même que le Bouffon Noir a arpenté pour acquérir ses pouvoirs sacrilèges. Les rites sont une sorte d'expérience, pour les aider à savoir lesquels des milliers de sanctuaires de la forêt ont encore un pouvoir, et pour déterminer l'ordre dans lequel ils doivent être arpentés.

— Mais ils ne pratiquent pas les rites correctement, et nous n'avons donc rien à craindre – pour l'instant, fit observer le fratrex.

— Néanmoins, mes travaux pourraient les aider, dit doucement Stéphane. Certains des éléments qui leur manquent pourraient se trouver devant vous.

Le fratrex hocha la tête d'un air solennel.

— Bien sûr ; nous en sommes conscients. Mais nous ne pouvons prendre le risque de combattre l'ennemi dans le noir. Ils possèdent certains des secrets. Ils les ont obtenus quelque part. Nous ne pouvons nous opposer à eux tant que nous ne savons rien.

— Mais Révérend... (L'image de Desmond Spendlove lui passa par l'esprit.) Et si nos ennemis étaient déjà dans nos rangs ? Dans l'Église elle-même ?

Le fratrex eut un sourire sévère.

— La façon la plus sûre d'attraper une fouine, c'est

de lui tendre un piège, dit-il. Et dans un piège, il faut un appât.

Il se leva.

— Je croyais t'avoir donné une leçon d'humilité, frère Stéphane. Je me demande maintenant si j'ai réussi. Je ne suis pas un crétin sénile, et l'Église est trop rusée pour se faire cocufier par le mal. Mais ta langue trop déliée et tes questions pourraient faire d'énormes dégâts, me comprends-tu ? Remplis les tâches que je te confie. N'en parle à personne d'autre que moi. Fais de ton mieux pour éviter que quiconque voie ton travail.

— Mais mon travail a déjà été vu.

— Par frère Desmond, oui. Ce n'était pas inattendu. Mais fais mieux à l'avenir. Dissimule tes progrès. Compose des traductions erronées en même temps que les vraies.

— Révérend ? La traduction est finie.

Pour toute réponse, le fratrex se pencha, et tira de sous son bureau une grande boîte en cèdre.

— Il y en a d'autres, dit-il. J'attends de toi une célérité comparable à celle dont tu as déjà fait preuve. (Il sourit légèrement.) Maintenant, je te suggère de méditer et de te préparer. Tu vas bientôt arpenter la voie des sanctuaires de saint Decmanus, et tu devras être dans l'état d'esprit adéquat.

Stéphane mit un genou à terre et s'inclina.

— Merci, Révérend. Et aie l'obligeance d'excuser mes impertinences. Je t'assure qu'elles ne venaient que de mon inquiétude pour l'Église.

— Ici, ce souci est mien, lui rappela le fratrex. (Il lui fit signe du dos de la main.) Tu peux partir, dit-il. Écarte tes appréhensions, et prépare-toi aux révélations.

Mais Stéphane se retira avec le sentiment qu'il avait déjà reçu une révélation de trop. Il craignit qu'une de plus pût le briser.

CHAPITRE TREIZE

LE ROI DE BRUYÈRE

Les premières manifestations du matin trouvèrent Aspar toujours éveillé, les jambes pliées sous lui, l'arc toujours tendu.

Quoi qui eût pu venir cette nuit était reparti avec elle, ne laissant que le souvenir de sa puanteur. Et lorsque Winna commença à s'éveiller, Aspar s'engagea précautionneusement dans la lumière et regarda autour de lui.

Les premières lueurs embrassaient les feuilles tout là-haut, et bien que les ombres fussent longues sur le sol, elles pointaient toutes dans la direction d'où Aspar et Winna étaient venus. Devant eux, la forêt s'éclaircissait, et Aspar pouvait en deviner la fin à distance raisonnable, à la faible densité des cimes des arbres.

Il inspecta la couche de feuilles qui recouvrait le sol, à la recherche d'un signe de ce qui s'était approché durant la nuit, mais ne trouva ni piste ni trace, et pas non plus de branches brisées ni de poil ni de plume. Cela l'amena à se demander si ses sens ne l'avaient pas trahi, d'une façon ou d'une autre. Il avait après tout été envoyé ici par les Sefrys, pour qui vérité et mensonge se mêlaient en une même eau trouble.

— Bonjour à toi, Aspar, dit Winna. Tu n'as donc pas dormi du tout ?

— Ça ne risquait pas, répondit-il avec une grimace désabusée.

— Nous étions d'accord pour nous partager les gardes, lui rappela-t-elle avec de l'exaspération dans la voix. Tu aurais dû me réveiller.

— Tu peux avoir demain soir, si tu veux. La nuit entière, promit-il. Quoi qu'il en soit, regarde : nous sommes presque sortis de la forêt.

Il fit un signe du menton en direction de l'endroit où les arbres s'éclaircissaient. Winna s'étira et bâilla.

— Je ne vois pas la différence, mais je te croirai volontiers sur parole. Avons-nous eu des visiteurs cette nuit ?

— Quelque chose est sorti, mais il n'a pas fait de bruit ni laissé de traces. Il est reparti avant l'aube.

Winna fronça les sourcils.

— J'ai rêvé de quelque chose à l'odeur infecte.

— L'odeur n'était pas un rêve, dit Aspar. Cela au moins est certain.

— Est-ce que… Est-ce que cela aurait pu être le roi de bruyère lui-même ? s'interrogea-t-elle.

— Par Grim, je ne l'espère pas, jura Aspar. Quoi qu'il y ait eu dans le noir, je veux ne jamais le rencontrer.

Winna parut troublée par cela, mais ne dit rien.

— Et maintenant ? préféra-t-elle demander.

— Je suppose que nous continuons, et que nous voyons ce qu'il y a à voir. Tu veux manger ?

— Pas encore. Nous pourrons manger plus tard. S'il y a encore des araignées au-dessus, je préférerais que nous les laissions derrière nous. Par tous les saints, oui ! Elles rampaient dans mes rêves, elles aussi.

Comme l'espacement des troncs d'arbres augmentait, le tapis végétal blanc paillé fit peu à peu place aux fougères et aux prêles, puis à une végétation plus broussailleuse – des amoncellements incohérents de mûriers, des genêts et ces cataires qui leur arrivaient au genou, des vignes qui se raccrochaient à tout. Pour Aspar, c'était un soulagement que de voir des plantes qu'il connaissait, par l'œil sanglant de Grim !

Enfin, juste avant midi, ils laissèrent la forêt derrière eux. Les arbres s'arrêtèrent plutôt abruptement, pour faire place à une vallée doucement ondulante. Des montagnes l'encadraient dans toutes les directions, renforçant la supposition d'Aspar que la seule issue de la vallée était probablement la voie par laquelle ils étaient venus, sauf à vouloir escalader les glaciers.

La prairie était embroussaillée de hautes herbes et de chardons et de primevère sauvage, mais parcourue de suffisamment de brisées d'animaux pour que leur progression fût facilitée la plus grande partie du temps.

À condition de savoir où ils allaient, ce qui n'était pas le cas.

Ils se dirigèrent droit devant, dans le fil de la vallée, mais lentement. Aspar se demanda ce qu'il pouvait bien être censé chercher, par la sorcière de Sarnwood.

Ce fut une cloche plus tard que Winna tendit le bras vers leur droite.

— Qu'est-ce que c'est ? demanda-t-elle.

Aspar avait déjà remarqué ce qu'elle indiquait : une rangée de petits arbres, pas beaucoup plus hauts que l'herbe, se prolongeant en direction du mur de la vallée, sans être complètement parallèle à leur propre trajectoire.

— Un ruisseau, probablement, grommela-t-il.

— Probablement, concéda Winna. Mais cela me paraît bien étrange.

— Cela n'a rien d'étrange, affirma Aspar.

— Qu'y aurait-il de mal à aller voir ? demanda

Winna. Je ne vois rien d'autre qui soit même simplement étonnant.

— Tu as raison, reconnut-il.

Ils obliquèrent en cette direction.

Après quelques centaines de pas, Winna demanda :

— Aspar, qu'est-ce que les Sefrys veulent que nous fassions ici ?

— Trouver le roi de bruyère, je suppose.

— Juste le trouver ?

— C'est ce que mère Gastya a dit, répondit Aspar.

Winna hocha la tête.

— Oui. Mais n'est-ce pas toi qui dit toujours que les Sefrys mentent tout le temps ?

— C'est vrai, admit Aspar. Mais cela n'a aucune importance. Quoi qu'ils veuillent de moi, je serais venu ici de toute façon. J'ai vécu dans cette forêt toute ma vie, Winn. Et il y a quelque chose en elle qui ne va pas. Qui ne va vraiment pas. (Il se mordilla la lèvre, puis s'éclaircit la gorge.) Je crois qu'elle est mourante. Je crois que le greffyn a quelque chose à voir avec cela, et s'il *existe* un roi de bruyère et qu'il est à l'origine de ce pourrissement, j'ai besoin de le savoir.

— Mais suppose que mère Gastya ait menti. Suppose que le roi de bruyère ne soit pas ici. Et si elle t'avait envoyé aussi loin de lui que possible ?

— J'y ai pensé, j'ai pris le risque. (Il la dévisagea.) Mais ce n'est pas ce qui t'inquiète, n'est-ce pas ? Tu crains surtout qu'il soit bien là.

Durant quelques instants, le bruissement des jupes déchirées de Winna contre l'herbe fut le seul bruit.

— Je sais qu'il est là, dit-elle finalement. Mais si les Sefrys t'avaient envoyé ici pour qu'il te tue ?

— Si mère Gastya avait voulu ma mort, il aurait suffi qu'elle se taise le temps de quelques battements de cœur de plus, à Rewn Aluth, lui rappela Aspar. Quoi que veuillent les Sefrys, ce n'est pas ma mort.

— Je suppose que non, reconnut Winna.

Puis elle s'arrêta. Ils avaient atteint la rangée d'arbres.

— Je ne vois pas de ruisseau.

— Non, dit lentement Aspar.

Les petits arbustes étaient des versions très réduites des arbres de bruyère. Ils leur arrivaient juste au-dessus de la taille.

— Regarde la régularité de leur espacement, dit Winna. Comme si quelqu'un les avait plantés.

— Il y a quelque chose d'autre, dit Aspar en s'accroupissant. Quelque chose…

Cela lui évoquait des traces, en quelque sorte. Mais il lui fallut une vingtaine de battements de cœur avant de comprendre pourquoi.

— Ils sont plantés comme les pas d'un homme, dit-il. Un homme immense. Tu vois ? C'est comme si, à chaque foulée, un arbre s'était élevé.

Il regarda par-dessus son épaule. La rangée d'arbres remontait jusqu'à la forêt. Et elle partait dans l'autre sens vers le mur rocheux.

— Qu'y a-t-il, là-bas ?

Aspar suivit la ligne imaginaire que son doigt traçait dans l'air. Au loin, à une demi-lieue peut-être, la rangée d'arbres menait à une sorte de coupole. Elle semblait avoir été fabriquée par l'homme.

— Un bâtiment ? s'interrogea-t-il. On dirait un peu une maison commune watau.

Ce n'était pas une maison commune. Le peuple de sa mère construisait ses habitations avec des jeunes arbres fraîchement coupés, en les courbant en arches et en recouvrant l'ensemble de plaques d'écorce. La structure que lui et Winna découvrirent était également faite d'arbres, mais ils étaient toujours vivants, plongeaient leurs puissantes racines dans le sol et unissaient étroitement leurs branches. Elle avait la forme d'un nid d'oiseau géant retourné. Elle était peut-être haute de dix toises à son sommet.

L'entrelacement de branches était si dense et si serré que l'on ne pouvait rien voir de l'intérieur, même en étant assez près pour la toucher.

Un tour de l'étrange structure vivante révéla une sorte d'ouverture, un chemin louvoyant entre les troncs et les branches, juste assez large pour que Aspar pût s'y faufiler. Aucun son ne provenait de l'intérieur.

— Tu vas rester ici, dit Aspar à Winna.

Winna plissa le front.

— Aspar White, j'ai escaladé des montagnes, nagé dans de l'eau glacée, et traversé des orages avec toi. Je t'ai sauvé deux fois la vie, si je compte bien…

— Winna, fais cela pour moi.

— Donne-moi une seule raison. Une raison logique.

Il la dévisagea, puis avança d'un pas et posa sa main sur la joue de Winna.

— Parce que c'est complètement différent, dit-il. Je ne te mens pas. Qui peut dire, parmi toutes les histoires, lesquelles sont vraies et lesquelles sont imaginaires ? Puisque les yeux du greffyn affaiblissent, qui sait si le roi de bruyère ne tue pas d'un seul regard ? (Il l'embrassa.) Parce que je t'aime, Winna, et que je te protégerai, que tu le veuilles ou pas. Et enfin, parce que s'il m'arrive quelque chose, quelqu'un doit porter la nouvelle au roi et aux autres forestiers. Quelqu'un doit sauver ma forêt.

Elle ferma longuement les yeux, et lorsqu'elle les rouvrit, ils étaient souriants et humides.

— Je t'aime, moi aussi, grande brute. Mais reviens-moi en vie, d'accord ? Puis sors-moi d'ici. Je n'arriverais pas à repartir toute seule, de toute façon.

— Je vais faire cela, dit-il.

Un instant après, il entrait dans les arbres.

Immédiatement, quelque chose parut bizarre. Il ressentit une sorte de choc, comme s'il avait sommeillé puis relevé la tête d'un coup. Un bourdon semblait vrombir quelque part dans sa poitrine, accompagné par le ronflement rythmé de ses poumons.

Il continua plus avant, le long de ce chemin tortueux, et eut une impression de profondeur, comme s'il était très loin sous la terre.

Il y avait également une odeur, puissante et changeante, jamais semblable d'une inspiration à l'autre, et pourtant en quelque sorte constante. Elle était sève de pin, fourrure d'ours, musc de serpent, noyer brûlé, sueur amère, carcasse pourrissante, fruit pourri, urine de cheval, roses. Elle devenait plus forte à mesure qu'il approchait, et parut s'apaiser, moins varier, jusqu'à ce que l'odeur de mort et de fleurs emplît sa tête.

Alors Aspar passa le dernier tournant du labyrinthe et vit le roi de bruyère.

Il était une ombre, dessinée par des milliers de fines aiguilles de lumière perçant les interstices du plafond de la salle vivante. Il était épines et primevères, racines et branches et lierre, aux doigts de sarments. Sa barbe et ses cheveux étaient des amas de mousse grise et verte, et des branches torses s'échappaient de son crâne comme des cornes.

Mais son visage – son visage était de mottes de lichen tapissant un crâne humain, des fleurs noires éclosant dans ses orbites. Et comme Aspar regardait, le roi se tourna lentement pour lui faire face, et les roses s'ouvrirent plus grand, continuant d'éclore.

Aspar ouvrit la bouche mais ne dit rien. Il ne pouvait détourner le regard de ces yeux croissants, de leurs étamines ébène qui paraissaient toujours grandir jusqu'à être les seules choses au monde. L'odeur de mort et de parfum le suffoqua, ses membres se mirent à s'agiter convulsivement, son corps devint une immense démangeaison, et soudain, sans avertissement, sa vision se fracassa comme un miroir et derrière, il vit… des choses.

Il vit les chênes-fer – *ses* chênes-fer, les tyrans – pourrir, leurs branches se brisant, des monceaux de vers et de mouches s'échappant de sous leur écorce en putréfaction comme des asticots d'une carcasse. Il vit la rivière Mage virer au noir, des daims s'effondrer en pleine course, des choses vertes se ratatiner et se fondre en un pus visqueux. Il sentit la putréfaction. Le malaise qui l'avait saisi lorsqu'il avait touché la trace du greffyn le frappa de nouveau, cent fois plus fort, et il se pencha pour vomir, et alors…

… alors il devint fou.

Lorsqu'il reprit ses esprits, il était à l'agonie. Son épaule était en feu.

— Aspar ?

Il regarda à travers la douleur pour découvrir Winna, les yeux frénétiquement fixés sur lui. Ils se trouvaient dans un bosquet, quelque part. Des peupliers. Il serrait quelque chose dans la main.

— Aspar, c'est toi ? As-tu tous tes esprits ?

— Je… Que se passe-t-il ?

— Tu étais parti… (Sa tête se releva brusquement, et lorsqu'elle se remit à parler, sa voix était bien plus basse.) Tu es resté là-dedans trois jours ! La maison s'est refermée, et je n'ai pas pu te suivre. Puis quand tu es sorti, tu as couru comme un dément. Je t'ai poursuivi.

Il agrippa son épaule et découvrit un bandage sommaire, trempé de sang.

— L'homme au bandeau et sa bande sont ici. Tu les as attaqués, et ils t'ont tiré dessus. Ils nous pourchassent, maintenant.

— Fend ? Il est là ?

— Chut ! Je crois qu'ils sont tout près.

— Trois jours ? grommela Aspar. Comment est-ce possible ? (Il regarda autour de lui.) Mon arc ? Où est-il ?

Puis il regarda sourdement ce qu'il tenait dans sa main. C'était une corne, une corne d'os blanche, gravée d'étranges dessins. Où avait-il eu cela ?

— Toujours chez le roi de bruyère, je suppose. Quand tu es sorti, tu ne l'avais…

Sa tête se leva brusquement une nouvelle fois, et elle brandit une dague. La dague d'Aspar.

— Donne-moi ça, maugréa-t-il. Je peux encore me battre.

Il mit la corne dans son havresac et tendit la main vers la dague.

— Mais je ne te le conseillerais pas, dit une voix familière.

Un cercle d'arcs apparut autour d'eux, et là, sous le regard rougi par la douleur d'Aspar, se dressait un Sefry avec une coiffe au large bord, dessiné contre le soir ambre pâle qui baignait la scène. Il portait un pourpoint et une cape de feutre terre d'ombre, la même couleur que son chapeau. Il n'avait qu'un œil vert pâle, et là où l'autre aurait dû être, se trouvait un bandeau jaune.

— Fend, grimaça Aspar, viens et meurs.

Fend s'esclaffa.

— Non merci, dit-il.

— Reculez, dit Winna, je coupe le premier qui s'approche.

— Eh bien nous ne nous approcherons pas, alors, dit Fend d'un ton raisonnable. Nous vous transpercerons de flèches à distance. Aspar, dis à ta petite fille de poser son couteau et de venir ici.

Aspar réfléchit moins d'un battement de cœur.

— Fais ce qu'il dit, Winna, dit Aspar.

— Asp…

— Il te tuera si tu ne le fais pas.

— Et toi ?

— Fillette, dit Fend, je n'ai rien contre toi, en fait. Je ne peux laisser Aspar vivre, bien sûr. Il le sait, et je le sais. Mais il sait aussi que si tu te conduis bien, je te laisserai peut-être vivre.

— Laisse-la, dit Aspar. Promets de ne pas lui faire de mal.

— Pourquoi devrais-je faire cela ? demanda Fend. Après tout, il y a tellement de façons de lui faire du mal. Elle pourrait finir par en aimer certaines.

Winna retourna le couteau et le plaça contre sa poitrine.

— Tu peux oublier ça, dit-elle.

Mais en un battement de cils, la dague était sur le sol, et Winna hurlait et regardait avec des yeux écarquillés la tige de la flèche qui avait proprement traversé la paume de sa main.

— Winna ! hurla Aspar.

Puis :

— Fend !

Une énergie impossible emplit les membres d'Aspar, et il ramassa la dague pour bondir en avant.

La deuxième flèche le frappa à la cuisse, la troisième au bras. Alors même qu'il titubait, il savait qu'ils évitaient délibérément ses organes vitaux, et il se souvint des corps autour du vieux sanctuaire sedos de la Taff, torturés et saignés à vif.

Il se releva en grimaçant, et entendit le rire de Fend.

— Oh, Aspar, j'ai tant d'admiration pour ta ténacité.

— Je te tuerai, Fend, dit doucement Aspar. Crois-moi, fils de chienne.

Il tordit la tige de sa cuisse jusqu'à ce qu'elle se brisât. La douleur l'éblouit, mais il put faire un autre pas vers le Sefry borgne. La pointe n'avait pas coupé de tendons.

Soudain, les hommes de Fend cédèrent du terrain, et Fend lui-même recula, les yeux écarquillés. Aspar ressentit un instant une excitation sauvage, avant de réaliser que ce n'était pas lui qu'ils craignaient.

C'était le greffyn. Il était sorti du bois très, très lentement. Avec une détermination silencieuse, il avançait vers Aspar.

— Eh bien, dit Fend. Il t'a choisi. J'aurais préféré te tuer moi-même, mais je suppose que cela ira bien. Au revoir, Aspar.

Aspar cligna une fois des yeux en direction du greffyn, à quelques volées de flèches de lui. Puis il tourna les talons et courut. Fend s'esclaffa encore une fois.

Le greffyn semblait n'avoir aucune hâte de l'achever. Aspar courut comme dans un cauchemar, ses pieds martelant le sol. S'il pouvait seulement échapper au greffyn et trouver son arc, il aurait une chance de sauver Winna.

Il se raccrocha à cette pensée, pour continuer, pour que son cœur batte et que ses jambes bougent. Il ne regardait pas en arrière, mais il pouvait entendre le greffyn derrière lui maintenant, sifflant à travers l'herbe. S'amusant de la chasse, peut-être, comme le chat auquel il ressemblait.

Il savait où il se trouvait maintenant, au moins. Dans sa folie, il était parti vers la muraille rocheuse. Devant lui, il pouvait voir l'étrange tumulus vivant du roi de bruyère. S'il pouvait l'atteindre, le greffyn ne réussirait peut-être pas à se glisser à travers l'étroite ouverture. Et son arc était à l'intérieur.

Il continua de courir, mais ses jambes décidèrent d'arrêter, et son corps laissa ses pieds derrière. Avec une surprise sourde, il découvrit son visage enfoncé dans la terre.

Il réussit à rouler sur le côté, et maintint sa dague au-dessus de lui.

Le greffyn était là, et le regardait de toute sa hauteur avec ses yeux en soucoupes.

L'autre main d'Aspar se porta à sa ceinture, et trouva sa hache.

Le greffyn se rapprocha d'un pas et baissa la tête. Il le renifla. Il claqua des mâchoires, puis se rapprocha encore et le renifla de nouveau.

— Juste un peu plus près, dit Aspar en serrant sa hache. Viens, qu'est-ce que tu attends ?

Mais il renifla encore, et recula.

Aspar ne savait pas ce que cela signifiait, mais il saisit cette opportunité de se relever. Il se tourna et repartit, titubant souvent, mais le greffyn ne le suivit pas.

Son regard si, par contre, la douce et chaude affection qu'il avait déjà connue trois fois. Ce ne fut pas aussi puissant, néanmoins. Peut-être que le remède que mère Gastya lui avait donné pour le soigner à Rewn Aluth faisait encore effet. Peut-être que c'était pour cela que le greffyn n'avait pas voulu le toucher.

Quoi qu'il en soit, deux blessures par flèche et le regard mortel du greffyn se révélèrent être finalement plus qu'il ne pouvait en supporter. Il s'effondra dans l'herbe haute et dormit, et rêva des Vieilles-qui-pressent.

Il s'éveilla maculé de son propre vomi. Ses blessures ne saignaient plus, mais elles étaient lancinantes et rouges, et diablement chaudes.

Il se leva quand même, en pensant à Winna dans les mains de Fend. Il alluma un petit feu et arracha l'autre flèche, puis il cautérisa les plaies avec un charbon ardent. Il pressa ensuite la pâte que mère Gastya lui avait donnée sur les blessures, et les banda avec des lambeaux de sa chemise.

La nuit tomba et fit place au jour avant qu'il n'eût la force de faire plus que quelques pas à la fois, mais le soleil parut lui apporter des forces nouvelles, et il se leva pour rechercher Fend, et ses hommes, et Winna. Surtout Winna.

Il ne trouva que leur trace, qui ramenait vers la forêt d'arbres de bruyère.

Implacablement, en souhaitant que sa tête s'éclaircît enfin, en souhaitant que la douleur pût cesser plutôt qu'empirer à chaque pas, il partit à leur poursuite.

— Je te tuerai, Fend, murmura-t-il. Par Grim, je te tuerai. Je te tuerai.

Il répéta cela jusqu'à ce que ces mots n'eussent plus de sens, jusqu'à ce qu'il ne fût plus capable d'une pensée rationnelle.

Mais même alors, il ne cessa pas d'avancer. Seule la mort eût pu l'arrêter.

TROISIÈME PARTIE

LES MOUVEMENTS OBSCURS

En le mois de ponthmen de l'an 2223 d'Éveron

Lorsque s'éveille le monde obscur, l'épée doit apparaître comme une plume, le loup comme une souris, la légion comme un carnaval. Je rirai depuis ma tombe, et cela produira le son d'un luth.

Extrait de la confession de la scintillatrice Emmée Viccars, à la proclamation de sa sentence d'exécution.

CHAPITRE UN

DANS LE FEU DE LA GUERRE

Guillaume se resservit un gobelet de son vin virgenyen favori et arpenta le sol de marbre rouge de la salle du Feu de la guerre. Il prit une longue gorgée du liquide améthyste, puis reposa le gobelet sur la grande table noire au centre de la pièce.

Les peintures le dévisageaient encore. Rebelle, il leur rendit leur regard scrutateur.

Elles étaient partout ; des panneaux courant du sol au plafond, encadrés de moulures dorées à motif de feuilles de chêne, et peints en des couleurs denses et sombres, comme s'ils avaient été réalisés avec de la boue, de la cendre et du sang. En un sens ils l'avaient été, puisque chacun d'entre eux représentait une partie de la longue histoire des guerres de sa famille.

— Préférerais-tu regarder ces vieilles images plutôt que moi ? demanda Alis Berrye d'un ton boudeur.

Elle était affalée sur un fauteuil, son corset assez délacé pour révéler une poitrine ferme couronnée de rose. Elle roula ses bas et lança une jambe nue pardessus l'accoudoir du fauteuil. La jambe était jolie, fine, blanche comme le lait. Ses cheveux noisette étaient légèrement ébouriffés, ses yeux saphir langoureux, en dépit du ton maussade de sa voix. Elle était presque aussi pleine de vin que lui, et complètement hors de propos.

Sauf que plus que le vin encore, elle le soûlait de ses paroles.

— Je suis désolé, ma chère, murmura-t-il. Je ne suis plus vraiment d'humeur.

— Je pourrais t'y ramener, mon seigneur, je t'en assure.

— Oui, soupira-t-il. J'en suis convaincu. Mais je ne le souhaite pas.

— Te lasserais-tu de moi, Majesté ? demanda Alis, incapable de dissimuler les accents de panique dans sa voix.

Il la toisa un moment, envisageant sérieusement la question. C'était une amante exubérante et enthousiaste, même si elle n'avait pas la finesse d'une femme plus âgée. Ses desseins étaient délicieusement transparents et naïfs. Elle s'enivrait agréablement, et lorsqu'elle baissait sa garde, elle était douce sans une once d'égoïsme, et son esprit suivait des voies complètement différentes des siennes, ce qu'il appréciait sur l'oreiller.

Elle était une alternative bienvenue à Gramme, dont l'esprit s'était tourné de façon quasi obsessionnelle vers ses bâtards, ces dernières années. Ils étaient à l'abri du besoin, bien sûr, et il les aimait bien, surtout la petite Mery, mais Gramme voulait qu'ils portent le nom de Dare et le disait beaucoup trop souvent. Alis était moins ambitieuse, et n'avait peut-être même pas l'intelligence pour une réelle ambition.

Ce qui était très bien. Deux femmes intelligentes dans sa vie étaient déjà plus qu'assez.

— Non, pas du tout, lui dit-il. Tu es mon délice.

— Alors ne devrions-nous pas aller nous coucher ?

Il est déjà plus de minuit. Je peux t'apaiser jusqu'au sommeil, si tu ne désires pas m'aimer.

— Va te coucher, dit-il doucement. Je te rejoindrai très vite.

— Dans ta chambre, Majesté ?

Il lui adressa un regard courroucé.

— Tu sais très bien que non. C'est mon lit conjugal, et je ne le partage qu'avec mon épouse. Ne te fais pas d'idées, Alis, simplement parce qu'elle est loin.

Son expression se figea comme elle réalisait son erreur.

— Je suis désolée, Sire. Tu me rejoindras dans mes appartements, alors.

— J'ai dit que je le ferai.

Elle se leva maladroitement, ramassa ses bas, puis vint vers lui, se mit sur la pointe des pieds, et déposa un petit baiser sur ses lèvres. Puis elle sourit presque furtivement et baissa les yeux. Un court instant il eut un élan, mais il était trop ivre et trop triste, et il le savait.

— Bonne nuit, Sire, murmura-t-elle.

— Bonne nuit, Alis.

Il ne la regarda pas partir, préférant s'intéresser à la plus grande peinture de la pièce. Elle représentait Genya Dare, enflammée comme une sainte, menant une grande armée. Devant elle dominait l'ombre vague mais menaçante de la forteresse skasloï qui s'était autrefois dressée à l'endroit précis où se trouvait maintenant le château d'Eslen. Au pied de cette citadelle rouge sombre, d'immenses silhouettes noires informes étaient à peine perceptibles.

— Que dois-je faire ? murmura-t-il. Quelle est la juste voie ?

Il parcourut du regard les autres tableaux : la bataille de Minster-sur-Mer avec ses immenses nuages noirs menaçants, le combat du gué de la Woorm, le siège de

Carwen. Dans chacun d'entre eux, un Dare menait des armées, puissant et résolu.

Cent ans plus tôt, ces mêmes murs avaient dépeint des scènes de victoires reiksbaurgs. Ils avaient été nettoyés et repeints.

Cela pouvait se reproduire.

Il frissonna à cette pensée, et se demanda s'il n'était pas temps d'aller *le* voir. La chose dans le donjon, la chose que son père lui avait montrée, il y avait si longtemps. Mais il trouva cette éventualité presque aussi troublante que celle d'une victoire reiksbaurg, et l'écarta.

Guillaume préféra en lieu de cela retourner à la table et y dérouler une carte, dont il lesta les coins avec des poids de cuivre en forme de vipères à tête de bélier, enroulées et prêtes à frapper.

— Toujours debout ? Toujours méditatif ? demanda une voix légèrement moqueuse.

— Robert ?

Guillaume se retourna, manqua perdre l'équilibre, et jura.

— Que se passe-t-il ?

— Rien. J'arrive à peine à penser, ces jours-ci. Une seule bouteille suffit à me couper les jambes. Par tous les saints, où étais-tu passé cette dernière neuvaine ?

Robert eut un petit sourire.

— À Saltmark, en fait.

— Quoi ? Sans mon consentement ? Et pourquoi ?

— Il valait mieux que je n'aie pas ton consentement pour cela, dit Robert d'un ton sombre. Il s'agissait d'une autre de mes démarches que tu appellerais… *inappropriée*, je crois. (Son sourire se fit plus sévère.) Tu as fait de moi ton Premier ministre, tu te souviens ?

— Était-ce en rapport avec Lesbeth ?

Robert lissa sa moustache.

— En partie.

Guillaume marqua une pause pour rassembler son courage avant de poser la question suivante.

— A-t-elle été assassinée ?

— Non. Elle est vivante. On m'a même permis de la voir.

Guillaume but une longue gorgée de vin.

— Que sainte Anne en soit remerciée, maugréa-t-il. Quelle sorte de rançon exigent-ils ?

— Puis-je avoir du vin ? demanda aimablement Robert.

— Sers-toi.

Robert regarda la carafe sur la table et fit un petit bruit dégoûté.

— Aurais-tu autre chose ? Quelque chose qui viendrait d'un peu plus au sud ? Je ne sais pas comment ton estomac peut supporter ce liquide râpeux.

Guillaume fit un geste en direction de l'armoire.

— Il y a une bouteille fraîchement décantée de ce rouge de Tero Gallé que tu aimes tant.

— Vin Crové ?

— Celui-là même.

Il observa avec impatience Robert aller le chercher, se verser un peu de ce liquide sanguin, et le goûter.

— Ah, c'est mieux. Au moins, tes sommeliers ont bon goût.

— Comment peux-tu être si calme quand notre sœur a été enlevée ?

— Ne doute *jamais* de mon inquiétude pour Lesbeth, dit sèchement Robert.

— Je suis désolé, j'ai eu tort de faire une telle remarque. Mais s'il te plaît, donne-moi les nouvelles.

— Comme je l'ai dit, elle va bien, et l'on m'a permis de la voir. Elle t'envoie tout son amour.

— D'où cela ? Où est-elle ?

— Elle est prisonnière du duc d'Austrobaurg.

— Comment cela ? Au nom de tous les saints, comment cela se peut-il ? On l'a vue pour la dernière fois chevauchant vers l'est sur la Manche. Comment ont-ils pu l'enlever sur cette île ?

— Cela, Austrobaurg ne me l'a pas dit.

— Son fiancé est arrivé de Safnie, tu sais. Hier. Il est hors de lui.

— Vraiment ?

Les yeux de Robert brillèrent d'une étrange lueur.

— Eh bien, poursuis. Que veut le duc ?

— À ton avis ? Une rançon.

— Quelle rançon ?

— Il veut des navires. Vingt, pour être précis.

— Vingt navires ? Mais nous ne pouvons pas nous le permettre, pas si nous partons en guerre contre Saltmark. Ou contre Hansa, que les saints nous préservent.

— Oh, il ne veut pas vingt de nos navires. Il veut vingt navires sorroviens. Coulés. Envoyés par le fond.

— Quoi ? tonna Guillaume. (Il projeta son gobelet contre le mur et le regarda se fracasser en un milliers d'éclats teintés de rouge.) Il ose ? Par les bourses de saint Coq, il ose ?

— C'est un homme ambitieux, Sire. Vingt navires à son crédit l'emmèneront loin à la cour d'Hansa.

— À son crédit ? Mes navires doivent paraître être de Saltmark ? Tu veux dire qu'il s'attend à ce que mes bâtiments et mes équipages naviguent sous ses couleurs ?

— C'est ce qu'il exige, Majesté, dit Robert. (Sa voix se teinta de fureur.) Sinon, comme il le dit, il profitera de notre sœur à son content, puis l'offrira à ses hommes avec ordre de la chevaucher jusqu'à lui en briser le dos.

— Par saint Michel, jura Guillaume en se rasseyant. À quoi en vient le monde ? N'y a-t-il donc plus d'honneur ?

— De l'honneur ? ricana amèrement Robert. Écoute, Guillaume…

— Tu sais que je ne peux pas le faire.

— Tu… (Robert en perdit un temps l'usage de sa langue.) Espèce de rustaud pompeux ! finit-il par articuler. Il s'agit de Lesbeth !

— Et je suis ton empereur. Je ne puis vendre l'honneur de mon trône pour une sœur, quel que soit l'amour que j'ai pour elle.

— Non, dit Robert d'une voix très basse, en pointant un doigt accusateur. Non, Guillaume. Je coulerai ces navires moi-même, tu m'entends ? À mains nues, si c'est nécessaire. Tu aurais dû mettre Lesbeth à l'abri avec les autres, mais tu t'es incliné devant sa requête et tu l'as laissée attendre ici son prince safnien. Ce même prince safnien, dois-je ajouter, qui l'a vendue à Austrobaurg.

— Quoi ?

Guillaume dévisagea son frère, en se demandant s'il n'avait pas mal compris ses mots.

— J'ai dit qu'Austrobaurg ne m'avait pas révélé comment il l'avait enlevée. Mais je l'ai appris grâce à mes espions, un meurtre, et des tortures dont je suis certain que tu n'as pas envie d'entendre parler. Austrobaurg a des ennemis, certains très proches de lui, même s'ils ne sont pas assez proches pour lui trancher la gorge, malheureusement. Pas encore. Mais j'ai découvert ce que je voulais savoir. Le prince safnien de Lesbeth s'est souvent rendu à Hansa. Il y est bien connu, et payé par eux. Il a fait envoyer une missive disant à Lesbeth de le rencontrer au cap de Rovy, que son navire avait été endommagé et qu'il campait là-bas. Elle est allée le rejoindre, mais n'a trouvé qu'une corvette hansienne.

— Le prince Cheiso a fait cela ? Tu en as la preuve ?

— J'ai la preuve de mes oreilles. Je fais confiance à mes sources. Oh, et puis il y a cela.

Il tira quelque chose de la bourse à sa ceinture et le

lança à Guillaume, qui l'attrapa. C'était une petite boîte de métal, fermée par un loquet.

— Qu'est-ce ?

Robert fit un bruit très particulier, et Guillaume fut frappé de voir des larmes monter aux yeux de son frère.

— C'est son doigt, malédiction. (Il tendit sa main droite et agita son index.) Celui-ci, avec la jumelle de cette bague. Nous les avions enfilées alors que nous avions huit ans, et nous ne pouvions plus, ni l'un ni l'autre, les retirer depuis nos quinze ans.

Guillaume ouvrit le loquet. À l'intérieur se trouvait effectivement un doigt mince, presque noir. Il était ceint d'un anneau d'or gravé de feuilles de chêne.

— Ah ! Par les saints de la miséricorde ! (Il referma la boîte en tremblant.) Qui a pu faire cela à Lesbeth ? Lesbeth la plus souriante, la plus bienveillante, la plus charitable qu'il se puisse être ? Robert, je ne savais pas. Je…

Il ravala ses larmes.

— Ne me console pas, Guy. Ramène-la, ou je le ferai.

Guillaume trouva un autre gobelet. Il avait besoin de vin pour calmer le sang qui tonnait dans ses oreilles, pour éteindre la fureur aveugle qu'il sentait monter en lui.

— Comment, Robert ? trancha-t-il. Si nous faisons une telle chose, cela pourrait nous coûter toutes nos alliances. Même Liery pourrait se détourner de nous. C'est impossible.

— Non, dit Robert, la voix encore tremblante. Il y a un moyen. Nous avons déjà envoyé en secret des navires dans la mer des Saurgas, n'est-ce pas ?

— Ce n'est pas vraiment un secret.

— Non, mais personne n'en connaît le nombre ni la puissance. Seuls toi et moi connaissons l'importance de cette flotte. Des équipages peuvent être trouvés : je sais où. Des équipages qui ne poseront aucune question et ne parleront jamais, s'ils sont suffisamment bien payés.

Guillaume dévisagea longuement Robert.

— C'est vrai ?

— Oui. Austrobaurg en tirera tout le crédit, comme il le désire – et tout le blâme qui y sera associé. Les seigneurs des mers lieriens ne sauront rien de notre rôle, et resteront nos alliés. Je contrôlerai tout cela personnellement, Guillaume. Tu connais mon amour pour Lesbeth ; je ne prendrai aucune décision en cette affaire qui pourrait mettre sa vie en péril. Mais je ne ferai pas courir le moindre risque au royaume non plus.

Guillaume but encore du vin. Bientôt ce serait trop : déjà, le monde était plat, comme les peintures sur les murs. Ce n'était pas le moment de prendre une décision. Ou c'était peut-être au contraire le meilleur, pour une telle affaire.

— Fais-le, murmura-t-il. Mais ne m'informe pas des détails.

— C'est fait, dit Robert.

— Quant au prince Cheiso, fais-le arrêter et enfermer dans la tour orpheline. Je m'occuperai de lui au matin.

CHAPITRE DEUX

LE PRINCE DE L'OMBRE

L'air au-dessus de la brique ocre du Piato da Fiussa chatoyait comme le haut d'un poêle. Il faisait si chaud que même les pigeons et les quiscales qui couvraient habituellement la place en quête de miettes de pain ou de fromage, ne s'y seraient pas posés de peur d'y cuire.

Cazio, partageant leurs inquiétudes, s'épuisa juste assez pour se déplacer de la longueur d'un bras, en suivant l'ombre de la fontaine de marbre sur laquelle son dos reposait, et continua de regarder laconiquement la place. Il n'y vit que de très rares personnes faisant montre d'une quelconque ambition de mobilité. Plus tôt, le petit bourg d'Avella avait grouillé d'activité. Maintenant, avec le soleil à son apogée, les gens n'étaient pas si stupides.

Des bâtiments de la même brique jaune ayant parfois jusqu'à deux étages encadraient le patio, mais seul le côté sud projetait une ombre grêle. Dans cet espace plus plaisant, les commerçants, les maçons, les échoppiers, les employés et les enfants d'Avella s'asseyaient, s'allongeaient, et plus généralement se prélassaient, en sirotant les vins jeunes et gaillards du Tero Mefio, en suçotant des figues rafraîchies en cave, ou en se tapotant le front avec des chiffons humides.

De plus petits rassemblements sous des auvents, près des escaliers, partout où les efforts du soleil étaient contrecarrés, rendaient évidente la raison pour laquelle les heures entre midi et trois cloches étaient appelées *z'onfros caros*, les ombres chéries. Et dans une ville où les ombres de la midi avaient une valeur, où elles étaient même parfois effectivement vendues ou échangées, l'ombre de la fontaine de Fiussa était l'une des plus cotées.

C'était là que se reposait Cazio, sous le regard protecteur de la déesse nue et parée de fleurs. Les trois nymphes à ses pieds dégorgeaient des nuages d'eau, si bien qu'une agréable brume humide retombait sur son visage à la beauté mate et sur ses larges épaules. Le bassin de marbre était frais, et quelle que fût l'heure de la sessa, il projetait une ombre ample – assez pour peut-être quatre personnes.

Cazio examina paresseusement les fenêtres des étages qui dominaient le patio. À cette heure du jour, les fenêtres encadrées de rouille ou de sienne étaient toutes grandes ouvertes, et de jolies filles pouvaient parfois y être aperçues, penchées sur leur appui pour saisir un souffle de vent.

Sa quête muette fut récompensée.

— Regarde là, dit-il à son ami Alo, qui se prélassait à côté de lui. C'est Braza daca Feiossa.

Il fit un signe de tête en direction d'une beauté aux cheveux sombres qui regardait vers la place. Elle ne portait qu'une chemise de coton, qui découvrait une grande partie de son cou et de ses épaules.

— Je la vois, dit Alo.

— Elle essaie d'attirer mon attention, dit Cazio.

— À l'évidence. Et puis le soleil ne s'est levé que pour toi ce matin, j'en suis certain.

— J'aurais préféré qu'il reste couché, murmura Cazio en essuyant une perle de sueur sur son front et en repoussant son épaisse chevelure noire. Quelle idée j'ai eue de me lever si tôt ?

Alo sursauta en entendant cela.

— Tôt ? Tu viens de te lever !

Garçon au visage cireux et aux cheveux caramel, Alo avait quinze ans et donc un an de moins que Cazio.

— Oui, et comme tu le vois, il fait trop chaud pour travailler, tout le monde est d'accord là-dessus.

— Travailler ? Que sais-tu du travail ? maugréa Alo. *Eux* ont travaillé toute la matinée, et *moi* j'ai déchargé des sacs de grain depuis l'aube.

Cazio regarda Alo et agita tristement la tête.

— Décharger du grain, ce n'est pas un travail, c'est un labeur.

— Quelle est la différence ?

Cazio tapota le pommeau brillant de son épée.

— C'est évident. Un gentilhomme peut travailler. Il peut remplir des tâches. Mais il ne peut s'abaisser à un labeur.

— Un gentilhomme peut mourir de faim, alors, répondit Alo. Puisque la nourriture dans ce panier est le résultat de mon labeur, je doute que tu veuilles y toucher.

Cazio regarda le fromage de brebis à pâte dure, la roue de pain plate et brune, le carafon de vin en grès.

— Bien au contraire, dit-il à Alo. Un gentilhomme n'a aucune objection à vivre du labeur des autres. C'est toute la nature de l'arrangement entre maître et serviteur.

— Oui, mais je ne suis pas ton serviteur, fit remarquer Alo. Et si je l'étais, je ne vois pas ce que je tirerais de cet arrangement.

— Eh bien, l'honneur de servir un gentilhomme. Et le privilège de te reposer ici, dans mon palais d'ombre. Et la protection de mon épée.

— J'ai ma propre lame.

Cazio regarda l'arme rouillée de son ami.

— Oui, bien sûr, dit-il en mettant dans sa voix toute la condescendance dont il était capable.

— Si !

— Pour tout le bien qu'elle peut te faire, répondit Cazio. Et tiens, regarde : tu vas peut-être avoir une chance de t'en servir.

Alo se tourna pour suivre son regard. Deux hommes venaient de pénétrer à cheval sur la place depuis la Vio aza Vera. Le premier portait un pourpoint de velours rouge, des chausses noires, et un chapeau à large bord enjolivé d'une plume. Sa barbe était soigneusement taillée et sa moustache délicatement recourbée. Son compagnon était habillé plus modestement de brun. Ils se dirigeaient droit sur la fontaine.

Cazio laissa reposer sa tête en arrière et ferma les yeux, écoutant le bruit des sabots qui approchaient. Lorsqu'ils furent tout près, il entendit un crissement de cuir, puis le bruit de bottes qui foulaient la brique, tandis que les deux hommes mettaient pied à terre.

— Cela ne te gênera pas si je bois à cette fontaine, n'est-ce pas ? demanda une voix amusée.

— Pas du tout, *casnar*, répondit Cazio. La fontaine est un bien public, et l'eau est gratuite pour tous.

— Tout à fait vrai. Tefio, va me chercher à boire.

— Oui maître, répondit son laquais.

— Et l'endroit où vous êtes assis me paraît tout à fait confortable, dit l'homme après un moment. Je crois que je vais en profiter aussi.

— Eh bien en cela tu te trompes, casnar, dit Cazio d'un ton amical, sans ouvrir les yeux. L'ombre, vois-tu, n'est pas un bien public, mais elle est projetée par la déesse Fiussa, comme tu peux le voir. Et en cet instant, comme tu peux le voir aussi, elle semble me favoriser.

— Je vois surtout deux garçons qui ne connaissent pas leur rang.

Alo voulut bouger, mais Cazio le retint d'un geste de la main.

— Je ne connais que ce que l'on m'a enseigné, casnar, répondit-il doucement.

— Quémanderais-tu une leçon ?

Cazio se redressa un peu.

— Quémander, dis-tu ? Je ne connais pas le sens de ce mot. Mais puisque tu sembles si bien le connaître, dois-je en déduire que tu t'offres à m'instruire en matière de grammaire ?

— Ah, dit l'homme. Je comprends, maintenant. Tu es le fou du village.

Cazio s'esclaffa.

— Je ne le suis pas et si je l'avais été, ma position aurait changé à l'instant où tu as franchi les portes de la ville.

— Assez de tout cela, dit l'homme. Abandonnez cet endroit où mon laquais va vous bastonner.

— Lâche-le sur moi et tu vas devoir te servir tout seul. Mais que dois-je comprendre, casnar ? Que tu te crois insuffisamment qualifié pour m'instruire ? S'il te plaît, dis-m'en plus sur cette façon de quémander dont tu aimes tant parler.

— Tu te marques toi-même lorsque tu parles ainsi et portes une épée, dit l'homme d'une voix soudain basse et menaçante.

— Me marquer moi-même ? Quoi, avec cela ? demanda Cazio en indiquant son arme. Oui, cela sert à marquer. C'est une bonne plume, si je la plonge dans le bon encrier – mais je ne me suis jamais marqué moi-même avec. À moins que tu ne veuilles dire que tu vois la marque de la *dessrata* sur moi, et que tu désires un échange de nos talents ? Quelle idée merveilleuse. Tu vas me montrer comment on quémande, et je vais te montrer comment l'on se sert d'une épée.

— Je vais t'apprendre à quémander, oui. Par Mamrès, tu vas apprendre.

— Très bien, répondit Cazio en se levant très lentement. Mais d'abord une chose. Mettons-nous d'accord sur le fait que celui qui aura reçu la meilleure leçon en paiera le prix. D'accord, je n'ai pas la moindre idée sur ce que l'on doit payer pour apprendre à quémander, mais on m'a dit qu'à l'école d'escrime de Mestro Estenio, le prix était d'un *regatur* d'or.

L'homme toisa le pourpoint de cuir râpé et les chausses de velours élimées de Cazio.

— Tu n'as jamais possédé la moitié de cela, dit-il d'un air méprisant.

Cazio soupira, glissa la main sous le col de sa chemise blanche, et en tira un médaillon. Il était en or, à figure d'ours rampant. C'était quasiment tout ce qui restait de l'héritage de son père, et il valait au moins trois regaturs.

L'homme haussa les épaules.

— Qui aura la charge de nos pièces ? demanda-t-il.

Cazio ôta son médaillon et le lui lança.

— Tu sembles être honnête, ou du moins tu le seras, en cadavre, car tous les morts sont rigoureusement honnêtes. On n'en a jamais vu un commettre le plus petit larcin, si tu vois ce que je veux dire. (Il tira son épée.) Je te présente Caspator, dit-il. Et nous sommes tous deux heureux de t'enseigner l'art de la dessrata.

L'homme tira son arme. Comme Caspator, c'était une rapière, avec une lame affilée et légère, et une garde en demi-coquille.

— Je ne prends pas la peine de donner un nom à mes épées, dit-il. Je m'appelle Minato Sepios daz'Afinio, et cela suffit.

— Oui, quel besoin as-tu d'avoir une épée, avec un nom pareil ? Répète-le assez souvent, disons deux fois, et ton adversaire va s'endormir.

— En garde, dit daz'Afinio en se mettant en position.

Cazio fronça les sourcils et agita un doigt réprobateur.

— Non, non. Première leçon : la position est capitale. Tu vois ? La tienne est trop serrée, et trop en avant, à moins que tu ne veuilles utiliser un poignard par surprise. Place ton gros orteil comme cela…

Daz'Afinio rugit et se fendit.

— Ah, la fente. La fente doit être exécutée ainsi.

Il fit une feinte des épaules, bondit sur sa gauche, et lorsque daz'Afinio releva sa lame pour parer une attaque inexistante, il détendit son épée et projeta son pied en avant. La pointe de Caspator piqua légèrement le bras de daz'Afinio, sans que ce fût assez profond pour verser le sang.

— Tu vois ? Tu prépares le terrain par un autre mouvement, puis…

Daz'Afinio serra durement les dents et lui assena une rafale de coups rageurs, de bottes futiles et de feintes sans espoir. Cazio s'esclaffait d'un rire ravi, parait ou s'écartait à chaque fois, dansait à dextre autour de son adversaire. Soudain daz'Afinio s'allongea très profondément, la pointe de son épée dirigée droit sur le cœur de Cazio. Ce dernier esquiva en s'accroupissant, si bien que l'acier passa juste au-dessus de sa tête, et tendit sa propre lame dans le même temps. Daz'Afinio, entraîné par l'élan de son attaque, vint s'empaler l'épaule sur la pointe de Cazio – pas très profondément, encore, mais cette fois la pointe de Caspator était tachée d'un rouge qui ne venait pas du velours.

— Le *pertumum perum praisef*, dit Cazio pour information.

Daz'Afinio frappa du tranchant vers la main de Cazio. Cazio croisa la lame dans la sienne, la saisit d'une rotation, puis se fendit. Daz'Afinio dut rompre précipitamment pour éviter une autre coupure.

— L'*aflukam en truz*.

Daz'Afinio battit son épée et replongea en avant.

Cazio para, s'immobilisa, puis lui transperça la cuisse.

— Parade *prismo*, dit Cazio, *com postro en utave*. Une riposte difficile, mais fort satisfaisante.

Il regarda tandis que daz'Afinio lâchait son arme et tombait à genoux, en serrant sa jambe ensanglantée.

Cazio prit le temps de s'incliner en direction des applaudissements provenant des spectateurs de la partie ombragée du patio, et remarquant avec intérêt que ces derniers incluaient Braza daca Feiossa. Il lui fit un clin d'œil et lui lança un baiser, puis se retourna vers son adversaire à terre.

— Je crois, sire, que ma leçon est achevée. Voudrais-tu bien maintenant passer à la tienne, et me montrer ta façon de quémander ?

La porte trembla, gronda une protestation rouillée, puis s'affaissa sur ses gonds comme Cazio la tirait vers lui. À l'intérieur, quelque chose – un rat probablement – fila sur les pavés du sol craquelé, sous le portique enténébré.

Les ignorant tant l'un que l'autre, Cazio s'avança dans la voie couverte qui menait à la cour intérieure de sa villa.

Comme pour tout le reste de l'endroit, elle était totalement délabrée. Le jardin avait été abandonné à la végétation, et les vignes, complètement hors de contrôle, envahissaient les fenêtres et les murs. Le bassin de cuivre et cadran solaire qui avait autrefois marqué le centre de la cour était renversé sur le flanc, et ce depuis deux ans. Le seul élément ordonné de la maison, en fait, était le petit espace arrangé à l'écart pour l'entraînement à la dessrata, une étendue pavée dégagée, avec une petite balle suspendue à une ficelle et un mannequin d'entraînement fatigué, les diverses humeurs et points cruciaux du corps y étant indiqués dans une encre passée. Juste à côté, étendu sur un banc de marbre, un homme ronflait de manière intermittente.

Il avait peut-être cinquante ans, le visage couvert de poils raides noirs et gris, à l'exception d'une longue estafilade blanche qui parcourait l'une de ses joues. Ses longs cheveux étaient totalement ébouriffés. Il était vêtu d'un pourpoint brun usé, copieusement maculé de vin rouge, et n'avait pas de pantalon. Une carafe de vin vide était renversée près de sa main à demi ouverte, qui reposait sur le sol.

— Z'Acatto.

L'homme renâcla.

— Z'Acatto !

— Pars ou je te tue, gronda l'homme sans ouvrir les yeux.

— J'ai à manger.

Ses paupières se relevèrent alors. Ses yeux étaient rouges et humides. Cazio lui tendit un sac en toile de chanvre.

— Il y a du pain, du fromage, et de la saucisse giroflée.

— Et avec quoi vais-je faire passer tout cela ? demanda z'Acatto, une lueur terne apparaissant dans son regard.

— Tiens, dit Cazio en lui tendant une carafe.

Z'Acatto lampa immédiatement une profonde goulée. Immédiatement après, il la recracha en hurlant comme un damné, et projeta la carafe contre le mur, où elle se fracassa en cent morceaux.

— Du poison ! persifla-t-il.

— De l'eau, corrigea Cazio. Cette substance qui tombe du ciel. Les plantes la jugent nourrissante.

— L'eau est ce qu'on boit en enfer, gémit z'Acatto.

— Raison de plus pour commencer à t'y habituer maintenant, puisqu'il ne fait aucun doute que tu seras l'invité de seigneur Ontro et de dame Mefita dans la prochaine vie. De toute façon, je n'avais pas de pièce pour le vin.

— Scélérat plein d'ingratitude ! Tu ne penses qu'à te remplir la panse !

— Et la tienne, ajouta Cazio. Mange.

— Bah, grommela-t-il en se hissant en position assise. Je…

Son nez se retroussa soudain, et le soupçon plissa son front.

— Approche-toi.

— Je ne crois pas que ce soit une bonne idée, dit Cazio. L'eau peut également être utilisée à l'extérieur du corps, tu sais ? ajouta-t-il.

Mais z'Acatto se leva et avança sur lui.

— Je sens le vin dans ton haleine, dit-il d'un ton accusateur. Du *vino dac'arva* de l'année dernière, de Troscia.

— Ridicule, répondit Cazio. C'était un vin d'Escarra.

— Ah ! C'est le même cépage ! hurla z'Acatto en agitant les bras comme un dément. La rouille a dévasté les vignes escarriennes il y a dix ans, et ils ont dû supplier à genoux pour obtenir des boutures de Troscia.

— Intéressant. J'essaierai de m'en souvenir. Quoi qu'il en soit, le vin n'était pas à moi, mais à Alo, et il n'en reste plus, maintenant. Mange quelque chose.

— Manger. (Il fronça une nouvelle fois les sourcils.) Pourquoi pas ?

Il retourna à son banc, et fouilla dans le sac jusqu'à en tirer le pain. Il en déchira une bouchée et commença à la mâcher. En parlant à travers la pâte ainsi formée, il demanda :

— Dans combien de rixes t'es-tu lancé aujourd'hui ?

— Je suppose que tu veux parler de duels ? Un seulement, et c'est bien le problème. Il faisait trop chaud, je crois, et il n'y avait pas assez d'étrangers. Donc pas assez de pièces.

— Tu ne te bats pas en duel, grommela z'Acatto. Tu te bagarres. C'est un gaspillage ridicule de l'art que je t'enseigne. Une prostitution.

— Vraiment ? dit Cazio. Et dis-moi, comment vivrions-nous sans cela ? Tu méprises la nourriture que je t'amène, mais c'est la seule nourriture que tu risques de voir. Et d'où vient ton vin, quand tu en as ? Tu l'achètes avec les pièces que tu réussis à me subtiliser !

— Ton père ne s'est jamais abaissé ainsi.

— Mon père avait un domaine, pauvre fou. Il possédait des vignes et des vergers et des pâturages avec du bétail, et il a trouvé intelligent d'aller se faire tuer dans un de tes duels d'honneur, transmettant ainsi sa propriété à son tueur plutôt qu'à moi. À part son titre, la seule chose que mon père m'a laissée, c'était toi…

— Et cette maison.

— Oui. Et regarde-la.

— Tu pourrais en tirer un revenu, répliqua z'Acatto. Elle pourrait être louée…

— C'est ma maison ! s'écria Cazio. Je vivrai ici. Et je gagnerai ma vie comme je l'entends.

Z'Acatto agita l'index dans sa direction.

— Et tu te feras tuer, aussi.

— Qui ici pourrait me vaincre à l'épée ? Personne. Personne ne m'a même inquiété en deux ans. Cela ne risque pas d'arriver, ce n'est pas une question de chance. C'est une science.

— Je te reste supérieur, répliqua z'Acatto, et même si je suis peut-être le plus grand maître de la dessrata au monde, il est des hommes qui m'approchent en habileté. Un jour, tu en rencontreras un.

Cazio regarda le vieil homme sans ciller.

— Alors il est de ton devoir de t'assurer que je serai prêt lorsque ce jour arrivera. Ou tu m'auras trahi, comme tu as fait défaut à mon père.

À ces mots, la tête du vieil homme tomba contre sa poitrine, et son visage s'affaissa encore plus.

— Tes frères en ont fait leur deuil, dit-il.

— Je suppose que oui. Ils abandonneraient volontiers notre nom aux vents marins avec lesquels ils se sont enfuis. Mais pas moi, pas Cazio. Je suis un da Chiovattio, par Diuvo !

— Je ne connais pas le visage de l'homme qui a tué ton père, dit doucement z'Acatto.

— Cela m'importe peu. Mon père s'est battu en duel contre le mauvais adversaire, pour une mauvaise raison. Je ne ferai pas cette erreur, et je ne le pleurerai pas. Mais je ne feindrai pas d'être né roturier. Je suis né pour combattre et vaincre, pour reprendre ce que mon père a perdu. Et je le ferai.

Z'Acatto l'attrapa par la manche.

— Tu te crois avisé. Tu crois savoir quelque chose du monde. Mon garçon, Avella n'est pas le monde, et tu ne sais *rien*. Tu veux reconstruire le domaine de ton père ? Commence par cette maison. Commence par ce que tu as.

Cazio repoussa la main de sa manche.

— Je n'ai rien, dit-il en se levant.

Z'Acatto ne répondit pas, tandis que Cazio sortait.

Une fois dans la rue, Cazio eut des remords. Z'Acatto n'était pas grand-chose, mais il avait élevé Cazio depuis l'âge de cinq ans. Ils avaient eu leur part de bons moments.

Simplement pas ces derniers temps.

À Avella la nuit était plus sombre qu'une cave, mais Cazio la connaissait bien. Il trouva la muraille nord aussi facilement qu'un aveugle qui se déplace dans sa propre maison, et après en avoir escaladé les escaliers, se dressa dans le vent nocturne pour observer les vignes baignées de lune et les oliveraies, les collines doucement ondulantes de Tero Mefio, cœur de Vitellio. Il resta là plus d'une cloche, à essayer de s'éclaircir les idées.

Je lui ferai mes excuses, se dit-il en lui-même. *Après tout, il y a des secrets de la dessrata qu'il garde encore pour lui-même.*

Sur le chemin du retour, Cazio ressentit un étrange frémissement à la base de sa nuque, et sa main fila vers Caspator.

— Qui est là ? demanda-t-il.

Tout autour de lui, il entendit le doux baiser du cuir sur la brique. Ils étaient quatre, peut-être cinq.

— Couards, dit-il plus doucement. Seigneur Mamrès crache sur vous tous.

Caspator ne fit pas le moindre bruit en glissant hors de son fourreau. Cazio attendit le premier assaut.

CHAPITRE TROIS

FUITE ET FANTAISIE

Anne ouvrit les volets de bois en plissant le front comme ils grinçaient faiblement. Dehors, l'air de la nuit était chaud et lourd de l'odeur du feu et de la puanteur du crottin de cheval. La lune portait ses plus modestes atours et teintait les toits d'ardoise du hameau d'une morne lueur perlée.

Anne ne pouvait voir le sol – la rue en contrebas était noyée dans l'ombre – mais elle savait pour l'avoir observé précédemment qu'il n'y avait qu'un étage, qu'un étroit avant-toit saillait sous sa fenêtre, et qu'en dessous se trouvait la porte principale de la petite auberge. Elle avait sauté d'endroits plus élevés, dans sa vie.

Vingt longs jours s'étaient écoulés depuis qu'ils avaient quitté Eslen – Austra, cinq Mestres, et elle. Anne ne savait pas où ils se trouvaient ni quelle distance leur restait à parcourir, mais elle savait reconnaître sa meilleure chance de s'enfuir quand elle se présentait. Elle avait mis de côté suffisamment de fromage et de pain pour tenir quelques jours. Si elle pouvait se procurer un arc et un couteau, elle était certaine qu'elle trouverait le moyen de subsister.

Si seulement elle avait une tenue plus adaptée pour chevaucher ! Mais elle pourrait trouver cela aussi. Sainte Érenda lui sourirait sûrement et lui porterait chance.

Anne jeta un œil dans la direction d'où provenait le souffle régulier d'Austra, et réprima ses regrets. Mais elle n'avait pas pu dire à sa meilleure amie ce qu'elle projetait ; il valait mieux pour Austra qu'elle ne sût rien de tout cela, qu'elle soit tout aussi surprise au matin que le capitaine Marl et le reste de son escorte.

En prenant une longue inspiration, Anne s'assit sur le rebord de la fenêtre et chercha à tâtons la corniche du bout du pied. Elle la trouva – plus basse qu'elle ne l'eut espéré, et plus inclinée que dans son souvenir. La peur de tomber la retint un moment, puis elle laissa porter son poids vers le bas.

Et chut aussitôt. Ses mains cherchèrent désespérément une prise comme elle glissait le long de l'avant-toit. Au dernier instant elle attrapa quelque chose – et s'y raccrocha en haletant, ses pieds pendant au-dessus du sol invisible.

D'après ce qu'elle pouvait sentir, elle se tenait au coq de combat sculpté qui ornait l'entrée de l'auberge.

Tout près, un rire rauque perça soudain l'obscurité. D'abord elle crut que quelqu'un l'avait vue, puis deux hommes se mirent à parler dans une langue qu'elle ne comprenait pas. Leurs voix passèrent sous elle tandis qu'elle retenait sa respiration, et poursuivirent leur route.

Ses bras commençaient à trembler sous l'effort qu'elle leur imposait. Elle allait devoir choisir entre se laisser tomber ou remonter dans sa chambre.

Elle regarda vers le bas, même si elle ne pouvait pas voir ses pieds, et après une autre prière, se laissa aller.

Sa chute parut durer bien plus longtemps qu'elle ne l'aurait dû, puis elle trouva le sol. Ses genoux cédèrent, et elle se retrouva face contre terre. L'une de ses mains s'enfonça dans quelque chose qui s'écrasa, et elle reconnut l'odeur du crottin frais.

En tremblant mais avec un sentiment de victoire croissant, elle se releva et agita la main pour la débarrasser des excréments.

— Anne !

Une voix désespérée venant d'en haut, qui se cassait sous l'envie de chuchoter aussi fort que possible.

— Chut, Austra ! siffla Anne en retour.

— Où vas-tu ?

— Je ne sais pas. Retourne te coucher.

— Anne ! Tu vas te faire tuer ! Tu ne sais même pas où nous sommes !

— Aucune importance. Je n'irai pas au convent ! Prends bien soin de toi, Austra. Je t'aime.

— Ce serait ma fin, suffoqua Austra. Si je te laisse partir…

— Je me suis éclipsée pendant que tu dormais. Ils ne pourront pas t'en vouloir pour cela.

Austra ne répondit pas, mais Anne entendit un grattement provenant de la fenêtre.

— Que fais-tu ?

— Je viens avec toi, bien sûr. Je ne vais pas te laisser mourir seule.

— Austra, non !

Mais il était trop tard. Austra laissa échapper le plus court des cris. Sa chute projeta un peu d'air avant qu'elle ne s'écrasât dans un bruit mat.

— Son bras est sérieusement meurtri, mais pas cassé, lui dit le capitaine Marl d'un ton tout à fait prosaïque.

C'était ce genre d'homme, taciturne et direct. Ses manières allaient bien avec son visage réservé et grêlé.

— Je veux la voir, exigea Anne.

— Pas encore, Princesse. Il y a d'abord le problème de ce que vous faisiez toutes les deux.

— Rien de bien grave. Nous chahutions près de la fenêtre, et nous avons perdu l'équilibre.

— Et comment se fait-il que tu n'aies même pas un bleu quand elle s'est blessée ?

— J'ai eu de la chance. Mais j'ai tout de même abîmé ma robe, comme tu peux le voir.

— Il y a ce problème-là, aussi. Pourquoi étais-tu complètement habillée ?

— Je ne l'étais pas, je n'avais pas mes chaussures.

— Ta servante était en chemise de nuit – ce qui aurait aussi dû être ton cas.

— Capitaine, qui es-tu pour présumer de la façon dont doit être vêtue une princesse de Crotheny ? Tu me traites comme si j'étais une captive de guerre !

— Je te traite comme ce que tu es, Princesse : ma charge. Je connais mon devoir, et je le prends au sérieux. Ton père me fait confiance. Et il a raison. (Il soupira et croisa ses bras derrière son dos.) Tout cela me déplaît. Les jeunes femmes devraient avoir droit à leur intimité, loin de la compagnie des hommes. J'ai cru pouvoir te le permettre. Maintenant je vois que j'ai eu tort.

— Tu ne suggères pas que je partage ma chambre avec l'un de tes hommes ?

— Non, Princesse. Aucun de mes hommes ne conviendrait. (Son visage rosit.) Mais lorsque je ne pourrai pas trouver un logement qui interdit toute fuite, je devrai monter la garde dans ta chambre moi-même.

— Ma mère aura ta tête ! s'exclama Anne.

— S'il doit en être ainsi, il en sera ainsi, répondit-il aimablement.

Elle avait appris à ne pas argumenter avec lui lorsqu'il adoptait ce ton. Il avait déjà pris sa décision, et il faudrait effectivement le décapiter avant qu'il n'en changeât.

— Puis-je voir Austra, maintenant ? préféra-t-elle demander.

— Oui, Princesse.

Le visage d'Austra était livide, et elle avait le bras en écharpe. Elle était étendue sur le dos et ne croisa pas le regard d'Anne lorsque celle-ci entra.

— Je suis désolée, dit Austra d'une voix étonnamment inexpressive.

— C'est bien le moins, répondit Anne. Tu aurais dû faire ce que je t'avais dit. Maintenant, Marl ne va plus me quitter des yeux.

— J'ai dit que j'étais désolée.

Des larmes coulaient sur le visage d'Austra, mais elle ne faisait aucun des bruits de quelqu'un qui pleure. Anne soupira et prit la main de son amie.

— Ce n'est rien, dit-elle. Comment va ton bras ?

Austra fit la moue et ne répondit pas.

— Ne t'inquiète pas, dit Anne plus doucement. Je trouverai une autre occasion.

Austra se tourna alors vers elle, ses yeux rougis fixes et furieux.

— Comment as-tu pu ? dit-elle. Après tous les risques que j'ai pris pour toi, toutes les fois où j'ai *menti* pour toi, tout ce que j'ai pu faire pour que tu puisses jouer à tes jeux stupides. Ta mère aurait pu m'envoyer avec les laveuses aux cuisines ! Par tous les saints, elle aurait pu me faire décapiter, mais j'ai toujours fait ce que tu disais quand même ! Et pour quoi ? Pour que tu puisses t'enfuir en me laissant seule derrière toi ?

Un instant, Anne fut si choquée qu'elle ne put rien répondre.

— Je t'aurais fait chercher, dit-elle finalement. Une fois en sûreté, et…

— Me faire chercher ? Tu as la moindre idée de ce que tu prévoyais de faire ?

— M'enfuir. Retrouver mon amour et suivre ma destinée.

— La destinée d'une femme, seule, dans un pays inconnu dont tu ne parles même pas la langue ? Que crois-tu que tu aurais fait pour te nourrir ?

— J'aurais trouvé à manger.

— Anne, les champs ont des propriétaires. Les voleurs et les braconniers sont pendus, tu sais cela ? Ou ils pourrissent en prison, ou ils sont tenus en servage jusqu'au paiement de leur dette. Voilà ce qui arrive aux gens qui « trouvent à manger » dans le royaume de ton père.

— Personne ne me pendrait, répliqua Anne. Pas une fois qu'ils sauraient qui je suis.

— Oh oui, alors une fois capturée, tu expliquerais que tu es une princesse très importante, alors ils feraient quoi ? Ils te relâcheraient ? Ils t'offriraient un petit domaine ? Ou est-ce qu'ils te traiteraient de menteuse et te pendraient ? Bien sûr, comme tu es une femme, et jolie, ils ne te pendraient pas tout de suite. Ils prendraient leur plaisir avant.

« Ou suppose que tu réussisses réellement à les convaincre de qui tu es. Dans le meilleur des cas, ils te renverraient chez toi, et tout ceci recommencerait – sauf pour moi, parce que je déchargerais du charbon des chalands, ou quelque chose de pire. Et dans le pire des cas, ils exigeraient une rançon, en envoyant peut-être tes doigts un par un à ton père pour lui prouver qu'ils te détiennent vraiment.

— Je vais m'habiller en homme, dit Anne. Et je ne me ferai pas prendre.

Austra ouvrit de grands yeux.

— Oh, tu vas t'habiller en homme. Voilà qui va tout changer.

— C'est mieux que d'aller au convent.

Le regard d'Austra se fit plus dur encore.

— C'est stupide. Et c'est égoïste. (Elle serra son poing libre et frappa le montant du lit.) J'ai été stupide, de même croire que tu étais mon amie. De penser que je pouvais représenter quelque chose pour toi.

— Austra !

— Laisse-moi seule.

Anne voulut dire quelque chose d'autre, mais les yeux d'Austra se firent rageurs.

— Laisse-moi seule !

— Nous parlerons plus tard, dit Anne en se levant.

— Dehors ! hurla Austra, en fondant en larmes.

Elle-même prête à exploser, Anne sortit.

Anne regarda le visage d'Austra, enluminé contre un paysage de pâturages ondulants entrecoupés de bosquets de cèdres fièrement dressés et de peupliers élégants. Sa tête dissimulait en partie une colline lointaine où un petit château régnait sur une poignée de maisonnettes aux toits rouges. Un troupeau de chevaux observa avec curiosité la voiture lorsqu'elle passa.

— Tu ne veux toujours pas me parler ? demanda Anne d'une voix implorante. Mais cela fait trois jours !

Austra se rembrunit et continua de regarder par la fenêtre.

— Très bien, trancha Anne. Je me suis excusée jusqu'à ce que ma langue en soit verte. Je ne sais pas ce que tu veux de plus.

Austra murmura quelque chose, mais cela s'envola par la fenêtre comme un oiseau.

— Qu'était-ce ?

— J'ai dit que tu pouvais promettre, dit Austra, toujours sans la regarder. Promettre de ne plus essayer de t'enfuir.

— Je ne peux pas m'enfuir. Le capitaine Marl est trop vigilant maintenant.

— Lorsque nous serons au convent, il n'y aura plus de capitaine Marl, dit lentement Austra, comme si elle parlait à une enfant. Je veux que tu promettes de ne pas tenter de t'échapper de là-bas.

— Tu ne comprends pas, Austra.

Silence.

Anne ouvrit la bouche pour dire quelque chose d'autre, mais cela n'atteignit pas ses lèvres. Elle préféra finalement fermer les yeux et laisser son corps s'immerger dans le tremblement incessant de la voiture, et s'imaginer loin d'ici.

Elle enfila les rêves comme des vêtements. Elle essaya Roderick, pour commencer : le souvenir de ce premier doux baiser à cheval, leurs étreintes plus assurées. À la fin, néanmoins, cela ne l'amena qu'à cette nuit dans la tombe et à l'humiliation qui s'en était suivie. Tout son souvenir de cette nuit en était gâté, mais elle voulait néanmoins se la remémorer, revivre ces dernières caresses excitantes et effrayantes.

Elle changea de scène et s'efforça d'imaginer qu'elle et Roderick s'étaient en fait retrouvés dans ses appartements d'Eslen. Cela ne fonctionna pas mieux. Lorsqu'elle tenta de se figurer ce à quoi pouvaient ressembler les appartements de Roderick à Dunmrogh, elle échoua totalement.

Enfin, sous le coup d'une inspiration qui lui tira un petit sourire de satisfaction, elle imagina le petit château sur la colline qu'elle venait de voir un peu plus tôt. Elle était à ses portes, dans une robe verte, et Roderick chevauchait à travers les prés, sa monture en fier caparaçon. Lorsqu'il approchait d'elle, il mettait pied à terre, s'inclinait bien bas, et lui baisait la main. Puis, avec un regard de braise, il la tirait contre l'acier qui le vêtait et l'embrassait sur la bouche.

À l'intérieur, le château était clair et aéré, drapé de tentures de soie et baigné de la lumière du soleil qu'accueillaient des dizaines de fenêtres de cristal. Roderick apparaissait encore, vêtu d'un pourpoint superbe, et enfin elle pouvait évoquer le contact de sa main sur sa chair, et imaginer qu'il allait plus loin, qu'ils étaient tous deux enfin nus. Elle multiplia les souvenirs du contact de sa paume sur sa cuisse, imaginant tout son corps contre elle. Il n'en était qu'une partie qu'elle ne réussissait pas à évoquer, bien qu'elle l'eût sentie contre elle, à travers ses chausses. Mais elle n'avait jamais vu un homme nu, même si elle avait aperçu bien des étalons. La forme au moins devait bien en être proche.

Mais l'image qui en résulta était si ridicule qu'elle douta soudain, et réajusta son rêve aux yeux de Roderick plongés dans les siens.

Il y avait encore quelque chose qui n'allait pas, et avec une horreur soudaine, elle réalisa ce que c'était.

Elle ne pouvait se souvenir du visage de Roderick !

Elle aurait encore été capable de le décrire, mais elle ne pouvait plus le *voir*, au fond de son esprit. Avec détermination, elle enchaîna les scènes, revenant à leur première rencontre, à leur dernière…

Mais c'était inutile. C'était comme essayer d'attraper un poisson à mains nues.

Elle ouvrit les yeux et s'aperçut qu'Austra s'était endormie. Dans sa frustration, Anne regarda le paysage défiler et essaya d'imaginer quelle sorte de gens vivaient là, dans ce pays qui lui était tellement inconnu.

Mais dans sa vaine recherche du visage de Roderick, elle avait de quelque manière réveillé quelque chose d'autre, et un autre visage s'imposa à elle.

La femme masquée aux cheveux d'ambre. Durant près de deux mois, Anne avait repoussé ce fantasme, l'avait claquemuré comme le rêve des roses noires. Maintenant tous deux revenaient, ensemble, s'efforçant d'attirer son attention, malgré les assurances du praifec Hespéro.

Pour avoir enduré trois jours de silence et de bouderies de la part d'Austra, et n'ayant rien d'autre pour la distraire, Anne ne pouvait se défaire des souvenirs de cette journée sur Tom Woth qui la harcelaient comme une démangeaison, et la seule façon de se gratter était de réfléchir.

Que s'était-il passé ? S'était-elle évanouie, comme le croyait le praifec ? Cela semblait le plus probable, et c'était ce qu'elle s'était répété le plus souvent. Et pourtant, au fond de son cœur, elle savait en un sens que ce n'était pas la vérité.

Quelque chose lui était arrivé ; elle avait vu un saint, ou un démon, et il lui avait parlé.

Elle pouvait presque sentir la voix dans sa tête, une sorte de remontrance, une admonestation. Comment pouvait-elle penser à elle-même et à Roderick quand tant de choses se passaient ? Son père et sa mère étaient en danger, peut-être le royaume entier, et elle seule le savait. Et pourtant malgré cela, elle n'avait rien fait, n'avait parlé à personne, et s'était contentée de poursuivre cette amourette égoïste et sans avenir. Les paroles du praifec n'avaient fait que lui fournir une excuse.

— Non, dit Anne pour elle-même. Ce n'est pas moi qui parle. C'est Fastia. C'est Mère.

Mais ce n'était ni l'une ni l'autre, et elle le savait. C'était Genya Dare qui murmurait à travers les lieues qui la séparaient de la fente dans sa tombe. Genya Dare, la première reine, sa plus ancienne ancêtre.

Genya Dare aurait-elle ignoré ses responsabilités pour les seuls plaisirs égoïstes de la jeunesse ?

Anne sursauta. Ce n'avait pas été l'une de ses pensées, mais une voix dans son oreille. Pas un chuchotement non plus, mais une affirmation claire, d'une voix de femme.

La voix de la femme masquée, elle en était quasi certaine.

Anne tourna la tête de tous côtés, à la recherche de celle qui avait parlé, mais il n'y avait qu'Austra, endormie.

Anne se radossa dans son siège, le souffle court.

— Es-tu là ? chuchota-t-elle. Qui parle ?

Mais la voix ne revint pas, et Anne commença à se demander si elle ne s'était pas assoupie un instant, assez longtemps pour que la Vieille-qui-presse lui chuchotât à l'oreille.

— Tu n'es pas Genya Dare, murmura-t-elle. Ce n'est pas toi.

Elle devenait folle, à parler toute seule. C'était probablement cela. Elle avait entendu parler de telles choses, de prisonniers dans les tours qui discouraient dans leur solitude, dont les esprits étaient dépourvus de raison.

Elle secoua le genou d'Austra.

— Austra, réveille-toi.

— Quoi ?

— Je te promets. Je n'essaierai plus de m'enfuir.

— Vraiment ?

— Oui, il faut que je… (Elle plissa le front, embarrassée.) Tout le monde essaie de me dire la même chose. Mère, Fastia, toi. J'ai été égoïste. Mais je pense… Je crois que j'ai un rôle à jouer.

— De quoi parles-tu ?

— Je ne sais pas. Rien, probablement. Mais je vais faire de mon mieux. Faire ce que je suis censée faire.

— Est-ce que cela veut dire que tu oublies Roderick ?

— Non. Certaines choses doivent être, et nous sommes destinés à nous retrouver. J'ai demandé à Genya Dare de le faire tomber amoureux de moi, tu te souviens ? C'est ma faute, et je ne puis abandonner cet amour.

— Tu avais aussi demandé à Genya de rendre Fastia plus gentille, lui rappela Austra.

— Mais c'est ce qui s'est passé, répondit Anne en se souvenant de leurs deux dernières rencontres. Vraiment. Elle était presque redevenue la Fastia que j'aimais, quand j'étais petite. Elle et Mère m'ont fait cela, mais elles croient qu'elles le font pour mon bien. Lesbeth me l'a expliqué, mais je ne voulais pas écouter, sur le moment.

— Qu'est-ce qui t'a convaincue ?

— Un rêve, je crois. Ou un souvenir. Et toi, surtout. Si même mon amie la plus chère pense que je suis une sale gosse égoïste, comment pourrais-je ne pas me poser de questions ?

— Maintenant, c'est toi qui commences à m'inquiéter. T'es-tu cognée la tête, en allant à la fenêtre ?

— Ne te moque pas de moi, répondit Anne. Tu voulais que je m'améliore, et j'essaie.

Austra hocha gravement la tête.

— Désolée. Tu as raison.

— Je me sentais seule, quand je ne pouvais pas te parler.

Les yeux d'Austra s'humidifièrent.

— Je me sentais seule aussi, Anne. Et j'ai peur. De là où nous allons, de comment cela sera.

— Mais nous y serons ensemble, n'est-ce pas, à partir de maintenant. D'accord ?

— Par Genya ?

— Par sa tombe. Si j'avais du plomb sur lequel l'écrire, je le ferais. Je jure que je ne ferai aucune tentative pour m'enfuir de l'endroit, quelque horrible qu'il soit, où Mère nous a envoyées. Et que je resterai avec toi quoi qu'il arrive. Je ne t'abandonnerai pas. Jamais.

Finalement, petit à petit, Austra sourit.

— Merci, dit-elle.

Leurs mains s'agrippèrent et s'étreignirent brièvement.

— As-tu une idée de l'endroit vers lequel nous nous

dirigeons, de toute façon ? demanda Anne pour changer le cours de la conversation. J'ai l'impression que nous chevauchons vers le sud.

Les fossettes d'Austra se creusèrent un peu.

— Je connais cette expression, dit Anne. Tu sais quelque chose.

— J'ai essayé de prendre note de diverses indications, dit Austra. Les noms des villes, des rivières, tout ça. Pour retrouver notre chemin, si nous voyons jamais une carte.

Anne en resta bouche bée de surprise.

— Austra ! Quelle fille brillante tu es ! Pourquoi ne pensé-je jamais à ce genre de choses ? Je suis tellement stupide !

— Non, dit Austra. Tu ne sais simplement rien du monde. Tu pensais probablement que si tu t'étais enfuie, la route t'aurait emmenée là où tu voulais aller, comme dans les contes de phays. Mais dans le vrai monde, il faut connaître sa direction.

— Ton journal ! Puis-je le voir ?

Austra fouilla dans son sac et en tira un petit livre.

— Je n'ai pas recueilli les noms de toutes les villes, dit-elle. Seulement ceux dont un des gardes parlait, ou parfois une indication. L'écriture est à peu près la même ici, malgré quelques étranges ornements. Je vais te les lire : tu pourrais avoir des problèmes avec mon écriture, et je peux résumer.

— Vas-y, répondit Anne.

— Nous avons d'abord franchi la Mage par la route surélevée. Le soleil se dirigeait vers la droite, donc nous allions vers le sud. Puis nous avons traversé des collines, toujours en chevauchant vers le sud.

— Donc nous étions en Hornladh ! dit Anne. Roderick vient d'Hornladh. J'avais regardé sur la carte lorsque nous avons fait connaissance.

— Dans les collines, nous avons fait halte dans un

endroit appelé Carec, une toute petite ville. Les deux nuits suivantes je n'ai noté aucun nom, mais nous avons traversé une forêt qui s'appelait je crois Duv Caldh, ou quelque chose comme cela. En en sortant, nous nous sommes arrêtés dans un endroit du nom de Prenteff.

— Ah oui. L'auberge avec cet horrible joueur de luth.

— Exactement. De là, je crois que nous avons poursuivi vers le sud mais en obliquant un peu à l'ouest, mais comme il a plu toute la journée le lendemain, je ne peux pas dire. Puis nous avons passé deux nuits à Paldh.

— Je me souviens de Paldh sur la carte ! C'est un port, donc nous étions au bord de la mer ! Je pensais bien avoir senti l'air marin cette nuit-là !

— Après cela nous avons traversé une rivière. Je crois qu'elle s'appelait la Téréméné, et que la ville portait le même nom. À partir de là, nous avons vu plus de champs que de bois, et les maisons avaient des toits roses ou rouges. Et des vignobles. Tu te souviens de ces vignobles à perte de vue ? Puis nous avons dormi dans une petite ville appelée Pacre, puis Alfohès, Avalé, et Vio Toto. La plupart du temps, je crois que nous allions vers le sud et l'ouest. Nous avons franchi une autre rivière. Je ne connais pas son nom, mais la ville de l'autre côté s'appelait Chesladia. J'ai raté quelques villes, ensuite, mais celle où tu as essayé de t'enfuir, c'était Trivo Rufo. Depuis, je n'ai rien écrit, j'étais trop fâchée.

— C'est bien assez, dit Anne. Mais je ne comprends pas. Si tu ne voulais pas que je m'enfuie, pourquoi faire cela ? Pourquoi me préparer toutes les indications pour le retour ?

— Je ne te l'aurais pas dit tant que tu ne m'aurais pas promis de ne plus t'enfuir. Mais j'ai pensé qu'il valait toujours mieux savoir où nous étions. Suppose que nous soyons attaqués par des brigands, que notre escorte soit tuée, et que nous ayons à fuir ? Il vaut mieux savoir. (Elle agita son index en direction d'Anne.) Mais une promesse reste une promesse, n'est-ce pas ?

— Bien sûr, répondit Anne. Mais tu as raison. À partir de maintenant, je tiendrai un journal aussi.

— Dans quel pays crois-tu que nous sommes, maintenant ? demanda Austra.

— Je n'en ai pas la moindre idée. Je n'ai jamais beaucoup écouté les leçons, et je n'ai regardé la carte que pour voir d'où venait Roderick. Nous sommes peut-être en Safnie, là où vit le fiancé de Lesbeth.

— Peut-être, dit Austra, mais je ne crois pas. Je crois que c'est le Vitellio.

— Le Vitellio !

Anne regarda de nouveau par la fenêtre. La route filait à travers un vaste champ d'une sorte de céréale. Les talus étaient hauts et droits, et la terre était d'un blanc lumineux.

— Je croyais que le Vitellio était tout de rouge et de jaune, et couvert de grandes cités et de sanctuaires ! Et les gens sont censés s'y habiller de soie de couleurs vives et se disputer constamment.

— Je peux me tromper, reconnut Austra.

— Où que nous soyons, le paysage est magnifique, fit remarquer Anne. J'adorerais chevaucher Pluvite à travers ces champs. Je me demande combien de chemin il nous reste à faire ?

— Qui peut le dire ? répondit Austra. Ce convent doit être au bout du monde.

— Peut-être que ce sera une aventure, après tout ! s'exclama Anne en sentant son moral remonter.

Mais elle eut aussitôt une rapide pensée coupable.

Roderick irait au bout du monde à pied pour me trouver, se dit-elle. *Si je peux lui faire parvenir une seule lettre, il saura où cela se trouve.*

Elle essaya d'écarter cette pensée, de s'en tenir à ses nouvelles convictions, et quelques instants plus tard, tandis que les deux jeunes filles discutaient de comment le Vitellio pouvait être, elle en oublia presque qu'elle lui était venue à l'esprit.

Et huit jours plus tard, dans la lumière en lambeaux du coucher de soleil, dans une campagne dénuée de la moindre maison mais couverte d'arbres oscillant doucement et de pâturages, elle et Austra descendirent de voiture pour la dernière fois.

CHAPITRE QUATRE
LA VOIE DES SANCTUAIRES

Frère Ehan se tenait les poings sur les hanches, une expression inquiète sur le visage, et observait Stéphane qui se préparait.

— Fais attention à frère Desmond et à sa bande, dit le petit homme. Ils ne sont pas vraiment ravis que tu arpentes si tôt la voie.

— Je sais, opina Stéphane. Mais que puis-je y faire ? S'ils me suivent, ils me suivent. S'ils m'attrapent seul dans les bois, je ne pourrai pas faire grand-chose, que je les aie vus venir ou pas.

— Tu peux courir.

— Ils se contenteraient de m'attendre au sanctuaire suivant. Je ne pourrais quand même pas finir la voie.

— Mais tu serais vivant.

— C'est vrai, reconnut Stéphane.

— Tu n'as pas l'air aussi heureux que tu pourrais l'être.

— Quelque chose le trouble, dit frère Alprin, qui venait de remonter des vignobles et portait encore le large chapeau censé le protéger du soleil. Et ce n'est pas frère Desmond.

— Tu as la nostalgie du pays ? demanda Ehan d'un ton un peu sarcastique.

— Non, répondit Stéphane.

Sauf qu'il était effectivement nostalgique, mais pas d'un pays : d'un monde qui avait encore un sens.

— Qu'y a-t-il, alors ? insista Ehan.

Mais Stéphane resta silencieux.

— Il nous le dira lorsqu'il sera prêt, dit Alprin. N'est-ce pas, frère ? De toute façon, tu n'as pas à t'inquiéter de frère Desmond. Le fratrex l'a envoyé ailleurs hier.

— Ailleurs ? demanda Stéphane. Tu veux dire au loin ?

— Ce serait trop beau. Il lui a juste confié quelque mission au service de l'Église.

Stéphane eut un soudain souvenir de frère Desmond cette nuit-là sur la colline, lorsqu'il était devenu étrangement calme.

— Un approvisionnement ou quelque chose ?

— Ah ! renâcla frère Ehan. Non. Il les envoie régler des problèmes. Frère Desmond a arpenté les sanctuaires de saint Mamrès. Il lui reste une promotion à franchir pour devenir chevalier de l'Église. Pourquoi crois-tu qu'il est si fort et si rapide ? C'est le don de Mamrès. Quelques neuvaines avant que tu n'arrives ici, des brigands avaient attaqué le temple à Baymdal, dans les Terres du centre. Le fratrex a envoyé frère Desmond et sa cohorte.

— Frère Desmond a mis fin aux agissements des bandits. Une fin très définitive, à ce qu'on m'a dit.

Ehan fronça les sourcils.

— Cela pourrait être pire. Et s'ils restaient par ici et se cachaient dans les bois pour une journée ? Si l'on te retrouvait avec la nuque brisée, ils auraient un alibi.

— Attendez, dit Stéphane. Je ne savais pas qu'un fratrex avait ce pouvoir. Il ne peut disposer d'hommes que pour la défense de son monastère. L'ordre d'en envoyer en mission doit venir d'un praifec.

— Un messager du praifec Hespéro d'Eslen est arrivé hier, dit frère Alprin.

— Oh.

— À ta place, je ne m'inquiéterais pas trop de frère Desmond, dit frère Alprin. Il adore ces expéditions qui lui sont confiées, et il peut te tuer quand il veut.

— Très réconfortant, dit Stéphane.

Alprin sourit.

— De plus, tu dois atteindre un état méditatif si tu veux arpenter correctement les sanctuaires.

— J'essaie, dit Stéphane. Pouvez-vous me dire à quoi je dois m'attendre, ce que l'on ressent ?

— Non, répondirent ensemble frère Ehan et frère Alprin.

— Mais tu seras différent, après, ajouta frère Ehan. Après, rien ne sera plus comme avant.

Ehan avait probablement voulu dire cela de manière encourageante, mais ce ne fit qu'ouvrir un autre gouffre dans le ventre de Stéphane. Depuis qu'il était parti de chez lui, il avait essuyé surprise après surprise, chacune plus rude que la précédente. Tout ce qui avait été son monde avait déjà été retourné sens dessus dessous, et il avait le vertigineux sentiment que quoi qu'il eût pensé qu'il vivrait en arpentant son premier sanctuaire, la réalité serait complètement différente. Et que cela serait du même bois que toutes ses expériences précédentes, c'est-à-dire profondément déplaisant.

Et donc, bien qu'il eût fait de son mieux pour se recueillir et faire son premier pas vers la prêtrise dans une humeur contemplative, ce fut avec une vive inquiétude qu'il posa le pied sur la voie et se dirigea vers le premier des douze sanctuaires de saint Decmanus.

Aux oreilles de Stéphane, ses propres pas étaient en quelque sorte des intrus dans la grande nef du monastère. Il ne l'avait jamais vu à ce point calme et vide. Il eut aimé entendre les bruits habituels, voir quelqu'un à qui parler. Mais de cet instant jusqu'au moment où il aurait achevé son parcours des sanctuaires, il serait seul. Il resta un moment à examiner les contreforts qui soutenaient le plafond, s'étonnant que des êtres aussi fragiles et imparfaits que les humains pussent produire une telle beauté. Était-ce ce que les saints voyaient en eux, ce potentiel ? La création de quelques rares choses splendides valait-elle tout le mal dont étaient capables les hommes ?

Il ne trouverait pas la réponse à cette question. Peut-être qu'il n'y en avait pas.

En murmurant des prières, il fit le tour des stations, douze petites alcôves qui contenaient des statues et des bas-reliefs des différents aspects de saint Decmanus. Il n'y avait aucun pouvoir en elles si ce n'était le pouvoir inhérent à toute image, mais elles lui rappelèrent ce qu'il allait bientôt entreprendre, puisque la voie des sanctuaires était semblable à ces petites stations, en plus grand.

Lorsqu'il eut allumé une chandelle dans chacune, il se tourna finalement vers le premier sanctuaire. Il se trouvait derrière une petite porte, au fond de la nef. La pierre autour de la porte paraissait bien plus vieille que celle du reste du monastère, et l'était probablement. Le saint avait laissé sa marque ici bien avant que l'Église ne se fût frayé un chemin jusqu'en ces terres, avant même que les terrifiants skasloï n'eussent été vaincus.

Autrefois il n'y avait eu ici qu'une colline. Construire un sanctuaire ou même un monastère n'augmentait en rien le pouvoir du sedos lui-même ; cela ne servait qu'à préparer ceux qui allaient arpenter la voie à s'imprégner du saint, à ce qui allait arriver.

Lorsqu'il tendit la main vers la poignée de la porte, il ressentit un tressaillement soudain dans le ventre et sut que s'il n'avait pas jeûné trois jours durant, il aurait perdu tout ce qu'il aurait contenu.

Il resta là, le regard fixe, sans vouloir commencer.

Il n'était pas *prêt* à commencer ; son esprit n'était pas accordé à sa tâche, à la sanctification de sa chair et de son âme. Il y avait en celui-ci encore bien trop de choses qui ne fussent définitivement pas sacrées.

Alors en soupirant, il s'agenouilla sur la pierre devant la porte et essaya de méditer.

Parfois il n'arrivait pas à trouver le sommeil, et cela venait du fait que les événements de la journée continuaient de tourner dans son crâne, comme des rats essayant de s'attraper la queue. Ce qu'il aurait dû dire, ce qu'il aurait dû faire, ce qu'il n'aurait pas dû dire ou pas dû faire, et qui lui revenait encore et encore. Essayer de méditer maintenant revenait à cela. Il s'efforçait de chasser ses pensées, de les dissoudre comme du sel dans l'eau bouillante, mais chaque fois elles se reformaient, plus insistantes encore.

Et la plus envahissante de ces pensées était une simple question : après ce qu'il avait fait, comment pouvait-il mériter la bénédiction d'un saint ?

Après peut-être une demi-cloche, Stéphane sut que la méditation du vide ne réussirait jamais, et changea donc de tactique. Plutôt que s'efforcer de se vider la tête, il allait essayer la méditation de la mémoire. Si dans ses souvenirs il réussissait à trouver quelque instant de paix, il réussirait peut-être à s'imposer l'état de résignation placide qu'exigeait son entrée dans le sanctuaire.

Donc il ferma les yeux et ouvrit la galerie de sa mémoire, parcourant du regard les images qui s'y trouvaient, aussi immobiles que des tableaux.

Là se trouvait frère Geffry dans l'oratoire du Collège du Seigneur, grand et debout dans la lumière voilée qui filtrait à travers les fenêtres étroites. Frère Geffry, qui expliquait les mystères de la sacarisation en une langue si éloquente qu'on eut dit qu'il chantait.

Son père Rothering Darige, agenouillé sur le promontoire de cap Chavel, la mer aux dents blanches derrière lui et le ciel bleu au-dessus. Son père qui lui donnait sa première leçon sur la façon de se tenir au temple. Stéphane avait huit ans, et il était impressionné tant par le savoir de son père que par le fait qu'il allait bientôt voir l'autel.

Sa sœur Cathy, lui tenant la main durant la fête de saint Temnos, où tout le monde portait des masques représentant des crânes et balançait des encensoirs d'ambre liquide fumant. Les feux de joie en forme d'hommes enflammés dressés tout le long de la côte comme des titans immolés. Les acrobates et les musiciens sefrys, peints en squelettes, qui cabriolaient follement à travers la foule une fois le soleil couché. Les prêtres sverrans, tout de noir vêtus, qui entonnaient des chants funèbres et tiraient des chaînes derrière eux. Cathy, qui lui racontait que les sefrys enlevaient les petits garçons et que l'on ne les revoyait jamais. Cela avait été l'une des expériences les plus fortes de sa vie, parce que c'était la première fois qu'il avait vraiment perçu la présence des saints et des fantômes qui marchent parmi les hommes ; il les avait sentis comme s'ils étaient de chair et d'os.

Pourtant, de tous les tableaux de sa mémoire, ce fut le vieux sacritor Burden, le doyen des prêtres de la prosie de Stéphane, qui se rapprochait le plus de ce dont il avait besoin. Sur cette toile, Stéphane pouvait voir le visage cireux du vieil homme, son sourire aisé mais quelque peu triste, son front rendu presque reptilien par l'âge, comme si le temps avait fait de lui quelque chose d'autre qu'humain.

Mais sa voix était humaine et elle avait été douce le jour où il avait emmené Stéphane dans le petit scriftorium, dans les salles derrière l'autel.

Stéphane se concentra puis se détendit, jusqu'à ce que l'image fixe commençât à s'animer, jusqu'à ce qu'il vît à travers des yeux de douze étés, jusqu'à ce qu'il entendît la voix du passé.

Il se trouvait dans cette pièce et regardait avec des yeux ronds les boîtes et les rouleaux de scrifti. Il avait vu son père écrire, il avait vu le livre de prières que sa mère gardait à sa ceinture, mais il avait du mal à comprendre tout cela. De quoi pouvaient bien parler tous ces écrits ?

— Le plus grand don des saints est la connaissance, lui dit le sacritor Burden en prenant un rouleau de vélin passé et en le déroulant. La forme la plus raffinée de la vénération consiste à apprendre, à cajoler cette connaissance comme une flamme dans le vent, à la garder en vie pour la prochaine génération.

— Que dit-il ? demanda Stéphane en indiquant le parchemin.

— Celui-ci ? Je l'ai choisi au hasard. (Le prêtre en parcourut le contenu des yeux.) Ah ! Tu vois, c'est une liste de tous les noms de saint Michel.

Stéphane ne voyait pas du tout.

— Saint Michel a plus d'un nom ?

Burden acquiesça.

— Il serait plus aisé de dire que saint Michel est l'un des nombreux noms d'une puissance qui en fait ne se nomme pas – la véritable essence du saint, ce que nous appelons le *sahto*.

— Je ne comprends pas.

— Combien de saints y a-t-il, Stéphane ?

— Je ne sais pas. Des centaines.

— Si nous nous en tenons à leurs noms, dit le sacritor d'un air songeur, je dirais des milliers. Saint Michel, par exemple, est également appelé saint Tyw, Nod, Mamrès, Tirving – et ce ne sont que quatre de ses quarante noms. De la même façon, saint Tonnerre est également connu sous les noms de Diuvo, Fargun, Tarn, et bien d'autres encore.

— Oh ! répondit Stéphane. Tu veux dire qu'ils sont appelés ainsi dans d'autres langages, comme le lierien ou le crothanique. (Il sourit et leva les yeux vers le prêtre.) J'ai appris des mots lieriens de la bouche du capitaine d'un navire. Veux-tu les entendre ?

Le prêtre sourit.

— Tu es un garçon brillant, Stéphane. J'ai remarqué ta rapidité avec les langues. Elle te recommande pour la prêtrise.

— C'est ce que dit Père.

— Tu n'as pas l'air très enthousiaste.

Stéphane baissa les yeux vers le sol et essaya de ne pas se tortiller. Son père détestait le voir se tortiller.

— Je… Je ne crois pas vouloir devenir prêtre, reconnut-il. Je préférerais être le capitaine d'un bateau qui irait partout, et verrait tout. Ou un cartographe, peut-être.

— Eh bien, dit le sacritor Burden, cela viendra plus tard. Mais pour l'instant, tu viens de faire une remarque très pertinente ; certains des noms des saints sont simplement ceux que leur donnent d'autres gens dans d'autres langues. Néanmoins, les choses sont plus compliquées que cela. Ce ne sont que les différents *aspects* du sahto que nous identifions et que nous nommons, et chaque sahto a de nombreux aspects. Nous donnons à chacun de ces aspects le nom d'un saint, dans la langue du roi. À Hansa, ils les appellent *ansi*, ou dieux, et en Vitellio ils les appellent seigneurs. Les Hérilanzais nomment les aspects *angilu*. Cela n'a aucune importance, l'Église reconnaît à tous le droit de nommer les aspects selon les coutumes locales.

— Donc, saint Michel et saint Nod sont le même saint ?

— Non. Ils sont deux aspects du même sahto, mais ce sont deux saints différents.

Il gloussa en lisant la confusion sur le visage de Stéphane.

— Viens ici, dit-il.

Alors le sacritor amena Stéphane jusqu'à une petite table boiteuse, et d'un petit coffret posé sur celle-ci, il tira un étrange morceau de cristal taillé de façon à présenter trois longs côtés égaux et deux sommets triangulaires. Il tenait aisément dans la paume du sacritor.

— Ceci est un prisme, dit Burden. Un simple morceau de verre, hein ? Et pourtant, regarde ce qui se passe lorsque je le place dans la lumière.

Il avança le prisme vers un rai de lumière qui provenait d'une petite fenêtre sans carreau, et brillait sur le bureau. D'abord Stéphane ne vit rien d'inhabituel – puis il comprit. Ce n'était pas le cristal qui avait changé, mais le bureau. Un petit arc-en-ciel s'étalait à sa surface.

— Qu'est-ce qui fait cela ? demanda Stéphane.

— La lumière blanche contient toutes ces couleurs, expliqua le prêtre. Mais en traversant le cristal, celles-ci se séparent, si bien que nous pouvons les voir individuellement. Un sahto est comme une lumière, et les saints comme toutes ces couleurs. Distincts, et pourtant tous des parties d'une même chose. Tu comprends ?

— Je n'en suis pas certain, répondit Stéphane.

Mais alors il comprit, ou crut comprendre, et en tira une sorte d'excitation vertigineuse.

— Ordinairement, poursuivit le sacritor Burden, nous ne faisons jamais l'expérience de la vérité de quelque sahto que ce soit. Nous ne connaissons que leurs aspects, leurs divers noms, et ce qu'est leur nature dans chaque forme. Mais si nous faisons attention et que nous comprenons les couleurs, et que nous les remettons ensemble, alors nous pouvons brièvement apercevoir la lumière blanche, le véritable sahto. Et en faisant cela, nous pouvons nous-mêmes devenir, en un sens, un aspect mineur de la sainte force.

— Comment ? En lisant ces livres ?

— Nous pouvons les comprendre ici, en se servant des livres, répondit Burden en tapotant son crâne couronné de mèches éparses. Mais pour les comprendre là (il indiqua son cœur), pour arborer le plus minuscule de leurs atours, il nous faut arpenter les sanctuaires.

— J'en ai entendu parler. C'est ce que font les prêtres.

— Oui. C'est de cette façon que l'on est sanctifié. C'est de cette façon que nous les connaissons.

— D'où viennent les sanctuaires ?

— Ce sont des endroits où les saints se sont reposés ou ont vécu, ou l'endroit même de leur sépulture. Nous appelons ces endroits des sedoï – sedos au singulier. De petites collines, en général. L'une des bénédictions de l'Église est sa capacité à découvrir ces sedoï et à identifier le saint qui l'a marqué de son pouvoir. Puis nous construisons des sanctuaires, pour les identifier, afin que ceux qui s'y rendent sachent qui ils prient et à qui ils font des offrandes.

— Et donc, si je vais à un sanctuaire, je serai béni ?

— De modeste façon, si le saint le désire. Mais arpenter la voie des sanctuaires est une chose complètement différente. Pour faire cela, l'on doit parcourir de nombreux sanctuaires, inspirés chacun par un aspect différent du même sahto. Et cela doit se faire dans l'ordre prescrit, en s'imposant certaines ablutions en chemin.

— Et les saints, euh… le sahto, te donne ses pouvoirs ?

— Ils nous font des dons, oui, pour que nous les utilisions à leur service – si nous en sommes dignes.

— Est-ce que je… Est-ce que je pourrai arpenter un sanctuaire ? Est-ce que je pourrai l'apprendre dans ces livres ?

— Si tu le désires, dit doucement le sacritor Burden. Tu en as le potentiel. Si tu étudies, et que tu te voues à l'Église, je crois que tu pourrais apporter beaucoup de bien au monde.

— Je ne sais pas, dit Stéphane.

— Comme je te l'ai dit, ton père l'approuve.

— Je sais.

Et pourtant, pour la première fois, cela ne lui paraissait plus aussi rebutant. Les mystères des mots qui l'entouraient aiguisaient son imagination. Le prisme et son faisceau de couleurs l'avaient captivé. En quelques mots, le sacritor Burden avait fait découvrir à Stéphane un territoire inconnu, aussi étrange et lointain que la légendaire Hadam, mais également aussi proche que n'importe quel rayon de lumière.

Burden avait dû lire quelque chose sur son visage.

— Ce n'est pas la voie la plus aisée, murmura-t-il. Rares sont ceux qui s'y engagent de leur propre chef. Mais elle peut être heureuse.

Et en cet instant, Stéphane avait cru le vieil homme. C'était un soulagement, vraiment. Il ne savait pas s'il aurait pu s'opposer à son père, même s'il l'avait voulu. Mais l'émerveillement s'était saisi de lui, et il se souvint de la façon dont le sacritor Burden pouvait faire naître la lumière dans l'air, tirer de la musique des pierres, ou attirer des bancs de poissons lorsque la pêche était mauvaise. De petits miracles, qui paraissaient si communs que personne n'y prenait garde.

Mais il devait y avoir de plus grands miracles dans

un monde aussi grand et aussi complexe. Combien de sanctuaires y avait-il ? Avaient-ils tous été découverts ?

Peut-être qu'être prêtre ne serait pas si mal que cela.

Il inclina la tête.

— Révérend, je voudrais essayer. Je voudrais apprendre.

Le sacritor opina solennellement.

— C'est une joie pour un vieil homme que d'entendre cela, dit-il. Une joie. Voudrais-tu commencer maintenant ?

— Maintenant ?

— Oui. Nous commençons avec le premier don de saint Decmanus. Avec l'alphabet.

Stéphane fut tiré de ses réminiscences par le bruit d'un geai qui chassait un autre oiseau des hauteurs de la nef, lequel se plaignait bruyamment. Il réussit à esquisser un sourire troublé. Le sacritor Burden avait été un homme de foi et de principes, un homme bon. Le fratrex Pell semblait également être un homme bon, quoiqu'un peu sévère parfois. Le fratrex savait exactement ce qu'avait fait Stéphane, et l'avait néanmoins jugé apte à arpenter la voie des sanctuaires. S'il y avait une leçon que lui avaient enseignée ces derniers mois, c'était que prendre ses propres pensées trop au sérieux ne lui causait que des problèmes. Qu'était-il, de toute façon ? Un simple novice. Non. Il avait fait confiance au sacritor Burden, et il allait faire confiance au fratrex Pell.

Tout cela était très bien, mais il se demanda si le sacritor Burden aurait pu imaginer que, caché au milieu des couleurs éclatantes de l'arc-en-ciel, il y avait un rai de l'obscurité la plus pure. Cette interrogation apportait avec elle plus que sa part de terreur.

Le fratrex Pell savait. Et si cela ne suffisait pas, l'indicible chose appelée saint Decmanus pourrait juger si Stéphane en restait digne.

Il se remit sur pied en se tenant à la poignée de la porte, s'efforça encore une fois d'apaiser ses pensées, et ouvrit le portail de bois. Il hésita brièvement à l'entrée, sa main sur la pierre usée, puis, en murmurant une prière, il entra et ferma la porte derrière lui. Les ténèbres l'engloutirent.

Une fois à l'intérieur, il tira son briquet à amadou et une unique bougie blanche. Il mit feu à l'amadou et le porta à la mèche, puis regarda la flamme escalader son escalier de fumée.

Le sanctuaire était assez petit pour qu'il pût presque en toucher les deux murs en tendant les bras. Il était par ailleurs austère : un banc de pierre bas pour s'agenouiller et l'autel étaient ses seuls meubles. Derrière l'autel, sur le mur, se trouvait un petit bas-relief de saint Decmanus, une silhouette érodée penchée sur un parchemin ouvert, une lanterne dans une main et une plume dans l'autre.

— *Decmanus ezum aittis sahto faamo tangineis. Vos Dadom*, dit Stéphane. *Decmanus, aspect du sahto de la connaissance impérieuse. Je m'abandonne à toi.*

« Tu personnifies la puissance de l'écrit, poursuivit Stéphane dans la langue liturgique. Tu nous as donné l'encre et le papier et les lettres que nous en tirons. Tu es le mystère et la force et la révélation de la connaissance consignée. Tu nous mènes du passé vers l'avenir avec les souvenirs de nos pères. Tu préserves notre foi. Je m'abandonne à toi.

Dans la lumière instable, la statue du saint semblait rire de Stéphane, d'un rire gentil mais moqueur.

— Je m'abandonne, répéta Stéphane, très faiblement cette fois.

Lorsque la chandelle fut à moitié consumée et que sa vigile fut complète, rien n'avait changé ; il ne se sentait pas différent. Avec un soupir, il tendit sa main droite pour éteindre la flamme entre le pouce et l'index.

La flamme disparut, et le temps d'un battement de cœur, Stéphane eut l'impression que quelque chose n'allait pas, sans pouvoir dire quoi. Puis il réalisa qu'il n'avait pas senti du tout la flamme. Ni la mèche.

Il se frotta les doigts l'un contre l'autre, et ne sentit toujours rien. Du bout des doigts au poignet, sa main était celle d'un fantôme. Il la pinça jusqu'au sang, mais il aurait tout aussi bien pu pincer un morceau de rôti.

La surprise de Stéphane se mua vite en horreur puis en panique glacée. Il se rua hors du sanctuaire et jaillit dans la chapelle déserte, où il tomba à genoux en laissant échapper des sanglots secs et rauques d'un ventre vide qui eut voulu l'être plus encore. La chose morte qui avait été sa main le dégoûtait, et il se trouva soudain à fouiller dans son sac à la recherche de sa petite hachette à bois.

Le temps qu'il la trouvât, il s'était mis à se demander pourquoi il la cherchait. Il s'assit là, les yeux écarquillés, son regard courant de sa hachette à sa main insensible. Il se sentait comme un castor avec une patte dans un piège, et qui s'apprêtait à la ronger.

— Oh, par les saints, qu'ai-je fait ? gémit-il.

Mais il le savait ; il s'en était remis aux saints, s'était abandonné à eux, et ils l'avaient jugé impropre.

En tremblant, il écarta la hachette. Il ne pouvait plus se trancher la main, maintenant que son moment de folie avait passé. En lieu de cela, toujours parcouru de frissons et de haut-le-cœur, il s'étendit sur la pierre, les yeux fixés vers la lumière qui tombait des vitraux, et pleura jusqu'à ce que la raison lui fût presque entièrement revenue. Puis il se releva en chancelant, ramassa sa chandelle, et dit une autre prière à saint Decmanus. Ensuite, sans se retourner, il franchit une autre porte, petite, et qui menait à l'extérieur, là où la voie commençait.

D'un air maussade, il regarda le chemin. À partir de cet endroit, il n'allait que dans une seule direction. Il pouvait s'arrêter maintenant, reconnaître son échec, et en avoir fini. Son père le mépriserait, ce qui ne serait pas réellement une nouvelle. S'il abandonnait maintenant, il pourrait s'affranchir de tout : frère Desmond, les textes infâmes, les exigences du fratrex Pell, cette malédiction des saints. Il serait libre.

Mais une résolution inébranlable vint se substituer à sa panique. Il irait jusqu'au bout. Si les saints le haïssaient, sa vie était finie, de toute façon. Peut-être que lorsqu'ils jugeraient sa punition suffisante, ils lui offriraient l'absolution. Sinon… eh bien, il verrait. Mais il ne ferait pas demi-tour.

Le chemin n'allait que dans une seule direction.

Il atteignit le sanctuaire de saint Ciesel quelques cloches avant midi, sous un ciel déjà assombri par les nuages, dans un bosquet de frênes. La grisaille ambiante était appropriée, car l'histoire de saint Ciesel était fort sombre.

Il avait été autrefois un homme, le fratrex d'un monastère sur les Îles lieriennes, alors encore païennes. Un roi barbare avait brûlé le monastère de Ciesel et tous ses scrifts, beaucoup étant irremplaçables, et avait emprisonné Ciesel dans un donjon. Là, dans le noir, le saint avait retranscrit les scrifts détruits de mémoire, en les gravant dans sa propre chair avec ses ongles aiguisés contre la pierre de son cachot, et en utilisant la fange grasse du sol pour noircir le tracé des cicatrices. À sa mort, ses geôliers avaient jeté son corps dans la mer, mais saint Liere, seigneur des mers, avait porté sa dépouille jusqu'aux plages d'Hornladh, près d'un monastère de l'ordre même de Ciesel, où les moines l'avaient trouvé. La peau de Ciesel avait été préservée et recopiée depuis lors. Et l'on disait que la peau originale était conservée dans le sel au Caillo Vallaimo, le temple du siège de l'Église, à z'Irbina.

Stéphane brûla sa chandelle et fit ses ablutions. Il quitta le sanctuaire sans plus aucune sensibilité dans la peau de sa poitrine.

Deux cloches plus tard, sainte Méfitis, patronne et inventeur de l'écriture aux morts, ôta toute sensation à sa jambe droite. Il bivouaqua un peu plus tard, et comme il allumait un feu pour garder les bêtes sauvages à l'écart, il eut la surprise de découvrir du sang sur ses chausses. Il s'était heurté la jambe avec le coin de sa hachette en coupant du bois sans même s'en apercevoir. La blessure était mineure, mais il aurait tout aussi bien pu se trancher le pied sans que cela fît la moindre différence.

Il ne dormit pas mais rêva néanmoins de terreur. Elle flottait au-dessus de la lueur de son feu ; elle avait envahi son corps. S'il achevait d'arpenter la voie, il mourrait sûrement.

La première triade de sanctuaires avait été des aspects de la connaissance liés à l'écrit ; les trois suivants étaient plus rudimentaires, comme le reflétaient les sculptures plus sommaires et plus primitives. Sainte Rosmerta, patronne de la mémoire et de la poésie, était esquissée avec une simplicité presque sauvage, et l'on pouvait à peine lui reconnaître une forme humaine. Elle lui prit l'usage de sa langue. Sainte Eugmie le priva de son ouïe, et à partir de là, Stéphane erra dans la forêt dans un silence déconcertant. Saint Woth aveugla son œil gauche.

Lorsqu'il s'éveilla le troisième jour, il se demanda s'il était déjà mort. Il se souvint de son grand-père, qui lui avait raconté comment la mort préparait les vieux en leur ôtant tous leurs sens un à un. Quel âge Stéphane avait-il alors, cent ans ? Il était estropié, sourd et à moitié aveugle.

Ce jour lui parut plus favorable. Les trois sanctuaires étaient dédiés à Coem, Huyan et Veiza, les aspects de la sagesse, de la réflexion et de la déduction. Pour autant qu'il pût le dire, ils ne lui ôtèrent rien, et il commençait à s'habituer à marcher avec une jambe insensibilisée.

Il s'habituait également au silence. Sans les chants des oiseaux et les branches qui craquent et le bruit de ses pas, la forêt devenait un rêve, si irréel que Stéphane ne pouvait plus y imaginer de dangers. Elle ressemblait aux tableaux de ses souvenirs, des images ou des séries d'images auxquelles il n'était plus que très vaguement lié, qui paraissaient n'avoir que peu de rapport avec ici et maintenant.

Mais lorsqu'il voulut allumer un feu ce soir-là, il s'aperçut qu'il ne savait plus le faire. Il fouilla ses affaires, sachant qu'il avait tous les outils nécessaires. Il ne pouvait plus les reconnaître. Il voulut en visualiser le processus, et en fut tout aussi incapable.

Il ne pouvait même plus se remémorer le mot « feu », réalisa-t-il dans un désarroi croissant. Ni le nom de sa mère, lorsqu'il le chercha, ni celui de son père.

Ni le sien.

Mais il se souvenait parfaitement de la peur, même s'il ne pouvait plus la nommer, et passa la nuit recroquevillé autour de ses genoux, à prier que vînt enfin le soleil, que vînt enfin la fin de tout.

L'aube pointa au-dessus des arbres, et il se demanda qui il était. La seule réponse qu'il se donna fut *j'arpente cette voie*. Il s'arrêta dans les diverses constructions qu'il rencontra. Il ne se souvenait plus de la raison pour laquelle il faisait cela, et cela n'avait aucune importance. Lorsqu'il atteignit le dernier – il savait de quelque manière qu'il s'agissait du dernier, qu'il avait presque fini – il n'était plus qu'une masse à un seul œil se déplaçant à travers des formes et des couleurs étrangères, parfois semblables, souvent différentes. Il approcha comme moins qu'un souffle de vent, et la seule sensation qui lui restait était un battement régulier que le Stéphane d'il y avait quelques jours seulement aurait reconnu comme étant celui de son cœur.

Lorsqu'il pénétra dans le dernier sanctuaire, ce battement cessa, lui aussi.

CHAPITRE CINQ

DUEL DANS LA NUIT NOIRE

Un œil de feu s'ouvrit dans l'obscurité, juste à la droite de Cazio, et celui-ci se trouva baigné dans la lumière d'une lampe. Une autre lanterne fut dévoilée près de sa main droite. Il s'agissait dans les deux cas de lampes aéniennes, qui dirigeaient leur lumière en une seule direction, par le biais d'un miroir de cuivre poli inséré dans un coffret en fer-blanc.

Maintenant les ennemis de Cazio pouvaient très bien le voir, quand lui ne distinguait que de vagues formes et le reflet occasionnel d'une lame.

Il se tourna lentement, épaules et cuisses détendues, tenant Caspator avec presque une langueur dans ses doigts. Il espérait avec la plus grande ferveur que ses agresseurs n'avaient que des épées. Les arcs étaient interdits à l'intérieur des murs de la ville à qui que ce fût à l'exception de la garde, mais Cazio savait d'expérience que les meurtriers ne s'inquiétaient jamais trop de savoir qu'ils violaient la loi.

L'un des hommes s'enhardit, et la longue pointe d'une épée entra dans la lumière, en un coup de tranchant dirigé vers le poignet de Cazio. Cazio s'esclaffa en l'évitant aisément. Il laissa la pointe de son arme s'abaisser jusqu'à toucher le sol.

— Allez, mes braves, dit-il. Vous avez l'avantage du nombre et je suis presque aveuglé. Pourtant vous n'osez rien d'autre que ce petit coup timide ?

— Tais-toi, mon garçon, et ton cœur battra peut-être encore lorsque nous en aurons fini avec toi, dit quelqu'un.

La voix lui semblait vaguement familière.

— Ah ! dit Cazio. Ça parle, ça a une voix d'homme, et pourtant rien de son équipage. Gardes-tu un sac de billes noué entre les jambes pour que personne ne sache à la lumière du jour, à quel point tu es timoré sous la lune ?

— Je t'avais prévenu.

Une lame apparut dans la lumière, en se levant pour préparer un mouvement tranchant long et oblique. Ce n'était pas une rapière, mais une épée plus lourde destinée à détacher les bras ou les têtes des épaules. Au même instant, alors que l'homme se tendait, Cazio aperçut son avant-bras, esquissé par la lumière de la lampe. Il le frappa avec un coup d'arrêt, mordant dans la viande et la jointure du coude. L'homme n'acheva jamais son mouvement. L'arme tomba bruyamment sur le sol tandis que son propriétaire hurlait.

— Tu chantes en soprano, dit Cazio. C'est exactement la voix que j'attendais de toi.

Aussitôt après, Cazio se retrouva à se défendre contre trois lames, deux rapières et un autre hachoir de boucher, et maintenant il savait à peu près où se trouvaient ses agresseurs ; en l'attaquant, ils étaient entrés dans la lumière. Il para, esquiva, riposta à la suite de son esquive, et manqua de très peu piquer un visage surpris. Puis, très vite, il bondit et chassa vers l'une des lanternes. Une rapide double fente, et sa pointe traversa la flamme et poursuivit sa course. Le porteur, surpris, lâcha sa lanterne dont l'huile versa, pour prendre feu et la transformer en torche.

Cazio se fendit de nouveau. L'huile enflammée courait sur toute la longueur de sa lame. Son pied prit un court élan et frappa la masse enflammée suspendue au bout, pour la projeter vers ses antagonistes. Ils apparurent dans l'explosion de lumière, et avec un cri, Cazio se précipita vers eux. Il taillada le poignet du premier, laissa de côté un deuxième homme qui ne pouvait pas tenir d'épée, et se jeta sur un autre, sa rapière encore en flammes. Il reconnut son visage, un homme de la garde personnelle de la famille z'Irbono, un gars qui s'appelait Laro-quelque-chose.

Laro le regardait comme s'il voyait Seigneur Ontro venir le chercher en personne pour l'emmener en enfer, ce qui ragaillardit considérablement Cazio.

Alors quelque chose le frappa derrière la tête, fort, et des lys pâles apparurent derrière ses yeux. Il frappa avec son arme, mais le coup fut répété, cette fois à hauteur du genou, et il vacilla en gémissant. Une botte le frappa alors au menton, et il se mordit la langue.

Et soudain, il était étendu sur le sol, et les attaques contre lui avaient cessé. Il essaya de se redresser sur un coude, mais ne put trouver l'aiguille de la force dans la botte de foin de la douleur.

— Cela ne te concerne en rien, soiffard, entendit-il dire Laro. Poursuis ton chemin.

Cazio réussit finalement à relever la tête. La lampe enflammée éclairait maintenant complètement la ruelle. Z'Acatto se tenait à la limite de la lumière, un carafon de vin dans une main.

— Z'avez fait c'que vous v'niez faire, dit z'Acatto d'une voix empâtée. 'Nant laissez-le.

— Ce sera fini quand nous en déciderons.

Derrière Laro qui portait l'autre lanterne, se tenait daz'Afinio, l'homme que Cazio avait battu en duel un peu plus tôt. Il y avait également Tefio, le laquais de daz'Afinio. L'une de ses mains tenait l'autre, inerte.

— Cet homme m'a attaqué par surprise et m'a volé, affirma daz'Afinio. Nous lui rendons simplement la pareille.

— Je vais m'occuper de lui, sire, dit Laro en levant le talon au-dessus de la main ouverte de Cazio. Il ne jouera plus à l'épée après cela.

Mais Laro ne frappa pas. En lieu de cela, il retomba en arrière tandis que le carafon de z'Acatto se fracassait sur son visage et lui brisait le nez.

Et de quelque manière, z'Acatto eut son épée en main au même instant. Il s'avança d'un pas titubant. L'un des autres hommes fit l'erreur d'engager la lame de z'Acatto. Cazio observa le vieil homme bloquer l'arme presque paresseusement en *perto*, puis empaler l'homme à l'épaule.

Cazio se remit sur pied en flageolant, juste au moment où daz'Afinio tirait son arme et attaquait, non pas z'Acatto mais Cazio. Il réussit à redresser son arme à temps, et Caspator s'enfonça jusqu'à mi-chemin de la garde dans le ventre de daz'Afinio. Les yeux du noble se firent très ronds.

— Je... dit Cazio d'une voix pantelante. Je ne voulais pas...

Daz'Afinio retomba en arrière, se libérant de Caspator, et serra ses deux mains sur son ventre.

— Le prochain qui avance d'un pas meurt, dit z'Acatto.

Sa voix était parfaitement claire.

Seul l'un des hommes n'était pas blessé et ils reculèrent tous, à l'exception de daz'Afinio, qui était roulé en boule.

— Vous êtes stupides, tous les deux, dit un autre des hommes. (Cazio le reconnut pour appartenir à la garde z'Iborno, Mareo-autre-chose.) Vous avez une quelconque idée de qui vous venez de transpercer ?

— Un rôdeur et un meurtrier, dit z'Acatto. Si vous l'amenez chez le surgien au signe de l'aiguille, il peut encore survivre. C'est plus qu'il ne mérite. Plus que vous ne méritez tous. Maintenant, partez.

— Il y aura des suites, dit Mareo. Tu aurais dû accepter ta punition, Cazio. Maintenant, ils vont te pendre sur la place.

— Hâtez-vous, dit z'Acatto. Regarde, il crache du sang, maintenant. Ce n'est jamais bon signe.

Sans un mot de plus, les hommes soulevèrent daz'Afinio et l'emportèrent.

— Viens, dit z'Acatto. Rentrons à la maison nous occuper de toi. As-tu été blessé ?

— Non, juste battu.

— Est-ce que tu as combattu cet homme aujourd'hui ? daz'Afinio ?

— Tu le connais ?

— Je le connais. Que seigneur Diuvo te protège si cet homme meurt.

— Je ne voulais pas…

— Non, évidemment. Ce n'est qu'un jeu, pour toi. Une pique sur le bras, une coupe sur la cuisse, et tu prends l'argent. Viens.

En boitillant, Cazio fit ce que lui avait ordonné son maître.

— Tu as de la chance, dit z'Acatto. Tu n'as que des bleus et des bosses.

Cazio cilla au contact des mains du vieil homme.

— Comme je te l'avais dit. (Il attrapa sa chemise.) Comment se fait-il que tu m'aies suivi ?

— Je ne te suivais pas. J'étais parti chercher du vin et je t'ai entendu crier. Heureusement pour toi.

— Heureusement pour moi, répéta Cazio. Comment connais-tu ce daz'Afinio ?

— Tout être sensé le connaît. C'est le beau-frère de Velo z'Irbono.

— Quoi ? Ce rustaud a épousé Sétéra ?

— Ce rustaud possède un millier de versos de vignobles dans le Tero Vaillamo, trois propriétés, et son frère est l'aidil de Ceresa. De tous les gens à qui tu pouvais chercher noise…

— C'était un duel. Et c'est lui qui l'avait engagé.

— Après un certain nombre d'insultes de ta part, je suppose.

— Il y a eu des insultes de part et d'autre.

— Ça ne change rien. Maintenant, tu l'as insulté d'un grand trou dans le ventre.

— Va-t-il mourir ? demanda Cazio.

— Tu t'en inquiètes *maintenant* ? (Le vieil homme se mit à chercher quelque chose.) Où est mon vin ?

— Tu l'as écrasé sur le visage de Laro Vintallio.

— C'est vrai, malédiction.

— Est-ce que daz'Afinio va mourir ? répéta Cazio.

— Peut-être bien ! trancha z'Acatto. Quelle question idiote ! Une telle blessure n'est pas toujours mortelle, mais qui sait ?

— On ne peut m'en blâmer, dit Cazio. Ils sont venus sur moi comme des voleurs, dans le noir. Eux avaient tort, pas moi. La cour sera de mon côté.

— Velo z'Irbono *est* la cour, jeune imbécile.

— Oh. C'est vrai.

— Non, nous devons partir.

— Je ne m'enfuirai pas comme un couard !

— La dessrata ne te sera d'aucune utilité contre le nœud du bourreau, mon garçon. Ni contre les arcs de la garde.

— Non !

— Juste pour un temps. Un endroit où nous pourrons apprendre les nouvelles. Si daz'Afinio survit, les choses se calmeront.

— Et s'il ne survit pas ?

Z'Acatto haussa les épaules.

— Comme dans l'art des armes. Fais face aux attaques à mesure qu'elles se présentent.

Cazio agita l'index en direction du vieil homme.

— Tu m'as toujours appris à anticiper, à comprendre les *cinq* prochains mouvements de mon adversaire.

— Oui, bien sûr, répondit z'Acatto. Mais si tu *dépends* de tes prédictions, tu peux mourir pour t'être trompé sur ses intentions. Quelquefois, ton adversaire n'est pas assez malin ou assez doué pour avoir des intentions ; et que fais-tu alors ? J'avais un ami à l'école de Mestro Acameno ; il y avait étudié depuis l'enfance, durant quatorze ans. Même le Mestro ne pouvait le vaincre. Il a été tué par un simple amateur. Pourquoi ? Parce que l'amateur ne savait pas ce qu'il faisait. Il n'a pas réagi comme mon ami avait supposé qu'il le ferait. Et mon ami est mort.

— Je ne peux pas quitter la maison, soupira Cazio. Suppose qu'ils la saisissent en privilège de mon retour ?

— Ils le feront. Mais nous pouvons nous arranger pour qu'elle soit achetée par quelqu'un de confiance.

— Qui cela pourrait être ? murmura Cazio. Je n'ai confiance qu'en toi, et encore, pas tant que cela.

— Réfléchis, mon garçon ! *Orchaevia*. La comtesse Orchaevia aime bien ta famille, et tout particulièrement toi. Elle nous hébergera. Personne ne pensera à nous chercher là-bas, à l'autre bout du pays. Et la comtesse pourra s'assurer que ta maison sera en de bonnes mains.

— La comtesse, songea Cazio. Je ne l'ai pas revue depuis que j'étais enfant. Est-ce qu'elle nous hébergerait vraiment ?

— Elle doit à ton père le retour de nombreuses faveurs, et la comtesse n'est pas femme à renier ses obligations.

— Mais quand même, grommela Cazio.

À cet instant, un poing tonna contre la porte.

— Cazio Pachiomadio da Chiovattio ! cria une voix qui porta quelque peu à travers le portail.

— On ne vainc pas une corde en duel, répéta z'Acatto.

— C'est vrai. Si je meurs, je mourrai par l'épée, jura Cazio.

— Non, pas cette fois. Tu en tueras quelques-uns, mais tu tomberas sous le nombre, comme dans la ruelle, bougonna z'Acatto. Tu te souviendras que je te l'avais dit, quand tu sentiras le nœud se serrer autour de ta gorge.

— Très bien, trancha Cazio. Je déteste cela, mais je reconnais que tu as raison. Nous prenons nos affaires et nous filons par le réservoir.

— Tu connais le tunnel du réservoir ?

— Depuis mes huit ans, répondit Cazio. Comment croyais-tu que j'étais sorti toutes ces nuits, même quand tu scellais mes fenêtres ?

— Malédiction, j'aurais dû m'en douter. Eh bien alors, allons-y.

CHAPITRE SIX

LE SÉJOUR DES GRÂCES

Une femme guindée en habit ocre avec une guimpe et des gants noirs accueillit Anne et Austra à leur descente de carrosse. Ses yeux gris toisèrent les deux jeunes femmes de façon plutôt clinique par-dessus un nez pointu et retroussé. Elle avait peut-être trente ans, avec une bouche mince et large pleinement accoutumée à exprimer la désapprobation.

Anne se redressa, tandis que derrière elle les chevaliers commençaient à descendre ses affaires du toit du carrosse.

— Je suis la princesse Anne de la maison de Dare, fille de l'empereur de Crotheny, informa-t-elle la femme. Voici ma dame d'honneur, Austra Laesdauter. À qui ai-je l'honneur de parler ?

Les lèvres de la nonne se déformèrent comme sous l'effet d'une plaisanterie muette.

— On m'appelle sœur Casita, dit-elle dans un virgenyen fortement accentué. Bienvenue au Séjour des Grâces.

Sœur Casita ne s'inclina pas en parlant, ni ne salua même de la tête, si bien qu'Anne se demanda si elle n'était pas dure d'oreille. Le Vitellio était-il si différent que l'on n'y reconnaissait pas la fille d'un roi ? Dans quel genre d'endroit était-elle arrivée ?

J'ai arrêté ma décision, pensa-t-elle, en repoussant le mauvais goût soudain qui envahissait sa bouche. *Je dois en faire mon parti.*

Le Séjour des Grâces n'était pas d'aspect déplaisant. L'endroit était plutôt exotique, et s'élevait dans un décor austère et rustique comme s'il avait poussé là. Les pierres avec lesquelles il était construit étaient de la même couleur que celles dont elles avaient vu des couches exposées tout au long de la route, un rouge jaunâtre. Le convent lui-même semblait posé sur la crête ; il était ceint d'un mur crénelé plus long que large, qui fermait un espace de la taille d'un petit village. Des tours carrées aux toits pentus couverts de tuiles couleur rouille se dressaient à des intervalles irréguliers et à des hauteurs inégales tout du long, et Anne pouvait discerner à travers le portail voûté les presbytères vastes mais étonnamment bas dans une cour pavée. Le seul bâtiment un peu élevé à l'intérieur des murailles était un dôme à nervures qu'Anne supposa être la nef de la chapelle.

Vignes et primevères couvraient les murs et les tours, et des oliviers s'étaient frayé un chemin à travers les pavés fendus, donnant à l'endroit une apparence à la fois désordonnée et immaculée.

La seule note discordante était apportée par les dix personnes avec des chariots et des mules qui semblaient bivouaquer à l'extérieur des portes. Ils étaient recouverts des pieds à la tête de tissus bigarrés et de voiles flottants, et étaient assis ou accroupis sous des auvents temporaires de coton pâle.

— Des sefrys, chuchota Austra.

— Qu'était-ce ? demanda sèchement sœur Casita.

— S'il vous agrée, ma sœur, dit Austra. Je remarquais simplement le campement sefry. (Elle fit une petite révérence.)

— Sachez, dit la sœur, que si vous parlez à voix basse, il sera considéré que c'est avec de mauvaises intentions.

— Merci, ma sœur, répondit Austra d'une voix plus forte.

Irritée, Anne s'éclaircit la gorge.

— Où dois-je dire à mes hommes de déposer mes affaires ? demanda-t-elle.

— Les hommes ne sont pas autorisés à pénétrer à l'intérieur du Séjour des Grâces, évidemment, répondit sœur Casita. Ce que tu veux, tu le porteras toi-même.

— Quoi ?

— Choisis ce que tu veux et peux emporter en une seule fois. Le reste ne franchira pas les portes.

— Mais les sefrys…

— … vont les emporter, oui. C'est pour cela qu'ils sont là.

— Mais c'est insensé, dit Anne. Ces affaires sont les *miennes*.

La sœur haussa les épaules.

— Alors porte-les.

— De tout…

— Anne Dare, dit la sœur, tu es ici très loin de Crotheny.

Anne ne manqua pas de remarquer l'absence de tout titre ou de toute adresse.

— Crotheny voyage avec moi, dit Anne avec un signe du menton en direction du capitaine Marl et de ses hommes.

— Ils n'interviendront pas, lui affirma sœur Casita.

Anne se tourna les yeux écarquillés vers le capitaine Marl.

— Tu vas la laisser me traiter de cette façon ?

— Mes ordres excluent toute interférence avec les

sœurs, répondit le capitaine Marl. J'avais pour mission de t'amener ici saine et sauve et de te confier aux bons soins du convent sainte Cer, également appelé le Séjour des Grâces. C'est ce que j'ai fait.

Le regard d'Anne repassa du capitaine à la sœur, puis à ses bagages. Il y avait deux coffres, tous deux trop volumineux et encombrants pour qu'elle pût les soulever.

— Très bien, dit-elle enfin. Tes ordres excluent-ils de me donner un cheval, capitaine Marl ?

— Oui, princesse.

— Et une corde ?

Il hésita.

— Je ne vois aucune raison de ne pas te donner une corde, dit-il enfin.

— Alors donne-m'en une.

Anne poussa un grognement, tendit tous les muscles de son dos et de ses jambes, et les malles avancèrent avec réticence de peut-être la largeur d'une main. Elle changea de position.

— Je peux t'assurer, dit sœur Casita, que quoi que tu puisses avoir là n'en vaut pas la peine. Nos besoins sont limités à l'intérieur de ces murs : vêtements, nourriture, eau, outils. Et tout cela est fourni. Si tu es vaniteuse, prends un peigne. Tu ne seras pas autorisée à porter des bijoux ou des toilettes fines.

— C'est à moi, dit Anne à travers ses dents serrées.

— Laisse-moi l'aider, supplia Austra pour la sixième fois.

— Ce ne sont pas tes bagages, ma chère, répondit la sœur. Tu ne peux porter que tes propres affaires.

Anne releva des yeux las. Après une heure d'efforts exténuants, elle avait presque atteint le portail. Elle s'était attiré un public, une vingtaine de filles d'âges variés mais assez proches du sien. Elles étaient vêtues d'un simple habit brun et d'une guimpe de la même couleur. La plupart d'entre elles riaient et se gaussaient d'elle, mais elle les ignora.

Elle se tendit de nouveau, sentant la corde qu'elle avait nouée en travers de sa poitrine couper dans son corset. Son pied chercha une prise sur la première des dalles de la cour et échoua à en trouver une.

Les sefrys semblaient apprécier le spectacle tout autant que les autres. L'un d'entre eux avait sorti un tambour, et un autre une petite rote à cinq cordes dont il jouait avec un archet.

— Laisse tomber, princesse Mule, cria l'une des filles. Tu n'iras jamais jusqu'au bout, même si tu es la plus bâtée des ânesses ! Et pourquoi le ferais-tu ?

La plaisantine obtint un concert de rires. Anne la repéra, avec son cou long et fin, et ses yeux noirs. Ses cheveux étaient cachés par sa guimpe.

Anne ne répondit pas, mais revint à sa tâche et tira encore. Elle dut s'y remettre et tirer chaque malle individuellement jusqu'aux dalles, mais ensuite ce fut un peu plus facile. Malheureusement, elle n'avait plus de force.

Dans un premier temps elle ne remarqua pas le silence qui était retombé sur les autres filles, puis lorsqu'elle s'en avisa, elle crut qu'il était dû au fait qu'elle venait de trébucher. Puis elle leva les yeux et vit ce qui les avait réellement fait taire.

D'abord elle remarqua les yeux, brûlants et perçants et brillants, semblables aux yeux de sainte Fendvé, la patronne de la fureur guerrière, sur le tableau de la chapelle de guerre de son père. Ils étaient si intenses qu'il lui fallut un certain temps pour comprendre leur couleur – ou plutôt qu'ils n'en avaient quasiment pas, tant ils étaient noirs.

Son visage était dur et vieux et très, très sombre, de la couleur du bois de cerisier. Son habit était noir, à guimpe gris orage, et à l'instant où Anne posa les yeux sur elle, elle eut peur d'elle, de la puissance destructrice tapie derrière ses yeux et les rudes coutures de son visage.

— Qui es-tu ? demanda la vieille femme. Et que crois-tu faire ?

Anne serra les dents. Qui que ce fût, ce n'était qu'une femme. Elle ne pouvait pas être pire que Mère ou Erren.

— Je suis Anne de la maison de Dare, princesse de Crotheny. On m'a dit que je n'étais autorisée à conserver que les affaires que je pouvais porter jusqu'à ma chambre, donc je les y emporte. Et puis-je te demander ton nom, ma sœur ?

Un hoquet de surprise collectif parcourut l'assemblée, et Casita même haussa un sourcil.

La vieille femme cilla, mais son expression ne changea pas.

— Mon nom n'est pas prononcé, ni celui d'aucune sœur ici. Mais tu peux m'appeler sœur Sécula. Je suis la mestra de ce convent.

— Très bien, dit Anne, en s'efforçant de conserver son courage. Où dois-je mettre mes affaires ?

Sœur Sécula la regarda impassiblement encore un instant. Puis elle leva le doigt. Anne pensa d'abord qu'elle montrait le ciel.

— La chambre du haut à gauche, dit-elle doucement.

Ce fut alors qu'Anne réalisa qu'elle indiquait la plus haute des tours de la muraille.

La minuit trouva Anne effondrée au pied de l'étroit escalier en spirale qui menait vers les hauteurs de la tour. Sœur Casita avait été remplacée par une autre observatrice, membre plus âgée de l'ordre, qui s'était présentée comme s'appelant Salaus. Austra était toujours là, bien sûr, mais sinon la cour était vide.

— Pourquoi persistes-tu, Anne ? chuchota Austra. Tu aurais laissé tout cela derrière toi si tu avais réussi à fuir. Pourquoi t'en inquiéter à ce point maintenant ?

Anne regarda son amie d'un air las.

— Parce que cela aurait été mon choix, Austra. Tous mes autres choix ont été faits pour moi. Conserver mes affaires est le seul choix qu'il reste en mon pouvoir de faire.

— Je suis allée là-haut. Tu ne peux pas le faire, et elles ne te laisseront pas t'en séparer. Abandonne l'une des malles.

— Non.

— Anne… ?

— Et si je t'en donnais une ? demanda Anne à Austra.

— Je n'ai pas le droit de t'aider.

— Non. Je veux dire, si je te donnais l'une de ces malles et tout son contenu.

— Je vois, dit Austra. Et ensuite je te la rendrais, plus tard.

— Non. Tout serait à toi, Austra. Pour toujours.

La main d'Austra vola à sa bouche.

— Je n'ai jamais rien possédé, Anne. Je ne crois pas que j'en ai le droit.

— C'est absurde, dit Anne.

Elle haussa la voix :

— Sœur Salaus. J'offre l'une de mes malles à mon amie Austra. Est-ce permis ?

— Si le cadeau est véritable.

— Il l'est, répondit Anne. (Elle tapota l'une des malles.) Prends celle-ci. Elle contient deux belles robes, des bas, un miroir, des peignes…

— Le miroir serti d'opales ? reprit Austra d'une voix pantelante.

— Celui-là même.

— Tu ne peux pas me l'offrir !

— Je viens de le faire. Maintenant, tu peux choisir

de porter tes affaires jusqu'à nos chambres, ou les abandonner aux sefrys. J'ai fait mon choix. À toi de faire le tien.

Elles franchirent le seuil de leur chambre près d'une heure avant l'aube, tirant les malles derrière elles. Sœur Salaus leur tendit une bougie allumée et deux habits brun-gris.

— Le repas du matin est à la septième cloche, dit-elle. Vous ne devriez pas le manquer. (Elle marqua une pause, et plissa le front.) Je n'avais encore jamais vu se produire une telle chose. Je ne sais pas si cela augure en bien ou en mal pour vos débuts ici, mais cela vous distingue très certainement.

Sur ces mots, elle s'en alla. Anne et Austra se regardèrent l'une l'autre quelques instants, et partirent d'un grand éclat de rire.

— Cela vous distingue très certainement, dit Austra en imitant le fort accent vitellien de la sœur.

— Ce qui, en soit, mérite réflexion, je suppose, dit Anne. (Elle parcourut la pièce du regard.) Par saint Loy, est-ce vraiment ici que nous allons vivre ?

La pièce occupait un quart de la tour, de cinq pas de côté. Le plafond était simplement constitué de poutres, au-delà desquelles ne se trouvait que la profonde obscurité du toit conique de la tour. Les filles pouvaient entendre les colombes roucouler, et des plumes et des fientes décoraient le sol et les deux lits de bois qui composaient l'unique ameublement. Il y avait une petite fenêtre.

— C'est à peine mieux qu'une cellule dans un donjon, dit Austra.

— Eh bien, soupira Anne. Il est encore heureux que je sois princesse et pas margrave, je suppose.

— Ce n'est pas si mal, énonça Austra d'un air dubitatif. Après tout, tu es maintenant une princesse dans une tour, comme dans l'histoire de Rafquin.

— Eh bien, je vais commencer tout de suite à tisser une échelle avec les toiles d'araignée pour que, quand Roderick viendra…

L'expression d'Austra devint sérieuse.

— Anne ?

— Je plaisante, ma colombe, dit Anne, en allant néanmoins se pencher à la fenêtre pour regarder. Regarde, le soleil se lève.

Le pâle horizon se mua en filet d'or, et le soleil finit par apparaître, pour révéler des lieues de pâturages verdoyants parsemés d'oliviers difformes et de cèdres minces. Plus près, une rivière gentiment louvoyante s'habillait de verdure avec ses cyprès et ses saules ; au-delà, le paysage évoluait du vert pâle au jaune, puis enfin le ciel.

— Cet endroit me convient, dit doucement Anne. Tant que je peux voir l'horizon, je peux tout supporter.

— Nous allons voir cela tout de suite, dit Austra en tendant l'un des habits à Anne.

— Eh bien, voici la princesse Mule, dit la fille au long cou tandis qu'Anne et Austra entraient dans le réfectoire.

Les oreilles d'Anne lui chauffèrent tandis que toutes les filles à portée d'oreille s'esclaffaient ; puis s'ensuivirent des bavardages en Vitellien.

— Il semble que je me sois fait un surnom, remarqua-t-elle.

Le réfectoire était un endroit clair, son plafond plat soutenu par de fines arches ouvertes de tous côtés. Les tables étaient longues, communes et rustiques, et quelques places vides les accueillirent. Anne choisit le banc le moins peuplé et s'assit au bout, en face d'une jeune femme trapue à la large mâchoire et aux yeux rapprochés. Tandis qu'Austra s'asseyait à côté d'elle, Anne remarqua que les autres filles avaient déjà été servies, et mangeaient des bols d'une bouillie agrémentée d'une sorte de crème ou de fromage blanc.

Les filles à sa table la regardèrent du coin de l'œil, mais personne ne parla durant de longs instants de malaise, jusqu'à ce que la fille trapue, sans lever les yeux de son repas, ne dît en virgenyen :

— Tu dois aller te servir toi-même, tu sais. Dans le chaudron, dans l'âtre.

Elle fit un signe de la main, et Anne vit un chaudron entretenu par deux des filles en habit brun.

— Je m'occupe de ton bol, dit aussitôt Austra.

— Cela ne te sera pas permis, dit la fille.

— Elle ne sait donc absolument rien ? s'interrogea à haute voix une autre des occupantes de la table.

— Tu ne savais absolument rien lorsque tu es arrivée, Tursas, lui rappela la fille trapue.

Puis, se retournant vers Anne, elle ajouta :

— Tu ferais mieux de te hâter. Elles vont bientôt jeter les restes aux chèvres.

— Mais quel genre d'endroit est-ce ? murmura Anne. Mon père…

— Tu ferais mieux d'oublier ton rang, ici, lui dit la fille. Oublie-le, et vite, parce que sinon, mestra Sécula te fera regretter ton obstination. Tu as déjà fait assez de bêtises comme ça. Suis mon conseil.

— Rehta sait de quoi elle parle, dit l'autre fille. Sœur Mestra l'a mise…

— Assez, Tursas, coupa Rehta.

Anne envisagea d'ignorer le conseil, mais son estomac mit le point final à la discussion. Les joues en feu, certaine que tous les yeux étaient tournés vers elle, Anne alla se servir de la bouillie qu'elle versa à la louche dans un bol en grès, puis prit une cuiller pour manger. Austra fit de même. Malgré sa consistance, la bouillie était étonnamment bonne. Anne la fit passer avec de l'eau fraîche et regretta de ne pas avoir de pain. Lorsqu'elle eut mangé la moitié de son bol, elle releva les yeux vers la fille qui avait été appelée Rehta.

— Merci pour le conseil, dit-elle.

— Je me demande ce qu'il va se passer ensuite, dit Austra. Que faites-vous de vos journées ?

— Vous allez rencontrer la mestra, dit Tursas. Elle vous donnera vos noms, puis vous indiquera vos études et vos tâches.

— Cela semble merveilleux, dit Anne d'un ton sarcastique.

Les autres filles ne répondirent pas.

Elles rencontrèrent la mestra dans une petite pièce sombre sans fenêtres et éclairée par une seule lampe à huile. La vénérable sœur observa les filles de derrière une petite écritoire pendant un très long moment avant de parler. Puis elle baissa les yeux vers le grand livre posé devant elle.

— Austra Laesdauter. À compter de cet instant, en cet endroit, tu seras appelée sœur Persondra. Toi, Anne Dare, tu seras sœur Ivexa.

— Mais cela veut dire…

— Dans la langue de l'Église, cela signifie une vêle, et exprime le comportement que j'attends de toi – obéissante et passive.

— Stupide, tu veux dire.

La mestra concentra son regard effrayant sur Anne.

— N'imagine pas créer des problèmes ici, sœur Ivexa, dit-elle très doucement. Une éducation au Séjour des Grâces est un privilège rare et une opportunité inestimable. Dame Erren t'a recommandée, et je la tiens en haute estime. Lorsque tu me déçois, je suis déçue par elle, et ressentir une quelconque déception envers elle est un sentiment qui m'est désagréable.

— Je m'efforce de faire de mon mieux, répondit rigidement Anne.

— Tu ne fais rien de la sorte. Tu as commencé ton séjour ici par une scène fort malvenue. Je souhaite que ce soit la dernière. Il est possible que tu retournes au monde un jour. Si c'est le cas, ta tenue devra donner une bonne image du temps que tu auras passé ici, faute de quoi ta honte rejaillira sur moi et sur chaque sœur de cet ordre et sur la Dame des Ténèbres elle-même. Si après un temps, je ne suis pas convaincue que tu nous représenteras de façon satisfaisante, je peux t'assurer que tu ne ressortiras jamais.

Les cheveux d'Anne se hérissèrent en entendant cela, et une brusque panique prit possession de la base de sa gorge. Elle eut soudain l'impression de se trouver très loin de chez elle et de toutes ses certitudes, comme elle envisageait le nombre de façons qu'avait mestra Sécula de tenir sa promesse. Elle en avait déjà imaginé deux, et aucune d'entre elles ne lui étaient vraiment sympathiques.

CHAPITRE SEPT

DES DONS

Stéphane fut réveillé par sa respiration, et par l'agonie qui jaillissait de ses poumons pour parcourir telle une flamme tout son corps jusqu'au bout des doigts et des orteils, brûler des trous là où auraient dû se trouver ses yeux, et dévaster chacun de ses cheveux. Ses yeux s'ouvrirent à une lumière terrifiante qui déversait des couleurs de cauchemar dans son crâne et les abandonnait là pour qu'elles se coagulent en des formes si terribles et fantastiques que leur seule existence le fit hurler. Il resta étendu sur le sol à gémir, ses mains couvrant ses yeux, jusqu'à ce que la douleur s'effaçât, jusqu'à ce qu'il réalisât qu'il ne s'agissait pas de douleur, mais du simple retour du néant à des sensations normales.

Le néant. Il avait été rien. Il n'avait même pas été mort. Il avait été moins et moins et finalement : rien.

Maintenant il était revenu, et comme il se réhabituait progressivement aux sensations, il réalisa que ces formes terrifiantes n'étaient que les arbres de la forêt et le ciel bleu au-dessus d'eux. La brûlure sur sa peau n'était qu'une douce brise qui agitait les buissons de fougères.

— Mon nom, dit-il d'une voix tremblante, est Stéphane Darige.

Il s'assit et porta ses mains à son visage, tâta la forme de son crâne sous la chair, les poils sur son menton, et se mit à pleurer. Il prit une longue inspiration et la révéra.

Longtemps après, il se remit sur pied en s'aidant d'un arbrisseau. L'écorce était un plaisir sous ses doigts endoloris, et il laissa échapper un rire qui parut étrange à ses oreilles.

Il était sale, couvert de boue et du sang de petites écorchures. Il avait l'odeur de quelqu'un qui ne s'était pas baigné depuis des semaines, et cette odeur était merveilleuse.

Comme la raison reprenait ses droits, il commença à chercher à comprendre où il se trouvait. Il s'était évanoui – qui sait depuis combien de temps – sur la pente douce de la colline d'un sedos, dépourvue d'arbres mais couverte de fougères. À son sommet se trouvait un petit sanctuaire, et d'après ce qui était gravé, il en conclut qu'il était dédié à saint Dryth, la dernière incarnation de Decmanus de la voie.

Ce qui signifiait qu'il l'avait entièrement arpentée. Les saints ne l'avaient pas détruit.

Il trouva un bassin alimenté par les eaux claires d'une source, se dévêtit, et se baigna sous les branches pendantes d'un vénérable saule pleureur. Son estomac était aussi plat et creux qu'un tambour, mais il se sentait incroyablement bien malgré sa faim. Il lava ses vêtements, les suspendit pour qu'ils sèchent, et s'allongea sur la rive moussue, buvant les sons qui l'entouraient, tellement heureux d'être vivant et sain d'esprit qu'il ne voulait rien manquer.

Quelque sorte d'oiseau lança une trille complexe à laquelle un autre répondit par un chant légèrement différent. Des libellules bronze et vert métal dansaient au-dessus de l'eau, et des nèpes faisaient onduler la surface transparente d'un autre monde où des vairons argentés filaient et où des écrevisses se tapissaient en attente de leur proie. Tout était fascinant, tout était merveilleux, et pour la première fois depuis semblait-il très longtemps, il se souvenait de la raison pour laquelle il avait voulu être prêtre : pour connaître le monde dans toute sa gloire. Pour faire sien ses secrets, non pas pour le gain, mais pour le simple plaisir de les connaître.

Le soleil monta jusqu'à son apogée, et lorsque ses vêtements furent raisonnablement secs, il les enfila et reprit la route du monastère en sifflotant, se demandant combien de temps il était parti. En essayant de comprendre ce qui lui était arrivé. Il parlait à voix haute, pour entendre sa propre voix.

— Chaque saint m'a ôté un sens, dit-il à la forêt. À la fin, ils me les ont rendus. Mais les ont-ils modelés ? Les ont-ils changés, comme un forgeron prend du métal brut et en fait quelque chose de meilleur ? Tout paraît différent !

Surtout, il avait l'impression que rien ne serait plus jamais comme avant.

Il se remit à siffler.

Il s'arrêta net lorsque son sifflement reçut une réponse, et tressauta lorsqu'il réalisa qu'il s'agissait du chant d'oiseau qu'il avait entendu un peu plus tôt. Chacune de ses notes, chacune de ses variations étaient encore dans sa tête, claires et délicates. Il rit de nouveau. Aurait-il pu le faire avant, ou cela venait-il d'avoir arpenté la voie ? Les dons étaient différents pour chaque voie et pour chaque personne qui les arpentaient, il n'y avait donc aucun moyen de savoir ce qu'il avait reçu. En cet instant, il eut la certitude que si cette chose – la capacité d'imiter les oiseaux – était le tout de son don, ce serait suffisant.

À la nuit les chansons changèrent, et tandis qu'il était assis près de son feu, Stéphane se délectait de les apprendre, comme il l'avait fait toute la journée. Il lui semblait qu'il ne pouvait plus rien oublier, maintenant. Sans le moindre effort, il pouvait se souvenir du détail le plus ténu de l'apparence du bassin dans lequel il s'était baigné. Il pouvait sentir les formes de la nuit comme s'il les avait toujours comprises.

Le sahto de Decmanus était la connaissance, la compréhension sous toutes ses formes. Il lui semblait qu'il avait effectivement été… amélioré.

Le lendemain il continua de mettre ses capacités à l'épreuve en récitant des ballades tandis qu'il marchait. La *Gorgoriade*, la *Fetteringsaga*, *L'histoire de Findomère*. Il n'hésita jamais sur un mot ou sur une phrase, alors qu'il n'avait entendu la dernière qu'une fois, dix ans plus tôt, et que sa récitation prenait presque deux cloches.

Il rendit hommage devant chaque sanctuaire et remercia les saints, mais n'alla pas jusqu'aux sedoï. Qui savait l'effet que cela aurait d'arpenter la voie en sens inverse ?

La deuxième nuit, quelque chose dans les chants nocturnes changea. Ils contenaient un frisson, un écho d'une chose qu'il connaissait, comme si la forêt palabrait de quelque chose de sombre et terrible que Stéphane avait autrefois rencontré. Plus Stéphane écoutait, plus il était persuadé que cela était en rapport avec lui. Cette conviction crut tandis que le sommeil se refusait à lui, mais il s'efforça de l'ignorer. Il était attendu au monastère. Il avait un travail à faire, et le fratrex serait probablement déçu s'il traînait. Il avait arpenté la voie des sanctuaires au plus tôt pour pouvoir mieux accomplir sa tâche, après tout.

Mais le soleil se leva sur une forêt qui s'éveillait avec les mêmes terribles chuchotements, et à chaque fois que Stéphane tournait son visage vers l'est, il ressentait un frisson et un vague malaise. Il se souvint des lugubres histoires de Tor Scath, du vieux chevalier et de sa conviction qu'un mal approchait. Lorsqu'il pensa au roi de bruyère, il ressentit une terreur qui le brûla presque.

Au sanctuaire de saint Ciesel, ce sentiment commença à décroître, et chaque pas le rapprochant du monastère le fit diminuer encore. Bientôt il se remit à siffloter, à chanter d'autres chansons et ballades qu'il connaissait, mais même ainsi sa joie était diminuée, remplacée par un grincement dans les os. Quelque chose là-bas n'allait pas, quelque chose avait besoin de lui, et il lui tournait le dos.

Il arriva à un ruisseau, qu'il se souvenait avoir franchi au début de son voyage. Il était presque arrivé, il pourrait probablement atteindre le monastère pour la tombée de la nuit. Au matin, il pourrait expérimenter ses nouveaux dons sur ce qu'il aimait le plus, les scrifts et tomes anciens de l'Église. C'était certainement ce que saint Decmanus attendait de lui, et non pas de se lancer à la poursuite d'un mauvais rêve à travers la forêt.

Il regarda le ruisseau un temps, hésitant, mais à la fin il laissa son cœur nouvellement reformé le diriger vers l'est. Il quitta le chemin, et s'engagea dans la forêt.

La faim était en lui une chose vivante, maintenant. Il avait dû perdre la nourriture qu'il avait emportée avec lui au début de son voyage : il ne pensait pas avoir mangé depuis trois ou quatre jours. La forêt ne lui était pas d'un grand secours : rien de comestible ne poussait sous les grands arbres, et il ne savait rien de la chasse ou des pièges. Il réussit à attraper quelques poissons avec un bâton qu'il avait affûté avec son couteau de poche, et il découvrit que les trouées, brûlées par la foudre dans les années précédentes, étaient de véritables oasis ; en ces endroits qui n'étaient pas obscurcis par les branches, il trouva des réserves de pommes dures, de plaquemines, de petites cerises et de raisin. Sa quête lui permit de se sustenter, mais sa faim continuait de croître.

Tout le reste de la journée, il voyagea vers l'est, et bivouaqua en un endroit surélevé où la pierre s'était dressée de terre pour se couvrir de lichen. Il fit un petit feu et écouta la nuit s'affoler.

Car ce qui inquiétait la forêt était proche. Son ouïe était plus fine qu'elle ne l'avait été ; il pouvait entendre un pas laborieux dans les ténèbres, le claquement des branches, et le frottement de quelque chose contre l'écorce. De temps en temps, une toux ronflante se faufilait à travers les colonnes des arbres.

Que fais-je ici ? se demanda-t-il, comme les craquements se faisaient fracas dans la forêt. *Quoi que cela puisse être, que puis-je y faire ?* Il n'était pas Aspar White. Si c'était le greffyn, il était sûrement mort. Si c'était le roi de bruyère…

Le fracas était maintenant très proche. Pris d'une soudaine panique, Stéphane se jugea soudain hideusement exposé, dans la lumière de son feu. Avec sa pique à poissons affûtée, il sortit du cercle de lumière, se demandant tardivement s'il ne devrait pas grimper à un arbre, s'il en trouvait un avec des branches assez basses.

En lieu de cela, il se recroquevilla près d'un grand tronc couché, et s'efforça d'atténuer l'écho de son cœur qui battait dans ses oreilles.

Puis les sons cessèrent. *Tous* les sons avaient cessé. Les engoulevents et tous les oiseaux de nuit, les crapauds et les grillons. La nuit était une boîte vide. Stéphane attendit et pria, et s'efforça d'empêcher sa peur de s'échapper de sa tête pour prendre le contrôle de ses jambes. Il avait vu un chat, une fois, chasser un mulot. Le chat avait joué avec la petite créature, sans jamais le frapper, jusqu'à ce que la peur le fît s'enfuir. Non pas parce que le chat ne pouvait pas voir sa proie, mais parce que le chat, comme tous ceux de son espèce, était cruel. Stéphane avait un peu l'impression d'être la souris, en cet instant, mais il n'en était pas une. Il pouvait raisonner. Il pouvait combattre ses instincts.

Mais peut-être que dans ce cas, après tout, il valait mieux courir…

L'ancien Stéphane n'aurait jamais entendu le bruit à temps pour bouger, le bruissement ténu du cuir contre les feuilles humides. Il se propulsa en avant, loin du bruit, mais quelque chose le frappa derrière les jambes, et il perdit l'équilibre et tomba. Une chose sombre s'accrocha à ses chevilles, mais Stéphane se retourna sur le dos et frappa du pied, puis la repoussa de la paume de ses mains. La créature avança, se redressa, et se révéla dans la lumière. Elle avait la forme d'un homme, et un visage si terrible et si connu en même temps.

— Aspar ! hurla Stéphane, alors même qu'il n'en était pas encore absolument certain.

Mais c'était bien le forestier, le visage noirci et contusionné, le regard dépourvu de toute raison humaine. Il tituba en entendant son nom, bouche bée.

— Aspar, c'est moi, Stéphane Darige !

— Sté…

Le visage du forestier s'adoucit en une sorte de surprise insensée, puis il s'effondra aux pieds de Stéphane. Stéphane ouvrit la bouche et avança d'un pas vers le forestier, puis il s'immobilisa lorsqu'il vit ce qui se trouvait derrière son ancien compagnon, et que son corps lui avait caché lorsqu'il était encore debout.

Derrière le forestier, deux yeux jaunes brillants regardaient Stéphane à travers l'obscurité. Ils se rapprochèrent sans le moindre bruit, et la lueur dansante du feu esquissa quelque chose d'immense, avec un bec comme un oiseau. Cela le renifla, et les yeux cillèrent lentement. Puis la tête se redressa, et émit un son comme celui que produit le boucher en sciant les gros os d'un bœuf.

Il avança encore d'un pas vers Stéphane, puis hocha la tête vers lui d'un air rageur. Les yeux cillèrent une fois encore, puis en un mouvement silencieux il fut parti, fila à travers les arbres, courant plus vite qu'aucune créature ne le pouvait, ne laissant que le silence, et Stéphane, et un Aspar White mort ou inconscient.

CHAPITRE HUIT

UNE ÉDUCATION

Anne sentit brièvement le goût de la bile lui monter à la bouche lorsque les chairs de la poitrine de l'homme s'ouvrirent en deux grands pans, comme les portes d'un buffet. À l'intérieur se trouvait un fatras véreux tel qu'elle n'en aurait jamais pu imaginer trouver à l'intérieur d'un corps humain. Elle supposa s'être toujours figuré l'intérieur d'une personne comme assez semblable à l'extérieur, en plus rouge à cause du sang, mais plutôt lisse. Ce qu'elle voyait maintenant lui paraissait absurde et bizarre.

La fille à sa droite tomba à genoux, eut un haut-le-cœur, et lança un mouvement dans la salle qui ne laissa que deux des huit filles présentes en possession de leur repas du matin. Anne ne céda pas à cet élan, pas plus que Sérevkis, la jeune femme au long cou qui l'avait surnommée « Princesse Mule ». Du coin de l'œil, Anne croisa le regard de Sérevkis, et fut surprise lorsque la jeune fille lui adressa un bref sourire sardonique.

Sœur Casita, qui avait fait les incisions sur le corps, attendit patiemment la fin de la purge involontaire. Anne se déplaça légèrement, comme par réflexe, pour éviter que ses chaussures ne fussent maculées, mais conserva toute son attention sur le cadavre.

— C'est une réaction naturelle, dit Casita lorsque le dernier remugle parut s'être éteint. Soyez assurées que cet homme était un criminel de la pire espèce. Servir l'Église et notre ordre dans la mort est la seule chose vertueuse qu'il aura jamais accomplie, et cela vaudra à sa dépouille une sépulture décente.

— Pourquoi ne saigne-t-il pas ? demanda Anne.

Casita la regarda avec les sourcils froncés.

— Sœur Ivexa pose une question intéressante, dit-elle. Déplacée, mais intéressante. (Elle indiqua une chose gris-bleu de la taille d'un poing au centre et à droite de la poitrine.) Ceci est le cœur. C'est très laid, n'est-ce pas ? En apparence, loin de mériter toutes les louanges que lui portent la poésie et la métaphore. Mais c'est bien en fait un organe d'importance. Dans la vie, il alterne contraction et expansion, ce qui crée le battement que vous sentez dans vos poitrines. Par ce mouvement, il projette le sang dans tout le corps par une série de canaux tubulaires. Vous pouvez en voir quatre ici. (Elle indiqua quatre gros tuyaux reliés au cœur.) Dans la mort, le cœur cesse son activité, et le sang cesse de bouger. Il s'immobilise et se fige, si bien que, comme sœur Ivexa l'a remarqué, même les plus atroces blessures ne versent pas le sang.

— Avec ta permission, ma sœur ? murmura Sérevkis.

— Accordé.

— Si tu ouvrais un homme en vie, nous verrions son cœur battre, et le sang coulerait ?

— Jusqu'à ce qu'il meure, oui.

Anne plaça sa main au-dessus de son sternum et sentit son cœur. Ressemblait-il réellement à cela ?

— Et d'où vient le sang ?

— Ah. Il est produit par une confluence des humeurs du corps. Vous étudierez tout cela le temps venu.

Aujourd'hui, nous allons apprendre les noms de certaines parties, et plus tard, des humeurs qui les contrôlent. Un jour, nous discuterons de la façon dont chaque organe peut être flétri et tué, que ce soit par l'outrage d'une blessure, d'une concoction, ou d'un saint sacaum. Mais pour aujourd'hui, je veux qu'une chose soit claire. (Elle parcourut la salle des yeux.) Sœur Faciféla, sœur Aférum, ai-je votre attention ? trancha-t-elle d'un ton sec.

Faciféla, une fille dégingandée au menton fuyant, répondit docilement :

— C'est difficile de regarder, sœur Casita.

— Au premier abord, dit Casita. Mais vous *allez* regarder. À la fin de la journée, vous devrez me nommer tous ces organes. Mais ceci est la première leçon, et vous écouterez toutes attentivement.

Elle enfonça la main dans la cavité et en écarta des parties, provoquant un son de succion humide.

— Toi, ton père, ta mère. Le plus grand guerrier du royaume, le plus digne fratrex de l'Église, les rois, les vauriens, les meurtriers, les chevaliers – à l'intérieur, nous sommes tous comme cela. C'est vrai, il existe de légères variations de force et de taille et de résistance, mais au final elles n'ont que peu d'importance. Sous l'armure et le vêtement et la peau, il y a toujours cet intérieur mou, humide, et infiniment vulnérable. C'est là que la vie réside dans nos corps, là que la mort se cache, comme un asticot attendant de naître. Les hommes se battent de l'extérieur, avec des épées et des arcs malhabiles, s'efforçant de percer les couches de protection dans lesquelles nous nous cachons. Ils sont de l'extérieur. Nous sommes de l'intérieur. Nous pouvons l'atteindre de mille façons, par le creux de l'œil ou de l'oreille, de la narine ou de la lèvre, par les pores même de la chair. Là est votre frontière, mes sœurs, et votre domaine. C'est par là que du bout du doigt, vous provoquerez le triomphe et la chute des royaumes.

Anne perçut un petit tremblement en elle, et crut un instant sentir de nouveau l'odeur de désagrégation de la crypte qu'elle et Austra avaient découverte il y avait bien longtemps. Ce qu'elle ressentait n'était pas de la peur mais de l'excitation. Tout était soudain comme si elle s'était trouvée sur un petit bateau perdu sur un vaste océan, et que l'on venait de lui expliquer pour la première fois ce qu'était l'eau.

En sortant dans le couloir, elle tomba presque nez à nez avec sœur Sérevkis, et son regard plongea dans ses yeux gris et froids.

— Cela ne t'a pas dégoûtée ? demanda Sérevkis.

— Un peu, reconnut Anne. Mais c'était intéressant. J'ai remarqué que tu n'as pas été malade non plus.

— Non, mais ma mère avait la charge des cadavres du meddix de Formesso. J'ai vu des corps toute ma vie. C'était la première fois, pour toi, n'est-ce pas ?

— Oui.

Sérevkis regarda quelque part derrière Anne.

— Tu as fait des progrès en vitellien, remarqua-t-elle.

— Merci. Je travaille dur pour cela.

— Une bonne idée, répondit Sérevkis. (Elle sourit et son regard croisa de nouveau celui d'Anne.) Je dois aller à ma leçon de chiffre. Je te verrai peut-être au repas du soir, sœur Ivexa.

Les autres cours d'Anne furent moins captivants, et les nombres moins que tout, mais elle fit de son mieux pour rester attentive et faire ses additions. Après les nombres vint l'art vert, qu'elle supposa de prime abord être plus intéressant. Après tout, même Anne savait que les plantes qui poussaient sous les arbres aux pendus et les sombres fleurs pourpres de la bénabelle étaient utilisées comme poisons. Mais elles ne traitèrent point de telles choses, et se concentrèrent sur l'entretien des rosiers, comme si on les entraînait à être des jardinières plutôt que des assassins.

Une fois la leçon achevée, sœur Casita entra et appela trois noms. Celui d'Anne en faisait partie. Elle ne connaissait pas les deux autres filles. Toutes trois se rendirent dans une cour derrière le convent, où les brebis étaient ramenées des champs pour être traites et tondues. Anne toisa ces créatures stupides qui erraient sans but tandis que sœur Casita expliquait quelque chose aux autres filles dans leur langue, qui d'après ce qu'en supposait Anne, devait être du safnien. Son attention revint à son aînée lorsqu'elle se remit à parler Vitellien.

— Toutes mes excuses, dit la sœur. Ces deux-là n'ont pas fait autant de progrès en Vitellien que toi. Je dois dire que tu as beaucoup appris en peu de temps.

— *Brazi, Sor Casita*, dit Anne. J'ai étudié le Vitellien de l'Église chez moi. Je suppose que j'en ai conservé plus que je ne pensais, et une grande partie des mots sont similaires. (Elle fit un signe de tête en direction des animaux.) Pourquoi sommes-nous ici avec les brebis, ma sœur ? demanda-t-elle.

— Ah. Vous allez apprendre à les traire.

— Le lait de brebis est donc utilisé dans les concoctions ?

— Non. À la fin du premier mois, chaque sœur se voit assigner une tâche. La tienne sera de traire et de faire le fromage.

Anne la regarda avec des yeux ronds, puis éclata de rire.

Les larmes piquèrent les yeux d'Anne lorsque la badine inscrivit un trait brillant en travers de ses épaules nues, mais elle ne cria pas. En lieu de cela, elle adressa à sa persécutrice un regard qui eut fait fuir n'importe quel courtisan.

Sœur Sécula n'était pas une courtisane, et elle ne cilla même pas devant l'expression d'Anne. Un autre coup s'abattit, et cette fois un petit bruit rauque s'échappa des lèvres d'Anne.

— Eh bien ! s'exclama sœur Sécula. Il ne faut que trois coups pour que tu n'aies plus de souffle ? Tu n'as pas la bravoure qui correspondrait à ton attitude, petite Ivexa.

— Frappe-moi autant que tu veux, dit Anne. Lorsque mon père saura cela…

— … il ne fera rien. Il t'a envoyée ici, ma chère. Tes parents royaux ont par avance accepté tout remède que j'administre, et c'est la dernière fois que j'aurai à te le rappeler. Mais je ne te frapperai plus – pour l'instant. J'ai déjà appris ce que je voulais. La prochaine fois, tu pourras t'attendre à plus de trois coups de badine. Maintenant, retourne à la tâche qui t'a été affectée.

— Non, je n'irai pas, lui dit Anne.

— Quoi ? Qu'as-tu dit ?

Anne se redressa.

— Je ne trairai pas les brebis, sœur Sécula. Je suis née princesse de la maison Dare et duchesse de la maison de Liery. Je mourrai comme telle, et jusqu'à ce que ce jour vienne, je vivrai ainsi. Quel que soit le temps que vous me garderez ici et quelle que soit la façon dont vous me traiterez, je reste qui je suis, et je ne m'abaisserai pas à des tâches subalternes.

Sœur Sécula hocha la tête d'un air songeur.

— Je vois. Tu protèges la dignité de tes titres.

— Oui.

— Comme tu les protégeais lorsque tu ignorais les souhaits de ta mère et que tu chevauchais comme une chèvre sauvage dans tout Eslen ? Comme lorsque tu t'es empressée d'ouvrir les cuisses pour le premier mâle venu capable de dire un peu de poésie ? Il me semble que tu as découvert la dignité qui sied à ton rang de façon fort rapide et fort commode au moment où tu as été confrontée à une tâche qui n'était pas de ton goût.

Anne reposa la tête sur la table à châtiment.

— Frappe-moi encore si tu le veux. Ce n'est pas mon affaire.

Sœur Sécula s'esclaffa.

— Voici une autre chose que tu vas apprendre, petite Ivexa. Tu vas apprendre à te soucier de tout ce qui t'entoure. Mais peut-être que ce n'est pas la badine qui te l'enseignera. Que crois-tu que sont les dames de ce couvent, des paysannes de basse extraction ? Elles viennent des meilleures familles de toutes les terres connues. Si elles choisissent de retourner au monde, elles y retrouveront leurs titres. Ici, elles sont les membres de cet ordre, ni plus, ni moins. Et tu es, ma chère, la dernière de toutes.

— Je ne suis pas la dernière, répondit Anne. Je ne serai jamais la dernière en rien.

— C'est absurde. Tu es celle qui en sait le moins sur tous les sujets. Tu es la moins disciplinée. Tu es celle qui mérite le moins même cette robe de novice que tu portes. Écoute-toi ! Qu'as-tu jamais fait ? Tu n'as rien qui ne t'ait été donné par ta naissance.

— C'est suffisant.

— Uniquement si ta seule ambition est de devenir la jument reproductrice d'un crétin de bonne naissance, parce que les juments reproductrices n'ont ni le besoin ni assez d'esprit pour désirer plus que ce qu'elles ont reçu à la naissance. Et encore ai-je compris que c'est précisément parce que même cette plus médiocre des ambitions t'échappait que tu as été envoyée ici.

— J'ai des talents. J'ai une destinée.

— Tu as des penchants. Tu as des désirs. Une ânesse de labours aussi.

— Non, j'ai plus que cela.

Mes rêves. Mes visions. Mais elle ne le dit pas à haute voix.

— Eh bien nous verrons cela, n'est-ce pas ?

— Que veux-tu dire ?

— Tu crois être une créature à part, meilleure que toutes les autres filles ici. Très bien – nous allons te donner une chance de le prouver. Oui, c'est ce que nous allons faire. Suis-moi.

Anne baissa les yeux vers l'obscurité totale et essaya de ne pas trembler. Derrière elle, trois sœurs serraient la série de cordes qui soutenait le harnais qu'elles avaient noué autour d'elle.

— Ne faites pas cela, dit Anne en s'efforçant de ne pas crier.

Aucune des sœurs ne répondit, et sœur Sécula était déjà partie.

L'air qui s'élevait du trou était froid et métallique.

— Qu'est-ce que cela ? demanda Anne. Où allez-vous me mettre ?

— Cela s'appelle le Sein de dame Méfitis, répondit l'une des initiées. Méfita est, comme tu le sais, un aspect de Cer.

— L'aspect qui torture les âmes damnées.

— Pas du tout. C'est une idée fausse très répandue. Elle est l'aspect du mouvement au repos, de la grossesse sans naissance, du temps sans jour ni nuit.

— Combien de temps vais-je rester en bas ?

— Une neuvaine. C'est la pénitence généralement associée à l'humilité. Mais je te conseille vivement de consacrer ce temps à la méditation et à la compréhension de la gloire de notre seigneuresse. Après tout, son sanctuaire se trouve ici.

— Une neuvaine ? Je vais mourir de faim !

— Nous ferons descendre suffisamment de nourriture et d'eau pour cette période.

— Et une lampe ?

— La lumière n'est pas autorisée dans le Sein.

— Je vais devenir folle !

— Non. Mais tu vas apprendre l'humilité. (Son sourire dissimulait une émotion difficile à discerner. Le triomphe ? La tristesse ? Anne pensa que c'eut pu être n'importe laquelle des deux.) Il faut l'apprendre un jour, tu sais. Maintenant, il est temps d'y aller.

— Non !

Anne tapa du pied et hurla, mais pour rien. Elles l'avaient bien sanglée, et en un rien de temps, les initiées l'eurent amenée au-dessus du puits noir et commencèrent à la faire descendre.

L'ouverture était aussi large qu'Anne était grande. Lorsque sa descente fut achevée et que ses pieds touchèrent la pierre, elle ne paraissait pas plus épaisse qu'une étoile brillante.

D'en haut, une voix flotta jusqu'à elle :

— Ne t'éloigne pas, reste là où la pierre est plate et droite. Ne va pas plus loin que les murs que nous avons construits, ou tu trouveras le danger. Il n'y a pas de bêtes dans la caverne, mais quantité de crevasses et de gouffres. Reste sous le puits, et tu seras en sécurité.

Puis le cercle disparut, et la seule lumière qui resta fut l'illusion peinte sur ses paupières, un unique point qui évoluait rapidement vers le vert, puis le rose, puis le rouge, puis rien.

Et Anne hurla jusqu'à s'en arracher la gorge.

CHAPITRE NEUF
LE DÉTENU

Le prince Cheiso de Safnie se contracta et cracha des mouchetures de sang sur le sol de pierre comme son bourreau lui entaillait le dos au fer rouge, mais il ne cria pas. Guillaume put néanmoins voir le cri, enfoui dans le visage du Safnien, cherchant à s'en échapper comme les larves d'une guêpe se débattent pour émerger d'une araignée paralysée. Mais il resta prisonnier de ce visage sombre et fier.

Guillaume ne put s'empêcher d'admirer le courage de Cheiso. L'homme avait été fouetté et brûlé, la chair de son dos mise à vif et frottée de sel. Quatre de ses doigts étaient brisés, et il avait été plongé à maintes reprises dans une cuve d'urine et de déjections. Pourtant il ne suppliait pas, ne criait pas et n'avouait pas. Ces Safniens étaient d'une autre trempe qu'il ne l'avait cru. Il doutait d'être capable de faire aussi bien.

— Vas-tu parler, maintenant ? demanda gentiment Robert. (Il se tenait à côté du prince et tapotait son front avec un chiffon humide.) Tu as toi-même des sœurs, prince Cheiso. Essaie d'imaginer ce que nous ressentons. Nous nous dégradons nous-mêmes en te traitant ainsi, mais nous saurons pourquoi tu l'as trahie.

Étendu sur une table redressée, Cheiso ouvrit alors les yeux, mais il ne regarda pas Robert. En lieu de cela, ses yeux noirs se plantèrent fixement sur Guillaume. Il s'humidifia les lèvres et parla.

— Majesté, dit-il avec l'accent lointain des siens. Je suis le prince Cheiso de Safnie, fils d'Amfile, petit-fils de Verfunio, qui a repoussé la flotte Harshem à Bidhala avec deux navires et un mot. Je ne mens pas. Je ne faillis pas à mon honneur. Lesbeth, ta sœur, est celle que j'aime de tout mon cœur, et si on lui a fait du mal, je vivrai pour trouver qui l'a fait et le faire payer. Mais toi, empereur de Crotheny, tu es un sot. Tu t'es nourri de mensonges, et ils ont épaissi ta pensée. Tu peux fouiller avec ta barre de fer jusqu'au fond de mes os et couvrir ton sol de mon sang, mais il n'y a rien que je puisse te dire, sinon que je suis innocent.

Robert fit un geste de la main, et le bourreau saisit l'oreille du Safnien dans des pinces chauffées au rouge. Le corps mince du prince se tendit comme s'il essayait de briser son propre dos et de se plier en deux en arrière, et cette fois un soupir rauque lui échappa, mais rien de plus.

— Il n'y en a plus pour très longtemps, dit le bourreau à Robert. Il va se confesser.

Guillaume serra ses mains derrière son dos, en essayant de ne pas s'agiter.

— Robert, grommela-t-il. Un mot.

— Bien sûr, mon cher frère. (Il fit un signe de tête au bourreau.) Continue, ajouta-t-il.

— Non, dit Guillaume. Attends que nous ayons parlé.

— Mais mon cher frère…

— Attends, dit Guillaume d'une voix ferme.

Robert leva les mains.

— Très bien. Mais c'est un art, Guy. Si tu demandes à un peintre de lever son pinceau à mi-course…

Mais il vit la détermination de Guillaume, et s'interrompit. Ils s'éloignèrent, vers les salles humides et voûtées des donjons sous Eslen, où ils pouvaient parler sans être entendus.

— Qu'est-ce qui te trouble, mon frère ?

— Je suis très loin d'être convaincu de la malhonnêteté de cet homme.

Robert croisa les bras.

— Les oiseaux qui roucoulent dans mes oreilles racontent une bien autre histoire, dit-il.

— Ce ne serait pas la première fois que tes oiseaux se trompent, dit Guillaume. Ils nous ont déjà induits en erreur. Et c'est le cas maintenant.

— Tu ne peux en être certain. Continuons jusqu'à ce qu'il n'y ait plus aucun doute.

— Et si nous nous apercevons qu'il est innocent, en fin de compte ? Ils ont des navires, en Safnie, tu sais. Ils pourraient prêter ces navires à nos ennemis, et en un temps où la guerre approche, ce n'est pas rien.

Les sourcils de Robert se froncèrent.

— Est-ce que tu plaisantes, Guy ?

— Quel genre de plaisanterie peux-tu bien entendre en cela ?

— J'ai déjà fait annoncer que le prince et toute sa suite ont été massacrés par des pirates roviens dans la mer d'Alé. Personne n'entendra parler de ce que nous faisons ici.

— Tu ne supposes pas que je vais faire assassiner cet homme ? demanda Guillaume d'un ton incrédule.

— Quel genre de roi es-tu ? Quel genre de frère ?

— S'il est innocent…

— Il ne l'est pas ! explosa Robert. C'est un safnien, né de mille ans de mensonges mielleux. Évidemment qu'il paraît convaincant. Mais il se confessera, et il mourra, et sa trahison de Lesbeth sera vengée. Mes sources ne se trompent pas, Guy.

— Et comment est-ce que cela nous ramène notre sœur, Robert ? La vengeance est une fête bien triste comparée au retour de l'être cher.

— Nous aurons les deux, je te le promets, Guy. Tu as respecté les conditions d'Austrobaurg ; vingt navires ont été envoyés dans le bassin de la mer des Saurgas.

— Et tu fais confiance à Austrobaurg pour tenir sa parole ?

— C'est un pleutre ambitieux ; personne n'est plus digne de confiance que ce genre d'homme, à partir du moment où on les comprend. Il fera ce qu'il a dit.

— Austrobaurg a violenté Lesbeth, Robert. Comment peut-il espérer échapper à notre vengeance s'il nous la rend ?

— Parce que si nous essayons de nous venger, il fera dire aux seigneurs de Liery que nous avons servi sa cause contre leurs alliés. Il en aura facilement la preuve.

— Et tu n'avais pas prévu cela ?

— Bien sûr que si, dit Robert. Et je le vois comme la seule garantie de revoir Lesbeth saine et sauve.

— Alors tu aurais dû être plus clair à ce sujet.

Robert releva légèrement le nez.

— Tu es l'empereur. Si tu ne peux pas estimer les conséquences… Je ne suis pas ton seul conseiller, mon frère.

— Liery ne doit jamais savoir ce que nous avons fait.

— Tout à fait d'accord. D'ailleurs, personne à l'étranger ne doit apprendre que Lesbeth a jamais été enlevée. Cela nous ferait paraître faibles, une chose que l'on ne peut se permettre même dans les périodes les plus fastes. Non, toute cette affaire doit être effacée. Austrobaurg ne parlera pas. Lesbeth est notre sœur.

— Et cela nous laisse Cheiso, maugréa Guillaume. Très bien.

Robert baissa la tête, puis releva les yeux.

— Tu n'as pas besoin d'assister au reste. Cela pourrait prendre du temps.

Guillaume fronça les sourcils, puis acquiesça.

— S'il se confesse, il faudra que je l'entende. Ne le tue pas trop vite.

Robert sourit durement.

— L'homme qui a trahi Lesbeth ne mourra pas aisément.

Les pas de Guillaume à travers le donjon étaient lents. La vague crainte qui vivait en lui depuis des mois épaississait, mais au moins elle commençait à prendre forme.

Son règne avait connu des litiges frontaliers et des soulèvements régionaux, mais il avait échappé à la vraie guerre. En apparence, cette histoire avec Saltmark ressemblait à une autre de ces petites disputes, et pourtant Guillaume avait l'impression que lui et l'empire étaient en équilibre sur la pointe d'une aiguille. Ses ennemis frappaient dans sa maison même : d'abord Murielle, puis Lesbeth. Ils se gaussaient de lui, le roi incompétent de l'empire le plus puissant du monde.

Et pendant que Robert tissait ses sombres toiles pour éliminer leurs problèmes, Guillaume ne faisait rien. Peut-être que Robert méritait d'être roi.

Guillaume s'immobilisa, réalisant soudain que ses pas ne l'avaient pas rapproché de l'escalier qui menait au palais, mais l'avaient au contraire entraîné plus profondément dans le donjon. Des torches flambaient encore ici et là et enfumaient l'air humide de volutes d'huile brûlée, mais le couloir s'enfonçait ensuite dans l'obscurité. Il resta là un moment, à regarder. Combien d'années depuis qu'il était venu ici ? Vingt ?

Oui, depuis le jour où son père lui avait montré pour la première fois ce qui se terrait dans le plus profond donjon du château d'Eslen. Il n'y était jamais retourné.

Il connut un instant de panique, et dut se maîtriser pour ne pas s'enfuir vers la lumière. Puis, avec quelque chose qui au moins ressemblait à de la détermination, il continua un peu, et entra dans une petite salle qui n'était pas une cellule, mais avait une petite porte de bois. À travers celle-ci, Guillaume entendit une douce musique ténue, un air pas tout à fait familier joué sur les cordes d'un téorbe. La clef était mineure et triste, avec de petites trilles comme des chants d'oiseau et des accords parfaits qui lui rappelaient la mer.

Hésitant, il attendit que se marquât une pause dans la musique, mais celle-ci semblait ne pas avoir de fin, jouant avec l'oreille en promettant une clôture rapide puis s'en détournant comme un zéphyr capricieux.

Finalement, se souvenant qui était le roi, il frappa sur la surface de bois.

Durant de longs instants, rien ne se passa, puis la musique s'arrêta au milieu d'une phrase, et la porte s'ouvrit vers l'intérieur, silencieusement, sur des gonds bien huilés. Dans la lueur orange, une mince bande d'un visage aussi pâle qu'un fantôme apparut. Des yeux d'un blanc de lait regardaient des mondes autres que ceux que Guillaume connaissaient, mais le vénérable sefry sourit comme à une plaisanterie muette.

— Majesté, murmura-t-il d'une voix fluette. Cela fait bien des années.

— Comment… balbutia Guillaume.

Comment ces yeux aveugles avaient-ils pu le reconnaître ?

— Je sais que c'est toi, dit le sefry, parce que le Détenu chuchotait à ton sujet. Tu ne pouvais que venir.

Des doigts cadavériques chatouillèrent l'épine dorsale de Guillaume. *Les morts prononcent mon nom.*

Il se souvint de ce jour dans ses appartements, le jour où Lesbeth était revenue. Le jour où Robert lui avait appris, pour Saltmark.

— Tu vas vouloir lui parler, dit l'ancien.

— Je ne me souviens pas de ton nom, messire, dit Guillaume.

Le sefry sourit, pour révéler des dents toujours blanches, quoique usées presque jusqu'aux gencives.

— Je n'en ai jamais eu, seigneur. Ceux qui sont choisis pour garder la clé ne sont jamais nommés. Tu peux m'appeler le Gardien. (Il se retourna, et sa robe de soie glissa et suivit ce qui aurait tout aussi bien pu être un squelette.) Je vais chercher ma clé.

Il s'évanouit dans l'obscurité de sa demeure, et réapparut un moment plus tard en serrant une clé de fer dans ses doigts blancs. Dans l'autre main, il portait une lanterne.

— Si tu veux bien l'allumer, Majesté, dit-il. Le feu et moi ne sommes pas bons amis.

Guillaume prit une torche sur le mur et alluma la mèche.

— Depuis combien de temps es-tu ici ? demanda Guillaume. Mon père disait que tu étais déjà le Gardien à l'époque de son père.

Combien de temps vivent les sefrys ?

— Je suis arrivé avec le premier des Dare, dit la créature ridée en regardant plus loin dans le couloir. Tes ancêtres ne faisaient pas confiance à mon prédécesseur, parce qu'il avait été un serviteur des Reiksbaurg. (Il eut un petit rire sifflant.) Une crainte bien inutile.

— Que veux-tu dire ?

— Que ce Gardien ne servait pas plus les Reiksbaurg que je ne te sers toi, seigneur. Ma tâche ici est bien plus ancienne que toutes les lignées qui se sont jamais assises sur ce trône.

— Tu sers le trône lui-même, alors, sans t'inquiéter de qui y est assis ?

Les pas légers du sefry frottèrent dix fois la pierre avant qu'il ne répondît doucement.

— Je sers cet endroit et cette terre, sans m'inquiéter de quelque trône que ce soit.

Ils continuèrent en silence, et descendirent un escalier étroit creusé à même la roche et qui laissait apparaître ici et là les os noirs de bêtes inconnues – ici une cage thoracique, là les orbites vides d'un mystérieux crâne plat. Comme si la pierre avait fondu et coulé autour d'eux.

— Ces os dans la roche, demanda Guillaume. Sont-ce ceux des monstres emprisonnés par la première Dare, ou une sorcellerie skasloï plus ancienne ?

— Il est des sorcelleries plus anciennes que les Skasloï, murmura le Gardien. Le monde est très vieux.

Guillaume imagina son propre crâne vide, observant aveuglément depuis la pierre durant des abîmes de temps incommensurables. Il en fut pris de vertige, comme s'il était suspendu au-dessus d'un gouffre.

— Nous nous trouvons sous Eslen, maintenant, l'informa le sefry. Nous sommes dans tout ce qui reste d'Ulheqelesh.

— Ne prononce pas ce nom, dit Guillaume en s'efforçant de contrôler sa respiration : malgré l'étroitesse de l'escalier, son étrange vertige persistait.

Le sefry agita la tête.

— De tous les noms qui peuvent être prononcés ici, c'est le moins puissant. Ton ancêtre a détruit non seulement le corps de la citadelle, mais son âme même. Ce nom n'est plus qu'un son.

— Un son terrible.

— Je ne le prononcerai plus, si cela t'ennuie, dit le sefry d'un ton hésitant.

Ils continuèrent sans parler, mais leur progression n'était plus silencieuse. En plus du frottement de leurs chaussures sur la pierre, se faisait entendre un sifflement, un murmure. Guillaume ne pouvait y distinguer de mots, si tant est qu'il y en eût eu, si ce n'était pas un simple mouvement d'air ou d'eau dans les profondeurs de l'endroit. Et à mesure qu'ils approchèrent de leur destination, cela commença à se faire familier.

Le vieil homme avait-il raison ? Le Détenu prononçait-il son nom ? Les mots chuintaient, comme s'ils provenaient d'une créature sans lèvres. *Hriiyoh. Hriiyoh Darrr…*

— Pourquoi les gardiens ne sont-ils jamais nommés ? demanda Guillaume pour chasser la voix de sa tête.

— Tu en ressens la raison, je crois. Les noms lui donnent un peu de pouvoir. Mais n'aies crainte, il est faible. Et je contrôlerai le peu de force qu'il lui reste.

— Tu en es certain ?

— C'est mon unique devoir, Sire. Ton grand-père venait ici souvent, tout comme ton père, et ils me faisaient confiance.

— Très bien.

Il s'arrêta, observant la porte qui avait apparu devant eux. Elle était de fer, mais malgré l'humidité, aucune rouille n'en maculait la surface. Dans la lueur de la lanterne elle était noire, et les caractères cursifs gravés sur sa surface étaient plus noirs encore. Une légère odeur était suspendue dans l'air, et faisait penser à de la résine qui brûle.

Le Gardien s'approcha de la porte et plaça sa clé dans l'une des deux serrures. Mais il marqua une pause.

— Vous n'êtes pas obligé de le faire, Sire, dit le sefry. Vous pouvez encore faire demi-tour.

Il pense que je suis plus faible que mon père et mon

grand-père, pensa Guillaume, honteux. *Il perçoit un manque de volonté.*

— Je pense devoir poursuivre.

— Alors il faut l'autre clé.

Guillaume acquiesça et glissa la main sous son pourpoint jusqu'à la chaînette qui y pendait, et il en tira la clé qu'il avait portée depuis son accession au trône, la clé que chaque roi de Crotheny avait portée depuis l'époque de l'ancien Cavarum. Guillaume ne la portait habituellement pas ; elle était froide et lourde contre sa poitrine, et il la conservait généralement dans un coffret près de son lit. Il l'avait prise ce matin avant de descendre dans les donjons.

Comme la porte qu'elle ouvrait, la clé était faite d'un métal noir, et comme la porte, elle semblait insensible à la rouille et à toutes les autres marques de la faux du temps.

Il enfonça la clé dans la serrure et la tourna. Il y eut à peine un bruit, juste le plus ténu des souffles quelque part à l'intérieur du grand portail.

Je suis le roi, pensa Guillaume. *Ceci est ma prérogative. Je n'ai pas peur.*

Il saisit la poignée de la porte et tira, et perçut son incroyable masse. Néanmoins, malgré son inertie, elle se mut, presque comme si cela avait été le contact de sa main et non la force de son bras qui l'avait mise en mouvement.

La voix prit de l'ampleur et se changea en un étrange son bas qui était peut-être un rire.

— Maintenant, Sire, tu dois éteindre la lanterne, dit le Gardien, avant que nous n'ouvrions la dernière porte. La lumière n'a pas sa place ici.

— Je me souviens. Peux-tu me guider ?

— C'est ma tâche, Sire. Je ne suis pas encore trop infirme pour l'accomplir.

Guillaume souffla la lanterne, et l'obscurité envahit

le cœur noir du monde. Il ressentit la pression des os anciens qui l'entouraient, comme si dans l'obscurité la roche flottait, se rapprochait pour l'enfermer.

Un instant plus tard, il entendit le métal glisser, et l'odeur se fit plus forte et plus âcre. Il avait senti quelque chose qui y ressemblait dans sa propre sueur, une fois, juste après une piqûre d'abeille inopinée.

— *Qexqaneh*, dit le sefry de la voix la plus puissante qu'il ne l'avait jamais entendu utiliser. *Qesqanehilhidhitholuh, uleqedhinikhu.*

— Bien sûr, ronfla une voix si proche et familière qu'elle fit bondir Guillaume. Bien sûr. Te voici, empereur de Crotheny. Te voici, mon doux seigneur.

Le ton n'était pas moqueur, ni ne l'étaient vraiment les mots. Néanmoins, Guillaume se sentit raillé.

— Je suis empereur, dit-il avec une détermination forcée. Adresse-toi à moi comme tel.

— Un empereur éphémère, qui vivra à peine plus que deux de mes battements de cœur, répliqua le Détenu.

— Pas si je décide qu'il doit cesser de battre, dit Guillaume.

Un mouvement, un bruit comme celui d'écailles sur la pierre, puis un autre éclat de rire désinvolte.

— Le peux-tu, le pourrais-tu ? Je pleurerais de noires larmes en grenat pour toi, Prince de l'insignifiance. Je saignerais de l'or blanc et te chierais des diamants. (Une toux rauque s'ensuivit.) Non, petit roi, poursuivit le Détenu. Non, non. Ce ne sont pas les règles de notre jeu. Ta salope d'ancêtre s'en est assurée. Retourne à tes salles éclairées et pelotonne-toi autour de tes craintes. Oublie-moi et laisse ta vie filer comme un rêve.

— Qexqaneh, dit le Gardien d'un ton ferme. Tu reçois un ordre.

Le Détenu renâcla, et une rage étouffante envahit sa voix.

— Mon nom. Plus vieux que ta race, mon nom, et tu

l'utilises comme un chiffon pour torcher la chiasse de tes entrailles.

Guillaume serra les lèvres.

— Qexqaneh, dit-il. Par ton nom, réponds-moi.

La fureur du Détenu disparut aussi vite qu'elle était venue, et il se mit à chuchoter.

— Oh, petit roi, avec joie. La réponse me fera tellement plaisir, dit-il.

— Et réponds sans mentir.

— Je le dois, depuis que la salope aux tresses rousses qui a commencé ta lignée m'a enchaîné. Tu le sais sûrement.

— Il en est ainsi, reconnut le Gardien. Mais ses réponses peuvent être élusives. Tu dois méditer ses réponses.

Guillaume acquiesça.

— Qexqaneh, peux-tu voir l'avenir ?

— Si j'avais pu voir l'avenir, je ne serais pas enchaîné ici, stupide petit homme. Mais je peux voir l'inévitable, qui est quelque chose de totalement différent.

— Mon royaume se dirige-t-il vers la guerre ?

— Hein ? Une vague de sang approche. Un millier de saisons de malheur. Les épées boiront à satiété et plus encore.

L'horreur envahit Guillaume, mais pas la surprise.

— Puis-je l'empêcher ? demanda-t-il sans réel espoir. Peut-on l'éviter ?

— Tu peux posséder la mort, ou elle peut te posséder, dit le Détenu. Il n'y a pas d'autre choix.

— Veux-tu dire par là que je devrais prendre l'initiative de la guerre ? Attaquer Saltmark, ou Hansa même ?

— Cela n'a que peu d'importance. Voudrais-tu posséder la mort, petit roi ? Voudrais-tu la garder près de ton cœur et être son ami ? Lui donnerais-tu ta famille, ta nation, ta misérable âme humaine ? Je peux te dire comment faire. Tu peux être immortel, Roi. Tu peux être comme moi, le dernier de ton espèce. Éternel. Mais contrairement à moi, il n'y aurait personne pour t'enchaîner.

— Le dernier de mon espèce ? (Ses paroles étaient déroutantes.) Le dernier Dare ?

— Oh oui. Et le dernier Reiksbaurg, et le dernier de Liery – le dernier de ta pitoyable race, petit humain. Ta première reine vous a tous tués. Cela a été une mort lente, une mort endormie, mais elle est éveillée, maintenant. Tu ne peux l'arrêter. Mais tu peux *l'être*.

— Je ne comprends pas. Aucune guerre ne peut tuer tout le monde. C'est ce que tu es en train de dire, n'est-ce pas, Qexqaneh ? Qu'un seul homme survivra au massacre ? Quelle est cette absurdité ? (Il se tourna vers le Gardien.) Tu es certain qu'il ne peut pas mentir ?

— Il ne peut pas mentir sciemment, non. Mais il peut exprimer la vérité de façon spécieuse, répondit le Gardien.

— Je te le dis, murmura Qexqaneh d'un ton doucereux. Tu peux être celui-là. Tu peux éteindre les lumières de ce monde et en commencer un autre.

— Tu es fou.

— Quelqu'un le fera, petit roi. L'Homme-Ortie se lève déjà, tu sais. La pourriture s'est étendue en profondeur, et les asticots grouillent. Même d'ici, je peux sentir la putréfaction. Tu peux être celui-là. Tu peux te vêtir de nuit et agiter le sceptre de la corruption.

— Sois clair. Sous-entends-tu que la fin du monde est proche ?

— Bien sûr que non. Mais la fin de ta maison, de ton royaume, de ton infâme petite race et de toute sa progéniture – est effectivement à l'horizon le plus proche du temps.

— Et un homme en sera la cause ?

— Non, non. Que sont ces choses sur les côtés de ta

tête ? Est-ce que rien de ce que tu entends n'atteint ton cerveau ? Un homme en *profitera*.

— À quel prix ? demanda Guillaume d'un ton sceptique. En plus de devoir te ressembler ?

— Au prix de bien peu de choses. Ton épouse. Tes filles.

— Quoi ?

— Elles mourront de toute façon. Tu pourrais tout aussi bien profiter de leur massacre.

— Assez ! rugit Guillaume.

Il tourna les talons pour quitter la pièce, mais s'immobilisa soudain et se retourna de nouveau.

— Quelqu'un a essayé d'assassiner mon épouse. Était-ce pour cette raison ? Cette prophétie corrompue d'un avenir que même toi reconnais ne pouvoir prédire ?

— Ai-je reconnu cela ?

— Tu l'as fait. Réponds-moi, Qexqaneh. Ta prophétie. Est-ce que d'autres la connaissent ?

Le Détenu haleta un instant, et l'air parut se réchauffer.

— Lorsque vous, misérables bêtes serviles, vous êtes dressés sur les os des miens, dit-il enfin d'une voix rauque, lorsque vous avez brûlé tout ce qui était beau et que vous avez cru que vous, pitoyables vermisseaux, possédiez enfin le monde, je vous ai dit ce qui allait se passer. Mes paroles ont engendré une nouvelle ère, cette ère que vous nommez Éveron. Mes mots sont restés dans bien des mémoires.

— Et l'attentat contre mon épouse ?

— Je ne sais pas. Les coïncidences sont possibles, et ton espèce a le goût du meurtre. C'était ce qui faisait de vous des esclaves si distrayants. Mais elle va mourir, et tes filles aussi.

— Tu ne le sais pas, dit Guillaume. Tu ne peux pas le savoir. Tu ne parles que pour me tromper.

— Comme tu le désires il en est fait, dit Qexqaneh.

— Assez de tout cela. J'ai fait une erreur en venant ici.

— Oui, renchérit Qexqaneh. Effectivement. Tu n'as pas en toi le fer dont étaient faits tes ancêtres. Ils n'auraient pas hésité. Au revoir, éphémère.

Guillaume partit alors, retourna dans les salles de la surface, mais le rire le suivit comme un ver à mille pattes. Il ne dormit pas, cette nuit-là, mais rendit visite à Alis Berrye.

Sa chambre était éclairée de chandelles, et elle joua du luth et chanta des chansons gaies jusqu'au lever du soleil.

CHAPITRE DIX

PERDU

Aspar White ouvrit les yeux pour découvrir un plafond de pierre voûté et une litanie distante et mélodieuse. La fièvre rampait comme des mille-pattes sous sa peau, et lorsqu'il essaya de bouger, ses membres lui firent l'impression d'être des feuilles de fougère pourrissantes.

Il resta étendu, à écouter le chant étrange et son souffle rauque de vieil homme, à essayer de comprendre ce qu'il voyait, à interroger sa mémoire muette.

Il se sentait mieux que précédemment ; de cela, il se souvenait. Il avait été enfiévré, le cerveau débordé par la douleur.

Que s'était-il passé ? Où se trouvait-il maintenant ?

Au prix d'un grand effort, il tourna la tête d'un côté et de l'autre. Il était étendu sur un dur lit de bois et entouré de murs de pierre de trois côtés, un petit plafond incurvé au-dessus. C'était presque comme une tombe, sauf que la fente d'une fenêtre dans le mur au-dessus de sa tête laissait entrer l'air de l'extérieur. Il avait une odeur de fin du printemps. En regardant vers ses pieds, il vit la niche ouverte vers un espace beaucoup plus grand, la salle d'un château, ou si l'on en jugeait par l'étrange langage des chants, d'une église.

Pouce par pouce, il essaya de s'asseoir. Ses jambes étaient à l'agonie, mais une inspection lui indiqua qu'elles étaient toujours là, à son grand soulagement. Mais lorsqu'il eut levé la tête à mi-chemin d'une position assise, elle lui tourna tant qu'il se laissa doucement retomber sur le dos. Il combattit des nausées, et son front se couvrit d'une épaisse sueur.

Il se passa un temps avant qu'il ne pût reprendre son inspection. Lorsqu'il le fit, il s'aperçut que sous les draps, il était nu à l'exception de ses bandages. Ses armes, son armure et ses vêtements n'étaient nulle part en vue. Les bandages suggéraient que quelqu'un était bien disposé à son égard, mais c'était loin d'être certain.

Où était-il ? Il remonta ses souvenirs comme un chien une piste ancienne, en s'arrêtant aux principaux jalons. Il était descendu des montagnes, cela il le savait, agrippé au dos d'Ogre. Il se souvenait vaguement avoir dévalé un talus et avoir roulé dans un fossé. À un moment, il était tombé de son cheval et n'avait pas pu le retrouver. Il lui restait des images de jours passés accroché à un tronc d'arbre qui flottait le long d'une rivière, puis une interminable course titubante à travers un pays vallonné qui se faisait de plus en plus plat. Et il se souvenait de quelque chose qui le suivait, toujours juste derrière lui, faisant de cette chasse un jeu.

Après cela, sa mémoire lui faisait complètement défaut.

Il remonta la piste à l'envers dans son esprit, jusqu'aux montagnes, à l'escalade d'un entrelacs de branches noires, à une chanson qui se répétait sans cesse dans sa tête.

Tournons tous en chœur
Très loin d'ici…

Le roi de bruyère. Il se souvint avec une soudaineté abjecte de la chose dans le tumulus vivant. *Il s'éveille. Tout est vrai*.

— Winna ! clama-t-il d'une voix rauque.

Que le roi de bruyère crève. Que le monde crève. Fend avait Winna. D'abord Qerla, et maintenant Winna.

Il fit glisser ses jambes sur le côté du lit, sans se soucier des vagues d'agonie qui le parcouraient. Quelque chose dans sa tête tourbillonna comme la toupie d'un enfant, mais il réussit néanmoins à se lever. Deux pas le conduisirent au mur qui s'incurvait vers le haut, et il s'en servit de soutien pour sortir de la niche.

Un éclair noir passa derrière ses yeux, puis il se trouva dans un espace plus grand, une énorme caverne, comme un rewn sefry, mais régulier, s'incurvant très, très loin au-dessus.

Non, pas une caverne. C'était stupide. Il était à l'intérieur d'un bâtiment…

Ses jambes n'étaient plus sous lui. Le sol de pierre vint abruptement lui expliquer combien il avait été stupide d'essayer de marcher. En jurant, il se décida à ramper.

Une cloche sonna quelque part, et les chants s'arrêtèrent. Quelques instants plus tard, il entendit un cri étouffé.

— Par tous les bons saints ! s'exclama une voix d'homme. Messire, tu devrais toujours être couché.

Aspar leva ses yeux plissés pour voir un homme dans un habit d'église noir.

— Winna, expliqua Aspar à travers ses dents serrées.

Puis il s'évanouit.

Lorsqu'il revint à lui la fois d'après, ce fut pour découvrir un visage familier.

— Han, gronda Aspar.

— J'ai consacré beaucoup de temps et d'efforts

à te porter jusqu'ici, dit Stéphane Darige. (Le jeune homme était assis sur un tabouret à quelques pas de lui.) J'apprécierais énormément si tu voulais bien ne pas gâcher tous ces efforts en te tuant maintenant.

— Où suis-je ? demanda Aspar.

— Au monastère d'Ef, bien sûr.

— D'Ef ? grommela Aspar. À plus de soixante lieues ?

— Soixante lieues d'où cela ? Que t'est-il arrivé, forestier White ?

— Et tu m'as trouvé ? maugréa Aspar d'un ton sceptique.

— Oui.

Il essaya une nouvelle fois de s'asseoir.

— Darige, dit-il, il faut que j'y aille.

— Tu ne peux pas, dit Stéphane en plaçant sa main sur le bras du forestier. Tu es mieux que quand je t'ai trouvé, mais tu restes gravement blessé. Tu mourrais avant de parcourir une demi-lieue, et ce que tu as si urgemment besoin de faire ne serait pas plus fait que si tu restes te reposer ici un temps.

— Estronc que tout cela. Je suis blessé, mais pas à ce point.

— Forestier, si je ne t'avais pas trouvé, tu serais mort, maintenant. Si je ne t'avais pas trouvé près du monastère, où les sacaum de soin sont connus, tu serais également mort, ou tout du moins tu aurais perdu tes jambes. Il reste encore trois sortes de poisons dans ton corps qui essaient de te tuer, et la seule chose qui les retient est le traitement que tu reçois ici.

Aspar regarda le jeune homme dans les yeux, en réfléchissant.

— Combien de temps, alors, grimaça-t-il, avant que je puisses partir ?

— Quinze, vingt jours.

— C'est trop long.

Le visage de Stéphane se fit grave et il se pencha en avant.

— Qu'as-tu trouvé là-bas ? demanda-t-il à voix basse. Qu'est-ce qui t'a fait cela ? (Il marqua une pause.) Lorsque je t'ai découvert, il y avait une sorte de bête aux yeux brillants qui te suivait.

Ce n'est pas ce que j'ai trouvé, pensa tristement Aspar. *C'est ce que j'ai perdu*. Mais il regarda de nouveau Stéphane dans les yeux. Il fallait bien qu'il le dise à quelqu'un, n'est-ce pas ?

— C'était le greffyn, grommela-t-il. Tout est comme sire Symen l'avait dit. J'ai tout vu. Les morts, les sacrifices aux sedos. Le greffyn. Le roi de bruyère. J'ai tout vu.

— Le roi de bruyère ?

— Je l'ai vu. Je ne crois pas qu'il soit encore complètement réveillé, mais il s'agite. Je l'ai senti.

— Mais qui… Qu'est-il ?

— Je ne sais pas, dit Aspar. Que Grim me prenne, je ne sais pas. Mais je préférerais ne jamais l'avoir vu.

— C'est lui qui t'a fait cela ?

— Un homme appelé Fend en a fait une partie. Ses hommes m'ont tiré des flèches dessus. Le greffyn a fait pire. (Il se frotta le visage.) Darige, il faut au moins que je fasse passer le mot aux autres forestiers, dès que possible. Et au roi. Peux-tu arranger cela ?

— Oui, dit Stéphane.

Mais Aspar crut déceler une hésitation.

— L'homme qui m'a blessé, Fend. Il a fait prisonnière une de mes amies. Il faut que je trouve Fend.

— Tu le trouveras, dit doucement Stéphane. Mais pas maintenant. Même si tu le trouvais – dans cet état, est-ce que tu pourrais le combattre ?

— Non, reconnut Aspar à contrecœur.

Si Fend voulait tuer Winna, elle était déjà morte. S'il avait une raison de la garder en vie, elle aurait des chances de le rester un moment. Il cilla en l'imaginant clouée à un arbre, les entrailles arrachées et…

Non. Elle est toujours en vie. Il le faut.

Le garçon avait raison. Il laissait ses sentiments prendre le dessus sur sa raison.

Soudain, quelque chose lui traversa l'esprit.

— Tu as vu le greffyn, dit Aspar. De près.

Stéphane opina.

— Oui, si c'est ce que c'était. Il faisait sombre, mais il avait des yeux luminescents, et un bec comme un oiseau.

— Werlic. Oui. Mais tu n'as pas été malade ? Il ne t'a pas attaqué ?

— Non, c'était étrange. Il a agi comme s'il était contrarié, quelque chose comme cela, puis il est parti. Je ne sais pas pourquoi. Il aurait pu me tuer d'un seul coup, j'en suis certain.

— Il aurait pu te tuer d'un seul *souffle*, corrigea Aspar. Je me suis évanoui pour simplement avoir croisé son regard. Je sais qu'un garçon est mort pour avoir touché un cadavre qui était mort d'avoir touché le greffyn. Et toi tu n'as même pas eu mal au ventre ?

Stéphane fronça les sourcils.

— Je venais d'arpenter la voie des sanctuaires de Decmanus. Peut-être que le saint m'a protégé.

Aspar hocha la tête. Il y avait plus d'une chose qu'il ne comprenait pas au sujet du greffyn, de toute façon. Il aurait pu tuer Aspar aussi souvent qu'il l'aurait voulu, et il ne l'avait pas fait.

— Est-ce que je peux te dicter une lettre ?

— Je peux trouver quelqu'un pour cela, dit Stéphane. Pour l'instant, j'ai d'autres obligations.

— Alors reviens quand tu pourras, je ne fais confiance à personne d'autre.

— Tu me fais confiance ?

— Oui. Mais ne le prends pas trop à cœur. Je ne

connais personne, ici. Toi, je te connais un peu. (Il marqua une pause.) Ne fais pas trop attention à cela non plus, mais, euh… merci.

Le jeune prêtre s'efforça de ne pas sourire.

— J'avais une dette envers toi, répondit-il. (Son visage se fit plus sérieux.) J'ai autre chose à te demander. Quand je t'ai trouvé, tu avais ceci.

Stéphane fouilla dans une poche de cuir et en tira la corne gravée. Un frisson parcourut les membres d'Aspar lorsqu'il la vit.

— Oui, reconnut-il.

— Où l'as-tu trouvée ?

— Je ne sais pas. Il y a une période dont je n'ai aucun souvenir, juste après avoir vu le roi de bruyère. Et ensuite, je l'avais avec moi. Tu sais ce que c'est ?

— Non, mais ce langage est très ancien.

— Que dit-il ?

— Je ne sais pas. (Le prêtre parut troublé.) Mais j'ai l'intention de le découvrir. Puis-je te l'emprunter ?

— Oui, je n'ai pas l'usage de cette maudite chose.

Stéphane acquiesça et commença à se lever.

— Oh, autre chose, dit-il. Tes chevaux sont arrivés le lendemain du jour où je t'ai ramené ici. Personne ne peut les approcher, bien sûr, mais ils ont d'amples pâturages. Ils ne seront pas dérangés jusqu'à ce que tu sois remis.

La gorge d'Aspar se serra, et un instant il redouta horriblement d'exploser en sanglots devant le garçon. Au moins il n'avait pas perdu Ogre et Ange. Ils l'avaient suivi, ces stupides animaux loyaux, même avec le greffyn derrière eux.

— Je reviendrai dès que j'aurai rempli mes obligations, lui promit Stéphane.

— Ne t'inquiète pas pour moi, grommela Aspar. Je n'ai pas besoin de gouvernante.

— En fait, si, répondit Stéphane.

Aspar gronda et ferma les yeux. Il entendit les pas de Stéphane s'éloigner.

Je te trouverai, Winna. Ou je te vengerai, promit-il.

Fratrex Pell sourit à Stéphane comme celui-ci entrait dans sa chambre austère.

— Je suis extrêmement satisfait, dit-il en tapotant la liasse de ses dernières traductions. Personne d'autre n'avait même saisi une seule phrase de cette lame. Les saints ont dû particulièrement bien te bénir.

— Effectivement, Fratrex, répondit Stéphane. En fait, la langue en elle-même n'était pas difficile – un dialecte de l'ancien Cavarum.

— Alors où était le problème ?

— Il était écrit à l'envers.

Le fratrex fronça les sourcils, puis éclata de rire.

— À l'envers ?

— Chaque mot, écrit un par un en sens inverse.

— Quel scribe irait faire une telle chose ?

Stéphane se souvint du contenu dérangeant de la lame.

— Un scribe qui ne voudrait pas que son travail soit trop communément lu, je suppose. (Il chercha ses mots avant de poursuivre.) Fratrex, je sais que nous en avons déjà discuté, mais je crois devoir vous dire une fois encore que mon cœur m'assure que ces choses ne devraient pas être déchiffrées.

— La connaissance appartient à l'Église, dit gentiment le fratrex. Toute la connaissance. Mettons fin à cette question, frère Stéphane, une fois pour toutes. J'admire ta persévérance, mais elle est mal placée.

Stéphane hocha la tête.

— Oui, Fratrex.

— Maintenant, cette autre chose. (Il souleva un

parchemin de vélin.) Je suis surpris. Je ne t'avais pas demandé de traduire cela.

— Non, Fratrex, mais à la lumière de ce qu'a dit le forestier, j'ai cru pertinent de voir ce que le scriftorium pouvait receler au sujet du roi de bruyère et du greffyn.

— Je vois. Je suppose que tu fais ceci sur ton temps libre ?

— La nuit, Fratrex, à l'heure de la méditation.

— Cette heure est appelée ainsi pour une raison, frère Stéphane. Tu devrais méditer.

— Oui, Fratrex. Mais je pense que cela pourrait être important.

Le fratrex soupira et repoussa le scrifti.

— Le forestier était délirant de fièvre lorsque tu l'as amené ici, sur le quai destiné au retour du bateau de saint Farsinth. Les hallucinations qu'il a pu avoir n'ont que peu de chances d'avoir un rapport avec quoi que ce soit.

— Il était gravement blessé, reconnut Stéphane, et néanmoins je connais cet homme, quelque peu. Il est profondément pragmatique et n'a aucun goût pour la fantaisie. La dernière fois que je l'ai vu, il pensait que les greffyns et les rois de bruyère relevaient des contes pour enfants. Maintenant il est convaincu d'avoir vu les deux.

— Nous nous moquons souvent de ce en quoi nous croyons le plus profondément, dit le fratrex, en particulier des choses que nous *ne désirons pas* croire. Il y a une grande différence entre l'esprit éveillé et l'esprit de la folie.

— Oui, Fratrex, mais comme tu le vois, dans le *Tafles Taceis*, le *Livre des Murmures*, il y a un passage copié d'une source non nommée en Haut Cavari ancien. Dans celle-ci, il est fait mention des *gorgos gripon*, les « terreurs au nez crochu ». Ils y sont décrits comme les chiens du seigneur cornu, et il est dit plus loin que leur regard est fatal.

— Je sais lire, tu sais, dit le fratrex. Le *Tafles Taceis* est une énumération de folies païennes. Il dit ensuite dans une annotation qu'il s'agissait probablement d'un terme utilisé pour décrire la garde personnelle du Roi Mage Bhragnos, n'est-ce pas ? Des tueurs vicieux connus pour leur heaume à bec ?

— C'est ce qui y est dit, reconnut Stéphane, mais l'annotation a été écrite cinq cents ans après le passage original.

— Par un membre éminent de l'Église.

— Mais, Fratrex, j'ai *vu* la bête.

— Tu as vu *une* bête, absolument. On sait que des lions sont parfois sortis des collines, à l'occasion.

— Je ne crois pas que ç'ait été un lion, Fratrex.

— As-tu jamais vu un lion, au milieu de la nuit ?

— Je n'ai jamais vu de lion du tout, Éminence.

— Exactement. Et si ce que tu as vu avait été l'une de ces bêtes, pourquoi ne t'aurait-elle pas tué ? Pourquoi n'as-tu pas été empoisonné par sa seule présence ? Tu aurais dû l'être, si l'on prend les délires du forestier au sérieux.

— Je ne peux répondre à cela, Fratrex.

— J'ai l'impression que ces recherches personnelles sont une perte de temps.

— Est-ce ton souhait que j'y mette fin ?

Le fratrex haussa les épaules.

— Tant que cela n'interfère pas avec les tâches qui te sont confiées, tu peux poursuivre autant que tu le veux. Mais à mon sens, tu cours après une illusion.

— Merci pour ton opinion, Fratrex, dit Stéphane en s'inclinant.

Pourquoi n'ai-je pas parlé de la corne ? s'interrogea Stéphane comme il quittait le fratrex. La corne était un problème tout particulier. Elle était ornée d'une graphie qu'il n'avait vue que deux fois. C'était une écriture secrète utilisée sous le règne du Bouffon Noir. Elle n'était déchiffrable que grâce à un unique scrift – écrit sur de la peau humaine – qui était accompagné d'une transcription parallèle en vadhiien.

Les lettres étaient différentes de toutes les autres écritures connues de l'Église, et jusqu'ici, Stéphane avait toujours supposé qu'elle avait été inventée par les scribes qui l'utilisaient. Et pourtant on la retrouvait là, transcrivant cette fois quelque chose en une langue si étrange que Stéphane n'avait pas la moindre idée de ce que cela pouvait vouloir dire. La langue ne ressemblait à rien de ce qu'il avait jamais pu lire ou entendre.

À aucune langue humaine, plus exactement. Mais la façon dont les mots étaient formés ressemblait aux quelques fragments de la langue skasloï qu'il avait vu citer dans des textes en Cavarum ancien.

Qu'avait donc trouvé le forestier ?

En pinçant les lèvres, Stéphane retourna au scriftorium.

Une étude plus minutieuse du *Livre des Murmures* se révéla frustrante. Au fond de lui, il s'était dit que peut-être, *seigneur cornu* serait mieux traduit par *seigneur aux cornes*, mais le mot en question se référait bien explicitement à quelque chose comme des bois de cerf, et non à un instrument fait dans une corne. Il resta un temps assis, à regarder sombrement le parchemin, en regrettant de ne pas avoir le texte original sur lequel l'auteur inconnu s'était appuyé.

Son esprit explora diverses directions qui ne menaient nulle part. Il feuilleta le *Tome des Reliques*, espérant y trouver quelque icône religieuse correspondant à la description de la corne, mais sans trop d'espoir. Si la langue était vraiment un dialecte skasloï, elle était probablement antérieure au triomphe des saints sur les dieux anciens.

Comme il reposait le livre, un souvenir s'imposa, d'une soirée pas trop lointaine, où Aspar White l'avait effrayé avec la menace de Haergrim le Furieux. Il se remémora la corrélation fantaisiste qu'il avait lui-même trouvée avec ce que racontait son grand-père sur saint Cornu le Damné, et par impulsion, rechercha un volume de saints faux et obscurs particuliers à l'est de la Crotheny. Il ne lui fallut pas longtemps pour le trouver. Depuis qu'il avait arpenté les sanctuaires, Stéphane avait l'impression que le scriftorium était devenu comme une extension de son esprit et de ses doigts ; le seul fait de penser à un sujet l'amenait promptement à l'étagère appropriée.

Le livre était récent, écrit par un érudit des Terres du centre, et bien que son organisation fût quelque peu archaïque, il trouva rapidement la référence qu'il recherchait. Il alla jusqu'à la page et commença à lire.

Les populations de l'Aest parlent à voix basse de Haergrim le Furieux, un esprit frénétique assoiffé de sang qui chevauche à la poursuite des morts. On ne peut douter qu'il n'est nul autre qu'une manifestation de saint Courroux, celui que l'on appelle Ansi Woth en hansien, un saint à l'étrange histoire. À l'origine l'un des dieux anciens, il était de nature inconstante, et au début de l'ère d'Éveron, changea d'allégeance pour devenir un saint, quoique d'une sainteté fort douteuse. Il préside à la pendaison des criminels, et sa bénédiction doit être évitée, car elle mène systématiquement à la folie et à la ruine. Le son de sa corne, à l'instar de celle du seigneur d'osier, est censé augurer de la fin des temps.

Stéphane prit le temps de réfléchir, puis revint à sa lecture. Malheureusement, ce qui suivait n'était pour la plus grande part qu'une liste des autres noms du Furieux, dont effectivement saint Cornu le Damné, car il était dit qu'il s'était attiré la malédiction des dieux anciens lorsqu'il les avait trahis.

Mais il ne cessait de revenir à la référence au seigneur d'osier, et lorsqu'il eut fini, il se mit en quête de la notice le concernant. Pour sa plus grande déception, elle était très courte.

Le seigneur d'osier est un faux saint, sans aucun doute une invention des paysans, contractant leur peur du noir et celle de la forêt insondable qui les entoure. Il se trouve généralement dans les chansons enfantines, où il est source de terreur. Son éveil est considéré comme brisant le ciel, et est lié à une corne qui l'accompagne dans son tumulus épineux. Il est peut-être lié aux histoires du baron Vertefeuille, et peut également être une version confuse de saint Selvans, car il se raconte sur eux des histoires similaires. Dans certaines chansons, il est également appelé le roi de bruyère.

Saisi d'une excitation soudaine, Stéphane parcourut des sources similaires, et trouva certaines des chansons qui avaient été mentionnées, mais rien qui apportât plus de lumière à la situation du moment.

Il se faisait tard, et Stéphane était seul à se trouver encore dans le scriftorium. Le sommeil pesait aux coins de ses paupières, et il s'apprêtait à conclure qu'il avait trouvé tout ce qu'il cherchait. Il ne restait plus qu'un scrift, qui ne paraissait pas très prometteur, étant à peine plus qu'un recueil de contes pour enfants, mais lorsqu'il le déroula d'un geste las, une petite illustration attira son regard. C'était une créature d'apparence humaine, faite de feuilles et de lierre, avec des branches poussant sur son front comme les bois d'un cerf. Dans une main, il tenait une petite corne. Elle illustrait une chanson qu'il avait déjà vue deux fois, une ronde pour les enfants.

Alors qu'il allait le remiser, ses doigts passèrent sur les marges, et il sentit quelque chose, une empreinte dans le vélin. Intrigué, il l'examina de plus près.

On eût dit que quelqu'un avait écrit une note sur un autre vélin ou une feuille de papier, probablement avec un stylet de plomb, et que l'impression s'était reportée. Il s'empressa de trouver un morceau de charbon, et frotta légèrement le papier, comme il l'avait fait sur les bornes de pierre de la Vio Caldatum, et des caractères ténus apparurent. Lorsqu'il eut terminé, il s'assit, les yeux fixés sur le résultat.

Les caractères étaient les mêmes que ceux qui étaient inscrits sur la corne d'Aspar, à la lettre près. Ils étaient suivis d'un unique mot dans la langue du roi.

Trouver.

— Je resterais très loin d'elle, si j'étais toi, fit remarquer frère Ehan le lendemain, alors que Stéphane s'approchait précautionneusement d'Ange.

— J'ai déjà monté Ange auparavant, dit Stéphane. N'est-ce pas, ma belle ?

La jument semblait dubitative.

— Eh bien, elle n'est peut-être pas aussi folle que l'autre, mais elle a tout de même appris une certaine sauvagerie.

— Chhh, Ange.

Il tendit une pomme à la jument. Elle renifla d'un

air soupçonneux et ses yeux s'écarquillèrent, mais elle s'avança d'un pas ou deux.

— C'est bien, brave fille. Approche.

— Je n'en vois pas l'intérêt, de toute façon, dit Ehan.

— L'intérêt, dit doucement Stéphane, c'est que j'ai envie de la monter.

— Pourquoi ?

— Parce que cela prendrait trop de temps de marcher jusqu'à l'endroit où je veux aller.

— Par le nom de saint Coq, de quoi parles-tu ?

La jument était maintenant presque assez proche pour qu'il pût la toucher. Ses flancs tremblèrent lorsqu'elle fit encore un pas, baissa la tête, la releva, et prit doucement la pomme.

— C'est bien, ma fille, dit Stéphane. Tu te souviens de cela ?

Il tira une bride de derrière son dos.

Ange regarda la chose, mais parut presque calmée par sa présence. Stéphane la porta contre le côté de sa tête, laissant à la jument le temps de bien les sentir lui et elle, puis il commença doucement à la lui passer. Elle n'y fit pas d'objection.

— C'est toi la plus belle, roucoula Stéphane.

— Dis-moi où tu vas, demanda Ehan. Nous sommes censés nous occuper du verger, après cela.

— Je sais. Si mon absence est remarquée, je ne voudrais pas que tu mentes pour moi. Je ne te dirai pas où je vais pour la même raison.

Ehan se mordilla la lippe et cracha.

— Tu seras revenu pour les vêpres ?

— Ou pas du tout, l'assura Stéphane. Très bien, ma fille. Tu es prête ?

Ange lui répondit en ne le jetant pas à terre lorsqu'il fut maladroitement monté sur son dos. Elle piaffa un peu nerveusement, puis accepta la bride. Stéphane la lança dans un trot rapide, ce qui, à cru, n'était agréable ni pour l'un ni pour l'autre.

— Désolé, ma belle, je n'aurais jamais pu sortir une selle de là sans me faire remarquer.

Il lui avait fallu près de deux jours pour traîner Aspar White depuis l'endroit où il l'avait trouvé jusqu'au monastère, mais en fait la distance n'était que d'environ une lieue. Sans charge et à cheval, il fit ce trajet en moins de deux cloches. Sa mémoire était aussi parfaite pour dresser des cartes mentales que pour tout le reste depuis qu'il avait arpenté les sanctuaires, et il trouva donc l'endroit sans grande difficulté.

Il observa les alentours, fronça les sourcils, et mit pied à terre. Des feuilles mortes couvraient le sol, tombées d'un arbre qui avait pu être frappé par la foudre mais n'en portait pas la moindre marque. Néanmoins il était mort, tout comme la piste de fougères et de sous-bois qui menait à la clairière et s'arrêtait juste avant les restes de son feu, avant de repartir dans une autre direction. L'endroit où la piste tournait était exactement celui où il se souvenait avoir vu se dresser la créature au bec.

— Ce n'est pas un lion qui a fait cela, Ange, murmura-t-il.

Encore qu'il n'avait de toute façon jamais accepté la rationalisation du fratrex.

Il étudiait toujours la piste paradoxale lorsqu'il entendit des voix dans le lointain.

L'expérience qu'avait Stéphane des étrangers dans la forêt étant suffisante pour une vie entière, il commença à mener doucement Ange à l'écart. Se souvenant de l'histoire d'Aspar, il remonta vers une crête où un bosquet plus épais le cachait de la vallée. Il attacha la jument de l'autre côté de la crête, puis redescendit sans bruit jusqu'à un endroit d'où il pouvait voir l'endroit où il avait trouvé Aspar.

Après peut-être une demi-cloche, huit hommes à cheval apparurent. Stéphane ressentit un choc glacé lorsqu'il vit qui ils étaient.

C'était Desmond Spendlove et ses hommes. Leurs capuches étaient baissées, et Stéphane reconnut nombre d'entre eux : l'immense frère Lewes, les frères Aligern, Topan et Seigereik – les quatre plus vicieux de la bande, selon Ehan. Il avait déjà vu les autres, mais ne connaissait pas leurs noms. Ils étaient huit en tout.

Ils s'arrêtèrent et examinèrent le feu et la végétation morte.

— Que fait-il ? grommela Lewes.

Spendlove agita la tête.

— Je ne sais pas. Il chassait quelqu'un. Peut-être ce forestier dont Fend nous a parlé.

— Bien. Alors où est-il ?

— Quelqu'un a traîné son corps, dit Seigereik en examinant le sol. Par là.

— D'Ef se trouve à une lieue dans cette direction, dit Spendlove d'un air songeur. C'est intéressant.

— Mais le greffyn ne l'a pas suivi, dit Seigereik.

— Il est probablement parti après avoir tué sa proie.

— Allons-nous repartir sur sa trace, alors ?

Spendlove agita une nouvelle fois la tête.

— Non. Nous avons du travail à l'ouest.

— Ah. La reine ?

— Le substitué dans sa garde a raté l'assassinat. Maintenant c'est à notre tour. Nous devons retrouver Fend à Loiyes. (Il regarda encore la piste du greffyn.) Mais d'abord je crois que nous devrions nous arrêter à d'Ef, pour en apprendre plus sur ce qui s'est passé ici.

— Avec les alliés qu'a Fend, il devrait être capable de se charger de cela tout seul, dit Topan, son regard bleu glacial parcourant nonchalamment la forêt qui l'entourait.

— Fend peut échouer, tout comme le substitué. Ils

auraient dû nous envoyer *nous* dès le début, mais il ne nous appartient pas d'en discuter.

— Quoi qu'il en soit, cela va nous prendre un mois d'aller là-bas, insista Topan. Et si nous faisons tout ce chemin pour rien ?

— Il y a d'autres affaires à arranger, le rassura Spendlove. Et de toute façon, l'air de la campagne te fera du bien.

— J'en ai déjà eu beaucoup ces derniers temps.

— Nous faisons ce que nous faisons, répliqua Spendlove. Si tu ne veux plus le faire, tu connais la sortie.

Il se dirigea vers son cheval.

Comme ils s'éloignaient, Stéphane n'osa pas respirer. Il resta étendu là, les dents serrées, réalisant qu'il avait emmené Aspar dans ce qui était peut-être l'endroit le plus dangereux qui se pût imaginer.

CHAPITRE ONZE

LE SEIN DE MÉFITIS

Anne rêva de la lumière du soleil sur la Manche verdoyante, de la fournaise du crépuscule sur les rinns, de l'humble danse de la flamme d'une chandelle. Elle s'immergea dans le souvenir des couleurs et des ombres, en espérant qu'elle n'allait pas oublier la façon dont le vent dans les feuilles des grands ormes qui bordaient le canal changeait la lumière en éclats d'or phay. Pas comme elle avait oublié le visage de Roderick.

Elles ne me laisseront pas devenir folle, pensa-t-elle. *Elles ne me laisseront pas ici une neuvaine.*

Mais peut-être qu'elles l'avaient déjà fait. Peut-être qu'elle était ici depuis un mois. Depuis un an. Peut-être que ses cheveux étaient devenus gris et que Roderick était marié. Qu'il avait été père, et qu'il était mort de vieillesse. Peut-être que sa folie était de se raccrocher à son espoir, de faire comme si elle n'était pas là depuis très longtemps.

Elle s'efforça de recréer le temps en comptant ses battements de cœur ou en tapotant du doigt. Elle essaya de le mesurer par le retour de la faim, et par la nourriture et l'eau qu'il lui restait. Elle préférait garder les yeux fermés plutôt qu'ouverts. Lorsqu'ils étaient clos, elle pouvait s'imaginer que tout était revenu à la normale, qu'elle était étendue dans son lit et qu'elle cherchait le sommeil.

De toute façon, elle avait quasiment perdu la capacité de différencier l'éveil et le sommeil.

Sa seule consolation était d'avoir commencé à haïr l'obscurité. Non pas la craindre, comme cela avait été le cas au début, ni capituler devant elle, comme l'avait probablement prévu sœur Sécula.

Non, elle l'abhorrait. Elle conspirait contre elle, imaginait comment elle pourrait produire une lueur en son cœur et la tuer. Elle fouilla ses maigres provisions en quête du moindre bout d'acier, de quelque chose qui produirait une étincelle si elle le frappait contre la pierre, mais il n'y avait rien. Évidemment qu'il n'y avait rien. Combien de filles les sœurs avaient-elles descendues ici au long des siècles ? Combien d'entre elles avaient pensé à la même chose ?

— Mais je ne suis pas juste une autre fille, marmonna Anne en écoutant le son de sa voix emplir l'endroit. Je suis une fille de la maison Dare.

Et donc, avec une grande détermination, elle regarda le néant et imagina un unique point lumineux, bannissant toute autre pensée de son esprit. Si elle ne pouvait briser l'obscurité dans la réalité, elle le ferait au moins dans son cœur. Elle se concentra, et dormit peut-être, et se concentra encore. Elle prit l'idée de lumière et tous les souvenirs qu'elle en avait, et les canalisa entre ses yeux, en désirant de toutes les fibres de son corps que cela fût réel.

Et soudain cela fut – une étincelle, le plus ténu des points, pas plus grand qu'une piqûre d'épingle.

— Par tous les saints ! souffla-t-elle.

Et il disparut.

Elle pleura un temps, sécha ses larmes, et avec une détermination plus forte encore, elle recommença.

La deuxième fois que l'étincelle apparut, elle la soutint, l'alimenta, la nourrit de tous les souvenirs de lumière qu'elle put rassembler, et lentement, timidement, magnifiquement, celle-ci crût. Elle grandit jusqu'à atteindre la taille d'un gland, puis celle d'une main, et elle contenait des couleurs, et se déployait comme une ipomée ouvre sa corolle. Anne pouvait voir des choses, maintenant, mais pas ce à quoi elle s'était attendue. Non pas des parois ou un sol de pierre, mais l'écorce rugueuse d'un chêne, du lierre, une pincée de fleurs jaunes, comme si la lumière était un trou à travers le mur d'une pièce obscure, ouvert sur un jardin.

Mais ce n'était pas un trou : c'était une sphère, et elle repoussa l'obscurité jusqu'à ce qu'il n'y en eût plus, et qu'Anne se trouvât non plus dans une caverne, mais dans la clairière bien éclairée d'une forêt.

Elle baissa les yeux et s'aperçut qu'elle ne pouvait pas voir son ombre ; avec un pincement au cœur, elle sut où elle se trouvait. Elle sut également que sa folie devait être complète.

— Tu es venue sans ton ombre, dit une voix.

C'était une femme, mais pas celle qu'elle avait vue précédemment, l'autre fois, sur Tom Woth. Celle-là avait de fins cheveux châtains dénoués, et un masque ciselé dans l'os et parfaitement lisse. Les traits qu'il dessinait étaient fins et quasi vivants, et il ne couvrait pas sa bouche. Elle portait une robe de soie brun doré, brodée de galons entrelacés aux motifs de serpents à tête de bélier et de feuilles de chêne.

— Je n'avais pas l'intention de venir du tout, répondit Anne.

— Mais tu es là. À Eslen, tu as fait un pacte avec Cer. Il t'a amenée au convent sainte Cer, et il t'amène maintenant ici. (Elle marqua une pause.) Je me demande ce que cela signifie.

Pour quelque raison, cela effraya Anne plus que l'obscurité ne l'avait fait.

— Ne le sais-tu pas ? N'es-tu pas une sainte ? Qui es-tu, et où est l'autre femme, celle aux cheveux d'or ?

La femme sourit d'un air triste et rêveur.

— Ma sœur ? Près d'ici, j'en suis sûre. Quant à moi, je ne sais plus qui je suis, dit-elle. J'attends de le savoir. Comme toi.

— Je sais qui je suis. Je suis Anne Dare.

— Tu connais un nom, c'est tout. Tout le reste n'est que supposition ou illusion.

— Je ne te comprends pas.

La femme haussa les épaules.

— Cela n'a aucune importance. Que veux-tu ?

— Ce que je veux ?

— Tu es venue ici pour une raison.

Anne hésita.

— Je veux sortir de cette caverne, sortir du sein de Méfitis.

— C'est facile. Tu n'as qu'à partir.

— Il y a une issue ?

— Oui. Tu en as déjà trouvé une, mais il y en a une autre. C'est tout ?

Anne y réfléchit assidûment. Elle était probablement folle, mais si ce n'était pas le cas…

Si ce n'était pas le cas, elle ferait mieux cette fois que la précédente.

— Non, dit-elle d'une voix ferme. Lorsque ta sœur m'a enlevée, elle a dit certaines choses. J'ai cru que c'était absurde, ou que je rêvais. Le praifec Hespéro en a pensé la même chose, lorsque je lui en ai parlé.

— Et maintenant ?

— Je crois qu'elle était réelle, et je veux comprendre ce qu'elle a dit.

Les lèvres de la femme dessinèrent un sourire.

— Elle t'a dit qu'il devra y avoir une reine à Eslen lorsqu'il viendra.

— Oui, mais pourquoi, et qui est ce « il » ? Et pourquoi me le dire ?

— Je suis sûre que tu as posé ces questions à ma sœur.

— Oui, et elle m'a répondu des absurdités. J'étais effrayée alors, trop effrayée pour exiger de meilleures réponses. Mais je les veux maintenant.

— Tu ne peux pas toujours avoir ce que tu veux.

— Mais toi – ou elle – voulez que je fasse quelque chose. Tout le monde veut me faire faire quelque chose. Veut que j'agisse d'une façon et non d'une autre, que j'aille au convent, que je promette ceci ou cela. Eh bien je suis là ! Si tu veux quelque chose de ma part, explique-toi ou reste hors de mes rêves !

— C'est toi qui es venue ici cette fois, Anne, et de ton plein gré. (La femme masquée soupira.) Pose tes questions. J'essaierai de me montrer plus serviable que ma sœur. Mais tu dois comprendre, Anne, que nous sommes bien moins maîtresses de nous-mêmes que toi, quoi que tu puisses en penser. Un chien ne peut parler comme un homme et un nuage ne peut produire le son d'un luth. Le chien peut aboyer, le nuage peut tonner. C'est ainsi que nous sommes tous faits.

Anne pinça les lèvres.

— Ta sœur a dit que Crotheny ne devait pas tomber, et qu'il faudrait qu'il y ait une reine à Eslen lorsque ce mystérieux « il » viendra. À l'instant même où elle m'a dit cela, ma mère la reine a manqué mourir. Le savait-elle ?

— Elle le savait.

— Et pourquoi ne me l'a-t-elle pas dit ?

— Qu'est-ce que cela aurait changé ? L'attentat

contre ta mère était terminé avant que tu ne reviennes à Eslen. Ma sœur t'a dit ce que tu avais besoin de savoir.

— Elle ne m'a rien dit du tout. Qui est cet homme qui vient ? Pourquoi doit-il y avoir une reine ? Et surtout – *surtout !* – que dois-je faire ?

— Tu le sauras lorsque le temps viendra, si tu te souviens seulement de ce qu'elle t'a dit. Il doit y avoir une reine. Non pas l'épouse d'un roi, comprends-tu, mais une reine souveraine.

La mâchoire d'Anne s'affaissa.

— Non, non, je n'avais pas compris cela du tout. Mais néanmoins…

— Tu dois t'assurer qu'il y ait une reine, Anne.

— Tu veux dire le devenir ?

La femme haussa les épaules.

— C'en serait une façon.

— Oui, et c'est impossible. Mon père et ma mère et mon frère et toutes mes sœurs devraient être morts… avant que…

Un instant, elle ne put poursuivre.

— C'est cela ? reprit-elle en sentant le froid l'envahir. C'est ce qui va se passer ?

— Je ne sais pas.

— Ne me dis pas cela ! Dis-moi quelque chose de tangible !

La femme pencha la tête sur le côté.

— Nous ne voyons que le besoin, Anne. Comme un bon cuisinier, je sais quand le rôti a besoin de plus de sel, ou d'une feuille de laurier, s'il doit rester sur la broche encore une cloche ou pas.

— Crotheny n'est pas un rôti.

— Non, et le monde non plus. Je suis peut-être plus comme un surgien, alors. Je vois un homme avec tant de blessures et d'infections que des parties de lui-même ont commencé à pourrir, et que les asticots, se faisant hardis, ont commencé à dévorer le reste. Je sens sa douleur et son mal, et sais quels baumes doivent être appliqués, quelles plaies doivent être cautérisées, et quand.

— La Crotheny n'est pas putréfiée.

La femme secoua négativement la tête.

— Elle est presque morte.

Anne fouetta l'air du dos de la main.

— Tu es un nuage, tu es un surgien. Crotheny est un rôti, un homme blessé. Parle plus clairement ! Tu suggères que mon pays et ma famille courent le plus grand danger, et que je dois devenir reine ou en faire une, mais je suis ici en Vitellio à mille lieues de là ! Dois-je rester ou partir ? Dis-moi que faire, sans plus d'absurdités sur les rôtis et les invalides !

— Tu es là où tu es censée être, Anne, et je t'ai déjà dit que faire. Tu devras discerner le reste par toi-même.

Anne ouvrit de grands yeux.

— Cela ne change rien, c'est encore la même chose ! Alors réponds clairement à cette question, si tu le peux : pourquoi moi ? Si tu ne peux pas voir l'avenir, pourquoi a-t-on besoin de moi, et pas de Fastia ou de Mère, pour l'amour des saints ?

La femme tourna le dos à Anne et fit quelques pas. Le dos toujours tourné, elle soupira.

— Parce que je perçois ce besoin, dit-elle. Parce que les chênes le murmurent, alors même que le greffyn les tue. Et parce que, de toutes les femmes vivantes, tu es la seule qui peut venir à moi ainsi, sans avoir été mandée.

— Quoi ?

— Ma sœur t'a mandée, lorsque tu as marché à sénestre sous le soleil. Mais je ne t'ai pas mandée. Tu m'as mandée *moi*.

— Je… Comment ?

— Je te l'ai dit. Tu as fait un pacte avec sainte Cer. Lorsque l'on fait transmettre ses prières par les morts, il y a toujours un coût. Il y a toujours des conséquences.

— Mais je ne le savais pas.

La femme laissa échapper un petit rire glacial.

— Si un aveugle franchit le bord d'une falaise, est-ce que l'air lui demande s'il savait ce qu'il faisait avant de refuser de le soutenir ? Est-ce que les rochers en contrebas s'inquiètent de ce qu'il savait ou ne savait pas d'eux avant de lui briser les os ?

— Alors Cer m'a maudite ?

— Elle t'a bénie. Tu as arpenté la plus étrange des voies des sanctuaires. Tu as été touchée par elle comme nul autre mortel.

— Je n'ai jamais arpenté aucune voie, dit Anne. Les sanctuaires sont pour les prêtres, pas pour les femmes.

Un sourire se glissa sur les lèvres fines et exsangues de la femme.

— La tombe sous Eslen-des-Ombres est un sedos, dit-elle. Le sein de sainte Méfitis en est un autre, son double. Ce sont les deux moitiés d'une même chose. C'est une voie très courte, je suppose, mais très difficile à trouver. Tu es la première à l'arpenter depuis plus de mille ans. Et tu seras peut-être la dernière pour les mille années à venir.

— Qu'est-ce que cela signifie ?

La femme rit de nouveau.

— Si je le savais, je te le dirais. Mais je sais ceci : que cela était nécessaire. Ta prière à sainte Cer t'a amenée ici et a provoqué toutes les conséquences de ce voyage. Y compris celle-là. Comme je te l'ai dit, tu te trouves là où tu dois te trouver.

— Donc je suis censée rester au convent, même si elles me jettent au fond de la terre pour y pourrir ? Non, je vois. Elles étaient *censées* me jeter ici, parce que sainte Cer l'avait voulu. (Elle renâcla.) Et si je choisissais de ne pas te croire ? Et si je me disais que tu étais une sorcière scintillatrice qui essaies de me piéger ? Tu entres dans mes rêves et tu me racontes des mensonges et tu supposes que je vais les avaler comme un gâteau au gingembre.

Une pensée soudaine lui vint, qui la frappa au plus profond.

— Et si tu étais une scintillatrice hansa ? Si toi et ta sœur aviez envoûté le chevalier pour qu'il tue ma mère ? Oui, ce ne peut être que cela ! J'ai été stupide !

Devant les implications, elle sentit ses genoux se dérober. Tout le monde à Eslen cherchait quelqu'un capable d'envoûter un Mestre, et au moment même de l'événement, Anne avait été occupée à discuter avec une telle personne.

Et elle n'en avait parlé à personne d'autre qu'au praifec, qui ne l'avait pas crue, et maintenant elle était là, sous le joug de nonnes sadiques à mille lieues de tous ceux en qui elle avait confiance.

Même Austra lui avait fait promettre de ne pas s'enfuir. Peut-être qu'Austra était envoûtée, elle aussi.

— Tu es une menteuse, dit Anne. Une menteuse et une sorcière.

La femme agita la tête, mais Anne ne sut dire s'il s'agissait d'un geste de dénégation. Elle fit mine de s'éloigner vers les bois.

— Non ! Reviens ici et réponds-moi !

La femme agita la main, et il n'y eut plus que l'obscurité.

— Non ! gémit Anne.

Mais elle était revenue sur le sol de pierre de la caverne. Elle frappa la roche des poings, des larmes de colère lui faisant plisser les yeux.

Après s'être traitée cent fois d'idiote, Anne tira une seule et unique conclusion : elle ne pouvait ni ne voulait laisser à sœur Sécula le soin de la sortir de la caverne.

La femme masquée lui avait dit qu'il y avait une autre issue. C'était probablement un mensonge, mais elle se souvenait maintenant des histoires dans lesquelles il y avait des cavernes, et il y avait effectivement généralement plus d'une issue.

Et donc, avec moult précautions, en progressant très lentement à quatre pattes comme une bête, elle franchit les limites contre lesquelles les nonnes l'avaient mise en garde, elle avança sur le sol inconnu et inégal de la caverne.

Ce fut plus aisé qu'elle ne l'avait supposé. Chaque creux et chaque bosse dans le sol semblait en un sens se trouver là où il devait être, et l'exploration devint rapidement plus proche d'un jeu de mémoire. C'était à la fois effrayant et excitant. Et si elle avait effectivement arpenté une voie des sanctuaires, comme un prêtre ? Comme Genya Dare et ses héros ? Et si cet étrange nouveau sens n'était pas un effet de son imagination, mais exactement ce qu'il semblait être ?

Imagination ou pas, elle prit de plus en plus confiance à mesure qu'elle progressait, et elle se leva. L'écho de ses pas lui indiqua qu'elle se trouvait dans un grand tunnel ou dans une petite salle. Un rafraîchissement lui indiqua une profonde crevasse dans la roche, et un goût dans l'air suggérait la présence d'eau. Le goût se fit plus fort à mesure qu'elle avançait, et elle entendit bientôt un joyeux ruissellement. Après avoir rampé parfois vers le haut, parfois vers le bas, à travers divers passages, certains si étroits qu'elle n'eût pu y faire demi-tour, elle aperçut de la lumière.

Une très faible lumière.

Une véritable lumière.

Bientôt celle-ci fut suffisamment brillante pour être douloureuse, et elle dut s'arrêter pour laisser ses yeux reprendre des forces, après tant de jours passés dans l'obscurité. Mais enfin, lorsque les rayons de soleil ne furent plus des dagues, elle s'avança vers l'entrée de la caverne, et durant un temps ne fit plus rien d'autre que se délecter du contact du soleil et du vent sur sa peau. Puis elle commença à explorer les alentours.

La caverne s'ouvrait dans un flanc de colline débordant d'oliviers, de lauriers et de genévriers. Anne supposa qu'il s'agissait de la crête sur laquelle se dressait le convent, mais les tours étaient hors de vue, ce qui devait signifier qu'elles se trouvaient sur l'autre versant. Elle monta précautionneusement vers le sommet, jusqu'à pouvoir enfin apercevoir le convent, et fut par ailleurs heureuse de découvrir qu'il se trouvait à bonne distance. Satisfaite de savoir où elle se trouvait, Anne redescendit et commença à explorer, après s'être assurée qu'elle avait bien mémorisé les abords de l'entrée de la caverne.

Les terres moins pentues en contrebas de la caverne étaient boisées, les rangées d'arbres souvent brisées par des clairières verdoyantes. Cela avait autrefois dû être des pâturages, probablement destinés à ces stupides brebis, mais elle ne vit aucun signe d'occupation récente.

Un peu plus loin, elle entendit de nouveau le ruissellement de l'eau, et pour sa plus grande joie découvrit une mare alimentée par une source. Une volée d'oiseaux s'enfuit à tire-d'aile des arbres qui la bordait, d'un tel jaune vif qu'elle s'exclama à voix haute.

Une fois achevé l'examen des abords de la mare, elle toucha l'eau et la trouva fraîche. Elle observa une fois encore les alentours, et lorsqu'elle fut convaincue d'être seule, elle ôta son habit malodorant et se glissa dans l'eau. La sensation en fut merveilleuse, et après avoir un peu nagé, elle se contenta de se reposer dans les hauts-fonds, immergée jusqu'au menton, et de fermer les yeux. L'intérieur de ses paupières brillait de rouge, et elle s'efforça d'oublier toutes ses expériences à l'intérieur du sein de sainte Méfitis – et d'oublier, également, qu'elle allait devoir y retourner. Que la femme de sa vision eût été ou pas une menteuse, il restait sa promesse à Austra, et elle ne la briserait pas.

Elle avait dû sommeiller, parce qu'elle s'éveilla, certaine d'avoir entendu quelque chose, mais sans savoir quoi. Soudain effrayée, elle parcourut rapidement les abords de la mare du regard, en réalisant que ce n'était pas Eslen et qu'il pouvait très bien se trouver ici toutes sortes d'animaux féroces dont elle ne connaissait pas l'existence.

Mais ce n'était pas une bête qui la regardait de ses grands yeux bruns. C'était un homme, jeune et grand, en pourpoint noir, avec des chausses marron et un chapeau au large bord. L'une de ses mains était posée sur le pommeau d'une très longue épée. Il sourit à Anne d'une façon qui ne lui plut pas du tout.

CHAPITRE DOUZE

UNE PROMPTE DÉCISION

Lorsque frère Spendlove et ses hommes furent hors de vue, Stéphane lança Ange au pas dans une direction qui les écartait de la voie directe vers d'Ef. Spendlove avait arpenté la voie des sanctuaires de Mamrès, mais il avait également arpenté la même voie que Stéphane. Chaque personne qui arpentait une voie recevait un don différent, mais il était raisonnable de supposer que ses sens avaient eux aussi été aiguisés, et prudent de supposer qu'il pouvait entendre au moins aussi bien que Stéphane.

Une fois que Stéphane ne put plus entendre leurs voix, il tourna bride pour progresser parallèlement au chemin du monastère, et lança Ange au galop.

Monter un cheval au galop avec une selle et sur une piste était une chose ; le faire à cru dans la forêt en était une autre. Stéphane serra les genoux contre les flancs d'Ange, enfonça ses poings dans sa crinière, et se baissa autant que possible. Ange éclaboussa en franchissant une petite rivière, manqua faire un faux pas en remontant sur l'autre berge, mais se rétablit. Stéphane pria pour que la jument ne se prît pas une patte dans un trou ou un terrier caché par des feuilles, mais il ne pouvait se permettre d'épargner la pauvre bête : il savait au plus profond que s'il n'atteignait pas d'Ef avant Desmond Spendlove, Aspar White était un homme mort.

Il ravala sa peur de cette allure à se briser la nuque et fit de son mieux pour s'accrocher.

Lui et la jument sortirent du bois pour pénétrer dans les bas pâturages, où une poignée de vaches s'écartèrent précipitamment de leur chemin, et où les deux frères qui les gardaient le regardèrent bouche bée. Une fois à découvert, l'allure d'Ange passa d'époustouflante à terrifiante. Ils remontèrent la colline jusqu'à l'endroit où ils avaient laissé Ogre.

Le grand étalon était toujours là, et les regarda venir d'un œil soupçonneux.

Stéphane ralentit comme il approchait, s'éclaircit la gorge et cria : « Suis-nous, Ogre ! » dans la meilleure approximation de la voix d'Aspar White qu'il pût composer. Il fut surpris par l'excellence de son imitation. À l'oreille et de mémoire, elle était absolument parfaite.

Ogre hésita et piaffa. Stéphane répéta son ordre, et la bête agita la tête avant de s'élancer au trot à la suite d'Ange, avec une lueur acérée dans l'œil.

Ensemble, ils filèrent à travers le verger, dépassant frère Ehan. Le petit homme cria quelque chose que Stéphane ne put entendre. Stéphane l'ignora ; il n'avait pas le temps de faire demi-tour, et il était inutile d'impliquer ce qu'il avait de plus proche d'un ami dans cette histoire. Il lui fallait rejoindre Aspar. À la possible exception de frère Ehan, il n'y avait personne à d'Ef sur qui il pût compter. Le forestier ne survivrait jamais seul dans son état, et de toute façon, Stéphane lui-même serait en danger pour avoir aidé White.

Ils allaient devoir s'enfuir ensemble, et bien que ressentant un mélange de honte et de sentiment d'échec à l'idée de ce que son père allait penser de cette dérobade, il se devait d'admettre qu'il était sacrément prêt à quitter le monastère d'Ef. Il y avait trop d'errements ici, trop de parts obscures, et il n'était pas armé pour les affronter. De plus, si la reine de Crotheny était en danger, il était de son devoir de l'en avertir.

Il arrêta Ange dans l'enceinte même de la nef et bondit à terre, puis se précipita dans la pénombre fraîche en espérant qu'il n'était pas trop tard. Aspar était étendu au même endroit que précédemment, pâle et les yeux clos, mais avant que Stéphane ne fût à cinq pas de lui, les yeux du forestier s'ouvrirent et il s'assit.

— Quoi ? maugréa Aspar.

— Tu es en danger, dit Stéphane. *Nous* sommes en danger. Nous devons partir, et immédiatement. En es-tu capable ?

La bouche d'Aspar se pinça, probablement pour ravaler une remarque caustique, mais il opina ensuite de la tête en signe d'assentiment.

— Oui. J'aurai besoin d'un cheval.

Stéphane souffla longuement de soulagement, surpris et honoré que le forestier l'ait aussi facilement cru sur parole.

— Ogre attend dehors, dit-il.

— Tu as des armes ?

— Non, et nous n'avons pas le temps d'en trouver.

— Allons-nous être poursuivis ?

— Je suis certain que oui.

— Alors j'aurai besoin d'armes. Un arc. Sais-tu où en trouver un ?

— Peut-être, mais, forestier…

— Vas-y.

Exaspéré, Stéphane repartit à toutes jambes, se souvenant qu'un arc utilisé pour chasser les cerfs du verger était conservé dans la resserre du jardin. Il n'avait jamais vu d'autre arme à d'Ef, sauf à compter les hachoirs du boucher. Il devait y avoir une armurerie quelque part, mais il n'avait jamais pensé à la chercher.

Il manqua renverser frère Recard en sortant.

— Frère ! s'exclama le moine hansien. Que se passe-t-il ?

— Des bandits, improvisa Stéphane. Peut-être cinquante, qui viennent par le verger ! Nous allons devoir nous défendre contre eux. Sonne l'alarme.

Les yeux du moine s'écarquillèrent.

— Mais pourquoi es-tu venu ici ?

— Parce que je connais ces bandits, grommela Aspar. Ils m'ont peut-être suivi ici. Des coupe-jarrets scélérats d'au-delà des Naksoks. Des barbares sanguinaires. Ils ne respecteront pas votre cléricature. Si vous ne les combattez pas, ils vous prendront vivants et vous mangeront un œil en vous laissant regarder de l'autre.

— Je vais sonner la cloche ! s'exclama Recard en partant déjà.

— Je vais chercher ton arc, maintenant, dit Stéphane.

— Oui. Les chevaux sont dehors ? Je te retrouve là-bas.

Stéphane atteignit la resserre et prit l'arc sur son support, s'assura rapidement que la corde était là, et attrapa le carquois de huit flèches qui était suspendu à côté. En ressortant de la resserre, il remarqua une longue serpette de bois accrochée au mur, du genre que l'on utilise pour couper les broussailles. Il la prit également, puis courut vers la nef. Il trouva le forestier à l'extérieur, le visage livide et couvert de sueur, comme il essayait de se hisser sur Ogre. Des moines filaient de tous côtés, se rendant à l'endroit qui leur était assigné en cas d'attaque du monastère, où ils attendraient les ordres du fratrex.

Le fratrex, debout sous l'entrée de la nef, regardait le forestier monter en selle, les sourcils froncés.

Stéphane s'approcha avec circonspection. Le regard du fratrex se tourna.

— Frère Stéphane, demanda-t-il doucement, es-tu responsable de cet émoi ? Pourquoi es-tu armé ?

Stéphane ne répondit pas mais tendit l'arc au forestier avant de monter sur Ange, en gardant sa serpette à la main.

— Réponds-moi, dit le fratrex.

— Frère Spendlove revient tuer cet homme, dit Stéphane. Je ne le permettrai pas.

— Frère Spendlove ne ferait pas une telle chose. Pourquoi ferait-il cela ?

— Parce que c'est lui qui assassine les gens dans la forêt, qui célèbre les rites sanglants sur les sedoï. Ces mêmes rites sanglants que tu m'as fait étudier.

— Spendlove ? s'exclama le fratrex. Et comment sais-tu cela ?

— Je l'ai entendu le dire, répliqua Stéphane. Et maintenant il va assassiner la reine.

— Un membre de notre ordre ? demanda le fratrex. Ce n'est pas possible, à moins…

Ses yeux s'écarquillèrent, et s'ouvrirent plus grand encore. Il gargouilla, cracha du sang, et s'effondra. Depuis la pénombre de la nef derrière lui, Desmond Spendlove avança dans la lumière, ses hommes juste derrière lui.

— Félicitations, frère Stéphane, dit Spendlove. Pour épargner ce forestier, tu as tué le fratrex.

Une fois encore, le monde de présomptions ordonnées de Stéphane s'effondra autour de lui.

— Mais je croyais…

— Je sais. Très amusant, d'aller imaginer que ce vieux fou gâteux pouvait être derrière tout cela. Tu l'as vraiment cru malin ? (Il regarda Aspar.) Et toi. J'ai des amis qui te cherchent. Je pense qu'ils seront bien assez satisfaits avec une preuve de ta mort. Ta tête, peut-être.

Et arrête d'essayer de tendre cet arc, ou je la fais couper tout de suite. (Son regard revint à Stéphane.) Frère, malgré tes offenses, tu peux être pardonné. Eh bien, peut-être pas pardonné, mais épargné, certainement. Tu peux toujours être utile.

— Je ne t'aiderai plus, dit Stéphane. (Il ravala sa peur, mais à sa grande surprise, sentit se former quelque chose de plus fort dans sa poitrine.) Je ne trahirai pas mes vœux ni mon Église ni les gens de mon pays. Tu vas devoir me tuer, moi aussi. (Il leva son arme de fortune.) Je me demande si tu auras le courage de me tuer toi-même.

Spendlove haussa les épaules.

— Le courage ? Le courage n'est rien. Tu verras ce qui arrive à ton courage lorsque l'on t'ouvre en deux. Pas pour te tuer, d'ailleurs. Juste pour te convaincre de ta véritable valeur. Je crains de ne pas pouvoir simplement te rendre à saint Dun.

Stéphane voulut répliquer, mais rien ne vint. Les mains tremblantes, il leva son arme.

— Fuis, Aspar, dit-il. Je vais faire de mon mieux pour les retenir.

— Je n'irais pas bien loin, répondit Aspar. Autant mourir ici qu'ailleurs.

— Alors rends-moi service, dit Stéphane. Plante ta flèche dans mon cœur s'ils font un pas vers moi.

— C'est très touchant, dit Spendlove.

Il découvrit soudain les dents, et Stéphane sentit quelque chose comme un vent chaud le dépasser. Aspar White grimaça de douleur et la flèche qu'il tenait tomba sur le sol.

— Voilà, dit Spendlove. Et maintenant…

Il baissa les yeux vers un mouvement soudain à ses pieds. C'était le fratrex, se redressant sur ses paumes et tendant le bras vers le mur du monastère.

— Spendlove, traître, hérétique, murmura le vieil homme, à peine assez fort pour être entendu.

Soudain, des fissures parcoururent les murs de pierre de la nef, se multipliant, et en un instant, dans un rugissement grinçant, toute la façade du bâtiment s'effondra. Spendlove et ses hommes disparurent derrière les décombres et la poussière.

— Au galop, malédiction, hurla Aspar, avant même que les pierres se fussent immobilisées.

— Mais je…

Stéphane fit mine de s'avancer vers le bâtiment effondré.

— Galope et nous vivrons pour peut-être combattre plus tard. Reste et nous mourons aujourd'hui.

Stéphane hésita un instant de plus, puis tourna les talons et sauta sur le dos d'Ange. Ensemble, les deux hommes chevauchèrent comme si tous les saints maudits étaient à leur poursuite.

Et peut-être qu'ils l'étaient.

CHAPITRE TREIZE

UNE RÉUNION

Cazio laissa reposer sa main sur le pommeau de Caspator et s'adossa à un grenadier. La fille dans la mare le vit, et avec un hoquet de surprise audible, se replongea dans l'eau jusqu'au menton, ce qui fut fort décevant. Bien qu'il n'eût été qu'alléché par l'esquisse de son mince corps blanc dans l'eau, son cou lui avait paru joli, et maintenant même cela était caché.

Il sourit et souleva la pile de vêtements de la pointe de l'épée.

— Merci, s'exclama-t-il d'une voix sonore, en dirigeant son visage vers le ciel. Merci, dame Érenda, patronne des amoureux, d'avoir exaucé mon vœu.

— Je ne suis pas ton vœu, lâcha la fille d'une voix cinglante. Tu dois partir immédiatement, qui que tu sois.

Elle parlait avec un accent aussi étranger et exotique que la couleur de ses cheveux. Cette fille devenait plus intéressante de minute en minute. Bien sûr, elle était aussi la première fille qu'il voyait depuis plusieurs semaines, depuis que lui et z'Acatto avaient accepté l'hospitalité de la comtesse Orchaevia. La comtesse préférait les serviteurs aux servantes, et le village le plus proche était à une journée de marche. Mais là, à une seule lieue de flânerie du manoir, il avait eu un coup de chance.

— Et je ne suis pas ton esclave, Madame, répondit Cazio. Je n'obéis pas à tes ordres. (Il agita son index dans sa direction.) De toute façon, qui es-tu pour savoir ce que je souhaite ou ne souhaite pas ? Tandis que je marchais, à l'instant, j'ai dit à notre dame Érenda : « Madame, ce monde est plein de laideur et de douleur. C'est un lugubre domaine de malheur, et mes épreuves m'ont appris à le mépriser. Il en résulte que moi, Cazio Pachiomadio da Chiovattio, qui ai autrefois adoré la vie, en suis maintenant las. Dame Érenda, ai-je prié, si tu pouvais me montrer un seul instant la plus parfaite beauté imaginable, le temps d'un seul regard, je pourrais retrouver la force de continuer, de supporter les tourments qu'un homme tel que moi est destiné à supporter. » À peine un instant plus tard, j'ai entendu le bruit de cette eau, vu cette mare, et aperçu la réponse à ma prière.

Ce n'était pas entièrement faux. L'envie d'une compagnie féminine avait majoritairement occupé ses pensées, mais il ne s'était pas adressé à la maîtresse de l'amour, du moins pas de façon formelle.

Le front de la fille se plissa encore plus profondément.

— Les jeunes Vitelliennes sont-elles plus stupides que les autres filles, ou me crois-tu abrutie parce que je viens d'un autre pays ?

— Abrutie ? Pas du tout ! Je peux voir l'intelligence dans tes yeux. Tu as peut-être été imprudente de te baigner dans une mare fréquentée par les maraudeurs et autres scélérats de mauvaise réputation, mais je suis convaincu que cela n'est dû qu'à une mauvaise connaissance de la région.

— J'apprends bien assez vite, répondit la fille. Je viens à peine d'arriver ici et j'ai déjà rencontré quelqu'un de mauvaise réputation.

— Maintenant tu essaies de me blesser, dit Cazio d'un ton mélancolique.

— Pars, que je puisse m'habiller.

— Je ne le puis, dit Cazio avec regret. Mon cœur ne me laissera pas partir. Pas tant que je n'aurai pas appris ton nom.

— Mon nom ? Je m'appelle… Fiéne.

— Un nom intéressant.

— Oui, et maintenant que tu le connais, tu peux disparaître.

— Un nom musical. Mon cœur le chante déjà. De quel pays lointain vient ce nom, Madame ?

— De Liery, rustre sans grâce. Vas-tu partir maintenant ?

Cazio lui fit un clin d'œil.

— Tu me souris, Fiéna.

— Fiéne. Et je ne souris pas. Ou si je le fais, c'est devant ton absurdité. Et cela se prononce Fi-é-neuh.

— Tu ne souhaites pas connaître mon nom ?

— Tu l'as déjà dit. Cadeau, quelque chose comme cela.

— Ça-dzi-oh, corrigea-t-il.

— Cazio. Cazio, tu dois partir, maintenant.

Cazio acquiesça et s'assit sur la racine difforme d'un saule.

— Certainement, je le dois, reconnut-il.

Il s'aperçut soudain que la pile de vêtements était un habit.

— Es-tu une nonne ? demanda-t-il.

— Non, dit la fille. J'en ai trouvé une, je l'ai tuée, et j'ai pris ses vêtements. Qu'est-ce que tu crois, malotru, avec le Séjour des Grâces juste de l'autre côté de la colline ?

Cazio regarda en tous sens.

— Il y a un convent à proximité ?

— De l'autre côté de la colline.

— Une maison pleine de femmes aussi belles que toi ? Dame Érenda doit être particulièrement satisfaite de moi.

— Oui, et tu devrais te hâter d'aller les courtiser, dit Fiéne. Elles sont toutes aussi nues que moi.

— Ce serait une perte de temps, dit Cazio en affectant un ton triste. J'ai déjà vu la plus belle d'entre elles. Cela me ferait faire le tour de la colline juste pour revenir ici. Ce qui nous conduit à la question : Pourquoi te trouves-tu là ? Quelque chose me dit que tu ne devrais pas y être.

— Es-tu un bandit de grand chemin ? demanda soudain la fille. Es-tu un coquin ?

— Je suis à ton service, répondit Cazio. Si tu veux que je sois un coquin, je pourrai certainement l'être.

— Je préférerais un gentilhomme qui me permette de m'habiller.

— Voici un gentilhomme qui te le permet, répondit Cazio en tapotant les vêtements.

— Pas tant que tu regardes.

— Mais ta vue m'a été accordée par une déesse. Qui suis-je pour m'opposer à sa volonté ?

— Tu ne m'as pas vue, corrigea Fiéne d'une voix qui trahissait un doute. J'étais immergée.

Cazio la regarda de haut.

— Je le reconnais, je n'en ai pas vu l'image non déformée. Les mouvements de l'eau ont pu masquer des défauts dans la silhouette. Je commence à me demander si tu peux être aussi belle que je l'ai imaginé.

— Et zut ! répondit Fiéne. Je n'ai pas à supporter un tel affront. Tiens, dis-moi s'il y a le moindre défaut.

Tout en disant cela elle commença à se relever, mais

lorsque l'eau atteignit ses clavicules, elle renâcla d'un ton moqueur et se replongea dans l'eau.

— Je répète, dit Fiéne. Pourquoi crois-tu que je suis stupide ?

Cazio laissa tomber sa tête.

— C'est moi qui suis stupide. Je sais déjà que ta beauté est parfaite.

Fiéne ouvrit de grands yeux et les posa effrontément sur lui.

— Je suis promise, messire, dit-elle. Je n'ai cure de savoir si tu me juges parfaite ou parfaitement laide.

— Ah. Alors tu n'es pas une nonne.

— J'ai été envoyée ici pour mon éducation, c'est tout.

— Que soient loués tous les seigneurs et toutes les dames du ciel nocturne et des profondeurs de la terre, dit Cazio, car j'ai maintenant un léger espoir.

— Un espoir ? Pour toi et moi ? (Elle s'esclaffa.) Il n'y a aucun espoir pour cela, à moins que tu n'envisages de me tuer et de souiller mon corps. À la suite de quoi tu pourras songer à ta propre mort des mains de mon fiancé, Roderick.

— Roderick ? Quel nom peu amène. Il sent les boutonnements et la trahison.

— Il est noble et bon, et ne profiterait jamais de la détresse d'une dame comme tu le fais.

Malgré lui, Cazio sentit soudain ses oreilles le chauffer.

— Alors ce n'est pas vraiment un homme, répondit-il. Aucun homme ne pourrait détourner les yeux de ton visage.

— Oh, c'est mon visage qui t'intéresse. Alors cela ne te gênera pas si je m'habille. Ma guimpe ne cachera pas mes traits.

— Pas si tu me promets de rester ici et de me parler

un peu, concéda Cazio. J'ai l'impression que rien ne te presse.

La fille fronça les sourcils.

— Tu vas au moins tourner le dos ?

— Madame, je vais le faire.

Et il le fit, malgré le bruit attirant lorsqu'elle émergea de la mare, et le bruissement de ses vêtements lorsqu'elle les récupéra. Un instant, elle fut si proche qu'il aurait pu se retourner et la toucher. Mais elle était difficile, celle-là. Elle allait nécessiter des efforts.

Il l'entendit rapporter ses vêtements jusqu'à la mare.

— Quel jour sommes-nous ? demanda-t-elle.

— Puis-je me retourner ?

— Pas encore.

— Nous sommes aujourd'hui menzodi, répondit-il.

— Encore trois jours, murmura-t-elle. Bien. Merci.

— Encore trois jours de quoi ? demanda-t-il.

— As-tu quelque chose à manger ? demanda Fiéne au lieu de lui répondre.

— Rien, je le crains.

— Très bien. Non, ne bouge pas encore, je n'ai pas tout à fait terminé.

Cazio gonfla ses joues et tapota du pied.

— Tu ne m'as pas dit ce que tu faisais ici, dit-il. Mais c'est en contradiction avec le règlement du convent, n'est-ce pas ?

Elle ne répondit pas.

— Puis-je me tourner maintenant ? demanda-t-il. J'ai respecté ma part du marché.

Lorsqu'elle ne répondit toujours pas, il se retourna – juste à temps pour la voir disparaître sur le versant de la colline.

— Beauté perfide ! cria-t-il dans sa direction.

Elle reparut brièvement dans son champ de vision, lui fit signe de la main et lui envoya un baiser. Puis elle disparut. Il envisagea de la poursuivre, mais décida que non. Si elle voulait jouer à ce genre de jeu, qu'elle le fasse avec sire Ontro.

En soupirant, il tourna les talons et repartit vers le manoir de la comtesse Orchaevia. Mais il prit soin de mémoriser l'emplacement de la mare.

Le soleil formait une pièce d'or parfaite et il restait une heure avant le soir lorsque Cazio arriva en vue de la demeure. Elle se dressait en contrebas, au milieu de cent versos de vignoble, une unique route étroite y menant et s'en éloignant. La maison elle-même était splendidement immense, avec des murs blancs et un toit rouge, une cour intérieure spacieuse et un horz rustique sur son aile ouest. Derrière le bâtiment se trouvaient les écuries, la cour de ferme et les chais dans lesquels le vin était fermenté et mis en bouteille.

Cazio descendit entre les rangées de pieds de vigne, picorant nonchalamment ici et là des fruits améthyste, s'imprégnant de l'odeur douce et vineuse des grains qui étaient tombés au sol pour y pourrir.

Il ne pouvait s'empêcher de songer à cette fille. Elle avait dit qu'elle venait de Liery. Quel pays était-ce ? L'un des pays du Nord, sûrement, là où les peaux aussi pâles et les cheveux d'étranges couleurs étaient courants.

Il se retrouva devant le portail du manoir sans même l'avoir réalisé. Un serviteur aux traits anguleux en chausses jaunes et pourpoint lie-de-vin le reconnut et le laissa entrer dans la cour aux pavés rouges.

Une voix féminine et rauque l'accueillit comme il entrait.

— Cazio, mon *dello* ! dit-elle. Où étais-tu ? Tu as presque raté le dîner !

Cazio s'inclina.

— Bonsoir, *casnara* comtesse Orchaevia. Je me promenais simplement dans les magnifiques alentours de ton domaine.

La comtesse Orchaevia était assise à une longue table sous la corniche du mur de la cour. C'était une femme d'une cinquantaine d'années, épaissie et arrondie par la chère abondante qui agrémentait toujours sa table. Son visage était aussi rond et brillant qu'un plateau de porcelaine, avec un petit nez retroussé, des yeux émeraude, et des joues roses. Cazio l'avait rarement vue sans un sourire sur le visage.

— Encore une promenade ? J'aimerais pouvoir avoir plus à offrir ici en termes de distractions, que tu n'aies pas à arpenter toutes les terres de la création.

— Cela me plaît, dit Cazio, et je me maintiens en forme.

— Eh bien, un jeune homme doit toujours être en forme, reconnut-elle. S'il te plaît, joins-toi à mon repas.

Elle fit un signe de tête en direction des viandes étalées devant elle.

— Je crois que c'est ce que je vais faire, dit-il. Tout cela m'a ouvert l'appétit.

Il tira une chaise au siège de cuir, s'assit, et passa en revue ce que la table avait à offrir. Il se décida pour une figue, coupée et ouverte de façon à ressembler à une fleur, et garnie du jambon sec et salé de la région. Un serviteur s'approcha et lui versa un gobelet d'un vin rouge sombre.

— Z'Acatto était-il avec toi ? demanda la comtesse. Je ne l'ai pas vu de la journée non plus.

— As-tu vérifié tes caves à vin ? demanda Cazio. Il a tendance à se nicher dans ce genre d'endroit.

— Eh bien qu'il y reste, dit-elle en faisant la moue et en étalant un cube de fromage frais, baignant dans l'huile d'olive et l'ail, sur une tranche de pain grillé. Il n'a pas accès aux meilleurs crus, de toute façon. Il croit que je ne sais pas qu'il les cherche. (Elle releva les yeux vers Cazio.) Dans quelle direction es-tu allé, aujourd'hui ?

Cazio fit un geste vers l'ouest avec la demi-figue qui lui restait.

— Oh ! Tu es allé voir le Séjour des Grâces.

— Je ne sais pas de quoi tu parles, répondit innocemment Cazio en buvant une gorgée de vin. Je n'ai vu que des arbres et des brebis.

Elle le regarda d'un œil soupçonneux.

— Tu essaies de me faire croire qu'un jeune et beau dello comme toi n'avait pas reniflé un convent plein de jeunes filles ? Je n'aurais jamais cru que cela te prendrait si longtemps.

Cazio haussa les épaules et saisit une olive noire mûre.

— Peut-être que j'irai là-bas demain.

La comtesse agita une cuisse de perdreau grillée dans sa direction.

— Ne va pas y créer de problèmes. Ce sont mes voisines, tu sais. Tous les ans, j'organise une petite fête pour elles. C'est le seul luxe qui leur est permis.

— Vraiment ? dit Cazio en plaçant le noyau d'olive dans un petit plat et en tournant son attention vers une assiette de poires tranchées et de fromage à croûte dure.

— Oh, Orchaevia a toute ton attention, maintenant, n'est-ce pas ?

— C'est absurde, dit Cazio en détendant ses jambes et en croisant paresseusement les chevilles.

— Eh bien, puisque cela ne t'intéresse pas…

Elle haussa les épaules et but une longue gorgée de vin.

— Très bien, disons que cela peut avoir un certain intérêt. Quand cette fête a-t-elle lieu ?

La comtesse sourit.

— La veille de Fiussanal, le premier jour de Seftamenza.

— Dans trois semaines.

— Bien sûr, tu n'es pas invité, dit-elle malicieusement. Mais je pourrais peut-être arranger quelque chose, si une affaire de cœur l'exigeait.

— Il n'y a aucune affaire d'une telle sorte. Et je ne serai peut-être plus ici dans trois semaines.

Orchaevia agita négativement la tête.

— Oh, les choses ne se sont pas encore calmées à Avella. Cela prendra encore du temps.

— J'avais envisagé un voyage à Furonesso, dit Cazio.

La comtesse toussa dans son vin.

— Par cette chaleur ? Quelle idée ?

— Mon épée commence à se rouiller.

— Tu t'entraînes chaque jour avec mes gardes !

Cazio haussa les épaules.

La comtesse plissa les yeux, puis éclata soudain de rire.

— Tu vas rester, opina-t-elle en étalant un pâté de foie de lapin sur une autre tranche de pain. Tu essaies seulement de te convaincre que personne ne te mène par le bout du nez.

Cazio s'immobilisa, avec un œuf de caille beurré à mi-chemin de la bouche.

— Casnara, par le ciel, de quoi parles-tu donc ?

Elle sourit.

— Je peux le voir à cet air distrait sur ton visage, à ton expression quand j'ai mentionné ma fête. N'essaie jamais de tromper Orchaevia lorsqu'il s'agit d'une affaire de cœur. Tu es amoureux.

— C'est tout à fait ridicule, dit Cazio avec emphase. Même si j'avais rencontré quelqu'un aujourd'hui, crois-tu que mon cœur pourrait chavirer aussi vite ? (Il sentait la colère monter en lui.) C'est ce qui arrive dans tes histoires, Comtesse, pas dans la vraie vie.

— C'est ce que pensent tous les jeunes hommes jusqu'au moment où cela leur arrive, répliqua la comtesse en lui faisant un clin d'œil. Demain, tu repartiras dans la même direction qu'aujourd'hui. Crois-moi.

Anne s'éveilla dans l'obscurité. Depuis une cachette sur la colline, elle avait regardé l'homme étrange s'éloigner, sans être pour autant convaincue qu'il ne reviendrait pas, et avait donc dormi dans la caverne. Bien sûr, il paraissait relativement inoffensif ; il ne l'avait pas menacée, il s'était contenté de se pavaner et de parader comme un jeune coq. Mais il était inutile de se montrer stupide.

Elle se redressa, s'étira, s'orienta, et reprit précautionneusement le chemin de l'extérieur. Son estomac gargouilla ; toute la nourriture qui avait été descendue avec elle se trouvait toujours au sanctuaire de Méfitis, et Anne n'avait pas envie d'y revenir avant que ce ne devînt nécessaire. Elle avait bien envisagé d'y retourner dormir, au cas où les sœurs décideraient de s'enquérir d'elle, mais comme elles ne l'avaient pas fait durant les six jours précédents, Anne n'avait eu aucune raison de supposer qu'elles le feraient aujourd'hui.

Néanmoins, elle allait bientôt devoir faire quelque chose au sujet de sa faim. Peut-être qu'elle pourrait trouver des pommes ou des grenades.

Elle attendit un temps à l'entrée de la caverne, à écouter et regarder, puis commença à descendre. Elle retrouva la mare, en fit plusieurs fois le tour, et n'aperçut personne. Alors elle se mit en quête de nourriture.

Vers la midi, elle était quasiment prête à abandonner et à retourner au sanctuaire. Elle avait découvert quelques fruits, mais soit elle n'en connaissait pas l'espèce, soit ils n'étaient pas mûrs. Elle avait aperçu un lapin et nombre d'écureuils, mais ne savait rien de la chasse, ni de la façon de faire du feu à supposer qu'elle eût attrapé quelque chose. Austra avait eu raison, bien sûr : elle n'aurait jamais pu survivre seule dans la forêt. Cela avait en fait été une bonne chose que sa tentative de fugue se fût soldée par un échec.

Déconfite, elle repartit vers la caverne.

En repassant près de la mare, elle saisit un mouvement du coin de l'œil et plongea derrière un buisson. Elle grimaça en entendant le bruit qu'elle avait fait, puis regarda précautionneusement à travers les feuilles.

Cazio était revenu. Aujourd'hui, il portait une chemise blanche et des chausses rouge sombre. Son épée était posée contre un olivier tout proche, et lui était assis sur une couverture. Il était occupé à tirer diverses choses d'un panier : des poires, du fromage, du pain, une bouteille de vin.

— J'ai apporté de la nourriture, cette fois, dit-il sans se retourner.

Anne hésita. Il était suffisamment loin pour qu'elle eût une chance, si elle s'enfuyait, de ne pas être rattrapée. Pourtant, que savait-elle de cet homme, sinon que c'était un âne arrogant ?

Qu'il avait gardé le dos tourné quand elle était nue, comme elle le lui avait demandé. Après un instant de réflexion, elle émergea du buisson et marcha vers lui.

— Tu es tenace, fit-elle remarquer.

— Et tu es affamée, répondit-il. (Il se leva et la salua en s'inclinant.) Il n'y a pas eu de présentations formelles, hier. Je suis Cazio Pachiomadio da Chiovattio. Je serai ton obligé si tu te joins à moi pour un temps.

Anne pinça les lèvres.

— Comme tu l'as dit, je suis affamée.

— Alors s'il te plaît, casnara Fiéne, assieds-toi avec moi.

— Et tu agiras en gentilhomme ?

— En toute chose.

Elle s'installa prudemment de l'autre côté de la couverture, avec la nourriture entre eux. Elle regarda les victuailles avec des yeux affamés.

— Mange, s'il te plaît, dit Cazio.

Elle prit une poire et la mordit. Elle était douce et mûre, et le jus coula sur son menton.

— Essaie avec du fromage, dit Cazio en lui servant un verre de vin rouge. C'est du *caso dac'uva*, l'un des meilleurs de la région.

Anne prit un morceau de fromage. Il était fort, dur et piquant, et allait très bien avec la poire. Elle fit passer tout cela avec du vin. Cazio se mit à manger lui aussi, à un rythme beaucoup plus mesuré.

— Merci, dit Anne lorsqu'elle eut mangé un peu de pain et repris du vin, lequel lui réchauffait déjà les esprits.

— Te voir est déjà un remerciement suffisant, répondit Cazio.

— Tu n'es pas le moins du monde un coquin, accusa Anne.

Cazio haussa les épaules.

— Il en est qui ne partageraient pas ton avis, mais je ne l'ai nullement prétendu : seulement proposé.

— Qu'es-tu, alors ? Pas un berger, avec cette épée. Un nomade ?

— En un sens, répondit Cazio.

— Alors tu n'es pas d'ici ?

— Je suis d'Avella.

Anne ne releva pas. Elle ne savait pas où se trouvait Avella, et cela ne l'intéressait pas.

— Tu es en vacances ? demanda-t-elle.

Cazio sourit.

— En un sens, répéta-t-il. Bien que cela n'eût pas été festif jusqu'à aujourd'hui.

— Je suis toujours promise, lui rappela Anne.

— Oui, c'est ce qu'on m'a dit. Une situation temporaire, car lorsque tu auras appris à me connaître…

— … je continuerai sans aucun doute de penser que tu es un âne, si tu continues de parler ainsi, répliqua Anne.

Cazio porta la main à sa poitrine.

— C'était une flèche terrible, dit-il, qui a transpercé mon cœur.

Anne rit.

— Tu n'as pas de cœur, Cazio, ou du moins il n'est pas bruyant. Il est d'autres parties de toi qui sont plus démonstratrices.

— Tu crois bien me connaître, et si vite ? dit Cazio. Ce fiancé dont tu parles, est-il meilleur parleur ?

— Infiniment meilleur. Il écrit des lettres merveilleuses, il déclame de la poésie. (Elle marqua une pause.) Ou du moins il le faisait lorsqu'il pouvait encore me parler ou m'écrire.

— Te dit-il que tes cheveux sont comme le safran rouge le plus rare de Shaum ? Parle-t-il des myriades de couleurs de tes yeux ? Connaît-il ton souffle aussi bien que le sien ?

Les yeux de Cazio étaient soudain fixés sur les siens, à en être gênants.

— Tu ne devrais pas dire de telles choses, maugréa Anne.

Elle ressentait soudain comme un vide douloureux. *Je ne me souviens même plus de son visage.* Néanmoins, elle aimait Roderick. Elle savait au moins cela.

— Depuis combien de temps ne l'as-tu plus revu ? demanda Cazio.

— Presque deux mois.

— Tu es sûre d'être toujours fiancée ?

— Que veux-tu dire ?

— Je veux dire qu'un homme qui laisserait son amour être emportée dans un convent à mille lieues de lui est peut-être moins passionné dans ses transports que d'autres.

— Ce… Retire ceci immédiatement !

Anne se remit sur pied de fureur, oubliant presque que ses fiançailles étaient un mensonge. Roderick n'avait jamais parlé de mariage. Elle n'en avait fait mention que pour parer aux attentions de Cazio.

— Je n'ai pas voulu t'offenser, s'empressa de dire Cazio. Si je suis allé trop loin, je te prie de m'en excuser. Comme tu l'as dit, je peux être un âne. S'il te plaît, reprends un peu de vin.

Le vin avait déjà eu un effet considérable sur Anne, mais elle se remit néanmoins à genoux et accepta le gobelet fraîchement rempli. Elle lui adressa tout de même quelque chose qui ressemblait à un regard froid.

— J'ai une idée, dit Cazio après un temps.

— Quelle créature solitaire elle doit être.

— Je t'ai présenté mes excuses, lui rappela-t-il.

— Très bien. Quelle est cette idée ?

— Je suppose que ton amoureux ne t'a pas écrit parce que toute correspondance t'est interdite au convent ?

— Il ne sait pas où je suis. Et même s'il le savait, aucune lettre de moi ne pourrait l'atteindre, je le crains.

— Tu connais sa main ?

— Comme la mienne.

— Très bien, dit Cazio en s'étendant sur un coude et en levant son gobelet de vin. Tu vas écrire et sceller une lettre, et je m'assurerai qu'elle soit délivrée à ce Roderick. S'il y a une réponse, je la recevrai et te la porterai à tout endroit de ta convenance.

— Tu ferais cela ? Pourquoi ?

— S'il t'apprécie, il te répondra. S'il t'aime, il viendra. S'il t'a oubliée, il ne fera ni l'un ni l'autre. Dans ce cas, j'espère y gagner.

Anne resta interloquée, stupéfaite par cette offre, même si elle en vit rapidement le défaut.

— Mais si je te confie cette correspondance, lui fit-elle remarquer, tu pourras facilement le faire passer pour inconstant en ne transmettant pas la lettre.

— Et je te donne ma parole que je te transmettrai toute lettre qu'il t'envoie. Je le jure sur le nom de mon père et sur la lame de ma bonne épée, Caspator.

— Je ne pourrai jamais accepter la seule absence de correspondance pour preuve.

— Même ainsi, je maintiens mon offre, répondit Cazio avec aisance.

— Encore une fois, pourquoi ?

— Si rien d'autre ne doit exister entre nous, dit Cazio, je veux au moins que tu saches que je suis honnête. De plus, cela ne me coûte pas grand-chose. Un petit voyage au village le plus proche, une poignée de pièces au *cuveitur*. J'ai juste besoin de savoir où l'on peut trouver ton Roderick.

— Il nous sera peut-être difficile de nous revoir après aujourd'hui, dit Anne. Et je n'ai avec moi rien pour écrire.

— Nous allons bien trouver un moyen.

Anne y réfléchit un moment, et il lui vint à l'esprit qu'elle pouvait non seulement envoyer un message à Roderick, mais aussi un autre à son père pour l'avertir de ses visions et des menaces sur Crotheny qu'elles prédisaient.

— Tu as déjà vu le convent ? demanda-t-elle.

— Pas encore. Il se trouve de l'autre côté de la colline, n'est-ce pas ?

— Oui. Ma chambre est au sommet de la plus haute tour. J'écrirai la lettre, je la lesterai avec une pierre, et je la lancerai. Peut-être que nous pourrons trouver quelque moyen avec une cordelette pour que tu me fasses remonter ses réponses, ou peut-être que je pourrai te revoir ici. Dans ce cas, je te confierai d'autres missives. (Elle le dévisagea.) Est-ce trop te demander ?

— Pas le moins du monde, répondit Cazio.

— Tu ne vas pas poursuivre ta route ?

— Je me sens bien dans cette région pour l'instant, dit-il.

— Alors je te remercie encore une fois, répondit Anne. Ton offre est plus que je n'aurais osé pouvoir rêver. Je trouverai un autre moyen de te récompenser.

Un instant, on eut dit que Cazio rougissait. Puis il haussa de nouveau les épaules.

— Ce n'est rien. S'il doit y avoir une récompense, ce sera notre amitié. (Il leva son gobelet.) À l'amitié.

En souriant, Anne répondit au toste.

Cazio eut pour lui-même un sourire ironique alors qu'il traversait les champs en direction du manoir d'Orchaevia. Il était content de lui. Il n'y avait peut-être personne dans cette région qui fût digne de son épée, mais il avait néanmoins trouvé un défi à relever. L'amour, non. Orchaevia était trop romantique. Mais la chasse, oui, voilà ce qui valait la peine. Cela rendrait l'union tellement plus douce lorsque Fiéne se soumettrait. Elle était un projet digne d'occuper son temps.

Et si ce Roderick venait s'en mêler ? Eh bien, alors Caspator pourrait lui donner une leçon ou deux, et c'en serait encore meilleur.

CHAPITRE QUATORZE

POURSUITE

— Je les entends, chuchota Stéphane d'une voix aussi basse que possible. Par là.

Il tendit le doigt vers l'est, en pointant à travers les arbres.

— Je n'entends rien, dit le forestier.

— Chut. Si je peux les entendre, alors ils peuvent peut-être nous entendre aussi. La voie des sanctuaires a béni mes sens, et certains d'entre eux ont arpenté les mêmes sanctuaires.

Aspar se contenta d'opiner et porta son doigt à ses lèvres en signe de silence.

Après un temps, le bruit des chevaux et des cavaliers disparut.

— Ils sont hors de portée, dit Stéphane au forestier une fois qu'il en fut certain.

— Ils ont suivi la fausse piste, alors. C'est bien.

Le forestier se redressa. Son visage était toujours épuisé et pâle, et il se mouvait comme si ses membres avaient été à moitié sectionnés.

— Tu as besoin de repos et de soins, dit Stéphane.

— Estronc. Je vivrai. Je me sens mieux.

Stéphane en douta, mais ne discuta pas.

— Que fait-on maintenant ? préféra-t-il demander.

— Répète-moi exactement ce que tu les as entendus dire.

Stéphane lui rapporta la conversation comme il l'avait entendue. Lorsqu'il en vint au passage sur Fend, le forestier se tendit.

— Tu es sûr. Tu es sûr qu'ils ont parlé de Fend ?

— Oui. Ma mémoire est meilleure, maintenant.

— Fend et une bande de moines, en route pour tuer la reine. Par l'œil du Furieux, que se passe-t-il donc ?

— J'aimerais le savoir, dit Stéphane.

— Cal Azroth, songea Aspar. C'est en Loiyes. C'est là que vont les royaux quand ils ont besoin d'une protection extraordinaire. Je ne vois pas comment une poignée d'assassins espèrent y pénétrer.

— Ils ont le greffyn.

— Je n'en suis pas si sûr, dit Aspar. Ils le suivaient, oui, et il ne les a pas attaqués, mais je ne crois pas qu'ils le contrôlent.

— Mais le roi de bruyère le contrôle, répliqua Stéphane. Et le roi de bruyère semble être derrière tout cela. Et qui sait quels pouvoirs Spendlove a acquis en arpentant les sanctuaires ténébreux ?

— Oui, grommela Aspar. Aucune importance. Nous allons les suivre et les tuer.

— Tu n'es pas en état de tuer qui que ce soit, dit Stéphane. Ne pouvons-nous pas contacter le roi ? Lui faire envoyer des chevaliers ?

— Le temps que nous faisions cela, ils seront à Cal Azroth.

— Et sire Symen ?

— Il faudrait faire un trop grand détour.

— Alors il n'y a que nous ?

— Oui.

Stéphane prit une profonde inspiration.

— Eh bien alors, je suppose que nous allons faire cela. (Il croisa le regard du forestier.) Pendant que j'y pense, merci.

— Merci pour quoi ? C'est toi qui m'a sauvé la vie. Encore une fois.

— Pour m'avoir cru. Pour m'avoir fait confiance. Si tu t'étais arrêté le temps de poser des questions…

— Écoute, dit le forestier. Tu es jeune et naïf et pénible, mais tu n'es pas un menteur, et si tu vois un danger, c'est qu'il doit être sacrément évident.

— J'ai failli ne pas le voir à temps, dit Stéphane.

— Mais tu l'as vu. Ça doit être ces nouveaux yeux que tu as.

— Je ne l'ai pas vu assez vite pour sauver le fratrex, dit Stéphane en sentant les effets de cette pensée au fond de son estomac.

— Oui, eh bien le fratrex avait été là depuis plus longtemps que toi. Il aurait dû s'en apercevoir lui-même, dit Aspar en s'avançant vers Ogre. De toute façon, c'est une perte de temps, toutes ces congratulations et ces lamentations. Remettons-nous sur leur piste avant qu'elle ne refroidisse.

Stéphane acquiesça, ils remontèrent à cheval, et repartirent. Autour d'eux, la forêt chantait l'approche de la mort.

QUATRIÈME PARTIE

LE SANG RÉGALIEN

En le mois de seftmen de l'an 2223 d'Éveron

Ô Mère, je suis blessé gravement
Et je vais mourir en ce jour,
Mais je dois te dire ce que j'ai vu
Avant de disparaître pour toujours

Une faux pourpre abattra les étoiles
Et une corne inconnue retentira altière
Sur le sol où coule le sang régalien
Pousseront les sarments noirs de bruyère

du *Riciar ya sa Alvqin*,
une chanson du folklore de l'est
de la Crotheny

CHAPITRE UN

UNE EXCURSION

Neil MeqVren parcourut les collines du regard, à la recherche d'un danger. Il claqua de la langue pour Houragan, le pressant de revenir au niveau de la reine et de dame Erren, qui chevauchaient à fourches en amont de lui sur la route surélevée.

— Majesté, dit-il pour la troisième fois, ce n'est pas une bonne idée.

— Tout à fait d'accord, dit Erren.

— Je suis consciente de votre opinion, répondit la reine en écartant leurs protestations. D'ailleurs, je l'ai même entendue deux fois de trop.

— Nous sommes venus à Cal Azroth pour la protection qu'elle assure, fit remarquer Erren.

— Effectivement, répondit la reine.

— Mais si nous ne sommes pas *dans* Cal Azroth, quelle protection peut-elle nous assurer ?

Elle fit un geste en direction de la place forte, qui était encore visible derrière eux. Elle n'était pas immense, mais comprenait trois murailles défensives, une garnison, et une excellente position sur la colline, en plus d'être entourée de larges fossés. Dix hommes avaient autrefois défendu Cal Azroth contre deux mille.

— Je ne suis pas convaincue que nous soyons plus en sécurité dans la forteresse qu'ici, répondit la reine. Elle nous protégerait d'une armée, je te le concède. Mais crois-tu que quiconque enverrait une armée pour tuer mes filles ou moi ? Je ne le crois pas. Je partage de plus en plus l'opinion de sire Neil.

— Et de quelle opinion s'agit-il, si je puis me permettre ? s'enquit aimablement Erren, en dardant vers Neil un regard si affûté qu'il aurait tranché l'acier.

— Que nous avons été envoyés ici parce que Guillaume s'est fait manipuler par quelqu'un – Robert ou dame Gramme, peut-être – qui veut nous éloigner de la cour pour un temps.

Les yeux d'Erren se rétrécirent.

— Non pas que je ne l'avais pas moi-même envisagé, dit-elle, mais j'aimerais savoir pourquoi sire Neil n'a pas fait mention de cette opinion devant moi.

Tu n'es que l'épée, tu te souviens ? pensa Neil.

— J'étais convaincu, Madame, que tu avais une opinion plus informée que la mienne.

— Tu avais au moins raison en cela, répondit Erren. Mais t'est-il venu à l'esprit que si quelqu'un avait manœuvré pour amener Sa Majesté et ses enfants ici, son objectif pouvait être plus que simplement contrecarrer leur influence à la cour ? Qu'il pouvait également avoir l'intention de leur nuire ?

Avant que Neil n'eût pu répondre, la reine s'esclaffa.

— Si c'est le cas, alors le dernier endroit où nous devrions nous trouver est bien la forteresse, où nos conspirateurs hypothétiques s'attendraient à nous trouver rassemblés, comme des agneaux attendant le maillet du boucher.

— À moins qu'ils n'attendent que nous fassions

quelque chose de stupide, comme chevaucher jusqu'à Glenchest.

La reine ouvrit de grands yeux.

— Erren, nous sommes tous prisonniers de Cal Azroth depuis près de deux mois. La demeure d'Élyonère se trouve à moins d'une demi-journée de cheval, et nous avons douze chevaliers en arme et trente piétons avec nous.

— Oui, et ils sont éminemment repérables, ajouta Erren.

— Dame Erren, sire Neil, brisez là ! conseilla Fastia, qui remontait à leur niveau. Une fois que ma mère a pris sa décision, elle est irrévocable, et toi au moins devrais le savoir, Erren. Nous allons rendre visite à tante Élyonère, et c'est tout.

— De plus, renchérit Elseny, j'en ai assez de ce vieux château. Il n'y a rien à faire, là-bas. (Elle soupira.) La cour me manque tant. Le prince Cheiso, le fiancé de tante Lesbeth, a dû arriver, maintenant, et j'avais tellement envie de le rencontrer.

— Tu feras sa connaissance bien assez tôt, dit la reine d'un ton apaisant.

Neil n'entendait tout cela que d'une oreille ; l'autre restait aux aguets. La route qu'ils suivaient traversait principalement des terrains découverts : des vergers de poiriers et de pommiers, des champs de blé et de millet. Et pourtant même un tel espace offrait d'amples opportunités pour une embuscade. Une seule flèche bien placée tirée par quelqu'un caché dans les branches d'un arbre, et tout était perdu.

Comme l'avait rappelé Erren, ils formaient une procession impressionnante. La reine, Erren, Fastia, Elseny et lui-même chevauchaient en un groupe. Audra et Méré, les servantes de Fastia et d'Elseny respectivement, se tenaient quelques pas en arrière, et bavardaient comme des pies. Le prince Charles suivait un peu plus loin, en chantant des comptines tandis que Coiffe-de-Chien avançait à pied à son côté en cabriolant. Aujourd'hui, le couvre-chef rouge du bouffon était si grand qu'il le recouvrait presque jusqu'aux genoux, et bien que Neil fût convaincu que, par quelque artifice, le bouffon pouvait bien voir, il n'aurait pu dire comment, car le chapeau n'avait pas de trous.

Autour du groupe royal, des Mestres à cheval et des piétons formaient un carré lâche, prêt à se resserrer à tout moment.

Cela n'apportait à Neil qu'un piètre réconfort : pour ce qu'il en savait, n'importe lequel de ces hommes pouvait se retourner contre lui. Néanmoins, si ce devait être le cas, alors la reine avait raison : ils pouvaient tout aussi bien tuer dans la forteresse que dans la lumière.

— Pourquoi une expression aussi taciturne, sire Chevalier ?

Surpris, Neil se tourna sur sa selle. Concentré sur les moyennes et longues distances, il n'avait pas remarqué Fastia redescendant à son niveau.

— Je ne suis pas taciturne, Landegrave. Juste vigilant.

— Tu as l'air plus que vigilant ; tu parais aussi nerveux qu'un lapin pris dans une chasse au goupil. Crois-tu vraiment qu'il y ait du danger ici ? Nous sommes en Loiyes, après tout, pas à Hansa.

— Et nous étions à Eslen lorsque ta mère a été attaquée.

— C'est vrai. Quoi qu'il en soit, cela ne change rien à ce que j'ai dit tout à l'heure : Mère ne se laissera pas dissuader, alors autant en prendre son parti.

Elle sourit, et ce fut si inattendu sur son visage habituellement imperturbable qu'il ne put que faire de même.

— C'est mieux, dit-elle en souriant toujours.

— Je… (Il s'inquiéta soudain de ne pas avoir une

mouche sur les dents ou quelque chose d'autre.) Il y a quelque chose de drôle, Landegrave ?

— Tourne-toi et regarde derrière.

Neil fit ce qu'elle avait dit. Il y avait le prince Charles et Coiffe-de-Chien, les servantes…

Lorsque son regard croisa ceux d'Audra et de Méré, elles devinrent toutes deux aussi rouges que des cerises mûres et se mirent à glousser. Mortifié, Neil se retourna aussitôt.

— Elles sont restées là à parler de toi toute la matinée, dit Fastia. Elles ne peuvent pas te quitter des yeux.

Neil sentit ses propres joues chauffer et se dit qu'il devait être de la même couleur que les servantes.

— Je ne… Je veux dire, je n'ai…

— Tu ne leur as pas même parlé ? Je sais. Si tu leur parlais, je crois qu'elles tomberaient de cheval.

— Mais pourquoi ?

— Sire Neil, s'il te plaît. Tu es bel homme, et tu dois le savoir. Il devait bien y avoir des filles, à Liery, n'est-ce pas ?

— Oh, eh bien, il y en avait une…

De telles discussions le mettaient mal à l'aise, en particulier avec la sévère Fastia.

— Une seule ? Dans toutes les îles ?

— Je veux dire une seule que je… Euh…

— Tu n'as eu qu'une aimée ?

— Elle n'a jamais été mon aimée, dit Neil. Elle fut promise, peu après notre rencontre.

— Quel âge avais-tu ?

— Douze ans.

— Elle fut fiancée alors que tu avais douze ans ? Et après cela, aucune autre jeune femme ne s'est intéressée à toi ?

— Certaine si, je suppose. Mais mon cœur était pris.

Je lui avais fait serment, vois-tu, qu'aussi longtemps qu'elle vivrait, je n'aimerais personne d'autre.

— Une promesse faite alors que tu avais douze ans. Et elle ne t'a jamais libéré de ce vœu ?

— Elle est morte en couches, Princesse, il y a un an.

Les yeux de Fastia s'écarquillèrent et s'adoucirent étrangement. Il ne les avait jamais vus aussi doux.

— Que sainte Anne la bénisse, dit-elle. Je suis désolée d'entendre cela.

Neil se contenta d'opiner.

— Mais, et pardonne-moi si cela peut te sembler cruel, tu es libéré de ton vœu, maintenant.

— C'est vrai. Mais j'ai fait un autre serment, celui de protéger ta mère.

— Ah, dit Fastia en hochant la tête, tu découvriras, je crois, que peu d'hommes respectent leurs vœux comme tu le fais. (Une note d'amertume s'insinua dans sa voix.) Les vœux du mariage, en particulier.

Neil ne put rien trouver d'élégant à ajouter, et préféra donc rester silencieux.

Fastia se ragaillardit après un temps.

— Ce que je peux être ennuyeuse, dit-elle. Anne a raison à mon sujet.

— Je ne te trouve pas ennuyeuse, répondit Neil. De tous ceux que j'ai rencontrés à la cour, tu as été la plus agréable et la plus serviable avec moi.

Les joues de Fastia rosirent.

— Que c'est aimable, messire. Ta compagnie a été appréciée, ces derniers mois.

Neil craignit soudain d'avoir franchi un seuil qu'il n'aurait jamais dû approcher, et préféra ramener son regard vers le paysage alentour. Parsemant la bordure de la route, les tiges éparses de fleurs étiolées ressemblant à de petits escaliers en spirale attirèrent son attention avec leurs fleurs orange vif.

— Connais-tu le nom de cette fleur ? demanda-t-il à

défaut de trouver mieux à dire. Je ne les ai jamais vues à Liery.

— Ce sont des Tours-de-Jérémie, dit Fastia. Vois-tu, je pouvais autrefois nommer toutes les espèces de fleurs de cette route.

— Me ferais-tu la joie de me distraire ainsi, Princesse ? Cela m'aiderait à rester vigilant. Je sais que c'est impoli de regarder ailleurs en discutant, mais…

— Je comprends parfaitement. Et je serai heureuse de te distraire ainsi, sire Neil.

Lorsqu'ils firent halte pour abreuver les chevaux, Fastia tissa des colliers de boutons d'or – un pour chaque fille et pour Charles, et un pour Neil. Il se trouva un peu ridicule à le porter, mais ne put imaginer aucune façon polie de le refuser.

Lorsque la colonne se rassembla, Neil chevaucha jusqu'au sommet de la colline pour mieux voir les environs.

Le paysage était superbe et verdoyant, parsemé de bosquets mais principalement composé de pâturages sur lesquels s'ébattaient des vaches brun et blanc. À environ une lieue, il pouvait apercevoir les tours élancées d'un château, probablement Glenchest, leur destination.

Un bruit de sabots lui signala l'approche de sire Jacques Cathmayl et de sire Vargus Farré.

— Eh bien, si ce n'est pas le capitaine de la garde de la reine ! s'exclama Cathmayl. Alors quelles sont nos chances, Capitaine ? Tu crois que tu peux l'embarquer ?

— Pardon ?

— Tu es un fin tacticien, je te le concède. Tu as fait sourire la princesse glacée en haut, ce qui est un excellent premier pas vers ce sourire en bas.

— Sire Jacques, j'espère très honnêtement que

tu ne sous-entends pas ce que l'on serait en droit de comprendre.

— Je sous-entends que je comprends très honnêtement ce que tu serais en droit d'espérer, dit sire Jacques.

— Toute allusion mise à part, interrompit sire Vargus, tu sembles savoir lui parler.

— Elle reste une femme sous cette robe, dit Jacques. Ce fou d'Ossel la touche à peine, dit-on. Mais je ne l'avais jamais vu faire montre du moindre signe jusqu'à aujourd'hui.

Neil dévisagea gravement sire Jacques.

— La princesse Fastia, si c'est d'elle que tu parles, est une dame noble et irréprochable, dit-il. Et toute forme d'amabilité dont elle fait preuve n'est due qu'à sa politesse, je t'en assure.

— Eh bien souhaitons qu'elle te lèche très poliment la…

— Sire, brise immédiatement là, je t'avertis ! s'exclama Neil.

Ce que fit Jacques, avant qu'un grand sourire malicieux ne s'étalât sur son visage. Puis il gloussa et s'éloigna.

— Sire Neil, dit Vargus, tu es une cible bien trop facile pour Jacques. Il ne te veut pas de mal, mais il adore te faire bouillir les sangs.

— Il ne devrait pas parler de cette façon de la landegrave. C'est une offense à l'honneur.

Vargus agita négativement la tête.

— Tu as été formé par sire Fail. Je sais d'expérience qu'il t'a enseigné que l'honneur importe. Mais la légèreté a aussi sa place, et même une certaine grossièreté. (Il balaya de la main le groupe en bas de la colline.) Nous sommes tous prêts à donner nos vies pour eux, et sire Jacques n'y fait pas le moins du monde exception. Pourquoi s'interdire quelques plaisanteries inoffensives ? De plus, la garde ne va pas t'aimer, si tu conserves cette attitude froide et rigide. Et tu as besoin que les hommes t'aiment, sire Neil. Tu vas devoir assembler un corps pour la garde de la reine, n'est-ce pas, et le commander ?

— Oui.

— Alors il vaudrait mieux que tu aies des hommes qui t'aiment.

— La plupart ne m'aimeront pas de toute façon, quoi que je fasse. Je ne suis pas de naissance noble, et certains s'en sentent insultés.

— Et d'autres pas. Il est des liens qui lient les guerriers bien plus sûrement que tout titre ou rang. Mais il faut pour cela être prêt à faire une partie du chemin.

Neil pinça les lèvres.

— J'étais bien aimé à Liery, comme tu le décris. J'ai combattu au côté de seigneurs que j'appelais frère. Mais nous ne sommes pas à Liery.

— Tu as gagné ta place là-bas, lui dit Vargus. Maintenant, gagne-la ici.

— C'est difficile, sans batailles à combattre.

— Il y a de nombreuses formes de batailles, sire Neil, tout particulièrement à la cour.

— Je ne sais rien de ce genre de guerre, reconnut Neil.

— Tu es jeune. Tu peux apprendre.

Neil acquiesça d'un air songeur.

— Merci, sire Vargus, dit-il sincèrement. Je garderai cela à l'esprit.

Glenchest, en fin de compte, se révéla être plus un amusement à remparts qu'une place forte. Ses tours étaient belles et fuselées, et totalement impropres à toute forme de défense. Ses murailles, si elles étaient assez hautes pour maintenir les chèvres et les paysans à l'écart, auraient à peine ralenti une armée en marche. Son portail était une plaisanterie, une grille de fer forgé élaborée représentant des oiseaux chantants et des vignes en fleur, et à travers laquelle on pouvait voir un grand parc arboré, des haies, des fontaines et des bassins. Outre les tours, Neil pouvait apercevoir le toit de la villa, de cuivre brillant et dont la forme évoquait un bateau retourné.

Le château se dressait sur un monticule, et la ville en contrebas était propre, nette et minuscule, à l'évidence construite récemment pour le service de Glenchest.

Lorsqu'ils approchèrent, quatre jeunes filles sortirent de la foule, en dansant de joie devant leur groupe. La main de Neil se tendit vers son épée.

— Sire Neil, relâche ta main, chuchota Fastia. Les jeunes villageoises ne sont pas un danger.

Pour leur part, les filles parurent ne pas remarquer l'attitude circonspecte de Neil. Elles s'avancèrent jusqu'au garrot de Houragan, les yeux brillants et levés vers lui. Elles gloussèrent, un peu de la même manière que l'avaient fait les servantes quelque temps plus tôt.

— Sire Chevalier, dit celle qui semblait être la plus âgée, une fille aux cheveux bruns qui avait peut-être treize ans. Pourrais-tu nous donner une faveur ?

Neil les dévisagea, déconcerté.

— Une faveur ? répondit-il.

— Pour ma boîte à souhaits, dit-elle pudiquement, en baissant les yeux.

Neil eut un geste de recul, sentit son visage s'empourprer, puis se souvint du conseil du Mestre.

— Je ne…

Il s'interrompit, perplexe. Elseny s'esclaffa.

— Eh ! dit sire Vargus. Je suis un chevalier, moi aussi, mesdames, même si je ne suis pas aussi jeune et beau que celui-là. Est-ce qu'une faveur venant de moi vous conviendrait ?

— Oh, pour moi ! s'exclama l'une des plus jeunes, en détournant aussitôt son attention vers Vargus.

Le chevalier sourit, tira un couteau, et coupa une mèche de ses cheveux bouclés.

— Voici pour toi, jeune demoiselle, dit-il.

— Merci, Sire ! dit la fille avant de partir en courant, son trophée serré dans la main.

— C'est la coutume, par ici, dit Fastia. Ce sera l'objet de leurs souhaits et elles prieront sainte Erren pour un amour aussi noble que vous.

— Oh, dit Neil en baissant les yeux vers les trois qui attendaient encore impatiemment. Je suppose qu'il n'y a rien de mal à cela.

Il tira son petit couteau de ceinture, coupa un peu de ses cheveux, et les tendit à la jeune fille. Elle s'empourpra, s'inclina, puis s'enfuit. Les autres partirent à sa suite, exigeant leur part du trophée. Elseny applaudit. Audra et Méré se renfrognèrent.

— Comme je l'avais déjà remarqué, dit sire Jacques d'une voix traînante, celui-là sait s'y prendre avec les femmes.

Neil saisit un mouvement du coin de l'œil, et réalisa pour son plus grand chagrin qu'il s'était laissé suffisamment distraire pour ne pas avoir vu arriver un groupe d'importance.

Ce fut une procession criarde qui émergea du portail. Il y avait des pages vêtus de chausses jaunes et de tuniques orange, des piétons en cotte de mailles d'argent – et cela semblait être réellement de l'argent, ce qui était ridicule – des chevaliers en armures baroques fleuries et tabards rouge et bleu brodés de dentelle d'or. Au centre de tout cela, sur un palanquin couvert d'un baldaquin de soie et arborant des fanions de toile d'or et d'argent, était étendue une femme arborant une volumineuse robe de brocart or et vert pré, parsemée ici et là de fleurs écarlates. La robe se déversait de tous les côtés du palanquin comme une chute d'eau, et interdisait à l'évidence toute forme de marche. Le corset était coupé précairement bas et poussait dangereusement vers le haut, et il parut à Neil que le moindre mouvement pourrait expulser sa poitrine et en exposer le peu qui était encore caché.

Le visage qui en émergeait était, au premier abord, presque commun. Il était gentiment ovale, avec un petit nez anguleux et de minuscules lèvres. Mais les yeux de la femme étaient d'un bleu céruléen et dégageaient une malice naturelle, et ses lèvres étaient peintes en rouge et dessinaient un sourire assorti. De quelque façon, tout cela la faisait paraître étrangement belle. Ses cheveux étaient brun pâle, et pris dans un diadème d'argent élaboré.

— Ma tante Élyonère, sœur de mon père et duchesse de Loiyes, murmura Fastia. (Elle s'écarta légèrement, puis revint.) Elle est veuve, et c'est une ennemie de la vertu, ma tante. Prends bien garde à elle, surtout si tu es seul.

Neil acquiesça, en pensant que la duchesse ne ressemblait pas le moins du monde à son frère le roi.

— Murielle, adorée ! s'exclama la duchesse lorsqu'ils furent plus proches. Quel désastre que tu viennes juste maintenant ! Je suis bien en peine de recevoir des visiteurs. Je suis revenue il y a à peine quelques jours de la campagne, et n'ai pas eu le temps de remettre mes affaires en ordre. J'espère que tu me pardonneras cette terne réception ! C'est tout ce que j'ai pu arranger en si peu de temps, mais je n'aurais pu manquer te recevoir !

Alors qu'elle parlait, des pages couvraient la route devant eux de lis, tandis que d'autres leur offraient des gobelets de vin et prenaient les rênes des chevaux. La reine prit l'une des coupes tendues.

— Une réception fort gracieuse, comme toujours, dit-elle. Te voir est un plaisir, Élyonère.

La duchesse évita coquettement son regard.

— Tu es toujours si aimable, Murielle. S'il vous plaît, vous tous, descendez de ces choses suantes. J'ai des fauteuils pour la plupart d'entre vous, et vous, les gardes, apprécierez la marche.

Elle fit un signe en direction de quatre palanquins, chacun équipé de deux sièges. Ils étaient quelque peu plus petits que le sien.

— Elseny, quelle beauté tu es devenue ! poursuivit-elle pendant que tout le groupe mettait pied à terre. Et Fastia ! Tu as enfin repris des couleurs. Aurais-tu suivi mon conseil et trouvé un amant ?

Fastia fit un bruit comme un hoquet, et soudain, pour quelque raison, la duchesse fixa son regard sur Neil.

— Ha ! dit-elle. Un choix excellent.

— Je n'ai pas fait une telle chose, tante Élyonère, dit Fastia. Comme tu devrais le savoir.

— Vraiment ? Quel dommage. Mais je peux donc en comprendre que ce délicieux jeune chevalier est libre de se divertir ?

— Sire Neil MeqVren est le capitaine de ma Garde lierienne, dit Murielle.

— C'est étrange, j'aurais juré qu'il gardait Fastia. Mais cela ne répond pas à ma question.

Avec un sursaut coupable, Neil réalisa qu'il se trouvait effectivement plus près de Fastia que de sa mère.

— Tante Élyonère, tu n'as vraiment pas honte, dit Fastia.

— Mais je n'ai jamais prétendu le contraire, ma chère. Maintenant, viens m'embrasser, et éloignons-nous de ce terrible soleil.

— Accepte s'il te plaît encore une fois mes excuses, dit la duchesse le soir au souper, en indiquant la table, une immense étendue de la taille de certains couloirs.

Le cellier était presque vide et mon meilleur cuisinier est trop malade pour être dérangé.

Neil commençait à cerner les manies de la duchesse. La surface de chêne polie était couverte d'un bout à l'autre de perdreaux en sauce au beurre, de cailles en tourtes à la groseille et aux amandes, de dix sortes de fromages, d'herbes aromatiques, de plateaux de ragoût d'anguille fumants, de chapons en croûte de sel, de trois cochons de lait rôtis, et d'une tête de bœuf dorée. Le vin avait coulé comme de l'eau depuis qu'ils avaient traversé les portes et les fantastiques jardins de Glenchest, et Élyonère elle-même en avait largement profité, sans que cela parût avoir eu le moindre effet. Des domestiques se pressaient en tous sens, remplissaient les verres, et Neil dut rester vigilant pour contrôler ce qu'il buvait.

— Ton hospitalité est comme à l'habitude bien plus qu'adéquate, assura la reine.

— Eh bien, au moins je t'aurai fait sortir de cette sinistre Cal Azroth. Quel trou !

— Mais un trou sûr, maugréa Erren.

— Ah oui. L'attentat contre Murielle. Je n'ai appris la nouvelle qu'il y a peu. Cela a dû être terrible, ma chère.

— J'ai à peine eu le temps de m'en apercevoir que sire Neil avait déjà fait disparaître tout danger, répondit la reine.

— Ah, dit la duchesse en agitant son gobelet vers Neil. C'est celui-là ? J'avais vu que ce jeune homme était un être de qualité. Je sais reconnaître ce genre de choses tout de suite.

— Tes paroles sont fort aimables, duchesse, dit Neil. Mais j'ai agi comme l'aurait fait n'importe quel garde. J'étais simplement le plus proche.

— Oh, et il est modeste en plus, dit la duchesse.

— Il est tout cela, et sincère, dit Fastia en reposant

son gobelet et en renversant un peu de vin dans le mouvement. Il n'y a aucun des faux-semblants de la cour, avec lui. Il…

Fastia parut surprise, et regarda son gobelet avec chagrin. Se méprenant, un page s'empressa de le remplir. Étant donné sa voix hésitante et ses joues roses, ce n'était probablement pas ce dont Fastia, généralement si sobre, avait besoin.

Neil fut apparemment le seul à remarquer sa gêne, probablement parce qu'il la partageait.

— Eh bien, sire Neil, dit la duchesse avec un sourire malicieux, nous aurons à trouver un moyen de te récompenser. Notre belle-sœur nous est très chère, et nous vous remercions immensément pour lui avoir sauvé la vie.

Neil hocha poliment la tête.

— Maintenant, ma chère Murielle, raconte-moi le moindre petit détail concernant la cour. Enfin non, pas la partie ennuyeuse, tu sais, pas de politique ou de guerre ou ce genre de choses. Seulement ce qui est intéressant. Quel coq est dans quel poulailler, ces choses-là. Page, amène les eaux-de-vie, tu veux bien ?

Après le dîner, il y eut des jeux dans les jardins : fléchettes, tenetz, cache-cache dans le labyrinthe. La duchesse offrit d'autres alcools, toujours plus forts, à Neil, qu'il sirotait et vidait discrètement dès qu'elle ne regardait pas. La reine prit part aux jeux, et parut même s'amuser. Il en fut de même pour Fastia, même si elle titubait un peu et continuait de boire du vin et des eaux-de-vie.

La duchesse s'était changée avant le repas, et portait maintenant une robe noire brodée d'argent d'une longueur plus raisonnable, encore que toujours scandaleusement décolletée. Elle présidait aux jeux depuis un petit trône que ses serviteurs portaient d'un endroit à l'autre.

Comme le soleil se couchait, elle fit signe à Neil d'approcher. Lorsqu'il eut obtempéré, son serviteur lui tendit une petite clé dorée.

— C'est pour toi, dit-elle en parcourant son visage d'un regard alangui. J'espère que tu en feras usage.

— Je ne comprends pas, duchesse.

— C'est la clé d'une certaine chambre, dans la plus haute tour, là. Je crois que tu y trouveras une récompense qui te sera fort plaisante.

— Madame, je dois rester près de la reine.

— Pfff. Je la protégerai. Je suis la maîtresse de cette maison, que je commande.

— Madame, avec mon plus grand respect et toutes mes excuses, je ne puis délaisser la reine.

— Quoi ? Tu couches avec elle ?

— Non, Madame. Mais tout près.

— Elle a Erren, lorsqu'elle dort.

— Je suis vraiment désolé, répéta fermement Neil. Mais ma seule et unique obligation est envers la reine.

La duchesse étudia son visage avec une certaine fascination.

— Tu es réellement vertueux, n'est-ce pas ? Je croyais qu'ils avaient jeté les derniers de ton espèce du haut d'une falaise il y avait bien longtemps. (Elle se mordilla la lèvre, puis retrouva le sourire.) C'est excitant. Cela rend la chasse plus passionnante. Je suis jeune. J'ai tout mon temps. (Elle plissa un peu le front.) Dis-le-moi, sire Neil. Dis-moi que je suis jeune.

— Tu es jeune, Madame. Et belle.

— Pas aussi belle que certaines, peut-être, répliqua-t-elle. Mais je vais te dire ceci, sire Neil : je suis très, très experte. J'ai lu des livres, des livres interdits, et pourtant je *déteste* lire. Mais cela valait la peine. (Elle caressa le menton de Neil et lui ouvrit les lèvres avec le doigt.) Tu découvrirais que je n'ai pas étudié en vain, je t'en assure.

Le corps de Neil était déjà convaincu, et il dut avaler sa salive avant de répondre.

— Mon devoir, réussit-il à articuler.

Elle rit, un son superbe et musical.

— Oui, nous verrons pour cela, dit-elle. Il va y avoir un peu de travail, mais tous les chevaux peuvent être montés. (Ses fossettes se relevèrent.) Suppose que je te dise que j'ai fait mettre dans ton verre quelque chose qui te rendrait fou de désir ?

— Alors je suppose que je devrais cesser de boire, dit Neil.

— Suppose que je te dise que tu l'as déjà bu ?

Neil en resta bouche bée. Il ressentait effectivement des bouffées de chaleur, et certaines parties de lui étaient fort attentives. Il pouvait sentir le parfum fleuri de la duchesse, et ses yeux étaient de plus en plus attirés par le décolleté vertigineux qu'elle arborait.

— Puis-je être excusé, Madame ? dit Neil.

— Bien sûr, mon cher, répondit-elle. (Elle prit sa main et la caressa, provoquant un frisson à travers tout son corps.) Un peu nerveux, n'est-ce pas ? (Elle lâcha sa main.) Je te verrai un peu plus tard, sire Neil. Je te verrai très bien.

Plus tard cette nuit-là, lorsqu'il se fut assuré que la suite de la reine était sécurisée, Neil se retira dans une petite chambre qui en jouxtait l'antichambre, et ôta son armure, son doublet et ses sous-vêtements. Il s'aspergea le visage de l'eau fraîche de la bassine, puis s'assit sur le lit en s'efforçant de contrôler sa respiration, qui restait un peu irrégulière. Il était quasiment convaincu maintenant que la duchesse l'avait bien ensorcelé. Il avait l'impression que sa tête était traversée d'éclairs, et que chaque nouvelle éruption lumineuse éclairait un membre ou un galbe féminin imaginaire. Il savait qu'à côté, la reine se déshabillait, et il se dégoûta lui-même à ne pas pouvoir chasser ce fait de son esprit. Il resta étendu sur son lit, à essayer d'évoquer des souvenirs de bataille et de mort, de tout ce qui pouvait détourner son esprit du lucre. N'y parvenant pas, il se leva et s'exerça, se déplaçant à pas feutrés dans sa petite chambre, travaillant tous les mouvements de la pratique de l'épée la main ouverte, comme il les avait d'abord appris.

Enfin, en sueur et sachant qu'il avait besoin de sommeil pour rester vigilant, il retourna s'asseoir sur son lit et prit sa tête dans ses mains.

Il manqua ne pas entendre le léger craquement de la porte tant son pouls battait fort, mais son corps était tendu et prêt, et en un instant il avait son épée en main et en garde.

— Sire Neil, c'est moi, murmura une voix de femme.

Lentement il rabaissa l'épée, en essayant de discerner la vague ombre dans l'embrasure de la porte. Il savait que ce devait être la duchesse, et son sang rugit plus fort encore dans ses oreilles.

Elle pénétra un peu plus avant, si bien que la lueur de la lune à travers la fenêtre toucha son visage, et il réalisa dans un sursaut qu'il s'agissait de Fastia.

CHAPITRE DEUX

DES PISTES

Aspar s'accroupit près des cendres encore fumantes du feu de camp, et gronda dans le fond de sa gorge.

— Qu'est-ce qui ne va pas ? demanda Stéphane.

Le forestier ne regarda pas le garçon mais parcourut une nouvelle fois la clairière du regard.

— Ils n'ont pas essayé de cacher leurs traces, grommela-t-il. Ils n'ont même pas couvert les braises pour les empêcher de fumer. Ils nous ont amenés ici.

— Peut-être qu'ils ne s'imaginent pas que nous pouvons les suivre. Cela fait près d'un mois.

Effectivement, ils avaient quitté d'Ef durant les jours les plus chauds de Sestemen, et Seftmen était maintenant bien avancé. Les feuilles se teintaient déjà de leurs couleurs d'automne, même ici dans les basses terres, où les pâturages et les terres cultivées coupaient la forêt du roi. Aspar n'avait tout simplement pas été capable de maintenir l'allure nécessaire pour suivre les moines au début. Il était plus fort maintenant, mais ne se sentait pas encore tout à fait lui-même.

— Ils savent que nous les suivons, dit-il. Ne fais pas cette erreur.

Il encocha une flèche sur son arc, l'une des quatre qui restaient. Les autres s'étaient brisées à la chasse.

— Tu crois… dit Stéphane.

Mais à cet instant, Aspar sentit l'embuscade. Deux hommes se précipitaient vers eux depuis les arbres, derrière. Torses nus, ils étaient abondamment tatoués sur les épaules et le torse, et portaient des sabres. Ils couraient plus vite que des hommes ne devraient pouvoir courir.

— Ce sont les hommes de Desmond ! s'exclama Stéphane. Ou au moins deux d'entre eux.

— À cheval ! cria Aspar, en sautant sur le dos d'Ogre et en le talonnant.

L'étalon se mit en mouvement. Les hommes se séparèrent, l'un se dirigeant vers Stéphane et l'autre poursuivant sa course vers Aspar.

Aspar se dressa sur ses étriers et se tourna, pour viser celui qui attaquait Stéphane. Ogre n'avait pas encore réglé son allure, mais Aspar ne pouvait attendre. Il décocha sa flèche.

Elle fila comme il l'avait voulu ou presque, et toucha le moine au rein. Il tomba, offrant à Stéphane le temps de monter sur Ange, mais se remit sur pied à une vitesse absurde.

Pendant ce temps, incroyablement, l'autre moine gagnait sur Ogre. Aspar encocha une autre flèche sur son arc et tira, mais Ogre sauta juste à cet instant pardessus un tronc couché, et son tir alla se perdre au loin.

Maintenant, il ne lui restait plus que deux flèches.

Il tira sur les rênes, fit volter son cheval, et le dirigea droit sur son poursuivant, en pointant sa flèche sur lui. Il vit le visage de l'homme, dur et déterminé, et aussi fou que n'importe lequel des serviteurs du Furieux. Il visa au cœur.

Au dernier moment, le moine se jeta sur le côté, si bien que la flèche se planta dans la terre. Tout en roulant, il frappa un coup d'épée vicieux en direction des pattes d'Ogre, mais le cheval évita la lame d'un poil. Ils poursuivirent sur leur lancée dans un bruit de tonnerre, droit vers Stéphane, qui avait presque été rejoint par son assaillant blessé. Ce dernier saignait abondamment, mais cela ne semblait que l'avoir légèrement ralenti. Heureusement, il était tellement concentré sur le garçon qu'il ne remarqua Ogre que lorsqu'il fut trop tard, lorsque les sabots avant de l'animal lui fracassèrent le crâne.

Aspar volta encore, prit sa dernière flèche, et sauta de sa monture.

— Ogre, *qalyast* ! hurla-t-il.

Ogre chargea immédiatement le moine, qui se mit inflexiblement en position pour attendre le cheval. En cet instant d'immobilité relative, Aspar lui tira une flèche en pleine poitrine.

Le moine tourna sous le choc, évitant Ogre dans son mouvement, et se précipita vers Aspar. En jurant, Aspar se tourna et prit l'épée du mort. Ce n'était pas une arme qu'il maîtrisait vraiment – il aurait aimé avoir sa dague et sa hache – mais il se mit en garde et attendit. Derrière lui, il entendit Stéphane tomber à terre.

Le moine fut alors sur lui, portant un coup tranchant puissant et rapide vers la tête d'Aspar. Aspar céda du terrain mais pas assez, et il dut lever la lourde arme pour parer. Son épaule le secoua comme s'il venait de rattraper un rocher lancé du haut d'une tour. Stéphane vint par la droite, agitant son ustensile de fermier, mais l'homme au sabre se tourna et trancha le bout de bois d'un coup net. Aspar se fendit maladroitement et le moine esquiva d'un pas de danse, feinta, et frappa du tranchant. Aspar bondit à l'intérieur du cercle, lâcha son épée, attrapa le bras armé de sa main gauche, et assena un grand coup de poing dans la gorge du moine. Il sentit le cartilage s'écraser, mais son adversaire lui décocha un coup de genou vicieux à la poitrine, le projetant au sol, souffle coupé. Le moine tituba vers lui et leva son épée, juste au moment où Ogre le frappa dans le dos. Il tomba, et Ogre continua de le pilonner jusqu'à ce que ses sabots fussent rouges et que le corps eût cessé de bouger.

— Ils auraient pu nous tuer s'ils avaient été un peu plus malins, dit Aspar lorsqu'il eut repris sa respiration. Ils étaient trop sûrs d'eux. Ils auraient dû nous ignorer et commencer par Ogre.

— Disons plutôt trop méprisants, répliqua Stéphane. Il s'agissait de deux des membres les plus médiocres de la bande de Spendlove, Topan et Aligern. Spendlove lui-même n'aurait jamais été aussi stupide.

— Oui. Je suppose qu'il a envoyé ceux dont il pouvait le plus facilement se passer. Même s'ils n'avaient eu qu'un seul d'entre nous, ç'aurait encore été une affaire. Il aurait dû leur donner des arcs.

— Ceux qui ont arpenté la voie des sanctuaires de saint Mamrès ont interdiction d'utiliser des arcs, se souvint Stéphane.

— Eh bien alors tu remercieras saint Mamrès dans tes prières.

Ils fouillèrent les corps, et pour la plus grande satisfaction d'Aspar, découvrirent une dague de combat assez peu différente de celle qu'il avait perdue. Ils trouvèrent également quelques tierns d'argent et assez de viande séchée et de pain pour une journée, autant d'additions bienvenues aux maigres possessions de Stéphane et d'Aspar.

— Je suppose qu'ils sont encore six, dit Aspar d'un air songeur. Plus tous les hommes que Fend pourra amener. Espérons qu'ils continuent de nous les envoyer deux par deux, pour que nous gardions nos chances.

— Je doute que Spendlove fasse deux fois la même

erreur, dit Stéphane. La prochaine fois, il ne prendra pas de risque.

— La prochaine fois peut être n'importe quand. Ces deux-là ont pu être envoyés juste pour nous endormir. Nous filons d'ici, dès maintenant, et pas comme ils s'y attendraient. Nous savons où ils vont, alors nous n'avons pas besoin de les suivre.

Une fois qu'ils furent à cheval, Aspar gloussa.

— Quoi ? demanda Stéphane.

— Je remarque que tu n'insistes pas pour enterrer ces deux-là, comme tu l'as fait la dernière fois.

— Des funérailles de forestier seront bien assez bonnes pour eux, dit Stéphane.

— Werlic, dit Aspar. Au moins, tu as appris *quelque chose*.

CHAPITRE TROIS

DES INTRIGUES

— Eh bien, sœur Mule, dit Sérevkis. L'art vert est devenu beaucoup plus intéressant, n'est-ce pas ?

Anne releva les yeux, abandonnant son examen de la double bouilloire et du lait de brebis fermenté qu'elle contenait. Elle en adorait l'odeur, encore marquée par la chaleur de l'animal, et affectionnait plus encore l'anticipation de la magie qui allait bientôt se produire.

— Pourquoi continues-tu de m'appeler ainsi ? demanda-t-elle distraitement.

— Préfères-tu être une mule ou une petite vache ?

Anne sourit.

— C'est vrai, reconnut-elle. Oui, l'art vert est plus intéressant, maintenant. Tout l'est.

— Même les nombres ? demanda Sérevkis d'un ton sceptique.

— Oui. Si l'on m'avait dit depuis le début que nous étudiions les nombres pour pouvoir maîtriser l'argent de la maisonnée, j'y aurais prêté un peu plus d'attention.

— Mais c'est l'art vert qui reste le plus passionnant, insista Sérevkis. Qui se serait douté qu'autant de poisons se cachaient sous nos pieds et derrière les murs des jardins, et qu'une petite alchimie suffisait à libérer leur puissance ?

— C'est comme beaucoup de choses, dit Anne. Même ce fromage que je fais. De savoir que nous avons la capacité de changer les choses, de faire une chose à partir d'une autre.

— Toi et ton fromage. Est-ce qu'il se forme quelque chose ?

— Non, pas encore, dit Anne.

— Mais tu as raison, reprit Sérevkis. Avoir la capacité de transformer quelque chose d'inoffensif en quelque chose de mortel – c'est merveilleux.

— Tu es une fille perverse, sœur Sérevkis, dit Anne.

— Qui tueras-tu en premier, sœur Mule ?

— Chut ! dit Anne. Si la mestra ou l'une des aînées t'entendent parler comme cela…

Sérevkis bâilla et détendit ses longues jambes.

— Elles ne m'entendront pas, dit-elle. La mestra et ses favorites sont sorties par la grande porte il y a quatre cloches, et les autres enseignent. Personne ne vient jamais à la crémerie. Qui assassinerais-tu dans la nuit ?

— Personne ne me vient à l'esprit, sinon une certaine fille au long cou prompte à donner des surnoms.

— Je parle sérieusement.

Anne soutint son regard innocemment maléfique.

— Tu as quelqu'un en tête ?

— Oh oui. Plusieurs quelques-uns. Il y a Dechio – lui serait le premier. Pour lui, ce sera du pollen de flétrissante, lié en gomme avec de la morelle. J'en ferai des chandelles pour sa chambre.

— C'est une mort lente et cruelle. Qu'est-ce que ce Dechio t'a fait ?

— C'était mon premier amant.

— Et il t'a abandonnée ?

— J'avais dix ans. Il en avait vingt. Il a prétendu être

mon ami et m'a fait boire du vin jusqu'à tomber, puis il s'est servi de moi.

— Il t'a violée ? demanda Anne, incrédule.

— C'est le mot, dit Sérevkis.

Puis sa bouche se déforma.

— Et ton père ? Il n'a pas vengé cela ?

Sérevkis rit, un peu amèrement.

— Que peut faire un père d'une fille déflorée si jeune ? Non, j'aurais encore préféré me jeter de la tour des douves que de dire à mon père ce que Dechio avait fait ce jour-là, et a continué à faire jusqu'à ce que je ne sois plus en âge de lui plaire.

— Je vois. (Anne ne voyait pas, en fait ; elle n'arrivait pas à se le figurer.) Puis-je faire une suggestion ?

— Certainement.

— Des veuves noires, engraissées avec des mouches de cadavres. Tu les colles au bout d'un fil, et tu accroches l'autre bout au bord du siège de sa fosse personnelle. Lorsqu'il s'assiéra…

Sérevkis battit des mains.

— Merveilleux. Elle pourrirait comme une vieille saucisse, n'est-ce pas ? Mais cela pourrait ne pas le tuer.

— Exact, mais il y a d'autres façons de l'achever. Après tout, les chandelles pourraient tuer un innocent – la fille qui nettoie ses appartements, ou une autre de ses victimes.

— Ou je pourrais le laisser vivre avec une canne putréfiée, dit Sérevkis. Oui, c'est malin, sœur Mule.

— Merci. (Son regard revint à la bouilloire.) Regarde ! s'exclama-t-elle. Il caille !

Sérevkis se leva pour voir.

Une masse blanche solide s'était formée dans le pot, en rétrécissant légèrement dans le processus, si bien qu'elle s'était écartée des bords. Elle flottait là comme une île, entourée d'un liquide clair et jaunâtre. Anne inséra une brochette de bois dans la partie solide, et lorsqu'elle la retira, le trou subsista.

— La partie épaisse, c'est le caillé, expliqua Anne, et le reste, le petit-lait.

— Qu'est-ce qui a forcé la transformation ? demanda Sérevkis, soudain intéressée. Qu'est-ce qui a séparé le lait en deux ?

— De la présure, prise dans la panse d'une vache.

— Appétissant. Je me demande ce que cela peut faire cailler d'autre. Le sang ? Je crois que je comprends pourquoi tu trouves cela intéressant.

— Bien sûr. Ce qui était précédemment une chose, le lait, en est maintenant deux.

— Mais cela ne ressemble toujours pas à du fromage.

— C'est vrai. Il reste encore à appliquer d'autres magies.

— Tu sais, songea Sérevkis, quand j'étais jeune, nous avions une servante qui venait d'Hérilanz. Elle avait un masque de religion, mais en fait, c'était une païenne. Une fois, elle m'a dit que son dieu, Yemoz, avait créé le monde avec du lait.

— En séparant le caillé du petit-lait, la terre et la mer, s'avisa Anne. Cela peut sembler logique. Après tout, les saints ont séparé le monde en ses parties.

— Sainte Mule, la femme qui a tiré le caillé et le petit-lait du lait, dit Sérevkis avant de s'esclaffer. Tu es comme une déesse, maintenant.

— Tu peux rire, dit Anne, mais tout l'intérêt est là. Lorsque nous apprenons à créer ces choses – tes chandelles empoisonnées, mes fromages – nous faisons acte de création. À notre minuscule manière, nous devenons effectivement comme les saints.

Sérevkis afficha un sourire sceptique.

— Tu as trop écouté sœur Sécula, dit-elle.

Anne haussa les épaules.

— Elle est peut-être cruelle, mais elle sait tout.

— Elle t'a envoyée dans la caverne !

Anne sourit énigmatiquement.

— Cela n'a pas été aussi dur que cela.

Tout le monde avait été surpris par le calme d'Anne lorsqu'elle avait été remontée du sanctuaire de Méfitis, et sœur Sécula lui avait adressé plus d'un regard soupçonneux et plus d'une remarque sur son teint. Mais ce n'était pas allé plus loin. Anne n'allait pas s'épancher maintenant devant sœur Sérevkis. Elle n'en avait même rien dit à Austra. Elle avait au fond d'elle le sentiment que ce qui était arrivé dans la caverne et au-delà était son secret, et appartenait à elle seule.

Il n'eût d'ailleurs pas été très judicieux qu'Austra apprît qu'elle avait fait transmettre une lettre à Roderick : même si cela ne venait pas en contravention à son serment, Anne ne pouvait s'empêcher de penser qu'Austra en serait tout sauf ravie.

Cazio avait tenu la première partie de sa promesse. Lorsque Anne avait lancé sa lettre du haut de sa fenêtre le premier soir de son retour au convent, il avait apparu au crépuscule, lui avait fait signe de la main, et avait emporté la missive avec lui. Le temps dirait s'il avait été réellement honnête.

En attendant, elle était satisfaite. Tout était soudain devenu intéressant pour elle, et elle avait commencé à comprendre ce que sœur Sécula avait voulu dire lorsqu'elle avait déclaré à Anne que sa résidence au Séjour des Grâces était un privilège.

Elle détestait toujours la mestra, mais elle avait commencé à reconnaître à contrecœur qu'elle méritait d'être écoutée.

— Et maintenant quoi ? demanda Sérevkis.

— Maintenant, nous coupons notre monde nouveau en cubes, répondit Anne, pour laisser sourdre le petit-lait qui se trouve encore à l'intérieur.

Avec un couteau d'ivoire affûté, elle fit exactement

cela, le tranchant d'abord dans la longueur, puis en croix, puis à plat vers le fond du pot. Lorsqu'elle eut terminé et qu'elle l'eut agité, un monceau de petits cubes flottaient dans le petit-lait jaunâtre.

— Maintenant, on le fait cuire un peu plus longtemps, puis dans des moules et sous presse. Dans six mois, nous pourrons les manger.

— La création prend beaucoup de temps, dit Sérevkis. J'ai faim maintenant.

— C'est pour cela que les saints sont patients, lui dit Anne. Mais il y a suffisamment de nourriture par…

Austra, s'engouffrant dans la crémerie depuis les jardins, l'interrompit.

— Vous avez entendu ? dit la jeune blonde avec excitation.

— Bonjour, sœur Persondra, dit Anne en faisant rouler le *rs* de façon comique.

— J'ai entendu, fit remarquer Sérevkis. Je n'arrête pas.

— La nouvelle, je veux dire, reprit Austra. Les filles ne parlent que de cela. Nous allons sortir.

— Que veux-tu dire ?

— Nous allons dans une grande *triva* de la campagne. La casnara qui vit là donne une fête annuelle pour les femmes du convent, et elle a lieu dans trois jours !

— Vraiment ? dit Anne. Je vois mal sœur Sécula autoriser cela.

— Non, c'est vrai, confirma Sérevkis. Les grandes en ont parlé. Elles disent qu'elle donne un bal adorable, bien que sans hommes.

— Cela devrait quand même être amusant, dit Anne, un peu sur la défensive.

— Si ça ne l'est pas, répondit Sérevkis, nous nous y emploierons.

— Quel genre de fête peut-on faire en portant toutes ce genre d'habit ? se demanda Anne.

— Eh bien, tu as tes affaires, sœur Mule, dit Sérevkis. Mais j'ai entendu dire que la comtesse prête suffisamment de robes pour nous toutes.

— Une robe d'emprunt ? dit Anne d'un ton dégoûté.

— Mais pas pour nous, s'exclama Austra. Comme l'a dit sœur Sérevkis, grâce à ton obstination, nous pourrons au moins porter nos propres affaires.

— Toi oui, répondit Anne. Je n'ai apporté qu'une robe, et je te l'ai offerte.

Austra resta un temps bouche bée.

— Et ton autre malle ? Elle était encore plus lourde que la mienne !

— C'est parce qu'elle contenait ma selle.

— Ta selle ? dit Austra.

— Oui. Celle que tante Fiéne m'avait offerte, celle avec laquelle je montais Pluvite.

— Tu t'es épuisée une nuit entière et tu t'es attirée les foudres de la mestra pour une selle ? demanda Sérevkis.

Anne se contenta d'opiner. Elle n'avait pas envie d'expliquer.

Mais Austra, bien sûr, refusait d'en rester là.

— Pourquoi ? demanda-t-elle ce soir-là dans leur chambre. Pourquoi as-tu apporté la selle ? Pour pouvoir t'enfuir ?

— C'était l'une des raisons, reconnut Anne.

— Mais tu l'as quand même montée jusqu'ici, après m'avoir promis que tu ne ferais plus aucune tentative.

— Je sais.

Austra resta un temps silencieuse, et lorsqu'elle se remit à parler, on eut presque dit que sa voix lui échappait à contrecœur.

— Anne, es-tu fâchée contre moi ?

Anne s'assit dans ses draps et regarda le visage de son amie dans la faible lueur de la lune.

— Pourquoi penserais-tu une telle chose ? demanda-t-elle.

— Parce que tu… Tu es différente, répondit Austra. Tu passes tant de temps avec Sérevkis, ces jours-ci.

— C'est mon amie. Nous étudions les mêmes sujets.

— C'est juste que… Tu n'as jamais eu aucune autre amie à Eslen.

— Tu es toujours ma préférée, Austra. Je suis désolée si tu te sens négligée, mais…

— Mais je ne sais pas discuter des sujets dont toi et Sérevkis parlez, dit Austra d'une voix éteinte. Tu apprends la sorcellerie pendant que je récure des chaudrons. Et elle est de noble naissance. Tu préfères naturellement sa compagnie.

— Austra, petite *diumma*, je ne préfère pas sa compagnie à la tienne. Maintenant, dors.

— Je ne sais même pas ce que c'est, ce dont tu viens de me traiter, murmura Austra. Tu vois ? Je suis stupide.

— C'est une sorte d'esprit des eaux, lui dit Anne. Et tu n'es pas stupide, juste parce que tu ne connais pas un mot en particulier. Si tu pouvais étudier ce que j'étudie, tu le connaîtrais. Assez de tout cela ! Austra, ce sera toujours toi que j'aimerai le plus.

— Je l'espère, répondit la jeune fille.

— Pense plutôt à ton arrivée au bal. La seule fille qui aura sa propre robe.

— Je ne vais pas la mettre.

— Quoi ? Pourquoi ? Elle est à toi !

— Mais tu n'en as pas. Ce ne serait pas bien.

Anne s'esclaffa.

— Comme beaucoup de gens se sont plu à me le rappeler, toi y compris, nous ne sommes plus en Crotheny. Je ne suis pas une princesse ici, et tu n'es pas ma servante.

— Non ? dit doucement Austra. Alors comment se fait-il que tu apprends la magie et que je bats les tapis ?

À cela, Anne ne put trouver de réponse satisfaisante.

La lame darda vers Cazio, plus vite qu'il ne l'avait cru possible, éraflant sa joue. La douleur le força à se reconcentrer, et dans un cri il tapa du pied, esquiva, rompit précipitamment, et s'engagea dans un fléché vain.

Cela se révéla être une grave erreur. Z'Acatto para en prismo, fit dévier l'attaque et se rapprocha, sa main libre saisissant la toile de la tunique de Cazio. Dans la poursuite de sa parade, le maître éleva la poignée de son arme au-dessus de sa tête, si bien que la lame s'inclina obliquement et alla faire reposer sa brillante langue tranchante sur le nombril de Cazio.

— Par le nom de sire Fufio, qu'est-ce qui ne va pas chez toi ? lui aboya le vieil homme au visage. Où est ton cerveau ? On ne peut ferrailler avec uniquement des mains et des pieds !

L'haleine de z'Acatto était rance du vin de la nuit précédente. Cazio retroussa le nez de dégoût.

— Lâche-moi, demanda Cazio.

— Est-ce que c'est ce que tu diras au prochain adversaire qui te tiendra dans cette position ou pire ?

— Je n'aurais jamais laissé une telle chose arriver dans un vrai combat, affirma Cazio.

— Chaque fois que tu dégaines ton épée, c'est un vrai combat, rugit z'Acatto. (Il le lâcha et s'éloigna.) Tu ne seras jamais bon à rien, j'abandonne !

— Tu dis cela depuis dix ans, lui rappela Cazio.

— Et c'est vrai depuis tout ce temps. Tu es nul, comme dessrator.

— C'est ridicule. Je n'ai jamais été battu, sauf par toi.

Z'Acatto tourbillonna pour lui faire face, les yeux écarquillés.

— Et maintenant tu vas me dire que tu sais mieux que moi ce qu'est un dessrator ? (Il leva son épée et la pointa sur Cazio, lame parallèle au sol.) En garde ! grimaça-t-il.

— Z'Acatto... commença Cazio, mais le vieil homme attaqua en flèche et Cazio fut forcé de lever sa lame.

Il rompit, para, et riposta en se fendant, mais son maître croisa sa lame et pressa, avant de le relâcher et de se désengager à la vitesse de l'éclair.

Cazio recula précipitamment et para encore, ripostant désespérément. Presque avec mépris, z'Acatto s'écarta d'un pas leste, et contre-attaqua. Cazio n'évita le coup mortel qu'en se projetant en arrière, se prenant les pieds dans le mouvement, mais sans tout à fait tomber. Z'Acatto poursuivit, avec dans les yeux une lueur que Cazio n'avait jamais vue auparavant, et qui fit soudain naître un frisson glacial dans son épine dorsale.

Non. Je n'aurai pas peur, pensa Cazio en se redressant.

Durant un temps les deux hommes se tournèrent autour avec circonspection, faisant de rapides incursions dans la portée de l'autre. Cazio frappa le premier, cette fois, une feinte qui se mua en un long coup tranchant dirigé vers le bras de son maître. Z'Acatto éloigna sa main de tout danger, puis plongea vers la gorge de Cazio. En un éclair, Cazio réalisa soudain que durant sa feinte le vieux bretteur avait avancé le pied, et qu'il s'enfoncerait beaucoup plus loin que Cazio ne l'avait cru possible.

Il volta, si bien que la pointe le frappa à l'épaule gauche. Elle s'enfonça jusqu'à l'os, et dans un cri, il détendit son bras armé. Z'Acatto retira son épée d'un mouvement de poignet, et en un instant les deux hommes avaient chacun la pointe de leur épée sur la poitrine de l'autre.

— Allons-nous exécuter la parade des deux veuves ? gronda z'Acatto.

— Nous ne sommes mariés ni l'un ni l'autre, dit Cazio d'une voix pantelante, en sentant le sang tremper sa chemise.

Ils restèrent tous deux ainsi, et durant un long et terrible moment, Cazio pensa qu'il allait devoir frapper. Il pouvait presque sentir l'acier du vieil homme dans son cœur.

Mais z'Acatto laissa finalement tomber sa lame.

— Bah, gronda-t-il, comme elle résonnait en tombant sur le sol.

Soulagé, Cazio se laissa tomber dans un fauteuil en serrant son épaule.

— Je croyais que tu allais me tuer, dit-il dès qu'il eut repris son souffle.

— Je le croyais aussi, dit z'Acatto, les yeux encore brûlants de fureur.

Puis, d'une voix adoucie, il ajouta :

— Mon garçon, tu es un fin bretteur. Mais tu n'es pas un dessrator. Tu n'as pas ce qu'il faut, ici. (Il tapota sa poitrine.)

— Alors apprends-moi.

— J'ai essayé. Je ne peux pas. (Il baissa la tête.) Allons panser cette plaie. J'ai besoin de boire quelque chose, et toi aussi.

Peu de temps après, ils étaient assis sous la véranda dans la cour, une bouteille de vin déjà finie et une autre à moitié vide. Cela suffisait presque à Cazio pour oublier la douleur dans son épaule. Autour d'eux, les serviteurs d'Orchaevia tendaient des lanternes, des bannières, et des guirlandes de fleurs séchées.

Orchaevia, elle-même affairée, s'approcha dans une robe vert citron brodée de roses d'or.

— Eh bien vous faites la paire, fit remarquer la comtesse. Aimez-vous ce millésime ? Je ne l'ai jamais considéré comme l'une des meilleures années pour la région.

— Non, grommela z'Acatto. Le meilleur serait l'année où le baron Irpinichio est devenu medisso des Sept Cités.

— Exact, dit la comtesse. Et peut-être qu'un jour, ton exploration de mes diverses caves apparentes et cachées t'y mènera. Mais j'en doute. (Elle se tourna vers Cazio.) Toi, par contre, je peux peut-être t'aider.

— Comtesse ?

— Les jeunes femmes du convent seront ici demain soir.

— Qu'est-ce que c'est que cette histoire ? dit z'Acatto. La dernière chose dont ce garçon a besoin, c'est de s'affoler sur une bande de nonnes. Il est déjà bien assez distrait, ces temps-ci.

— Oui. Et quelle est, à ton avis, la raison de cette distraction ? demanda Orchaevia.

— C'est ridicule, dit Cazio en balayant ses mots d'un geste comme il l'eut fait d'une mouche.

— C'est ça ! explosa z'Acatto. Je me souviens, maintenant. Tu es exactement comme quand tu courais après cette petite da Brettii. La même expression stupide. Pas étonnant que tu ne puisses pas tenir une épée.

— Il n'y a aucune fille, insista Cazio.

C'en était trop, il avait l'impression qu'ils commençaient à abuser.

— Bien sûr que non, dit Orchaevia. Et s'il y en avait une, tu ne pourrais pas la voir à ma fête, parce que la mestra du convent interdit à ses protégées de voir des hommes. J'ai dû faire venir des servantes de Trevina et donner congé à mes serviteurs habituels. Mais… il serait possible que l'une de ces jeunes beautés se trouve seule, dans le jardin de lavande, si seulement je savais à quoi elle ressemblait.

Cazio hocha la tête et reprit du vin. La tête commençait à lui tourner, et il se laissa fléchir.

— Il n'y a aucune fille, dit-il, mais puisque tu insistes pour m'en présenter une, autant qu'elle ait le teint pâle et les cheveux roux. Une fille du Nord. Elles m'ont toujours plu.

Le sourire d'Orchaevia s'élargit tant que Cazio pensa que son visage allait se fendre.

— Je verrai ce que je peux faire, dit-elle.

Z'Acatto finit la bouteille de vin d'une seule longue goulée.

— Il ne résultera rien de bon de tout cela, prédit-il dans un soupir.

CHAPITRE QUATRE
UNE RENCONTRE

— Dame Fastia ? dit Neil d'une voix pantelante, totalement ébahi.

Elle se dressait là dans la lueur de la lune, ses longs cheveux dénoués flottant jusqu'à sa taille, brillant comme la soie.

— Je… (Fastia paraissait troublée, puis elle ouvrit soudain grand la bouche et la couvrit de sa main.) Sire Neil, tu es fort dévêtu.

Réalisant qu'elle avait raison, il attrapa un drap dans le lit et l'enroula autour de lui. Il se sentait stupide pour avoir mis si longtemps à réagir ; et si Fastia avait été un assassin, venu tuer la reine ?

Mais pour *quoi* était-elle venue ?

— T'es-tu égarée, Madame ? Puis-je te mener à ta chambre ?

— Non. (Fastia baissa les yeux vers le sol. Il remarqua alors qu'elle portait une robe de chambre de brocart de soie sur un léger fourreau de coton.) Non, dit-elle, je suis venue parce que… Je… Élyonère m'a donné la clé. Et elle… Sire Neil, je dois perdre la tête.

Neil comprenait ce qu'elle voulait dire. Son cœur

battait le boute-selle. Le visage de Fastia était parfait dans la pénombre, tout de joyaux et de précieuse ivoire, un mystère d'ombres qui avait besoin d'être touché, qui avait besoin de plus que d'être touché. Il ressentit une profonde douleur dans sa poitrine, et un flux de sang plus fort encore à travers tout son corps.

— La duchesse, elle nous a donné quelque chose, un genre d'envoûtement, dit Neil.

— Oui, répondit Fastia. Oui. (Elle releva les yeux fièrement.) Et je suis également assez soûle, mais cela n'importe pas. (Ses sourcils se froncèrent.) Enfin, cela importe pour moi, mais cela n'importe pas.

Elle s'avança vers lui, alors, du moins c'est ce qu'il lui parut, et il dut en faire de même, car un instant plus tard il la regardait dans les yeux et son visage n'était qu'à quelques pouces du sien, ses lèvres si proches qu'il pouvait sentir son souffle. Une grande partie de lui ne s'inquiéta plus soudain de ce qui se passerait non plus. Les bras de Fastia l'enlaçaient, et elle pencha la tête en arrière.

Il sentit la sorcellerie d'Élyonère le gagner, et ne put penser à aucune raison de ne pas y succomber et embrasser Fastia, sentir ses lèvres contre les siennes, et laisser les émotions qui parcouraient ses veines prendre le contrôle.

Mais il y *avait* une raison. Il le savait.

Il la repoussa doucement, et les yeux de Fastia s'emplirent de peine.

— Tu ne me veux pas ? demanda-t-elle.

— Je… je crois que je ne peux pas, répondit Neil.

Prononcer ces mots était comme manger du verre pilé. Voir son expression était pire.

— Je suis une jeune femme, lui dit doucement Fastia. Je suis une jeune femme mariée à un vieil homme, un vieil homme qui ne s'intéresse pas le moins du monde au fait que je suis une femme, ni à celui que je suis jeune, même s'il trouve son content avec des femmes plus jeunes encore. Je suis si malheureuse, sire Neil. Je n'ai jamais touché le bonheur d'aussi près que durant nos conversations de ces deux derniers mois. Je veux l'approcher plus encore, maintenant, pendant que rien n'importe, pendant que l'envoûtement d'Élyonère m'influe encore.

Alors elle se mit à pleurer, ce qui était injuste. Cela signifiait qu'il devait la reprendre dans ses bras, sécher ses pleurs.

— Landegrave…

— Je m'appelle Fastia. Juste Fastia. Appelle-moi au moins Fastia.

— Fastia, tu es la fille de ma reine.

— Je sais qui je suis, dit-elle avec une soudaine colère dans la voix. Les saints peuvent me croire, je sais qui je suis. Jour après jour je joue mon rôle, je tiens ma place, comme un lierre censé grimper sur une treille, comme un chien auquel on a appris à apporter les chaussons. Je ne me laisse jamais aller, je ne commets aucune faute…

Son expression se fit soudain féroce, et elle se jeta dans ses bras. Cette fois, il fut incapable de résister. Les lèvres de Fastia se refermèrent sur les siennes. Couvertes de ses larmes, elles avaient le goût de la mer.

— Juste cette fois, dit-elle dans ses lèvres alors qu'ils s'embrassaient. Juste cette fois.

Ils tombèrent enlacés sur le lit, sa robe de chambre retombant sur lui comme des ailes tandis qu'elle lui embrassait la gorge, et durant un temps il n'y eut aucune pensée, uniquement des sensations et une sorte de bonheur. Mais lorsqu'une grande partie de sa chair fut nue contre la sienne, et que leurs lèvres se furent déplacées des cous vers d'autres régions, son cœur l'arrêta encore – du moins la petite partie qui lui appartenait encore.

— Je ne peux pas, dit-il. Fastia…

Elle s'écarta de lui et s'assit. La lumière de la lune était maintenant plus forte, et Fastia ressemblait à une sainte flottant au-dessus de lui.

— J'aimerais tant, dit-il d'une voix voilée par l'émotion, mais je ne peux pas.

Fastia baissa les yeux vers lui et le regarda un temps avec une expression indéchiffrable, puis elle sourit tristement.

— Je sais, dit-elle en lui tapotant la joue. Je sais. Je ne peux pas non plus.

Elle ramena sa jambe et remit de l'ordre dans ses vêtements. Mais elle ne s'en alla pas.

— Puis-je m'étendre avec toi un moment ? demanda-t-elle. À côté de toi ?

— Cela oui, dit-il.

En fait, il aurait voulu qu'elle reste là toute la nuit.

Elle s'installa contre lui et fixa le plafond des yeux.

— Je suis désolée, dit-elle. Je suis terriblement embarrassée. Je ne suis vraiment pas comme cela. Je n'ai jamais…

— C'est à moi de présenter mes excuses, dit-il. La duchesse m'avait averti au sujet de sa drogue. J'ai cru être prêt à combattre ses effets. Mais c'était parce que je pensais qu'*elle* viendrait, et non pas toi.

Son visage se tourna vers lui.

— C'est vrai ? Tu as de doux sentiments pour moi ?

— Je ne le savais pas jusqu'à ce soir. Ou ne l'admettais pas.

— Peut-être alors que c'est juste son envoûtement.

Neil sourit faiblement.

— Tu crois vraiment qu'il y en avait un ? demanda-t-il. J'en doute un peu.

— Moi aussi, reconnut Fastia. Demain nous le saurons, chacun de notre côté. Nous serons redevenus nous-mêmes, d'une façon ou d'une autre. Je ne crois pas que nous en parlerons.

— Moi non plus. Mais sache seulement que si tu n'étais pas mariée, et que j'étais d'un rang…

— Chut. Si les regrets étaient des larmes, le monde déborderait, sire Neil.

Ses yeux brillaient effectivement de larmes, et ils ne dirent plus rien.

Plus tard, lorsque le souffle de Fastia se fut fait régulier et calme dans le sommeil, Neil se leva, la prit dans ses bras, et partit la ramener dans ses appartements.

Lorsqu'il ouvrit la porte, il vit une silhouette debout dans le couloir.

— Dame Erren, dit-il avec raideur.

— Sire Neil, répondit-elle. As-tu besoin d'aide pour porter ton paquet ?

— Ne pense aucun mal de la landegrave, dame Erren, dit Neil. Elle n'avait plus tous ses esprits. Toute la faute m'incombe.

Erren haussa les épaules.

— Viens. Allons la mettre dans le bon lit.

Ils emmenèrent Fastia toujours endormie jusqu'à sa chambre et la couchèrent. Malgré la présence d'Erren, il prit le temps de regarder le visage rêveur de Fastia, si jeune dans la lumière de la chandelle. Puis tous deux partirent sans bruit.

De retour dans le couloir, Erren le toisa.

— Tu n'as rien fait, dit-elle. Tu en as pris le chemin, mais tu n'as pas ouvert la porte.

— Comment peux-tu savoir cela ? demanda Neil, à la fois stupéfait et quelque peu soulagé que Erren sût la vérité.

— Je sais, dit-elle. C'est tout mon art que de savoir de telles choses. Ce n'est pas d'ailleurs que j'aurais désapprouvé que tu couches avec Fastia, sire Neil, pas pour l'acte en tant que tel. Les saints savent bien qu'elle en a besoin, qu'elle a besoin de quelqu'un comme toi. Peut-être même qu'elle a besoin de toi, spécifiquement.

J'ai observé les ébats de cette famille durant presque toute ma vie, et je n'ai plus depuis longtemps de jugement moral à ce sujet. Mais sire Neil, tu as prêté serment à la reine, tu comprends ? Tu ne peux être distrait par l'amour. Si tu as besoin d'un corps contre le tien, cela peut se trouver, et discrètement, et je n'en penserai rien de mal. Mais tu ne peux pas tomber amoureux. (Ses yeux se plissèrent.) Bien qu'il soit peut-être trop tard pour cela, que les saints aient pitié de toi. Mais nous verrons. Un ennemi aurait pu passer cette nuit. Cela ne doit pas se reproduire.

— Je comprends, dame Erren.

— Encore une chose, sire Neil ?

— Madame.

— Tu avais raison. Le seul envoûtement que Élyonère a utilisé sur toi était la suggestion, et le seul philtre était l'alcool. À l'avenir, tu te souviendras des effets qu'ils peuvent tous deux avoir, n'est-ce pas ?

— Madame, je m'en souviendrai, répondit Neil, profondément honteux.

Le lendemain, Neil mit son armure et descendit avec la reine pour le déjeuner. Élyonère était déjà là, l'œil un peu vague mais souriante, portant une robe de chambre de lamé d'or bordée de vison noir. Elle les accueillit avec un petit sourire, qui devint vite une grimace exaspérée.

— Peuh ! sire Neil, soupira-t-elle.

Neil se sentit nu sous son regard. Comment pouvait-elle savoir ? Est-ce que *tout le monde* savait ?

La reine ne savait pas.

— Qu'as-tu fait à mon chevalier, Élyonère ? demanda doucement Murielle. Quel tour pendable as-tu été imaginer ?

— Rien d'efficace, en tout cas, d'après ce que je

vois, grommela Élyonère, avant de retrouver le sourire. Enfin, chaque jour apporte un nouvel espoir.

Tandis qu'elle parlait, ses serviteurs apportèrent des plateaux d'œufs durs, de fromage blanc et de pommes grillées, de crème fraîche, de petits pains ronds, et de confiture à la plaquemine. Elseny descendit précipitamment et joyeusement l'escalier, vêtue d'une robe bleu vif et suivie par Méré, sa servante aux cheveux blond pâle.

— Qu'as-tu prévu comme distractions pour nous aujourd'hui, tante Élyonère ? demanda-t-elle.

— Une balade en bateau sur l'Évermère, je crois, répondit la duchesse, et une partie d'anneaux dans le pré du verger.

— Hors de question, dit Erren.

— Absolument, ajouta Neil.

— Mère ! protesta Elseny. Cela semble merveilleux.

Murielle sirota son thé et agita négativement la tête.

— Je crois que cette fois, je vais m'en remettre à mes gardiens. Je crains de les avoir déjà beaucoup éprouvés en venant ici.

— Merci Majesté, dit Neil.

— Oui, que les saints soient loués, grommela Erren.

— Mais ma chère, dit Élyonère en plissant le front, tout est déjà prêt ! Je t'assure qu'il n'y a aucun danger, ici sur mes terres.

— Néanmoins, répliqua Murielle, je dois penser à mes enfants.

— Comme tu pensais à Anne ? demanda Élyonère avec une pointe de sarcasme dans la voix.

— Anne est mon affaire, Élyonère. J'ai fait ce qui était nécessaire.

— Tu as envoyé une fille parfaitement merveilleuse et fringante se faire casser pour qu'elle devienne une mégère, rétorqua Élyonère, comme cette vieille rabat-joie placide d'Erren, là.

— Je l'ai protégée d'elle-même, répondit Murielle. Et nous ne parlerons plus de cela.

Tandis qu'elles parlaient, Charles et Coiffe-de-Chien étaient descendus, le prince toujours en chemise de nuit.

— Des pommes ! s'exclama Charles avec une voix d'enfant. Tante Élyonère, mes préférées !

— Exactement, mon enfant, je n'oublie jamais, dit Élyonère. Prends-en autant que tu veux. Je crains que ce ne soit la seule distraction que tu aies aujourd'hui.

Elle soupira et se passa la main sur le menton.

— Je suppose que je pourrais demander à ma troupe de jouer quelque chose pour nous, si tu ne juges pas cela trop menaçant, sire Neil. Elseny, tu pourrais jouer une scène avec eux, si tu veux.

— Oui, je suppose que cela serait mieux que rien, dit Elseny en faisant la moue. Mais la balade en bateau aurait été bien mieux.

Audra descendit l'escalier, seule.

— Où est la princesse Fastia ? demanda Élyonère à la servante.

— Elle ne se sent pas bien, Duchesse, répondit Audra. Elle m'a demandé d'aller lui chercher quelque chose à la cuisine.

— Je vois. Eh bien, le cuisinier lui fera tout ce qu'elle désire. Et prends quelque chose pour toi aussi, mon enfant.

— Merci, Duchesse, répondit Audra. Tout a l'air splendide.

Neil mordit dans un œuf dur, soulagé de ne pas avoir encore à se trouver face à Fastia, honteux de ressentir cela. Elle le haïssait probablement pour avoir pris tout l'avantage qu'il pouvait. Il mangea d'un air sombre tandis que la famille discutait autour de lui et que la maison s'éveillait.

Un piéton entra et interrompit ses tracas.

— Il se présente un cavalier, Duchesse, dit-il. Il vient d'Eslen.

— Vraiment ? Quelles nouvelles apporte-t-il ?

Le piéton s'inclina.

— Les nouvelles d'une guerre, Duchesse. Liery a déclaré la guerre à Saltmark.

— Cela commence, murmura Erren. Murielle…

— Tout à fait, dit Murielle. Neil, informe la garde. Nous retournons à la sécurité de Cal Azroth. Nous partons dans une heure.

— C'est ridicule, dit Élyonère. Vous êtes tout à fait en sécurité ici, je te l'assure. Ce n'est pas comme si Crotheny était en guerre.

— Il a fallu au cavalier au moins cinq jours pour arriver ici, calcula Murielle. Cette nouvelle est ancienne. Si Liery est en guerre, Crotheny ne peut en être loin, et si nous entrons en guerre, Hansa en fera de même. Tout cela est probablement déjà fait en cet instant. Les enfants, rassemblez vos affaires.

— Mais nous venons d'arriver, protesta Elseny. Cal Azroth est tellement incroyablement ennuyeux !

— C'est vrai, reconnut Murielle. Maintenant, prends tes affaires.

Malgré lui, Neil se sentit soulagé. La guerre était moins dangereuse que Glenchest.

CHAPITRE CINQ

RÉUNION SUR LE PROMONTOIRE

Le soleil se leva, engoncé dans la brume, et baigna le promontoire d'Aenah de la pâleur et de l'austérité du givre, si bien que Guillaume resserra sa cape sur lui, encore que la brise marine eût encore un peu d'été en elle. Son regard fouillait sans relâche les flancs des falaises et les rochers saillant en contrebas, et jusqu'à la ligne incertaine qui séparait l'eau du ciel. Autour de lui, quinze chevaliers en selle attendaient en silence. Robert, le visage empreint d'une sévérité inhabituelle, avait mis pied à terre. Lui aussi regardait vers la mer.

— Où sont-ils ? maugréa Guillaume.

Robert haussa les épaules.

— Tu sais aussi bien que moi que les routes maritimes sont incertaines, dit-il. Saint Liere n'a que faire de la ponctualité des marins.

— Et encore moins de celle des pirates. Tu es certain que tout est arrangé ? Lesbeth va nous être rendue ?

— Nous avons respecté notre part du marché, répondit Robert. Ils tiendront la leur. Austrobaurg sait qu'il a obtenu de nous tout ce qu'il pouvait tirer de sa captivité. Cela lui a été exprimé on ne peut plus clairement.

— Mais pourquoi cette rencontre clandestine ? Pourquoi insister pour que nous soyons tous les deux présents ?

Ananias Hargoln, capitaine des lanciers, parla.

— Tout à fait mon avis, Sire. Cela ressemble vraiment trop à un piège.

Ses yeux bleu acier parcoururent la côte d'un air soupçonneux.

— Nous avons déjà abordé ce sujet. Mes espions ont inspecté toute la région, affirma sèchement Robert. Sire Ananias douterait-il de son Premier ministre ?

Sire Ananias agita négativement sa barbe grisonnante.

— Pas le moins du monde, mon prince, mais je me méfie du duc d'Austrobaurg. D'abord il enlève un membre de la famille royale, et maintenant il ne veut l'échanger qu'en présence de l'empereur lui-même sur la lande désolée de ce promontoire oublié des saints. Même s'il est entendu que nous n'aurons que quinze hommes chacun, l'empereur a raison. C'est un véritable appel au régicide.

— Austrobaurg n'aura que quinze hommes, lui aussi, lui rappela Robert.

— Il l'a promis. Ce ne sera peut-être pas le cas.

Robert indiqua de la main le chemin à flanc de colline qui montait jusqu'à eux depuis la mer.

— S'ils sont plus nombreux, nous aurons amplement le temps de nous en apercevoir. Non, les motivations d'Austrobaurg sont beaucoup moins complexes que cela. Il veut juste nous pisser au visage et rire de notre impuissance à y répondre.

— Oui, c'est probable, grommela Guillaume. Je ne me souviens de lui que trop bien. Un type suffisant, un vantard. (Il se pencha vers Robert.) Laissons-lui son heure de gloire, murmura-t-il. Mais une fois tout cela achevé et Lesbeth en sécurité à Eslen – alors Robert, nous reparlerons d'Austrobaurg.

Robert plissa le front.

— Tout à fait, dit-il. Peut-être que nous ferons de toi un vrai politicien, finalement, Guy.

— En supposant qu'il vienne, évidemment, dit Guillaume.

Mais Robert fit un signe du menton en direction des vagues et leva le doigt pour le pointer.

— Là, dit-il.

Les yeux de Guillaume n'étaient pas ce qu'ils avaient été autrefois, mais quelques instants plus tard, il discerna ce que Robert avait vu – la longue silhouette d'une galère fendant l'écume en direction de la plage de galets en contrebas. Par-dessus le bruit du ressac, il commença à percevoir le chant tendu qui se dégageait des coups d'aviron longs et réguliers.

— Combien d'hommes vois-tu ? demanda Guillaume à sire Ananias.

Le chevalier pencha sa charpente dégingandée sur sa selle et scruta le navire qui approchait.

— Pas plus de quinze, Sire, dit-il enfin. Comme promis.

— Est-ce que d'autres hommes pourraient être cachés sous le pont ?

— C'est envisageable, Sire. Je vous conseillerais de rester ici au sommet de la falaise pendant que j'irai m'assurer qu'il n'y a pas de piège. Autant que vous soyez aussi en sûreté que possible.

— Un conseil judicieux, mon frère, dit Robert.

— Très bien. Va les accueillir à leur débarquement. Dis-leur que tu es venu t'assurer que les conditions de la rencontre sont respectées, des deux côtés. Dis-leur qu'ils peuvent envoyer un émissaire pour vérifier notre nombre, eux aussi.

Il regarda Ananias descendre l'étroite piste taillée dans

le flanc blanc des falaises, rapetissant jusqu'à n'être plus, lui et sa monture, que de la taille d'un scarabée argenté. Il atteignit la plage au moment où le navire s'y échouait, et une silhouette en armure ornée d'or se dressa en proue. Ils parlementèrent, et quelques instants plus tard, le chevalier monta à bord de la galère. Un cheval fut tiré des cales, et bientôt l'un des chevaliers austrobaurgs remontait la falaise. Dans le même temps, d'autres chevaux furent débarqués sur la plage.

Le chevalier austrobaurg se présenta dans une langue du roi un peu guindée comme étant sire Wignhund Fram Hravenfera, puis commença à parcourir les alentours pour s'assurer que Guillaume n'y avait pas dissimulé de troupes. Ce ne fut pas très long : le promontoire était l'endroit où la plaine de Maog Vaost se jetait dans la mer. C'était une terre à moutons, sans arbres et légèrement inclinée, sans crêtes ni crevasses dans toutes les directions.

Ananias revint bientôt.

— Ils sont quinze comme promis, dit sire Ananias. Ni plus, ni moins.

— Et Lesbeth ? Comment va-t-elle ?

Le long visage du chevalier se renfrogna.

— Je ne l'ai pas vue, Sire.

Guillaume se tourna vers son frère.

— Que se passe-t-il, Robert ?

Robert haussa les épaules.

— Je ne sais pas. Encore une provocation, je suppose.

— Je n'aime pas cela, Sire, dit sire Ananias. Je suggère que nous nous retirions. Que le Premier ministre pose les questions.

— Absolument, dit Robert. Que quelqu'un qui en a se charge de discuter avec ce type suffisant.

— Je ne pense qu'à l'empereur et à sa sécurité, prince Robert, dit le chevalier avec raideur.

— Personne ne se retire, dit Guillaume. Je veux parler à Austrobaurg moi-même.

Il resta impatiemment en selle tandis que l'autre groupe approchait. Ils étaient caparaçonnés à la hansienne, des clochettes d'argent et d'or pendant des crinières et des selles de leurs chevaux, des crins et des plumes dressés sur leurs heaumes. Guillaume s'était fait accompagner d'un groupe sans atours, pour éviter d'être reconnu durant la chevauchée jusqu'au cap. Mais Austrobaurg hurlait au monde qui il était, tout en sachant que seuls Guillaume et ses hommes les verraient.

Robert avait raison, c'était une provocation, une façon d'ajouter du sel sur la plaie de la part du duc d'une petite province qui avait plié l'empereur à sa volonté.

L'humiliation avait un arrière-goût de viande pourrie, et son amertume ulcérait l'estomac de Guillaume.

Le duc d'Austrobaurg était un homme courtaud à la moustache en brosse et aux yeux aussi verts qu'une houle marine. Ses longs cheveux noirs étaient striés de gris, et son expression était impérieuse lorsqu'il tira les rênes à quelques pas d'eux.

L'un des chevaliers leva une main et parla.

— Le duc Alfreix d'Austrobaurg adresse ses salutations à l'empire de Crotheny et souhaite une rencontre paisible.

Robert s'éclaircit la gorge.

— L'empereur…

Mais Guillaume lui coupa la parole et parla en hansien.

— Qu'y a-t-il, Austrobaurg ? Où est ma sœur ? Où est Lesbeth ?

À sa grande surprise, le duc en fut interloqué.

— Sire Empereur, dit-il, je ne sais rien de sa Majesté. Pourquoi me demander à moi où elle se trouve ?

Guillaume essaya de compter jusqu'à sept. Il n'atteignit que cinq.

— Je n'ai aucune patience pour ces absurdités, explosa-t-il. Tu as eu ce que tu voulais : vingt navires sorroviens reposent par le fond. Maintenant tu vas me rendre ma sœur, ou par sainte Fendvé, je vais brûler et raser jusqu'à la dernière de tes cités.

Le duc se tourna vers Robert.

— De quoi parle sa Majesté ? demanda-t-il. Nous avions un accord.

— Tu sais très bien ce dont parle mon royal frère, aboya Robert.

— Altesse, dit Austrobaurg en se retournant vers Guillaume, je ne comprends rien à tout cela. Je suis ici à ta requête, pour régler l'affaire entre Saltmark et les Îles de la Désolation. Cette guerre ne sert personne, comme nous l'avons tous deux dit dans nos lettres.

— Robert ? demanda Guillaume en se tournant vers son frère.

Robert gloussa et talonna son cheval jusqu'au grand galop. Guillaume le regarda partir, bouche bée.

Tandis qu'il restait éberlué et que ses chevaliers commençaient à hurler et à dégainer leurs armes, la terre vomit la mort.

D'abord Guillaume crut à une étrange nuée d'oiseaux sombres s'envolant d'un nid souterrain, parce que le ciel s'était empli de traits noirs au bourdonnement terrifiant. Puis la partie de lui-même qui autrefois – il y avait si longtemps ! – avait été un guerrier comprit, comme une flèche s'enfonçait dans l'œil de sire Ananias et ressortait sa pointe ensanglantée de l'arrière de son crâne.

À vingt pas de là, une tranchée avait apparu quand les archers qui s'y dissimulaient avaient rejeté les plaques de terre dont elle était couverte. Leurs vêtements étaient noir corbeau, comme les flèches qu'ils décochaient.

— Trahison ! hurla Austrobaurg en cherchant désespérément à faire volter sa monture pour aller s'abriter derrière ses hommes. Trahison crothanique !

— Non ! cria Guillaume.

Mais les chevaliers austrobaurgs s'étaient déjà engagés avec les siens, et les épées versaient le sang. Il paraissait être le seul à avoir remarqué que les guerriers des deux camps tombaient tous les deux sous les flèches des archers.

— Voilà notre ennemi, cria-t-il en tirant son épée et en l'agitant en direction de la tranchée. Notre ennemi commun !

Robert m'a trahi. Il essaya de se dégager pour charger les archers, mais resta interdit lorsqu'une flèche vint dépasser du plastron de son armure. Il regarda sire Tam Dare, son cousin, se précipiter vers les assassins, et le vit tomber, empenné comme un hérisson.

Un chevalier austrobaurg tomba de la même façon. La tête de sire Avieyen MaqFergoist fut séparée de ses épaules par le bras et l'épée d'un chevalier qui portait les armoiries de la maison Sigrohsn.

Un cheval hennit, le sien, et Guillaume vit une flèche dans le cou de l'animal. Il piaffa, assez pour en recevoir une autre dans le ventre, puis s'effondra en roulant dans sa chute. Guillaume se contorsionna, sentit un claquement d'os lorsque la bête le recouvrit. Le cheval se tortilla en battant des quatre membres, poursuivant sa roulade. Un sabot, peut-être celui de sa monture, peut-être celui d'un autre cheval, frappa Guillaume à la tête, et durant un temps il ne sut plus rien.

Il reprit connaissance dans le vent marin et les yeux tournés vers les falaises. On l'avait assis, adossé à un rocher, les pieds tournés vers la mer, et sa tête lui faisait horriblement mal. Il voulut se lever, et s'aperçut que ses jambes ne fonctionnaient pas.

— Bienvenue parmi nous, mon frère.

Guillaume tourna la tête, provoquant une douleur déchirante à travers tout son cou. Robert était dressé à côté de lui, le regard tourné non pas vers lui mais vers l'horizon. Le soleil avait changé la brume en nuages, et les vagues dansaient maintenant dans la lumière changeante.

— Que s'est-il passé ? demanda Guillaume. (Il n'était pas encore mort. Peut-être que s'il feignait l'ignorance, Robert choisirait une autre voie.) L'embuscade…

— Ils sont tous morts, sauf moi.

— Et moi, corrigea Guillaume.

Robert fit claquer sa langue.

— Non, Guillaume ; tu n'es plus qu'un spectre, un messager pour nos ancêtres.

Guillaume regarda le visage de son frère. Il était plus détendu qu'il ne l'avait jamais été, presque serein.

— Tu vas me tuer, mon frère ? demanda-t-il.

Robert se gratta distraitement le cou.

— Tu es déjà mort, je te l'ai dit. Ton dos s'est brisé lorsque tu es tombé de cheval. Fais montre d'un peu de dignité, Guy.

Des larmes montèrent aux yeux de Guillaume, mais il les retint. L'air même semblait irréel, trop jaune, comme les couleurs d'un rêve. Il ravala sa peur et son horreur avec ses larmes.

— Pourquoi, Robert ? Pourquoi ce massacre ? Pourquoi m'assassiner ?

— Ne t'inquiète pas, dit Robert. Tu auras suffisamment de compagnie pour ton voyage vers l'ouest. Murielle meurt aujourd'hui. Ainsi que tes filles. Lesbeth est déjà là-bas, et t'attend.

— Tu nous auras tous tués ? (Guillaume s'aperçut qu'il pouvait bouger les mains, même si elles tremblaient comme celles d'un paralytique.) Bête immonde, tu n'es pas un Dare, tu n'es pas mon frère.

Une pointe de colère apparut enfin dans la voix de Robert.

— Mais tu avais déjà décidé cela il y a bien longtemps, n'est-ce pas, Guy ? Si tu m'avais considéré comme ton frère, tu n'aurais jamais fiancé Lesbeth sans me le demander. Je n'ai jamais pu te le pardonner.

— C'est *toi* qui l'as tuée. Tu l'as tuée et tu lui as coupé le doigt pour que je croie – Pourquoi ? Et mes enfants ? Ma femme ? Tout cela pour un simple affront ?

Il avait la main sur la poignée de son *echein doif*, maintenant, le petit couteau que tout guerrier conservait dans une cachette qui lui était particulière.

Le couteau du dernier recours.

— Et pour les trônes combinés de Hansa et de Crotheny, ainsi que celui de Liery, plus tard, ajouta distraitement Robert. Mais l'affront a peut-être été suffisant. J'ai été trop souvent négligé par cette famille, trop souvent trahi.

— Tu es fou. Crotheny ne t'acceptera pas, pas longtemps. Et Hansa…

— … m'appartient presque déjà. (Il sourit.) J'ai un secret. Et il le restera, pour l'instant. Il existe des façons de parler aux morts, et même si ton esprit va probablement errer bien loin des maisons de tes ancêtres, je ne suis pas assez fou pour prendre ce risque. Mais je te remercie pour ton aide, mon frère.

— Mon aide ?

— Je n'aurais jamais pu envoyer nos navires contre les Îles de la Désolation. Toi tu l'as fait. Sais-tu que les seigneurs de Liery ont découvert l'origine de ces navires ? Si tu avais vécu quelques jours de plus, tu en aurais pris plein les oreilles, c'est moi qui te le dis. Tu devrais me remercier pour t'avoir épargné la suffisance vertueuse de ce vieux fou de Liery, Fail.

— Je ne comprends pas.

— Tu ne pourrais pas réfléchir juste une fois, Guy ? Les seigneurs des mers ont découvert que nous avons aidé Saltmark contre leurs alliés. J'ai laissé suffisamment d'indices pour qu'ils le comprennent.

— Mais je n'ai accepté cela que parce que je pensais que Lesbeth…

— Tais-toi et écoute. Ils ne le sauront jamais, évidemment. Tous ceux qui ont cru à l'enlèvement de Lesbeth sont morts. Le haro sur ta politique a déjà commencé, et maintenant quoi ? Toi et Austrobaurg, morts, alors que vous tentiez de négocier une paix durable. Très suspect. D'autant que vous avez tous été tués avec des flèches lieriennes.

Son sourire était blafard.

— Il va y avoir la guerre, grommela Guillaume. Par tous les saints, il va y avoir la guerre avec Liery.

— Oui, surtout lorsque la mort de Murielle aura été découverte. Sa famille ne prendra pas cela très bien.

— Pourquoi Murielle ? Pourquoi mes filles ?

— Tu as tué tes filles lorsque tu les a légitimées pour te remplacer. Murielle devait mourir, bien sûr. Elle est belle, et je n'aurais rien eu contre l'idée d'en faire ma reine, mais elle a un caractère trop marqué.

Guillaume comprit soudain.

— Charles ?

— Exactement. Ton pauvre idiot de fils va devenir empereur, et je serai son Premier ministre. Les filles – même Elseny – auraient pu développer leur propre façon de penser. Elles tiennent trop de leur mère. Mais Charles, jamais.

— Je vois, dit Guillaume d'une voix faible en espérant que Robert se rapprocherait. Mais si tu veux régner sur notre pays, pourquoi chercher la guerre avec Liery ? Cela n'a aucun sens. Cela ne fera que t'affaiblir.

Robert s'esclaffa.

— Exactement. Hansa n'aurait jamais pu triompher

d'une Crotheny puissante qui conserve Liery pour allié, même avec un empoté comme toi sur le trône. Tes généraux, après tout, ne manquent pas de bon sens ; au moins certains. Mais maintenant, tout cela va pour le moins mettre fin à l'alliance, et peut-être même pousser Liery à nous attaquer. De toute façon, cela donne l'avantage à Hansa pour la guerre à venir.

— La guerre à… Tu *souhaites* que Hansa conquière Crotheny ? Es-tu *complètement* fou ?

— Tu vois, murmura Robert. Même toi, tu peux apprendre à réfléchir, même si ce n'est qu'un peu. Et un peu trop tard, je crois. Mais maintenant, mon cher frère, il est temps que je te dise adieu.

Il alla se placer devant les pieds de Guillaume et se baissa pour les attraper.

— Attends. Comment as-tu tué Murielle ?

— Je ne l'ai pas fait, à l'évidence, puisque je suis ici et qu'elle se trouve à Cal Azroth. En fait, ce n'est même pas par mon entremise qu'elle mourra. D'autres vont s'en occuper.

— Qui cela ?

Robert fit le timide.

— Non, non. Je ne peux pas le dire. Juste des gens avec lesquels je partage certains objectifs, pour l'instant. (Il se passa la langue sur les lèvres.) Ils souhaitent la mort de Murielle pour des raisons… superstitieuses. Je me suis servi de leur crédulité. Maintenant, si tu voulais bien faire montre d'un peu du célèbre stoïcisme des Dare…

Guillaume vit Robert lui saisir les chevilles, mais ne sentit rien. Robert le tira de quelques pouces vers le bord de la falaise.

— Dis-moi où est la clé, pendant que j'y pense, dit Robert. Tu ne la portes pas.

— Quelle clé ?

— Guillaume, s'il te plaît. Ne sois pas mesquin, pas

en un tel instant. L'empereur doit posséder la clé de la cellule du Détenu.

Un bref espoir envahit Guillaume.

— Je peux te montrer où elle est, dit-il, mais je ne te le dirai pas.

Robert se caressa la barbe d'un air songeur, puis il agita négativement la tête.

— Je la trouverai. Elle doit être dans le coffret, dans ta chambre.

Il se remit à la tâche.

Que sainte Fendvé me donne la force, pria Guillaume.

— Dis-moi encore une chose, Robert, demanda-t-il. Qu'as-tu fait avec le corps de Lesbeth ?

— Je l'ai enterré dans le jardin, à la pointe du promontoire.

Les pieds de Guillaume pendaient presque par-dessus le bord, maintenant. Robert fronça les sourcils, voyant qu'il ne pouvait pas tirer son frère jusqu'au bout.

— Je vois comment faire, maugréa-t-il, plus pour lui-même qu'à l'adresse de Guillaume. Ce sera moins digne, mais c'est comme ça.

Il tira les jambes mortes de Guillaume, le changea de position pour qu'il fût parallèle au bord de la falaise. Guillaume entendit les mouettes en contrebas. Si Robert balançait ses jambes maintenant, leur poids entraînerait le reste.

— Je ne te demandais pas ce que tu avais fait du corps de Lesbeth, Robert, dit Guillaume. Je te demandais ce que tu avais fait avec son corps avant de l'enterrer, à part lui couper le doigt ? Un homme malin comme toi, tu as bien dû trouver le moyen de prendre du plaisir avec le cadavre d'une sœur, surtout une sœur pour laquelle tu éprouvais un tel désir contre nature…

Il fut interrompu par un coup de pied dans la tête, et un éclat rouge sang qui l'aveugla.

— Jamais ! glapit Robert, son calme s'étant fracassé

comme du cristal. Nous n'avons jamais… Mon amour pour elle était pur…

— Pure concupiscence, immonde merde.

Le pied revint, mais cette fois Guillaume le saisit et enfonça la pointe de son echein doif dans la jambe de son frère. Robert hurla de cette douleur inattendue et tomba à genoux sur la poitrine de Guillaume. Avec un cri inarticulé, Guillaume se redressa et plongea son couteau dans le cœur de Robert.

Il s'enfonça jusqu'à la poignée.

Alors Robert le repoussa d'un grand geste, et Guillaume était dans l'air, sans poids. Il chercha une prise, en trouva presque une… et puis il n'y eut plus rien à agripper.

Les rochers le reçurent, mais il n'y eut pas de douleur. L'écume de la mer, le sang salé du monde, aspergea son visage.

Murielle, pensa-t-il. *Murielle.*

Dans les profondeurs, il entendit les draugs chanter, lugubres et avides, s'apprêtant à venir le chercher.

Au moins, il avait tué Robert.

Ses yeux se fermèrent et le vent disparut, et puis, comme une silhouette dans un spectacle d'ombres, une forme apparut contre un fond gris. Grande, de forme humaine mais pas exactement, des cornes comme les bois d'un cerf surplombant son crâne. La silhouette fit un geste, et Guillaume vit Eslen en ruines fumantes, tenue dans sa paume. Il vit le cœur de Crotheny desséché et flétri dans l'autre main tendue. Dans ses yeux, comme dans un miroir reflétant un feu, il vit la guerre. Loin, très loin, Guillaume entendit le bruit d'une corne.

La silhouette aux bois de cerf commença à grandir, pour ne plus ressembler à un homme mais à une forêt, ses cornes se multipliant pour devenir des branches, son corps s'étendant et se déchirant en un immense enchevêtrement de sarments noirs et de grimpants couverts d'épines. Et comme elle croissait, la chose ténébreuse prononça un seul nom.

Anne.

Ce nom arracha l'âme de son corps, et ce fut la fin de Guillaume II, empereur de Crotheny.

La bouche de Robert s'agita, essayant d'inspirer de l'air. Il regarda la poignée émergeant de sa poitrine, se trouvant ridicule.

— Tu as bien joué ton coup, Guy, maugréa-t-il. Très bien joué ; que les saints te damnent.

Le moment pouvait paraître mal choisi pour qu'il ressentît de la fierté pour son frère, mais c'était le cas.

— Mon prince !

Robert reconnut la voix du capitaine de ses Fantosmes, mais elle lui semblait fort lointaine.

Robert ne tourna pas la tête : il ne pouvait détacher son regard de la poignée du couteau. Dans sa position, on eût dit une tour dressée sur la mer.

Au loin, il crut entendre le cri sauvage d'une trompette, puis le ciel s'abattit sur lui.

CHAPITRE SIX

LA VEILLE DE FIUSSANAL

Anne, Austra et Sérevkis arpentaient les jardins de la comtesse Orchaevia. Rires et musique inondaient le crépuscule, des fleurs aux formes et aux couleurs fantastiques embaumaient l'air, et l'ambiance était dans l'ensemble, indéniablement gaie.

Cela mit Anne profondément mal à l'aise, et elle ne savait pas pourquoi.

Cela avait sûrement un peu à voir avec la robe qui lui avait été prêtée : elle était un peu trop serrée, et un vert aussi vif lui faisait mal aux yeux. Mais la plus grande partie de son inconfort resta tapie au fond de son esprit jusqu'au moment où Austra la fit sortir de l'ombre par une simple remarque.

— Cela me rappelle l'anniversaire d'Elseny, dit-elle. Toutes ces fleurs.

— Voilà, c'est cela, marmonna Anne.

— Quoi ?

— Rien.

Mais *c'était* cela. C'était la fête de sainte Fessa – ou, comme ils l'appelaient ici, *dame* Fiussa. Fiussa était la patronne des fleurs et de la végétation, et dans les premiers jours de l'automne, alors que Fiussa se préparait à son long sommeil, il était de coutume de lui souhaiter bon voyage et de prier pour son retour au printemps prochain. Et donc, à l'anniversaire d'Elseny, il y avait des fleurs partout, souvent séchées durant le printemps pour conserver leurs couleurs.

Austra remarqua son inconfort, évidemment, et s'en enquit discrètement.

— Ils donnent énormément d'importance à Fiussanal ici, n'est-ce pas ? dit-elle précautionneusement. Bien plus qu'à Eslen.

— Oui, dit Anne distraitement.

Elle n'avait pas envie de mordre à l'hameçon. Elle n'avait pas parlé à Austra de ses visions, et n'était pas certaine d'en avoir envie. Elle n'avait jamais rien caché à sa meilleure amie auparavant, mais maintenant qu'elle avait choisi cette voie, il lui serait difficile de retourner en arrière.

Sérevkis la tira involontairement d'affaire.

— Vraiment ? remarqua la Vitellienne. Comment fête-t-on Fiussanal en Crotheny ?

— Nous échangeons des pendentifs de fleurs séchées, lui dit Austra. Nous construisons une feinglest dans le horz sacré et nous finissons le vin nouveau.

— Qu'est-ce qu'une feinglest ? demanda Sérevkis.

— C'est une sorte de structure d'osier remplie de fleurs, lui dit Anne. Je crois que la coutume est venue de Liery.

— Ah, sourit Sérevkis. Nous avons cette coutume nous aussi, je crois, même si nous l'appelons différemment. Suivez-moi. Je crois que j'ai vu le horz, par là.

Elles contournèrent un bosquet d'oliviers touffu égayé de lanternes en papier en forme de boîtes, puis traversèrent une aile de la triva jusqu'à un petit jardin ceint d'un mur.

Là, derrière un vieux chêne noueux, se dressait une

femme faite de fleurs. Ses yeux étaient des coquelicots rouges, sa jupe de verges d'or et de damoiselles orange, ses doigts des asters pourpres.

Sa vue provoqua un horrible frisson nauséeux qui parcourut tout le corps d'Anne, lui rappelant intensément la femme de ses visions, les roses noires, la chose cornue dans les bois.

— Comme cela ? demanda Sérevkis. Est-ce une feinglest ?

— Non, dit Anne d'une voix faible. Je veux dire oui, je suppose que c'en est une, mais à Crotheny, nous construisons des cornets, ou des grands paniers, ou... Jamais quelque chose comme cela. Jamais quelque chose qui ressemble à une personne.

Mais elle se souvenait que *feinglest* était le mot lierien pour *femme verte*. Une boule d'anxiété grandit en elle.

— Partons d'ici, dit-elle.

Dans la lueur de la lanterne, on eut dit que le sourire de la femme verte venait de s'élargir, comme si elle allait à tout instant avancer d'un pas vers elles.

— Je trouve cela joli, dit Austra.

— Je m'en vais.

Anne tourna les talons et partit vers la maison et les bruits de la fête.

— Tiens, qu'est-ce qui ne va pas chez elle ? marmonna Sérevkis, plus surprise que fâchée.

Anne pressa le pas. Elle voulait sortir du jardin, s'éloigner du ciel nocturne et des champs et des arbres. Elle voulait de la lumière et des gens et du vin. Surtout du vin.

Comme elle rentrait dans la grande cour du manoir, la comtesse elle-même vint vers elle en souriant. Elle portait une robe brodée au point d'en être de mauvais goût, à motif de vignes fleuries d'or et d'argent.

— Ma chère, dit-elle à Anne. Ce visage ! J'espère que tu t'amuses.

— Oui, casnara, mentit Anne. Mille mercis pour ton hospitalité.

— Ce n'est rien, dit la femme d'un air radieux. Et pour toi, ma chère, je crois avoir une surprise toute particulière.

Anne cilla. Elle avait rencontré la comtesse en arrivant, bien sûr, comme toutes les autres, mais ne pouvait imaginer comment elle avait pu attirer particulièrement son attention.

— Écoute, dit la comtesse en l'entraînant à l'écart et en lui chuchotant à l'oreille. Entre dans ma maison par la plus grande porte, et tu trouveras un escalier à ta gauche. Prends-le pour monter puis redescendre dans le vestibule qui ouvre sur le jardin de lavande. Là, tu trouveras un jeune homme qui souhaite ardemment ta compagnie.

— Je… un jeune homme ?

La comtesse semblait très contente d'elle-même.

— À ton visage, ce doit être toi. Je crois que tu sais de qui je veux parler.

— Merci, Comtesse, dit Anne.

Elle s'efforça de ne pas laisser son visage exprimer ses sentiments, mais dans sa poitrine, son cœur faisait d'étranges choses, et les idées se bousculaient dans sa tête.

Roderick pouvait avoir reçu sa lettre. Il pouvait être arrivé ici. Il pouvait avoir entendu parler de cette fête, et avoir expliqué à la comtesse son grand amour et son besoin de la voir. Et bien évidemment, c'était le seul jour et le seul endroit où cela était possible. S'il s'était présenté au convent, il aurait été éconduit. D'ailleurs, il avait peut-être essayé, et elle ne l'avait pas su.

— Que se passe-t-il ? demanda Sérevkis.

— Rien, répondit Anne. La comtesse nous demande juste, à moi et à Austra, de lui faire une faveur, c'est tout.

— Je vais venir avec vous, dit Sérevkis.

— Non, s'exclama Anne, un peu trop fort. (Diverses têtes se tournèrent dans sa direction, y compris celle de sœur Casita.) Non, répéta-t-elle plus doucement. Elle a demandé que seules moi et Austra y allions.

— Quel mystère, dit Sérevkis d'un ton un peu sceptique. On dirait presque qu'il se passe quelque chose en sous-main.

— Non, rien de la sorte, insista Anne.

— De quelle sorte ? demanda Sérevkis en levant un sourcil.

— Je te raconterai plus tard, dit Anne. Viens, Austra.

Elle tira son amie par la manche, vers la porte dont la comtesse lui avait parlé.

— Que t'a dit la comtesse ? demanda Austra lorsqu'elles eurent franchi la porte et se furent engagées dans l'escalier. Où allons-nous ?

Anne se tourna vers Austra et prit ses mains.

— Je crois que Roderick est là, lui confia-t-elle avec excitation.

Les yeux d'Austra s'ouvrirent comme des soucoupes.

— Comment est-ce possible ? demanda-t-elle.

— Je lui ai envoyé une lettre, avec des indications.

— Quoi ? Comment as-tu fait cela ?

— Je te l'expliquerai plus tard. Mais cela doit être lui.

Elles arrivèrent au bout du vestibule, qui s'achevait par une grille de fer forgé. Derrière, des feuilles bruissaient doucement dans le vent, et elles pouvaient voir les étoiles par-dessus un mur carrelé. Anne se sentit presque pétrifiée par l'anticipation.

— Il est censé être là, dit Anne à son amie.

— Dois-je attendre ici ? demanda Austra. Pour t'avertir si l'une des sœurs approche ?

— Non, viens avec moi jusqu'à ce que je sois certaine. Je te le dirai, si je désire que tu me laisses.

— Très bien, dit Austra.

Elle n'avait pas l'air totalement ravie.

Ensemble, les deux jeunes filles franchirent la porte. Le jardin était petit, avec un sol de brique rouge. Des orangers et des citronniers se dressaient dans des pots de terre cuite, et la lavande poussait dans des caissons de pierre, en parfumant tout particulièrement l'air. Une petite fontaine ruisselait au-dessus d'un bassin en forme de coquillage.

Un homme se tenait dans l'ombre. Anne pouvait discerner sa silhouette.

— Roderick ? demanda-t-elle, le souffle presque coupé.

— Je n'ai pas de nouvelles de lui, je le crains, dit l'homme.

Elle reconnut immédiatement la voix, et son cœur s'alourdit.

— Toi ! dit-elle.

Cazio entra dans la lumière de la lune et sourit, balayant l'air de son chapeau.

— Je t'avais dit que j'habitais provisoirement dans la région, dit-il. Je dois dire que tu parais complètement différente avec des vêtements.

— Anne, murmura Austra en la tirant par la manche. Qui est-ce ? Comment le connais-tu ? (Elle tira cette fois un coup sec.) Et que veut-il dire au sujet des vêtements ?

— Je m'appelle Cazio Pachiomadio da Chiovattio, dit Cazio en s'inclinant une nouvelle fois. Et tu dois être la sœur de dame Fiéne, pour être si belle et si gracieuse ?

— Fiéne ? répéta Austra, perplexe.

— Cazio me connaît par mon vrai nom, pas par

mon nom de convent, dit Anne en espérant que Austra saisirait.

Ce qu'elle fit.

— Oh, dit-elle. Je vois.

— Me ferais-tu également l'enchantement de me dire ton nom, Madame ?

— Je m'appelle Margry, improvisa Austra.

Cazio tendit le bras, prit sa main, et la porta à ses lèvres.

— Fais attention, l'avertit Anne. Il se sert de miel quand la plupart des autres se servent de mots.

— Le miel est préférable au jus de citron, dit Cazio. (Il tourna légèrement la tête.) Se pourrait-il que tu sois fâchée contre moi, dame Fiéne ?

— Non, reconnut Anne, en s'apercevant qu'elle ne l'était pas. C'est juste que je pensais que Roderick avait pu venir.

— Et tu es déçue. Et fort justement. Tout s'est bien passé pour la transmission de la lettre, mais peut-être que le temps a été mauvais dans le Nord. Toutes sortes de choses peuvent retarder même un homme profondément amoureux.

Anne crut saisir une pique subtile en cela.

— Margry, dit Anne, pourrais-tu attendre dans le vestibule et donner l'alarme si quelqu'un approche ? Je promets de t'expliquer tout cela plus tard.

— Comme tu le désires, dit Austra, avec un fond de rancœur dans la voix.

Lorsque Austra eut quitté le jardin, Anne se retourna vers Cazio.

— Mais que voulais-tu, alors ? demanda-t-elle franchement.

À sa grande surprise, il hésita, comme s'il cherchait ses mots, une chose qu'elle ne l'avait jamais vu faire auparavant.

— Je ne sais pas, dit-il enfin. La comtesse a offert

d'arranger cette rencontre. Je suppose que je voulais juste savoir comment tu allais.

Anne sentit sa garde se baisser quelque peu.

— Je vais bien. Qu'est-il arrivé à ton bras ? Il est bandé.

— Une éraflure à l'épée, ce n'est rien.

— L'épée ? Tu t'es battu ?

Sa voix se fit plus joviale.

— Ce n'était pas vraiment un combat. Juste cinq brigands. Ils n'ont pas duré longtemps.

— Vraiment ?

Il hésita encore.

— Non, reconnut-il. Cela vient de l'entraînement avec mon maître. Il était fâché contre moi.

— Pour quelle raison ?

— Il pense que je suis trop distrait pour bretter. Je crois qu'il a raison.

Anne sentit une étrange petite chaleur au fond de son ventre.

— Qu'est-ce qui te distrait ? demanda-t-elle innocemment.

— Je crois que tu le sais.

Ses yeux étaient lumineux dans la pénombre, et durant un instant…

— Je te l'ai déjà dit, Cazio.

— Tu m'as dit quoi ? demanda-t-il doucement. Tu ne m'as même pas dit ton vrai nom. Et tu te plains de mon honnêteté.

Elle resta silencieuse un moment, puis acquiesça.

— Je m'appelle Anne.

Il prit sa main. Elle voulut la retirer, mais quelque part, n'en eut pas la force.

— Je suis heureux de faire ta connaissance, Anne.

Puis il déposa un baiser sur le dos de sa main.

— Puis-je la récupérer, maintenant ?

— Elle a toujours été à toi.

— As-tu envoyé ma lettre, au moins ?

— Oui, dit-il. J'espère qu'il viendra. Je l'espère vraiment.

— Pourquoi ?

— Parfois, la distance renforce l'amour. Parfois elle le dissout. Je crois que tu mérites de savoir ce qu'il en est.

— Roderick m'aime, trancha Anne.

— Qu'il le prouve, alors, répondit Cazio.

— M'aimes-tu, alors ? demanda Anne, en regrettant ses mots à l'instant qu'ils eurent été prononcés.

Mais Cazio ne répondit pas immédiatement. Lorsqu'il le fit, ce fut d'un ton nouveau, incertain.

— Je ne crois pas que les gens tombent amoureux aussi vite.

Cela paraissait honnête, ce qui eut le don de chagriner Anne plus que toutes les déclarations d'amour qu'il eût pu faire.

— En ce cas, que veux-tu de moi ? demanda-t-elle.

— Te connaître mieux, dit doucement Cazio.

La gorge d'Anne se serra.

— Et comment feras-tu cela ? demanda-t-elle d'un ton qui se voulait sarcastique. En gardant les yeux fixés sur ma tour tout le long du jour ?

— Peut-être, répondit-il. Si c'est la seule possibilité.

— C'est ridicule, dit Anne. (Elle regarda par-dessus son épaule.) On va remarquer notre absence. Il faut que nous y allions.

— Quand pourrai-je te revoir ?

— Tu ne pourras pas, répondit Anne.

Sur ce, elle tourna les talons et ressortit du jardin.

Il lui fut difficile de ne pas se retourner, mais elle y parvint.

Cazio traîna le pied de frustration et soupira. Qu'est-ce qui n'allait pas chez lui ? Que lui importait cette sorcière maigre et maladivement pâle à la tignasse rouge, de toute façon ?

Rien, voilà. Tout cela avait été manigancé par Orchaevia, pas par lui.

Un léger bruissement l'alerta, et sa main s'envola vers la poignée de Caspator, mais ce n'était que l'autre fille, celle aux cheveux jaunes.

— Ce fut une joie de te rencontrer, casnar Chiovattio, dit-elle avant de faire une petite révérence.

Cazio fut frappé d'inspiration.

— Un instant, s'il te plaît, dit-il.

— Je dois suivre ma maîtresse.

— Je t'en implore, casnara. Anne pourra se passer de toi quelques instants. (Il marqua une pause.) Ne viens-tu pas de dire maîtresse ?

— Je suis sa servante.

— Et aussi au convent ?

— Je suis là-bas, oui.

— Et tu t'appelles vraiment Margry ?

La fille regarda par-dessus son épaule.

— Non, casnar. Je m'appelle Austra.

Cazio afficha ce qu'il croyait être son plus beau sourire.

— Un nom qui convient incomparablement mieux à une créature aussi charmante que toi, ronronna-t-il.

— Tu ne devrais pas dire de telles choses, casnar, dit la fille en baissant les yeux.

— Appelle-moi simplement Cazio, s'il te plaît. (Il tendit la main vers ses cheveux.) Ont-ils été tissés avec du fil d'or ?

Elle se rebiffa à son contact.

— S'il te plaît, je dois partir.

Elle fit mine de s'éloigner.

— Un moment.

Il se rapprocha plus près encore. D'abord il crut qu'elle allait s'enfuir, mais non. Arrivé tout près d'elle, il lui prit la main.

— Ce Roderick, le promis d'Anne, est-il si bien que cela ?

— Promis ? s'exclama Austra, ouvrant grand les yeux.

Aha ! pensa Cazio. *Alors ils ne sont même pas vraiment fiancés.*

— Je veux dire oui, ils sont promis, corrigea Austra.

Cazio laissa passer le mensonge.

— Mais ce n'était pas ma question. Réponds-moi, jolie Austra.

— Il est… (Elle baissa la voix.) Je ne crois pas qu'il soit si bien. Pour être honnête, je te trouve beaucoup plus agréable, même si je viens de te rencontrer.

— Merci, Austra. C'est très aimable à toi.

— C'est juste que Anne peut se montrer… têtue.

— Eh bien, qu'elle le reste, alors, dit Cazio. Je ne vais pas poursuivre quelqu'un qui n'a aucun désir de se faire prendre. (Il serra sa main.) Merci de m'avoir parlé, dit-il.

— Ce fut un plaisir, Cazio.

Il s'inclina, puis fronça les sourcils en signe de consternation.

— Oh, regarde ! dit-il en pointant sa bouche du doigt. Tu as quelque chose, là, sur la lèvre.

— Quoi ?

Elle leva la main, mais il s'en saisit, se pencha agilement, et embrassa ses lèvres. Elle en eut le souffle coupé et se rétracta, mais pas trop vite.

— Tu vois ? Il y avait un baiser, là, dit-il. Mais je l'ai attrapé.

Il put voir sa peau blanche rougir, même dans la

pénombre. Sans un mot, elle fila et disparut dans le vestibule, à l'instar d'Anne.

Cazio la regarda partir, avec une certaine satisfaction. Rendre service n'avait pas suffi. Peut-être qu'un peu de jalousie aiderait, pensa-t-il. Le chasseur avait repris la piste. En sifflotant, il observa les étoiles.

CHAPITRE SEPT

SACRIFICE

Aspar s'accroupit pour examiner les crottes de cheval sur la piste et hocha la tête pour lui-même.

— Nous sommes tout près, dit-il d'un ton bourru. À même pas une journée derrière eux. Et ils ont été rejoints par d'autres, peut-être dix de plus.

Stéphane observa ce que faisait le forestier, en essayant de percevoir les signes ténus que lisait son aîné.

— Tu crois que les nouveaux venus sont des sefrys ? Ce Fend et ses acolytes ?

Le visage d'Aspar se rembrunit.

— C'est ce que ton frère a dit, n'est-ce pas ? Qu'il allait retrouver Fend à Cal Azroth ?

— Desmond Spendlove n'est pas mon frère, répondit Stéphane, irrité par le ton d'Aspar. Quoi qu'il soit en train de faire, cela n'a de toute façon rien à voir avec l'Église.

— Tu sembles en être pleinement convaincu, dit Aspar.

— Réfléchis, Forestier, dit Stéphane. Le fratrex nous a sauvé la vie. Aurait-il fait une telle chose si l'Église avait été derrière tout cela ?

Aspar se redressa.

— À toi de me le dire, répliqua-t-il gravement.

Stéphane était toujours pris au dépourvu lorsque le forestier lui demandait réellement son opinion. Il se remémora Desmond, cette nuit dans le monastère où il lui avait parlé de la façon dont il servait l'Église. Cette conversation lui avait paru sincère, peut-être le seul moment d'honnêteté qu'il avait jamais partagé avec cet assassin de Spendlove.

— Frère Desmond obéit à quelqu'un, concéda Stéphane. Peut-être quelqu'un de l'Église, peut-être pas. Il n'a pas toute sa raison, je crois.

— Tu crois qu'il obéit à Fend ? grommela Aspar.

Stéphane y réfléchit un instant.

— Non, dit-il enfin. Il a parlé de Fend comme d'une sorte de co-conspirateur, et avec un certain dédain. Je crois que Spendlove et ton brigand sefry servent tous deux le même maître. Mais je ne sais pas qui cela peut être.

— Eh bien, la forêt prend bientôt fin, dit Aspar. Nous arrivons à la plaine de Mey Ghorn, dans laquelle se dresse Cal Azroth. Ils se sont rejoints, donc quoi qu'ils aient préparé, cela va arriver bientôt.

— Pourrait-on les contourner ? Atteindre la forteresse avant eux et prévenir la reine ?

— Peut-être, dit Aspar d'un ton songeur. Mais probablement pas.

— Que fait-on alors ? Dix de plus, cela signifie seize hommes et sefrys. Nous ne pouvons les combattre tous.

Aspar fronça un sourcil.

— Nous, Darige de Cap Chavel ? Je pourrais mettre tout ce que tu sais du combat sur la mousse d'une bière et cela flotterait.

— Oui, eh bien, tu aurais pu m'en enseigner les rudiments, Forestier. J'aurais peut-être pu aider.

— Cela t'aurait juste servi à aller te faire tuer, réfuta Aspar.

— Alors tu vas tous les tuer à toi tout seul ? Comment ?

Aspar laissa échapper un rire rauque.

— Je n'ai jamais dit que tu ne me servirais à rien. Tu pourrais agiter les bras et attirer leurs flèches pendant que je me glisse derrière eux.

— Je suis prêt à le faire, dit sincèrement Stéphane. Si cela fonctionne.

— Je plaisantais, mon garçon.

— Oh, dit Stéphane, et la tentation du sarcasme prit le dessus. Je me suis trompé, mais c'était bien naturel. Une plaisanterie de ta part ? Toutes mes excuses, mais lorsqu'on voit un poisson voler pour la première fois, il est normal de penser que c'est un oiseau. (Puis il se reprit.) Que fait-on, alors ?

— Je n'en ai pas la moindre idée, dit le forestier. Je penserai à quelque chose avant que nous ne les rattrapions.

— Un plan merveilleux.

Aspar haussa les épaules.

— En as-tu un meilleur ? Quelque chose que tu as lu dans un livre, peut-être ?

— Eh bien, réfléchit Stéphane, dans les *Voyages de Hinn*, alors qu'ils sont menacés par des brigands, Hinn et ses compagnons se font passer pour plus nombreux qu'ils ne le sont en érigeant des silhouettes de boue et de paille.

— Oui. Est-ce qu'ils réussissent à les faire marcher ?

— Euh… non. Mais peut-être que si nous pouvions entraîner Desmond et ses hommes à notre poursuite…

— Pour qu'ils se battent contre nos épouvantails ?

— Bon, peut-être que ça ne marcherait pas. Et si nous construisions un piège ? Une fosse avec des pieux acérés au fond, et recouverte de feuilles, ou quelque chose ?

Aspar acquiesça.

— Bonne idée. Nous allons creuser une fosse à mains nues, avant le lever du soleil ? Peut-être que tu pourrais les faire tourner en rond avec les chevaux pendant que je creuse ?

— J'essaie juste d'aider, maugréa Stéphane. Et c'est toi qui me l'avais demandé.

— J'ai effectivement fait cela, n'est-ce pas ? soupira Aspar. La prochaine fois, je demanderai un coup de bâton sur le crâne, ce sera plus utile. (Il remonta Ogre, puis adressa à Stéphane un regard plus amical.) Continue de réfléchir, dit-il. Sait-on jamais, il te viendra peut-être à l'idée quelque chose d'utile.

Stéphane s'avéra utile quelques cloches plus tard, lorsqu'il fit un signe à Aspar pour attirer son attention. Le forestier perçut immédiatement son geste et fit aussitôt faire halte à Ogre. Stéphane se tapota l'oreille puis pointa du doigt. Il pouvait entendre des hommes parler au-devant d'eux, et il était certain qu'il s'agissait des moines renégats.

Il s'était forgé l'opinion qu'aucun des hommes qu'ils suivaient n'avait les sens aussi affûtés que les siens, mais il restait néanmoins superflu de prendre des risques. Jusqu'ici, se maintenir aux limites de son audition leur avait permis de ne pas se faire repérer. Stéphane avait l'intention de s'en tenir à cette règle.

Aspar comprit son signal et mit précautionneusement pied à terre. Stéphane fit de même. Dans un murmure, le forestier ordonna aux chevaux de rester où ils se trouvaient, puis les deux hommes se faufilèrent le long de l'orée de la forêt en direction de la source du bruit.

Ils s'arrêtèrent et s'accroupirent dans un large enchevêtrement de vignes sur les replats usés d'une colline. En contrebas, la forêt se brisait en des champs peu boisés, et au-delà s'étendait une grande plaine, vert or dans la lumière de l'après-midi.

Seize hommes montaient le camp autour d'un monticule conique dans l'orée peu boisée de la forêt. Deux tentes étaient déjà dressées. Dix des silhouettes portaient des chapeaux à large bord et leurs visages étaient couverts de gaze ; ce devait être des sefrys, songea Stéphane. Les autres étaient humains, et il s'agissait bien de Desmond et des autres moines. Stéphane jeta un regard vers Aspar, qui affichait une expression qu'il avait apprise à reconnaître comme étant une rage froide. Stéphane fronça les sourcils et le forestier lui rendit son regard en mimant un mot.

Fend.

Il ne faisait aucun doute que le forestier avait déjà commencé à réfléchir au moyen de tuer quinze hommes pour pouvoir approcher le seizième.

Aspar fit signe à Stéphane de rester où il se trouvait et s'éloigna en faisant si peu de bruit qu'il aurait pu être un chat sauvage. Stéphane eût désespérément voulu lui demander où il allait, mais il n'osa pas.

Une fois le forestier hors de vue, Stéphane resta là, à regarder et à se demander ce qu'il était censé faire.

Plus bas, les moines et les sefrys eurent tôt fait d'achever de monter leur campement, mais leur activité ne s'interrompit pas pour autant. En fait, le monticule devint leur principal centre d'attention. Ce fut avec un fort mauvais pressentiment que Stéphane réalisa que la colline devait être un sedos.

Il faisait frais, mais la sueur perlait sur son front tandis qu'il se rapprochait en rampant, pour se cacher enfin derrière les racines saillantes d'un grand chêne au bas de la colline. Ses sens se déployèrent, et la vie de la forêt l'emplit de tous ses sons. Le bavardage des écureuils au-dessus de lui s'infiltra dans sa tête, accompagné des stridulations des grillons et des cigales qui anticipaient l'arrivée de la nuit, à une cloche encore. Le chœur cliquetant des fourmis trancheuses de feuilles lui chatouillait les tympans. Des pinsons gazouillaient joyeusement et des pies protestaient de la présence de Spendlove et de ses hommes en contrebas.

Il se concentra plus encore, et à travers la vie de la forêt, entendit ses ennemis parler.

Spendlove psalmodiait dans une langue que Stéphane ne reconnut pas, encore qu'il saisissait ici et là un mot qui ressemblait à du vadhiien ancien. Deux des autres moines, Seigereik et un autre que Stéphane ne connaissait pas, étaient dénudés jusqu'à la taille, et l'un des sefrys peignait d'étranges glyphes ou symboles sur leurs poitrines. Un autre homme encore – Stéphane ne le reconnut pas non plus, mais il ne pensait pas qu'il s'agissait d'un moine – avait été entièrement dénudé. Il fut emmené jusqu'au sommet du sedos et attaché au sol avec des piquets, bras et jambes écartés. Quelque chose était enfoncé dans sa bouche.

Où est Aspar ? se demanda désespérément Stéphane. Quelque chose de très mauvais allait se passer, quelque chose qu'il fallait arrêter. Il fouilla les alentours du regard, mais le forestier pouvait quand il le voulait se rendre à ce point invisible que même les sens bénits des saints de Stéphane ne suffisaient pas à le localiser.

Desmond changea de langue, pour passer au vadhiien ancien, et Stéphane fut soudain cloué sur place. Son esprit traduisait si vite qu'il aurait tout aussi bien pu entendre sa langue maternelle.

Un pour ouvrir la voie, puissance d'effroi, et un pour arpenter le chemin. Une voie de sang pour le Substitué, une âme pour effectuer la substitution.

Spendlove tira quelque chose de ses robes, quelque chose qui brillait tant que Stéphane en eut mal à l'œil. Frère Desmond s'approcha de l'homme étendu, qui essaya de hurler mais ne put le faire. Desmond s'agenouilla à côté de lui, et Stéphane réalisa dans un choc muet que la terrible chose qu'il tenait dans sa main était une sorte de couteau, comme le moine ouvrait l'homme du sternum à l'aine et commençait à sortir ses entrailles. Les gesticulations se changèrent rapidement en secousses.

Le repas du matin de Stéphane lui monta à la gorge, mais il l'y bloqua, puisant dans sa volonté, se concentrant sur les détails de ce qui se passait, essayant de s'en abstraire, de prétendre qu'il n'assistait pas à la fin d'une vie humaine, que ce n'était pas des intestins que Spendlove et ses hommes étalaient en d'étranges formes autour de la silhouette qui se débattait encore.

Après un temps, apparemment satisfait, Spendlove fit signe à l'un des moines torse nu – Seigereik – de s'approcher. Ce que fit Seigereik, le visage sévère, en enjambant l'homme éventré qui s'agitait encore.

— Es-tu prêt, Frère ? demanda doucement Spendlove.

— Je le suis, frère Spendlove, dit Seigereik, sa voix tendue par la détermination.

— Sois fort, lui souhaita Spendlove. Il y aura un moment de désorientation. Il y aura de la douleur, mais tu devras la supporter. Et tu *dois* réussir. Il ne peut y avoir un autre échec.

— Je ne faillirai pas, frère Spendlove.

— Je sais que tu réussiras, frère Seigereik, mon guerrier.

Seigereik leva les bras et ferma les yeux.

— Une âme pour effectuer la substitution, entonna Spendlove, et il frappa Seigereik au cœur avec le couteau brillant.

Stéphane ravala un cri tandis que les jambes du moine cédaient et qu'il s'effondrait, sans vie. L'air autour du sedos parut s'assombrir, et quelque chose comme un vent glacial intense emportant une fumée noire fila entre les cimes des arbres.

À quoi viens-je d'assister ? se demanda Stéphane. Deux sacrifices, l'un volontaire, l'autre pas. Et Seigereik était censé remplir une tâche après sa mort ? Cela n'avait aucun sens. À moins que…

Le cadavre allait-il se relever ? Desmond avait-il accompli l'impensable et brisé la loi de la mort ?

Mais le corps du moine resta là où il était tombé. Non, c'était son âme qui avait été envoyée quelque part, drapée de magie noire.

Stéphane laissa là ses suppositions. Les sefrys et deux des moines restants montaient en selle.

— Il vaudrait mieux qu'il réussisse, fit remarquer l'un des sefrys, qui devait être Fend, si l'on en croyait son bandeau.

— La voie t'est ouverte, lui assura Spendlove. Ce sera peut-être même fini le temps que tu arrives.

— J'en doute.

— Un second devrait en faire une certitude, répondit Spendlove. (Il s'accroupit à côté de l'homme éventré.) Il y a encore de la vie en lui. Je peux probablement le réutiliser. Frère Ashern, prépare-toi.

L'autre moine peint acquiesça.

— Pourquoi prendre des risques ? demanda Fend, en faisant un signe en direction de l'homme éventré. Sers-toi de la fille.

— Je pensais que tu voulais la tuer devant le forestier, dit Spendlove. Après tout, tu l'as amenée jusqu'ici.

— J'en avais l'envie, dit Fend. Mais cela m'a passé. Laisse-la juste là où il la trouvera.

Desmond dévisagea le mourant.

— Tu as peut-être raison, reconnut-il. S'il crève en plein milieu, le transfèrement de Ashern tournera mal.

Fend et ses sefrys s'éloignèrent. Quelques instants plus tard, Spendlove fit un signe de tête à l'un de ses hommes et dit : « Amène-la. » Une femme qui se débattait de toutes ses forces fut extraite de l'une des tentes.

Forestier, où es-tu ? se demanda Stéphane désespérément. Aspar White n'était nulle part en vue.

Si le forestier avait vu Fend s'éloigner – et cela avait certainement été le cas – alors il l'avait probablement suivi dans l'espoir de le tuer. Stéphane réalisa qu'il ne pouvait plus compter sur Aspar White : son obsession à l'encontre du sefry borgne était plus qu'évidente, même s'il n'avait jamais daigné lui en expliquer la cause.

Stéphane pensa avoir compris ce que Spendlove se préparait à accomplir, maintenant, même si cela pouvait paraître incroyable. S'il n'agissait pas très vite, la jeune femme en contrebas allait se faire assassiner de façon fort déplaisante.

Il venait juste de voir un homme mourir de cette façon. Il mourrait lui-même plutôt que d'assister à une telle scène une deuxième fois. Rassemblant toute sa volonté, il partit vers le campement aussi vite qu'il le put.

CHAPITRE HUIT

LA PLAINE DE LA TERREUR

Une bouffée de vent comme le souffle d'un saint soupira le long des remparts de Cal Azroth tandis que Neil regardait par-delà la reine vers le soleil qui se dissolvait sur le vert horizon lointain. La plaine de Mey Ghorn était immense et immobile, les seuls mouvements provenant des volées occasionnelles d'hirondelles dans le ciel. La triple rangée de douves autour de la forteresse était déjà dans l'ombre, et bientôt leur eau refléterait les étoiles. Au loin sur sa droite, il entendit des soldats parler depuis la garnison, qui était reliée au corps principal par une chaussée.

La reine s'était souvent tenue de cette façon le soir, face à Eslen.

Des rires s'élevèrent depuis l'espace qui séparait le château de la garnison. Ce devait être Elseny, si l'on en croyait le son. Neil regarda par-dessus son épaule et vers le bas, et la vit. Du dessus, le cercle de sa robe jaune et ses cheveux sombres au milieu la faisaient ressembler à un tournesol. Elle se trouvait au cœur des hauts murs du horz étroit de la citadelle, sur le grand rocher plat qui en marquait le centre, et glissait des fleurs dans le feinglest d'osier que deux des vieilles servantes avaient construit un peu plus tôt dans la journée. Neil n'en avait jamais vu un qui ressemblât à cela, qui fût de forme vaguement humaine. À Liery, cela eût été considéré comme de mauvais augure, même s'il n'avait jamais su pourquoi.

Un mouvement latéral attira son regard, et avec un sursaut il réalisa qu'il pouvait distinguer le bord d'une autre robe, débordant de sous le feuillage d'un frêne, cette fois bleue et beaucoup moins visible dans la lumière décroissante. Puis vint l'éclat d'un visage blanc regardant vers le haut, et les yeux de Fastia croisèrent les siens. Elle détourna aussitôt le regard, tandis que Neil se mordait la lèvre, ses joues menaçant de s'empourprer. Fastia l'avait la plupart du temps évité durant les deux neuvaines qui s'étaient écoulées depuis cette soirée à Glenchest. Il ne savait pas si elle le haïssait ou…

Cela n'a de toute façon aucune importance, se dit-il. *Souviens-toi de ce qu'a dit Erren.* Il ne pouvait contrôler ce qu'il ressentait, mais il pouvait certainement contrôler ce qu'il *faisait*. À une seule exception près, c'était ce qu'il avait fait toute sa vie.

Une exception était déjà trop, néanmoins. Le sentiment inhabituel de l'échec pesait lourd dans son cœur.

— Dix mille hommes et femmes sont morts sur cette plaine, dit doucement la reine.

Neil sursauta et détourna les yeux du horz avec un air coupable, mais la reine ne le regardait pas. Il n'était même pas certain que c'était à lui qu'elle parlait.

— C'est vrai, Majesté ? demanda-t-il, ne sachant trop que répondre. Était-ce durant une bataille contre Hansa ?

— Hansa ? dit la reine. Non. Hansa n'était même pas encore un rêve, à cette époque. Pas plus que Crotheny. En ce temps-là, les maisons des hommes n'étaient pas divisées. Les ancêtres de Marcomir combattaient au côté des Dare.

— Il s'agissait de la guerre contre les skasloï, alors ?

Elle acquiesça.

— Ils s'étaient libérés de leurs chaînes et avaient brûlé les citadelles de l'Est, mais tout cela n'était rien tant qu'ils n'avaient pas atteint Ulheqelesh et vaincu là-bas. (Elle se tourna vers lui, et il fut choqué de voir des larmes dans ses yeux.) Ulheqelesh se trouvait là où se dresse maintenant Eslen.

— Je ne connaissais pas son nom dans la langue du démon, répondit Neil, en se sentant profondément ignorant.

— Nous ne le prononçons pas souvent. La plupart ne le connaissent pas. Cela fait partie des fardeaux de la royauté que de devoir lire les histoires les plus anciennes.

— Et la bataille qui a eu lieu ici, à Mey Ghorn ?

— Le nom a été corrompu au fil du temps. Dans la langue ancienne, elle s'appelait *Magos Gorgon*, la plaine de la terreur.

— Et ce fut une grande bataille ?

— Il n'y eut pas de bataille, dit la reine. Ils avançaient et ils mouraient, leurs chairs arrachées de leurs os, leurs os changés en poussière. Mais ils avançaient.

— Ils n'ont jamais vu leur ennemi ? Ils n'ont pas pu l'affronter l'arme à la main ?

La reine agita négativement la tête.

— Ils avançaient et ils mouraient, répéta-t-elle. Parce qu'ils savaient que leur seul autre choix était de vivre en esclave.

Ébranlé, Neil tourna les yeux vers la plaine qui s'assombrissait, un étrange frisson de respect montant en lui.

— Chaque pas que l'on fait sur cette plaine doit enjamber les restes de l'un de ces guerriers.

La reine opina.

— C'est une terrible histoire, avança Neil. Les guerriers devraient pouvoir mourir au combat.

— Les guerriers devraient pouvoir mourir au lit, contra la reine. (Sa voix se teinta soudain de colère.) Tu n'as donc pas entendu ? Dix mille fantômes sont enchaînés à la terre de Mey Ghorn. Dix mille frères et sœurs, les pères et les mères de Hansa, de Crotheny, de Saltmark, de Tero Gallé, de Virgenye – toutes les nations d'Éveron ont des racines dans cette terre. Ils étaient nobles, ils étaient fiers, et leur seule arme était l'espoir que leurs fils et leurs filles aient un meilleur avenir, connaissent un monde meilleur.

« Et regarde ce que nous en avons fait. Pour quoi nous battons-nous maintenant ? Des domaines de pêche. Des tarifs. Des disputes frontalières. Notre race entière est devenue médiocre et vicieuse. Nous nous battons pour rien. (Elle parcourut la plaine de la main.) Nous insultons leur mémoire. Comme ils doivent avoir honte de nous.

Neil resta longuement silencieux, jusqu'à ce que la reine se tournât vers lui.

— Sire Neil, dit-elle doucement. Tu as quelque chose à dire ?

Il ne détourna pas le regard et continua de fixer ses yeux, si semblables à ceux de sa fille.

— Je ne sais rien des tarifs ou de la politique, reconnut-il, et très peu de l'histoire ancienne.

— Mais tu sais des choses, dit-elle.

— Je sais que mon grand-père, Dovel MeqFinden, était un homme bon. Il construisait des petits bateaux de bois pour moi, quand j'étais enfant, et il courait dans les champs pierreux de Skern avec moi sur ses épaules. Il me montrait la mer et me parlait de la magnifique

Fier de Meur ou des terribles draugs qui hantent ses profondeurs.

— Continue.

— Skern est très petite, Majesté. Tu ne sais peut-être pas qu'à cette époque, notre seigneur était un duc de Hansa, et qu'il en avait été ainsi depuis six générations. Notre propre langue nous était interdite, et la moitié de nos récoltes et de nos troupeaux revenait à cet homme et à sa maison. Quand cela nous menait à la famine, nous devions emprunter au duc, et pour le rembourser nous devions entrer à son service. Nous sommes un peuple fier, Majesté, mais pas au point de laisser nos enfants mourir de faim.

— Ton grand-père ?

— Une pestilence vint et frappa la plus grande partie de son troupeau, et il ne put rembourser ce qu'il avait emprunté. Il dut travailler dans les étables de notre seigneur le duc. Un jour, l'une des filles de ce seigneur voulut monter un cheval trop sauvage pour elle. Mon grand-père l'en avertit, mais elle l'ignora. Elle fut désarçonnée.

— Elle fut tuée ?

— Non. Dix hommes étaient présents et pouvaient en témoigner. Mon grand-père l'a attrapée et l'a tirée de sous les sabots du cheval, en se faisant lui-même gravement blesser. Il lui a sauvé la vie. Mais agissant ainsi, il l'avait touchée, elle, une grande dame d'une maison hansienne. Pour cela il fut pendu.

La compassion adoucit l'expression de la reine.

— Je suis désolée, dit-elle.

Neil se rembrunit.

— Ce n'est qu'une histoire parmi d'autres, dit-il. Nous avions à de nombreuses reprises tenté de nous soulever contre nos maîtres hansiens. Chaque tentative avait échoué, jusqu'au jour où Fail de Liery est arrivé par la mer avec ses bateaux et nous a apporté des armes et s'est battu à notre côté, et a renvoyé le duc et tous ses hommes là d'où ils étaient venus. Peut-être que Liery s'est battu pour Skern à la suite de quelque dispute médiocre, je ne sais pas. Je sais seulement que mon peuple peut maintenant se nourrir et se vêtir, et que l'on n'y est plus pendu pour avoir parlé sa propre langue. Je sais que nous pouvons maintenant vivre comme des hommes et non plus comme des chiens de compagnie des hansiens. C'est une petite chose, peut-être, comparé à ce qui s'est passé sur cette plaine. Mais dans mon cœur, Majesté, je sais que la tyrannie n'est pas morte avec les Skasloï, et que le combat pour ce qui est juste n'a pas pris fin avec les hommes qui ont avancé sur Mey Ghorn. Je sais que mon opinion manque de subtilité…

Il eut soudain l'impression d'en avoir trop dit. Qui était-il pour contredire la reine ?

— Non, dit-elle, un petit sourire illuminant son visage. La seule chose qui manque à ton opinion, c'est le regard blasé et hautain de ceux qui sont de haute naissance. Que les saints t'en soient remerciés, Neil MeqVren. Tu m'as remise à ma place.

— Majesté, je n'ai jamais voulu…

— Chut. J'en ai fini de ruminer, grâce à toi. Ne parlons plus de cela et descendons plutôt participer aux réjouissances. Nous sommes à la veille de Fiussanal, tu sais.

Un souvenir l'envahit, celui d'une robe bleue et d'un visage tourné vers lui, et impatience et anticipation se disputèrent son cœur.

Mais lorsqu'ils atteignirent le horz, Fastia n'était nulle part en vue.

La nuit tomba doucement sur la forteresse, et lorsque sonna la huitième cloche, tous les préparatifs de Fiussanal étaient achevés et même la fébrile Elseny était calmement couchée dans ses appartements et attendait le sommeil.

Sommeil qui, par contre, se refusait à Neil. Le souvenir de Fastia dans la lueur de la lune le hantait, et quelque chose d'autre le dérangeait, sans qu'il pût dire quoi. Ce furent peut-être les paroles de la reine au sujet de tous les morts qui entouraient Cal Azroth qui le firent ressortir et l'entraînèrent jusqu'aux créneaux de la tour dans laquelle la reine avait ses appartements. De là, il pouvait voir tous ceux qui entraient ou sortaient de la résidence royale, et ne faillait donc pas à sa mission. Mais il pouvait également regarder vers la plaine éclairée de lune et désolée, y chercher toute volute de brume ou de lumière qui signalerait la présence de fantômes.

Lorsque la dixième cloche eut sonné, ses paupières s'alourdissaient enfin et la lune s'élevait à l'horizon. Neil envisageait de rejoindre ses quartiers lorsque, avec un léger frisson, il perçut un mouvement du coin de l'œil.

Observant plus attentivement, il ne vit d'abord rien, puis dans la périphérie de sa vision perçut plusieurs silhouettes qui avançaient avec agilité vers le château.

Il ne pensait pas que ce fussent des fantômes.

Il descendit la tour jusqu'à hauteur des remparts, avec l'espoir de mieux voir et de pouvoir alerter la garde. Ce qu'il avait vu pouvait être n'importe quoi : une meute de chiens sauvages, un groupe de sefrys, des messagers de la cour – mais la méfiance était sa règle d'or.

Il ne vit pas mieux des remparts, mais remarqua dans la cour en contrebas quelque chose qui lui fit dresser les cheveux sur la tête. Deux formes humaines étaient étendues, immobiles. La lune n'était pas encore assez haute pour qu'il pût dire de qui il s'agissait, mais les positions dans lesquelles ils se trouvaient lui firent douter qu'ils se fussent simplement endormis d'avoir trop bu.

Il n'hésita que le temps de se demander s'il devait

mettre le reste de son armure. Il portait son doublet de cuir et un haubert de cotte de mailles léger, et enfiler une armure prendrait trop de temps. D'un air résolu, le cœur battant, il se dirigea vers l'escalier, en s'efforçant de marcher sans bruit.

Dans la cour, il découvrit ses pires craintes réalisées ; l'immense double portail était ouvert, et il pouvait voir les étoiles au-delà. Il pouvait maintenant également voir l'insigne de la garde royale à pied sur les corps, et les flaques de sang qui avéraient leur mort.

Un homme qu'il n'avait pas vu d'en haut était recroquevillé contre le pied de l'escalier. Il était encore vivant, mais sa respiration était étonnamment sifflante. Neil s'approcha de lui précautionneusement, tout en parcourant sans cesse l'enceinte du regard. À la droite du portail ouvert se trouvait une seconde porte, toujours fermée, qui menait à la garnison. À sa gauche se trouvait la tour de la reine. Après s'être assuré qu'il ne voyait aucun mouvement dans ces deux directions, il tourna son attention vers l'homme blessé.

Il tressaillit en découvrant qu'il s'agissait de sire Jacques Cathmayl. Sa gorge était tranchée, et il s'efforçait futilement de retenir son flot vital qui s'écoulait entre les doigts de ses deux mains. Ses yeux se fixèrent sur Neil, et il voulut dire quelque chose. Rien n'en émergea sinon du sang, mais le chevalier abattu fit un signe en direction de quelque chose derrière Neil, et ses yeux mourants brillèrent d'un avertissement.

Neil se jeta sur le côté, et l'acier frappa le pavé à l'endroit où il s'était accroupi. Il se retourna en mettant Corbeau en garde.

Un homme se dressait là, un chevalier en grande armure.

— La mort t'a trouvé, lui dit le chevalier.

— La mort m'a trouvé à de nombreuses reprises, répondit Neil. Je l'ai toujours laissée sur sa faim.

Puis, en élevant la voix, il cria :

— Alerte ! La porte est franchie et l'ennemi est dans la place !

Le chevalier s'esclaffa et s'avança, mais sans lever son arme, et Neil découvrit avec un frisson de surprise qu'il s'agissait de Vargus Farré.

— Traître, s'exclama Neil d'une voix rauque, avant d'abattre Corbeau en un grand coup tranchant.

Le chevalier se contenta de reculer, tout en se mettant en garde.

— Tu ne la perçois pas, sire Chevalier ? demanda Vargus.

Il y avait quelque chose d'anormal dans son accent, dans la façon dont il parlait, et en dépit du fait que l'homme avait bien le visage de sire Vargus, Neil se prit à douter que ce fût vraiment l'homme qu'il connaissait.

— Tu ne la sens pas, répéta sire Vargus. La mort qui arrive en toi ?

— Que se passe-t-il, sire Vargus, ou quoi que tu puisses être ? Pour qui as-tu ouvert les portes ?

— Tu le sentiras bientôt.

Et soudain, ce fut le cas. Quelque chose le frappa comme une flamme entre les yeux, mais une flamme qui le dévorait de l'intérieur. Il entendit une voix qui n'était pas la sienne à l'intérieur de ses oreilles, sentit une volonté qui n'était pas la sienne s'accrocher à l'intérieur de son crâne. Dans un hurlement, il tomba à genoux, Corbeau tintant sur le sol.

Le chevalier qui ne pouvait être sire Vargus s'esclaffa de nouveau, et quelque chose derrière les lèvres de Neil marmonna une réponse sardonique.

CHAPITRE NEUF

DES VISITEURS NOCTURNES

— Eh bien, c'était plutôt terne, maugréa Anne, en allumant une bougie pour éclairer la chambre qu'elle partageait dans la tour avec Austra.

— Vraiment ? dit Austra d'une voix qui paraissait quelque peu lointaine. J'ai trouvé cela bien assez amusant.

— J'irai jusqu'à dire désuet, reprit Anne.

— Désuet, répéta Austra en hochant la tête.

Elle alla jusqu'à la fenêtre et regarda dans la nuit. Anne soupira et commença à ôter ses vêtements.

— C'était tout de même agréable de s'habiller un peu, dit-elle, même d'une toilette d'un goût aussi discutable.

Elle tint la robe vide devant elle puis, après avoir haussé les épaules, la plia soigneusement. Elle passa sa chemise de nuit rugueuse par-dessus sa tête.

— Et demain, retour aux leçons, dit-elle en s'efforçant de se distraire de la déception tenace que Cazio n'eût pas été Roderick, et du malaise que l'impudent Vitellien avait provoqué en elle. Nous allons étudier les usages du milléalve, ai-je entendu dire, et j'attends cela avec impatience.

— Han han, murmura Austra.

Anne tourna un regard soupçonneux vers son amie.

— Et nous avons aussi une leçon sur la façon de changer les bébés en chiots et l'inverse.

— Bien, dit Austra. Cela va être intéressant.

— Par les saints, qu'est-ce qui ne va pas ? demanda Anne. Tu ne m'écoutes même pas !

Austra se détourna de la fenêtre avec un air coupable.

— Rien, dit-elle. Tout va bien. J'ai juste sommeil.

— Tu n'as pas l'air d'avoir sommeil, tu as l'air tout excitée.

— Eh bien ce n'est pas le cas, insista Austra. J'ai sommeil.

— Vraiment ? Alors qu'est-ce qui t'intéresse tant, dehors ?

— Rien. C'est juste joli, cette nuit.

— Il n'y a pas de lune. Tu ne peux rien voir.

— Je peux voir beaucoup de choses, répondit Austra. Je verrai peut-être venir Roderick.

— Austra Laesdauter, te moques-tu de moi ?

— Non, non. J'espère pour toi qu'il viendra. Tu l'aimes encore, n'est-ce pas ?

— Oui.

— Et ce… comment déjà ?

— Cazio ?

— Oui, c'est cela. Comment l'as-tu rencontré ? Tu m'avais dit que tu me raconterais.

Anne y réfléchit.

— C'est l'un de ces secrets-là, Austra, dit-elle enfin. L'un de nos secrets sacrés.

Austra plaça sa main sur son cœur.

— Par Genya Dare, je garderai le secret.

Anne lui expliqua comment elle avait trouvé la sortie de la caverne et rencontré Cazio, en laissant de côté toute mention de la femme mystérieuse et de ses sens nouvellement découverts. Elle en eut un peu honte, mais quelque chose en elle l'avertissait que cela était plus prudent.

— Ainsi, vois-tu, conclut Anne, quelque impression que Cazio ait pu faire ce soir, ce n'est qu'un coquin mal éduqué.

— Mais beau garçon, dit Austra.

Anne ouvrit la bouche, la referma, et s'esclaffa.

— Tu t'en es amourachée, dit-elle.

— Quoi ? (Le visage d'Austra s'effondra de consternation.) Non, vraiment pas.

Anne croisa les bras et la regarda de côté d'un air soupçonneux.

— Tu es restée un moment après moi, dit-elle. Que s'est-il passé ? Que t'a-t-il dit ?

Anne rougit assez pour que ce fût visible même à la lumière d'une bougie.

— C'est comme tu l'as dit, dit-elle en regardant vers le coin de la pièce comme si elle y avait perdu quelque chose. C'est un maraudeur.

— Austra, dis-moi ce qui s'est passé.

— Tu vas te fâcher, dit Austra.

— Je ne me fâcherai que si tu t'obstines à rester énigmatique et rêveuse. Dis-moi !

— Eh bien, il m'a un petit peu embrassée, je crois.

— Tu crois ? demanda Anne. Qu'est-ce que tu veux dire, tu *crois* ? Il t'a embrassée ou il ne t'a pas embrassée.

— Il m'a embrassée, alors, dit Austra avec une pointe de défi dans la voix.

— Tu t'es amourachée de lui, l'accusa Anne une nouvelle fois.

— Je ne le connais même pas.

— La fourberie de cet homme ! explosa Anne. D'abord il me courtise, puis douze battements de cœur après il te convoite. Qu'as-tu pu voir dans un cœur aussi perfide ?

— Rien ! dit Austra. Seulement…

— Seulement quoi ?

— Eh bien, c'était agréable. Le baiser. Il embrasse bien.

— Je ne sais pas comment il embrasse. Je ne voudrais pas le savoir.

— Et tu as bien raison. Tu as Roderick pour cela. De toute façon, je suis certaine qu'aucune de nous deux ne reverra jamais Casnar da Chiovattio.

— Les saints nous en préservent.

Austra opina et se retourna vers la fenêtre.

— Oh ! dit-elle.

— Qu'y a-t-il ? Serait-il en bas ? Ce serait bien de lui, nous suivre jusqu'ici pour nous importuner.

— Non, non, affirma Austra. À moins qu'il n'ait amené des amis. Regarde toutes ces torches.

— Quoi ? Laisse-moi regarder.

Anne joua des épaules jusqu'à la fenêtre et vit que Austra avait raison. Une longue file de lumières approchait le convent. Anne entendit des renâclements de chevaux et le bruit des sabots.

— Qui cela peut-il être, à cette heure ? se demanda Anne.

— Une caravane sefry, peut-être, proposa Anne. Ils voyagent la nuit.

— Peut-être, répondit Anne d'un ton dubitatif.

À cet instant, les cloches du convent sonnèrent le rassemblement.

— Je suppose que nous n'allons pas tarder à le découvrir, dit Anne.

Sœur Casita les accueillit dans la cour au pied des escaliers, où d'autres filles endormies commençaient à converger, en grommelant d'irritation et de confusion pour avoir été tirées si tôt du lit.

— Allez dans la cave à vin, dit Casita en indiquant la direction générale du bout d'une baguette de saule. Restez-y tant que vous n'aurez pas reçu l'ordre de retourner à vos chambres.

— Que se passe-t-il ? demanda Anne. Nous avons vu des cavaliers approcher depuis la tour.

— Silence, sœur Ivexa. Tais-toi et fais ce que l'on te dit. Va à la cave.

— Je n'irai nulle part tant que je ne saurai pas ce qui se passe, insista Anne.

Avant qu'Anne n'eût pu l'éviter, sœur Casita l'avait tapée sur la bouche avec sa baguette. Anne voulut crier, mais elle s'aperçut que ses lèvres étaient gelées l'une à l'autre.

— Obéissez, dit Casita à toutes les filles rassemblées là.

Ayant vu ce qui était arrivé à Anne, aucune autre n'osa poser de question. Anne, furieuse et effrayée, partit néanmoins avec les filles vers la cave.

Le sacaum que sœur Casita avait apposé sur les lèvres d'Anne se dispersa quelques instants plus tard, ne lui laissant qu'un étrange fourmillement dans la mâchoire. Elle et Austra étaient entre-temps arrivées à l'entrée de l'escalier qui menait sous le convent, mais plutôt que de descendre avec les autres filles, Anne repoussa Austra vers un couloir latéral.

— Viens, dit-elle.

— Où cela ?

— Sur la muraille. Je veux savoir ce qui se passe.

— Tu es folle ? Tu n'as donc toujours pas appris à ne pas désobéir ?

— Nous resterons cachées. Mais je veux savoir. Il se passe quelque chose d'anormal. Je crois que le convent est attaqué.

— Qui voudrait attaquer un convent ?

— Je ne sais pas. Et c'est pour cette raison que je n'irai pas à la cave.

— Anne…

— Va avec les autres si tu veux, dit Anne. Je sais ce que je fais.

Elle tourna les talons et s'éloigna. Après un instant, elle entendit un soupir et le bruissement d'Austra qui la suivait.

Elles se faufilèrent à travers la cuisine et le jardin d'herbes aromatiques, jusqu'à l'endroit où le petit massif de vignes se déployait sur les pierres craquelées. Là, se souvenait Anne, se trouvait un escalier étroit qui menait en haut de la muraille qui ceignait le convent. Il était raide et usé, et elle glissa deux fois, mais bientôt elles en eurent atteint le sommet et le chemin de ronde. Elle commença à avancer silencieusement vers la grande porte. Une fois, elles entendirent courir, et plongèrent dans l'ombre d'une tour, tandis qu'une silhouette en robe y pénétrait. Anne écouta le bruit assourdi de pas qui montaient vers les hauteurs, et se hâta de passer.

La large cour à l'intérieur des portes était pleine de silhouettes en robe noire, pour la plus grande partie des membres de l'ordre Cerien. Sœur Sécula n'était pas avec elles ; elle se dressait sur la muraille au-dessus de la porte, accompagnée des sœurs Savitor et Curnax, et regardait vers ceux qui devaient se trouver là. Anne pouvait entendre qu'elle parlait, mais sans discerner ce qu'elle disait. Elle se rapprocha encore, Austra la suivant toujours, et ensemble elles découvrirent une section saillante du bastion depuis laquelle elles pouvaient voir tant sœur Sécula que les hommes qui étaient arrivés à l'extérieur des portes.

— Par les saints ! murmura Anne.

Dans la lueur des torches, elle vit une trentaine de cavaliers, fièrement montés sur des chevaux de guerre et portant pleine armure. Aucun d'entre eux, par contre, n'arborait d'armoiries, pas même leur chef, dont l'armure était bordée d'or et qui se dressait sur son cheval à deux pas en avant des autres. Sa visière était relevée, mais Anne ne pouvait discerner ses traits à cette distance. Il parlait avec sœur Sécula, ou plus exactement, elle lui parlait.

— … portance, disait la mestra. Nous sommes sous la protection de l'Église et du meddisso. Si vous n'obéissez pas, les conséquences en seront terribles. Maintenant, partez.

Sa voix était pleine d'autorité, et bien que ses paroles ne fussent pas adressées à Anne, elles la firent ciller. Elle n'aurait pas voulu être ce chevalier, qui qu'il fût.

Le chevalier, lui, ne parut pas impressionné.

— Je ne puis faire cela, Madame, cria-t-il en retour.

Derrière lui, les éperons bruissaient et les chevaux piaffaient. L'odeur du goudron brûlé des torches envahissait la muraille par bouffées. Toute la scène était irréelle, onirique.

— Mon devoir m'impose de faire cela, poursuivit le chevalier. Envoyez-la-nous, et nous en aurons terminé avec cette affaire. Tu pourras ensuite porter toutes les réclamations que tu veux.

— Tu crois que parce que vous êtes venus comme des pleutres sans armoiries ni emblèmes, nous ne découvrirons pas qui vous êtes ? rétorqua sœur Sécula. Partez, vous n'obtiendrez rien d'autre ici que la malédiction des saints.

— Les saints sont avec nous, répondit le chevalier d'un ton indifférent. Notre cause est sans tache, et je ne crains aucune scintillation que tu pourrais lancer sur moi. Je t'avertis encore une fois. Envoyez-nous Anne Dare, ou vous nous forcerez à l'incivilité.

— Anne ! dit Austra dans un soupir.

Anne prit la main d'Austra, son cœur s'accélérant

quelque peu. Le monde semblait tourbillonner comme si tout ce qui arrivait se réalignait.

Tout cela la concernait.

— Je t'avertis *moi* une fois encore, dit Sécula au chevalier. Toute intrusion serait absolument intolérable. Nul homme ne peut poser le pied dans ce convent.

Anne ne pouvait voir le visage de la mestra, mais elle pouvait l'imaginer, et se demandait si ce chevalier sans nom soutenait réellement son regard.

— Je regrette ce que nous allons devoir faire, dit l'homme, mais tu m'y auras forcé.

Il fit un geste, et les rangs de ses cavaliers se scindèrent, pour laisser passer dix archers et autant d'hommes chargés d'un madrier de bois armé à son extrémité d'une tête d'acier. Les archers pointèrent leurs armes sur les sœurs en haut de la muraille.

— Ouvre la porte, dit le chevalier. Pour l'amour des saints, ouvre-la et laisse-nous entrer.

Pour toute réponse, sœur Sécula écarta les doigts et Anne sentit un soudain picotement sur toute sa peau, une sensation à la fois proche et différente de l'approche d'un feu.

Quelque chose de sombre jaillit du bout des doigts de la mestra, comme une toile d'araignée mais en plus léger et diaphane. Cela retomba vers les hommes en contrebas. Lorsque cela toucha le plus grand, ils hurlèrent et portèrent leurs mains à leurs yeux. Anne vit du sang gicler entre leurs doigts, et son estomac se serra d'horreur. Elle avait bien entendu des rumeurs sur les sachons encrotacniques, mais elle n'y avait jusqu'alors jamais cru.

En réponse, le chevalier leva les bras et cria, et Anne ressentit de nouveau une force, traversant cette fois son corps comme un choc froid. Le sacaum de la mestra s'étiola, s'éleva dans le ciel nocturne, et disparut.

— Bien, dit Sécula. Maintenant tu montres ton visage, Frère. Maintenant je connais la vérité.

— *Une* vérité, peut-être, dit le chevalier. Cette affaire est au-delà de ta compréhension, Mestra.

— Explique-moi.

— Je ne le puis.

Il fit un geste, et ses hommes se précipitèrent en avant ; le bélier s'écrasa sur le portail. Au même instant, les mains du chevalier flamboyèrent en blanc, l'air craqua d'un tonnerre soudain, et un feu bleu s'éleva en hélice de sous le mur. Anne ne pouvait voir la porte du côté qui fut frappé, mais elle pouvait la voir du côté de la cour, et elle laissa échapper un hoquet de surprise lorsque le feu se faufila entre les panneaux comme les vrilles d'une vigne.

Au second coup, la porte s'effondra, et le chevalier entra sur sa monture, ses hommes derrière lui.

Anne ne pouvait plus sentir son corps. Elle se sentait détachée, extérieure, une présence aussi fragile qu'un spectre assistant à ce qui suivait.

Les sœurs se resserrèrent en un groupe dense et prononcèrent des mots sinistres, et des chevaliers tombèrent, arrachant leurs heaumes pour révéler des visages ayant tourné à l'azur. Ils se mordaient la langue et se brisaient les dents sous les contractions de leurs mâchoires, et pleuraient des larmes vertes en franchissant les eaux de la mort.

Le chef s'avança, insensible à l'invisible voile de destruction. Sa lourde épée s'éleva, et en un instant l'une des nonnes fut décapitée, son corps tombant lentement à genoux tandis que son cou semblait ressortir, fleurissant comme une orchidée rouge. L'épée sanglante revint encore et encore, taillant à travers les sœurs de Cer. Au début, les femmes maintinrent les rangs, et les guerriers continuèrent à tomber comme des fourmis se jetant dans un feu, mais soudain les sœurs se dispersèrent devant la lame assassine. Des flèches sifflèrent vers les remparts, d'où sœur Sécula faisait tomber une grêle noire qui traversait les armures comme si elles n'existaient pas. Savitor et Curnax s'effondrèrent, les yeux fixés sur les flèches qui dépassaient de leurs corps. Sœur Sécula frappa fermement dans ses mains, et parut glisser dans une ombre qui n'était pas là. Puis l'ombre ne fut plus là non plus.

— Par tous les saints ! hurla Austra.

— Tout cela est de ma faute, dit Anne d'un ton consterné.

Ses mots n'avaient aucun sens, mais ils étaient là.

— Il faut que nous allions à la cave, dit Austra. Il faut que nous rejoignions un endroit sûr. Anne, viens.

Mais Anne ne pouvait bouger. Il y avait du sang partout, maintenant. Elle n'avait jamais rêvé qu'il existât autant de sang dans le monde entier, ou qu'un corps décapité pût se débattre autant, ou que les yeux des morts fussent à ce point comme le verre.

— Anne ! lui cria Austra dans l'oreille.

Le chef des chevaliers entendit et leva les yeux. Sa visière était toujours ouverte, mais la seule chose que Anne remarqua fut que ses yeux étaient si bleus qu'ils paraissaient presque blancs.

— Anne !

Austra pleurait irrépressiblement de peur et de peine, et la tirait par le bras.

Anne trouva ses jambes, ou elles se trouvèrent elles-mêmes, et soudain elle courait maladroitement le long des remparts, tous ses sens partis nourrir sa peur. Austra était juste sur ses talons et la poussait presque. Elles trouvèrent l'escalier par lequel elles étaient montées et le descendirent comme elles le purent. Anne glissa et son genou frappa durement la pierre, mais elle le remarqua à peine, parce qu'au moment où elles arrivèrent dans la cour, se fit entendre un autre cri rauque et masculin.

— La cave ! cria Austra en lui faisant signe.

— Pour s'y faire piéger ? Non !

Anne tourna à travers le réfectoire, sans oser regarder vers le bruit métallique des pieds qui claquaient sur la pierre derrière elle. Comme elles tournaient après l'entrée du cellier, néanmoins, Austra hurla de nouveau et Anne fut forcée de se retourner.

Leur poursuivant, en cotte de mailles et cuirasse de fer, et à la longue chevelure noire retenue en une queue de cheval, tenait Austra par les cheveux et son épée tendue vers Anne.

— Cesse de courir, ordonna-t-il, et viens avec moi.

Les yeux d'Austra avaient perdu toute raison, et Anne fut soudain plus furieuse que terrifiée.

La première chose à portée de main était le maillet utilisé pour fermer les tonneaux. Elle l'attrapa et le lança.

Le coup ne fut pas très puissant, mais étonnamment précis. Elle eut le temps de percevoir l'expression de surprise sur le visage du chevalier juste avant que le maillet ne lui écrasât le nez. Il jura et vacilla en arrière, mais Austra était libre.

Les deux filles se remirent à courir. Derrière elles, Anne entendit le chevalier hurler et s'agiter, puis quelque chose la frappa fort derrière la tête. Elle devint légère puis lourde, et sa joue s'aplatit sur le sol. Elle cracha du sang et voulut se relever, mais une botte s'appuya sur son dos.

— Sale chienne, dit l'homme. Je vais t'apprendre – *par les saints* !

Le dernier mot se mua en un cri si aigu qu'on eût dit un cheval mourant, et la pression disparut du dos d'Anne. Perplexe, elle se redressa lentement sur ses mains et ses genoux, et tourna la tête pour découvrir le chevalier mort, une vapeur s'échappant d'entre ses lèvres.

— Debout. Vite.

Anne regarda vers la nouvelle voix. À côté d'elle, Austra se relevait, elle aussi. Sœur Sécula les regardait toutes les deux.

— Suivez-moi, dit-elle. Les sœurs ne pourront plus les retenir très longtemps.

Anne opina sans mot dire, en se frottant la tête, encore étourdie du coup. Elle concentra son regard sur le dos de la robe de la mestra, se demandant encore une fois si tout cela avait réellement lieu.

Trop vite. Tout allait trop vite. Tout devint flou.

Lorsqu'elle put de nouveau se concentrer, elles se trouvaient à côté de la fosse qui menait au sanctuaire de Méfitis.

La mestra la tenait par les épaules.

— Je ne m'attendais pas à cela, dit-elle d'une voix étrangement douce. Je n'en ai pas fini avec toi et tu n'es pas prête, mais ce qui est, est.

— Qu'est-ce que ces hommes veulent de moi ? Que veulent-ils ? demanda Anne.

Les yeux noirs de Sécula se rétrécirent.

— Ils veulent ôter tout espoir au monde, dit-elle. Ils veulent t'ôter toi. (Elle fit un signe en direction du harnais.) Prenez place, toutes les deux.

— Attends, dit Anne : elle avait l'impression qu'il y avait quelque chose qu'elle aurait dû demander.

— Pas le temps, dit la vieille femme. Accrochez-vous fermement aux cordes.

— Que suis-je censée faire ? demanda Anne tandis qu'elle et Austra prenaient place au mieux au milieu des cordes. Je ne comprends pas ce que je suis censée faire.

— Reste en vie, lui conseilla sœur Sécula. Le reste se déroulera aussi bien que possible, si les saints le veulent. Partez d'ici, et vite, ou ils vous trouveront. Ne vous arrêtez pas, et ne vous bercez jamais de l'illusion de la sécurité.

Elle s'employa à les faire descendre au treuil, et son visage disparut bientôt. Quelque chose commença à marteler la porte au-dessus d'elles.

— Tu connais la sortie, dit la mestra. Filez à l'instant où vous toucherez le sol.

— Tu savais ? bredouilla Anne.

Pour seule réponse, sœur Sécula s'esclaffa.

Elle les fit descendre aussi rapidement que possible, et à peine eurent-elles touché le sol de pierre que leur parvint d'en haut un chœur de hurlements, comme des âmes damnées, et l'odeur du soufre.

Puis le silence.

Dans l'obscurité, Anne se sentit soudain plus forte.

— Austra, prends ma main, dit-elle.

— Il fait trop noir, protesta Austra. Nous allons tomber dans un gouffre, ou glisser.

— Fais-moi confiance et prends ma main. Tu as entendu la mestra. Je connais la sortie.

Des voix d'hommes flottèrent jusqu'à elles depuis le haut.

— Tu as entendu ? Ils savent que nous sommes là.

— Oui, dit Austra. Oui, allons-y.

Les doigts fermement serrés, les deux filles s'avancèrent dans l'obscurité.

CHAPITRE DIX

L'APPEL

Desmond vit Stéphane bien avant qu'il n'entrât dans la clairière, bien sûr. Stéphane avait toujours su que ce serait le cas. Le moine interrompit son incantation, et un sourire sardonique se dessina sur son visage.

— Lewes, Owlic, dit-il. Restez sur vos gardes, le forestier ne doit pas être loin. C'est un homme dangereux, s'il a tué Topan et Aligern. (Son sourire s'élargit.) Leur mort ne doit pas te devoir grand-chose, n'est-ce pas, frère Stéphane ?

— Non, tu as au moins raison sur ce point, dit joyeusement Stéphane en croisant les bras et en s'efforçant de paraître détendu.

Desmond pencha la tête sur le côté en remarquant le ton employé, puis haussa les épaules.

— Tu es devenu fou, je suppose. C'est tout à fait à ton avantage, vu ce que je vais te faire.

— Tu te trompes au sujet du forestier, par contre, poursuivit Stéphane. Il a bien tué Topan et Aligern, mais Topan l'a blessé mortellement. Je vais devoir te tuer moi-même.

— C'est très bien, dit Spendlove. Tu pourras faire

cela dans un moment. Mais d'ici là, installe-toi confortablement ; assieds-toi, si tu veux. J'ai une petite chose à terminer avant de m'occuper de toi. (Il tourna les yeux vers Lewes et Owlic.) Il ment probablement au sujet du forestier. Restez sur vos gardes. (Il se retourna vers la fille.)

— Tu n'as pas besoin de répéter tout ce galimatias, tu sais, lui confia Stéphane. Le sedos se moque que tu dises quelque chose ou pas.

Desmond se rembrunit.

— Peut-être qu'il s'en moque. Les saints ténébreux, par contre, s'y intéressent énormément.

— Les saints ténébreux sont morts, dit Stéphane. Tu montres ton ignorance, à psalmodier comme un faiseur de miracles watau. Les sedoï sont les vestiges de leur puissance, leur ancienne piste de pouvoir. Leur force est ici, mais elle n'est pas sensitive. (Il changea de ton pour adopter celui que l'on pourrait utiliser avec un petit enfant.) Ça veut dire qu'elle ne peut pas t'entendre.

Desmond changea de sourire, mais celui-ci parut forcé.

— Tu parles de choses dont tu ne sais rien, dit-il.

Stéphane s'esclaffa.

— C'est amusant, de la part d'un crétin de ton espèce. Qu'est-ce que je ne comprends pas ? Tu fais des Substitués. Tu viens d'envoyer l'âme de frère Seigereik voler un corps, et maintenant tu veux envoyer celle d'Ashern faire la même chose. Des chevaliers de la garde de la reine, peut-être ? Ce ne serait pas une mèche de cheveux que je vois autour du cou de frère Ashern ? Un objet personnel est nécessaire pour trouver le corps, non ?

— Lewes, fais-le taire jusqu'à ce que j'aie fini, grommela Desmond. Mais ne le tue pas, ajouta-t-il en levant un doigt comminatoire.

Le moine géant avança vers Stéphane.

— C'est vous qui ne comprenez pas ce que vous faites, dit Stéphane. Votre connaissance est loin d'être complète, plus proche de la superstition que de quoi que ce soit d'autre. C'est pour cela que vous aviez besoin de moi, et cela n'a pas changé.

— Oh, et tu es prêt à nous aider, maintenant ? dit Spendlove. Cela pourra te paraître étonnant, mais j'en doute.

— Rappelle Lewes, dit Stéphane. Rappelle-le, ou je me sers de ceci.

Il tira la corne de son sac, celle que le forestier avait rapportée des Montagnes du Lièvre jusqu'à d'Ef. Les yeux de Desmond se réduisirent à deux fentes.

— Attends, Lewes, dit Desmond. (Il s'écarta un peu de la fille en levant les paumes de ses mains, pour montrer qu'il ne la menaçait pas.) Où l'as-tu trouvée ?

— Tu aurais dû passer un peu plus de temps dans le scriftorium et un peu moins à profaner des cadavres, lui dit Stéphane. Tu sais ce que c'est ? Je crois que oui.

— Quelque chose que tu ne devrais pas posséder. Quelque chose que tu ne conserveras pas longtemps.

— Je n'en ai pas besoin longtemps. Juste un instant.

Desmond agita négativement la tête.

— Tu ne peux pas me croire aussi stupide. Le rituel nécessaire…

— … est aussi inutile que celui qui t'amuse maintenant. N'importe quel sedos peut libérer le pouvoir de la corne. N'importe quelle bouche peut souffler dedans. Et regarde, nous avons les deux.

— Si tu sais vraiment ce que tu tiens, tu sais que ce serait une folie, dit Desmond. L'appeler *lui* ne t'aidera pas.

— Tu as peur de le nommer ? Pas moi. Le roi de bruyère. Le seigneur cornu. L'homme-ortie. Et ce qui est intéressant quant au fait de l'appeler, vois-tu, c'est que je ne sais *vraiment pas* ce qui se passera, et toi non plus. Peut-être qu'il nous tuera tous, encore que le *Codex Khwrn* prétend que le porteur de la corne ne sera pas affecté. Mais c'est un risque que je suis prêt à courir, parce que de ton propre aveu, tu as en ce qui me concerne le projet d'une fin particulièrement désagréable.

Il leva la corne, en se demandant s'il existait vraiment un scrift appelé *Codex Khwrn*.

— Arrête, dit Desmond avec une note de désespoir dans la voix. Attends un instant.

— Tu as un tel goût pour les saints ténébreux et pourtant tu ne veux pas en rencontrer un ?

— Pas *lui*. Pas encore. (Il pencha la tête sur le côté.) Tu ne sais pas tout, frère Stéphane. Tu en sais si peu, en fait. Si tu l'éveilles maintenant – si tu le fais sortir de son bois avant que nous n'ayons achevé les préparatifs – tu auras plus de sang sur les mains que je n'en ai jamais rêvé.

Stéphane haussa les épaules.

— Alors ne le réveillons pas.

La voix de Desmond se fit négociatrice.

— Que veux-tu ? demanda-t-il.

— La fille. Libère-la.

— Tu connais cette traînée ?

— Je n'ai jamais posé les yeux sur elle auparavant. Mais je ne vous regarderai pas la tuer. Libère-la, et laissez-nous partir tous les deux.

— Où est le forestier ?

— Je te l'ai dit. Il est mort.

Spendlove agita la tête.

— Il est probablement parti à la poursuite de Fend. Ce sont de vieux amis, tous les deux.

Lewes n'était qu'à quelques pas de lui, et se tendait comme s'il allait bondir. Stéphane leva la corne jusqu'à presque ses lèvres et agita un doigt menaçant en direction du géant.

Frère Ashern, debout torse nu sur le sedos, s'éclaircit la gorge.

— Seigereik a probablement ouvert le portail, maintenant, dit-il. Il n'est peut-être plus nécessaire que j'y aille.

Desmond laissa échapper un petit rire amer.

— Tu as toujours été un couard au fond de toi, frère Ashern. Tu as la tâche la plus importante de toutes. Tu dois tuer la reine, si tous les autres échouent. Elle te fera confiance.

— S'il souffle dans cette corne, je ne tuerai aucune reine, dit frère Ashern pour sa défense. Seigereik a dû ouvrir les portes, et Fend et ses hommes seront bientôt à l'intérieur. C'est à moins d'une demi-cloche de cheval, même de nuit. Ils tueront la reine sans problème.

— Nous ne savons même pas si c'est la vraie, gronda Lewes. Ça pourrait être une corne à vaches qu'il a ramassée n'importe où.

— Ou il se pourrait que j'aie voyagé avec le forestier qui a vu le roi de bruyère et qui est allé au cœur de son domaine. Fend te l'a sûrement dit. C'était ce que Fend était allé chercher au départ, la corne ; n'est-ce pas ? Tu crois qu'il l'a trouvée ?

Il y avait beaucoup de suppositions, évidemment, mais Stéphane vit à leurs visages qu'il avait visé juste.

Lewes se rapprochait.

— Non, Lewes, dit Spendlove. Il a raison, et frère Ashern aussi. Bientôt, la reine et toutes ses filles seront mortes : le forestier ne peut pas tuer Fend et tous ses hommes à lui tout seul. La tâche est accomplie. Nous n'avons pas besoin de tuer cette petite catin. (Il tira un couteau de sa ceinture, dont la lame brillait d'une lueur actinique.) Je vais la libérer.

Stéphane posa la corne sur ses lèvres, un avertissement tacite.

Mais il n'avait pas pris en compte la vitesse à laquelle

Spendlove pouvait se mouvoir. Le couteau fut soudain un flou dans l'air, puis une douleur atroce dans le bras de Stéphane. Il souffla sous le choc.

Il souffla et le monde s'emplit d'un son.

Stéphane n'avait jamais eu l'intention de souffler dans la corne, bien sûr, ni ne croyait réellement que quelque chose se passerait s'il le faisait. Il avait simplement compté sur les croyances superstitieuses de Spendlove en les saints ténébreux.

Il ne savait même pas *comment* souffler dans une corne, bien qu'il l'eût vu faire et qu'il sût que ce n'était pas comme un hautbois ou une flûte ; il fallait faire vibrer les lèvres ou quelque chose. Souffler seulement de l'air dedans n'aurait jamais rien dû produire.

Mais la note claire qui s'éleva dans l'air nocturne infirmait tout cela. Et elle ne le laissait pas s'arrêter. Alors même qu'il tombait à genoux, le sang giclant de son bras, la corne sonna plus fort, aspirant l'air de sa poitrine tandis que les roches et les arbres semblaient porter la note, et que le ciel en étincelait. Même lorsque frère Lewes le frappa et lui arracha l'instrument des mains, le son se poursuivit, rassemblant ses forces comme un nuage noir, prenant de l'ampleur jusqu'à devenir assourdissant, jusqu'à ce qu'il n'existât plus aucun autre son dans le monde.

Le coup suivant de frère Lewes projeta durement Stéphane à terre. En serrant les dents, Stéphane arracha le couteau de son bras, s'évanouissant presque sous la douleur redoublée que cela provoqua. Il roula sur le dos, levant vaguement l'arme dans un geste de défense.

Mais frère Lewes faisait quelque chose d'étrange. Il semblait avoir trouvé une baguette droite et se l'être enfoncée dans l'œil. Pourquoi agir de la sorte ?

Lorsqu'une deuxième flèche frappa le moine au cœur, tout redevint logique. Prostré, Stéphane regarda le moine porter les mains à sa poitrine, laisser échapper un dernier grognement de consternation, et s'effondrer.

— Aspar, dit Stéphane.

Il ne put entendre ses propres mots à cause du son de la corne. En serrant le couteau, il se remit maladroitement sur pied. Par sa seule volonté, il chassa la douleur de son bras et elle s'effaça, tout comme ses sensations avaient quitté son corps sur la voie des sanctuaires. Le visage tendu, il marcha vers Desmond.

Le moine le regarda approcher. Stéphane perçut du coin de l'œil que Aspar attaquait Owlic, maintenant.

Dans l'air autour d'eux, la note de la corne commençait enfin à décroître, mais lentement.

— Tu es l'homme le plus stupide du monde ! hurla Spendlove. Imbécile ! Qu'as-tu fait ?

Stéphane ne répondit pas. Sa première respiration après avoir soufflé dans la corne ressemblait à un vent glacé du plus profond de l'hiver. Il savait que Spendlove allait le tuer. Il s'en moquait. En levant le couteau, il se mit à courir droit vers l'autre moine, la douleur dans son bras blessé oubliée.

Desmond jeta d'abord un œil à la femme ligotée puis, aussi rapide qu'un chat, il attrapa frère Ashern, et le mit en position au-dessus de la première victime, qui s'agitait encore un peu. Il poignarda Ashern au cœur. Au même instant, une flèche frappa Desmond près du centre de sa poitrine, et il partit en arrière en grommelant.

Cela offrit à Stéphane un instant pour choisir, et en cet instant, il ressentit une profonde certitude. Il changea sa course pour aller porter un coup d'épaule dans le corps mourant d'Ashern, le faisant ainsi retomber du sommet du monticule, les yeux écarquillés. Puis il s'agenouilla à côté de l'autre homme, celui qui agonisait dans ses propres entrailles.

— Pardonne-moi, dit-il.

Et il plongea le couteau brillant dans l'un des yeux bleus torturés, l'enfonçant aussi loin qu'il pourrait pénétrer.

« Une fois que la lame est entrée, se souvint-il avoir lu dans le *Physiognomie de Ulh*, bien agiter pour détruire le cerveau. Une mort rapide s'ensuivra. »

Il agita, et quelque chose dans la terre sous lui parut gronder.

Il releva les yeux juste au moment où Desmond le frappa. Il sentit son nez céder, et perçut le goût du sang au fond de sa gorge, et lorsqu'il retomba du sedos, il n'y eut presque pas de douleur. Desmond s'avança avec détermination à sa suite, en arrachant la flèche de sa poitrine. Stéphane le regarda éviter une autre flèche d'un pas de côté agile, puis le moine fut sur lui et le prit par le col, et Stéphane vola de nouveau. Il s'écrasa sur le sol sur l'autre flanc de la colline.

Il va être à couvert ici, pensa Stéphane. *Aspar ne pourra pas tirer sur lui sans se déplacer. Je serai mort avant qu'il n'arrive.*

Desmond contourna le sedos et vint lui porter un grand coup de pied dans les côtes. Stéphane hoqueta : il ne pouvait plus respirer par le nez, et sa bouche était pleine de sang.

— J'en ai assez de toi, Stéphane Darige, dit Desmond. Vraiment assez.

Stéphane sentit quelque chose dans sa main alors qu'il essayait de se redresser, et réalisa qu'il tenait toujours le couteau. Pas qu'il aurait jamais une chance de l'utiliser : Spendlove était trop rapide. Et il ne savait pas le lancer comme Spendlove l'avait fait.

Ou était-ce aussi certain ? Il se souvenait de Spendlove tirant sa main en arrière et la projetant vers lui. Bien que le geste eût été aussi rapide que l'éclair, Stéphane s'en souvenait, jusque dans sa moindre nuance. Il imagina sa main faisant le même geste.

Spendlove approchait d'un air presque dédaigneux. Stéphane, même pas à moitié levé, tira la main en arrière et lança.

Il était certain d'avoir raté, jusqu'au moment où Spendlove, les yeux écarquillés et incrédules, porta la main à son sternum, d'où dépassait la poignée, juste en dessous de la blessure de la flèche.

Stéphane bondit, une exultation féroce animant enfin ses membres. Spendlove le frappa encore, à la poitrine. Stéphane eut l'impression d'avoir reçu un coup de masse, mais il revint à la charge, cherchant à agripper le moine.

Spendlove plaça ses deux mains autour du cou de Stéphane et commença à serrer. Le monde devint gris à mesure que les doigts du moine s'enfonçaient dans son cou. Stéphane, le cœur serré, se demanda comment Spendlove pouvait être aussi stupide. Était-ce une ruse ?

Il décida que ce n'en était pas une, que Spendlove était simplement fou de rage. Des deux mains, Stéphane attrapa la poignée du couteau et tira de toutes ses forces vers le bas.

— Oh merde, dit Spendlove en regardant ses tripes se déverser sur le sol. Il lâcha Stéphane, fit trois pas en arrière, et s'assit lourdement sur le monticule. Il enveloppa ses bras autour de son ventre béant.

— Je me demandais pourquoi tu n'y avais pas pensé, commenta Stéphane en tombant à genoux.

— Trop furieux. Par les saints, Darige, tu sais me mettre hors de moi. (Ses yeux roulèrent en arrière.) Tu m'as tué. Moi, tué par quelqu'un de ton genre.

— Tu n'aurais pas dû trahir l'Église, lui indiqua Stéphane. Tu n'aurais pas dû tuer le fratrex Pell.

— Tu restes un imbécile, frère Stéphane, répondit Spendlove.

— Je sais que d'autres dans l'Église doivent être impliqués, lui dit Stéphane. Je sais que tu obéis à quelqu'un. Dis-moi qui. Cherche l'absolution, frère Desmond. Je sais que tu dois regretter certaines des choses que tu as faites.

— Je regrette de ne pas t'avoir tué quand je t'ai rencontré, oui, reconnut frère Desmond.

— Non. Cette nuit-là sur la colline.

Spendlove paraissait épuisé. N'était le flot de sang qui s'échappait entre ses bras croisés, on eût dit qu'il se préparait à faire une sieste. Il cilla.

— Je n'ai jamais eu une chance, murmura-t-il. Je croyais qu'ils feraient de moi quelque chose de meilleur, ils en ont fait quelque chose de pire. (Il leva les yeux, comme s'il voyait quelque chose.) Ils sont là, dit-il. Ils viennent me chercher.

— Dis-moi qui sont tes supérieurs, insista Stéphane.

— Approche-toi, que je puisse te le dire à l'oreille, dit Spendlove, ses paupières clignant comme des papillons blessés.

— Je ne crois pas. Tu as encore la force de me tuer.

— Comme quoi tu as au moins appris quelque chose. (Il se laissa glisser en arrière.) Il vaut mieux que tu vives pour voir le monde que tu as créé, de toute façon. J'espère qu'il te plaira, frère Stéphane.

— Que veux-tu dire ?

— Ils sont là. (Spendlove parut soudain effrayé. Sa tête se tendit en arrière et tout son corps s'arqua.) Ce ne sont plus que des cendres, maintenant. J'ai été fou de croire que je pourrais être plus. Seigneurs !

Puis il y eut un hurlement, et ensuite il se détendit, son corps aussi paisible que son visage était torturé. Stéphane resta assis à le regarder, sa poitrine se soulevant follement, en s'efforçant de redevenir peu à peu sain d'esprit.

Aspar réussit enfin à atteindre le moine impossible au cou, et pendant qu'il titubait, lui tira sa dernière flèche dans le cœur. Cela ne laissait plus que le chef, qui avait disparu de l'autre côté de la colline avec Stéphane. Aspar bondit hors de sa cachette.

Mais celui qu'il venait d'abattre n'avait pas encore abandonné. Ils se retrouvèrent à mi-chemin du monticule, et l'épée de l'homme dessina un grand arc de cercle gris et flou. Aspar l'évita de justesse d'un bond en arrière, avant de se précipiter à l'intérieur de la portée de l'arme en croisant sa dague et la hache qu'il avait achetée dans un village deux jours auparavant. Il força l'épée vers le sol puis releva sa hache, tranchant en avant, sous le menton du moine, lui fendant la mâchoire. En retour il reçut un coup du pommeau de l'épée qui l'envoya à terre.

L'homme vint sur lui épée pointée vers le bas pour l'en poignarder, se mouvant plus lentement cette fois. Aspar détourna la lame en se redressant, et plongea sa dague dans le ventre du moine. Tandis que celui-ci se courbait en deux, Aspar tira sa dague et la lui planta dans le cœur, ce qui l'arrêta enfin. En gémissant, Aspar se remit douloureusement sur pied et repartit vers le monticule sur lequel Winna était toujours ligotée.

— Winn !

Derrière elle, il pouvait voir le dernier moine recroquevillé autour de son ventre, Stéphane l'observant sans un mot à quelques pas de distance. Le garçon saignait abondamment d'une blessure au bras, mais en dehors de cela paraissait sain et sauf.

Winna le regardait avec des yeux étrangement calmes. Ayant mis un genou à terre, il trancha ses liens, et dans un cri étouffé la prit dans ses bras et lui arracha son bâillon.

— Winna…

Il voulut en dire plus mais n'en était pas capable, parce qu'il avait l'impression d'avoir avalé quelque chose de gros qui lui était resté dans la gorge. Et pourquoi son visage était-il humide ? Avait-il été blessé au front ?

Winna sanglota alors et enfouit son visage dans le cou d'Aspar, et ils restèrent tous deux ainsi un long moment.

Finalement, il l'écarta doucement.

— Winna, est-ce qu'ils t'ont fait du mal ? Est-ce qu'ils…

— Ils n'ont pas touché mon corps, murmura-t-elle. Ils en ont parlé souvent. Mais Fend ne les a pas laissé faire. Il voulait que je reste pure, disait-il. Pour pouvoir me faire des choses devant toi. Est-il mort ?

— Fend, non. Pas encore. Winna ?

— Je savais que tu me retrouverais.

— Je t'aime, Winna. Si tu étais morte…

Elle essuya ses yeux, et retrouva soudain son sens pratique.

— Je ne suis pas morte, dit-elle. Et toi non plus. Nous sommes là ensemble, et je t'aime aussi. Mais la reine, elle, va mourir si nous ne faisons rien.

— J'ai déjà la seule reine qui m'intéresse, dit Aspar d'un ton bourru. Je tuerai Fend, cela oui, mais par le Furieux, je te mettrai d'abord en sécurité.

— Rien de tout cela. Nous avons commencé ensemble, Aspar, et nous continuerons ainsi.

— Elle a raison, dit Stéphane en apparaissant derrière eux. Nous devons faire tout ce qu'il nous est possible.

— C'est déjà fait, je crois, dit Aspar.

— Non, dit Stéphane. Pas encore. Nous ne réussirons peut-être pas à les aider à Cal Azroth, mais nous devons essayer.

— Tu t'es sacrément bien battu ici, mon garçon, dit Aspar, et nous sommes tous fiers de toi. Mais regarde-toi. Tu n'as plus aucune force. Et si nous ne pansons pas ton bras maintenant, tu vas te vider de ton sang.

— Alors panse-le, dit Stéphane. Puis nous y allons.

Aspar toisa ces deux visages déterminés et soupira, en se sentant soudain dépassé.

— Winna, n'est-ce pas toi qui est censée avoir du bon sens ? demanda-t-il.

Winna leva le menton vers Stéphane.

— Je m'appelle Winna Rufoote, dit-elle.

— Stéphane Darige, à ton service.

Il adressa à Aspar un regard qui signifiait *Tu aurais pu me le dire*, mais ne dit rien. Aspar se sentit soudain embarrassé et dépassé.

— Est-ce qu'il s'est montré aussi obstiné avec toi qu'avec moi ? demanda Winna à Stéphane.

— Je ne sais pas. Je ne vois pas comment il lui serait possible d'être plus obstiné que ce que j'ai vu, répondit Stéphane.

— Eh bien il le peut, dit Winna. Mais je suis son pendant. (Elle se mit sur la pointe des pieds et embrassa Aspar.) N'est-ce pas, mon amour ?

Aspar sentit ses joues s'empourprer. Il pinça les lèvres.

— Estronc que tout cela ! grommela-t-il. Nous y allons, mais vous faites ce que je dis. D'accord ?

— Comme toujours, opina Winna.

— Et nous prenons les chevaux. Nous en aurons besoin.

CHAPITRE ONZE

LE SUBSTITUÉ

Neil tomba à genoux et vomit. Il ne sentait pas la pierre sous ses mains, ni même ses mains, d'ailleurs. Des déchirures ténébreuses envahissaient sa vision.

— Bienvenue, frère Ashern, dit le chevalier qui était et n'était pas Vargus Farré. Tu es en retard. Il y a eu un problème ?

Neil ne put forcer ses cordes vocales à répondre.

— Qu'est-ce qui ne va pas, avec lui ? demanda une autre voix.

Neil ferma les yeux et perçut la voix telle une ligne bleue brisée, comme un éclair.

— Je ne sais pas, répondit le faux Vargus. J'ai été malade au début, mais pas comme ça.

— Aucune importance, dit l'autre voix. Nous pouvons faire ce qui doit être fait, avec ou sans lui. Mais nous ne pouvons attendre.

— C'est vrai, répondit Vargus. Frère Ashern, dès que tu te seras remis de ton voyage, trouve la reine. Si elle n'est pas déjà morte, tue-la. Et n'oublie pas, elle pense que tu es son garde personnel. Ton nom est Neil. Tu te souviens de cela ?

Ces paroles n'avaient aucun sens. La toile d'araignée noire qui avait envahi le champ de vision de Neil se resserrait, l'enveloppait, s'enfonçait jusqu'à ses os comme un filet jeté à l'eau. Il se demanda brièvement ce que ce filet pourrait ramener, puis se remémora les reflets du soleil sur les vagues moutonnantes. Il sentit la main de son père dans la sienne.

Puis plus rien.

Il revint à lui là où il était tombé, le visage sur la pierre. Sa bouche était sèche, et sa tête le martelait comme s'il avait bu trop de vin. En combattant l'envie de vomir encore, il trouva Corbeau, et se remit sur pied en chancelant. Il resta dressé là un moment, encore étourdi, explorant du regard les ombres de la place forte. Il faisait toujours nuit, et il n'était donc pas resté inconscient longtemps, mais le faux Vargus et celui avec qui il parlait n'étaient nulle part en vue.

Que m'est-il arrivé ? Les deux hommes lui avaient parlé comme s'il avait été quelqu'un d'autre.

Mais il avait l'impression d'être toujours Neil MeqVren.

Baissant la tête, il vit que sire Jacques Cathmayl était mort, ses yeux vitreux fixés au-delà du monde des vivants. Dans toutes les directions, Cal Azroth était absolument silencieuse et immobile, et pourtant Neil pouvait d'une certaine façon percevoir une agitation, des ténèbres affûtées qui attendaient le moment de se refermer sur lui et de lui lacérer les veines.

La reine.

Il se précipita dans l'escalier. Vargus avait laissé entrer des gens dans Cal Azroth, des gens qui étaient venus pour tuer. Il pria tous les saints qu'il fût encore temps de les arrêter.

Le poste de garde sur la muraille ne contenait que des soldats morts, frappés là où ils s'étaient trouvés assis ou couchés. Lorsqu'il entra dans la tour, Neil y découvrit d'autres morts. Les flaques de sang sur le sol étaient encore chaudes.

Il passa devant la chambre d'Elseny et vit que la porte était ouverte.

— Elseny ? dit-il dans un souffle.

Il pouvait la voir étendue sur son lit. Il hésita – son devoir était envers la reine – mais décida de la réveiller et de l'emmener avec lui.

Mais nul n'aurait pu réveiller Elseny. Les draps sous son menton étaient sombres, et une seconde bouche béait dans sa fine gorge blanche. Ses yeux étaient de pierre, et son expression celle d'un immense étonnement.

Fastia. Neil fut pris de panique. La chambre de Fastia était à l'autre bout de la tour, à l'opposé de la direction des appartements de la reine.

Il n'hésita qu'un instant, et repartit avec détermination vers les quartiers de la reine.

Dans l'antichambre, il découvrit un carnage. Deux hommes et un sefry étaient étendus sur le sol. La porte intérieure était fermée. Il s'avança vers elle, mais quelque chose de pointu se posa sur sa nuque, et il s'immobilisa.

— Ne bouge plus, grinça la voix d'Erren. Je peux te tuer avant que tu ne respires, bien avant que tu ne te retournes.

— Dame Erren, c'est moi, Neil.

— J'ai vu Vargus Farré, aussi, dit Erren. Mais ce n'était pas Vargus Farré. Prouve-le-moi, sire Neil. Dis-moi quelque chose que seul sire Neil peut savoir.

— La reine va bien ?

— Fais ce que je te dis.

Neil se mordilla la lèvre.

— Tu sais que j'étais avec Fastia, dit-il. Cette nuit-là, à Glenchest. Tu m'as dit de ne pas tomber amoureux d'elle.

L'assassin resta silencieuse le temps d'un battement de cœur.

— Très bien, dit-elle. Retourne-toi.

Ce qu'il fit, et elle agit si vite qu'il ne perçut quasiment pas le mouvement. Sa main lui gifla le visage.

— Où étais-tu ? Malédiction, où étais-tu ? demanda-t-elle.

— J'ai vu des hommes arriver par la plaine. J'ai essayé de donner l'alarme, mais la porte était déjà ouverte, sire Vargus l'avait ouverte. Puis il m'a fait quelque chose, il m'a ensorcelé. J'ai été malade et je me suis évanoui ; je ne sais combien de temps. Est-ce que la reine…

— Dans sa chambre, saine et sauve.

— Que les saints en soient remerciés. (Il baissa la voix.) Dame Erren, Elseny est morte. Fastia est peut-être en danger aussi.

— Elseny ? (L'expression d'Erren se déforma de douleur, mais ses yeux se rétrécirent et elle retrouva son visage sculpté dans le marbre.) Tu vas rester ici, sire Neil, siffla-t-elle. Ton devoir est envers Murielle, et Murielle seule.

— Alors va-y, dame Erren, la pressa Neil. Ramène Fastia ici, où nous pourrons la protéger. Et Charles. Tous les enfants doivent être en danger.

Erren agita négativement la tête.

— Je ne peux pas. Je n'en ai pas la force.

— Que veux-tu dire ?

— Je suis blessée, sire Neil. Je ne passerai pas la nuit. Je ne passerai peut-être pas la prochaine heure.

Il se recula alors, et vit de quelle étrange façon elle était adossée au mur. Il faisait trop sombre pour discerner de quelle façon exactement elle était blessée, mais il pouvait sentir l'odeur du sang.

— Ce n'est peut-être pas si grave, dit-il.

— Je connais la mort, sire Neil. Elle est comme une mère pour moi. Crois-moi, et ne perds pas de temps à nous plaindre, Elseny ou moi, ni à craindre pour Fastia. Garde la tête froide, et réponds à mes questions. J'en ai tué trois. Combien étaient-ils en tout ?

— Je ne sais pas, reconnut Neil. Lorsque le mal s'est emparé de moi, je n'avais pas tous mes sens. Mais ils m'ont dit que je devais tuer la reine.

Le front d'Erren se plissa.

— Ils ont cru que tu étais un Substitué, comme Vargus. Et pourtant tu ne l'étais pas. D'une manière ou d'une autre, la magie a dû être interrompue.

— Je ne comprends pas.

— La plus noire des encrotacnies, murmura Erren. Un homme est tué, et son âme ensorcelée est envoyée envahir un corps. L'âme qui habite déjà ce corps en est arrachée. Tu ne devrais pas être en vie, sire Neil, et pourtant tu l'es. Mais cela peut tourner à ton avantage. Si tu prétends être celui qu'ils croient que tu es, tu auras plus de liberté pour frapper.

— Oui, Madame.

— Les gardes et les serviteurs sont morts, à ton avis ? demanda Erren.

— Oui, Madame.

— Alors tu dois emmener la reine jusqu'à la garnison, lui dit Erren. Ils ne peuvent avoir tué tous les soldats là-bas, ils sont beaucoup trop nombreux.

Un bruit ténu leur parvint du bout du couloir.

— Chut.

Erren se glissa sur le côté de la porte. Neil discerna deux pâles silhouettes qui avançaient vers eux, et resserra sa prise sur Corbeau.

— C'est toi, Ashern ?

Neil crut se souvenir avoir entendu ce nom dans la cour.

— Oui.

— Tu l'as fait ? La reine est morte ?

Ils étaient plus près, maintenant, et Neil pouvait voir qu'il s'agissait de deux sefrys. Celui qui parlait portait un bandeau sur l'œil.

— Oui, c'est fait.

— Eh bien, allons voir. Nous ne devons pas traîner.

— Ma parole ne te suffit pas ?

Ils étaient presque assez près, mais le sefry au bandeau hésita juste au moment où Neil frappait. Les deux hommes bondirent en arrière, mais celui qui avait parlé ayant été plus rapide, Corbeau atteignit l'autre à l'épaule et l'ouvrit jusqu'aux poumons. Quelque chose de dur frappa l'armure de Neil, juste au-dessus du cœur. Le sefry borgne courait à reculons, la main tirée en arrière…

Neil comprit et se jeta sur le côté, tandis qu'un second couteau sifflait près de sa tête et allait percuter le mur de pierre. Le temps qu'il se reprît, le sefry avait disparu.

— Ton avantage est consommé, dit Erren. Maintenant tu dois partir, et vite, avant qu'il ne revienne avec des renforts.

— Il n'a peut-être plus personne.

— Le Substitué Vargus vit encore. Cela fait au moins deux, et nous devons supposer qu'il y en a d'autres.

Elle frappa sur la porte de la reine, trois coups légers, une pause, puis deux coups forts. Neil entendit un verrou se tirer, puis la porte s'ouvrit vers l'intérieur dans un craquement. Derrière, il vit les yeux de la reine.

— Sire Neil est là, dit Erren. Il va rester avec toi.

— Erren, tu es blessée, remarqua la reine. Entre.

Erren sourit brièvement.

— Nous avons d'autres visiteurs que je dois recevoir. Sire Neil va t'emmener jusqu'à la garnison. Tu y seras en sécurité.

— Mes filles…

— … sont déjà en sûreté, répondit Erren. (Neil sentit sa main toucher son dos en guise d'avertissement.) Maintenant tu dois partir avec sire Neil.

— Je ne te laisserai pas.

— Tu le dois, répondit simplement Erren. Je te rejoindrai à la garnison.

Un bruit résonna près du bout du couloir, et Erren se retourna à temps pour intercepter l'une des flèches qui filèrent à travers l'antichambre. Elle fut touchée au rein. Les deux autres s'écrasèrent sur le mur à côté de Neil.

— Erren ! hurla la reine.

— Sire Neil ! rappela Erren sur le ton d'un ordre froid et absolu.

Neil franchit la porte en un instant, repoussant la reine à l'intérieur. Il la claqua derrière lui alors même que plusieurs traits se plantaient de l'autre côté. Il la verrouilla.

— Ne l'ouvre pas, dit Neil à la reine.

— Erren…

— Erren est morte, lui dit Neil. Elle est morte pour que tu puisses vivre. Ne la trahis pas.

Le visage de la reine se transforma alors. Confusion et peine en disparurent, pour faire place à une détermination régalienne.

— Très bien, dit-elle. Mais ceux qui sont responsables de tout cela le regretteront. Promets-le-moi.

Neil pensa à Elseny, morte dans son lit, tous ses rires et ses rêves saignés dans ses draps. Il pensa à Fastia, et garda dans son cœur le terrible espoir qu'elle fût encore vivante.

— Ils le regretteront, dit-il. Mais nous devons d'abord survivre à cette nuit.

Il alla jusqu'à la fenêtre tout en rengainant Corbeau. Il avait déjà examiné la pièce précédemment, bien sûr, et même sans la lune savait que le mur de la tour plongeait de dix coudées avant de rejoindre les remparts du corps principal, depuis lesquels il avait cherché des fantômes un peu plus tôt dans la soirée. Un aperçu rapide lui indiqua qu'il n'y avait personne dehors. Il retourna vers le lit de la reine et commença à nouer les draps ensemble après en avoir attaché une extrémité au montant du lit.

La porte tremblait sous les coups répétés.

— Termine cela, dit-il à la reine. Noue-les bien. Quand tu en auras ajouté deux autres, commence à descendre. Ne m'attends pas.

La reine acquiesça et se mit au travail. Neil, pendant ce temps, poussait un lourd coffre pour ajouter du poids à la porte.

Il n'arriva pas à temps. Le verrou claqua soudain, comme s'il avait été tiré par des doigts invisibles. Neil bondit en tirant Corbeau, tira la porte et trancha de haut en bas.

Le pâle visage d'un sefry le dévisagea tout surpris tandis que Corbeau tranchait à travers la clavicule, le cœur et le sternum. Neil ne laissa pas la malfaisant s'effondrer, mais l'attrapa de l'autre main par les cheveux et s'en servit de bouclier contre les projectiles invisibles qui ne manquèrent pas de jaillir de l'obscurité. Puis il rejeta le corps en arrière et referma la porte, avant de remettre fermement le verrou en place.

Un rapide coup d'œil par-dessus son épaule lui apprit que la reine avait déjà commencé à descendre. Il alla jusqu'à la fenêtre et surveilla sa descente jusqu'à ce qu'elle eût posé le pied sur les pavés de pierre, et il s'apprêtait à partir à sa suite lorsque la porte explosa.

Neil trancha le drap à hauteur du montant et bondit sur le rebord de la fenêtre avant de se laisser glisser pour s'y suspendre du bout des doigts, tandis que deux flèches sifflaient au-dessus de lui, et que la troisième s'accrochait dans son haubergeon. Puis il lâcha.

Une chute de la moitié de cette hauteur avec même le genre d'armure qu'il portait suffisait à briser des os. Il heurta le pavé et tomba à genoux. Il en eut le souffle coupé et des étincelles dansèrent dans son champ de vision.

— Sire Neil.

La reine était là. À l'horizon, une serpe pourpre s'élevait dans le ciel. Un instant, Neil ne reconnut pas la lune.

— Éloignons-nous de la fenêtre ! haleta-t-il en tendant le bras vers elle.

Elle prit sa main et ils plongèrent derrière la courbe de la tour, loin de toute flèche au nez pointu qui pourrait les poursuivre depuis les hauteurs.

— Par ici, dit Neil.

Ils coururent sur les remparts en direction de l'escalier qui menait à la cour, en regardant souvent derrière eux. Neil vit au moins une silhouette sauter de la fenêtre dans la lueur de la lune. Il espéra que ce ne fût pas l'un des archers.

Ils atteignirent néanmoins les marches sans incident. Une fois en bas, il ne leur resterait qu'à traverser la cour, ouvrir la porte qui permettait de franchir le vieux mur, et passer les douves pour rejoindre la garnison. La dernière fois que Neil l'avait vue, il n'y avait pas dans la cour âme qui vive, et il espérait que cela n'avait pas changé.

Mais ils n'avaient descendu qu'une marche lorsque la reine bondit hors de sa portée et revint sur ses pas.

— Majesté, commença-t-il.

— Fastia ! cria la reine.

Neil vit Fastia, qui tournait au coin des remparts, à peut-être vingt pas de lui, portant toujours la robe bleue dans laquelle il l'avait aperçue un peu plus tôt. Elle tourna la tête en entendant son nom.

— Mère ? Sire Neil ?

— Fastia. Viens avec nous. Vite. Nous sommes en danger.

La reine avança vers sa fille.

Neil jura et partit à sa suite, dernière les trois silhouettes qui retournaient d'où elles étaient venues.

Une quatrième silhouette apparut silencieusement depuis la pénombre derrière Fastia.

— Fastia, hurla-t-il. Derrière toi ! Cours vers nous !

Il dépassa la reine un instant plus tard, le cœur rugissant, regardant le visage de Fastia se rapprocher, son expression mêlant confusion et peur comme elle se retournait pour voir de quel danger il avait voulu l'avertir.

— Ne la touche pas, tonna Neil. Par les saints, ne la touche pas !

Mais la silhouette tendue de noir était là, se déplaçant terriblement vite, un éclat de lune dans la main, que l'homme souleva et enfonça dans la poitrine de Fastia deux battements de cœur avant que Neil ne l'atteignît. L'homme bondit en arrière et tira une épée tandis que Neil hurlait et frappait, abattant Corbeau à deux mains. L'homme para et frappa en retour, mais Neil prit le coup sur son haubert et se jeta droit sur lui, lui enfonçant son coude dans le menton avec un hurlement rauque. L'homme tomba à terre mais il se relevait déjà lorsque Corbeau lui fendit le crâne.

La reine était agenouillée au côté de sa fille et les hommes qui approchaient depuis la tour étaient presque sur eux. Ils n'auraient jamais le temps d'atteindre l'escalier et la cour avant que ceux-ci ne les rejoignissent.

Fastia le regarda en clignant des yeux et en hoquetant.

Il n'y avait qu'une seule possibilité, et Neil s'y rendit.

— Par-dessus la muraille, dans la douve, et nage jusqu'à la chaussée ! dit-il à la reine. Je prends Fastia.

— Oui, dit la reine.

Sans la moindre hésitation, elle sauta.

Neil prit Fastia dans ses bras.

— Je t'aime, haleta-t-elle.

— Moi aussi, répondit-il, et il s'élança.

Le mur à cet endroit était haut de quinze coudées, et l'eau lui parut aussi dure que la pierre lorsqu'il la frappa. Son haubert l'entraîna directement au fond, et il dut lâcher Fastia pour pouvoir se débarrasser de sa lourde protection. Durant un instant de panique, il ne put la retrouver, mais ensuite il sentit son bras, l'attrapa et la remonta. Il prit ses repères, puis se dirigea vers la chaussée qui menait à la garnison. Elle paraissait impossiblement lointaine. Devant lui, la reine nageait déjà. Les yeux de Fastia étaient clos, mais il sentait toujours sa respiration siffler dans son oreille.

Il entendit deux chutes dans l'eau derrière lui. Il jura, et nagea plus fort.

Il émergea sur la chaussée presque en même temps que la reine. Il prit Fastia dans ses bras comme un bébé et ils se précipitèrent vers la porte de la garnison, profondément conscients du fait que la porte vers l'autre cour – et ceux qui l'occupaient probablement maintenant – se trouvait derrière eux.

La porte de la garnison était ouverte, elle aussi, et les corps de peut-être dix soldats étaient écroulés sous sa voûte.

Dans l'obscurité au-delà, quelque chose gronda, et Neil vit des yeux luisants et une ombre de la taille d'un cheval, mais dont la forme n'était celle d'aucun cheval qu'il avait jamais vu.

CHAPITRE DOUZE

UNE LEÇON D'ÉPÉE

Cazio s'éveilla, se demandant où il se trouvait, chagriné d'avoir sommeillé. Sans bouger plus que les yeux, il explora imperceptiblement les alentours.

Il était étendu dans un petit bosquet d'oliviers, à travers lesquels les étoiles luisaient plaisamment dans un ciel sans nuages. Non loin se dressait l'ombre du convent sainte Cer.

Il s'assit, se frotta les yeux, et tâtonna instinctivement de la main pour s'assurer que Caspator était là. Il se sentit rassuré de retrouver la poignée familière à son côté.

Qu'est-ce qui l'avait réveillé ? Un bruit familier, semblait-il. Ou n'avait-ce été qu'un rêve ?

La mémoire lui revint paresseusement, mais il n'y avait pas à se souvenir de grand-chose. Lorsque les filles avaient quitté la fête d'Orchaevia, il était parti marcher dans la campagne. Il n'avait jamais eu peur du noir, et pensait qu'apprendre à se déplacer dans la nuit, à sentir l'invisible, ne pouvait qu'améliorer ses talents de bretteur.

Pourquoi et comment ses pas l'avaient amené au

convent, il n'aurait pu le dire. Il avait juste levé les yeux, et l'avait vu là. Une fois sur place, il s'était demandé ce qu'il allait faire ; c'était beaucoup trop tôt, et il eût paru bien trop hâtif de sa part d'essayer d'attirer l'attention d'Anne et d'Austra. Alors il s'était contenté de regarder leur tour pour un temps, trouvant finalement pour excuse que le meilleur chasseur était celui qui connaissait les habitudes de sa proie. Ceci étant vrai, il se contenterait d'observer et les apercevrait peut-être. Après tout, la nuit était agréable, du genre que l'on peut sans difficulté passer sous les étoiles. Z'Acatto devait errer soûl autour de la triva, prêt à le houspiller, et si Orchaevia le trouvait, il serait forcé de faire état d'un succès ou d'un échec avec Anne. Éviter cette conversation avait depuis le début été l'une des raisons qui l'avaient poussé à entamer cette promenade nocturne.

Avec ces pensées en tête, il avait trouvé le bosquet d'oliviers et y avait patienté. Une lanterne avait finalement illuminé la tour, et il avait observé le jeu d'ombres des deux filles à la fenêtre, qui parlaient très certainement de lui.

Puis la lumière s'était éteinte, bien trop tôt à son goût, et il avait fermé les yeux pour un instant…

Et s'était endormi, apparemment.

Il se félicita d'avoir évité une catastrophe. Combien il eût paru ridicule s'il avait dormi jusqu'au matin. Anne l'aurait peut-être vu, et aurait pensé qu'il était devenu ce qu'Orchaevia prétendait qu'il était, un amoureux transi.

Le simple fait de penser ces mots le fit sursauter. Lui, Cazio Pachiomadio da Chiovattio, un amoureux transi.

Ridicule.

Il regarda vers la tour. Il n'y avait plus de lumière dans la tour, et pourquoi y en aurait-il eu une ? Le matin approchait sûrement.

Le bruit qui l'avait réveillé se répéta, celui d'une cloche, et avec un intérêt soudain, Cazio réalisa qu'il se passait effectivement quelque chose au convent. Il vit des torches le long des remparts, la plupart d'entre elles se déplaçant à un rythme qui semblait être frénétique. Il pensa avoir également entendu des chevaux, ce qui était étrange. Et de façon ténue, extrêmement ténue, des cris et ce qui ressemblait au bruit occasionnel de l'acier.

Il se redressa. Non, par Diuvo, il avait *effectivement* entendu le bruit de l'acier. Ce n'était pas un son sur lequel il risquait de se tromper.

Cela le sortit brutalement de sa torpeur, et il bondit sur ses pieds avec tant de hâte qu'il se cogna la tête contre une branche basse. En jurant, il trouva son chapeau et le mit, puis ramassa sa cape qui lui avait servi de lit et s'en vêtit.

Qui se battait dans le convent ? Est-ce que des bandits l'avaient attaqué ? De farouches barbares violeurs venus du sud, des collines du Citron ?

Il lui fallait savoir. Il commença à marcher vers la gauche, où il supposait que se trouvait la porte. Si ce n'était rien – quelque étrange exercice pour célébrer Fiussanal – le pire qu'elles pourraient faire serait de le chasser.

Il n'avait pas fait cinquante pereci qu'il entendit le martèlement de sabots dans la nuit. Il s'arrêta, porta la main à l'oreille et tourna la tête en tous sens jusqu'à déterminer que les bruits venaient de la direction même dans laquelle il allait, et qu'ils étaient de plus en plus forts. Il chercha des torches du regard – qui irait chevaucher de nuit sans torches ? – mais n'en vit aucune. Un croissant de lune était à moitié levé, de la plus étrange couleur qu'il eût jamais vue, presque pourpre. Il lui parut qu'il avait entendu dire que cela avait un sens, mais il ne se rappelait plus lequel. Était-ce une chanson ?

L'ombre de deux, peut-être trois chevaux se dessina contre les murs pâles du convent. Ils avançaient au grand galop, avec beaucoup de métal dans le bruit, ce dont il déduisit que ceux qui les montaient portaient des armures. Ils passèrent non loin, mais ne s'arrêtèrent pas.

Les pillards violeurs des collines jaunes ne portaient pas d'armure. Seuls les chevaliers du meddisso avaient le droit de porter des armures.

Ou les chevaliers d'armées d'invasion, que l'interdiction du meddisso risquait de ne pas passionner.

Plus intrigué que jamais, Cazio changea de direction, et partit d'un pas alerte à la suite des cavaliers, Caspator rebondissant sur sa cuisse.

— J'ai toujours rêvé de me mesurer à l'un de ces chevaliers tant vantés, avec leurs grandes épées malhabiles, Caspator, confia-t-il à sa rapière. J'en aurai peut-être l'occasion cette nuit.

Les chevaliers furent faciles à suivre, parce qu'ils s'engagèrent bientôt dans la végétation plus dense du flanc de la colline sur lequel il avait rencontré Anne pour la première fois. Là ils furent forcés de ralentir le pas, ce que Cazio comprit aux bruits fréquents de passages en force et de branches cassées. De temps en temps, il percevait des bouffées de quelque langue étrangère.

Un soupçon nouveau s'ancra en lui, qu'il trouva excitant. Peut-être que l'amoureux lointain d'Anne était finalement venu la retrouver. Cazio savait que la fille devait avoir un moyen d'entrer et de sortir secrètement du convent, près de la mare où il l'avait rencontrée, ce qui ferait de cet endroit un choix logique pour un rendez-vous. Si tel était le cas, cela pouvait se révéler amusant.

Il s'immobilisa, réalisant que les chevaux s'étaient arrêtés et qu'il les avait presque rejoints. Il pouvait vaguement les distinguer à travers les arbres, deux cavaliers dont les armures brunies reflétaient la lueur pourpre de la lune.

— *Unnut*, dit l'un des hommes d'une voix de baryton claire mais lasse. *Sa taujaza ni waiht*, ajouta-t-il.

— *Ney*, répondit l'autre dans le même jargon laid et incompréhensible. *Wakath ! Jainar, inna baymes.*

Il pointa du doigt en disant cela, et tous deux remirent leurs montures en mouvement, mais cette fois dans des directions différentes. Par ailleurs, Cazio vit ce que l'homme avait montré du doigt : deux minces silhouettes en robes qui traversaient une clairière dans la lumière de la lune.

Les chevaliers essayaient d'encercler leurs proies. Avec des chevaux et des armures, ils progressaient plus difficilement dans les arbres qu'un homme à pied, mais ce n'était qu'une question de temps si les chevaliers savaient ce qu'ils faisaient.

Cazio entendit l'une des silhouettes panteler, un bruit distinctement féminin.

Il tira Caspator et courut, choisissant une trajectoire plus directe à travers les broussailles que celle des cavaliers. Sur un éclat de lumière, il fut certain d'avoir reconnu le visage d'Anne.

L'un des hommes à cheval déboucha des arbres juste devant lui. L'odeur de la sueur de l'animal emplit les poumons du bretteur, et l'espace du plus bref instant, la seule taille de la bête fit résonner une peur oubliée dans son cœur. Furieux d'avoir ressenti une telle chose et courroucé que le chevalier parût ne même pas l'avoir remarqué, Cazio bondit et frappa l'homme haut sur la poitrine avec le pommeau de Caspator en la tenant à deux poings. Il eut l'impression d'avoir couru droit dans un mur, mais le chevalier glapit et roula de sa monture, en gardant dans sa chute un pied accroché dans son étrier. Son heaume heurta violemment une pierre, et le cheval ralentit avant de s'arrêter. L'homme s'agitait faiblement.

Cazio se pencha et lui arracha son heaume, déversant de longs cheveux de la couleur du lait. Le visage semblait très jeune.

— Toutes mes excuses, casnar, dit Cazio. Si tu le désires, nous pourrons nous battre en duel lorsque j'en aurai terminé avec ton ami. Mais pour l'instant, je dois m'assurer des conditions honorables plutôt que les supposer.

Sur ce, il frappa l'homme de la poignée de son épée, l'assommant.

Content de lui-même cette fois, Cazio repartit à la suite des filles.

Il les rattrapa alors qu'elles hésitaient en lisière de la forêt, cherchant probablement à se décider entre l'abri des arbres et une course à découvert.

— Anne ! Austra ! souffla-t-il.

Toutes deux se retournèrent, et il vit qu'il s'agissait effectivement d'elles.

— Cazio ? demanda Anne d'une voix pleine d'espoir.

Puis son ton se fit plus dur :

— Reste à l'écart, toi ! Qu'as-tu à voir avec tout cela ?

Il fut pris complètement au dépourvu.

— Quoi ? Tu ne…

Mais à cet instant, le deuxième chevalier sortit des arbres. Cazio jeta à Anne un regard dédaigneux avant d'aller se planter devant l'homme à cheval. Il émergeait entre deux troncs, et devrait donc passer Cazio pour atteindre Anne et Austra, ou faire le tour et essayer une autre approche.

— Vas-tu te battre contre moi, casnar ? cria Cazio à l'adresse du chevalier. Font-ils des hommes, là d'où tu viens, ou juste des violeurs de femmes sans défense ?

La visière du chevalier était relevée, mais Cazio ne pouvait distinguer ses traits.

— Je ne sais pas qui tu es, dit le chevalier avec un accent qui suggérait qu'il essayait d'avaler quelque chose en même temps qu'il parlait, mais je te conseille de t'écarter.

— Et je te conseille de mettre pied à terre, sire, parce que sinon je vais devoir empaler ton beau cheval, une chose que je ne désire pas faire. Tu peux par contre conserver ta coquille de tortue, parce que je ne voudrais pas te désavantager en te demandant de te battre loyalement.

— Ce n'est pas un jeu, gronda le chevalier. Ne me fais pas perdre mon temps, et je te laisserai vivre.

— Une leçon de dessrata ne serait pas une perte de temps pour toi, répondit Cazio. Au moins, cela te donnera quelque chose à méditer, durant toutes ces longues heures que tu vas passer en enfer ou enroulé en pleurs au pied du lit de ta mère, selon ce que dictera ma clémence.

Le chevalier ne dit pas un mot de plus, mais mit pied à terre, prit un bouclier en forme de triangle incurvé sur le flanc de son cheval, et tira une longue épée d'apparence incroyablement encombrante de sa main libre. Il referma sa visière et avança vers Cazio en marchant. Cazio sourit et se mit souplement en position, faisant des passes dans l'air avec sa lame et tressautant légèrement des genoux.

Le chevalier ne salua pas, ne se mit pas en garde, ni ne fit rien de la sorte. Lorsqu'il fut à deux pereci, il se contenta de charger avec le bouclier devant lui et l'épée repliée sur son épaule. Cela surprit Cazio, mais au dernier moment il effectua un rapide *ancio*, écartant son corps de la trajectoire tout en laissant sa pointe dans l'axe pour que le chevalier s'y empalât.

Caspator glissa sur le bouclier et s'arrêta contre le

haut du plastron de cuirasse où le gorgerin bloqua la pointe. Le chevalier, visiblement fort peu impressionné, frappa du bouclier en revers, dégageant la pointe de la rapière et envoyant cogner l'avant-bras de Cazio contre sa poitrine avec une telle force qu'il se souleva du sol. Il retomba sur ses pieds mais ceux-ci manquèrent ne pas le soutenir, et il tituba en arrière tandis que le chevalier revenait sur lui, épée toujours levée. Cazio retrouva son équilibre juste à temps pour parer le coup descendant, qui vint avec une telle force qu'il faillit perdre Caspator, et que son bras déjà mis à mal perdit la moitié de ses sensations sous le choc. Sans réfléchir, il riposta à la cuisse, mais une fois encore il n'obtint que le bruit du métal heurtant le métal. Cela lui donna néanmoins le temps de se reprendre, et il se mit agilement hors de portée pendant que son adversaire relevait son épée.

Cazio se remémora ce que z'Acatto lui avait dit une fois, une chose à laquelle il n'avait pas trop prêté attention à l'époque.

— Les chevaliers en armure ne brettent pas, mon garçon, lui avait dit le vieil homme après avoir bu un vin abrianien jaune pâle.

— Vraiment ? avait répondu Cazio d'une voix embarrassée, tout en aiguisant la longue lame de Caspator.

— Non. Leurs épées pèsent huit coinix ou plus. Ils se contentent de se frapper l'un l'autre jusqu'à découvrir lequel a la meilleure armure.

— Ah, avait dit Cazio. Ils doivent être lents et maladroits, je suppose.

— Il leur suffit de te frapper une fois, avait expliqué z'Acatto. On ne se bat pas en duel contre un chevalier. On court très loin, ou on leur jette dessus quelque chose de très lourd depuis le haut d'une muraille. On ne brette pas contre eux.

— Si tu le dis, avait répondu Cazio.

Mais il n'avait pas été convaincu. N'importe quel

homme avec une épée peut être vaincu par un maître de la dessrata. Z'Acatto le lui avait dit lui-même à plusieurs reprises, alors qu'il était à jeun.

Le problème tenait dans le fait que ce chevalier n'était absolument pas aussi lent et maladroit qu'il aurait dû l'être, et qu'il ne craignait pas le moins du monde d'être touché par Caspator. Cazio continuait de danser hors de portée, en essayant de réfléchir. Il allait devoir le frapper à travers les fentes de son heaume, décida-t-il. Une cible qui constituait un véritable défi.

Il tenta cela, feignant vers le genou pour faire baisser le bouclier. L'homme en armure baissa effectivement son bouclier, mais le releva lorsque Cazio se fendit, renvoyant une nouvelle fois la lame en l'air. Puis l'immense hachoir qui lui servait d'épée vint siffler le long du bouclier, un coup censé couper Cazio en deux à la taille. Ce qui se serait passé si Cazio n'avait pas habilement paré en prismo, plaçant son arme perpendiculairement au sol avec la poignée à hauteur du côté gauche de la tête, gardant tout son flanc.

Une autre rapière aurait été déviée sans peine, mais pas huit ou neuf coinix de grande épée. Le choc enfonça Caspator contre lui et lui coupa le souffle. Cazio sentit et entendit ses côtes craquer, et il perdit de nouveau pied, cette fois pour retomber douloureusement sur le dos. Il porta la main à son côté et la ramena humide ; le tranchant avait pénétré. La coupure devait être bénigne, mais les côtes cassées lui faisaient si mal que cela le paralysait presque. Le chevalier avançait vers lui, et il ne pensait pas avoir la possibilité de se relever à temps.

Il vint à l'esprit de Cazio qu'il pouvait avoir un problème.

CHAPITRE TREIZE
LE CHANT DU CORBEAU

Comme Murielle regardait la chose sortie des Vieilles-qui-pressent et des contes pour enfants, des piques de fièvre semblaient percer ses poumons. Un instant, ils furent tous dressés comme des statues dans un étrange panthéon – Neil MeqVren avec sa fille mourante dans les bras, le monstre becqué, elle-même.

L'émerveillement est une chose terrible, pensa-t-elle. Son esprit semblait s'écarter d'elle.

Puis elle vit Neil porter la main vers son épée.

— Non ! cria-t-elle. Ne fais pas cela !

Elle eut l'impression de hurler dans un rêve, un son que personne ne pourrait entendre.

Mais le jeune chevalier hésita.

— Je suis ta reine, reprit-elle. (La terreur n'était plus qu'une petite voix en elle, maintenant, presque couverte par la démence.) Je te l'ordonne !

Cela parut atteindre le jeune chevalier. Il tourna les talons, et, portant toujours Fastia, suivit Murielle dans une folle course titubante vers l'enceinte principale qu'ils venaient d'abandonner. Mais la porte était verrouillée et barrée de l'intérieur. Il n'y avait nulle fuite possible.

Murielle regarda derrière elle. Le monstre avançait doucement vers eux, sans se presser. Et pourquoi se serait-il hâté ?

En une soudaine épiphanie, elle comprit que le monde entier – Crotheny, ses enfants, son époux, et elle-même – existaient au bord d'un gouffre immense et invisible. Ils en avaient arpenté les hauts-flancs sans jamais avoir conscience de sa présence. Maintenant ils glissaient sur sa pente, et la bête derrière elle était au fond, et les attendait.

L'attendait elle.

Presque aussi indolemment que leur poursuivant, elle regarda alentour, et vit qu'il ne restait qu'un endroit où aller.

— Le horz ! s'exclama-t-elle en accompagnant ses paroles du geste.

Le horz occupait un espace entre la place forte et la garnison. L'entrée n'était qu'à dix pas d'eux. Murielle courut vers celle-ci, et le greffyn suivit, en accroissant légèrement sa vitesse. Elle sentit ses yeux brûler dans son dos, imagina son souffle sur sa nuque, sut par sa terreur renouvelée qu'elle n'était pas complètement folle. Elle courut vers l'entrée voûtée du jardin sacré. Peut-être que les saints les protégeraient.

Comme ils franchissaient le seuil du horz, sire Neil parut retrouver ses esprits. Il plaça promptement mais gentiment Fastia sur un lit de mousse près de la pierre centrale, puis tira son épée et se retourna rapidement. L'entrée du horz n'avait pas de porte, et était ouverte à tous.

— Cache-toi, Majesté, dit-il. Trouve l'endroit le plus dense du jardin et cache-toi là.

Mais Murielle regardait par-derrière lui. Le greffyn,

qui avait été juste sur leurs talons, n'était plus nulle part en vue.

Alors Murielle se plia en deux, les muscles de ses jambes pris de crampes et la fièvre brûlant dans ses veines. Elle s'effondra à côté de sa fille et tendit la main pour la toucher, pour la réconforter, mais la peau de Fastia était froide et son cœur ne battait plus.

Incapable d'aller plus loin, Murielle resta étendue là, et pleura, et attendit la mort.

Neil s'appuya contre l'encadrement de l'ouverture, sa vision se brouillant. Où était passé le monstre ? Il n'avait été qu'à quelques pas d'eux, et maintenant il avait disparu aussi mystérieusement qu'il avait apparu.

Comme cela avait déjà été le cas à plusieurs reprises durant la nuit, Neil commença une fois encore à se demander s'il avait perdu la raison. Ses jambes tremblaient, et une sensation moite et nauséeuse parcourait son corps.

— J'ai échoué, Père, murmura-t-il. J'aurais dû me fier aux mises en garde. Je n'ai jamais été à ma place ici.

À Liery, il avait su qui il était. À Liery, il n'avait jamais échoué en rien. Ici il avait fait un faux pas après l'autre, chacun pire que le précédent. Ses sentiments pour Fastia – des sentiments qu'aucun vrai chevalier n'aurait éprouvés – avaient arrêté sa conviction et tari sa confiance. Il reculait, il hésitait, et maintenant ce manque d'assurance avait tué sire Jacques et Elseny. Il avait failli à la reine, sa charge sacrée, et une partie de lui-même savait que même maintenant il le referait, si cela pouvait sauver Fastia. Malgré son serment, malgré l'immoralité du geste.

Il ne méritait pas que son cœur continuât à battre.

Une flèche ricocha sur la pierre, et il réalisa qu'il avait quasiment oublié ses antagonistes mortels. Encore un autre échec. En jurant, il se mit comme il le put à couvert sur le flanc de l'ouverture, et s'efforça de voir qui était dehors. Il aperçut deux, peut-être trois archers sefrys sur la chaussée. Un autre s'abritait derrière la porte maintenant ouverte de l'enceinte intérieure.

Neil vit marcher dans sa direction la silhouette en arme de l'homme qui avait autrefois été Vargus Farré. Lorsque celui-ci vit sire Neil, il tonna et pressa le pas, en tirant la grande épée qu'il portait dans le dos.

Neil, à peine capable de tenir debout, rassembla toutes ses forces pour sortir à sa rencontre.

— Tu n'es pas Ashern, dit le faux chevalier lorsqu'il fut assez près.

— Je ne sais pas qui est Ashern, répondit Neil. Mais sache que je suis la main de la mort.

— Tu es malade de la vue du greffyn. Tu es las de la fuite et du combat. Tu devrais déposer les armes et accepter l'inévitable.

Neil fut horrifié de s'apercevoir que cela semblait tentant. Déposer les armes, laisser l'ennemi lui trancher la tête. Alors il ne ferait plus d'erreurs. Au moins, il connaîtrait la paix.

Mais non. Il devait mourir comme un homme, quelque peu de sens que cela eût.

— Quand la mer tombera dans le ciel, peut-être, répondit-il.

— Ce jour n'est peut-être pas aussi éloigné que tu l'imagines, répondit Farré.

Il leva son épée et frappa.

Neil para le coup mais chancela sous sa puissance. Il répondit du tranchant vers la jonction de l'épaule, mais manqua, et son arme rebondit sans effet sur l'acier. Farré frappa de nouveau, et cette fois, Neil réussit à esquiver. La lame le manqua, mais la tête lui tourna, et avant qu'il eût pu se reprendre, un coup de revers le frappa au dos. La cotte de mailles fit glisser le tranchant dans un claquement d'anneaux, mais n'absorba rien du choc, qui le mit à genoux. Sire Vargus le frappa au menton d'un coup de pied, mais Neil réussit à attraper la jambe du bras et frappa vers le haut avec Corbeau.

Le coup manquait de puissance, et une nouvelle fois Corbeau gémit de frustration en endommageant l'armure sans blesser l'homme.

Un coup de pommeau fila vers sa tête comme un marteau, mais Neil réussit à se tourner pour n'être touché qu'à l'épaule. Une douleur agonisante parcourut sa clavicule, qu'avec détachement, il supposa fracassée.

Farré le frappa une nouvelle fois du pied, et il fut projeté comme une poupée de chiffon dans le horz. Le chevalier vint à sa suite. Les saints, semblait-il, ne s'inquiétaient pas du sort de Neil MeqVren.

En recrachant du sang, Neil se remit lentement sur pied, en regardant le Substitué avancer vers lui à travers le brouillard rougeâtre de la douleur. Il semblait approcher très lentement, comme si chaque battement de paupière durait des jours. Dans un étrange sursaut, Neil perçut soudain le bruit de la mer et sentit le goût du sel froid sur ses lèvres. Un instant, il fut de nouveau sur la grève avec son père, la main du vieil homme serrant la sienne.

Nous allons perdre, Pah ? Nous allons mourir ?

Alors, aussi distinctement que si on lui eût parlé à l'oreille, il entendit une voix.

Tu es un MeqVren, mon garçon. Quoi qu'il advienne, ne baisse jamais les bras.

Neil se redressa et prit une longue inspiration. Elle lui parut un vent brûlant.

Murielle trouva la force de relever la tête lorsqu'elle entendit le chant. Il débuta faiblement, à peine un murmure, mais il s'agissait de la langue de son enfance.

Mi, Etier meuf, eyoiz'etiern rem
Crahc-toi, frennz, mi viveut-toi dein.

C'était sire Neil, dressé devant Vargus Farré.

Moi, mon père, et nos pères auparavant
Croassez, corbeaux, je viens vous nourrir.

Il chantait, quand il eut paru quasi impossible qu'il pût encore tenir debout. Sire Vargus abattit à deux mains son épée en direction du petit homme. Sans presque un mouvement, sire Neil para le coup et sa voix prit de l'ampleur.

Mers et grèves savent notre honneur
Croassez, corbeaux, je viens vous nourrir.

Soudain l'épée de sire Neil se détendit en totale contradiction avec ses possibilités apparentes, et le métal résonna. Vargus chancela en arrière sous le choc, mais Neil poursuivit d'un autre coup qui semblait venu de nulle part. Il criait, maintenant.

À l'épée, à la lance, à la planche d'abordage,
Croassez, corbeaux, je viens vous nourrir.

Sire Vargus se reprit et trancha puissamment dans le côté de sire Neil. La cotte de mailles céda dans un bruit clair et le sang jaillit, mais le jeune chevalier ne parut rien remarquer. Il continuait de chanter, faisant pleuvoir une succession de coups terribles qui résonnaient contre l'armure.

Un homme doit naître, combattre et mourir,
Croassez, corbeaux, je viens vous nourrir.

Neil hurlait maintenant à pleins poumons, et Murielle comprit. La rage s'était emparée de lui. Vargus Farré ne porta plus un coup. Il tituba et tomba sous la violence de l'assaut, tandis que Neil le martelait de son épée comme s'il s'était agi d'une massue, tirant des étincelles de l'armure. Il frappa à la jointure du coude, il défonça son heaume. Longtemps après que Farré eut cessé de bouger, il hachait le cadavre en armure, en hurlant le chant funèbre de ses pères skerniens. Et lorsqu'il se releva finalement et qu'il tourna les yeux vers elle, Murielle crut n'avoir jamais vu quoi que ce fût d'aussi terrifiant.

— Les portes sont ouvertes, chuchota Stéphane, tandis qu'ils franchissaient la succession de ponts de bois qui menaient à Cal Azroth.

— Je crois pouvoir m'en apercevoir tout seul, grommela Aspar. Maintenant, tais-toi et écoute.

Stéphane acquiesça et ferma les yeux. Le seul son qu'Aspar pût percevoir était sa propre respiration et le souffle laborieux des chevaux. Winna était un poids bienvenu contre son dos, et une crainte, aussi. Il l'avait retrouvée. Il ne voulait plus la perdre.

Mais Fend était là. Il pouvait le sentir.

— J'entends le choc de l'acier, dit Stéphane après un moment. Et quelqu'un qui chante en lierien, je crois. À part cela, tout est silencieux.

— Fend est silencieux, murmura Aspar. (Un souffle de vent leur parvint de Cal Azroth, qui portait l'automne en lui.) Vous allez tous les deux rester là et m'attendre.

— Nous ne ferons rien de la sorte, répondit Winna.

— Il va y avoir des combats, dit Aspar. Vous allez me ralentir.

— Tu as besoin des oreilles de Stéphane et de mon bon sens, répondit Winna d'un ton égal. Nous t'avons tous les deux sauvé la vie de par le passé, Aspar White. Tu n'as aucun argument pour faire valoir que le besoin ne s'en reproduira pas.

Aspar cherchait une réponse à cela lorsque Stéphane laissa échapper un petit bruit étrange.

— Qu'y a-t-il ? demanda Aspar.
— Tu ne l'entends pas ?
— Non. Je n'ai que la version ordinaire des oreilles.
— Le bruit de la corne. Il revient.
— Peut-être une autre corne.
— Non, dit Stéphane. Le même.
— Un écho ? Cela n'a aucun sens.
— Si, dit Stéphane. Il arrive. Le roi de bruyère répond à l'appel, qui revient avec lui. (Les yeux de Stéphane laissaient percevoir sa peur, mais sa voix ne vacillait pas.) Je crois que nous devrions nous hâter, Forestier. La reine n'est pas la seule à être en danger.
— Attends et réfléchis un peu, protesta Aspar. Fend et ses sefrys sont à l'intérieur, prêts à tuer tous ceux qui franchissent la porte. Nous entrerons avec toute la prudence nécessaire ou pas du tout.
Stéphane acquiesça comme s'il avait compris. Aussitôt après, il talonna Ange et l'animal fila vers la porte ouverte.
— Que Grim te dévore et fasse de toi son estronc, maugréa Aspar.
Mais il lança Ogre à sa suite.
Il pénétra dans la place forte parsemée de cadavres juste derrière Stéphane. Comme il s'y était attendu, il entendit aussitôt claquer les cordes des arcs. Il fit volter Ogre jusqu'au couvert de la porte et sauta à terre.
— Descends, ordonna-t-il à Winna. Ogre se battra mieux et te défendra. Reste à couvert ici.
— Oui, souffla Winna. (Elle serra sa main.) Fais attention à mon aimé pour moi, dit-elle.
— Oui, je vais faire ça.
Il arma son arc et jaillit de derrière la porte, douloureusement conscient de n'avoir récupéré que cinq flèches intactes après sa dernière échauffourée. Il avait à peine fait dix pas qu'une flèche siffla depuis les hauteurs et s'écrasa sur le pavé. Aspar se tourna calme-

ment, vit l'ombre sur les remparts, et prit tout le temps d'une respiration pour viser. Son trait bondit au même moment qu'un second projectile lui effleurait le bras. Il n'attendit pas de savoir ce qui s'était passé, parce qu'il savait que son tir avait porté.

En lieu de cela il vira et courut après Stéphane, qui avait déjà d'énormes problèmes. Ange avait été atteinte par une flèche au flanc et l'avait désarçonné. Le garçon essayait de se relever, et c'était un miracle qu'il ne fût pas déjà transpercé, car les flèches ricochaient sur la pierre autour de lui. Aspar aperçut la source d'une partie de ces tirs, et sa flèche suivante frappa l'archer. Le tir avait été difficile et il ne put dire s'il avait touché un organe vital, mais l'homme cessa en tout cas de se servir de son arc pour un temps.

Les autres tueurs allèrent se mettre à couvert derrière une seconde porte. Aspar en compta cinq ou six, et put également entendre que quelqu'un d'autre se battait aussi de l'autre côté.

— Abrite-toi ! cria-t-il à Stéphane tout en forçant d'une autre flèche l'autre sefry à plonger.

Il n'en avait maintenant plus que trois, et devait donc réduire la distance. Il pressa le pas vers la porte, une autre flèche encochée. Ce fut plus facile qu'il ne l'avait pensé, parce que les archers étaient manifestement distraits par le fracas qu'il ne pouvait pas voir.

L'un d'entre eux prit néanmoins le temps de regarder de son côté, et Aspar lui donna une bonne raison de le regretter. Il vit que Stéphane avait fait ce qu'il lui avait dit de faire, et qu'il était maintenant collé au mur dans lequel se trouvait la porte. Aspar remarqua également que Stéphane pointait du doigt vers quelque chose qui se trouvait derrière lui.

— Forestier ! cria le garçon.

Sans poser de question, Aspar fit volte-face en se décalant sur sa droite, et se trouva presque nez à nez avec Fend. Le sefry tenait un couteau dans chaque main, et son expression hésitait entre la joie et la fureur. Aspar leva son arc dans un geste de défense, mais il était beaucoup trop près pour tirer, et les couteaux de Fend brillaient, dardaient vers lui.

Aspar bloqua avec l'arc du mieux qu'il le put, mais le couteau à la main droite du sefry passa le bois et tira du sang de son avant-bras. Aspar réussit à frapper en retour avec l'arc : cela ne fit pas le moindre mal à Fend, mais donna au forestier assez de temps et de place pour saisir sa dague et sa hache.

Soudain plus circonspect, Fend tourna autour de lui en feintant des épaules. Aspar tourna avec lui, ses armes prêtes.

— Tu vieillis, Asp, fit remarquer Fend. Trop lent. Ce n'est même plus amusant.

— C'est pour cela que tu as attaqué par-derrière ? demanda Aspar.

— Oh, je t'aurais laissé me voir avant que tu ne meures. Pour que tu saches. (Il jeta un coup d'œil vers Winna.) Joli petit morceau, admit-il. Presque aussi douce que Qerla. Et probablement aussi fidèle.

Aspar sourit froidement.

— Je crois que je vais te prendre ton autre œil, Fend.

— J'en doute, vieillard. Mais j'aimerais te voir essayer.

La fureur d'Aspar était si profonde et si totale qu'il se sentait d'un calme glacial. Il entendit un petit gloussement s'échapper d'entre ses propres lèvres et en fut surpris.

— C'était quoi ? demanda Fend.

— Toi, qui essaie de me provoquer, comme un petit garçon effrayé.

— Je m'amuse juste, dit Fend. Ce n'est pas tant…

Il n'acheva pas sa phrase, mais bondit soudain en avant. Aspar avait remarqué qu'il avançait sa jambe arrière en parlant. Il bloqua la lame à main droite de sa propre dague et trancha vers l'autre poignet avec sa hache. Le coup porta partiellement et envoya voler des gouttelettes de sang dans la nuit, mais Fend était rapide et la coupure n'était pas profonde.

Le sefry sautilla hors de portée puis avança, frappant de la droite en conservant la gauche en retrait. Aspar le laissa venir, et esquiva l'attaque tout en donnant un puissant coup de pied dans la cheville de Fend. Le coup porta et son adversaire perdit l'équilibre. Aspar suivit le mouvement, mais au lieu d'essayer de se rattraper, Fend se laissa rouler. Lorsqu'il se remit sur pied, il ne tenait plus qu'un couteau.

Aspar pensa que c'était une bonne chose, jusqu'au moment où il réalisa que la poignée de l'autre dépassait de sa cuisse.

— Tu ne sais plus viser, dit Aspar en arrachant le couteau.

Ce fut douloureux, mais le muscle du devant de la cuisse pardonnait bien des choses. Il n'allait probablement même pas beaucoup saigner. Il glissa le couteau dans sa ceinture et avança de nouveau sur Fend.

Fend, apparemment toujours confiant, se mit à danser d'un pas léger autour d'Aspar. Le forestier tourna en se mouvant plus lentement. Lorsque Fend attaqua de nouveau, sa main gauche se détendit en direction du poignet qui tenait la hache, et Aspar le laissa penser qu'il était assez lent pour se faire prendre. Mais dès que les doigts le touchèrent, il glissa vivement sur le côté, évitant un coup de couteau au cœur et abattant sa hache dans le même temps. Il trancha profondément, ouvrant une large plaie dans l'épaule de Fend et sentant les os céder. Le sefry grogna et se replia en arrière, les yeux écarquillés de surprise.

— Oui, je crois que je vais te tuer aujourd'hui, dit

Aspar. Tu as eu ta chance quand tu as lancé ton couteau, et tu l'as ratée.

Il avança, en restant sur ses gardes.

Ils s'affrontèrent encore, mais il y avait quelque chose de désespéré dans la façon dont le sefry se battait maintenant, une sorte d'inquiétude. Ce fut rapide et serré, et lorsqu'ils se séparèrent, ils avaient chacun plusieurs nouvelles blessures. Celles d'Aspar étaient toutes bénignes, mais Fend avait un trou dans les côtes. Pas assez profond pour le tuer tout de suite, mais ce devait être douloureux.

— Pourquoi Qerla, Fend ? demanda Aspar. Pourquoi l'as-tu tuée ? Je ne l'ai jamais su.

Fend sourit, montrant les dents.

— Tu ne le sais pas ? C'est merveilleux. (Il toussota.) Tu es un vieil homme chanceux, tu sais cela ? Tu as toujours eu de la chance.

— Oui, énormément. Tu vas me le dire ou pas ?

— Non, je pense.

Aspar haussa les épaules.

— C'était la seule chose que je voulais de toi en plus de ta vie. Je crois que je ferai avec.

— J'ai moi-même un peu de chance, dit Fend. Regarde ta femme.

C'était un vieux truc, et Aspar l'ignora jusqu'au moment où Winna hurla. Alors Aspar fit volte-face et s'accroupit aussitôt, sachant que quoi qu'il se passât, son ennemi ne manquerait pas de saisir cette opportunité. Le deuxième couteau de Fend siffla au-dessus de sa tête, mais cela n'intéressait déjà plus Aspar. Le greffyn venait d'entrer par la porte. Il avançait vers Winna, et Ogre piaffait, prêt à l'affronter.

CHAPITRE QUATORZE
L'ARRIVÉE

Comme Anne regardait le chevalier avancer sur Cazio, quelque chose parut s'assombrir en elle alors même que la lueur pourpre de la lune semblait grandir, comme si les ténèbres que la lune chassait cherchaient à se réfugier dans son âme.

— Il va tuer Cazio, dit Austra. Puis il nous tuera nous.

— Oui, dit Anne.

Elle réalisait qu'elles auraient dû courir pendant que Cazio combattait, mais quelque chose avait retenu ses pieds. Elles avaient peut-être encore le temps : le Vitellien perdait à l'évidence le combat, mais il tiendrait peut-être encore un peu, peut-être assez pour leur donner le temps de s'enfuir.

Mais non, elle connaissait assez les chevaux pour savoir avec quelle rapidité elle et Austra seraient rattrapées. Leur premier espoir avait été de s'enfuir sans être vues, leur second avait été Cazio. Aucun ne s'était réalisé. Elle regarda un instant la monture du guerrier d'un air songeur, mais non : un cheval de guerre ne la laisserait jamais le monter. Il la piétinerait probablement si elle s'approchait assez pour essayer.

— Nous ne pouvons pas l'aider ? demanda Austra.

— Contre un chevalier ?

Mais alors même qu'elle disait cela, Anne ressentit une étrange dissociation, comme si elle était deux personnes – la Anne qui chevauchait intrépidement le long de la Manche, et celle qui commençait à percevoir les conséquences de la vie, qui venait de voir des chevaliers comme celui-ci massacrer des femmes comme si elles eussent été des animaux de basse-cour.

Autrefois, elle avait imaginé des aventures dans lesquelles, vêtue elle-même comme un chevalier, elle avait vaincu des ennemis malfaisants. Maintenant, elle ne voyait plus que le sang, elle n'imaginait plus que sa tête décollée de ses épaules dans une immense éclaboussure.

Quelques mois plus tôt, elle se serait précipitée à la rescousse de Cazio. Maintenant ses illusions étaient moribondes, et il ne lui restait plus que le monde tel qu'il était. Et dans ce monde-là, une femme n'affrontait pas un chevalier.

Austra lui adressa un regard curieux, un regard qu'Anne ne reconnut pas, comme si son amie était une étrangère qu'elle venait de rencontrer.

Le chevalier, pendant ce temps, dressait son épée au-dessus de Cazio qui, étendu à terre, ne pouvait que relever son arme fragile pour toute défense.

— Non ! hurla Austra.

Avant qu'Anne n'eût pu penser à l'arrêter, la jeune fille s'était précipitée, avait ramassé une pierre et l'avait lancée. Elle rebondit sur l'armure du chevalier, le distrayant une seconde. Austra continuait de courir vers lui.

Anne ramassa une branche morte en marmonnant des malédictions. Elle ne pouvait regarder Austra se faire tuer.

Austra tenta d'attraper le bras armé du guerrier, mais il la gifla sur le côté de la tête d'un poing serré dans un gantelet d'acier. Cazio se remit sur pied en chancelant, légèrement hors de portée, tandis qu'Anne venait se placer devant son amie, bâton levé. La visière du chevalier se tourna vers elle.

— Ne sois pas stupide, dit-il.

À travers les fentes de son heaume, elle vit le mépris et la lueur de la lune se refléter dans ses yeux, et fut prise d'une fureur soudaine. Ses pensées furent des hiboux aux ailes de murmures fondant sur des musaraignes. Comment osait-il, sous le croissant de lune ? Comment osait-il, dans le sein de la nuit ? Lui, qui avait violé le sol consacré de Cer et l'avait imprégné du sang de ses filles ? *Comment osait-il la regarder de cette façon ?*

— Toi, dit-elle d'une voix rauque. Toi. Ne me regarde pas.

Elle ne reconnut pas sa propre voix tant elle lui parut inerte, dénuée de toute vie, comme si les ténèbres en elle étaient ressorties avec ses mots.

La lueur dans les yeux du chevalier disparut, bien que la lune fût toujours là, bien qu'il n'eût pas tourné la tête. Sa respiration crépita et hoqueta, puis il tourna effectivement la tête, en tous sens. Il porta la main à ses yeux, qui étaient comme deux trous plus noirs que des gouffres.

Les hommes se battent de l'extérieur, avait dit sœur Casita, *avec des épées et des arcs malhabiles, s'efforçant de percer les couches de protection dans lesquelles nous nous cachons. Ils sont de l'extérieur. Nous sommes de l'intérieur. Nous pouvons l'atteindre de mille façons, par le creux de l'œil ou de l'oreille, de la narine ou de la lèvre, par les pores même de la chair. Là est votre frontière, mes sœurs, et votre domaine. C'est par là que du bout du doigt, vous provoquerez le triomphe et la chute des royaumes.*

Anne, déconcertée et de nouveau effrayée, vacilla en arrière, tremblante.

Qu'avait-elle fait ? Comment ?

— Casnar ! cria Cazio. (Anne remarqua qu'il avait réussi à se relever, encore que toujours chancelant.) Brise-là tes batailles contre des jeunes femmes désarmées et adresse-toi à moi.

Le chevalier l'ignora, tranchant sauvagement dans les airs.

— *Haliurun ! Waizeza ! Hundan !* cria-t-il. *Meina auyos ! Hwa*… Qu'as-tu fait à mes yeux ?

— Du hansien ! s'exclama Anne. Austra, ils sont de Hansa ! (Elle se tourna vers Cazio.) Tue-le ! Maintenant, pendant qu'il est aveugle !

Cazio avait commencé à s'avancer mais il s'arrêta, perplexe.

— Il ne peut pas voir ? Je ne peux pas combattre un homme qui ne peut pas voir.

Le chevalier se précipita vers Cazio, mais malgré ses blessures, le Vitellien l'esquiva facilement.

— Comment as-tu fait cela, d'ailleurs ? demanda Cazio en regardant son ancien adversaire aller se fracasser contre un tronc d'arbre. J'ai entendu dire qu'une poussière prélevée sur un gland du froc de dame Una…

— Il allait te *tuer*, Cazio, interrompit Anne.

— Il n'a aucun honneur, dit Cazio. Moi si.

— Alors fuyons ! les pressa Austra.

— L'honneur autorisera-t-il cela ? demanda Anne d'un ton sarcastique.

Cazio toussa et une expression de douleur envahit son front.

— L'honneur le déconseille, dit-il.

Anne agita un doigt admonestatif en sa direction.

— Écoute-moi bien, Cazio Pachiomadio da

Chiovattio, dit-elle en se souvenant du ton qu'employait sa mère lorsqu'elle donnait des ordres. Il y a beaucoup d'autres chevaliers comme celui-là, qui nous font courir un grand danger. Je requiers ta protection pour Austra et moi. Je requiers ton aide pour nous sauver la vie à toutes les deux. L'honneur nous le dénierait-il ?

Cazio se gratta la tête puis sourit docilement. Le chevalier aveugle se dressait dos à un arbre, épée tendue, sans faire face à quiconque en particulier.

— Non, casnara, dit-il. Je vais vous accompagner.

— Alors allons-y, et *vite*, dit Austra.

— Un instant, lui dit Anne. (Elle éleva la voix.) Chevalier de Hansa, pourquoi toi et tes compagnons avez-vous péché contre sainte Cer ? Pourquoi avez-vous assassiné les sœurs, et pourquoi me poursuivez-vous ? Réponds-moi, ou je flétris le reste de ton corps comme j'ai fermé tes yeux.

Le chevalier se tourna au son de sa voix.

— Je ne connais pas la réponse à cela, Madame, dit-il. Je sais seulement que ce que mon prince me dit de faire doit être fait.

Sur ce, il la chargea. D'un geste presque désinvolte, Cazio tendit la jambe, dans laquelle le chevalier se prit les pieds. Il alla s'écraser par terre.

— As-tu d'autres questions à lui poser ? demanda le Vitellien.

— Laisse-moi réfléchir, répondit Anne.

— La nuit s'enfuit, et elle est notre alliée. Le soleil ne sera pas aussi serviable.

Anne acquiesça. Elle ne pensait pas que le chevalier hansien lui en dirait plus, à supposer même qu'il connût les réponses. Mieux valait ne pas perdre un temps précieux.

— Très bien, dit Cazio. Suivez-moi, douces casnaras. Je connais la campagne. Je vais vous guider. (Il fronça les sourcils.) Si vous ne me privez pas de la vue, bien sûr.

Les côtes de Cazio lui semblaient être en feu, mais au moins, ses plaies ne saignaient pas abondamment. Il put marcher d'un bon pas, mais n'aurait pas pu courir longtemps. Ce qui était aussi bien, parce qu'il savait que courir les aurait rapidement épuisés.

Évidemment, il n'y avait aucune raison de supposer que les chevaliers qui avaient attaqué le convent allaient se mettre à leur poursuite. Si c'était des femmes qu'ils voulaient, ils en avaient déjà bien assez.

N'était-ce pas la vérité ?

— Combien y avait-il de ces rufiens à carapace ? demanda-t-il.

— Je n'en suis pas certaine, répondit Anne. Peut-être trente, au début. Certains ont été tués par les sœurs du convent.

C'était impressionnant.

— Et tu n'as aucune idée de la raison de tout cela ? poursuivit-il.

Il parut à Cazio qu'Anne avait attendu un peu trop longtemps avant de répondre.

— Je ne sais pas, dit-elle. Mais je crois qu'ils ont tué toutes les sœurs. Les novices s'étaient cachées, je ne sais pas ce qu'il en est advenu. Austra et moi avons fui par le sanctuaire de sainte Méfitis, une caverne qui émerge près de l'endroit où tu nous as trouvées. Où allons-nous ?

— Nous retournons à la triva de la comtesse Orchaevia.

— Peut-elle nous protéger ? Je n'y ai pas vu de soldats.

— C'est vrai, dit Cazio. Elle les avait renvoyés pour Fiussanal. Mais pourquoi ces chevaliers iraient-ils nous poursuivre ?

— Pourquoi pas ?

— Ont-ils quelque chose de particulier contre vous deux ? Vous les êtes-vous attachés d'une manière ou d'une autre ?

Une fois encore, Anne parut hésiter.

— Ils nous poursuivront, Cazio.

— Pourquoi ?

— Je ne puis te le dire. Je ne suis pas certaine de le savoir moi-même. Mais c'est un fait.

Donc elle savait quelque chose, mais ne voulait pas le dire. Il la toisa de nouveau. Qui était cette fille, en fait ? La fille de quelque seigneur de guerre du Nord ? Dans quoi avait-il mis les pieds ?

— Très bien, dit-il.

Quoi que ce fût, il était dedans jusqu'au cou. Il devait aller au bout. Mais il y aurait peut-être quelque part une récompense pour lui.

À l'est, la robe de dame Ausa teintait l'horizon de corail, et les étoiles s'effaçaient du ciel. Ils étaient à découvert en pleine campagne, des proies faciles pour des cavaliers. Il s'efforça d'accélérer le pas. Si Anne avait raison et qu'ils étaient suivis, retourner à la triva de dame Orchaevia serait une bien piètre façon de remercier la comtesse pour l'hospitalité dont elle avait fait montre à son égard. L'endroit pouvait être défendu, mais pas par deux bretteurs et quelques servantes.

— Il y a une vieille propriété non loin, dit-il à voix haute.

Z'Acatto l'y avait entraîné un jour dans l'espoir de découvrir une cave qui n'avait pas encore été pillée. Ils avaient bien trouvé la cave, mais tous les vins avaient tourné au vinaigre.

— Ce sera une bonne cachette, décida-t-il.

Après tout, s'il n'avait pas pu défaire un seul chevalier en combat singulier, quelle chance avait-il contre dix ou vingt ? Son père avait fait l'erreur de choisir d'affronter le mauvais ennemi pour une mauvaise raison. Il ne ferait pas la même erreur.

Anne ne répondit pas, mais elle commençait à trébucher. Les sandales qu'elle et Austra portaient n'étaient pas vraiment faites pour ce genre de voyage.

Les chevaux de seigneur Abullo furent haut dans le ciel et dégagèrent le soleil orangé de la ligne d'horizon avant que Cazio ne discernât les murs en ruine de l'ancienne triva. Il se demanda si le puits était encore bon, parce qu'il avait terriblement soif. Le vinaigre avait presque entièrement disparu, fracassé de déception par z'Acatto.

Ils en avaient presque atteint les murs lorsqu'il pensa avoir entendu des sabots, et un coup d'œil par-dessus son épaule révéla deux cavaliers qui approchaient. Il n'y avait pas besoin de se demander qui ils étaient, car le reflet du soleil maintenant doré sur leurs armures rendait cela évident.

— Ils ne nous ont peut-être pas encore vus, dit Cazio, en les entraînant derrière un bosquet de cèdres qui bordait le manoir abandonné. Vite !

Les portes s'étaient depuis longtemps effondrées, ne laissant que les colonnes du pastato, et des murs qui lui arrivaient parfois au genou, parfois au-dessus de la tête. Les mauvaises herbes et les petits oliviers avaient craquelé la pierre de la cour et l'avaient soulevée comme si le seigneur Selvans désirait reprendre l'endroit pour son usage. Au loin, il entendit le martèlement approcher.

— Juste à l'endroit où je l'ai laissée, murmura Cazio lorsqu'ils atteignirent l'entrée couverte de vignes de la cave.

L'escalier était encore praticable, bien que brisé et couvert de terre et de mousse. Un souffle frais parut provenir de ses profondeurs.

— Nous serons piégés, là-dedans, protesta Anne.

— Cela reste préférable à un terrain découvert, expliqua Cazio. Tu vois l'étroitesse de la descente ? Ils ne pourront y amener leurs chevaux, et ils ne pourront pas y manier ces lames à trucider les porcs. Cela me donnera un avantage.

— Tu peux à peine tenir debout, dit Anne.

— Oui, mais un da Chiovattio à peine debout vaut six hommes en pleine forme. Et là, ils ne sont que deux.

— Ne me mens pas, Cazio. Si nous descendons là-dedans, est-ce que tu peux l'emporter ?

Cazio renâcla.

— Je ne saurais le dire. Mais dehors, je ne peux pas. (Ces mots lui parurent étranges, bien qu'il les eût déjà pensés. Il prit la main d'Anne, et elle ne protesta pas.) À pied, dehors, vous serez rattrapées avant d'avoir fait un cenpereci. Il ne faut pas souhaiter des choix que l'on n'a pas.

À contrecœur, les deux filles le suivirent dans la cave.

— Cela sent le vinaigre, ici, fit remarquer Austra.

— Effectivement, répondit Cazio. Maintenant, restez là.

Un instant, le monde parut tourner bizarrement, et l'instant d'après, il était étendu sur la pierre froide.

— Cazio ! s'exclama Austra en se précipitant à son côté.

— Ce n'est rien, murmura Cazio. Un éblouissement. Peut-être qu'un autre baiser pourrait le soigner.

— Il ne peut pas les combattre, dit Austra. Il va se faire tuer.

— Ils ne savent peut-être toujours pas où nous sommes, rappela Cazio.

Mais ils entendirent le bruit de sabots sur la pierre, et tout près.

— Je vais avoir besoin de ce baiser, chuchota Cazio.

Il ne put la voir rougir, mais Austra se rapprocha et déposa ses lèvres contre les siennes. Elles avaient bon goût, comme le vin et les prunes, et il s'en délecta. C'était probablement le dernier baiser qu'il recevrait jamais. Il envisagea d'en demander un à Anne aussi, mais elle ne le lui donnerait pas et il n'avait plus le temps.

— Ce sera ma faveur, dit Cazio en se remettant sur pied. Et maintenant, ce sera un plaisir que de vous défendre, Mesdames.

Les jambes tremblantes, Cazio remonta vers le soleil, sous lequel des ombres se déplaçaient.

Pour quelque raison, il se souvint où il avait entendu parler d'une lune pourpre. C'était dans une chanson que son père lui chantait quand il était enfant.

Et quand les nuages tomberont-ils des cieux ?
Quand les brumes auront envahi le vallon gracieux.

Et quand les sommets rejoindront-ils la mer ?
Quand la grande pluie viendra en préliminaire.

Et quand verra-t-on des cornes pourpres dans le ciel ?
Quand marchera le vieil homme que les épines appellent.

Il se souvenait de ce dernier vers, parce que contrairement au reste, il ne l'avait jamais compris.

Il ne le comprenait toujours pas, d'ailleurs.

Au loin, il crut entendre le bruit d'une corne.

Pour Murielle, le monde devint soudain silencieux, comme si tous les bruits de la bataille s'étaient retirés infiniment loin. Elle regarda le visage mort de sa fille, la revit comme un bébé, la revit comme une enfant de six ans qui avait renversé du lait sur le tapis galléen de sa terrasse, la revit comme une femme dans sa robe de mariée. Le silence se crispa au fond de sa poitrine, attendant de devenir un cri…

Elseny doit être morte, elle aussi. Et Erren, et Charles…

Mais le silence était en elle, pas au-dehors. L'acier résonnait toujours, et les féroces cris de guerre de Neil prouvaient qu'il vivait encore. Et par-dessus tout cela, le son d'une corne, qui prenait continuellement de l'ampleur.

Il avait paru lointain au départ, comme venu du bout du monde. Il paraissait avoir beaucoup approché, maintenant. Mais avec un frisson elle réalisa qu'il ne se déplaçait pas, qu'il était simplement de plus en plus puissant. Et que sa source était en fait très proche.

Mais où ? Murielle s'en inquiéta, utilisant ce mystère pour voiler le visage mort de Fastia dans ses propres réflexions. Il ne lui fallut pas longtemps pour découvrir que le son provenait du feinglest d'osier que Elseny avait rempli de fleurs la veille seulement. Et sous ses yeux fascinés, le feinglest se transformait, aussi lentement et sûrement que le lever du soleil noie l'étoile du matin dans une lumière grise.

Son regard se fixa sans jamais se détourner, et tandis que le son de la corne s'amplifiait, elle vit la transformation s'accélérer, le bâti d'osier se faire plus dense et plus grand. La vague ressemblance avec une forme humaine se renforçait à chaque battement de cœur. Murielle regarda, incapable de parler ou de se mouvoir, son esprit refusant de considérer cette vision comme autre chose qu'un rêve éveillé.

Il continua de grandir, et le gémissement de la corne devint si puissant que Murielle réussit enfin à porter ses mains à ses oreilles pour essayer de faire cesser le bruit, mais ses paumes n'avaient pas le pouvoir de le faire diminuer. Pas plus que son cerveau ne pouvait empêcher ses yeux de voir le feinglest scintiller comme l'aile d'une guêpe en vol, se faire jaillir des bras et de fiers bois sur le crâne, et ouvrir deux yeux presque humains, des globes vert feuille dans des fentes en amande noires. Une puissante odeur animale envahit ses narines, submergeant l'odeur doucereuse des fleurs.

Le roi de bruyère la surplombait de la hauteur de deux hommes ; son regard croisa celui de Murielle. Il était nu, et sa chair était d'écorce tachetée. Une barbe bouclait sur son visage, et une longue chevelure broussailleuse retombait de son crâne, toutes deux faites de mousse. Ses yeux semblaient ne rien voir et voir tout, comme ceux d'un nouveau-né. Ses narines frémirent et un son sortit de sa gorge, qui n'avait aucun sens pour elle, comme le reniflement d'une bête étrange.

Il se pencha vers elle et renifla de nouveau, mais bien que son nez fût de forme humaine, cela évoqua dans l'esprit de Murielle un cheval ou un cerf plutôt qu'un homme. Son souffle était humide et froid, ct avait l'odeur d'un torrent forestier. Le corps entier de Murielle se hérissa, comme si elle avait été recouverte par des fourmis.

Le roi de bruyère se tourna vers Fastia et cilla, lentement, puis il ramena ses yeux étranges vers Murielle, les rétrécissant à mesure qu'il les approchait des siens à seulement quelques doigts.

Sa vision se dissolut dans ces yeux.

Elle vit d'étranges forêts profondes remplies d'arbres comme des mousses géantes et des fougères à grand tronc. Elle vit des bêtes avec des yeux de chouette et des corps de mastiff.

Il cilla de nouveau, lentement, et elle vit Eslen en ruine et recouverte par du lierre aux noires épines et aux fleurs comme des araignées pourpres. Elle vit la Terre-Neuve sous les étoiles, couverte d'eaux sombres, puis ces eaux sombres danser sous une pâle flamme. Elle vit une grande salle d'ombres et un trône de pierre noir suie, sur lequel était assis un personnage dont les traits n'étaient pas visibles mais dont les yeux brûlaient comme une flamme verte. Elle entendit un rire qui ressemblait presque à l'aboiement d'un molosse.

Et puis, comme dans un miroir de jais poli, elle vit son propre visage mort. Puis ce fut de nouveau le visage du roi de bruyère, et ses peurs avaient disparu, et elle était vraiment morte et emportée au-delà de toute pensée mortelle. Comme dans un rêve, elle avança la main pour toucher sa barbe.

Son visage se déforma en une soudaine expression de douleur et de rage, et il hurla, un bruit qui ne portait en lui rien d'humain et tout de sauvage.

Aspar était bien trop loin de son arc. Le greffyn atteindrait Winna et Ogre bien avant qu'il eût pu encocher une flèche. Il fit la seule chose qu'il pouvait faire : il lança sa hache. Elle frappa le greffyn à l'arrière du crâne et rebondit, laissant une plaie et tirant un fin jet de gouttelettes rubis.

— Ainsi tu peux saigner, espèce de coq-blaireau, grimaça Aspar avec une satisfaction perverse.

Le greffyn se tourna lentement pour lui faire face, et Aspar sentit la fièvre de ses yeux le pénétrer jusqu'au plus profond de ses os. Mais ce n'était pas aussi dur qu'avant : ses genoux tremblaient, mais ne lui firent pas défaut. Il serra sa dague comme le monstre approchait, mais ne le regarda pas venir. En lieu de cela, il se concentra sur Winna, sur son visage, parce qu'il voulait s'en souvenir.

Il ne se souvenait plus tout à fait du visage de Qerla.

Il avait eu de la chance de rencontrer deux fois

l'amour dans sa vie, décida-t-il, et la chance avait un prix. Le temps était venu de payer, supposa-t-il.

Donne-moi la force, Furieux, pensa-t-il. Il n'avait jamais rien demandé à Haergrim auparavant. Peut-être que le Furieux prendrait cela en compte.

Le greffyn vint, alors, presque plus vite que ce que pouvait suivre le regard. Aspar tourna juste légèrement, frappant la bête haut et entre les yeux avec la poignée de fer de sa dague. Il ressentit un terrible choc dans son bras et sut qu'il était déjà mort.

Il entendit Winna hurler.

Incroyablement, le greffyn vacilla sous le coup, et Aspar saisit la seule chance qu'il avait. Il se jeta sur le dos couvert d'écailles et passa un bras sous la mâchoire crochue. La créature hurla alors, une cacophonie aiguë qui couvrit presque le bruit croissant de la corne.

Il se figura où devait se trouver le cœur, et enfonça là sa dague, une fois, et deux, et encore. Le greffyn se jeta contre le mur de la cour, pour essayer de le déloger, mais pour l'instant son bras était une bande d'acier. Aspar se sentit plus grand, comme l'un des tyrans de la forêt, ses racines plongeant profondément et tirant leur force de la pierre et de la terre et des torrents cachés, et lorsque son cœur se remit à battre, il sut qu'il était la forêt elle-même cherchant à se venger.

Le mouvement déformait tout. Il aperçut brièvement le visage angoissé de Winna, et Ogre, fier et sans peur, qui se précipitait à sa rescousse. Il y eut de l'air, puis de l'eau lorsqu'ils plongèrent dans la douve au-delà de la porte.

Referme le portail, Winna, pensa-t-il. *Sois maligne*. Il aurait voulu le crier, mais l'eau s'était refermée sur lui.

Durant tout ce temps, sa dague avait continué à trancher, comme si le Furieux avait effectivement pris la main d'Aspar pour la sienne. L'eau de la douve brûlait comme la lessive.

Cazio se dressait dans un équilibre assez instable à l'entrée de la cave, mais lorsqu'il leva Caspator, l'arme ne trembla pas.

— Bonjour, mes doux casnars, dit-il aux deux hommes en armes. Lequel d'entre vous vais-je avoir l'honneur de tuer le premier ?

Les chevaliers venaient de mettre pied à terre. Il remarqua que l'un d'entre eux avait une armure plus ornée que l'autre, entièrement bordée d'or. Ce fut celui-là qui lui répondit.

— Je ne sais pas qui tu es, Messire, dit l'homme. Mais tu n'as pas besoin de mourir. Pars d'ici et retourne vers une vie qui pourra être longue et prospère.

Cazio parcourut des yeux la lame de Caspator. Il se demanda si son père avait ressenti la même chose à la fin. Il n'y avait certainement aucun avantage à ce combat. Personne n'en entendrait jamais parler.

— Je préfère que ma vie soit honorable plutôt que longue, casnar, dit-il. Peut-on dire la même chose de toi ?

Le chevalier le regarda énigmatiquement durant un temps, et Cazio eut un bref espoir. Puis l'homme en armure dorée tourna la tête vers son compagnon.

— Tue-le pour moi, dit-il.

L'autre homme acquiesça légèrement puis s'avança.

Il n'a pas de bouclier, au moins, remarqua Cazio en lui-même. *La fente des yeux. Voilà ma cible*.

La corne dans la distance prit de l'ampleur. D'autres chevaliers, probablement.

Le chevalier avança en taillant. Cazio para calmement les coups, bien que Caspator tremblât sous chacun d'eux. Il riposta vers la visière d'acier, mais l'homme restait à distance, et Cazio n'avait pas l'appui nécessaire pour s'allonger. Ils combattirent le temps de plusieurs longues passes avant que la lourde épée ne s'abattît finalement sur la garde de Caspator, en provoquant un choc suffisant dans son bras déjà gourd pour que l'arme tombât sur le sol.

Ce fut alors qu'une cascade de mortier et de briques s'effondra sur la tête du chevalier. Un nuage de poussière s'ensuivit, qui piqua les yeux de Cazio. Des morceaux de maçonnerie roulèrent dans l'escalier derrière lui, et il vit le chevalier s'effondrer, son heaume profondément enfoncé.

Le chevalier doré, qui n'avait pas été pris sous l'effondrement, regarda à temps pour recevoir une brique en plein visage, puis une autre. Surpris, Cazio se pencha pour ramasser Caspator tandis que z'Acatto se laissait tomber d'au-dessus la voûte de la porte de la cave.

— Je te l'avais dit, mon garçon, grommela le maître d'armes. On ne brette pas avec des chevaliers.

— Je l'admets, dit Cazio, en remarquant que le chevalier doré se remettait sur pied.

Avec le peu de forces qu'il lui restait, Cazio bondit en avant. La large épée se leva et s'abattit, mais il se tourna et l'évita, et cette fois Caspator trouva sa cible, s'enfonçant dans la fente du heaume et plus loin, pour n'être arrêtée que par l'acier de l'autre côté du crâne, ou le crâne lui-même. Il retira la lame sanglante et regarda le chevalier tomber d'abord à genoux, puis à plat ventre.

— Je suivrai tes conseils de plus près la prochaine fois, promit-il au vieux maître.

— Dans quoi es-tu allé mettre les pieds, mon garçon ? demanda z'Acatto.

Il regarda par-delà Cazio, alors, puis hocha la tête.

— Ah, dit-il. Je vois où est le problème.

Anne et Austra venaient d'émerger en haut des escaliers et découvraient le tableau.

— Il va y en avoir d'autres, dit Cazio.

— D'autres femmes ?

— D'autres problèmes.

— C'est la même chose, fit remarquer z'Acatto.

— D'autres chevaliers, clarifia Cazio. Peut-être beaucoup d'autres.

— J'ai deux chevaux, dit z'Acatto. Nous pouvons monter en double.

Cazio croisa les bras et adressa à son maître d'armes un regard dubitatif.

— C'est une chance que tu aies amené des chevaux, dit-il. C'est également très étrange.

— Ne sois pas une bouteille vide, mon garçon. La route du convent passe près du puits au bord des terres d'Orchaevia. Je les ai vus arriver.

— Qu'est-ce que tu faisais là-bas ?

Z'Acatto sourit et tira une fine bouteille de verre vert de sous son pourpoint. Il la tint dans la lumière.

— Je l'ai trouvée, s'exclama-t-il d'un air triomphant. La meilleure année. Je savais que je la reniflerais.

Cazio ouvrit de grands yeux.

— Au moins, nous avons été sauvés par un bon cru, dit-il.

— Le meilleur, répéta joyeusement z'Acatto.

Cazio s'inclina faiblement devant les deux femmes.

— Mes casnaras Anne et Austra, je vous présente mon maître d'armes, le docte z'Acatto. (Il hésita et croisa le regard du vieil homme.) Mon maître et mon meilleur ami.

Z'Acatto soutint son regard un instant, et quelque chose y brilla que Cazio ne comprit pas complètement. Puis il regarda vers Anne et Austra.

— Je suis ravi de faire votre connaissance, casnaras, dit z'Acatto, et j'espère que l'une d'entre vous ne sera pas ennuyée de ma compagnie à cheval.

Anne s'inclina.

— Tu nous as sauvés, sire, dit-elle. (Elle adressa à

Cazio un regard qui en disait long.) Vous nous avez sauvées tous les deux. Je suis votre débitrice.

Ce fut alors que Austra hurla en direction de quelque chose qui se trouvait derrière Cazio. Cazio soupira et se retourna, prêt pour n'importe quoi.

Pour n'importe quoi excepté cela. Lentement, en flageolant, le chevalier doré essayait de se relever. Le sang coulait de sa visière comme de l'eau d'une fontaine. Cazio leva son épée.

— Non, dit z'Acatto. Non. Il n'est pas vivant.

Cazio ne put dire s'il s'agissait d'une affirmation ou d'une question, mais z'Acatto tira son épée et l'enfonça à travers l'autre œil. Le chevalier retomba, mais cette fois il commença à se relever immédiatement.

— Par la queue frétillante de Diuvo…

Z'Acatto ne finit pas son juron, mais ramassa la grande épée abandonnée du chevalier et lui trancha la tête.

Les doigts continuaient à gratter la terre.

Z'Acatto regarda cela un instant.

— Je conseillerais une prompte fuite, leur dit-il. Et plus tard, du vin.

— Nous sommes d'accord, dit Cazio d'une voix rauque.

La rage avait presque quitté Neil lorsque le horz explosa. L'archer sefry à la pointe de son épée béait vers l'autre monde, et sans plus d'ennemis alentour, le nuage rouge se leva, permettant à ses esprits de rejoindre sa tête.

Il avait entendu parler de la rage auparavant ; son oncle Odcher avait eu ce don. Dans toutes ses années de bataille, Neil n'en avait jamais fait l'expérience précédemment.

Lorsqu'il eut vu la vie quitter le sefry, il parcourut du regard le carnage alentour, s'efforçant de se souvenir de ce qu'il avait fait lorsque le tonnerre avait envahi son âme.

Le bruit des pierres qui se fendaient le fit se retourner, et il vit ce qui semblait être de troubles volutes de fumée noire s'échapper des murs fendus du jardin. Il tituba vers le horz, se souvenant qu'il y avait laissé la reine et Fastia. Ce ne fut que lorsqu'il eut plongé dans ce qu'il avait cru être de la fumée que sa vision s'éclaircit, mais pas sa compréhension.

Des cirres noirs s'élançaient autour de lui, s'accrochaient à ses membres, s'accrochaient à la pierre de la chaussée. Il trancha autant qu'il put et ils tombèrent sur le sol en s'entortillant, mais ils n'étaient que l'avant-garde des sarments plus épais dont ils provenaient, aussi gros que des cuisses d'homme et croissant encore et encore. Les pointes des épines déchiraient la cotte de mailles de Neil. Les bruyères le repoussèrent jusqu'à la chaussée, bien qu'il les hachât avec Corbeau. Il s'était écoulé bien du temps depuis la dernière fois qu'il avait réellement compris la situation, et il ne s'en souciait plus. Il avait laissé la reine dans le horz, il devait retourner la chercher.

Donc il avança, la sueur et le sang mouillant son visage et piquant ses yeux, combattant lentement l'impossible feuillage, jusqu'au moment où son épée frappa quelque chose qu'elle ne put trancher. Il leva les yeux et des yeux verts lui retournèrent son regard.

C'était plus grand qu'un homme, cette chose, et entièrement recouvert de lierre noir. Il le tirait, comme s'il essayait de l'extirper de la terre dont il sortait, mais il ignorait leur emprise tout comme il ignora Neil après un seul regard.

Neil sentit une pluie de printemps mêlée à du bois pourri.

La chose aux yeux verts dépassa le jeune guerrier, brisant le lierre et l'arrachant de la pierre au passage, mais où qu'il posât le pied, de nouveaux plants jaillissaient. Neil le regarda, bouche bée, alors qu'il s'enfonçait dans les douves, dont les eaux les plus profondes ne lui arrivaient qu'à la taille.

Il n'avait jamais vu un monstre auparavant, et maintenant il en avait vu deux. Neil se demanda si le monde arrivait à sa fin.

La reine, imbécile. La fin du monde n'était pas sa charge. Murielle Dare l'était.

Il se retourna vers ce qui restait du horz, tranchant avec Corbeau dans les sarments épais, pleurant, parce que ce qui pouvait déchirer la pierre devait pouvoir faire bien pire à la chair humaine.

Mais il découvrit la reine indemne, sur la pierre dont les sarments les plus épais avaient émergé, les yeux fixés sur l'endroit où les noires bruyères avaient recouvert la forme de Fastia. Sans plus aucune sensation humaine, Neil prit la reine dans ses bras, tituba à travers le chemin qu'il s'était taillé dans la végétation, rejoignit la cour pleine de cadavres, et franchit la porte. Il revit le géant d'épines, qui sortait des douves à l'endroit où elles s'incurvaient vers les grandes portes de Cal Azroth, où d'autres se dressaient et regardaient. Neil étendit la reine sur l'herbe et voulut tirer Corbeau ; il y avait sûrement encore d'autres ennemis…

Mais sainte Inconscience prévalut, et il n'eut pas la force de lui résister.

Le greffyn roula et se débattit sous l'eau, et les poumons d'Aspar ne purent rester clos plus longtemps. Sa prise s'affaiblit, et il fut projeté au loin. Il fila vers la surface, sa dague toujours en main.

Il fit surface près du bord du fossé et s'y accrocha, se hissant hors de l'eau presque uniquement à la force de sa volonté. Il lutta pour se mettre debout, des tremblements parcourant son corps entier, en cherchant dans les eaux bouillonnantes la mort rapide dont il était certain qu'elle n'allait pas manquer d'émerger.

Tout en lui était brisé. Il vomit, et vit qu'il s'agissait principalement de sang. Au loin il entendit son nom, mais n'eut pas le temps de s'en occuper, parce que le greffyn émergea effectivement de l'eau, souple et magnifique, comme quelque chose dont un poète eut pu célébrer l'existence. Il s'étonna de ne pas l'avoir vu de cet œil depuis le début. Qu'il l'eût blessé était presque une honte, n'était bien sûr qu'il devait mourir.

— Viens là, lui dit Aspar. Je n'ai presque plus rien à donner, mais viens le prendre, si tu le peux.

Il eut l'impression que la bête se déplaçait un peu plus lentement, cette fois, lorsqu'elle vint lui porter un grand coup de bec. Il eut l'impression qu'il n'aurait pas le temps de lui planter sa dague dans l'œil, mais il le fit.

Exactement comme Fend, pensa-t-il en se demandant où le sefry était passé. Puis le greffyn le heurta de tout son poids tel un cheval lancé. Tout devint blanc, mais il resta conscient, serrant ses poings maintenant vides, sachant qu'ils ne lui serviraient à rien, mais heureux de pouvoir au moins se battre jusqu'au bout.

Mais lorsqu'il se tourna, il vit que le monstre était immobile. Il avait heurté un contrefort de pierre, et son cou était tordu dans une position irréaliste.

Eh bien, ça a été plus facile que je ne croyais. Grim, si ma chance est venue de toi, je te remercie. C'est bon de voir son ennemi mourir devant ses yeux. Maintenant, si Fend pouvait avoir la gentillesse de tomber mort alentour…

Aspar resta étendu là, à cracher du sang, la sensation maintenant familière du poison se renforçant. Il espéra que Stéphane empêcherait Winna d'approcher, mais elle avait de toute façon assez de bon sens pour ne pas toucher son cadavre, n'est-ce pas ?

Il tourna la tête et la vit là-bas, debout à côté de Stéphane, de l'autre côté des douves. Elle pleurait. Il leva faiblement la main mais n'eut pas la force de crier.

— N'approche pas, ma belle, murmura-t-il. Par Grim, reste là-bas.

Il devait y avoir du poison partout où le greffyn avait versé son sang.

Mais alors quelque chose d'autre se dessina sur le visage de Winna, et sur celui de Stéphane aussi.

Une ombre le recouvrit, cachant le soleil du matin, et Aspar leva lentement la tête pour voir une nouvelle fois le roi de bruyère.

Stéphane laissa l'arc d'Aspar tomber de ses mains tremblantes. Il avait voulu tirer sur le greffyn, mais avait craint de toucher Aspar, et maintenant, incroyablement, la bête était morte.

Winna, à son côté, voulut s'avancer, mais il la retint.

— Il n'y a rien que tu puisses faire pour lui, dit-il. Si tu t'approches, tu mourras aussi.

— Je m'en moque, dit-elle d'une voix rauque. Ça n'a plus aucune importance.

— Cela en a pour lui, rétorqua Stéphane. Lui ne voudrait pas que tu approches.

Elle ouvrit la bouche, probablement pour protester, mais alors, au coin de la forteresse, remontant les douves, apparut ce qui ne pouvait être que le roi de bruyère, tirant derrière lui une traîne d'épines. Une immense enjambée suffit à l'extraire de l'eau, et d'un pas résolu et puissant, il prit la direction de la forêt du roi.

Mais alors il s'interrompit et leva le nez comme s'il flairait quelque chose, et sa tête cornue se tourna vers les corps étendus d'Aspar et du greffyn. Il s'avança vers eux avec détermination.

— C’est arrivé, murmura Stéphane. Par les saints, c’est arrivé.

Il revit au fond de son esprit les scrifts et les tomes qu’il avait compulsés, les indices éparpillés, les terrifiantes prophéties. Et il ressentit quelque chose dans la terre et dans le ciel, comme si quelque chose s’était cassé et s’évanouissait, comme si le monde lui-même saignait.

Comme si la fin avait réellement commencé.

Ce qui signifiait que l’on ne pouvait rien faire, n’est-ce pas ?

Mais il fallait essayer, supposa-t-il.

Il ramassa l’arc et décocha la seule flèche qui leur restait. Il ne put voir s’il avait atteint ou non le monstre, mais celui-ci n’en fut de toute façon pas affecté. Il se pencha d’abord sur Aspar, et des sarments émergèrent de terre pour le recouvrir entièrement. Puis il le laissa là et s’approcha du greffyn. Stéphane le vit soulever la bête abattue et la prendre dans ses bras comme un bébé, avant de s’éloigner en laissant de nouvelles pousses noires dans l’empreinte de chacun de ses pas.

Derrière eux, les pierres de Cal Azroth commencèrent à lentement se briser et s’effondrer sous la pression des sarments.

CHAPITRE QUINZE

OBSERVATIONS PITTORESQUES ET CURIEUSES

— Stéphane Darige ?

Stéphane leva les yeux vers le page, qui portait des chausses orange et un manteau bordé de fourrure noire. Il supposa, d'après le peu qu'il avait vu d'elle, que c'était ce que la duchesse de Loiyes pouvait faire de mieux en termes de vêtements de deuil pour ses serviteurs, du moins en de si brefs délais.

Observations et spéculations sur les différents aspects de la vanité, commença-t-il dans sa tête, *ou l'assortiment des maladies du sang royal.*

— Seigneur, répéta le serviteur, es-tu Stéphane Darige ?

— Je le suis, reconnut Stéphane d'un ton las.

Son regard parcourut avec langueur les pelouses soigneusement manucurées de Glenchest. Dans la distance, il pouvait voir le prince couronné Charles, pauvre simplet béni-des-saints, qui jouait aux quilles avec son bouffon sefry. Stéphane avait rencontré le prince quatre jours plus tôt, à leur arrivée à Glenchest. Charles semblait à peine conscient du massacre de sa famille. Il ne s'était pas trouvé dans la forteresse de Cal

Azroth lorsque Fend et les Substitués étaient venus, parce qu'il dormait dans les étables après une longue journée de jeux d'enfants.

Les quelques piétons qui lui étaient assignés pouvaient lui en être reconnaissants, car ils étaient les seuls survivants de la garde qui avait accompagné la famille royale à Cal Azroth. Tandis que la forteresse était réduite en miettes par les épineux surnaturels du roi de bruyère, ils avaient aisément réussi à mettre Charles hors de danger, puis à faire demander de l'aide à Glenchest.

— Sa Majesté Murielle Dare requiert ta présence dans la salle des hirondelles.

— À quelle cloche ? demanda Stéphane.

— Si cela t'agrée, tu peux me suivre.

— Ah. Maintenant.

— S'il te plaît, seigneur.

— Et sinon ?

Le page parut perplexe.

— Seigneur ?

— Ce n'est rien. Montre-moi le chemin, mon ami.

Il aurait préféré que le page cessât de l'appeler seigneur, mais la duchesse insistait pour que tous ses invités fussent considérés comme nobles, au moins dans l'adresse.

Il suivit le garçon à travers les haies et le long d'un chemin couvert par des saules aux branches tressées. Il songea que s'il avait autrefois apprécié de tels jardins, il les trouvait maintenant oppressants. Il se souvint des grands arbres de la forêt du roi, et ressentit une envie profonde et soudaine de se retrouver en leur sein, même si cela imposait de supporter les sarcasmes et le dédain d'Aspar White.

Quel usage croyais-je pouvoir faire de cartes vieilles de mille ans ? se demanda-t-il. Parfois, il lui était difficile de comprendre cet ancien Stéphane Darige, dont tant avait disparu maintenant.

Ses oreilles bénies perçurent des voix lointaines, qui firent intrusion dans ses pensées.

— … trouvé les corps. Il s'agissait de moines, comme cela a été dit, mais ce Stéphane Darige en est un aussi. Et du même ordre.

Celui qui parlait était Humfry Thenroesn, conseiller de la duchesse de Loiyes, dans toute sa grandeur. Stéphane pouvait sentir l'eau-de-vie amère de son haleine que portait la brise automnale, alors qu'il n'avait pas encore atteint le presbytère.

— Darige a risqué sa vie pour mes enfants. Il a été blessé en les défendant.

C'était la voix de la reine elle-même.

— C'est ce qu'il dit, répondit Thenroesn. Nous n'avons que sa parole. Il peut tout aussi bien avoir fait partie des envahisseurs, et lorsqu'il a vu qu'ils perdaient…

La reine l'interrompit.

— Le forestier qui l'accompagnait a tué la moitié des assassins restants, et le greffyn.

Thenroesn renâcla.

— Encore une fois, Majesté, il ne s'agit que de on-dit. C'est prendre un très grand risque que de faire confiance à ce Darige.

Stéphane entra dans le vestibule voûté du presbytère. Il remarqua que les murs étaient décorés de serpents de mer dorés.

La voix d'Humfry se fit plus fière.

— J'ai envoyé un messager à son éminence, le praifec Hespéro, fanfaronna-t-il, comme si une telle initiative méritait des louanges. Il nous dépêchera sûrement quelqu'un pour confirmer l'histoire de Darige. D'ici là, je recommande qu'il soit incarcéré.

Il y eut une pause durant laquelle Stéphane n'entendit que le bruit de ses propres pas, puis la voix de la reine s'éleva, si glaciale que même à cette distance, Stéphane frissonna.

— Dois-je comprendre que tu as contacté le praifec sans m'en avertir ? demanda-t-elle.

Stéphane suivit le page dans un long couloir comme le ton de Thenroesn se faisait plus défensif.

— Majesté, il fait partie de mes prérogatives de…

— Dois-je comprendre, répéta la reine, que tu as contacté le praifec sans m'en avertir ?

— Oui, Majesté.

— Duchesse, as-tu un donjon dans ce… cet endroit ?

Stéphane reconnut la voix de la duchesse de Loiyes qui répondait.

— Oui, Majesté, ma chère.

— Fais-y placer cet homme, s'il te plaît.

— Mais, Majesté… commença Humfry Thenroesn.

La duchesse de Loiyes l'interrompit alors que Stéphane arrivait juste à l'entrée de la salle.

— Tu devrais faire plus attention à ne pas offenser ma belle-sœur, mon cher Humfry, dit la duchesse. (Elle se tourna vers l'un de ses gardes.) Drey, s'il te plaît, escorte seigneur Humfry jusqu'à l'une des cellules les plus profondes.

La reine dévisagea Stéphane alors qu'il se tenait à l'entrée de la salle en attendant d'y être admis. Elle était aussi belle que le prétendait sa réputation, mais ses traits étaient tendus. Elle pouvait tout aussi bien être furieuse, ou désespérée, ou ne rien ressentir du tout, si l'on ne s'en tenait qu'à ce que l'on pouvait lire sur son visage. Pourtant Stéphane perçut dans sa voix un cœur chaviré et une âme tourmentée.

— Envoie un cavalier intercepter le courrier de seigneur Humfry, dit la reine à la duchesse. Qu'il ne lui soit pas fait de mal, sauf si cela est nécessaire. Qu'il soit juste ramené avec le message.

La duchesse fit un signe, et un autre garde s'inclina et se chargea de cette mission.

La reine ramena son attention vers Stéphane.

— *Fraleth* Darige. Aie l'amabilité de te joindre à nous, dit-elle.

Stéphane s'inclina.

— Majesté.

La reine était assise dans un modeste fauteuil et portait une robe de brocart noir avec un col dur qui lui couvrait le cou. La duchesse, assise sur une chaise à côté d'elle, était également vêtue de noir, mais son col était moins modeste.

— Fraleth Darige, deux de mes filles sont mortes. Dis-moi pourquoi.

Aux oreilles de Stéphane, sa voix était une plaie ouverte, malgré son ton neutre et mesuré.

— Majesté, dit-il, je ne le sais pas. Comme je l'ai expliqué à la duchesse et à son conseiller, j'ai découvert le complot par hasard au monastère d'Ef, lorsque Aspar White, ton forestier, est venu à nous blessé. Nous avons suivi Desmond Spendlove et ses hommes jusqu'à un endroit proche d'ici, où ils ont retrouvé des brigands sefrys et se sont livrés à une encrotacnie défendue. Je crois que c'est par ce moyen qu'ils ont fait ouvrir les portes de la place forte de l'intérieur.

— Explique cela.

Stéphane expliqua le rite aussi bien qu'il le put. Il s'attendait à de l'incrédulité, mais la reine opina comme si elle comprenait.

— Ma regrettée femme de compagnie Erren a évoqué ce genre de possibilité avant qu'elle ne me soit prise, dit-elle. Existe-t-il des protections, ou devrons-nous perpétuellement craindre ces substitutions en nos rangs ?

— Il existe des protections contre l'encrotacnie, dit Stéphane. Si ta Majesté le souhaite et peut mettre un scriftorium à ma disposition, je pourrai les découvrir, j'en suis certain.

— Tu auras accès à tout ce que peut offrir le royaume, l'en assura la reine. Maintenant, dis-moi : vois-tu la main de Hansa en tout cela ?

— Hansa, ma reine ? demanda Stéphane, perplexe. En rien. Desmond Spendlove venait de Virgenye. Les sefrys ne prêtent allégeance à aucune nation.

— Tu ne vois aucune implication de Liery non plus ? demanda-t-elle très doucement.

— Non, Majesté.

— Savais-tu que le roi était mort, lui aussi ? Ont-ils parlé de lui ?

Stéphane réalisa que sa bouche béait et que rien n'en sortait.

— Eh bien ?

— Non, Majesté, réussit-il à articuler. Aucune mention n'a été faite du roi.

— Cela a dû arriver le même jour, dit la reine. Le messager vient juste de nous apporter la nouvelle.

— Je… Mes plus profondes condoléances, Majesté.

— Merci. (Son front se plissa, puis s'adoucit. Elle parut vouloir dire quelque chose, se ravisa, puis reprit :) Bien des choses étranges ont eu lieu à Cal Azroth. Des choses qui n'avaient rien d'ordinaire. Ton récit m'a été transmis, mais j'aimerais l'entendre de ta bouche, ainsi que tes réflexions sur le sujet.

Stéphane lui dit ce qu'il put du greffyn et du roi de bruyère, des aventures d'Aspar White et des siennes. Il savait que cela paraissait incroyable, mais sa mémoire bénie était limpide. Il ne pouvait pas, contrairement à une personne ordinaire, se retrancher dans un monde onirique où les événements eux-mêmes avaient été des rêves, où le roi de bruyère et le greffyn étaient nés de la terreur et de l'épuisement, de la rage et du vin.

— Les interprétations sont mitigées, conclut-il. Le

greffyn avait l'habitude de suivre les sefrys, je ne saurais dire pourquoi. Je ne crois pas qu'ils le contrôlaient, ni l'inverse ; seulement qu'ils l'accompagnaient sans être affectés par lui, à l'instar des moines. Le roi de bruyère lui-même fut réveillé et appelé par la corne, je pense, et il semble qu'il soit retourné dans la forêt du roi.

— Sa trace est assez claire, fit remarquer la duchesse. Mes cavaliers ont trouvé une piste d'épineux noirs menant jusqu'à l'orée de la forêt.

— Ces mêmes épineux qui ont détruit Cal Azroth, dit la reine. Tu ne peux dire pourquoi il est venu ?

Stéphane cilla.

— Comme tu le sais, je suis retourné hier à Cal Azroth avec les chevaliers au service de sa seigneurie la duchesse. La croissance des sarments s'est interrompue, au moins ; ils se déploient encore, mais à un rythme nettement plus faible. Quant au roi de bruyère, et je crois que c'est lui que nous avons vu, il est immémorial : c'est peut-être l'un des dieux anciens que l'on dit vaincus par les saints. Il est venu à Cal Azroth parce que je l'y ai appelé avec la corne. Le sedos a permis l'appel, et le feinglest consacré à Fiussa s'est ouvert à sa manifestation.

« Quoi qu'il eût été auparavant, il est incarné, maintenant, et arpente notre monde.

— Tu n'as pas répondu à ma question, dit la reine.

— Je ne connais pas la réponse, Majesté, dit doucement Stéphane. Mais si les récits que nous possédons sont dignes de confiance, sa venue augure une ère maléfique. (Il marqua une pause.) Très maléfique. Peut-être la fin de tout ce que nous connaissons.

— C'est ce que j'ai entendu. Et pourtant le monde existe encore.

— Pardonnez-moi, Majesté, répondit Stéphane. Il en est peut-être ainsi, mais j'ai l'impression qu'un sablier a été retourné, et lorsqu'il n'y aura plus de sable…

Il agita la tête. Il n'avait pas les mots pour achever sa pensée.

La reine parut de quelque manière le comprendre, et ne le pressa pas plus avant. Néanmoins, son silence en lui-même était un fardeau.

— Majesté, reprit-il. Je n'ai menacé de souffler dans la trompe que pour empêcher Desmond Spendlove d'achever sa sorcellerie. (Il s'interrompit, et une culpabilité aussi forte qu'un deuil manqua paralyser sa gorge.) Je n'avais pas l'intention de m'en servir, ni ne pensais qu'il se passerait quelque chose si je le faisais. Je suis responsable de tout ce qui s'est passé ensuite.

La reine haussa les épaules.

— Si sire Neil était devenu Substitué, je serais maintenant morte. Cette menace a pris fin grâce à toi. Je regrette simplement que tu n'aies pas agi plus tôt, parce que mes filles seraient elles aussi encore en vie. Quant à l'apparition que nous avons tous vue, malgré ce que te dicte ton instinct, elle ne semblait pas malveillante dans ses actions. Il m'a épargné, à l'évidence. Il est parti dès qu'il a apparu, et la destruction de Cal Azroth n'était, je crois, qu'un contrecoup de sa venue. Garde ta culpabilité, Stéphane Darige, pour le jour où elle sera justifiée.

Stéphane s'inclina.

— Je vais essayer de comprendre ce que j'ai fait et le corriger, Majesté. Je croyais autrefois savoir beaucoup de choses. Maintenant, je pense en savoir vraiment très peu. (Il regarda la reine directement dans les yeux.) Mais je dois insister. Je parle de quelque chose de plus profond que l'instinct. Nos problèmes ne sont pas achevés, ils viennent à peine de commencer. Le monde a changé. Ne le ressentez-vous pas, Majesté ?

— Deux de mes filles sont mortes, dit la reine, le regard perdu dans la mi-distance. Mon époux, l'empereur de Crotheny, est mort. Ma meilleure amie est morte. (Ses yeux plongèrent soudain comme deux dagues dans ceux de Stéphane.) Le monde que *je* connaissais n'a pas changé. Il est mort.

L'audience de Stéphane s'acheva peu après, et il saisit cette opportunité pour s'évader à travers les grandes salles aérées de Glenchest, jusqu'à l'hôpital qui avait été organisé dans des quartiers habituellement peu usités. Un jeune chevalier lierien était étendu là, un certain Neil MeqVren. Sa respiration régulière et profonde indiquait qu'il dormait, offrant à son corps le repos dont il avait besoin pour se remettre de tout ce qu'il avait enduré.

Le lit qui avait été celui de Stéphane était inoccupé depuis maintenant deux jours : son bras était encore douloureux et lui faisait fréquemment défaut, mais la fièvre en avait rapidement disparu.

Le troisième lit, celui d'Aspar, était vide, évidemment.

Dehors, il entendit des voix. Il jeta un œil à travers l'encoignure vers la terrasse, où deux silhouettes partageaient un banc entre deux orangers en pot, admirant le riche paysage des collines verdoyantes de Loiyes.

Il avait tourné les talons, décidé à ne pas les interrompre, lorsqu'il entendit une voix bourrue appeler son nom.

— Pourquoi te caches-tu, Darige de Cap Chavel ? Viens nous rejoindre au soleil.

— Oui, s'il te plaît, dit Winna, assise au côté d'Aspar.

Stéphane remarqua qu'ils se tenaient la main.

— Tu m'as souvent dit que je ne savais pas passer inaperçu, répondit Stéphane. J'essayais de m'entraîner.

— Par la pratique ? Il n'y a pas de livres sur le sujet ?

— En fait, dit Stéphane, il y a bien quelque chose dans un bestiaire que je connais. *Observations sur le comportement pittoresque et fruste d'une bête commune, le forestier.*

Stéphane se retint de sourire.

— Mais parfois, poursuivit-il, parfois, comme je l'ai appris, un peu de pratique est nécessaire.

— Oui, admit Aspar. Parfois, je suppose. Et parfois, même si c'est très rare, mon garçon, la connaissance des livres peut avoir son utilité.

Stéphane s'engagea sur la pierre blanche de la terrasse. L'air portait une promesse d'automne, et pour le prouver, les pommiers dans les champs portaient des couronnes d'or.

Winna se leva, tapota la main d'Aspar, et déposa un baiser léger sur ses lèvres.

— Je vais revenir, dit-elle. Je vais voir ce que je peux trouver aux cuisines. Je vais nous préparer un pique-nique.

— Pas de langues d'alouette au vinaigre, ni de noix de cocatrice doré, grommela Aspar. Va plutôt voir dans le cellier des domestiques si tu ne trouverais pas un fromage honnête.

Lorsqu'elle fut partie, Aspar se tourna vers Stéphane, sourcils froncés.

— Pourquoi souris-tu ?

— Tu as rougi. Quand elle t'a embrassé.

— Estronc. C'est le soleil, c'est tout.

— Elle te convient bien, je crois. Elle améliore ton caractère.

— Il n'a jamais eu besoin d'être amélioré.

— C'est ce que disait le vieux coq avant de terminer au pot, répliqua Stéphane.

— Han ! maugréa Aspar, pour n'avoir rien trouvé à répondre de pertinent.

Stéphane s'assit sur un autre des bancs, et le silence grandit entre eux, jusqu'au moment où Aspar s'éclaircit la gorge.

— Pourquoi suis-je encore en vie ? demanda-t-il. Le remède que mère Gastya m'avait donné n'aurait jamais pu être aussi puissant, et il ne faisait plus effet, de toute façon.

— Effectivement, répondit Stéphane. J'avais espéré que tu te souviendrais. Ce n'est pas le cas ?

Aspar tourna la tête vers la forêt du roi.

— C'est à lui que je le dois, n'est-ce pas ?

— Je crois. Ne me demande pas pourquoi.

— Tu n'as donc pas de jolis mots érudits pour l'expliquer ? Le roi de bruyère était bien censé venir nous tuer tous, non ?

— Il peut encore le faire. Il est parti parce qu'il avait d'autres choses à faire, et j'ai l'impression qu'elles ne nous plairont pas. (Il haussa les épaules.) Il a extrait tout le poison de ton corps. Il n'a pas soigné tes blessures ni arrêté tes saignements ; nous avons dû le faire, et tu t'étais presque vidé. (Stéphane leva les mains.) Il a peut-être pensé que tu étais une créature de son royaume. Peut-être que tu en es une, tu en as l'odeur, en tout cas. Un ours blessé, un ours hirsute. On pourrait te prendre pour ce genre de choses.

Aspar le dévisagea longuement.

— Je me souviens simplement que lorsqu'il m'a touché, j'ai ressenti quelque chose, quelque chose que je ne connaissais plus depuis que j'étais enfant. C'était… (Il fronça les sourcils.) Estronc, je ne trouve pas les mots.

Il leva les mains, pour tout effacer d'un geste. Il resta longtemps silencieux, et Stéphane commença à souhaiter que Winna revînt rapidement. Elle avait le don de faciliter les choses.

Mais Aspar parla, sans le regarder.

— J'ai l'impression que j'ai eu de la chance de te rencontrer, Darige de Cap Chavel, dit-il.

Stéphane battit des paupières pour repousser une moiteur inattendue dans ses yeux.

Des très étranges et subtiles dispositions du bestial forestier, composa-t-il dans sa tête. *Bien qu'irascible à l'extrême, il doit être noté que la bête n'a pas uniquement une prédisposition pour le désagrément, mais possède aussi sous son enveloppe de cuir tanné, quelque chose qui ressemble, sous certains aspects, à un cœur humain.*

— Et là, qu'est-ce qui te fait sourire ? demanda Aspar.

Stéphane réalisa qu'il souriait effectivement.

— Rien, répondit-il. Quelque chose que j'ai lu, il y a longtemps.

Lorsque Cazio entra dans le petit cercle de lumière du feu de camp, Anne tressaillit involontairement.

Z'Acatto fit claquer sa langue.

— Pas besoin de t'inquiéter, jeune casnara, dit-il. Nous sommes bien loin de ces démons.

— Au moins pour l'instant, corrigea Cazio. S'ils ont autant de mal à abandonner la chasse que la vie, nous les reverrons.

— N'inquiète pas ces dames avec de telles paroles, grommela z'Acatto. Nous leur avons échappé pour l'instant, nous pouvons en être certains. Nous avons mis cent satanées lieues entre eux et nous sans laisser la moindre trace. (Z'Acatto adressa un regard lourd de sens au jeune homme.) À moins que tu n'en aies laissé ce soir.

— J'ai été un fantôme, dit Cazio. Une ombre est entrée dans l'auberge de l'ours zézayant, une ombre en est ressortie.

— Elle en est ressortie plus lourde, j'espère, dit z'Acatto plein d'espoir, les yeux fixés sur le sac que Cazio portait avec désinvolture sur l'épaule.

— Plus lourd, oui. Mais c'était plutôt ton genre de travail, vieil homme. Je ne suis pas un voleur, moi.

— Un amateur fera très bien l'affaire, dit le maître d'armes. Que nous as-tu rapporté ?

Anne sentit son estomac gargouiller. La campagne était bien chiche en termes de subsistance, et éviter quiconque pourrait les décrire à des poursuivants éventuels signifiait qu'ils ne pouvaient pas demander l'hospitalité à des étrangers, encore que z'Acatto les avait de toute façon assurés que l'hospitalité manquait dans la province pauvre et rustique de Curhavia. Quoi qu'il en fût, tous quatre n'avaient mangé que du pain moisi la veille, et en bien faible quantité.

— Ce soir nous festoyons, dit Cazio.

Il tira de son sac un jambon, une poule rôtie à la broche, une miche entière de pain noir, une petite amphore d'huile d'olive, et deux bouteilles de vin. Anne observa ce déballage avec appétit, mais lorsqu'elle jeta un œil en direction d'Austra, elle vit quelque chose qui ressemblait plus à de l'adoration, ce qui l'irrita. Cazio valait mieux que ce qu'elle avait d'abord cru, c'était vrai, et elle et Austra lui devaient sans aucun doute la vie, mais ce n'était pas une raison pour de se rendre ridicule.

— Ce n'est pas une bonne année, se plaignit z'Acatto.

— Les fantômes boivent ce qu'ils trouvent, répondit Cazio. Je suis certain que cela conviendra.

Z'Acatto attrapa l'une des bouteilles, but une gorgée, et la fit tourner dans sa bouche.

— À peine mieux que du vinaigre, dit-il.

Ce qui ne l'empêcha pas d'en reprendre une longue goulée.

Ils mangèrent sans penser à la conversation. Ce ne fut que plus tard, lorsque la plus grande partie du vin eut disparu, que les discussions reprirent.

— Dans trois jours nous atteindrons la côte, dit Cazio. Il ne fait aucun doute que nous trouverons là-bas un bateau qui vous ramènera vers un endroit sûr. Chez vous, peut-être.

— Vous avez été fort bons, dit Anne.

— Tu ne peux pas nous mettre sur un bateau comme cela, deux femmes seules, protesta Austra. Et si les chevaliers hansiens nous retrouvaient en mer ?

— Moi, je m'inquiéterais plutôt au sujet des marins, dit z'Acatto. C'est le danger le plus connu et le plus évident.

— Eh bien pars avec elles, alors, dit Cazio. Moi, je vais rentrer dans ma maison à Avella, et faire comme si je n'avais jamais vu un chevalier qui refuse de mourir.

— Le père d'Anne te récompensera, bafouilla Austra.

— Austra, assez, dit Anne. Nous ne pourrons déjà jamais payer de retour tout ce dont nous sommes redevables à casnars da Chiovattio et z'Acatto.

— Un gentilhomme n'attend rien en retour pour avoir sauvé des jeunes femmes en détresse, dit Cazio.

— Mais un gentilhomme désargenté ne peut pas racheter le privilège sur sa maison, dit z'Acatto. Même si certaines complications légales ont disparu, ce qui est loin d'être certain.

Cazio parut peiné.

— As-tu vraiment besoin de m'importuner avec des choses aussi triviales ? demanda-t-il. (Puis il se tourna vers Anne.) Et qui est ton père, d'ailleurs ?

Anne hésita.

— Un homme riche, dit-elle.

— De quel pays ?

— De l'empire de Crotheny.

— Un bien long voyage, fit remarquer Cazio.

— Ah ! s'exclama z'Acatto. Tu ne sais même pas où c'est ! Tu n'en as pas la moindre idée ! Pour toi, z'Irbina marque la fin du monde.

— Je suis heureux en Vitellio, si c'est ce que tu veux dire, rétorqua Cazio. J'ai le domaine de mon père à reprendre.

— Vous l'excuserez, casnaras, dit z'Acatto. Son expérience avec vos chevaliers hansiens a provoqué chez Cazio une certaine répugnance quant à tout ce qui concerne l'étranger. Voyez-vous, à Avella, il peut se prendre pour un grand bretteur, mais découvrir le reste du monde pourrait lui coûter ses illusions.

Cazio parut piqué.

— Ceci est pure infamie, dit-il. Et tu le sais.

— Je sais ce que je vois. La dessrata est faite d'actes, pas de mots.

— Et tu m'as dit en d'innombrables occasions que je n'étais pas un dessrator, répliqua Cazio.

— Et parfois, je tends vers le pessimisme, murmura z'Acatto.

— Ce qui veut dire ?

Les yeux de Cazio s'étaient agrandis de surprise.

— Ce qui veut dire que pour toi, il y a peut-être encore de l'espoir, dit z'Acatto. (Il agita la bouteille de vin en direction de son élève.) Peut-être.

— Alors tu l'admets !

— Je n'admets rien du tout.

— Vieux soiffard, je…

Ils continuèrent de se disputer, mais Anne savait que la bataille était gagnée. Elle et Austra auraient leur escorte pour Crotheny.

Elle repensa à ses visions, à la chose qu'elle avait faite au chevalier hansien, et souhaita que tout dans la vie fût aussi simple que Cazio. Pour elle, rien ne serait plus jamais simple.

CHAPITRE SEIZE

LE ROI SIÈGE

L'empereur de Crotheny compta jusqu'à trois puis tapa dans ses mains de joie tandis que Coiffe-de-Chien produisait un hautbois apparemment sorti de nulle part.

— Absolument excellent, dit le sefry. Et maintenant, je vais faire apparaître une statuette en plâtre, si tu réussis comme je t'en implore, à compter jusqu'à quatre.

Murielle regarda durement le sefry puis plus doucement son fils.

— Charles, dit-elle, il est temps de tenir cour.

Charles la regarda, le visage anxieux.

— Mère, murmura-t-il. Je ne sais pas compter jusqu'à quatre. Que puis-je faire ?

— Charles, dit-elle d'une voix un peu plus autoritaire, il est temps de tenir cour. Tu dois te concentrer et être le roi.

— Mais Père est le roi.

— Ton père est très loin. Tu dois être le roi à sa place. Tu comprends ?

Il avait dû sentir la frustration dans sa voix, car il baissa la tête. Charles ne comprenait pas toujours les mots, mais parfois il pouvait se montrer étonnamment sensible aux émotions.

— Comment vais-je faire cela, Mère ? Comment vais-je être le roi ?

Elle lui tapota la main.

— Je t'apprendrai. Plusieurs hommes vont venir, dans un instant. Tu connais certains d'entre eux. Ton oncle Fail de Liery, par exemple.

— Oncle Fail ?

— Oui. Je vais leur parler, et tu resteras silencieux. Si tu fais cela, alors ensuite tu pourras avoir des pommes grillées et de la crème, et aller jouer dans les jardins.

— Je ne sais pas si je veux aller jouer dans le jardin, répondit Charles d'un air dubitatif.

— Alors tu feras ce que tu voudras. Mais tu devras d'abord rester silencieux pendant que je parle à ces hommes, sauf si je te regarde. Si je te regarde, alors tu devras dire : « Ceci est mon souhait. » Uniquement cela, et rien d'autre. Peux-tu le faire ?

— Est-ce ainsi que font les rois ?

— C'est *exactement* ainsi que font les rois.

Charles hocha très sérieusement la tête.

— Ceci est mon souhait, répéta-t-il.

Murielle tressaillit, car en cet instant il avait eu exactement le ton et la voix de Guillaume. Charles avait dû écouter plus qu'elle ne l'avait cru, les quelques fois où il était allé à la cour.

— Très bien.

Elle voulut faire signe à la garde royale, mais s'interrompit pour se tourner vers sire Neil, qui se dressait avec raideur à quelques pas d'elle.

— Sire Neil, demanda-t-elle, es-tu prêt pour tout cela ?

Sire Neil tourna ses yeux creux et sombres vers elle.

— Je peux servir, Majesté, dit-il.

Elle prit une profonde inspiration.

— Approche, sire Neil, dit-elle.

Il obéit, et vint mettre un genou à terre devant elle.

— Relève-toi, et assieds-toi avec moi.

Le jeune chevalier aux yeux vieux fit ce qu'elle lui avait dit, et s'assit sur le fauteuil sans accoudoirs à côté d'elle.

— Sire Neil, dit-elle doucement, j'ai besoin que tu sois avec moi. Sans Erren, j'ai besoin de vous tous. Seras-tu là ?

— Je suis avec toi, Majesté, répondit Neil. Je ne te faillirai plus.

— Tu ne m'as jamais failli, sire Neil, dit-elle. Comment peux-tu penser une telle chose ? Je te dois la vie plus de deux fois. Aucun autre homme dans le royaume n'aurait pu me sauver à Cal Azroth, et pourtant tu l'as fait.

Neil ne répondit pas mais ses lèvres se serrèrent, et elle vit le doute.

— Je sais que tu aimais ma fille, dit-elle doucement. Non, Erren ne me l'a jamais dit. Je ne l'ai pas vu sur ton visage non plus, mais je l'ai vu sur celui de Fastia.

« Sire Neil, nous ne menons pas des vies destinées au bonheur, ici près du trône. Nous menons les vies qui nous sont données, et nous le faisons du mieux que nous pouvons. Ma fille a eu peu de joie dans la vie. J'ai regardé une jeune fille joyeuse se flétrir en une vieille femme amère en l'espace de quelques années. Tu lui as rendu la joie et l'espoir, avant la fin. Je n'aurais pas pu te demander un meilleur service.

— Tu aurais pu me demander de la sauver, dit-il amèrement.

— Ce n'était pas ta charge, dit Murielle. Ton devoir est envers moi. Et tu as rempli ce devoir. Sire Neil, tu es mon fidèle chevalier.

— Je ne crois pas mériter cela, Majesté.

— Je me moque de ce que tu crois, sire Neil, dit-elle

en laissant la colère teinter sa voix. Lorsque la cour s'ouvrira, regarde autour de toi. Tu verras le praifec Hespéro, un homme d'ambition et d'influence. Tu verras dame Gramme, et à côté d'elle le bâtard de mon époux, et tu remarqueras qu'elle laisse souvent paraître une lueur d'avarice dans ses yeux. Tu verras deux fois cinq nobles qui pensent qu'ils pourraient opportunément substituer leurs gros derrières à mon fils sur le trône. Tu verras ma propre famille et tes vieux compagnons de Liery, impatients d'entrer en guerre contre nous, et qui se demandent si le moment n'est pas venu de voir Crotheny revenir dans le patrimoine lierien. Et il y a toujours Hansa, qui renforce ses armées, et qui tisse ses complots contre l'empire.

« Qui a tué mon époux ? Cela pourrait être n'importe lequel d'entre eux. Il était transpercé de flèches lieriennes, mais c'est un subterfuge transparent. Quelqu'un ici l'a tué, sire Neil, et mes filles, et le prince Robert. Quelqu'un appartenant à cette cour, mais qui ? Ici à Eslen, tu ne me verras que des ennemis, sire Neil, et tout ce qui se dresse entre eux et moi, c'est toi. Alors je me moque de ce que tu crois être tes défauts. Je me moque de toute la peine que tu peux ressentir, parce qu'elle n'est pas le dixième de la mienne. Mais je t'ordonne, en tant que reine et mère de ton roi, de me protéger, de rester à l'affût, et de garder tes esprits. Avec toi, je durerai peut-être plusieurs mois à ce jeu. Sans toi, je ne survivrai pas à cette journée.

Il pencha la tête et la releva, et enfin elle reconnut quelque chose du jeune homme qu'elle avait vu pour la première fois alors qu'il priait dans la chapelle de saint Liere.

— Je suis là, Majesté, dit-il, d'une voix ferme, cette fois. Je suis avec toi.

— Bien. C'est une chance.

— Majesté ? Puis-je poser une question ?

— Oui.

— Y aura-t-il la guerre avec Liery ?

Elle envisagea cela un moment avant de répondre.

— Si c'est le cas, demanda-t-elle, pourras-tu tuer ceux aux côtés desquels tu as autrefois combattu ?

Il plissa le front comme s'il n'avait pas compris la question.

— Évidemment, Majesté. Je tuerai tous ceux qui doivent être tués pour toi. Je voulais savoir uniquement pour mieux préparer la garde.

— La guerre avec Liery est le dernier de mes soucis, dit-elle. En moi, ils voient une façon de récupérer à terme ce trône sans combattre, et ils ont par ailleurs à s'inquiéter de Saltmark et de Hansa. Il me suffit de suggérer qu'à travers moi, ils auront une grande influence sur le trône ; et laisser un de mes cousins me courtiser, peut-être. Les faits qui entourent la mort de mon époux et les navires sorroviens que nous avons coulés peuvent être progressivement oubliés, et le seront. Je ne sais pas ce que Guillaume et Robert projetaient, et ne le saurai probablement jamais, mais je peux faire le ménage derrière eux. Mes véritables soucis sont Hansa, et les poignards dans ma maison.

— Oui, Majesté, dit Neil.

Elle inclina la tête.

— Maintenant, comme je te l'ai dit, tu vas devoir surveiller ce que je ne peux voir. Hespéro entrera d'abord, et je ferai de lui mon Premier ministre.

Sire Neil fronça les sourcils.

— Je croyais que tu ne lui faisais pas confiance.

— Pas le moins du monde, mais il ne doit pas le savoir. Il doit être bercé et cajolé. Il doit être surveillé, et ce sera plus facile s'il est toujours à ma main droite. Lorsque je lui aurai parlé viendront les seigneurs des mers, et nous ferons la paix avec eux.

— Oui, Majesté.

— Oui.

Elle prit une longue inspiration.

— Ceci est mon souhait ! cria Charles pour s'entraîner.

Neil s'inclina devant Charles.

— Oui, Majesté, dit-il à l'empereur. Comme en toutes choses, je suis ton serviteur.

Charles sourit, d'un sourire d'enfant.

— Ceci est amusant, dit-il.

ÉPILOGUE

UNE DERNIÈRE MALÉDICTION

Alors que les derniers échos de ses pas étaient dévorés par les ténèbres affamées, Murielle Dare perçut un gémissement lointain, comme des griffes raclant la peau d'une timbale. Quelque chose d'invisible changea de position, et bien qu'aucune lueur n'eût apparu dans l'obscurité, elle sentit des yeux comme deux braises se poser sur sa chair.

— La puanteur de femme, articula une voix râpeuse. Bien de longs siècles depuis que je l'ai sentie. (Un léger cliquetis, alors, puis la voix poursuivit, songeuse.) Tu n'es pas elle. Proche, mais pas elle.

Les narines de Murielle se contractèrent devant une odeur de résine qui encensa la pièce.

— Es-tu ce que cet homme dit que tu es ? demanda-t-elle. Es-tu un skaslos ?

— Le suis, l'étais, le serai. (Les mots parurent ramper dans l'air comme des mille-pattes.) Comment viens-tu ici si tu ne me connais pas ?

— J'ai trouvé une clé dans les appartements de mon époux. Je me suis renseignée. Qexqaneh, réponds à ma question.

— Mon nom, dit le Détenu. (Cela ressemblait à une imprécation.) J'ai oublié beaucoup de ce que j'étais. Mais oui, j'ai autrefois été appelé cela.

— Tu es ici depuis deux mille ans ?

— Je ne me souviens pas plus des années que je ne me souviens de la lune. (Un autre grattement dans l'obscurité.) Je n'aime pas ton odeur.

— Ce que tu aimes ne m'importe pas, lui dit Murielle.

— Alors qu'est-ce qui t'importe ? Pourquoi me déranges-tu ?

— Ta race sait des choses que la mienne ne sait pas.

— Pour faire peu de beaucoup, oui.

— Dis-moi, peux-tu voir ce qui est caché ? Sais-tu qui a tué mes filles et mon époux ? Peux-tu me dire si ma fille cadette est toujours en vie ?

— Je vois, dit le Détenu. Je vois une fumée qui s'étend dans le vent. Je vois le manteau de la mort frôler le monde. Je vois une faucille en toi, prête à faucher.

— Qui a assassiné mes filles ? demanda Murielle.

— Tssssss ! siffla-t-il. Leurs formes sont trop vagues. Ils sont de l'autre côté du linceul. (Il éleva la voix pour crier.) Reine, tu as un couteau en toi qui est prêt à frapper et à trancher.

— Ment-il ? demanda Murielle au Gardien.

— Il ne peut mentir, lui répondit le vieux sefry.

— Qu'as-tu dit à mon époux ?

— Qu'il pouvait être la mort ou mourir. Je vois ce qu'il a choisi. Voudrais-tu être la mort, toi qui pues l'enfantement ?

— Je voudrais la mort des assassins de ma famille.

— *Sssssssssssss !* C'est plus facile que de voir qui a commis l'acte, dit le Détenu. Je peux te confier une malédiction, une malédiction des plus terribles, la plus terrible dont je me souvienne.

— Majesté, dit le Gardien. Ne l'écoute pas.

Elle ignora le vieil homme.

— Je peux maudire ceux qui ont pris mes enfants ?

— Oh, facilement. Très facilement.

— Dis-le-moi, alors.

— Majesté… recommença le Gardien, mais Murielle l'interrompit.

— Tu m'as avertie trois fois, Gardien, dit-elle. Ne m'avertis pas encore, ou je ferai briser les tympans de tes oreilles. Comment pourras-tu alors te ravir de ta musique solitaire ?

Le sefry se tut momentanément devant la menace.

— Comme tu le dis, Majesté, offrit-il enfin.

— Va m'attendre là où tu n'entendras pas cette conversation. Je t'appellerai lorsque j'aurai besoin de toi.

— Oui, Majesté.

Elle l'entendit s'éloigner.

— Tu es une fille de la reine, dit le Détenu, une fois le sefry disparu.

— Je *suis* la reine, répliqua Murielle. Dis-moi cette malédiction.

— Je vais te dire une chose à écrire, et tu l'inscriras sur une feuille de plomb, et tu la placeras sous un certain sarcophage que tu trouveras sous le horz de la cité des morts. Qui dort là saura porter ton message à qui sait très bien comment maudire.

Murielle y réfléchit un instant, en se remémorant les derniers souffles de Fastia.

— Dis-moi ce que je dois écrire, dit-elle.

Les chandelles dans la chapelle vacillèrent comme si quelque aile invisible avait battu au-dessus d'elles. Le sacritor Hohn regarda nerveusement autour de lui, avec l'impression qu'il venait de s'éveiller d'une terreur nocturne, bien qu'il n'eût pas dormi.

Rien ne semblait anormal. La chapelle était tranquille.

Il était presque apaisé lorsque le hurlement débuta. Il provenait de la chambre des soins, où se trouvait l'étranger. Avec hâte, le sacritor s'y rendit, sachant ce que cela devait signifier.

Des hommes durs en tenues sombres avaient amené l'étranger des semaines plus tôt. Le sacritor Hohn ne savait pas qui il était, mais ce devait être un homme d'importance au vu de ses vêtements et de la façon dont il était servi. Il avait été blessé près du cœur, et ses remèdes et ses sacaums de soin n'avaient fait guère plus que retarder l'inévitable. Mais ce matin, les choses avaient empiré. La seule surprise était qu'il eût encore la force de crier.

Lorsque le sacritor tira le rideau, néanmoins, l'étranger n'était ni hurlant ni mort. Il était debout, nu, les yeux fixés sur quelque lointain horizon d'horreur.

— Seigneur, dit le sacritor, tu t'es éveillé.

— Vraiment ? murmura l'homme. J'ai l'impression de rêver. De faire un rêve horrible.

— Les saints t'ont béni, dit le sacritor en faisant un signe. Je n'aurais jamais imaginé te voir debout. Ce matin encore, ton âme s'éloignait.

L'homme le regarda, et quelque chose dans ses yeux fit grimper des insectes le long du dos du sacritor.

— Où suis-je ? demanda-t-il.

— La chapelle de saint Loy, à Copenwis, répondit le sacritor.

— Où sont mes hommes ?

— Logés en ville, je suppose. L'un d'entre eux monte la garde dehors. Dois-je aller le chercher ?

— Dans un instant. Un instant. Mon frère est mort ?

— Je ne connais pas ton frère, Seigneur.

— Me connais-tu ?

— Non, Seigneur.

L'étranger acquiesça et se frotta la barbe.

— Je crois que moi non plus, dit-il.

Le sacritor Hohn n'était pas certain d'avoir compris.

— As-tu perdu la mémoire ? demanda-t-il. Parfois, le choc de la blessure…

— Non, ce n'est pas ce que je voulais dire. Je ne me souviens que trop bien. Apporte-moi mes vêtements.

— Seigneur, tu ne peux pas encore sortir.

— Je crois que je le peux.

Quelque chose dans les yeux de l'homme indiqua au sacritor Hohn qu'il était préférable de ne pas discuter. Et après tout, il venait juste d'assister à un miracle. Si les saints avaient sauvé un homme de la mort, ils pouvaient tout aussi bien lui rendre la santé.

Bien sûr, la blessure était toujours là…

— Comme tu veux, Seigneur, dit-il en s'inclinant. Mais avant que tu ne partes, dois-je te confesser ? Dois-je célébrer une lustration ?

L'homme le dévisagea et ses lèvres s'ouvrirent. Il émit un son comme s'il étouffait, puis un autre.

Ce ne fut qu'après le troisième que le sacritor comprit qu'il entendait un rire plus amer que la plus âpre des mers.

Après ***Le Roi de bruyère,***
nous vous invitons à découvrir le
premier chapitre
du **deuxième tome** des
Royaumes d'épines et d'os,
LE PRINCE CHARNEL

Éditions **Fleuve Noir**

(420 pages, 20 euros)

GREG KEYES

LES ROYAUMES D'ÉPINES ET D'OS II

LE PRINCE CHARNEL

Traduit de l'américain
par Jacques Collin

FLEUVE NOIR

Titre original :
THE CHARNEL PRINCE
THE KINGDOMS OF THORN AND BONE, vol. 2

Première publication : The Random House Publishing Group.
Published in agreement with the author,
c/o BAROR INTERNATIONAL, INC., Armonk, New York, U.S.A.

CHAPITRE UN

LA NUIT

Neil MeqVren descendait à cheval au côté de sa reine une sombre ruelle de la cité des morts. Les empreintes des sabots de leurs montures se noyaient dans le grésil qui s'abattait sur les pavés de plomb. Le vent était un dragon soufflant son haleine brumeuse en agitant sa queue humide. Les fantômes commençaient à s'animer ; sous le plastron lustré de Neil, sous sa peau glacée et sous ses côtes, l'anxiété croissait.

Ce n'était ni le vent ni les précipitations glacées qui l'inquiétaient. Son pays natal était Skern, où froid, mer et brume ne faisaient qu'un, où glace et douleur faisaient partie du quotidien. Les morts ne le dérangeaient pas non plus.

C'était les vivants qu'il craignait, les lames et les projectiles que la pénombre et la tourmente cachaient à ses yeux simplement humains. Il en faudrait si peu pour tuer sa reine — la pointe d'une aiguille, un trou de la taille du petit doigt dans le cœur, le missile d'une fronde frappant sa tempe. Comment pouvait-il la protéger ? Comment pouvait-il assurer la sécurité de celle qui était tout ce qui lui restait ?

Il la regarda ; elle était camouflée par une lourde cape de laine, le visage profondément enfoncé dans sa capuche. Une cape similaire recouvrait sa propre armure et son heaume. Ils pouvaient passer pour deux pèlerins quelconques, venus voir leurs ancêtres — du moins il l'espérait. Si ceux qui voulaient voir la reine morte étaient des grains de sable, le banc qu'ils formeraient suffirait à échouer une galère de guerre.

Ils traversèrent des ponts de pierre jetés sur des canaux dont les eaux noires captaient des éclats du feu de leurs lanternes pour les étaler en de nébuleuses toiles d'araignée jaunâtres. Les maisons des morts s'agglutinaient entre les cours d'eau, leurs toits pointus défiant l'orage, conservant leurs paisibles occupants au sec sinon au chaud. Quelques lumières se déplaçaient au loin entre les allées — la reine, semblait-il, n'était pas la seule à avoir voulu, malgré le mauvais temps, rechercher la compagnie des morts en cette nuit. On pouvait parler aux morts n'importe quelle nuit, bien sûr, mais en saint Temnosnaht, la dernière nuit d'otavmen, les morts répondaient parfois.

Sur les hauteurs d'Eslen-la-Vive, tous faisaient la fête, et jusqu'à l'arrivée de l'orage, les rues avaient été pleines de danseurs en costume de squelette et de graves prêtres sverrans chantant les quarante cantiques de Temnos. Des quémandeurs au masque figurant un crâne avaient couru de maison en maison pour y solliciter des galettes, et des feux de joie avaient brûlé sur toutes les grand-places, le plus imposant s'étant dressé sur le lieu de rassemblement appelé le bosquet aux chandelles. Puis la fête avait migré vers l'intérieur des maisons et des tavernes. La procession qui aurait dû s'étirer jusqu'à Eslen-des-Ombres s'était réduite d'une rivière à un ru face au féroce visage de l'arrivée de l'hiver. Les lumignons taillés dans des navets et des pommes étaient tous obscurs, il n'allait pas y avoir grand-chose en termes de festival ici ce soir.

Neil gardait la main sur le pommeau de son sabre, Corbeau, ses yeux ne cessant de courir en tous sens. Il ne regardait pas les endroits qu'éclairaient leurs lampes mais les ténèbres intermédiaires. S'il devait se manifester une menace pour sa reine, elle viendrait probablement de là.

Les maisons se firent plus grandes et plus hautes à mesure qu'ils franchissaient le troisième et le quatrième canal, puis ils entrèrent dans le cercle final, muré de granit et de grilles de fer, où les statues de sainte Dun et de saint Under veillaient sur des palais de marbre et d'albâtre. Là, une lanterne s'approcha d'eux.

— Garde ta capuche relevée, Madame, dit Neil à la reine.

— Ce n'est que l'un des scathomans qui gardent les tombes, répondit-elle.

— Peut-être, et peut-être pas, répliqua Neil.

Il pressa Houragan sur quelques pas.

— Qui va là ? appela-t-il.

La lanterne se leva, et dans sa lumière un visage buriné et anguleux sortit de l'obscurité d'une épaisse cape. Le cœur de Neil s'apaisa quelque peu dans sa poitrine, car il connaissait cet homme — sire Len, effectivement l'un des scathomans qui consacraient leur vie aux morts.

Bien sûr, l'apparence d'un homme et ce qui était en lui étaient deux choses fort différentes, comme Neil l'avait appris d'amère expérience. Il resta donc sur ses gardes.

— Je dois te poser la même question, répondit le vieux chevalier.

Neil s'avança.

— C'est la reine, lui dit-il.

— Je dois voir son visage, répondit sire Len. Cette nuit entre toutes, tout doit se faire dans les règles.

— Tout sera fait dans les règles, résonna la voix de la reine alors qu'elle levait sa lanterne et tirait sa capuche en arrière.

Son visage apparut, beau et dur comme les grêlons qui tombaient du ciel.

— Je te connais, Madame, annonça sire Len. Tu peux passer. Mais…

Ses mots parurent emportés par le vent.

— On ne discute pas les décisions de Sa Majesté, avertit froidement Neil.

Le vieux chevalier le darda du regard.

— Je connaissais ta reine quand elle portait des robes d'enfant, rétorqua-t-il. Quand tu n'étais pas encore né ni même envisagé.

— Sire Neil est mon chevalier, lui signifia la reine. C'est mon protecteur.

— Oui. Alors il devrait t'emmener loin d'ici. Tu ne devrais pas venir en cet endroit, Madame — pas quand les morts parlent. Il n'en ressortira rien de bon. Je suis ici depuis bien assez longtemps pour le savoir.

La reine dévisagea longuement sire Len.

— Ton conseil est bien intentionné, dit-elle. Mais je ne le suivrai pas. Ne remets pas plus avant mes décisions en question.

Sire Len mit un genou à terre.

— J'obéis, ma reine.

— Je ne suis plus reine, reconnut-elle doucement. Mon époux est mort. Il n'y a plus de reine à Eslen.

— Tant que tu vivras, Madame, il y aura une reine, répondit le vieux chevalier. Cela restera un fait, même s'il n'est pas proclamé.

Elle hocha légèrement la tête, puis s'avança vers les maisons des morts royaux sans plus un mot.

Ils s'engagèrent sous l'auvent en fer forgé d'une grande maison de marbre rouge, où ils attachèrent leurs chevaux, puis d'un tour d'une clef de fer, laissèrent la pluie glaciale derrière eux. Derrière les portes, ils trouvèrent un petit vestibule avec un autel et un couloir qui menait vers les profondeurs du bâtiment. Quelqu'un avait déjà allumé les chandelles sur les murs, mais la pénombre s'accrochait tout de même dans les recoins comme des toiles d'araignée.

— Que dois-je faire, Madame ? demanda Neil.

— Monter la garde, c'est tout.

Elle s'agenouilla devant l'autel et alluma les cierges.

— Pères et mères de la maison Dare, entonna-t-elle, votre fille adoptive vous appelle, humble devant ses aînés. Faites-moi cet honneur, je vous en supplie, cette nuit entre toutes les nuits.

Elle alluma alors un petit bâtonnet d'encens, et une senteur évoquant le pin et le copalme parut exploser dans les narines de Neil.

Quelque part dans la maison, quelque chose bruissa et un carillon résonna.

Murielle se releva et ôta sa cape. Elle portait une robe de safnite jais avec laquelle ses cheveux noir corbeau semblaient fusionner, isolant son visage qui paraissait presque flotter. La gorge de Neil se serra. La reine était belle à tomber, le temps n'avait pas flétri sa beauté, mais ce n'était pas cela qui avait touché le cœur de Neil — c'était plutôt qu'un instant, elle avait ressemblé à quelqu'un d'autre.

Neil détourna les yeux, et scruta les ténèbres.

La reine s'engagea dans le couloir.

— Si tu le permets, Majesté, dit-il aussitôt, je préférerais te précéder.

Elle hésita.

— Tu es mon serviteur, et les ancêtres de mon époux te considéreront comme tel. Tu dois marcher derrière moi.

— Madame, s'il y a une embuscade…

— J'en prends le risque.

Ils descendirent un couloir aux murs couverts de bas-reliefs représentant les hauts faits de la maison Dare. La reine marchait d'un pas mesuré, tête basse, et ses pas résonnaient clairement, malgré le martèlement distant de l'orage sur le toit d'ardoise.

Ils entrèrent dans une vaste pièce aux plafonds en voûte où une longue table était mise, trente places apprêtées avec des gobelets de cristal. Dans chacun, un vin aussi rouge que le sang avait été servi. La reine tourna autour des sièges jusqu'à trouver celui qu'elle cherchait, puis elle s'assit, les yeux fixés sur le vin.

Dehors, le vent gémit.

De longs moments s'écoulèrent, puis une cloche résonna, un coup, un autre. Douze en tout. Au dernier coup de minuit, la reine but dans le gobelet.

Neil sentit quelque chose passer dans l'air, un froid, un souffle.

Alors la reine se mit à parler, d'une voix plus basse et plus rauque qu'à l'accoutumée. Les poils de la nuque de Neil se hérissèrent lorsqu'il entendit cela.

— Murielle, dit-elle. Ma reine.

Puis, comme si elle se répondait à elle-même, elle parla de sa voix habituelle.

— Erren, mon amie.

— Ta servante, reprit la voix plus grave. Comment vas-tu ? Ai-je échoué ?

— Je vis, répondit Murielle. Ton sacrifice ne fut pas vain.

— Mais tes filles sont ici, en cet endroit de poussière.

Les battements du cœur de Neil s'accélérèrent, et il réalisa qu'il s'était déplacé. Il se tenait devant l'une des chaises et regardait le vin.

— Toutes ?

— Non. Mais Fastia est ici, et la douce Elseny. Elles

portent des linceuls, Murielle. Je leur ai fait défaut, je t'ai fait défaut.

— Nous avons été trahis, répondit Murielle. Tu as fait tout ce que tu as pu, tu as tout donné. Je ne pourrais te blâmer. Mais j'ai besoin de savoir, pour Anne.

— Anne…, soupira la voix. Nous oublions, Murielle. Les morts oublient. C'est comme une nuée, une brume qui dévore un peu plus de nous chaque jour. Anne…

— Ma fille cadette. Anne. Je l'ai envoyée au convent de sainte Cer, et n'en ai reçu aucune nouvelle. J'ai besoin de savoir si les assassins l'ont trouvée là-bas.

— Ton époux est mort, reprit la voix appelée Erren. Il ne dort pas ici, mais il appelle du loin. Sa voix est faible et triste. Solitaire. Il t'aimait vraiment.

— Guillaume ? Tu peux lui parler ?

— Il est trop éloigné. Il ne trouve pas le chemin qui mène ici. Les voies sont ténébreuses, tu sais. Le monde entier est obscur, et le vent est puissant.

— Mais Anne — tu ne l'entends pas murmurer ?

— Je me souviens d'elle, maintenant, susurra Erren avec la voix de la reine. Des cheveux de la couleur des fraises. Toujours des problèmes. Ta préférée.

— Est-elle en vie, Erren ? J'ai besoin de le savoir.

Le silence, alors, et, à sa grande surprise, Neil découvrit le verre de vin dans sa main. Il n'entendit la réponse que dans le lointain.

— Je crois qu'elle vit. Il fait froid ici, Murielle.

D'autres choses furent dites, mais Neil ne les entendit pas, car il porta le gobelet à ses lèvres et but.

Il reposa la coupe sur la table comme il avalait l'amère gorgée qu'il avait absorbée. Il regarda le vin restant, qui se stabilisa et devint un miroir rouge. Il se vit à l'intérieur : la puissante mâchoire de son père était là, mais ses yeux bleus étaient des gouffres noirs et ses cheveux de paille étaient rubiconds, comme s'il examinait un portrait peint avec du sang.

Alors quelqu'un se tint derrière lui, et une main se posa sur son épaule.

— Ne te retourne pas, chuchota une voix féminine.

— Fastia ?

Maintenant il voyait son visage à elle se refléter dans le vin plutôt que le sien. Il sentait la lavande de son parfum.

— On m'appelait ainsi, n'est-ce pas ? demanda Fastia. Et tu étais mon amour.

Il voulut lui faire face, mais sa main se resserra sur son épaule.

— Non, dit-elle. Ne me regarde pas.

Sa main tremblait autour du verre, mais l'image de Fastia restait immuable. Elle souriait doucement, mais ses yeux étaient des lampes brûlantes de tristesse.

— J'aurais aimé…, commença-t-il, mais il ne put finir.

— Oui. Moi aussi. Mais cela n'aurait pu être, tu sais. Nous étions inconscients.

— Et je t'ai laissée mourir.

— Je ne me souviens pas de cela. Je me souviens que tu me tenais dans tes bras. Tendrement, comme une enfant. J'étais heureuse. C'est tout ce dont je me souviens, et bientôt je ne me souviendrai même plus de cela. Mais c'est assez. C'est presque assez. (Des doigts coururent sur sa nuque, le faisant frissonner.) J'ai besoin de savoir si tu m'aimais, murmura-t-elle.

— Je n'avais jamais aimé quelqu'un comme je t'aimais, lui avoua Neil. Je n'aimerai jamais plus autant.

— Si, dit-elle doucement. Il le faut. Mais ne m'oublie pas, parce que je vais m'oublier moi-même, avec le temps.

— Je ne t'oublierai jamais, dit-il, vaguement conscient des larmes qui couraient sur son visage.

Quand l'une d'entre elles tomba dans le vin, le reflet de Fastia eut un sursaut.

— C'est froid, dit-elle. Tes larmes sont froides, sire Neil.

— Je suis désolé. Je suis désolé pour tout, Madame. Je ne peux dormir…

— Chut, mon amour. Apaise-toi, et laisse-moi te dire quelque chose pendant que je m'en souviens encore. C'est au sujet d'Anne.

— La reine est là et s'enquiert d'elle.

— Je sais. Elle parle à Erren. Mais c'est là, sire Neil, une chose qui a été dite à moi seule. Anne est importante. Plus importante que ma mère ou mon frère — ou que quiconque. Elle ne doit pas mourir, ou tout est perdu.

— Tout ?

— L'ère d'Éveron touche à sa fin, l'avertit-elle. Des maux anciens et de nouvelles malédictions la hâtent. Tu sais que ma mère a brisé la loi de la mort ?

— La loi de la mort ?

— Elle a été brisée, affirma-t-elle.

— Je ne comprends pas.

— Moi non plus, mais c'est ce qui se murmure dans la salle des os. Le monde est maintenant en mouvement et il se précipite vers sa fin. Tous ceux qui vivent se tiennent à l'orée de la nuit et, s'ils la franchissent, personne ne viendra après eux. Plus d'enfants, plus d'autres générations. Quelqu'un se tient là et les regarde avancer en riant. Homme ou femme, je ne le sais — mais il n'est qu'une petite chance qu'ils puissent être arrêtés. Il n'existe que la plus infime des opportunités de revenir dans le droit chemin. Mais sans Anne, même cette possibilité n'existe plus.

— Sans toi, peu m'importe. Peu me chaut que le monde disparaisse.

La main glissa sur son épaule et lui caressa la nuque.

— Il le faut, dit-elle. Pense aux générations à naître, vois-les comme nos enfants, les enfants que nous n'aurons pas pu avoir. Vis pour eux comme tu aurais vécu pour moi.

— Fastia…

Il se retourna alors, incapable de se retenir plus longtemps, mais il n'y avait rien, la main sur son épaule avait disparu, ne laissant qu'une impression fugace.

La reine avait toujours les yeux fixés sur son vin et chuchotait.

— Tu me manques, Erren, confessa-t-elle. Tu étais ma main armée, ma sœur, mon amie. Je suis entourée d'ennemis. Je n'ai pas assez de force.

— Ta force est inépuisable, répondit Erren. Tu feras ce qui doit être fait.

— Mais ce que tu m'as montré. Le sang. Comment puis-je faire cela ?

— Tu finiras par en faire couler des rivières, prédit Erren. Mais il le faut, tu dois le faire.

— Je ne peux pas. Ils ne le permettront jamais.

— Quand l'heure viendra, ils ne pourront t'en empêcher. Mais brisons là, Murielle, et souhaite-moi de trouver la paix, car je dois partir.

— Pas encore. J'ai besoin de toi, maintenant tout particulièrement.

— Alors je t'ai failli deux fois. Je dois partir.

Et la reine, qui ces derniers mois aurait tout aussi bien pu être forgée de fer, baissa la tête et pleura. Neil resta pétrifié, le cœur ravagé par le contact de Fastia, l'esprit consumé par ses mots.

Il regrettait la simplicité de la guerre, où l'échec signifiait la mort plutôt que le tourment.

Dehors, le fracas de l'orage s'amplifia tandis que les morts retournaient à leur sommeil.

Le matin vint, terne, avec un ciel tourmenté. Aux premiers rayons de soleil, l'orage avait disparu, et ils commencèrent l'ascension d'Eslen-des-Ombres à Eslen-la-Vive. Un vent marin propre et froid soufflait, les branches dénudées des chênes qui bordaient la voie luisaient dans leurs fourreaux de givre.

La reine était restée silencieuse toute la nuit, mais alors qu'ils se trouvaient encore à quelque distance des portes de la ville, elle se tourna vers lui.

— Sire Neil, j'ai une tâche à te confier.

— Majesté, commande et j'obéirai.

Elle hocha la tête.

— Il faut que tu retrouves Anne. Tu dois retrouver la seule fille qui me reste.

Neil serra plus fort ses rênes.

— C'est la seule chose que je ne peux faire, Majesté.

— Tel est mon ordre.

— Mes obligations sont envers toi, Majesté. Lorsque le roi m'a adoubé, il m'a fait jurer de rester à ton côté, de te protéger de tout danger. Ce que je ne pourrai faire si je pars au loin.

— Le roi est mort, dit Murielle d'une voix devenue plus dure. C'est moi qui te commande, maintenant. Tu feras cela pour moi, sire Neil.

— Majesté, je t'en supplie, ne me demande pas cela. S'il t'arrivait malheur pendant que je…

— Tu es le seul en qui je puisse avoir confiance, l'interrompit Murielle. Crois-tu que j'aie envie que tu t'écartes de moi ? De me séparer de la seule personne dont je sais qu'elle ne me trahira pas ? Mais c'est précisément pour cela que tu dois partir. Ceux qui ont tué mes autres filles recherchent maintenant Anne — j'en suis certaine. Elle est encore en vie parce que je l'ai envoyée au loin, que personne à la cour ne sait où elle se trouve. Si je confiais cette information à n'importe quel autre que toi, j'en compromettrais l'intégrité et lui ferais courir un danger encore plus grand. Si tu es le seul à savoir, le secret sera conservé.

— Si tu la crois en sécurité là où elle se cache, ne devrais-tu pas l'y laisser ?

— Je ne puis en être certaine. Erren m'a laissé entendre que le danger restait grand.

— Le danger que cours ta Majesté l'est aussi. Celui ou ceux qui ont employé les assassins qui ont tué ton époux et tes filles voulaient ta mort tout autant. Et la veulent encore, assurément.

— Certainement. Mais je ne discute pas avec toi, sire Neil. Je t'ai donné un ordre. Tu vas te préparer à un long voyage. Tu pars demain. Choisis les hommes qui me protégeront en ton absence — je fais plus confiance à ton jugement qu'au mien en la matière. Mais pour ta propre mission, tu devras voyager seul, je le crains.

Neil inclina la tête.

— Oui, Majesté.

La voix de la reine s'adoucit.

— Je suis désolée, sire Neil. Vraiment. Je sais à quel point ton cœur a été blessé. Je sais la force de ton sens du devoir et la terrible façon dont il a été meurtri à Cal Azroth. Mais tu dois faire cela pour moi. S'il te plaît.

— Majesté, je te supplierais cette journée entière si je pensais que cela pouvait te faire changer d'avis, mais je vois que ce ne sera pas le cas.

— Tu vois bien.

Neil acquiesça.

— Je ferai selon tes ordres, Majesté. Je serai prêt à l'aube.

Impression réalisée par

CPI
Brodard & Taupin

53456 – La Flèche (Sarthe), le 09-07-2009
Dépôt légal : novembre 2006
Suite du premier tirage : juillet 2009

POCKET – 12, avenue d'Italie - 75627 Paris cedex 13

Imprimé en France